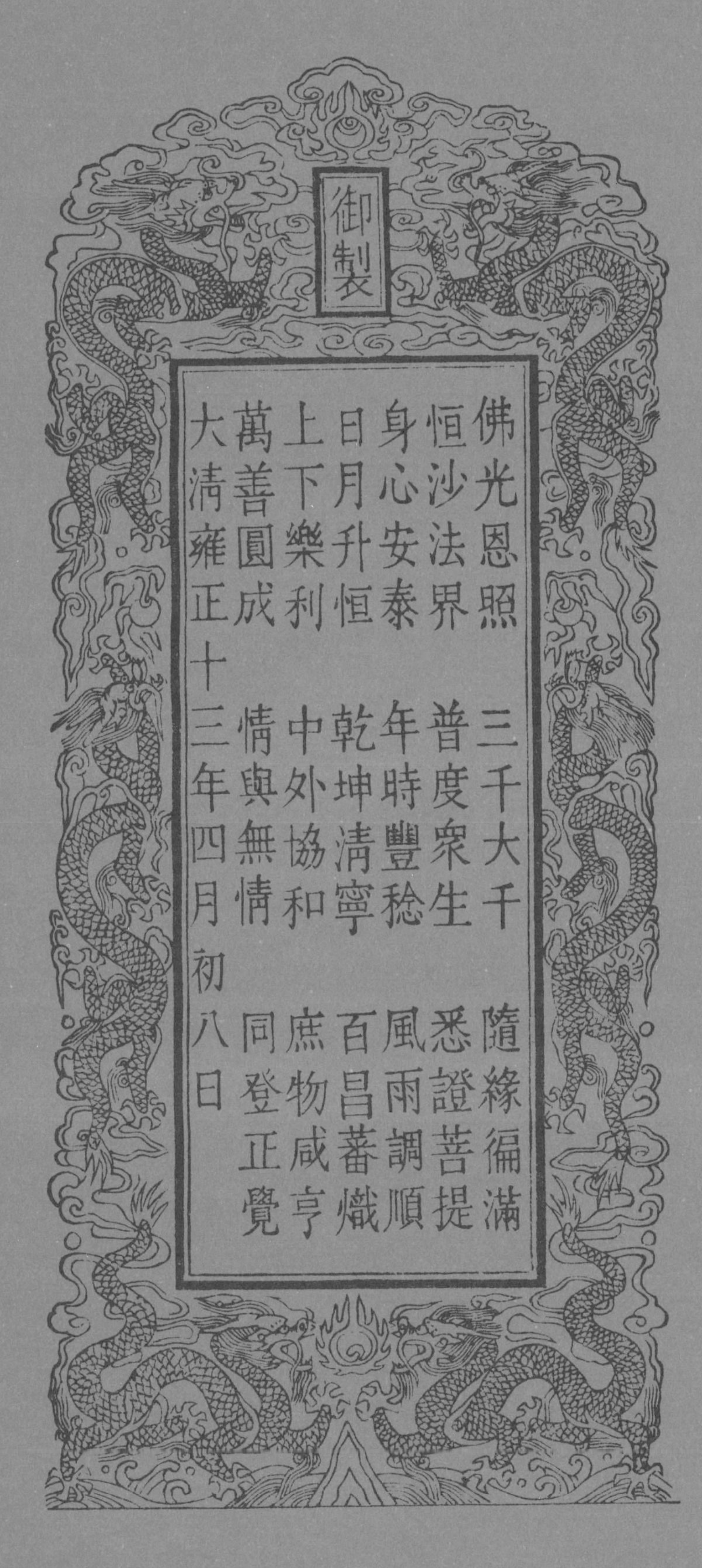

御製

佛光恩照　三千大千　隨緣徧滿

恒沙法界　普度衆生　悉證菩提

身心安泰　年時豐稔　風雨調順

日月升恒　乾坤清寧　百昌蕃熾

上下樂利　中外協和　庶物咸亨

萬善圓成　情與無情　同登正覺

大清雍正十三年四月初八日

第一六四册　此土著述（五四）

成唯識論音響補遺　一〇卷

成唯識論音響補遺
清武林蓮居紹覺大師音義
新伊大師合響
法嗣智素補遺

清刻龍藏佛說法變相圖

序

自瞿曇氏覩星悟道於是廣說經論最後以涅槃妙心囑大迦葉拈花顧要燈燈相續初祖西來唯以直指人心見性成佛爲宗旨名曰性宗慈氏菩薩以所悟識心圓明造爲瑜伽師地之論天親菩薩攬其淵浩創唯識頌於是護法標首慈恩演傳成唯識論最爲精密名曰相宗古杭紹覺老人乃雲棲蓮大師嫡裔也闡釋全文有唯識音義法嗣新伊師廣搜奥旨有合響而我茗聖先法師實爲伊公入室弟子重加集注是正有補遺茲三集皆以演釋唯識精義實相宗之寶炬矣或曰萬法唯心心唯一也深究其原則一亦不立今相宗所論心王心所八識輾轉覩所緣緣研極微細得無與直指之道背耶余曰否否

夫人心影最難窮也迷心認影一影一心即一世界循環相生何啻萬億無論謬執之輩據幻爲眞如沉弱水如墮夜霧不可得出即使明悟上智之士於斯道中已契大意稱悟徹而微細無明流注性海慧劒所不能除寶鏡所不能照化雨法雷所不能灑澹震盪是生死因隨劫輪轉將奈何矣彼慈氏天親悲憫斯苦故造斯論繪寫變相破心影之惑斬八識之根使學者絶後再蘇轉識成智向所謂綱羅窠臼皆成安樂窩最勝院妙用神通百法具足然則相宗之旨正所以洞明差别輔性宗如車二轂鳥雙翼何可偏廢哉此唯識補遺之刻洊有功於正法眼藏非渺小也刻既成遂書諸簡端

康熙戊午孟夏穀旦董漢策題

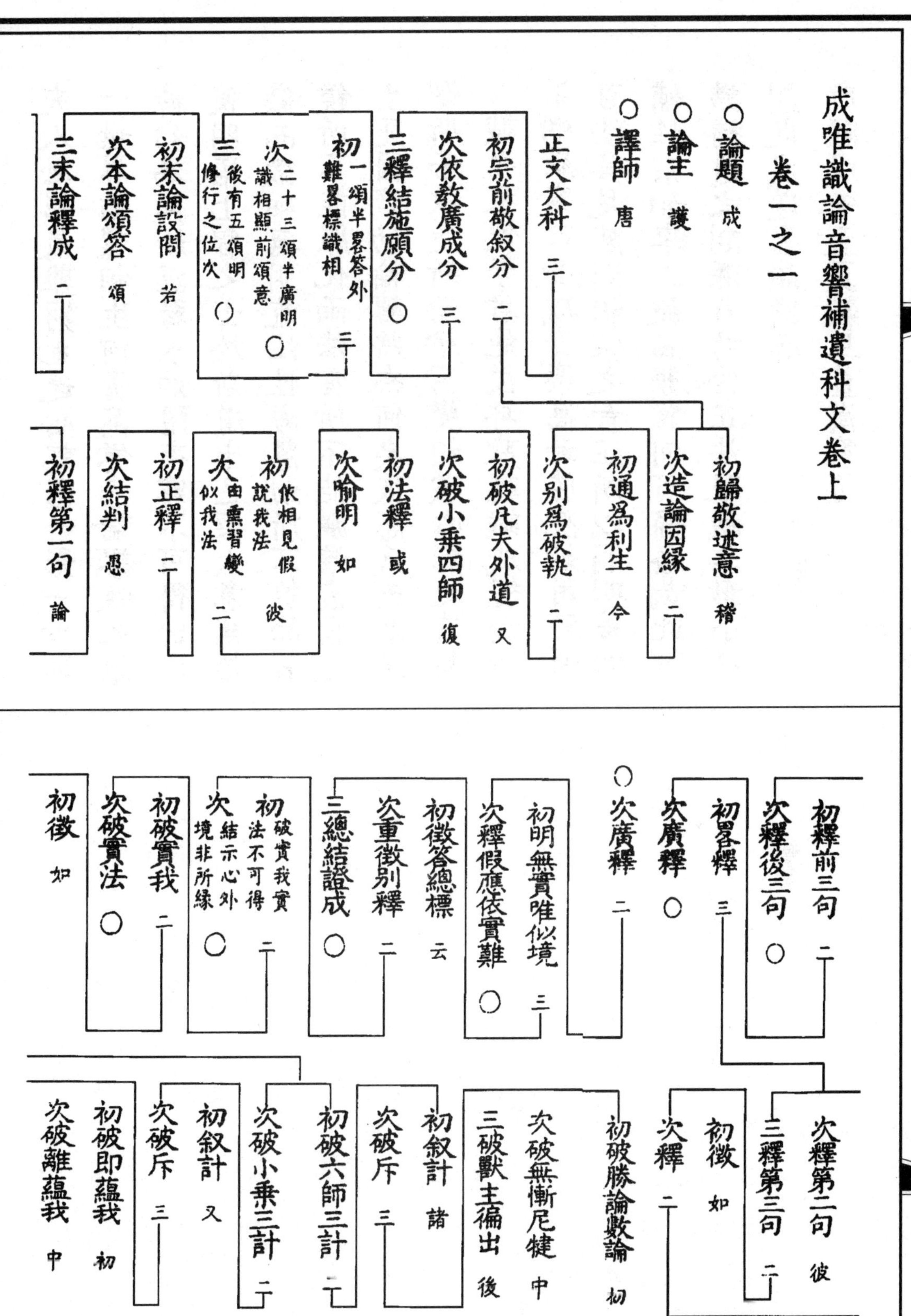

成唯識論音響補遺科文卷上

卷一之一

○論題 成

○論主 護

○譯師 唐

正文大科 三

初宗前敬敘分 二

次依教廣成分 三

三釋結施願分 ○

初一頌半畧答外難畧標識相 三

次二十三頌半廣明識相顯前頌意 ○

三後有五頌明修行之位次 ○

初末論設問 若

次本論頌答 頌

三末論釋成 二

初歸敬述意 稽

次造論因緣 二

初通爲利生 今

次別爲破執 二

初破凡夫外道 又

次破小乘四師 復

初法釋 或

次喻明 如

初依相見假說我法 彼

次由熏習變似我法 二

初正釋 二

次結判 恐

初釋第一句 論

初釋前三句 二

次釋後三句 ○

初畧釋 三

次廣釋 ○

○次廣釋 二

初明無實唯似境 三

次釋假應依實難 ○

初徵答總標 云

次重徵別釋 二

三總結證成 ○

初破實我實法不可得 二

次結示心外境非所緣 ○

初破實我 二

次破實法 ○

初徵 如

次釋第二句 彼

三釋第三句 二

初徵 如

次釋 二

初破勝論數論 初

次破無慚尼犍 中

三破獸主徧出 後

初敘計 諸

次破斥 三

初破六師三計 二

次破小乘三計 二

初敘計 又

次破斥 三

初破即蘊我 初

次破離蘊我 中

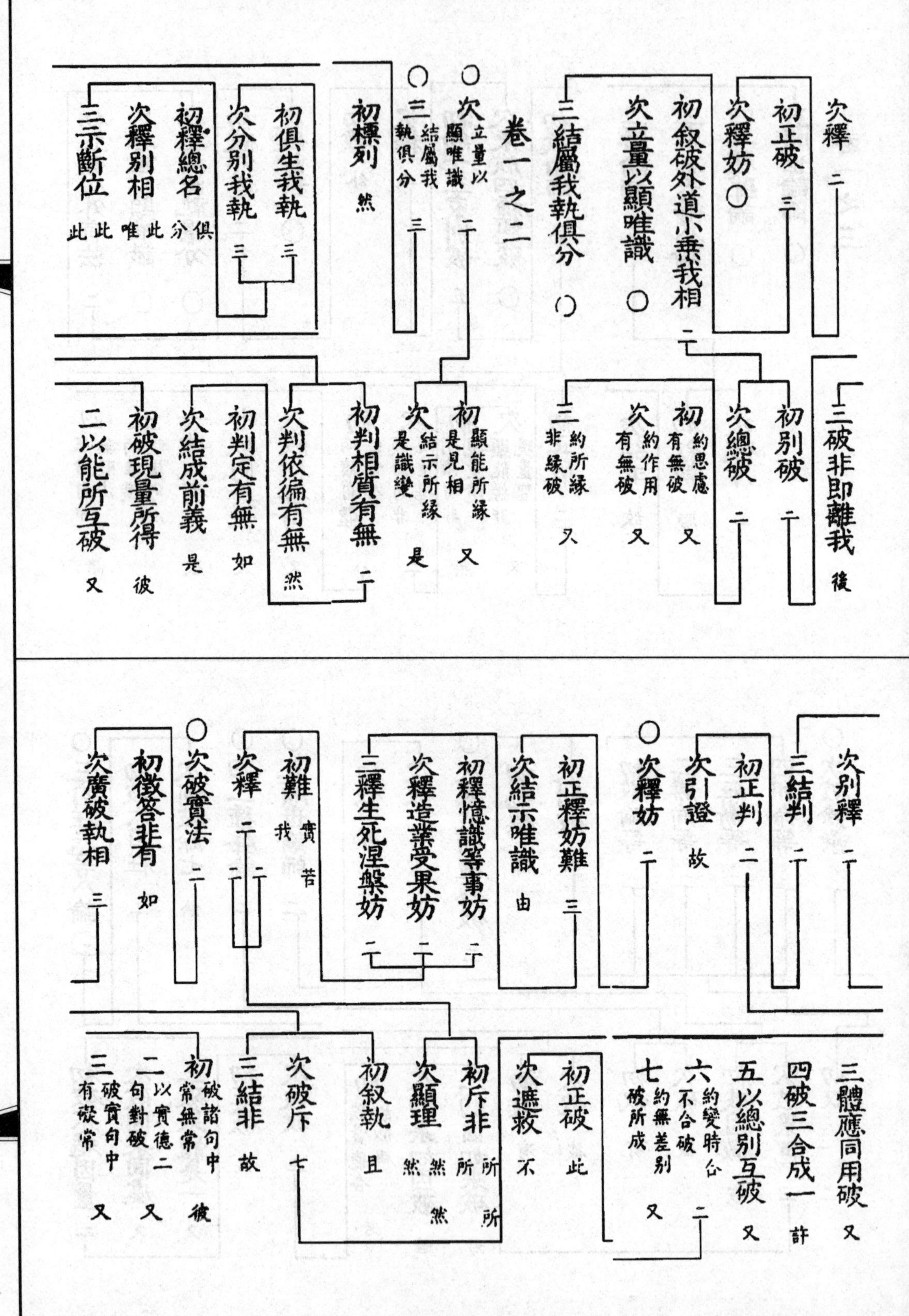

次釋 二
初正破 三
次釋妨○
初敘破外道小乘我相 二
次立量以顯唯識○
三結屬我執俱分○
卷一之二
○次立量以顯唯識 二
○三結屬我執俱分 三
初標列 然
初俱生我執 三
次分別我執 三
初釋總名 俱分
次釋別相 此唯
三示斷位 此此

三破非即離我 後
初別破 二
次總破 二
初約思慮有無破 又
次約作用有無破 又
三約所緣非緣破 又
初顯能所緣是見相 又
次結示所緣是識變 是
初判相質有無 二
次判依偏有無 然
初判定有無 如
次結成前義 是
初破現量所得 彼
二以能所互破 又

次別釋 二
三結判 二
初正判 二
次引證 故
○次釋妨 二
初正釋妨難 三
次結示唯識 由
初釋憶識等事妨 二
次釋造業受果妨 二
三釋生死涅槃妨 二
初難 實我 苦
次釋 二 二 二
○次破實法 二
初徵答非有 如
次廣破執相 三

三體應同用破 又
四破三合成一 許
五以總別互破 又
六約變時合不合破 二
七約無差別破所成 又
初正破 此
次遮救 不
初斥非 所所 所然
次顯理 然
初敘執 且
次破斥 七
三結非 故
初破諸句中常無常 彼
二以實德二句對破 又
三破實句中有礙常 又

初正破心外有法 二
次立量以顯唯識 ○
三結屬法執俱分 ○
初破外道 二
次破餘乘 ○
初徵 外
次釋 二
初約十三家別破 五
次束成四種總破 ○
初數論師 三
二勝論師 二
三自在天等八論 ○
四二種聲論 ○
五順世論師 ○
卷一之三

四破諸句中無礙法 諸
五約唯識破諸句 又
六破大有性 彼
七破同異性 又
八破和合句 又
初明諸句體非實有 八
次顯諸句非現量得 二
初明諸句非現量境 然
次顯能緣非現量智 又
初正破 二
次結非 故
初叙執 勝
次破斥 二

○三自在天等八論 二
初破大自在 二
次例破餘七 餘
○四二種聲論 二
○五順世論師 二
初叙 有
次破 二
○次束成四種總破 二
初總標 然
次別破 四
初數論等 二
二勝論等 二
三無慚等 二
四邪命等 二
○次破餘乘 二

初破不越因量 二
次破因果同處 又
三破果體是一 又
初正破 又
次破救 三
初破量德合故似粗 若
次約果如因破 若
三約因如果破 若
初叙 有
次破 彼
初叙 有
次破 彼
初破因微 彼
次破果色 三
初叙 一二
三四

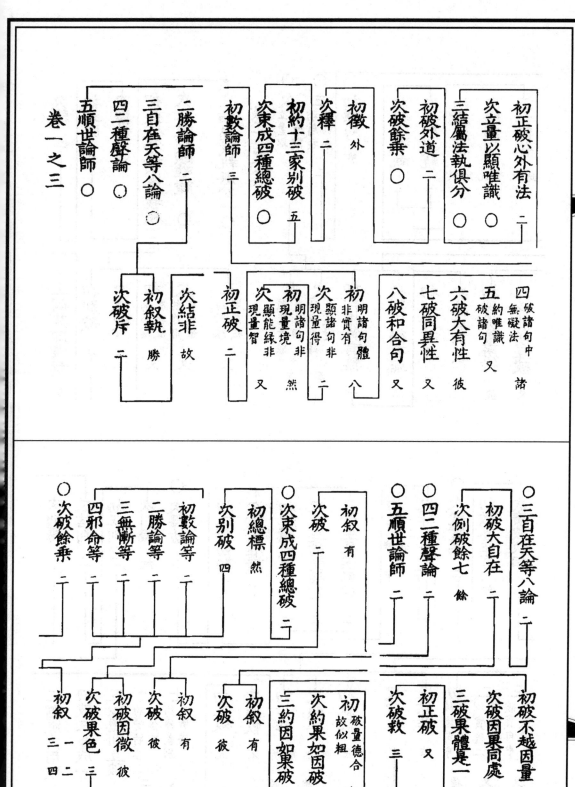

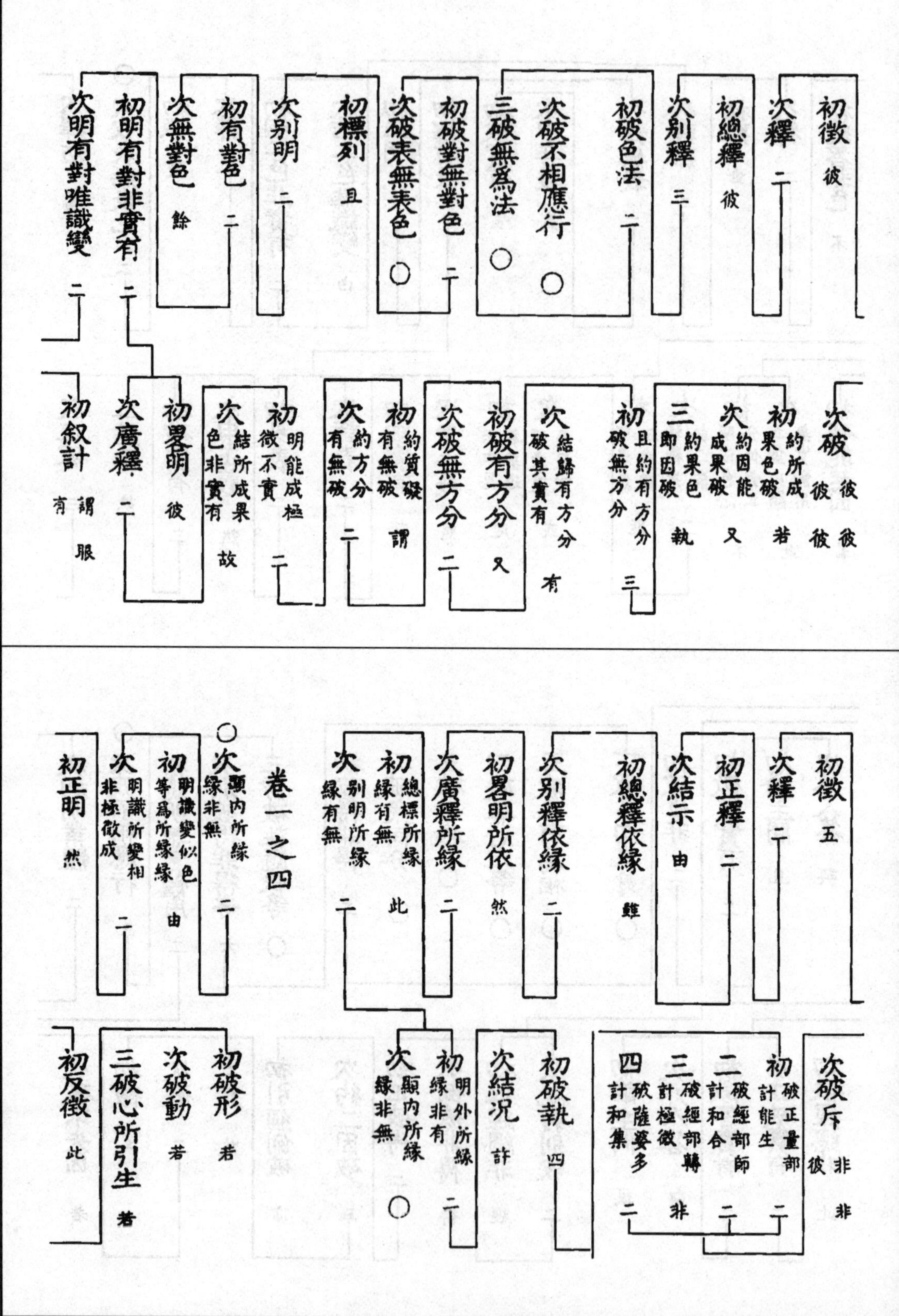
初徵 彼
次釋 二
初總釋 彼
次別釋 三
初破色法 二
次破不相應行 ○
三破無爲法 ○
初破對無對色 二
次破表無表色 ○
初標列 且
次別明 二
初有對色 二
次無對色 餘
初明有對非實有 二
次明有對唯識變 二
次破 彼
初約所成果色破 若 彼
次約因能成果破 又 彼
三即因破約果色執 彼
初破無方分 且約有方分 三
次結歸有方分破其實有 有
初破有方分 又
次破無方分 二
初約質礙有無破 謂
次約方分有無破 二
初明能成極微不實 二
次結所成果色非實有 故
初略明 彼
次廣釋 二
初敘計 謂眼有
初徵 五
次釋 二
初正釋 二
次結示 由
初總釋依緣 雖
次別釋依緣 二
初畧明所依 然
次廣釋所緣 二
初總標所緣有無 此
次別明所緣有無 二
卷一之四
○次顯內所緣非無 二
初明識變似色等爲所緣緣 由
次明識所變相非極微成 二
初正明 然
次破 彼 非 非
初破正量部計能生 二
二破經部師計和合 二
三破經部轉計極微 非
四破薩婆多計和集 二
初破執 四
次結況 許
初明外所緣緣非有 二
次顯內所緣緣非無 ○
初破形 若
次破動 若
三破心所引生 若
初反徵 此

次釋妨 爲
○次破表無表色 二
初徵 表
次釋 二
初明二色非實有 二
次結二色唯識變 由
初正明 二
初釋有表 二
初破實有 表
次申正義 然
次釋無表 二
次釋難 二
初難 世
次釋 二
初總答非色 不

次正破 三
三結示 故
初破實有 三
次申正義 然
初身表 二
次語表 二
初破實有 語
次申正義 然
初示由思名業道起
次明業道是假說 或
初明思爲三業體 能
次轉釋身語二業 二
初明依色心分位假立 不
次立量以顯無實體用 此
初破能起因 若

次別明業體 二
○次破不相應行 三
初總明無實體用 二
次別破得非得等 六
三傍破執隨眠等 ○
初破得非得 二
二破衆同分 ○
三破命根 ○
四破無心定等 ○
五破二有爲相 ○
六破名句文身 ○
初破他非 二
初徵答實有 二
初論主問 且
次外人答 契

次破不失因 若
初徵 又
次破 二
三結 故
初引經例破 亦
次約二因破 三
初正破得 二
次例破非得 得
初依經總非 經
次就義別破 二
初論主問 復
次外人答 契
初徵答實有 二
次正破實有 二
初依經總非 此

次正破實有 二
次申正義 二
初明得 然
次明非得 翻
○二破衆同分 二
初破他非 二
次申正義 然
○三破命根 二
初破他非 二
次申正義 然
○四破無心定等 二
初破他非 二
初徵答實有 二
次正破實有 若
初論主問 復

次就義別破 二
初約同智言因破 若
次約同事欲因破 若
初徵答實有 二
初論主問 復
次外人答 若
次正破實有 二
初依經總非 此
次就義別破 三
初例破 又
次釋妨 若
三結示 此
初正釋 二
次結示 故
初無心定 謂

次外人答 若
次申正義 二
卷二之一
○五破三有爲相 二
初破他非 二
次申正義 ○
初徵答實有 二
初論主問 復
次外人答 契
次正破實有 二
次申正義 二
初刹那四相 三
次一期四相 一
○六破名句文身 二
初破他非 二

次無想果 無
初破能相所相體異 非
二破生等相體俱有 又
三破能所相本有 能
四破能相合所相 所
五破生等三世相違 又
初依經總非 此
次就義別破 五
初標立相意 然
次釋成四相 四
三結成是假 故
初別說四相 本
二約世簡小 前

次申正義 ○
初徵答實有 二
初論主問 後
次外人答 契
次正破實有 二
初依經總非 此
次就義別破 二
初正破二師 二
次結成愚智 語
○次申正義 四
初顯假差別 然
二顯三用殊 名
三明不即不離 此
四會其相違 二
○三傍破執隨眠等 二

三釋通外難 如
四述相所表 生
初遮音韻即名等異聲實有 若
次遮音韻非能詮須生名等 若
初正破 謂
次遮救 二
初破名等異聲實有 若
次破聲能生名句文 二
初單破正理論師 二
次雙破經部正理 二
初正破 辭
次結責 何
初正會相違 由
次躡蹟會違 且
初例破離色心等定有無為 且

初正破 二
次例餘 執
初敘執 有
次破斥 彼
○三破無為法 二
初正破實有 二
次顯示正義 ○
初依理總非 諸
次約義別破 二
初正破 二
次例餘 二
○次顯示正義 三
○次立量以顯唯識 二
○三結屬法執俱分 三
初標列 然

次立量顯無為即色心實性 然
初例有為總破 二
次約一多別破 二
初總徵 又
次別釋 二
初破體一 二
次破體多 若
初破虛空 若
次破餘二 一
初准前例破 餘
次立比量破 又
初總標 然
次別釋 二
三結示 故
初依識變假施設有 一

次別釋 二
三結判 二
初正判 二
次引證 故
初判相質有無 二
次判依徧有無 然
初判定有無 如
次結成前義 是
○次結示心外境非所緣 二
初明離識我法非所緣緣 如
次明自心外蘊非所緣緣 二
○三總結證成 由
卷二之二
○次釋假應依實難 二
初難 有

次依法性假施設有 二
初示法性名 二
次出無爲體 離
初雙顯二取是相見分 外
次結示唯識亦是假說 諸
初俱生法執 三
次分別法執 三
初釋總名 俱分
次釋別相 此唯
三明斷位 此此
初簡異聚王所 現
次簡同聚心所 同
初破喻 二
初破依類假說 三

次釋 二
初正釋外難 三
初總破法喻 彼
次別破法喻 二
三結難非理 是
次示假說意 然
○次釋後三句 二
初結前標數 識
次釋通別名 然 二
初釋三類別名 一
初總標 此
次別釋 二
初釋因能變 一
次釋果能變 二
次釋能變通名 二

次破依實假說 三
初正破 依依
次遮救 若若
三結破 類由
次破法 二
初正破假說依眞 又
次結申假說正義 由
初總明 二
次別釋 二
初等流果 等
次異熟果 二
初正釋 異
次簡異 此
初自相等三門 ○
二不可知等三門 ○

○次二十三頌半廣明識相顯前頌意 二
初十四行半頌明三能變識相 二
次九行頌廣釋外難顯唯識 ○
初廣釋三能變相 三
次會三能變俱轉示二諦 ○
初初能變相 三
次第二能變 ○
三第三能變 ○
初末論設問 雖
次舉本頌答 頌
三末論釋成 二
初正釋頌文 丁
次證有本識 ○
○初自相等三門 二
初正釋三門 二
三相應門 ○
四受俱門 ○
五三性門 ○
六心所例王門 ○
七因果譬喻門 ○
八伏斷位次門 ○
初別釋 三
次總結 初
初自相門 論
次果相門 此
二因相門 此
初正釋 若
次簡別 然
初難 此
次釋 二

次重明因相 三
初標 一
次釋 四
三結 ○
初明種子相 二
二明本新義 三
三明種子義 ○
四明熏習義 ○
初淨月等師唯立本有 三
初釋義 此
次引證 二
三結示 如
初引教 如
次引理 又
次難陀等師唯立新熏 三
初正釋 雖
次釋妨 二
初正示種相 此
次明種實有 丁
初正釋 二
次結判 二
初判屬相分 種
次判屬三性 二
初正判 諸
次釋妨 二
初難 若
次釋
初引教 如
次引理 二
初證有漏 又

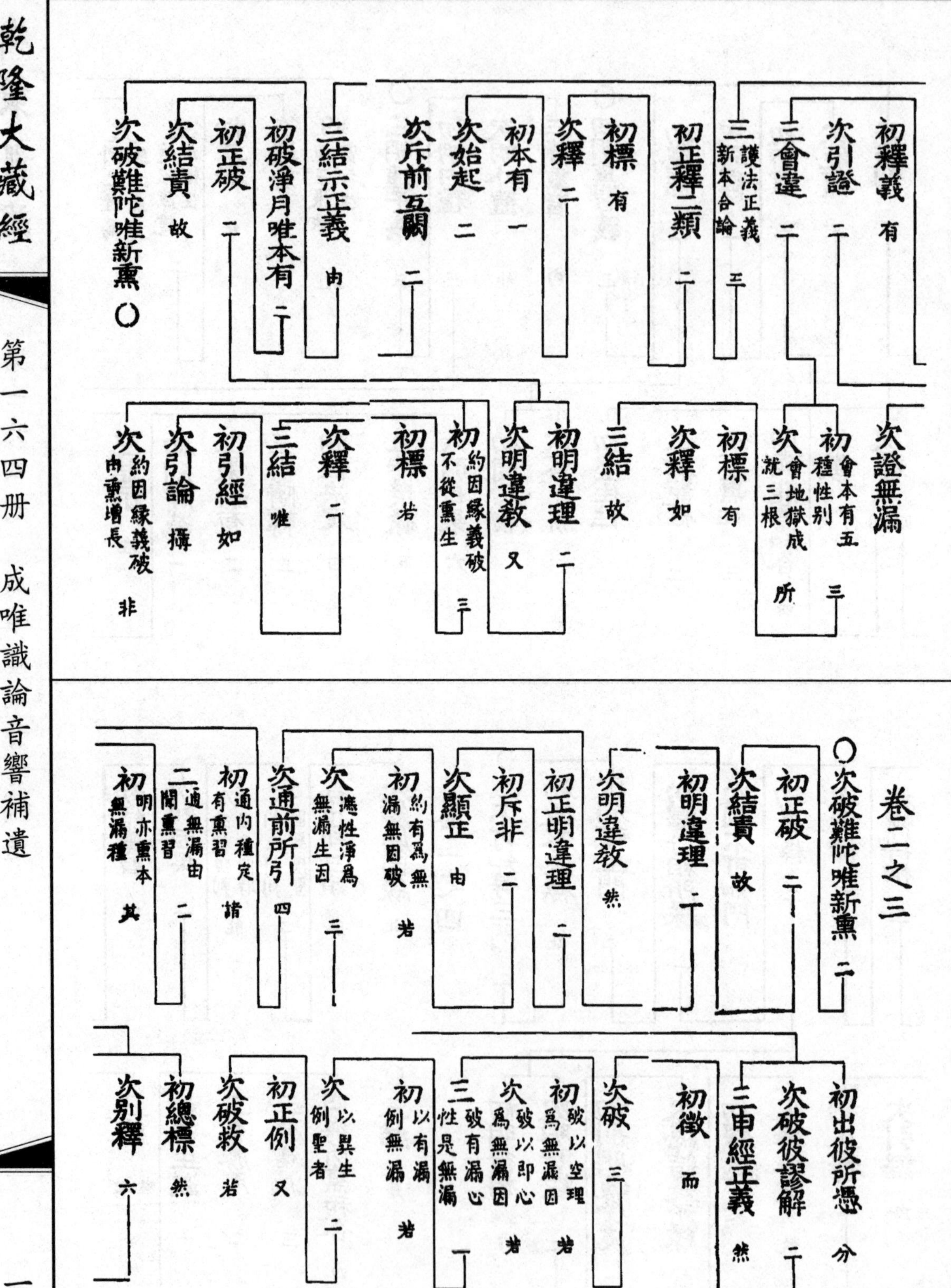

初釋義 有
次引證 二
三會違 二
三護法正義 新本合論 三
初正釋二類 二
初標 有
次釋 二
初本有 一
次始起 二
次斥前互闕 二
三結示正義 由
初破淨月唯本有 二
初正破 二
次結責 故
次破難陀唯新熏 〇
次證無漏
初會本有五種性別 三
次會地獄成就三根 所
初標 有
次釋 如
三結 故
初明違理 二
次明違教 又
初約因緣義破不從熏生 三
初標 若
次釋 二
三結 唯
初引經 如
次引論 攝
次約因緣義破由熏增長 非

卷二之三

〇次破難陀唯新熏 二
初正破 二
次結責 故
初明違理 二
次明違教 然
初正明違理 二
初斥非 二
次顯正 由
初約有爲無漏無因破 若
次遮性淨爲無漏生因 三
次通前所引 四
初通内種定有熏習 諸
二通無漏由聞熏習 二
初明亦熏本無漏種 其
初出彼所憑 分
次破彼謬解 二
三申經正義 然
初徵 而
次破 三
初破以空理爲無漏因 若
次破以即心爲無漏因 若
三破有漏心性是無漏 二
初以有漏例無漏 若
次以異生例聖者 二
初正例 又
次破救 若
初總標 然
次別釋 六

次判二性爲緣亦異 聞
三通依障建立種性 二
初正釋 依
次通妨 然
四通三根依當可生 既
○三明種子義 三
初明内種 三
次明外種 外
三簡熏習 内
○四明熏習義 三
初總標 二
次別釋 二
初所熏 三
次能熏 三
三結判 二

三結示 唯
初刹那滅 一
二果俱有 二
三恒隨轉 三
四性決定 四
五待衆緣 五
六引自果 六
初問 依
次答 所
初堅住性
二無記性 二
三可熏性 三
四與能熏和合 四
初徵 何 四
次釋 何 四

初結熏習 如
次判因果 二
初約種現判因果同時 能
次約三類判因果橫豎 二
初正判三類 能
次結屬因緣 此
卷二之四
○二不可知等三門 二
初徵答總標 此
次別釋三門 二
初釋行相所緣 二
次明不可知門 ○
初畧釋 二
次廣釋 二
初釋行相 三

三結 唯 唯
初有生滅 一
二有勝用 二
三有增減 三
四與所熏和合 四
○三結 是
初明行相 了
次明所緣 二
初別明執受處 二
次總結是所緣 執
初釋處 處
次釋執受 執
初正釋 二
次引證 如

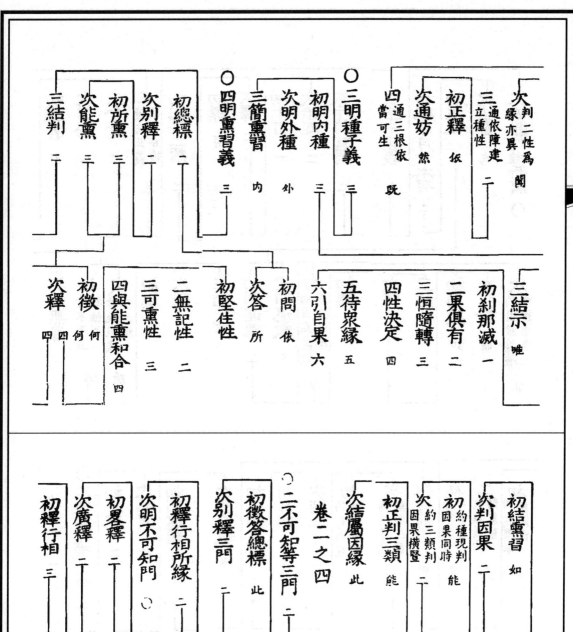

次釋所緣
初略指是異 熱見分 此
次通明心心 所分量 三
三結歸是異 熱見分 故
初難陀立二分 二
次陳那立三分 二
初正釋 然
次引證 如
三護法立四分 二
初正明應有四分 二
初正釋 又
次結判 二
初正判 此
次引證 是
次攝歸唯是一心

初釋 二
次結 故
初明心心所 各有二分 然
次破安慧唯 立自證分 二
初破無所緣 若
次破無能緣 若
初正明立二分 二
次大小乘辯異 二
初明小乘偏義 二
初明行相所緣 執
次明王所同異 心
次申大乘正說 二
初明行相所緣 違
次明王所同異 心
初明攝 如

○次所緣 二
初正明所變 二
次總結所緣 故
初明唯變處等 二
次明不變心等 二
初正釋 二
次結示 畧
初明業力所 變決定 三
次明定等所 變不定 前
初器界 二
次種子 諸
三根身 二
初明不共中不 共變自根身 有
次明不共中共 種變他依處 二
○次明不變心等 二

次引證 如
初釋義 二
初正釋 所
次釋疑 雖
次料簡 二
初徵 誰
次釋 三
初月藏明一切 有情共變 有
次師明現居 當生者變 二
三護法明於身 有用即變 二
初斥前非 有 有
次申正義 自 是 然
初正明共 中共變 二
次結顯共 中不共 此
初正釋 有

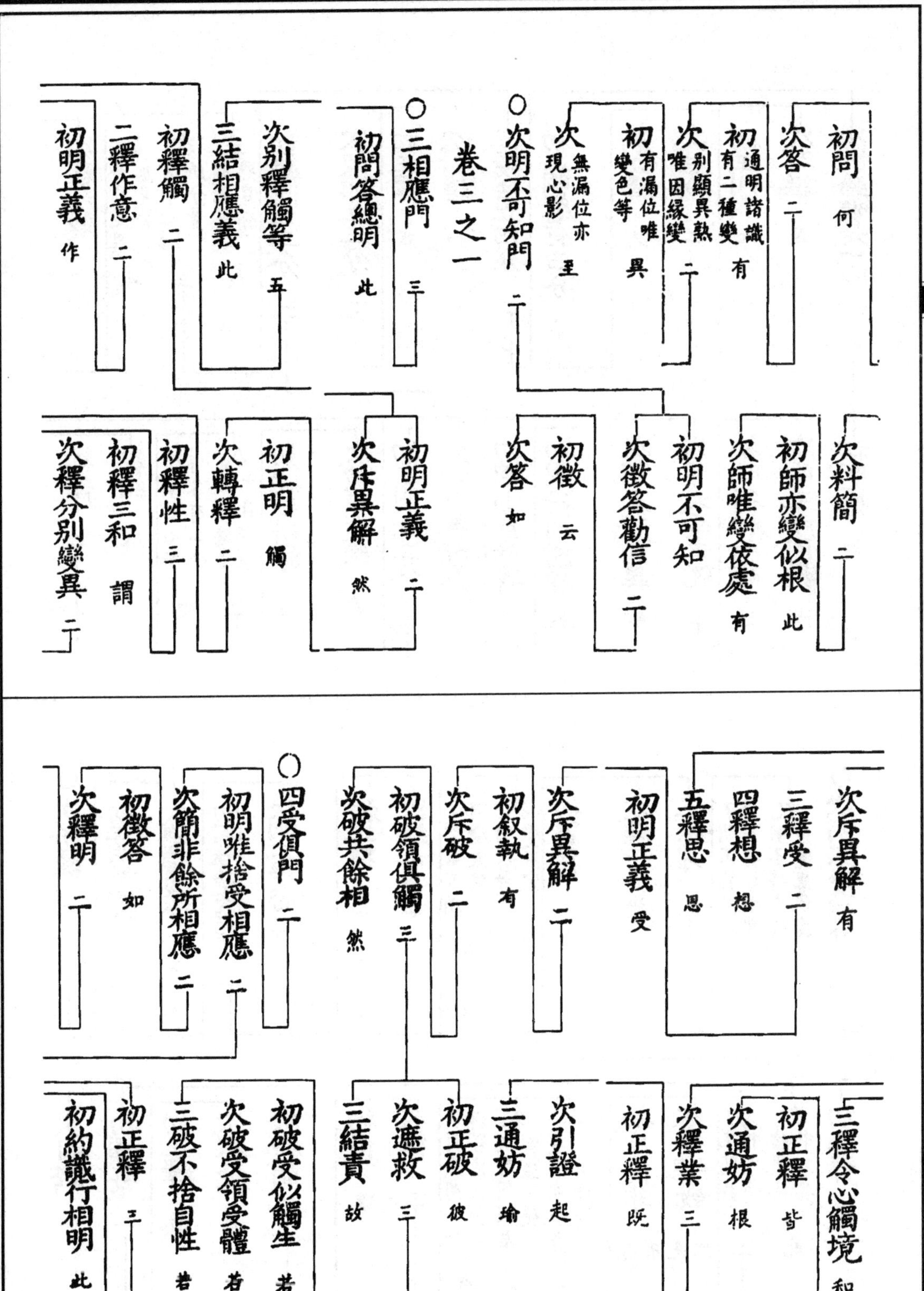

初問 何
次答 二
初有二種變 通明諸識 有
次別顯異熟 唯因緣變 二
初有漏位唯 變色等 異
次無漏位亦 現心影 至
○次明不可知門 二
卷三之一
○三相應門 三
初問答總明 此
次別釋觸等 五
三結相應義 此
初釋觸 二
二釋作意 二
初明正義 作

次料簡 二
初師亦變似根 此
次師唯變依處 有
初明不可知
次徵答勸信 二
初徵 云
次答 如
初明正義 二
次斥異解 然
初正明 觸
次轉釋 二
初釋性 三
初釋三和 謂
次釋分別變異 二

次斥異解 有
三釋受 二
四釋想 想
五釋思 思
初明正義 受
次斥異解 二
初叙執 有
次斥破 二
初破領俱觸 三
次破共餘相 然
○四受俱門 二
初明唯捨受相應 二
次簡非餘所相應 二
初徵答 如
次釋明 二

三釋令心觸境 和
初正釋 皆
次通妨 根
次釋業 三
初正釋 既
次引證 起
三通妨 瑜
初正破 彼
次遮救 三
三結責 故
初破受似觸生 若
次破受領受體 若
三破不捨自性 若
初正釋 三
初約識行相明 此

初明非別境俱 謂
次明非善等俱 此
○五三性門 三
初問 法
次答 此
三釋 二
○六心所例王門 二
初正釋 二
初例三性門 觸
次例餘諸門 又
次斥謬 二
○七因果譬喻門 二
初明正義 二
次斥異說 ○
初正釋頌文 三

次約俱生受明 又
三約執藏義明 又
次釋妨 二
初難 若
次釋 既
初釋無覆無記義 異
次釋無覆無記名 覆
初破一切種 二
次破無簡別 又
初正破 二
初約不能受熏持種破 彼
次約受熏以種多難破 又
次破救 二
初叙執 誰
次破斥 彼

次通妨顯理 二
初釋過未既假不成非斷難 二
初外難 過
次答釋 二
初對斥 過
次顯理 豈
次釋無因無果誰離斷常難 二
○次斥異說 二
初正斥 二
初斥餘部 二
次斥經部 經
初叙計 三
初標 有
次釋 謂
三結 如

初叙執 有
次斥破 二
初徵答總標 阿
次法喻別釋 二
三結示緣起 如
初釋恒轉義 恒
次釋如瀑流 如
初外難 因
次答釋 二
初對破 若
次顯理 二
初略明 因
次廣顯 三
初標義 謂
次釋成 觀

次斥非 三
初總斥 彼
次別破 三
三結非 故
次結勸 由
三結勸 如
初破一念三時 何
次破生滅體一 又
三時體互破 生

卷三之二

○八伏斷位次門 二
初徵答總標 此
次廣釋頌義 二
初正明捨阿賴耶 二
初總明 謂
次別釋 二
初明能捨諸位 二
次簡所捨唯名 然
次通明第八異名 二
初正釋 二
初釋義 此
次引證 云
次釋妨 二
初難 若
次答 二
初約迴心向大釋 彼
次約直修大乘釋 又
初明正義 二

初廣釋諸名 二
次結歸二位 然
初釋名義 二
次簡所捨 阿
初總標 然
次別釋 四
初釋心等四名 謂
二釋阿賴耶名 或
三釋異熟識名 或
四釋無垢識名 或
○次證有本識 三
初徵答總標 云
次教理別明 二
三總結勸信 別
初引教 二
次斥異解 二
初正破 二
初叙 有
次破 彼
次破救 二
初叙 地
次破 彼
初引頌 謂
次釋義 二
初正釋 三
次結證 今
初約二用釋 二
次約染淨釋 又
三約三性釋 或
初略判頌文 此

次顯理○
初引大乘二
次引餘部○
初引契經證有第八二
次顯大乘是至教量○
初三經四頌四
次指廣證有此
初引阿毗達磨頌二
二重引前經中頌二
初引頌即
次釋義二
初正釋二
次結證非
三引解深密經頌二
初引頌解

次廣釋頌義二
初因緣用二
初釋二
次結是
初正釋因緣界
次轉釋緣用謂
次依持用二
初明流轉依持三
次明還滅依持三
初標由及
次釋謂
二結謂諸能
初釋前三句二
初約含藏義釋由
次約三藏義釋與

次釋義二
初正釋三
次結證唯
四引入楞伽經頌二
初引頌入
次釋義眼
次顯大乘是至教量二
○
初立比量證諸
次引七因證二
初引聖慈氏七因二
次引莊嚴論頌義如
初總標又
次別明七
○次引餘部二
初總標餘

次釋第四句二
初約地上釋已
次通地前釋或
初釋第一句以
次釋第二句是
三釋後二句既
一先不記一
二本俱行二
三非餘境三
四應極成四
五有無有五
六能對治六
七義異文七
初明正義謂
次別簡釋七

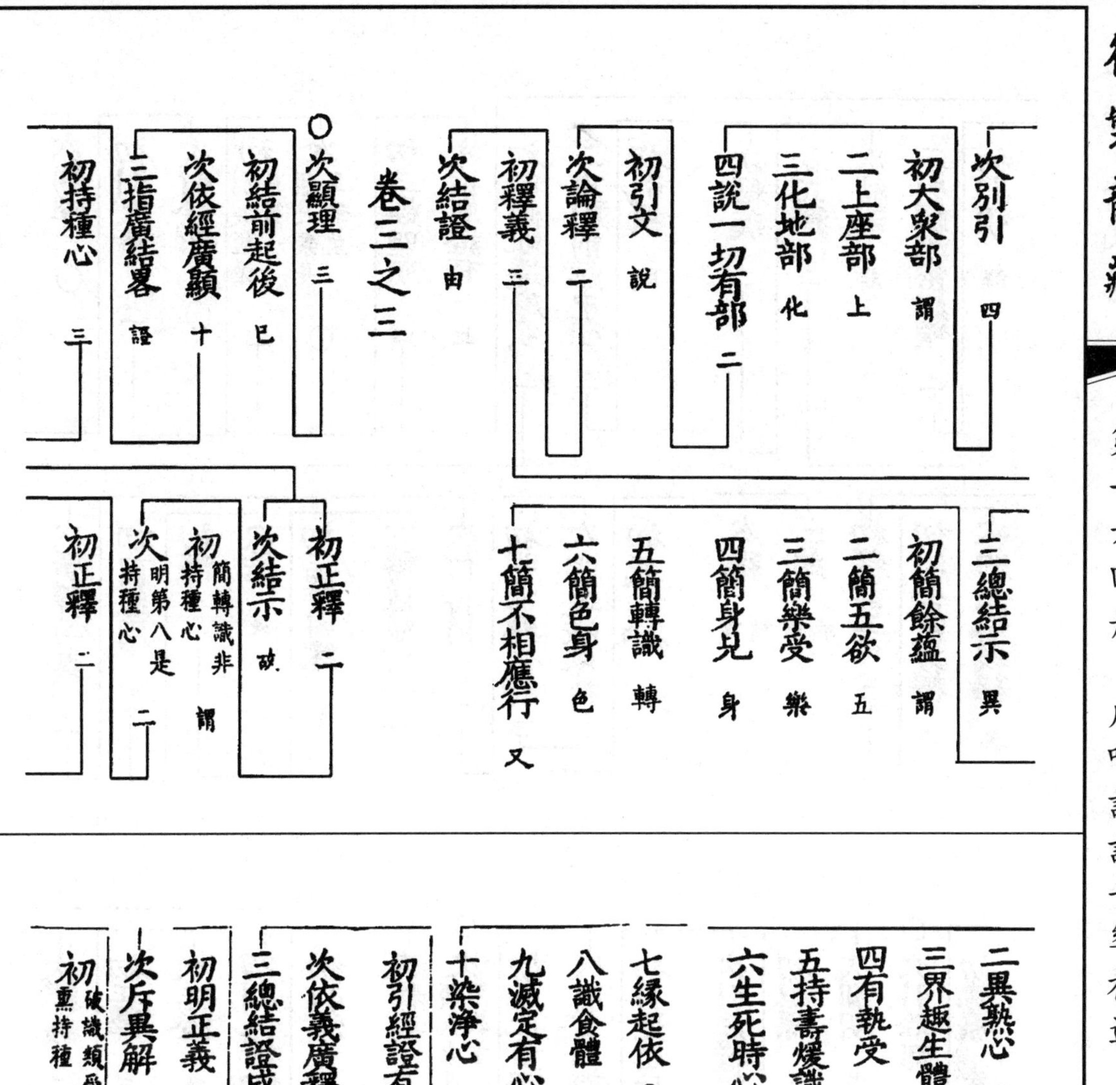

二異熟心 ○
三界趣生體 ○
四有執受 ○
五持壽煖識 ○
六生死時心 ○
七緣起依 ○
八識食體 ○
九滅定有心 ○
十染淨心 ○
初引經證有 謂
次依義廣釋 二
三總結證成 故
初明正義 二
次斥異解 五
初破識類受熏持種 二

初順明 此
次反顯 若
次簡非 二
初簡色不相應 色
次簡轉識心所 轉
初約假實破 彼
二約三性破 又
三約無心位破 又
四約凡聖類同破 又
五約根法類同破 又
六約事類不俱破 又
初叙 有
次破 六
初叙 有
次破 二

二破六識俱轉受熏持種 執
三破色心自類前爲後種 二
四破三世實有能成因果 二
五破執遣相空撥無本識 二
初叙執斥違經 有
次約法斥違理 二
初斥成邪見 智
次斥反正智 若
○二異熟心 三
初引經證有 又
次依義廣釋 二
三總結證成 由
○三界趣生體 三
初引經證有 又
次依義廣釋 二

初正破 二
次遮救 亦
初約無熏習義破 彼
次約間斷不生破 又
初叙 有
次破 彼
初簡轉識非真異熟 謂
次明第八是真異熟 三
初約有情身器顯有真異熟 定
次約身受怡勞顯有真異熟 又
三約非佛有情顯有真異熟 非
初約實等四義順明 唯
次約無色第六反釋 此
三約佛非趣生反詰 由
初正立 唯

三總結證成 正
初標義 謂
次釋成 二
初簡轉識等非趣生體 非
次明第八心品是趣生體 三
○四有執受 三
初引經證有 又
次依義廣釋 二
三總結證成 故
五持壽煖識 三
初引經證有 又
次依義廣釋 二
三總結證成 由
初簡轉識非持壽煖識 謂
次明第八是持壽煖識 二

次簡別 此
初顯有能執受心 謂
次立第八是能執受 二
初明第八是能執受 二
次簡轉識等非能執受 三
初簡諸轉識 謂
次簡諸心所 諸
三簡色根命根 非
初正立 唯
次釋成 二
初正釋 經
次通妨 二
初難 難
次釋 二
初約三法具處釋 此

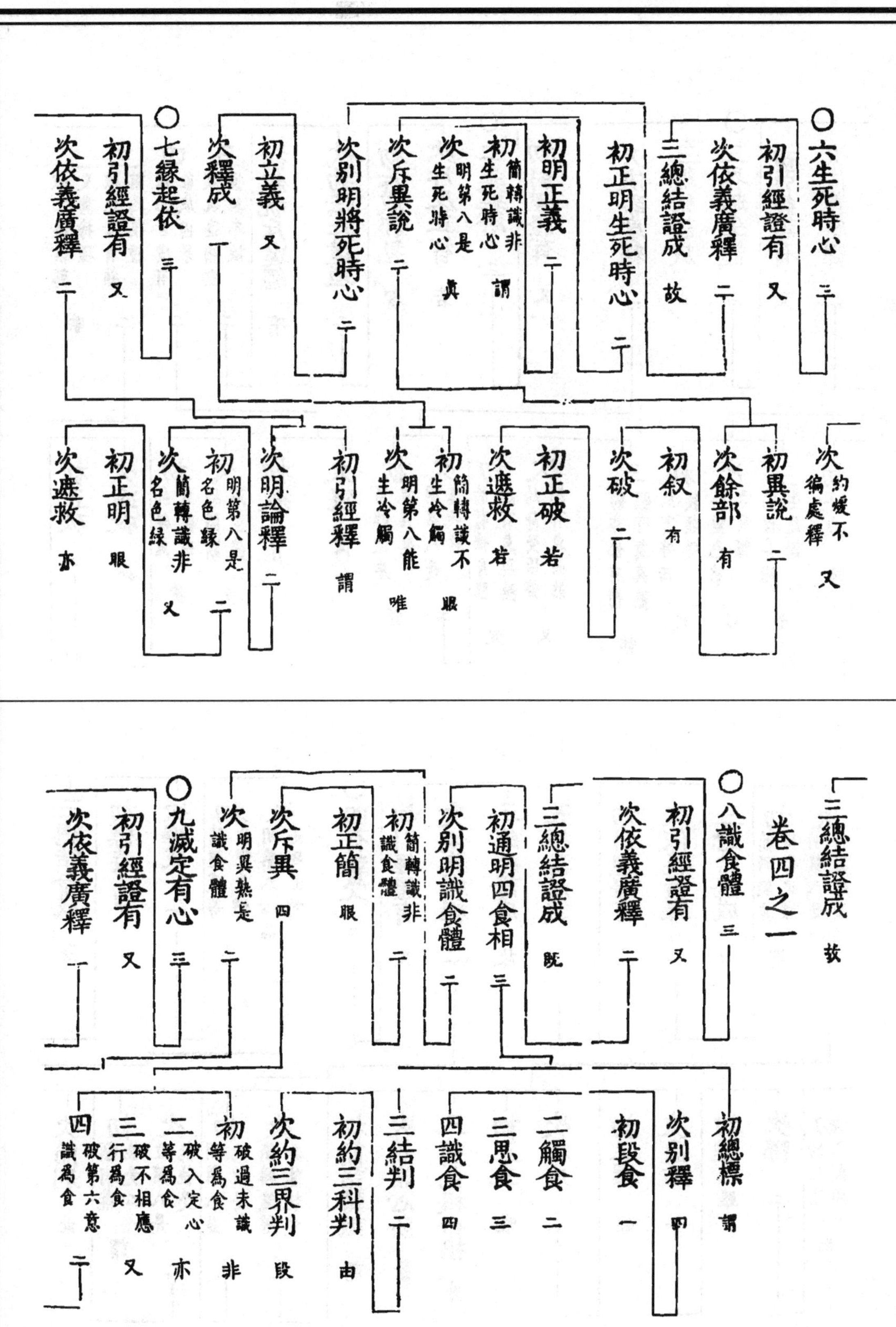

○六生死時心 三
初引經證有 又
次依義廣釋 二
三總結證成 故
初正明生死時心 二
初明正義 二
初簡轉識非生死時心 謂
次明第八是生死時心 眞
次斥異說 二
次別明將死時心 二
初立義 又
次釋成 二
○七緣起依 三
初引經證有 又
次依義廣釋 二
次約煖不徧處釋 又
初異說 二
次餘部 有
初叙 有
次破 二
初正破 若
次遮救 若
初簡轉識不生冷觸 眼
次明第八能生冷觸 唯
初引經釋 謂
次明論釋 二
初明第八是名色緣 二
次簡轉識非名色緣 又
初正明 眼
次遮救 亦

三總結證成 故
卷四之一
○八識食體 三
初引經證有 又
次依義廣釋 二
三總結證成 旣
初通明四食相 三
次別明識食體 二
初簡轉識非識食體 二
初正簡 眼
次斥異 四
次明異熟是識食體 二
○九滅定有心 三
初引經證有 又
次依義廣釋 二
初總標 謂
次別釋 四
初段食 一
二觸食 二
三思食 三
四識食 四
三結判 二
初約三科判 由
次約三界判 段
初破過未識等爲食 非
二破入定心等爲食 亦
三破不相應行爲食 又
四破第六意識爲食 二

三總結證成 ○
初明滅定有第八識 三
初依義明滅定有識 二
初明定中第八爲不離身識 謂
次破後時還起名不離身識 若
次據理破滅定無識 三
三立量顯滅定有識 然
初破全無識 又
次破無異熟識 又
三破無持種識 又
次破滅定有第六識 二
初約名位破 二
次約心所破 二
初總徵 又
次別破 二

初正釋 由
次通妨 唯
初叙 有
次破 二
初總斥指廣 彼
次約義別破 三
初破無漏識爲食 又
次破有漏種爲食 亦
三破身命互爲食 復
初約名 二
次約位 或
初正破 若
次破救 若
初標違教名 若
次釋違教名 三

初約有心所破 三
次約無心所破 二
初正破 二
次結破 故
初約王所例破 二
初正例無所亦應無王 若
次反例有王亦應有所 二
初正例 又
次遮救 二
次約三性推破 二
初徵 又
次破 二
初正破 二
次結斥 故
初破染無記 不

二結違教名 或
初破唯滅受想 二
初救 此
次破 無
次破心不同行亦滅 二
初救 如
次破 二
初以語行對破 若
次明行有徧不徧 然
三結 受
三受想與思等互破 三
初以受想例思等亦應滅 又
次以思等例受想應不滅 三
初例難 既
次轉救 如

次破善性 三
初破相應善 若
次破自性勝義善 此
三破等起善 若
〇三總結證成 如

三復破 彼
初遮定位三和不生觸等 二
次遮依前所厭不違定名 二
初牒救詞 若若
次破斥 若既

卷四之二

〇十染淨心 三
初引經證有 又
次依義廣釋 二
初明無第八煩惱無因 若
次明無第八業果無因 二
初正明業果無因失 若
次兼明有支不成失 又
三總結證成 許
初總釋 謂
初標 然
次釋 諸
次別釋 二
初約雜染釋 二
次約清淨釋 二
初明無第八淨道無因 二
初總明清淨道無因失 若
次別明出世道無因失 又
〇次第二能變 三

初結前問後 如
次舉本頌答 頌
三末論釋成 二
初正釋頌文 九
次證有第七 〇

次明無第八斷果不成 二
初正釋 若
次破救 若
初正釋 論
次簡異 二

初釋名門 二
初徵 此
次釋 二
初約離合釋唯異第六 此
次以標意名總異餘七 又
二所依門 三
三所緣門 〇
四性相門 〇
五染俱門 〇
六餘相應門 〇
七三性門 〇
八界繫門 〇
九伏斷門 〇

初正釋此識所依 二
初標 依
次釋 二
初釋依彼 二
次釋轉義 轉
初總明依藏識 彼
次別明依種現 二

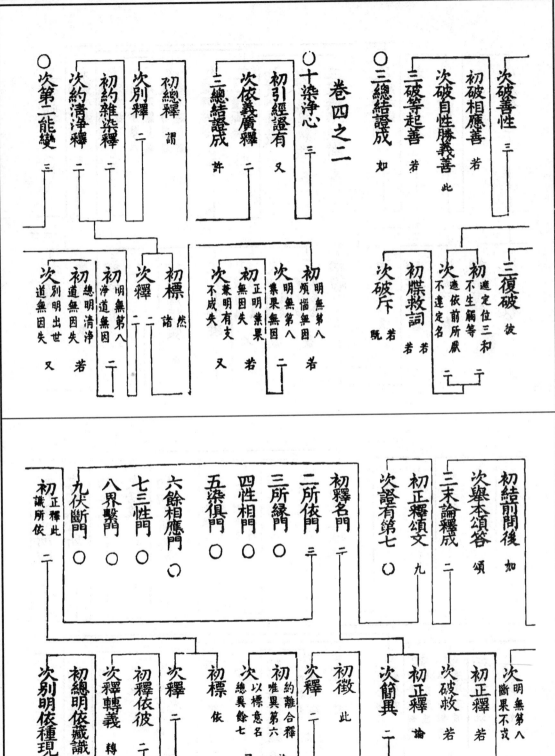

次偈論諸識所依 二
三結歸本頌所依偈
初畧釋 三
初標 諸
次釋 三
三結 唯
次廣釋 三
初種子依 二
次俱有依 二
三開導依 ○
初標 次
次釋 四
初家解 二
初前五識 二
次後三識 第

初解唯依種 有
次解依種現 有
初因緣依 一
次增上緣依 二
三等無間緣依 三
初標 初
次釋 二
初經部種現不俱 有
次大乘種現俱時 二
初斥前非 有
次申正義 二
初明三因緣因果俱不俱別 二
初正明 然
次引證 二
初引瑜伽通證二類因緣 故

初正釋 有
次引證 二
第二家解 二
初斥前非 三
次申已義 是
初標 有
次釋 二
三結 由
初難前五識 二
初正斥破 二
次申頌義 然
初別破 二
次總責 又
次難六七識 ○
第三家解 ○

次引攝論別證種現因緣 攝
次結示諸心心所名有種子依 如
初唯識頌 二
次緣論頌 觀
初約十八界難 若
二約相見分難 又
三約增上緣難 又
四約界地難 又
五約三性難 又
六約執受難 又
七約同法難 又
八約三依不具難 又
九約根通種現難 又
初破識種爲色根 九
次破業種爲色根 二

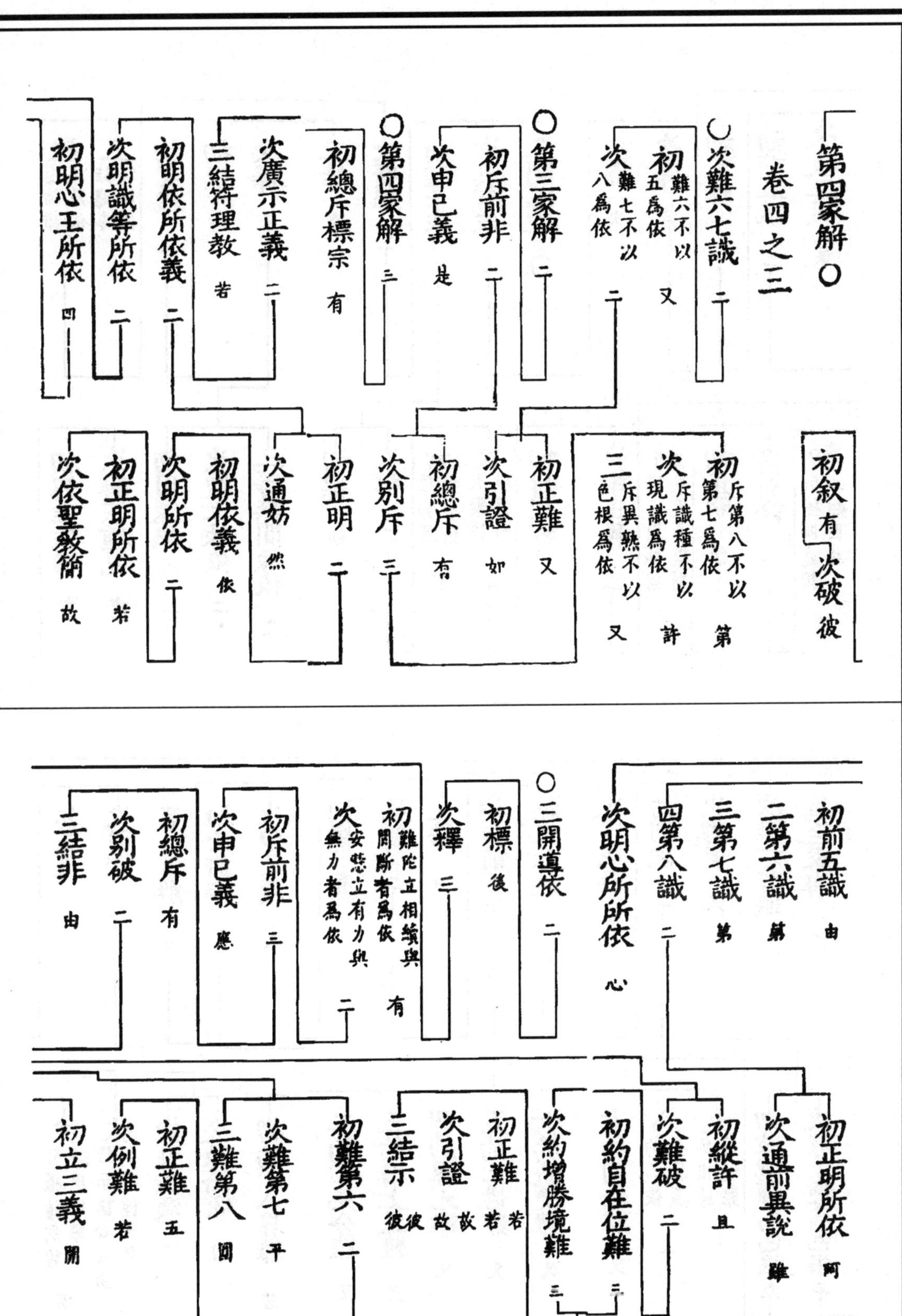
第四家解○
卷四之三
○次難六七識 二
初難六不以五爲依 又
次難七不以八爲依 二
○第三家解 二
初斥前非 二
次申已義 是
○第四家解 三
初總斥標宗 有
次廣示正義 二
三結符理教 若
初明依所依義 二
次明識等所依 二
初明心王所依 四
初叙有 次破彼
初斥第八不以第七爲依 第
次斥識種不以現識爲依 許
三斥異熟不以色根爲依 又
初正難 又
次引證 如
初總斥 有
次別斥 三
初正明 二
次通妨 然
初明依義 依
次明所依 二
初正明所依 若
次依聖教簡 故
初前五識 由
二第六識 第
三第七識 第
四第八識 二
次明心所所依 心
○三開導依 二
初標 彼
次釋 三
初難陀立相續與間斷者爲依 有
次安慧立有力與無力者爲依 二
初斥前非 三
次申已義 應
初總斥 有
次別破 二
三結非 由
初正明所依 阿
次通前異說 雖
初縱許 且
次難破 二
初約自在位難 二
次約增勝境難 三
初正難 若若
次引證 故故
三結示 彼彼
初難第六 二
次難第七 平
三難第八 聞
初正難 五
次例難 若
初立三義 開

初難破前五識　二
次難破後三識　三
三護法立八識各唯自類爲依　三
初總斥前非　有
次立義與難　二
三示正通難○
卷四之四
○三示正通難　三
初申正義　是
次通外難　五
三結正義　故
初釋諸識相應難　雖
二釋心所成依難　然
三釋應各爲緣難　若
四釋後起由他難　無
次難前師　二
初正難　二
次通妨　然
初難心不並生　若
次難色等應有等無間緣　又
初畧明　謂
次廣辯　四
初難陀緣王所　二
二火弁緣相見　有
初釋義　有
次通妨　然
三安慧緣種現　二
初難前師　有

五釋諸教相違難　然
○三所緣門　二
初結前問後　如
次正釋頌義　二
初正釋　二
初明未轉依　二
次明已轉依　二
初正明　未
次簡異　此
次釋妨　二
初問　如
次答　如
(一)四性相門　二
初正釋性相　頌
次兼釋別名　由
次申已義　應
四護法唯緣見　二
初難前師　有
次申正義　三
初正明　應
次釋難　未
三結歎　若
初釋常俱義　此
次釋四煩惱　二
初釋別名　二
次釋通名　此
初徵列　共
次釋義　我
初明有我見故無四見　二
次明有見愛故無疑實　由

○五染俱門 三
初問答總標 此
次正釋頌義 二
三問答料簡 二
初料簡唯四 二
初問 彼
次答 二
初釋 二
次結 故
次料簡三俱 二
初正明俱起 三
次通瑜伽妨 二
初難 瑜
次釋 分
○六餘相應門 二

初正明 有
次出意 二
初徵 如
次釋 二
初問 見
次答 行
初明意俱唯九 有
次釋及餘二字 前
初明所有 二
次簡所無 二
初徵 此
次釋 四
初簡別境 謂
二簡信等 善
三簡隨眠 隨

初問答總標 此
次正釋頌義 二
初未轉依 二
次已轉依 未
初釋及餘觸等俱 二
次例藏識明受俱 ○
初師餘字簡無覆性 二
次師餘字顯隨煩惱 二
初斥前 有
次正明 二
初總標 頌
次別釋 四
初師五隨俱 二
二師六隨俱 二
初明六隨徧染心 三

四簡不定 惡
初正釋 如
次會通 掉
初正立五隨 此
次引論證釋 二
三通餘處妨 雖
初明五隨徧染心 三
次結示意俱有無 二
初明意俱有十五 二
初正明 然
次釋義 我
次結例無餘心所 二
初問 何
次答 謂
初標數 然

初正立六隨 有
次引論證釋 瑜
三通集論等 論
次結示意俱有無 二
初明意俱有十九 二
次結例無餘心所 無
三師十隨俱 二
四師八隨俱 二
初破前三師 有
次申自正義 二
初正明 二
次結歎 若
初明八隨徧染心 二
次結示意俱有無 二

卷五之一

次釋成 此
初正釋 瑜
次通妨 諸
初正立十隨 有
次引論證釋 二
三指前會通 餘
初明十隨徧染心 三
次結示意俱有無 二
初明意俱有二十四 此
次結例無餘心所 無
初舉數 故
次釋成 忘
初明意俱有十八 然
次結例無餘等義 無

○次例藏識明受俱 二
初徵 此
次釋 三
○七三性門 二
○八界繫門 二
初問答總標 末
次正釋頌義 二 二
○九伏斷門 二
初問答總標 此
次正釋頌義 二
初別明無染汚意 二
次通明染淨音有無 二
初安慧明三位染淨有無 此
次護法明三位無染有淨 二
初斥前非 二

初師喜受俱 有
次師四受俱 二
三師捨受俱 有
初斥前非 有
次申已義 應
初未轉依 此謂
次已轉依 若若
初總明 阿
次別釋 二
初明有學暫伏滅 二
初住定道暫伏滅 二
初出世道 謂
次滅盡定 滅
次出定道復現行 由
次明無學永斷滅 二

初標違教理 有
次釋違教理 二
初違聖教 三
次違正理 四
次申正義 二
初明無染有淨 是
次明染淨差別 二
初通明染淨末那界有三種 二
次別明我法二執相應末那 二
初明二見所依 二
初明我見依法執 補
次明二見依一慧 我
次明二執伏斷 二
三判屬法執末那 二
初約大小乘通判二性 法

初正明無學位 然
次例明迴趣者 二
初違瑜伽 論
次違顯揚 顯
三違本論 若
初平等智無依 又
二第八識無依 又
三法我見無依 又
四第六識無依 又
初標 此
次釋 三
初人我見相應末那 初
次法我見相應末那 次
三平等智相應末那 後
初通明三乘起滅 二

次立比量判屬異熟生 是
○次證有第七 三
初問答總標 云
次教理別明 二
三通妨總結 ○
初引教 二
次顯理 三
初結前起後 已
次顯示正理 六
三指廣勸信 證
初恒行無明 二
二意法為緣 ○
三思量名意 ○
四無心定別 ○
五無想天染 ○

初我執伏位唯起法執 二
次我執斷位亦起法執 二
次別明菩薩起滅 二
初正釋 八
次引證 如
初正引 四
次指廣 如
初引經 謂
次釋義 如
三證成 如
初泛引大乘證三名 三
二通引大乘證第七 又
三指前比量證至教 諸
四重引解脫證第十 解
初正釋 謂

六三性心染○
初引經證有 謂
次依經釋義 三
初順釋 三
次反顯 若
次引證 如
二結示 是
初正釋恒行 二
初釋 二
次結 此
次料簡不共○
三結判不共○
卷五之二
次料簡不共 二
初難 此
次釋 若
初問 染
次答 三
初立義 應
次釋難 二
初師謂無明是有根本名不共 有
次師謂無明是主義名不共 二
初斥前非 有
次申已義 二
三師謂恒行唯七有名不共 二
初立義 有
次釋難 二
初釋餘識應例難 二
次釋餘三應例難 二

○三結判不共 二
初約識判 二
初難 若既
次釋 依無
初正判 不
次引證 故
初引經證有 又
次釋成經義 三
初約二斷別判 是獨行不共
次約五部通判 恒二種不共
三立量結顯 由
次約斷判 二
○二意法爲緣 三
初以前五例第六識應有依 謂
次遮小乘肉團心爲第六依 不
三遮小乘根先識後爲所依 亦
○三思量名意 二
初引經證有 又
初遮無間名意第六等 謂
次遮假說名意 二
次釋成經義 二
初遮假說 若
次遮曾有思量 若
○四無心定別 二
初引經證有 又
初正釋 二
次結示 故
次釋成經義 二
初正釋 二
初釋 謂

次結示 是
初明無第七二定無別 謂
次遍二定別有差別因 若
○五無想天染 二
初引經證有 又
次釋成經義 二
初正釋 二
次結示 故
初明無意無想非染 謂
次明無意展轉有過 初
○六三性心染 二
初引經證有 又
次釋成經義 二
初正釋 二
次結示 故

次證 三
初引文 故
次釋義 言
三重證 依
初約相縛釋 二
次約成漏釋 二
初簡煩惱 又
二簡隨眠 又
三簡漏種 亦
四簡染引 雖
初簡六識等不能成漏 四
次正明六七互益成漏 三
初正釋 然
次釋難 無
三結成 由

○三通妨總結 然

卷五之三

○三第三能變 二
初明差別等前六門 二
次明共依等後三門 ○
初廣釋六門 二
次總示二諦 ○
初釋前四門 三
次釋後二門 ○
初結前問後 如
次舉本頌答 頌
三末論釋成 三
初差別門 二
初標 論
次釋 二

初正釋 謂
次簡濫 雖
初隨根立名 二
次隨境立名 二
初正釋 或
次簡濫 二
初約六名簡 色
次約轉依簡 二
初正簡 此
次釋妨 莊
初正釋立名 二
次結指依緣 然
初善性 能

次性相二門 二
初正釋 次
次引證 如
三三性門 二
初問答總標 此
次正釋頌義 二
初未轉依 三
次已轉依 得
○次釋後二門 二
初畧標心所廣釋受俱 三
次廣釋六位心所別相 ○
初末論設問 六
次本論頌答 頌
三末論釋成 二
初畧釋六位心所 二

次不善性 能
三無記性 於
初別釋俱非 俱
次通釋三性 三
初釋三性義 二
次示三性相 此
三明俱不俱 二
初師不俱 二
初正釋 有
次通妨 瑜
次師容俱 二
初正釋 有
次引證 二
三結示 若
初引瑜伽論 二

初總標 論
次別釋 二
初釋心所名義 二
初約三義釋 恒
次約助畢釋 二
初正釋 心
次引證 二
初證徧行別境 二
次例善等四位 由
次釋六位類別 二
初標列 雖
次釋義 二
初明六位總名 一
次辯種類差別 然
次廣釋三受相應 二

次會雜集論 雜
初引文 故
次釋義 在
三重證 諸
初證徧行 故
次證別境 餘
初瑜伽 瑜
次雜集 雜
初正釋 五
次引證 二
初標 有
次釋 二
三結 故
初證第六俱生煩惱通三受 瑜
次證第六俱生一見屬苦根 又

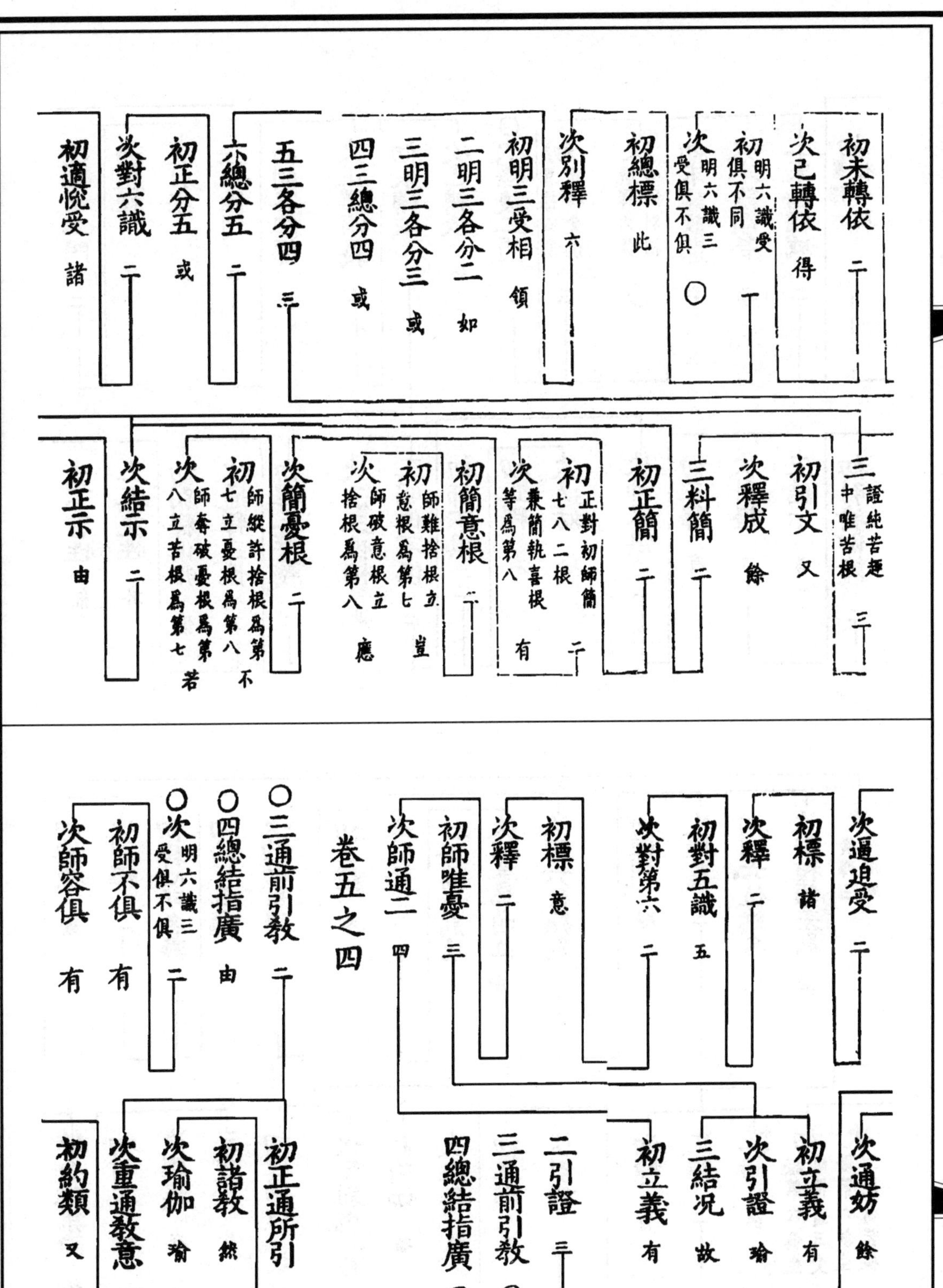

初未轉依 二
次已轉依 得
初明六識受俱不同
次明六識三受俱不俱 ○
初總標 此
次別釋 六
初明三受相 領
二明三各分二 如
三明三各分三 或
四三總分四 或
五三各分四 三
六總分五 二
初正分五 或
次對六識 二
初適悅受 諸

三證純苦趣中唯苦根 三
初引文 又
次釋成 餘
三料簡 二
初正簡 二
初正對初師簡七八二根 二
次兼簡執喜根等爲第八 有
初簡意根 二
初師難捨根立意根爲第七 豈
次師破意根立捨根爲第八 應
次簡憂根 二
初師縱許捨根爲第七立憂根爲第八 不
次師奪破憂根爲第八立苦根爲第七 若
次結示 二
初正示 由

次遍追受 二
初標 諸
次釋 二
初對五識 五
次對第六 二
初標 意
次釋 二
初師唯憂 三
次師通二 四
卷五之四
○三通前引教 二
○四總結指廣 由
○次明六識三受俱不俱 二
初師不俱 有
次師容俱 有

次通妨 餘
初立義 有
次引證 瑜
三結況 故
初立義 有
二引證 三
三通前引教 ○
四總結指廣 ○
初正通所引 二
初諸教 然
次瑜伽 瑜
次重通教意 二
初約類 又

〇次廣釋六位心所別相 五
初徧行別境 三
二善位心所 〇
三根本煩惱 〇
四諸隨煩惱 〇
五不定心所 〇
初躡前標問 前
次舉本頌答 頌
三末論釋成 二
初徧行 二
初指前已說 論
次教理證成 二
次別境 三
初正釋體用 三
次現起分位 〇

次舉例 二
初正例 或
次釋妨 然
初徵 此
次釋 三
初畧標 由
次正釋 二
三結證 由
初引教 二
次引理 理
初釋 二
次結 此
初證四種 此
次證作意 又
初畧 云

三諸門分別 〇
初釋別 通名 次
次釋 等別名 五
三結示非徧行 然
初釋欲 二
初明正義 二
次斥異解 二
初叙 有
次破 三
初正破 彼
次例破 如
三通經 故
二釋解 二
初明正義 三
次斥異解 二

次轉釋 三
初師約可欣釋
次師約所求釋 有
三師約欲覲釋 有
初正釋 有
次釋妨 二
三簡示 故
初難 於
次釋 此
初畧明 云
次轉釋 謂
三簡示 故
初畧明 云
次轉釋 謂
三簡示 於

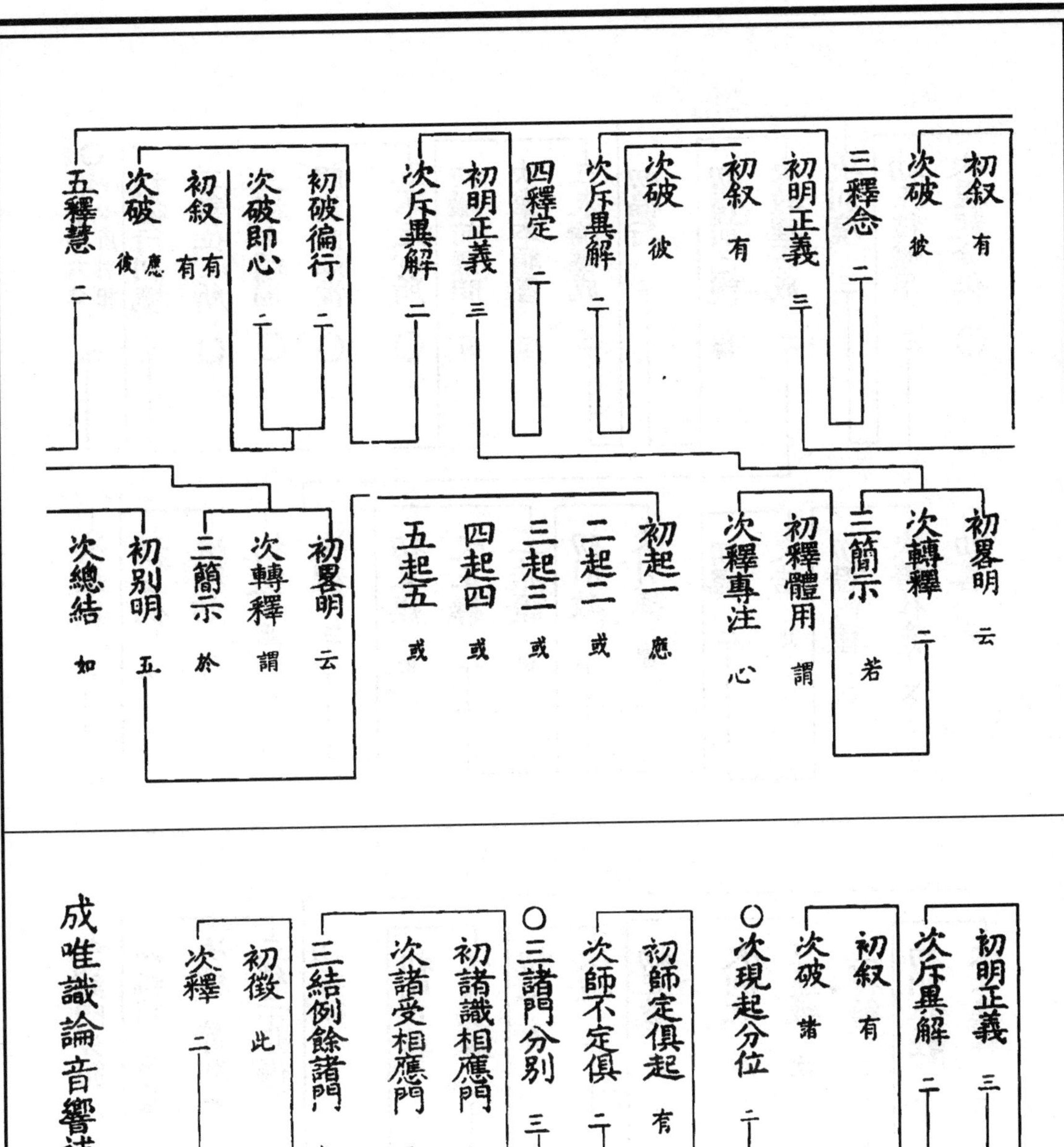

初明正義 三

初明起位 二

次明不起 或

次斥異解 二

初總明不定 有

次別申正釋 二

初叙 有

次破 諸

○次現起分位 二

初後三識 第

次前五識 二

初師定俱起 有

次師不定俱 二

初師無五 有

次師有五 二

○三諸門分別 三

初諸識相應門 二

初未轉依位容有 有

次已轉依位定有 未

次諸受相應門 二

三結例餘諸門 此

初徵 此

次釋 二

初師有相應不相應 有

次師一切五受相應 有

成唯識論音響補遺科文卷上

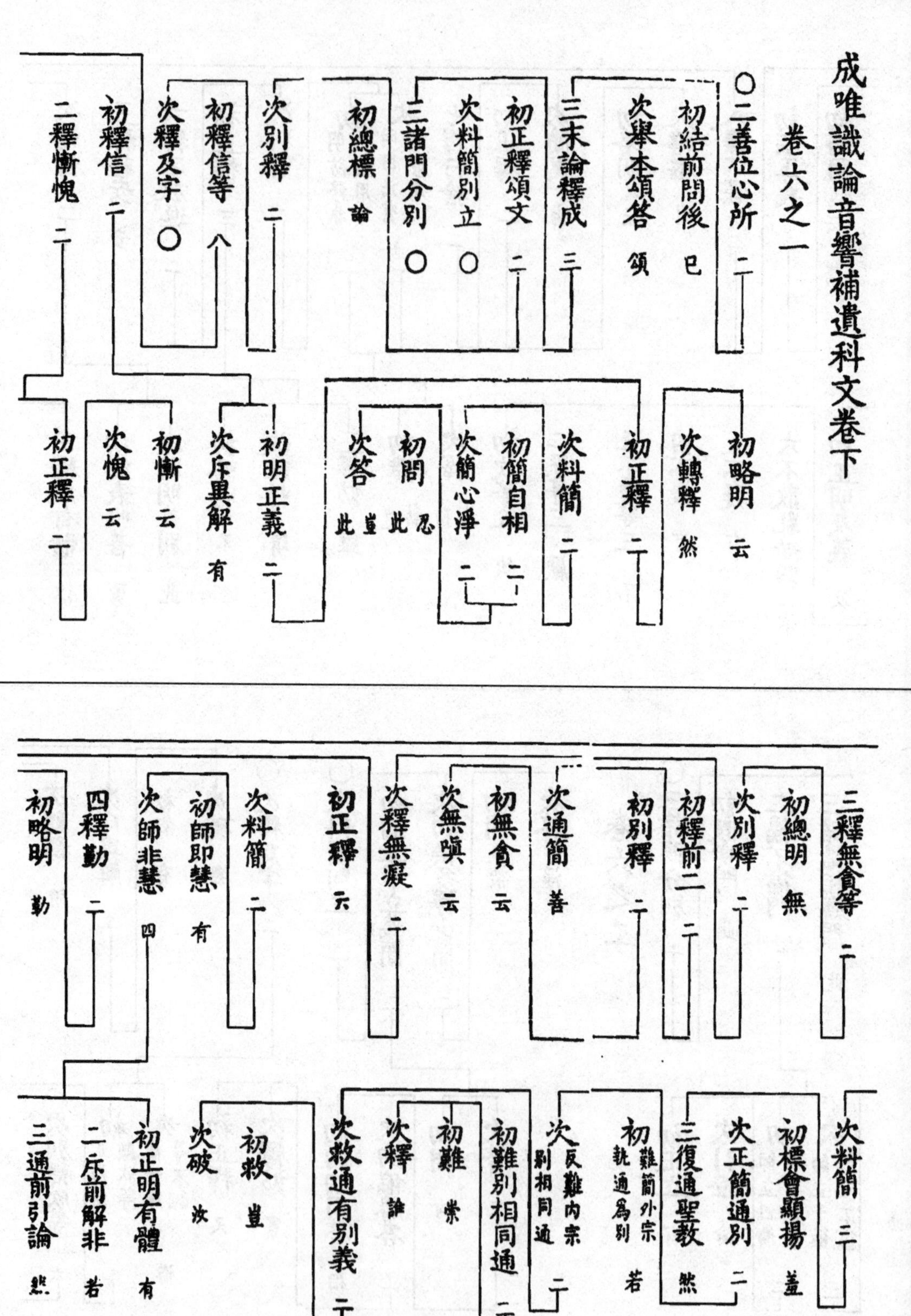
成唯識論音響補遺科文卷下
卷六之一
○二善位心所 二
初結前問後 巳
次舉本頌答 頌
三末論釋成 三
初正釋頌文 二
次料簡別立 ○
三諸門分別 ○
初總標 論
次別釋 二
初釋信等 八
次釋及字 ○
初釋信 二
二釋慚愧 二
初略明 云
次轉釋 然
初正釋 二
次料簡 二
初簡自相 二
次簡心淨 二
初問 忍此
次答 豈此
初明正義 二
次斥異解 有
初慚 云
次愧 云
初正釋 二
三釋無貪等 二
初總明 無
次別釋 二
初釋前二 二
初別釋 二
次通簡 善
初無貪 云
次無嗔 云
次釋無癡 二
初正釋 云
次料簡 二
初師即慧 有
次師非慧 四
四釋勤 二
初略明 勤
次料簡 二
初標會顯揚 蓋
次正簡通別 二
三復通聖教 然
初難簡外宗 執通爲別 若
次反難內宗 別相同通 二
初難別相同通 二
初難 祟
次釋 論
次救通有別義 二
初救 豈
次破 汝
初正明有體 有
二斥前解非 若
三通前引論 然

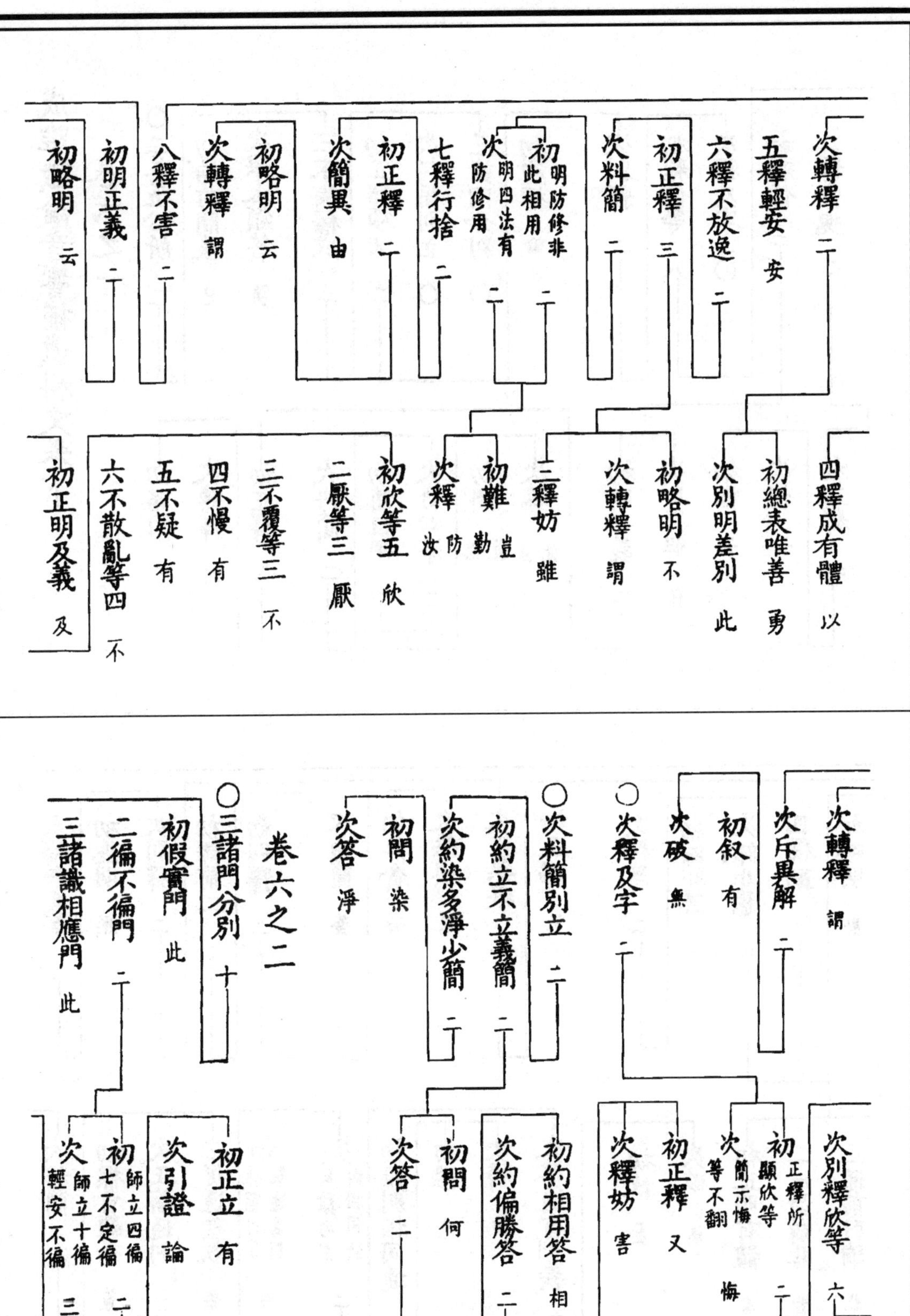

次轉釋 二
四釋成有體 以
五釋輕安 安
初總表唯善 勇
次別明差別 此
六釋不放逸 二
初正釋 三
初略明 不
次轉釋 謂
次料簡 二
二釋妨 難
初明防修非此相用 二
初難 豈
次明四法有防修用 二
次釋 防汝
七釋行捨 二
初正釋 二
初欣等五 欣
二厭等三 厭
三不覆等三 不
四不慢 有
五不疑 有
六不散亂等四 不
次簡異 由
初略明 云
次轉釋 謂
八釋不害 二
初明正義 二
初正明及義 及
初略明 云

次轉釋 謂
次別釋欣等 六
次斥異解 二
初正釋所顯欣等 二
次簡示悔等不翻 悔
初叙 有
次破 無
○次釋及字 二
初正釋 又
次釋妨 害
○次料簡別立 二
初約立不立義簡 二
初約相用答 相
次約偏勝答 二
次約染多淨少簡 二
初問 何
次答 二
初問 染
次答 淨

卷六之二

○三諸門分別 十
初假實門 此
二徧不徧門 二
初正立 有
次引證 論
初師立四徧七不定徧 二
次師立十徧輕安不徧 三
三諸識相應門 此

四諸受相應門 此
五別境相應門 此
六三性相攝門 十
七三界繫屬門 輕
八學等相攝門 皆
九三斷相攝門 非
十結例餘門 餘
〇三根本煩惱 三
初結前問後 如
次舉本頌答 頌
三末論釋成 二
初正釋頌文 二
次諸門分別 〇
初略釋通名 論
次廣釋別相 六

初斥前非 有
次通論意 論
三申正義 二
初總釋十一 應
次別簡輕安 二
初師 有
次師 有
初正釋體用 云
次別顯差別 此
初身見 一
二邊見 二
三邪見 三
四見取 四
五戒禁取 五
初正釋五見 五

初釋貪 云
二釋嗔 云
三釋癡 云
四釋慢 二
五釋疑 二
初正釋體用 云
次別簡體性 二
六釋惡見 二
卷六之三
〇次諸門分別 十
初俱生分別門 二
初標 邊
次釋 二
初通判十惑 如
次別判邊見 二

次通二取妨 然
初標 此
次釋 二
初師以慧爲體 有
次師別有自體 有
初正釋體用 云
次別示行相 二
初師俱生唯斷 有
次師常亦俱生 有
初對餘八 以貪爲首 貪
二對餘七 以瞋爲首 瞋
三對餘六 以慢爲首 慢
四對五見 以疑爲首 疑

二自類相應門 二
三諸識相應門 此
四諸受相應門 二
初徵 此
次釋 二
初依實義釋 四
次隨麤相釋 二
初惑受對論 此
次兼界地論 貪
五別境相應門 此
六三性相攝門 此
七界繫現緣門 二
初徵 此
次釋 三
初三界繫屬 嗔

五五見自類 五
六以癡爲首對餘九 癡
初徵 此
次釋 六
初貪嗔癡 貪
二慢 二
三疑後三見 疑
四身邊二見 二
初初師 有有
次次師 有有
初明下不起上惑 生
次明上能起下惑 二
初正釋 生
次通妨 五
初正釋 下上

次三界現起 二
初下惑緣上 二
次上惑緣下 二
三三界相緣 二
八學等相攝門 此
九三斷相攝門 二
初徵 此
次釋 二
初簡非所斷 非
次明見修斷 二
初總明 分
次別釋 二
初約粗相釋唯見所斷 二
次依委細釋通修所斷 二
十隨境立名門 三

次通妨 而下
初明十皆頓斷 見
次廣明迷諦相 三
初標 然
次釋 二
三結 迷
初總迷 總
次別迷 二
初總明 別
次別釋 二
初二唯迷苦 身
次八通迷四 二
初明十總迷苦 謂
次明八通迷三 疑
初標後指前 委

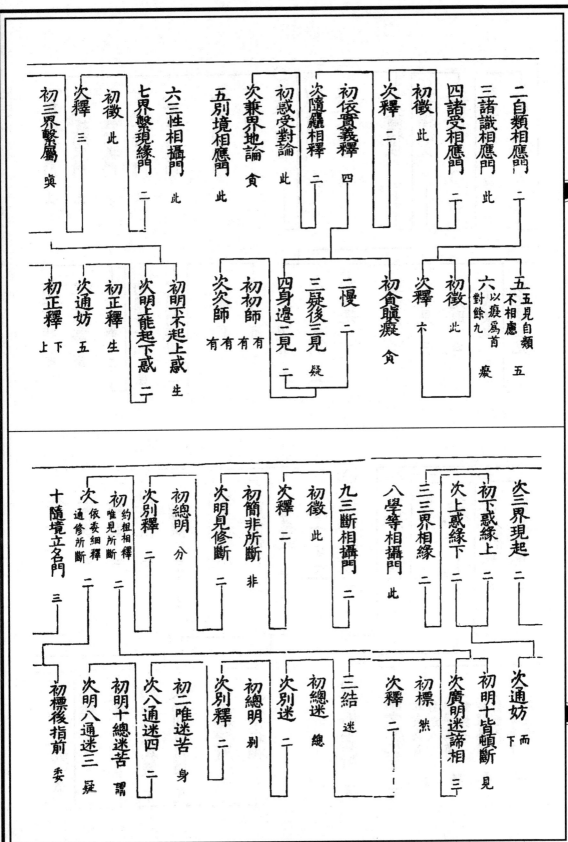

初有事無事煩惱 雖
次有漏無漏煩惱 彼
三事境名境煩惱 緣
十一結例餘門 餘
○四諸隨煩惱 三
初結前問後 已
次舉本頌答 頌
三末論釋成 二
初正釋頌文 三
次諸門分別○
初略釋通名 二
初正釋名 論
次分類別 此
次廣釋別相 三
三釋與併及言○

次釋成修斷 二
初五別迷苦諦 俱
次四通迷四諦 嗔
初釋忿 云
二釋恨 云
三釋覆 二
四釋惱 云
五釋嫉 云
六釋慳 云
七釋誑 云
八釋諂 云
九釋害 云
十釋憍 云
初釋體用 云
次明分位 二

初小隨 十
次中隨○
三大隨○
卷六之四
○次中隨 二
初正釋 二
次通簡 三
○三大隨 八
初掉舉 二
初釋體用 云
次明等流 三
二惛沉 二
初釋體用 云
次明等流 三
初師癡分攝 有

初師唯癡攝 有
次師貪癡攝 有
初無慚 云
次無愧 云
初會通顯揚 不
次正簡通別 二
三復會聖教 然
初斥外家執通爲別 若
次示別相皆徧染心 不
初師貪分攝 有
次師等分攝 有
三師等流性 五
初正立有性 有

次師等分攝 有
三師等流性 五
三不信 二
初釋體用 云
次明等流 二
初翻信顯相 不
次正立別相 然
三簡不忍等 由
四懈怠 二
五放逸 二
初釋體用 云
次明分位 三
六失念 二
初釋體用 云
次明分位 有

二斥初師非 非
三釋世俗妨 而
四正立別相 掉
五斥次師非 若
初正立有性 有
二通世俗妨 隨
三正立別相 惛
四斥次師非 若
五與癡辯異 此
初正明 云
次簡異 於
初正立 謂
次釋妨 雖
二指同不放逸 推
初約作用簡 二

七散亂 二
初釋體用 云
次明分位 三
八不正知 二
初釋體用 云
次明分位 有
○三釋與併及言 三
初顯隨煩惱非唯二十 與
次簡頌所說唯有二十 唯
三結示餘攝皆此所攝 此
○次諸門分別 十二
初假實門 如
二俱生分別門 二
三自類相應門 三
四諸識相應門 此

次約徧染簡 二
初問 掉
次答 彼
初正立有體 有
二正立別相 散
三斥前師非 若
四對掉舉簡 二
初師癡分攝 有
次師等分攝 有
三師等流性 四
初小隨 此
次中隨 中
三大隨 二
初正釋 論
次通妨 有

五諸受相應門　二
六別境相應門　如
七根本相應門　中
八三性相攝門　小
九界攝現緣門　三
十學等相攝門　二
十一三斷相攝門　二
十二隨境立名門　然

初依實義釋　由
次隨麤相釋　若
初三界繫屬　小
次三界現起　生
三三界相緣　中
初判後十　後
次判前十　前

卷七之一

○五不定心所　三
初結前問後　已
次舉本頌答　頌
三末論釋成　二
初正釋頌文　三
初釋不定通名　論

初惡作　悔
次睡眠　眠
初別釋行相　二
次通簡體性　四
初師唯癡分攝　有
二師癡無癡攝　有

次釋悔等別名　二
三釋二各二言　二
初標　二
次釋　三
初師尋伺各二　有
次師二種各二　有
三師顯不定義　有
次諸門分別　十三
初假實門　四
二自類相應門　四
三諸識相應門　二
四諸受相應門　有
五別境相應門　四
六信等相應門　悔
七煩惱相應門　悔

三師思慧想攝　有
四師各別有體　有
初悔眠　二
次尋伺　二
初釋體用　尋
次明分位　並
初簡不與七八俱　四
次明唯與第六俱　二
初悔眠　悔
次尋伺　二
初師亦五識俱　有
次師唯意識俱　四
初引論釋成　有
二釋通妨難　捨
三復明非五　又

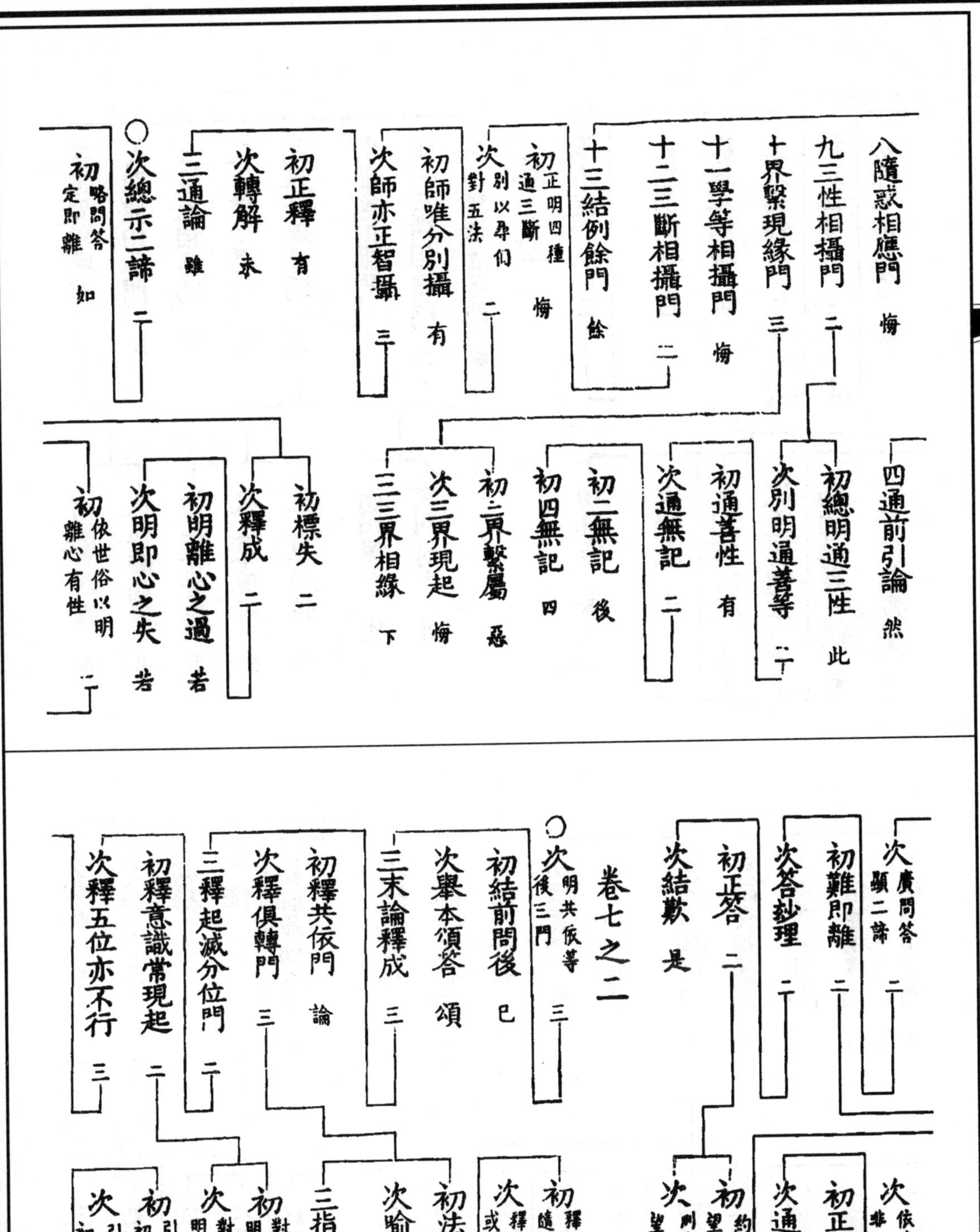
八隨惑相應門 悔
九三性相攝門 二
十界繫現緣門 三
十一學等相攝門 悔
十二三斷相攝門 二
十三結例餘門 餘
初正明四種通三斷 悔
次別以尋伺對五法 二
初師唯分別攝 有
次師亦正智攝 三
初正釋 有
次轉解 未
三通論 雖
○次總示二諦 二
初略問答定即離 如
四通前引論 然
初總明通三性 此
次別明通善等 二
初通善性 有
次通無記 二
初二無記 後
初四無記 四
初二界繫屬 惑
次三界現起 悔
三三界相緣 下
初標失 二
次釋成 二
初明離心之過 若
次明即心之失 若
初依世俗以明離心有性 二
次廣問答顯二諦 二
初難即離 二
次答鈔理 二
初正答 二
次結歎 是
卷七之二
○次明共依等後三門 三
初結前問後 已
次舉本頌答 頌
三末論釋成 三
初釋共依門 論
次釋俱轉門 三
三釋起滅分位門 二
初釋意識常現起 二
次釋五位亦不行 三
次依勝義以示非即非離 此
初正明有性 然
次通前引教 以
初約王所相望顯二諦 二
次判諸識相望顯二諦 諸
初釋五識隨緣現 五
次釋或俱或不俱 由
初法釋 二
次喻明 如
三指廣 此
初對諸識通明起不起 由
次對前五別明常現起 又
初引入義顯初非無 瑜
次引滅義顯初定有 決

初正明五位 三
次釋及與言 ○
三判通聖凡 ○
初標徵 五
次別釋 三
三總結 除
初釋無想天報 三
次釋二無心定 二
初略明 及
次廣釋 二
初無想定 四
次滅盡定 四
三釋睡眠悶絕 三
初總標 無
次別釋 二

初正釋 有
次引證 二
初師常無六識 有
次師初無後有 有
三師初後俱有 二
初正釋無想 無
次簡識有無 三
三明所繫地 彼
初正釋定體 無
二三品修相 修
三界性等攝 此
四定所起處 二
初師唯欲界起 有
次師欲色界起 有
初正釋定體 滅

三結屬 或
初睡眠 疲
次悶絕 風
○次釋及與言 二
初問 正
次答 二
初師顯生死時 有
次師顯五無雜 三
初斥前 彼
次申正 應
三通妨 此
○三判通聖凡 此
○次會三能變俱轉示二諦 三
初總明俱轉 是
次料簡俱義 六

二三品修相 修
三界等所攝 此
四定所起處 二
初初起處所 此
次斷惑方起 二
初通明三乘 二
初全斷見起 要
次分斷修起 二
初正釋 二
初師下八地伏七斷欲 有
次師九地中伏五斷四 有
次通妨 二
初難 若
次釋 二
初順彼答 斷

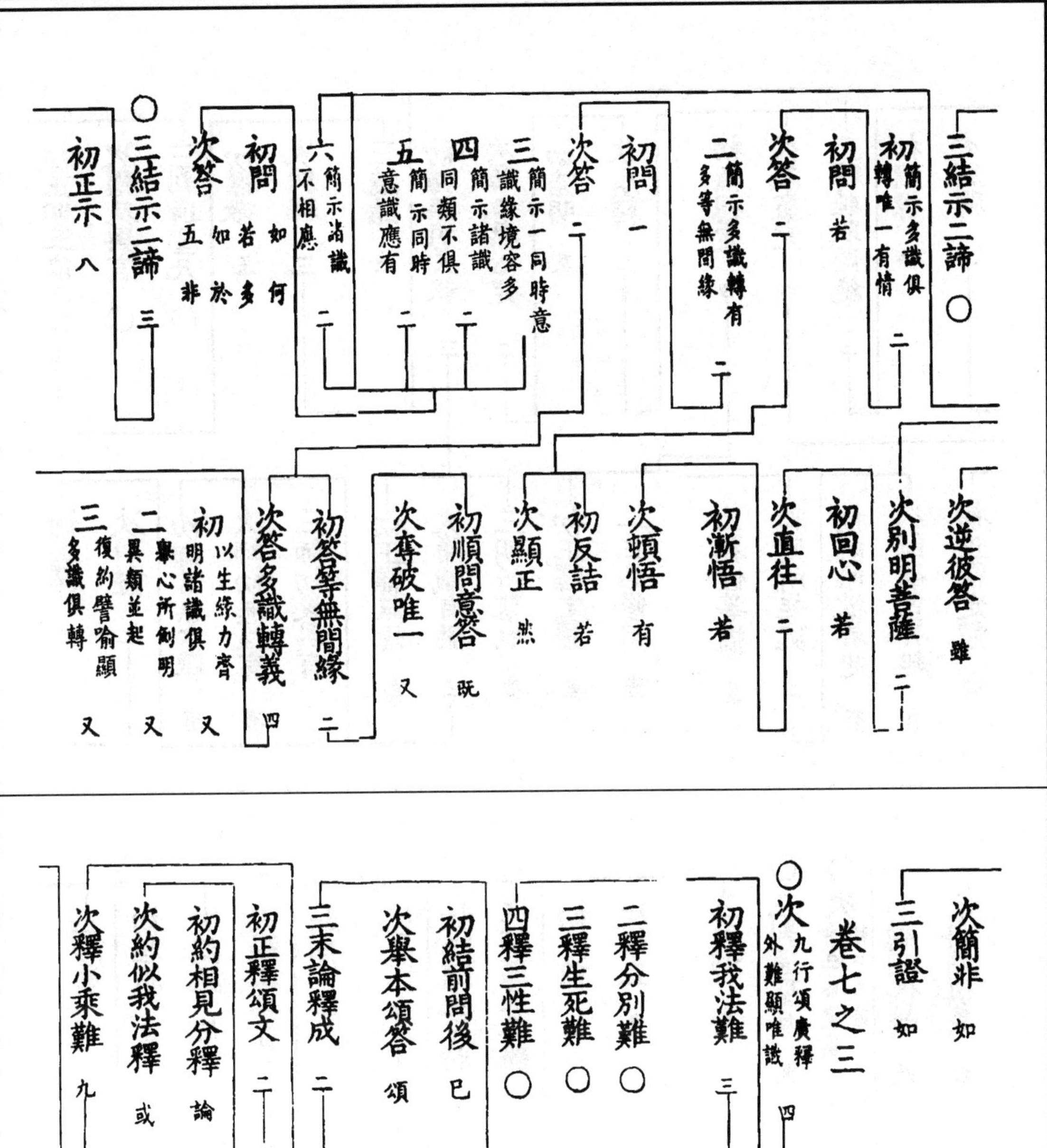

三結示二諦 ○
初簡示多識俱轉唯一有情 二
初問 若
次答 二
二簡示多識轉有多等無間緣 二
初問 一
次答 二
三簡示一同時意識緣境容多 二
四簡示諸識同類不俱 二
五簡示同時意識應有 二
六簡示諸識不相應 二
初問 如何若多
次答 如於五非
○三結示二諦 三
初正示 八

次逆彼答 雖
次別明菩薩 二
初回心 若
次直往 二
初漸悟 若
次頓悟 有
初反詰 若
次顯正 然
初順問意答 既
次奪破唯一 又
初答等無間緣 二
次答多識轉義 四
初以生緣力齊明諸識俱 又
二舉心所例明異類並起 又
三復約譬喻顯多識俱轉 又

次簡非 如
三引證 如
卷七之三
○次九行頌廣釋外難顯唯識 四
初釋我法難 三
二釋分別難 ○
三釋生死難 ○
四釋三性難 ○
初結前問後 已
次舉本頌答 頌
三末論釋成 二
初正釋頌文 二
初約相見分釋 論
次約似我法釋 或
次釋小乘難 九

四以同時意識辨與五俱 又
初相違識相智 一
二無所緣識智 二
三自應無倒智 三
四隨三智轉智 四
初標 又
次釋 四
三結 善
初引五經 如
次引四智 三
三引一頌 又
初正引 三
次總結 此

初唯識所因難 二
初略問答 由
次廣釋義 二
初復問 雖
次廣答 二
初教理別明 二
次結勸總證 二
初勸信 故
次引證 二
二世事乖宗難 二
三聖教相違難 二
四唯識成空難 二
初難 若何此
次釋 如依非
五色相非心難 二

初引教 二
次顯理 二
初正顯 二
次總結 此
初前五 極
次後三 餘
初總能緣顯識相分 二
次明所緣不離心體 二
初親所緣緣 此
次疎所緣緣 所
初正引 慈
次簡示 此
初難 色若外
次釋 現如誰
初難 既

初難 若
次釋 二
初正釋 名
次引證 如
六現量違宗難 二
七夢覺相違難 二
八外取他心難 二
九異境非識難 二

卷七之四

(二)二釋分別難 三
初外人申難 若
次舉本頌答 頌
三末論釋成 二
初略釋頌文 二
次廣釋頌義 二

次釋 許
初略問答 二
次復問答 二
初難 不
次釋 三
初斥失 汝
次正釋 故
三勸信 若
初出所有 論
次明所除 除
初明四果種 二
次出種識體 此
三簡示種識 種
初釋第一句 三

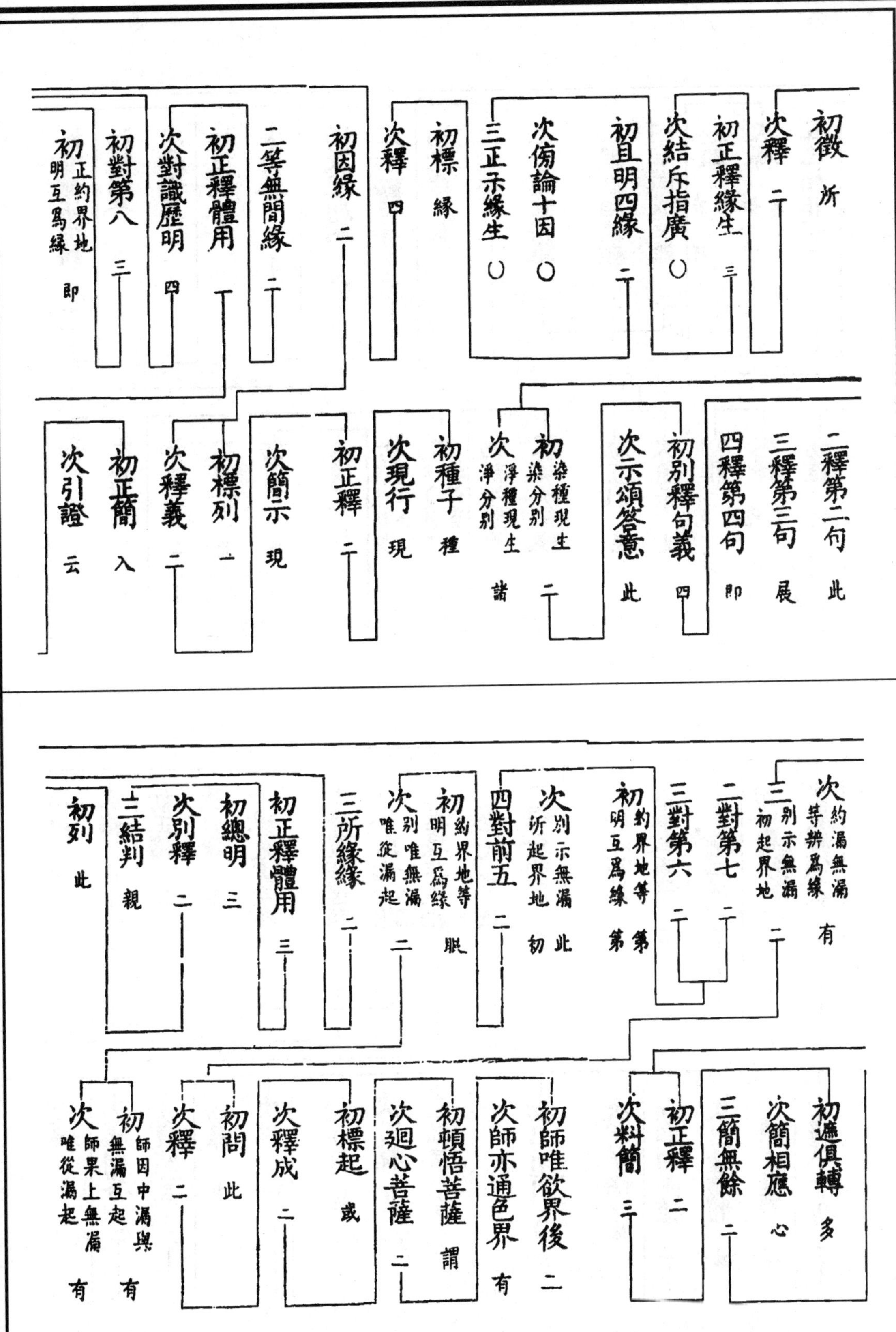

初徵 所
次釋 二
初正釋緣生 三
次結斥指廣 ○
初且明四緣 二
次傍論十因 ○
三正示緣生 ○
初標 緣
次釋 四
初因緣 二
二等無間緣 二
初正釋體用 一
次對識歷明 四
初對第八 三
初正約界地 即
明互爲緣
二釋第二句 此
三釋第三句 展
四釋第四句 即
初別釋句義 四
次示頌答意 此
初染種現生 二
染分別
次淨種現生 諸
淨分別
初種子 種
次現行 現
初正釋 二
次簡示 現
初標列 一
次釋義 二
初正簡 入
次引證 云
次約漏無漏 有
等辨爲緣
三別示無漏 二
初起界地
二對第七 二
三對第六 二
初約界地等 第
明互爲緣 第
次別示無漏 此
於起界地 初
四對前五 二
初約界地等 眼
明互爲緣
次別唯無漏 二
唯從漏起
三所緣緣 二
初正釋體用 三
初總明 三
次別釋 二
三結判 親
初列 此
初遍俱轉 多
次簡相應 心
三簡無餘 二
初正釋 二
次料簡 三
初師唯欲界後 二
次師亦通色界 有
初頓悟菩薩 謂
次迴心菩薩 二
初標起 或
次釋成 二
初問 此
次釋 二
初師因中漏與 有
無漏互起
次師果上無漏 有
唯從漏起

次釋 若
次對識歷明 四
初對第八心品 三
二對第七心品 第
三對第六心品 第
四對前五心品 前
四增上緣 二
初總明 三
初明緣用 四
次明簡取 雖
三示轉處 此
次別釋 三
初標數 然
次出體 二
三結廣 二

初師唯親所緣緣 第
次師亦定有疏緣 有
三師疎緣有無不定 有
初明十九根 前
次明後三根 二
初正釋 三
次簡非 有
初未知當知根 三
次已知根 始
三具知根 諸
初明位 未
次出體 於
三簡別 二
初傍修菩薩 前
次迴心二乘 或

卷八之一

○次傍論十因 三
初四緣依處立因 二
次四緣依處攝因 ○
三因緣依處得果 ○
初標徵 如
次正釋 二
初十因依十五處立 十
初隨說因依語依處立 二
二觀待因依領受依處立 二
三牽引因依習氣依處立 三
四生起因依有潤種子依處立 四
五攝受因依六處立 五
六引發因依隨順依處立 六
七定異因依差別功能依處立 七

初正釋義 一
次會集論 有
初通攝六因中因緣種 此
次別簡四因中現熏種 雖
初能生因攝六因中是因緣 二
次方便因攝十因中非因緣 所
初正明相攝 二
次簡示攝意 非
初引文 菩
次釋義 二
初菩薩地 二
次有尋等地 二
初引文 有
次釋義 二

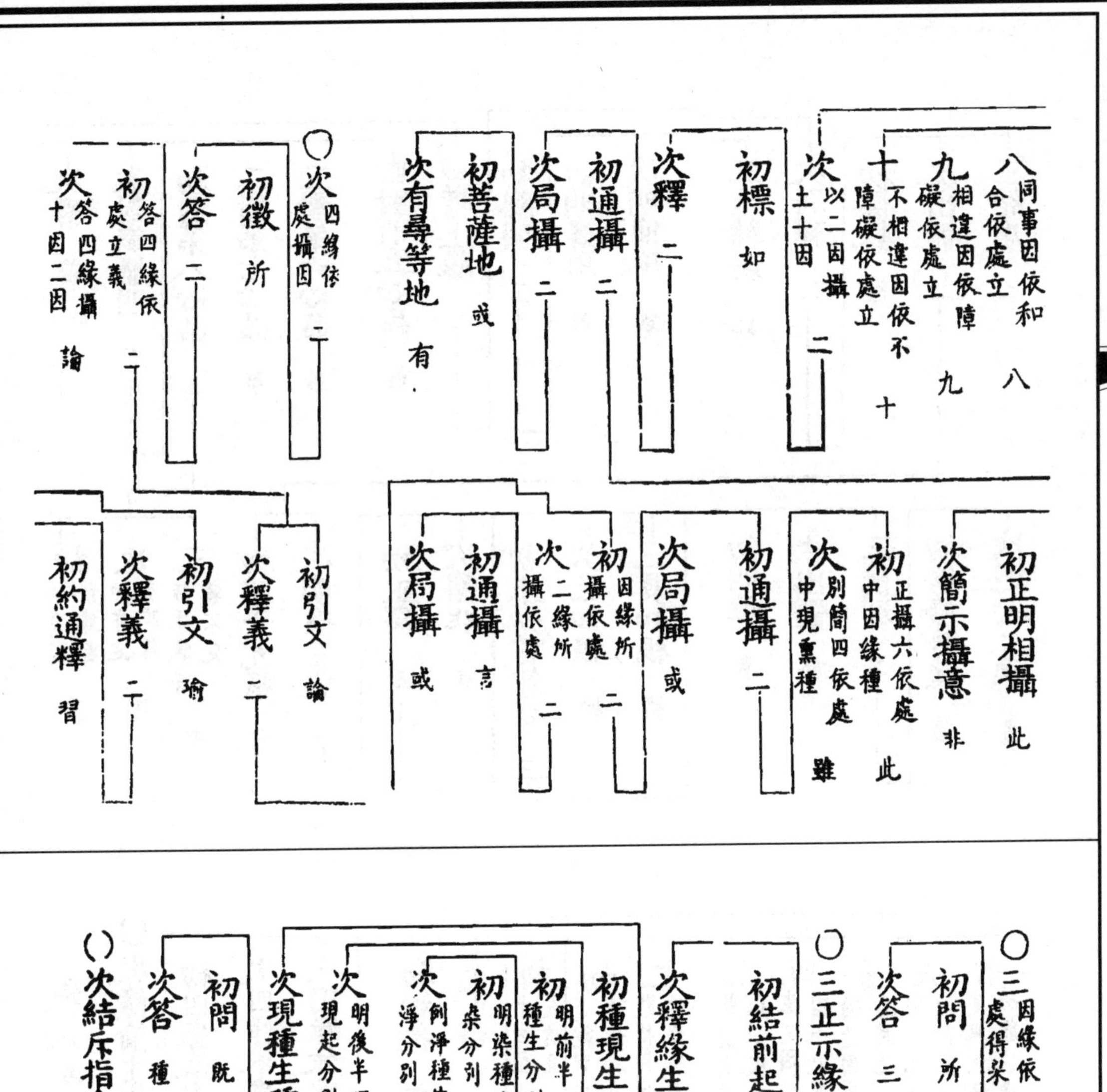

○三因緣依處得果 二
初問 所
次答 三
○三正示緣生 二
初結前起後 傍
次釋緣生相 二
初種現生分別 二
初明前半頌種生分別 二
初明染種生染分別 本
次例淨種生淨分別 生
次明後半頌現起分別 二
次現種生種子 二
初問 既
次答 種
○次結斥指廣 二
次約局釋 或
初答果數唯五 果
次答依處得果 二
三答因緣得果 如
初明染現展轉生染分別 二
次例淨現展轉生淨分別 淨
初標 現
次釋 五
初有情自他展轉爲緣 謂
二自八識聚展轉爲緣 自
三自類前後展轉爲緣 自
四同聚異體展轉爲緣 同
五同體四分展轉爲緣 同
初結斥 依
次指廣 雖

卷八之二

○三釋生死難 三
初外人申難 雖
次舉本頌答 頌
三末論釋成 二
初正釋 四
次總結 由
初師業取相續 三
初正釋頌文 二
次結斥外問 由
三總申頌意 此
二師習氣相續 三
三師障支相續 二
四師染淨相續 ○
初正約三障釋 三
初釋習氣 二
次釋俱義 俱
初諸業習氣 論
次二取習氣 相
初釋前二句 二
次釋後二句 前
初總標 復
次別釋 二
初名言習氣 一
次我執有支 二
初分釋二習氣 二
次通結增上緣 應
初我執習氣 二
次有支習氣 三

初三障習氣 復
次判屬二緣 前
三結屬頌文 二
初結屬 頌
次指同 俱
次以障攝有支 三
初標列指廣 此
次別釋有支 三
三結屬頌義 由
初正釋支體 二
次料簡支義 八
三諸門分別 ○
初簡老附死支 老
二簡病非有支 病
三簡名色徧不徧 二
三屬頌 二
初結屬 此
次指同 俱
初標 然
次釋 四
初能引支 一
二所引支 四
初正釋五支 二
二簡種相攝 此
三會通經論 集
四五支次第 二
初聖教說前後 識
次依當果明前後 二
初正釋 或
次會異 由

四簡愛支徧非徧　二
初問　名愛
次答　定定
五簡所生所引不同　二
初問　何
次答　二
初約因果難易釋　因
次約生厭了知釋　然
六簡發業潤業不同　二
初問　何
次答　三
七簡發潤所依緣地　諸
八簡因果及世異同　此
卷八之三
〇三諸門分別　十七

三能生支　二
初總釋　三
次別釋　二
初正釋義　謂
次會瑜伽　有
四所生支　二
初總釋　四
次別釋　謂
初約勝劣門答立名不同　雖
次約熏不熏出廣略所以　要
三別釋愛增妨　雖
初師通二斷有通局　有

初假實分別門　此
二一非一事門　五
三染與不染門　三
四獨雜分別門　無
五色非色攝門　六
六有漏無漏及第
七有爲無爲門　皆
八三性分別門　無
九三界分別門　雖
十能治所治門　上
十一學等分別門　一
十二三斷分別門　二
十三三受分別門　十
十四三苦分別門　十
十五四諦所攝門　皆

次師一切皆通二斷　二
初標　有
次釋　二
初難前師　論
次申正義　三
初正申　二
次結示　說
初別對前師申三支正義　然
次通申十二支斷義不同　二
初明是染污者自性應斷　又
次明非染污者非性應斷　二
初正明非非應斷　一
次有二義故說斷　然
初正明實義　愛
次會通他論　二

十六四緣分別門 二
初總顯真闕 諸
次別明有無 三
初明有因緣 二
次辯餘三緣 無
三結例無方 此
十七惑苦相攝門 惑
○四師染淨相續 二
初正明染淨相續 三
次例明純淨相續 ○
○次總結 由
初總明 復
次徵標 所
三別釋 三
初正釋 二

初會集論 而
次會瑜伽 瑜
初分段 一
次變易 三
初正釋 一
次會異 二
初會意成身 如
次會變化身 亦
三料簡 四
初簡所知惑生死 二
二簡道諦實惑苦 二
三簡資惑有二益 二
初問 若 如 何 誰
次答 如 自
四簡貴惑頌所知 二

次屬頌 二
初結屬 頌
次指同 俱
三釋疑 二
初釋變易無前盡復生疑 變
次釋不說生死亦由現疑 難
卷八之四
○四釋三性難 二
初正釋三性皆不離唯識 二
次別釋無性亦不離識性 ○
初外人申難 若
次論主答釋 三
初略答徵起 應
次舉本頌答 頌
三末論釋成 二

初問 彼
次答 二
初正明須所知所以 既
次簡判所留身不同 二
初正判所留由資助異 若
次別判變易是二果攝 由
初標徵 初
次釋相 二
初安慧八識王所皆能徧計 有
次護法唯六七心品能徧計 三
初正釋 有
次斥前 有
三結示 由
初標徵 次

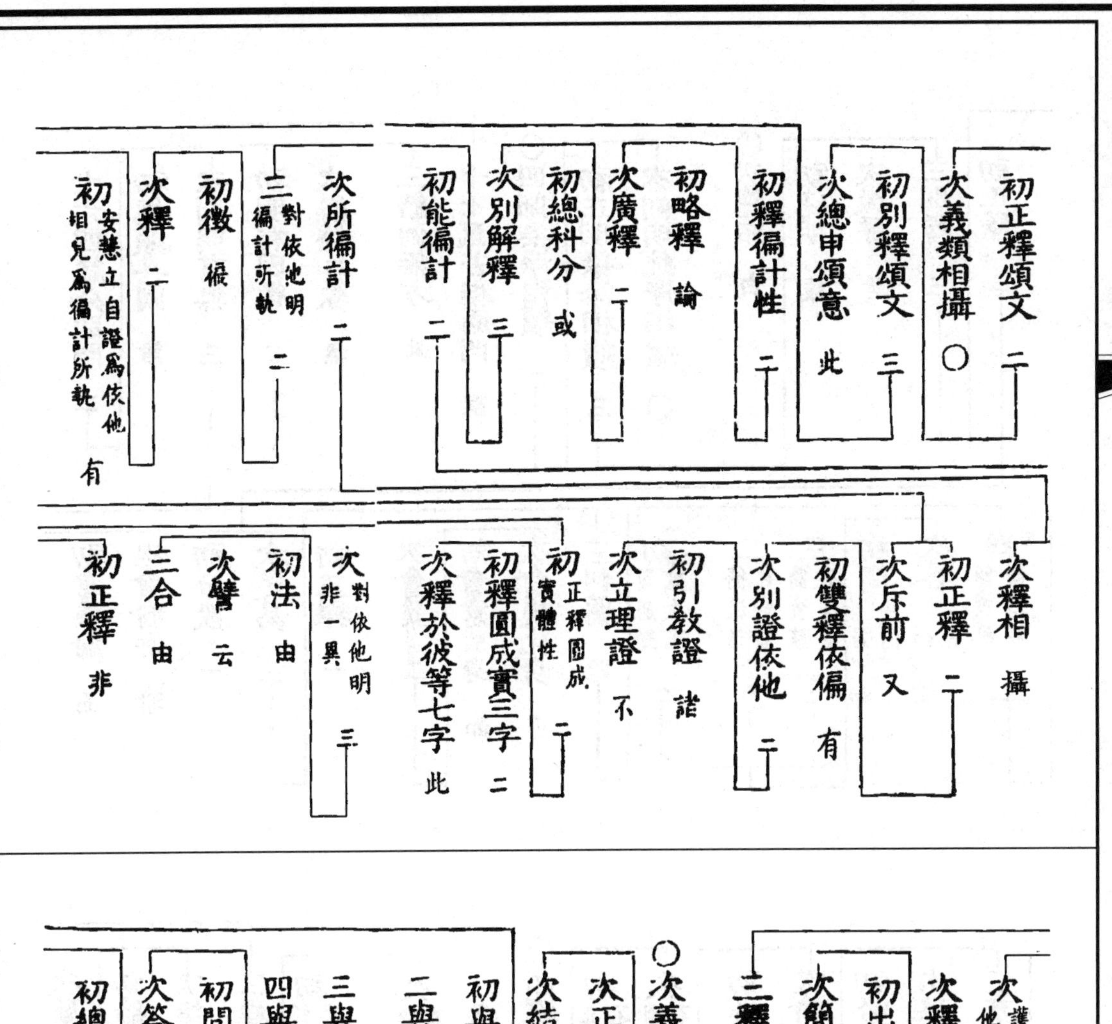

次護法立王所四分皆依他二四句爲徧計所執 二
次釋依他起 二
初出依他體 由
次簡釋緣生 頌
三釋圓成實 三
〇次義類相攝 二
次正明相攝 十
次結略指廣 如
初與六無爲相攝 二
二與七真如相攝 二
三與六法相攝 二
四與五事相攝 二
初問 三
次答 三
初總標 諸

次釋妨 雖
三引證 依
三明證此能了依他 三
初問 虛
次答 三
初列名體 七
次明相攝 此
初問 如
次答 二
初問 三
次答 彼
初二性攝五 謂
二三性攝五 或
三三性攝五 或
四二性攝二 復

次別釋 四
初問 又
次答 又祈世
三結示 諸
五與五相相攝 二
六與四真實相攝 二
七與四諦相攝 二
初總標 四
次別釋 四
三結配 七
初問 三
次答 二
初苦諦三性 且
二集諦三性 集
三滅諦三性 滅
四道諦三性 道
八與三解脱相攝 二
九與二諦相攝 二
十凡聖智境 二
初問 三此此此如
次答 理應徧應徧
十一假實分別 二
十二異不異分別 二
卷九之一
○次別釋無性亦不離識性 三
初總明三無性是密意說 論
次別釋三無性依三性立 二
初躡前申難 若

次舉本頌答 頌
初徵 云
次釋 二
三末論釋成 二
初正釋頌文 二
初正釋 謂
次簡濫 雖
次結示勸信 三
初釋三種無性 二
初會歸勝義 此
次會歸真如 二
次釋唯識實性 二
初會圓成即勝義真如 二
初正會歸 亦
次釋亦言 亦
次會圓成即唯識實性 此
○三後有五頌明修行之位次 二
初牒前問後 如
次如次答釋 二
初略明五種行位 二
次廣明五種行位 五
初資糧位 三
初標 謂
次釋 三
初明二種種性 何
次明五位悟入 何
三明漸次悟入 云
二加行位 ○
三通達位 ○
四修習位 ○

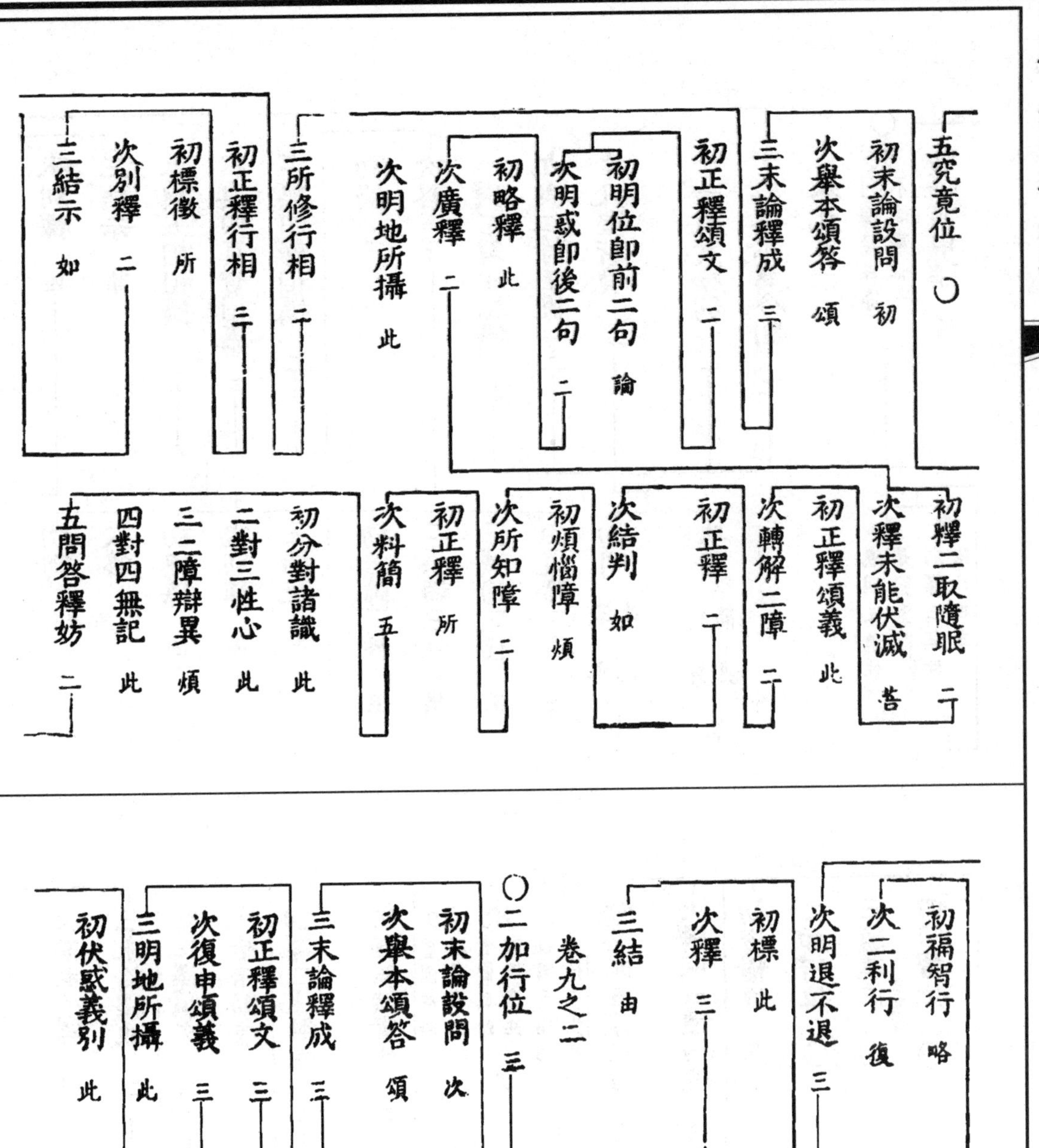
五究竟位〇
初末論設問 初
次舉本頌答 頌
三末論釋成 三
初正釋頌文 二
初明位卽前二句 論
次明惑卽後二句 二
初略釋 此
次廣釋 二
次明地所攝 此
三所修行相 二
初正釋行相 三
初標徵 所
次別釋 二
三結示 如
初釋二取隨眠 二
次釋未能伏滅 若
初正釋頌義 此
次轉解二障 二
初正釋 二
次結判 如
初煩惱障 煩
次所知障 二
初正釋 所
次料簡 五
初分對諸識 此
二對三性心 此
三二障辯異 煩
四對四無記 此
五問答釋妨 二
初福智行 略
次二利行 復
次明退不退 三
初標 此
次釋 三
三結 由
卷九之二
〇二加行位 三
初末論設問 次
次舉本頌答 頌
三末論釋成 三
初正釋頌文 三
次復申頌義 三
三明地所攝 此
初伏惑義別 此
初 菩提廣大屈 引何況已練 一
次 萬行難修屈 省已增修練 二
三 轉依難證屈 引粗況妙練 三
初問 若
次答 無
初結前標列 論
次釋總別名 二
初釋加行總名 此
次釋煖等別名 三
初標 煖
次釋 二
三結 如
初總明 四

次所觀二諦 此
三所依界地 二
初 明成滿定在第四靜慮 菩
次 明初起唯依欲界善趣 唯
○三通達位 三
初末論設問 次
次舉本頌答 頌
三末論釋成 二
初略釋 二
次廣釋 二
初釋位名 加
次釋見道 三
初總標 然
次別釋 二
三結益 菩

次別釋 四
初煖位 依
二頂位 依
三忍位 依
四世第一位 依
三結屬頌文 二
初正結 皆
次引證 依
初總釋頌文 論
次別解本智 三
初師相見俱無 有
次師相見俱有 有
三師唯見無相 有
初正釋 一
次簡名 有

初釋二見道 二
初釋二道義 十
初眞見道 一
次相見道 二
初正釋相見道 二
次結示唯假立 諸
初標 二
次釋 二
次簡二道別 二
初明證性相別 前
次明本後攝別 二
次攝六現觀 二
初徵 此
次釋 二
初明現觀體 六

初 明緣非安立諦三心 二
次 明緣安立諦十六心 二
初 正明二種十六心相見道 二
次 兼辨九心相見道 若
初標 二
次釋 二
初 依能所取以立十六 一
次 依下上諦以立十六 二
初 正明二智攝二見道 前
次 別簡後得智有二分 二
初徵 諸
次釋 三
初師二分俱無 有
次師有見無相 有
三師二分俱有 有

次明相攝義 此

卷九之三

○四修習位 三

初末論設問 次

次舉本頌答 頌

三末論釋成 二

初略釋頌文 四

次廣釋頌義 三

初徵標 云

次正釋 二

三簡示 此

初總標 謂

次別釋 二

初明十地因 四

次明轉依果 ○

初釋第一句 論

二釋第二句 是

三釋第三句 數

四釋第四句 二

初牒頌總標 此

次釋成轉依 二

初轉持種依得二果 依

次轉迷悟依得涅槃 三

初正釋 或

次遮妨 如

三簡示 雖

初標 言

次釋 十

初釋十地名義 三

二釋修十勝行 三

三釋斷十重障 ○

四釋證十眞如 ○

初總標行名 十

次正釋行義 十一

三結要簡修 此

初明數門 施

二出體門 此

三明相門 此

四無增減門 三

初明十無增減 此

次明六無增減 三

三重顯十義 後

五次第門 十

三結 如

初極喜地 一

二離垢地 二

三發光地 三

四燄慧地 四

五難勝地 五

六現前地 六

七遠行地 七

八不動地 八

九善慧地 九

十法雲地 十

初標 復

次釋 六

三結 由

初對治六蔽門 爲

六依止五修門 此
七自類相攝門 此
八六十互攝門 此
九感果門 此
十三學相攝門 ○
十一五位具修門 ○
十二因位名異門 ○
卷九之四
○十三學相攝門 二
○十一五位具修門 此
○十二因位名異門 此
初標 十
次釋 二
初釋三學 三
次明相攝 若

二漸修佛法門 漸
三漸熟有情門 漸
四二道之因門 又
五利生斷惑門 又
六爲無住涅槃因門 又
初戒學 戒
次定學 定
三慧學 二
初正明三慧相 慧
次約位明具闕 如
初略釋障 一
次正明斷 三

○三釋斷十重障 二
初標 十
次釋 二
初正明十障 十
次結屬二障 ○
初異生性障 三
初正釋 二
次引證 由
三料簡 二
二邪行障 二
三闇鈍障 二
初正釋 二 三
次引證 由 由
四微細煩惱現行障 二
初正釋 三

初對小明斷二種 二
初正釋 二
次釋妨 二
次簡明二道用別 二
三釋不說業果歸 雖
初問 無
次釋 斷
初簡異二乘所斷 雖
次簡初地亦斷俱生 理
初略釋障 四
次正明斷 彼
三復料簡 二
初簡第六識俱 二
次簡身見等言 身
初問 寧

次引證 由
五 於下乘般涅槃障 二
六麤相現行障 二
七細相現行障 二
八無相作加行障 二
九利他不欲行障 二
十 於諸法中未得自在障 二
卷十之一
○次結屬二障 二
初正結二障攝 此
次明二障斷義 二
初斷種現位 二
初正釋 二
次釋妨 難
次斷種漸頓 二

次釋 第
初正釋 五六七 八九
次引證 由由由 由由
初 本地所斷未自在障 二
次 十地滿心所斷餘障 二
初正釋 十此
次引證 由由
初煩惱障 煩
次所知障 所
初煩惱障種 餘
次所知障種 所
初 第七識俱二障種 第
次 餘六識俱二障種 二
初釋所斷障 二

○四釋證十真如 二
初標 十
次釋 二
初正釋義 十
次明立意 難
○次明轉依果 二
初承前起後 如
次正釋轉依 二
初釋轉依位別 三
初總標 轉
次別釋 六
三簡示○
次釋轉依義別 三
初總標 轉
次別釋 四

次明能斷道 二
初徵 斷
次釋 二
初徧行真如 一
二最勝真如 二
三勝流真如 三
四無攝受真如 四
五類無別真如 五
六無染淨真如 六
七法無別真如 七
八不增減真如 八
九 智自在所依真如 九
十 業自在所依真如 十
初損益轉 一
二通達轉 二

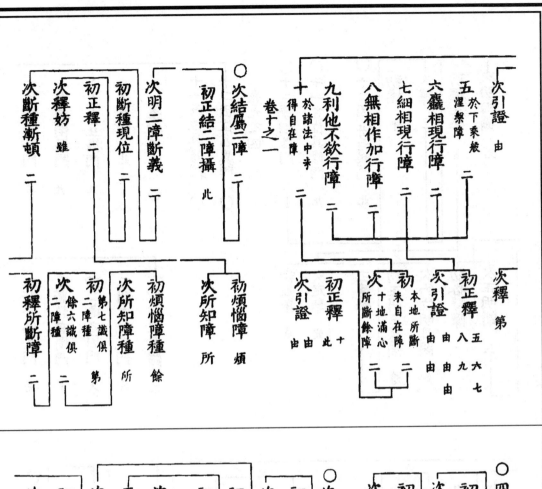

三簡示 ○
初能轉道 二
初標 一
次釋 二
初能伏道 一
次能斷道 二
初正釋 三
次料簡 二
二所轉依 二
初標 二
次釋 二
三所轉捨 二
初標 三
次釋 二
四所轉得 ○

三修習轉 三
四圓滿轉 四
五下劣轉 五
六廣大轉 六
初師有斷無斷者 有
次師二智俱有斷 有
初持種依 一
次迷悟依 二
初所斷捨 一
次所棄捨 二
初正釋 二
次料簡 二
初師無間道捨 有
次師解脫道捨 有

卷十之二

○四所轉得 三
初總標 四
次別釋 二
三結示 ○
初所顯得 二
次所生得 ○
初總釋所顯得 一
次別明四涅槃 三
初總標 涅
次別釋 二
三簡示 如
初正釋 四
次料簡 二
初約聖凡通簡 一

初本來自性清淨涅槃 一
二有餘依涅槃 二
三無餘依涅槃 三
四無住處涅槃 四
初約圓寂義隱答次問 然
次約未證無餘答初問 爾
初問 如
次答 雖
初一番 二
次一番 二
初依無住處答次問 或
次約不定性答初問 二
初正釋不定無無餘依 又
次轉釋一類有無餘依 二

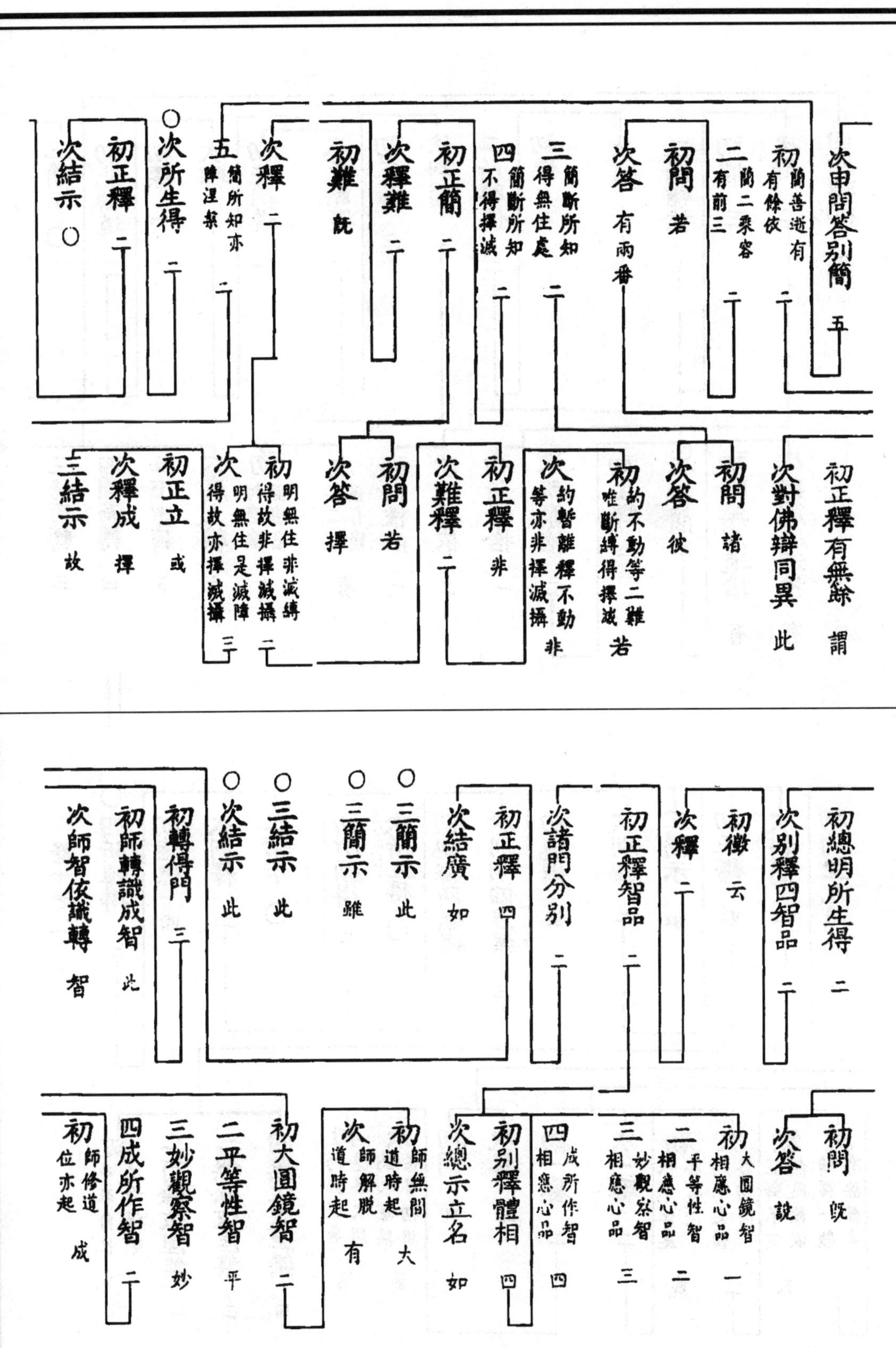

三師轉强得强 又
二初起門 二
三緣境門 四
初大圓鏡智 二
二平等性智 三
三妙觀察智 妙
四成所作智 二
四作用門 二
初承前標後 此
次釋四用別 謂
卷十之三
○五究竟位 三
初末論設問 後
次舉本頌答 頌
三末論釋成 二

次時初起師成佛 有
初別明 四
次總簡 此
初師但緣真如 太
次師緣一切法 有
初師但緣第八 平
次師但緣真如 有
三師徧緣真俗 有
初師但緣五種現境 成
次師徧緣三世諸法 有
初初師 有
次次師 二
初釋義 有
次料簡 成

初指前標相 論
次正釋頌文 三
初釋第一句 二
初正釋 此
次釋妨 二
初問 清
次答 道
初釋四智唯無漏妨 二
次釋佛應無五根等妨 二
初問 集
初有二師明如來根識等非蘊處界攝 二
次第三師明如來身上等亦蘊處界攝 四
次答 二
次釋第二句 三
三釋後二句 二

初正立義 有
二會相違 二
三斥前師 若
四結正釋 故
初會集論 集
次會餘處 然
初正釋 此
次釋妨 二
初問 論
次答 此
初釋不思議 以
次釋善字 二
二釋常字 此
初自受用 一
次他受用 二

初釋安樂二字 此
次釋解脫等八字 二
初釋解脫身三字 二
次釋大牟尼名法 二
初略明頌義 大
次廣解法身 三
初明能依身 四
次明所依土 ○
三身土合簡 ○
初正釋三身 二
初總標 如
次別釋 三
二五法相攝 二
初標 以
次釋 二

初標 二
次釋 二
三結 合
初自性身 一
次受用身 三
三變化身 三
初正釋 有
次通論 然
初明一真如攝自性身 二
次明後四法攝餘二身 二
初正釋 二
初通明智攝二身 四
次轉釋自受用身 說
次斥前 二
初正斥 又

初初師 有
次次師 二
三三身德別 如
四自他利殊 又
○次明所依土 四
初法性土 又
二自受用土 自
三他受用土 他
四變化土 若
○三身土合簡 二
初別約諸佛身上有同不同 分簡 三
次通約生佛身土所變不同 合簡 二
初約漏等判屬四諦 二
初明無漏識變者道諦攝 此
次明有漏識變者苦集攝 有

次釋疑 然
初標 餘
次釋 所
初自性身土 自
次自受用身土 自
三餘二身土 二
初安慧立相見爲虛自證爲實 然
次以護法立徧計爲虛四分俱實 或
初示遣虛存實觀 二
二示捨濫留純觀 二
三示攝末歸本觀 或
四示遣相證性觀 勇
五示隱劣顯勝觀 此
初問 內
次答 唯

次約三性別示五觀 五

初結示題名 此

○第三釋結施願分 二

次結歸施願 已

成唯識論音響補遺科文卷下

成唯識論音響補遺卷第一之一

清武林蓮居紹覺大師音義
新伊大師合響
法嗣智素補遺

○論題

成唯識論

(音義)論題四字能所合稱古疏序云成乃能之稱以安立爲功唯識樞要云安教立理名之爲成略則宗因喻三廣有八種瑜伽第十五卷云一立宗二辯因三引喻四同類五異類六比量七現量八正教量疏序云唯識所成之名以簡了爲義唯獨也識有八種一眼識二耳識三鼻識四舌識五身識六意識七末那識八阿賴耶識宗鏡第四卷明此唯識二字先離釋次合釋先且離釋初唯後識初唯字者有三義一者簡持義簡謂簡去我法所執持謂持取依圓二性唯言謂遮離識我法非無不離識心所無爲等二者決定義決無離心之境定有內識之心謂小乘離心有境清辨撥無內心三者顯勝義謂心王勝(九位百法唯心顯著爲主能變勝餘法故)心所等劣今但顯勝不彰於劣次識字者即了別義謂八識心王是識自性等五位百法理之與事皆不離識(心法有八即自性唯識心所法有五十一即相應唯識色法有十一即所變唯識不相應行有二十四即分位唯識無爲有六即實性唯識)不爾真如應非唯識攝餘歸識總立識名次合釋者唯謂揀去遮無外境境無非有識能了別詮有內心心有非無合名唯識唯謂遮無是用識表詮有是體攝用歸體唯即識故持業釋

也論是能詮之教較言指歸問答決擇評量本頌意趣决了唯識宗旨謂之論卷者舒卷義舒則閱之卷則思之舒卷無礙謂之卷第謂次第一乃數之極首此論十卷記其次數令不差互故云第一

合響 略釋如上廣爲六義初唐梵翻譯開蒙云梵語毘若底識也麽怛喇多唯也悉底成也奢薩怛羅論也應云識雀成論今名成唯識論者以彼方先所後能此方先能後所故文 次詳釋名義宗鏡第四卷問此言外境不有爲遮離心之境爲遮不離心之境答設爾何失難二俱有過若遮離心之境是無餘有不離心相分在何以但言唯識不言唯境識若言不離心境是無應但有能變三分闕所變相分過如何通釋答所言唯識者遮心外境無不遮内境不離識相分是無問内境與識旣並非無如何但言唯識不言唯境識耶答以護法菩薩云境名通於内外謂有離心境不離心境恐濫離心外境但言唯識又明唯識差别總攝諸緣及理有其十義一遣虚存實義遣謂除遣虚謂虚妄觀徧計所執唯虚妄起都無體用應正除遣爲情有理無故存者留義實謂實有即觀依圓體是實有是本後二智境應正存留爲理有情無故良由一切異生小乘無始時來妄執我法爲有清辨菩薩等妄撥理事爲空今於唯識觀中遣虚者空觀對遣有執存實者有觀對遣空執非有非空法無分别離言詮故二捨濫留純義捨謂捨離濫即相濫留

謂存留純謂無雜雖觀事理有境有心謂心不孤起伏境方生境不自生識變方起由境之有濫捨不稱唯心體既純留說唯識華嚴經云三界唯心故三攝末歸本義攝謂絡攝末即見相二分歸即向本謂識自證分是所依體故今攝末見相分歸本自證分故言唯識解深密經云諸識所緣唯識所現四隱劣顯勝義謂王所俱能示現心所即劣依他起故隱劣不取心王即勝所依體故故言唯識即名顯勝莊嚴論云許心似二現如是似貪等或似於信等無別染善法瑜伽釋云許心似二現者此中似言似心外所計實二分等法故名爲似無別染善法者謂唯心變似相見二分二分離心無別有法復言心變似貪信等故貪信等離心之外無別染善法體即心也如二分故五遣相證性義識言所表具有事理事謂相用遣而不取理謂體性應求作證攝論偈云依繩起蛇解見繩知是無證見彼分明方知明性亂六境義境謂所觀境識即能觀心此所觀境由識變現境不離識立境唯識義鬼人天等所見各異阿毘達磨經云鬼旁生人天各隨其所應等事心異故許義非真實七教義即能詮教說有唯識義楞伽經偈云由自心執著心似外境轉彼所見非有是故說唯心八理義道理唯識本論頌云是諸識轉變分別所分別由此彼皆無故一切唯識九行義行謂觀行菩薩在定位作四尋伺觀等即觀行及定俱不離識瑜伽論偈云菩薩於定位觀境唯是心義想既滅除審觀唯自識十果義謂佛果四智菩薩所有功德皆不離識莊嚴論

偈云如來無垢識是淨無漏界解脫一切障圓鏡智相應又出唯識體者一所觀出體即取五位一百法爲體以通觀有爲無爲法故即以識相識性合爲唯識體皆不離識故二能觀出體即唯取心心所爲體心所與識常相應故即唯能非所若約唯識觀即取別境中慧爲體於所觀境觀察勝故文開蒙云論有宗論釋論此宗論也以正憑六經圓覺小鈔云其法相宗所憑之經自是第三時中四十年前解深密等今後輩傳習或云唯識依華嚴等六經所造文六經者華嚴經解深密經楞伽經無垢稱經維摩經十地經橫該大藏明唯識理故爲宗論不單解別一本經故非釋論小鈔云且佛說經意趣難解菩薩造論解釋指示或取諸經法義都作義門一時解釋名爲宗論或各就一經一部隨文解釋名爲釋論問論題四字何字能所答論字唯能成唯識唯所成成字通能所若成目能成成屬論字唯識之成或成唯識之論作依主釋或論體之上有能成之用以用隨體成即是論作持業釋若成目所成成屬唯識唯識即成或所成即唯識作持業釋問論有本末何論能成答本末皆能若本論爲能成佛經唯識爲所成若末論爲能成本論唯識爲所成具上如斯等義名成唯識論三辯宗體開蒙云唯識爲宗識有非無境無非有以爲宗故護法正義實能所詮文義爲體宗鏡第三十七卷云教體者護法云如來既實現身實說法者通用說者聽者正兼聲名句文而爲教體教體通有漏無漏影像本質即宜聞者根性已熟遂感激如來識上有文義相生佛以慈悲本願緣力即爲衆生說三

乘法所有聲名句文是正無漏本質教若三乘五性衆生佛邊聽法不能親聞自變相分而緣所有聲名句文即取有漏無漏是影像兼教即以質教爲本能現影像故影像教爲末依質有故由此本質教爲正教體影像教爲兼教體無性菩薩難云我宗但取衆生識上影像相分爲教體者即不違唯識汝護法若取佛本質聲名句文爲教體者是心外有法何成唯識護法答唯識之宗約親相分衆生聽時變起相分而緣非取他質以爲自性然他本質即佛菩薩亦成唯識故不相違問何不取本質正教體即休答緣衆生不能親聞無漏質故必資影像問若爾何不唯取影像爲教體是親聞故答雖即親聞必假本質是以

二十唯識論云展轉增上力二識成決定展轉增上力者即佛與衆生互爲增上緣二識成決定者衆生根決定如來悲決定謂衆生根熟合聞法決定如來即有悲決定決定與衆生說法爲增上緣故又諸師影質有無不同應須四句分別一唯質無影即小乘有部等二唯影無質即龍軍無性三俱句即護法親光四俱非即龍猛清辯謂彼計勝義門中不辯教體全撥菩提涅槃爲空故已上約四句料簡質影雙通護法爲勝文四判教相且依本宗大判爲三玄談第五卷云戒賢遠承彌勒無著近踵護法難陀依解深密等經瑜伽等論立三種教以法相大乘而爲了義即唐三藏之所師宗謂佛初於鹿苑轉四諦小乘法

輪說諸有爲法皆從緣生破外道自性因等又緣生無我翻破有我然猶未說法無我理即四阿含等經是第二時中雖依徧計所執而說諸法自性皆空翻彼小乘然於依他圓成猶未說有即諸部般若等經第三時中就大乘正理具說三性三無性等方爲盡理即解深密等經是故於彼三時初墮有邊次墮空邊俱非了義後時徧計性空餘二爲有（即依他圓成也）契會中道方爲了義（文）故開蒙云教有三時謂有空中此當第三時中道之教以唯遮境有識揀心空離有無邊正處中道（文）五藏乘所攝三藏中對法藏攝（阿毘達磨此云對法即論藏）三乘中菩薩乘攝六所被機宜瑜伽論有五種性菩薩緣覺聲聞不定無種此論正被菩薩及不定中趣佛果者餘亦兼被起信疏云兼爲餘性作遠因緣謂二乘及無種性開蒙問成立唯識有何義利答我佛法中以心爲宗凡夫外道背覺合塵馳流生死菩薩愍之故造此論成立唯識令歸本源解脫生死問以何方便得歸本源答有五觀門令自觀心歸本源故

○論主

護法等菩薩造

（音義）梵語達磨波羅唐言護法詳具別傳按佛滅後九百年中天親菩薩以慈氏瑜伽論文淵浩是以提挈綱維作唯識三十頌同時有親勝火弁造釋千一百年後繼有護法德慧安慧難陀淨月勝友陳那智月八師相次造釋各有十卷故卷有百慈恩

窺基大師以十師製作旨殊見異稟者無依因請奘師糅百卷爲十文多互影所尚者以護法爲司南故首標護法諸師等之菩薩具云菩提質帝薩埵此云覺有情稟受大乘教法深達唯識理趣名自覺有情即以斯道覺彼衆生名覺他有情具此二利故稱菩薩造者博綜羣籍解法相義讚釋佛乘垂範叔世故云造也唯識疏云叙理名述先來有故創作名造今新起故

○譯師

唐三藏法師玄奘奉詔譯

音義 唐代名三藏謂經律論正法自任弘辯導他名曰法師玄奘大師之諱族氏道蹟詳具本傳按大師於貞觀十九年奉太宗綸旨溥事翻譯至高宗顯慶四年始成茲論月窮於紀今言奉詔者從初受命時也譯者易也易彼土語成此方言周禮掌四方之語各有其官今取北方掌語之名益譯官兼善西語也

○此論十卷依頌科判爲三分前後各一頌乃護法等菩薩所造故開蒙以前稽首一頌名宗前敬叙分最後巳依一頌名釋結施願分中間三十頌乃天親菩薩所造及護法等菩薩所造釋論首末總名依教廣成分益當常經序正流通三分也今初

宗前敬叙分 二 初歸敬述意

稽首唯識性　滿分清淨者　我今釋彼説
利樂諸有情

音義 初二句歸敬稽者至也留也以頭至地稽留少時尚書注云拜手謂首至手稽首

謂首至地此二字總攝能歸三業以既動身首必兼語意唯識等是所歸三寶唯識性即法寶謂二空所顯之理即圓成實性開蒙問一言唯識性遍其相何偏敬性答唯無漏故唯真諦故法實性故聖所證故迷悟依故所以偏敬滿分清淨者即佛僧二寶佛是果人二障究盡二死永亡名滿清淨者三乘聖位於二障中斷未窮源名分清淨者常言三寶佛先法後今何以法先佛後顯說相因佛先法後師資相因法先佛後以諸佛所師即法也般若云一切諸佛皆從此經出何故論初先須歸敬菩薩造論恐有違佛旨必藉三寶冥加庶幾契合聖心流通無滯故須歸敬我今二句述意彼說指三十頌利謂利益樂謂安樂諸有情即所被之機謂我護法等之所以解釋彼頌者爲令一切有情生解起行斷惑證果獲大利樂也

○次造論因緣二 初通爲利生

今造此論爲於二空有迷謬者生正解故生解爲斷二重障故由我法執二障具生若證二空彼障隨斷斷障爲得二勝果故由斷續生煩惱障故證真解脫由斷礙解所知障故得大菩提

補遺 自此至故作斯論正明造論緣由述出頌中利樂之意二空者我空法空開蒙云於二空理外道不解名迷小乘邪解名謬造論爲彼使迷者解謬者正也執者封著之謂障者覆礙之義以執我故煩惱障生由執法故所知障起宗鏡第四十一卷云

以迷人空故起我見之愚受妄生死以迷法空故違現量之境障淨菩提所以我法俱空唯從識變既唯識變我法皆虛因此二空契會玄旨以我空故煩惱障斷以法空故所知障銷煩惱障斷證真解脫所知障銷穫大菩提文 我法障執等義下文自詳

○次別為破執二 初破凡夫外道

又為開示謬執我法迷唯識者令達二空於唯識理如實知故

音義 此世間迷者謬執我者如下文執我體常周徧等謬執法者即數論勝論等斯皆不了唯識故須開示

○次破小乘四師

復有迷謬唯識理者或執外境如識非無或執內識如境非有或執諸識用別體同或執離心無別心所為遮此等種種異執令於唯識深妙理中得如實解故作斯論

補遺 此聖教迷者先叙執初句總標或執下別明初增益執次損減執三迷體用四迷王所宗鏡第四十六卷引古釋云初即有宗依十二處教執心境俱有是第一義次即清辯依密意空教撥識亦無小鈔云戒賢立法相宗破無相宗心境俱空之義云迷佛密意方便破執之教以為實理故云依佛密意空教撥識亦無三即彼大乘一類菩薩言八識體唯是一法相宗旨八識各別出體各別有用若法性宗謂前七識但是第八識差別功能故有此執此據起信等義四即經部覺天所計以經言士夫即有情六界地水火風空識染淨由心無心所故雖於蘊中亦有心所但於識上分位假立無別實有起信疏序云彼教三宗所說有異經部無

別心所有部宥別心所覺天謂唯一意識隨六根轉無別六異為遮下結顯深妙理即唯識性如實解者謂如法相解如識性證竝離種種不正知見以上歷明造論之所以開蒙問何緣造論答有多二緣一者令法久住二者濟諸含識一由自利二由利他一由智德二由恩德一生大智二生大悲具多二緣所以造論

○次依教廣成分開蒙有三種三科一略廣位二境行果三相性位此三種三科義類相從各有其致但分判旣殊豈容竝用葢以略廣不出於相性行果竝屬於位次今准略廣位分科初一頌半略答外難略標識相次二十三頌半廣明識相顯前頌意後五頌明修行之位次今初畧答外難略標識相 三

○初末論設問

若唯有識云何世間及諸聖教說有我法

補遺 此中開章欲明唯識旨趣先設難問發起謂若唯有識一切都無云何世間及諸聖教說有我法世間或是妄執聖教豈屬謬談開蒙問何名世間答墮在世中名為世間世者何義答有四義謂可破壞有對治隱真理性有漏名為世也問何名聖教答聖所說教名為聖教聖者何義答聖者正也以道正人目之曰聖又云與理相應於事無壅名為聖也 文

○次本論頌答

頌曰

由假說我法　有種種相轉　彼依識所變

此能變唯三　謂異熟思量　及了別境識

合響 此本論有三十首頌今初一頌半又是三十頌之綱領也且即安假說二字於頌首則知離識之外無有一法是真實也前三句明所變之相略答外難後三句示能變之識略標識相開蒙問何名爲世間我法聖教我法答世間人執名世間我法聖教施設名聖教我法問此二我法何故名假答世間我法無體隨情名之爲假聖教我法有體強設名之爲假問何義名爲無體隨情答本無實體妄情所執名爲無體隨情問何義名爲有體強設答法本無名隨緣施設强名我法名有體强設 文 第八名異熟第七名思量前六名了別境識詳如後釋

○二木論釋成 二 初釋前三句 二 初略釋 三 初釋第一句

論曰世間聖教說有我法但由假立非實有性我謂主宰法謂軌持

合響 世間二句牒前問辭但由二句明二種我法皆無實性我謂主宰者主是我體宰是我用如國之主有自在故亦如宰輔能割斷故法謂軌持者軌是軌範可生物解持是任持不捨自相

○次釋第二句

彼二俱有種種相轉我種種相謂有情命者等預流一來等法種種相謂實德業等蘊處界等轉謂隨緣施設有異

音義 初句總示我種種下別釋有情命者謂十六知見等即世間我預流等者謂初二果等假名賢聖即聖教我實德業等謂外

道勝論六句法等即世間法蘊處界等謂内典三科法等即聖教法隨緣施設有異者指上我法隨緣立名不同我施設異者於五蘊和合法中妄計有我名曰有情妄計壽和合現存活故名曰命者若斷分別我執隨眠名爲預流隨斷三界八十一品修惑名一來等法施設異者於名色法中妄計實德業等乃至爲迷心重者說五蘊迷色重者說十二處色心俱迷者說十八界葢因世間我法隨情執實聖教我法應機強說是皆隨緣施設有異開蒙問世間我法率巳妄情聖教我法有何益用答有四緣故一言說易故二順世間故三能除無我怖故四有自他染淨信解事業等故有此益用聖說我法

○三釋第三句二初徵

如是諸相若由假說依何得成

○次釋二初正釋二初依相見假設我法

彼相皆依識所轉變而假施設識謂了別此中識言亦攝心所定相應故變謂識體轉似二分相見俱依自證起故依斯二分施設我法彼二離此無所依故

音義初句正答識謂下釋成了別者八識通名眼了別色耳了別聲乃至第八了別根身器界種子因前四執中第三師云但有心王無別心所故云此中識言亦攝心所如王之有臣決定有故識體者謂自證分似者以彼但一識體轉變生起相見故名似也彼二謂我法此者見相二分謂我法俱依相見而施設也

合響轉似二分者宗鏡第四十七卷云相見種或同或異若同種者即一識體轉似二分相用而生筆削記云有漏識自體生時轉似二分似能緣相名爲見分似所緣相名爲相分如一蝸牛變生二角此說影像相見離體更無別性是識用故若言相見各別種者見是自體義用分之故離識更無別種即一識體轉似見分別用而生識爲所依轉相分種似相而起以作用別理爲勝故言識體轉似二分此依他起非慮無慮別性各不同故見通三性相唯無記相別種生於有似有實非二分似計所執二分見相故立似名小鈔云似有二釋一云識體是有二分是無無而似有故云似也二云二分亦有是依他起所言似者似徧計實有之二分也相別有種何名識變不離識故由識變時相方生故此顯能變相見二分用體別有何故又說識

似二分生論說相見俱依自證起故若無自證二定不生如無頭時角定非有及無鏡時面影不起皆於識上現相貌故故說二分依識體生文開蒙問無實我法假依何立答依識所變相見分立何須此實問依識變假立所以答執相見分心外實有此名假法有實主宰名爲假我其依識變立假我法所以然也問相見識所變相見名唯識我法依所變我法應唯識答相見識親變相見是唯識我法依所變心外非唯識問相見二分是依他性何故說爲我法相也答執二爲實有實主宰是我法相此是世間我法何以故以無依有故問何非聖教我法若聖教者義依於體故文

補遺宗鏡第四十七卷問轉變變現其義同

别古釋云有唯轉變非變現者轉變之言通於種現現能熏種種能生種種生現行皆名轉變變現之言唯現心等能起見相名之爲變不通於種相分色等

○次由熏習變似我法二初法釋

或復内識轉似外境我法分別熏習力故諸識生時變似我法此我法相雖在内識而由分別似外境現諸有情類無始時來緣此執爲實我實法

合響初句標我法下釋熏謂資熏習謂串習由我法分别熏習遂有後時轉變力用唯識樞要云若諸識生似我法時爲皆由我法分别熏習之力爲亦不由若皆由者八識五識無二分别護法云五八行淺一向無執生果時應不似二若不由者此中何故但說我法熏習爲因答二解俱得其皆由者一切有漏與第六識二分别俱故或第六識二分别引故後生果時皆似我法其不由者此說第六根本兼緣一切筆削記第四云以此意識徧緣一切通三量故假實俱緣爲因緣發諸識令熏習故後生果時似我法相起或非外似外六七計爲似外起故文此似我法即前相見二分故闕蒙云相見說爲似我法者以内似外以有似無故文諸有下明諸有情六七二識無始無明覆故不達識變因此橫執實有我法闕蒙問我是徧計何得種也答因執蘊等爲我之時熏蘊等種名我執習氣也

○次喻明

如患夢者患夢力故心似種種外境相現緣此執爲實有外境

補遺　如患下合似我法患即病也如人重病由心惛故見有種種異色人物又如夢時見有實物此舉第六患夢獨影喻之緣此下合實我法開蒙問我法本無由何執有答由無明力妄執實有如患夢力以無見有

○次結判

愚夫所計實我實法都無所有但隨妄情而施設故說之爲假內識所變似我似法雖有而非實我法性然似彼現故說爲假外境隨情而施設故非有如識內識必依因緣生故非無如境由此便遮增減二執境依內識而假立故唯世俗有識是假境所依事故亦勝義有

補遺　初約無體隨情假判謂徧計所執本無有體但隨執情而有次內識下約有體强設假判謂雖是內識所變依他似有此依似名假不可執爲實有外境下約有無判外境既隨妄情施設則非如識有此正翻前第一師增益執以彼執外境如識非無故宗鏡第六十七卷云外境是徧計所執心外實境由隨妄情施設爲假體實都無非與依他內識相似此翻破前第二師減損執以彼執內識亦如外境非有故內識體是依他必依種子因緣而生非體全無如徧計境彼實我法猶如龜毛識依他起故非彼類此中色等相見二分內識所變不離識故總名內識由此內識體性非無心外我法體性非有便遮外計離心之境實有增執及遮邪見惡取空者撥識亦無

妄空滅執文境依下約二諦判謂外境依內識假立而有故但世俗說之爲有即假名無實諦識是假境所依事故亦勝義有者事即體也謂此假境所依之識體不唯是隨事差別諦之俗且通體用顯現之眞故云亦也

○次廣釋二 初明無實唯似境三 初徵答總標

云何應知實無外境唯有內識似外境生實我實法不可得故

○次重徵別釋二 初破實我實法不可得二 初破實我二 初徵

如何實我不可得耶

○次釋二 初正破三 初叙破外道小乘我相二 初別破二 初破六師三計二 初叙計

諸所執我略有三種一者執我體常周遍量同虛空隨處造業受苦樂故二者執我其體雖常而量不定隨身大小有卷舒故三者執我體常至細如一極微潛轉身中作事業故

補遺 西域外道雖多六師爲首六師之中數論勝論又爲勝故首破之初二句標數一者下叙計初即勝論數論所計量云我是有法體常周徧宗因云隨處造業受苦樂故同喻如虛空次即無慚尼犍所計量中闕喻廣百論卷第三云次一類外道計我隨所依身身大則我亦大身小而我亦小形量不定雖所依形質有卷有舒而我體性無生無滅如油滴水隨水廣狹雖有卷舒而無增減文今將如油滴水之喻足之量云我是有法其體雖常而量不定宗因

云隨身大小有卷舒故同喻如油滴水三即獸主徧出所計潛轉身中作事業故筆削云計我體常猶如微塵應於根門量可例知外道雖有九十五種其所執我不出此六師三計

○次破斥 二 初破勝論數論

初且非理所以者何執我常徧量同虛空應不隨身受苦樂等又常徧故應無動轉如何隨身能造諸業又所執我一切有情爲同爲異若言同者一作業時一切應作一受果時一切應受一得解脱時一切應解脱便成大過若言異者諸有情我更相徧故體應相雜又一作業一受果時與一切我處無別故應名一切所作所受若謂作受各有所屬無斯過者理亦不然業果及身與諸我合屬此非彼不應理故一解脱時一切應解脱所修證法一切我合故

音義 初執我下約相違破謂隨身則不徧苦樂則不常此以因破宗也又常下謂常則應無動轉徧不隨身造業此以宗破因也又所執下約同異破先問又所執我既常且徧爲與一切有情同一我耶答一我耶若言其同一人作業之時諸人亦應俱作受果解脱無不應然設爾則事理兼違便成大過若言其異我既常徧則諸人之我互相涉入體應雜亂又一人作受之時我體既異而徧則一人之我與諸人我合有過同前故云應名一切所作所受若謂由我異故作受各有所屬無斯雜亂之過理亦不然業果及身既與一切我合混而不

分屬此非彼理不應然解脱例爾所修證法一切我合故

〇次破無慚尼犍

中亦非理所以者何我體常住不應隨身而有舒卷既有舒卷如槖籥風應非常住又我隨身應可分析如何可執我體一耶故彼所言如童豎戲

補遺 我體下破常住槖籥風者慈恩疏云以內有風起聲等故老子道德經云天地之間其猶槖籥乎河上公注云槖籥中虛空故能出聲氣無有屈竭時揺動風並出文風既揺動而出應非常住矣又我下破體一積聚之身應可分析我若隨身可析體應非一

〇三破獸主徧出

後亦非理所以者何我量至小如一極微如何能令大身徧動若謂雖小而速巡身如旋火輪似徧動者則所執我非一非常諸有往來非常一故

補遺 我量下明小我不能動大身廣百論卷第三云衆微積聚成極大身我在其中形量甚小云何小我能轉大身舉體同時皆見動作文若謂下遮救先牒次破廣百論又云若汝意謂我量雖小而於身中往來擊發漸次周帀如旋火輪以速疾故謂言俱動若爾我體巡歷身中應有生滅及成衆分但是遷流至餘處者定歸生滅必有衆分既言我轉所至非恒如彼燈光豈是常一常必非動動即非常我動而常深違正理文

○次破小乘三計一初叙計

又所執我復有三種一者即蘊二者離蘊三者與蘊非即非離

合響玄談卷第八云我法俱有宗謂犢子部

等等者等餘四部謂此計中總有五全或

一少分言五部全者一犢子部二法上三賢冑四正量五密林山故總爲五部同計言一少分者更等取經部中根本經部不等末經部以本經部亦執有勝義我非即非離即計菩薩出離生死故名勝義文

○次破斥三初破即蘊我

初即蘊我理且不然我應如蘊非常一故又內諸色定非實我如外諸色有質礙故心心所法亦非實我不恒相續待衆緣故餘行餘色亦非實我如虛空等非覺性故

補遺我應下總約五蘊破我應如蘊非常一故者謂諸蘊非常我應生滅諸蘊非一我應有五又內下別約五蘊破先明色蘊非我內諸色即五根外諸色即五塵心心所下明受等四蘊非我心即識蘊心所即受想行三蘊待衆緣者如眼識九緣生等餘行謂相應行心所之餘即二十四種不相應行也餘色謂五根五塵諸色之餘即法處所攝色也

○次破離蘊我

中離蘊我理亦不然應如虛空無作受故

音義虛空離蘊非作受故我既離蘊應如虛空非作受者

○三破非即離我

後俱非我理亦不然許依蘊立非即離蘊應

如瓶等非實我故又既不可說有爲無爲亦應不可說是我非我故彼所執實我不成

音義 許依蘊立非即離蘊者彼所執義依蘊立我故云非離我非是蘊又云非即正如瓶依色有既非即色又非離色應知色可言實瓶決定假蘊可言實我決定無量云俱非我是有法非實有宗因云許依蘊立非即離蘊故同喻如瓶廣百論頌云非即色有瓶非離色有瓶又既下指彼所計不可說藏破玄談第八卷云謂犢子部等彼立三聚一有爲二無爲三非二聚非二即我又立五法藏謂三世爲三無爲爲四第五不可說藏我在其中以不可說爲有爲無爲故 文 謂汝既知不可說爲有爲無爲亦應知不可說爲是我非我故彼所執實我不成

○次總破 三 初約思慮有無破

又諸所執實有我體爲有思慮爲無思慮若有思慮應是無常非一切時有思慮故若無思慮應如虛空不能作業亦不受果故所執我理俱不成

音義 先徵定若有下約兩意破故所下結斥

○次約作用有無破

又諸所執實有我體爲有作用爲無作用若有作用如手足等應是無常若無作用如兎角等應非實我故所執我二俱不成

○三約所緣非緣破

又諸所執實有我體爲是我見所緣境不若非我見所緣境者汝等云何知實有我若是我見所緣境者應有我見非顛倒攝如實知

故若爾如何執有我者所信至教皆毁我見稱讚無我言無我見能證涅槃執著我見沉淪生死豈有邪見能證涅槃正見翻令沉淪生死

音義 先徵我見者執我之見即乖理謬計能執心品若非下破既非所緣寧知有我如眼不見執别青黄若是所緣見應非倒以於我境如實知故廣百論云一切聖智稱境而知既非顛倒我見亦爾應非顛倒若爾我見應如聖智非無始來生死根本若爾下轉難若我見是正無我應邪如何執有我者所信至教毁有我見沉淪生死讚無我見能證涅槃豈有無我邪見能證涅槃有我正見翻淪生死耶

成唯識論音響補遺卷第一之一

音釋

樞 昌朱切 音姝

糅 女救切 音猱

埵 都果切 音朵

犍 居言切 音鞬

籥 以灼切 音藥

成唯識論音響補遺卷第一之二

清武林蓮居紹覺大師音義

新伊大師合響

法嗣智素補遺

○次立量以顯唯識二　初顯能所緣是見相

又諸我見不緣實我有所緣故如緣餘心我見所緣定非實我是所緣故如所餘法

合響　餘心者我見之餘指六七二識之能緣見分卽如緣餘法之心如緣色聲等之五識也初量正明我見之見元是內心見分以我見自有親相分爲所緣境猶如緣相分五塵之五識也我見是有法不緣實我宗有所緣故因如緣餘心喻餘法者實我之餘指所緣相分次量謂我見所緣本是內心相分以我見所緣之境秖是影像親所緣定非實我猶如五識所緣之相分五塵也我見所緣是有法定非實我宗是所緣故因如所餘法喻故知能緣所緣卽是見相二分

補遺　問假使外人不許相分色同喻應犯無俱不成過荅縱使不許有相分色而所緣五塵變壞無常不妨亦得與無實我爲同喻也

○次結示所緣是識變

是故我見不緣實我但緣內識變現諸蘊隨自妄情種種計度

合響　上文但云有所緣故是所緣故不知有何所緣何是所緣故此結示云內識變現諸蘊乃是因緣所生緣起之法緣此而有

何過其過在於隨自妄情種種計度耳宗鏡第五十九卷問我見所緣影像若是依他有者應有依他性實我答此相仗因緣生但是依他性幻有之法而非是我由彼妄執爲我故名妄執此有兩重相約此相從因緣生有力能生心此乃是有名依他性法於此不稱所執法義邊名徧計所執乃名爲無如人昏冥執石爲牛石體不無我見所緣緣依他相有如石本非牛妄心執爲牛此所執牛其體全無如相分本非我妄心執爲我此所執我其體全無但有能執心而無所執我謂於此石但有所緣石而無所執牛於此相分上有所緣法而無所執我

○三結屬我執俱分 三 初標列

然諸我執略有二種一者俱生二者分別

合響 前已委明外道餘乘所執我相此中統收結屬俱生分別二種我執

○次別釋 二 初俱生我執 三 初釋總名

俱生我執無始時來虛妄熏習內因力故恒與身俱不待邪教及邪分別任運而轉故名俱生

○次釋別相

此復二種一常相續在第七識緣第八識起自心相執爲實我二有間斷在第六識緣識所變五取蘊相或總或別起自心相執爲實我

音義 言常相續者能緣所緣無間轉故起自心相者謂第七識託第八見分而爲本質自心變影爲相分境緣此執爲自內實我

有間斷者能緣有時或轉易故總謂總計五蘊別謂五中隨一謂第六識託本識所變五蘊爲質自心現影爲相分境緣此執爲實我五取蘊者謂與取合故諸蘊中所有欲貪等

合響宗鏡第五十一卷引唯識樞要云起自心相之言有二解一云即影像相二云即所執相雖無實體當情現故諸說心相皆準應知釋曰影像者萬法是心之影像所執相者諸境無體隨執而生因自心生還與心爲相

○三示斷位

此二我執細故難斷後修道中數數修習勝生空觀方能除滅

音義後修道中者對初見道而言小乘即須陀洹已上菩薩即初地已上勝生空觀者以見道位中生空觀但斷得分別我執此修道位中能斷我執俱生方初見道爲優故云勝也

○次分別我執三　初釋總名

分別我執亦由現在外緣力故非與身俱要待邪教及邪分別然後方起故名分別

音義亦由現在外緣力者謂雖有內因力要假外緣方得生起邪教謂外緣邪分別謂稟邪教而內起邪思惟也

合響宗鏡第六十六卷云此分別計我藉三緣生謂邪師邪教邪思惟由此三緣久久熏力慣習遂計彼爲他執自爲我此但由計有實有故若言實有非熏習而計有者初出胎時何不執自及以他身既初出胎

時未熏習故不計自他故知計有自他由妄熏習也

○次釋别相

唯在第六意識中有此亦二種一緣邪教所說藴相起自心相分别計度執爲實我二緣邪教所說我相起自心相分别計度執爲實我

合響　邪教藴相者即犢子部等及勝論等所說法相我相者謂即離大小等我

○三示斷位

此二我執麤故易斷初見道時觀一切法生空真如即能除滅

合響　初見道時者廣百論云聖諦現觀初現行時生空真如即我空所顯之理前生空觀約能觀慧此生空真如約所觀理文互顯耳開棠問分别俱生先斷於何答分别之障先斷於見道一時頓斷俱生之障修道位中分分漸斷至金剛心時方能斷盡

○三結判二　初正判二　初判相質有無二

初判定有無

如是所說一切我執自心外藴或有或無自心内藴一切皆有

音義　初正判有無自心外藴者本質境也自心内藴者相分境也宗鏡第六十五卷釋云能緣緣不著處皆名心外第七計我心外唯有第六計我心外之藴或是於無自心内藴一切皆有者盖親所緣緣不問即離計爲我者影像必有故無有少法能取少法唯有自心還取自心故皆緣藴此皆辨我所依也

○次結成前義
是故我執皆緣無常五取蘊相妄執爲我
○次判依徧有無
然諸蘊相從緣生故是如幻有妄所執我橫計度故決定非有
音義 諸蘊緣生是依他有於蘊計我是徧計無
○次引證
故契經說苾芻當知世間沙門婆羅門等所有我見一切皆緣五取蘊起
○次釋妨 二 初正釋妨難 三 初釋憶識等事妨 二 初難
實我若無云何得有憶識誦習恩怨等事
音義 憶曾更過境識現在諸塵久誦數習令未來純熟益我損我成恩成怨廣百論云又心念念異滅異生若無實我云何得有憶識誦習等事
○次釋 二 初斥非
所執實我既常無變後應如前是事非有前應如後是事非無以後與前體無別故若謂我用前後變易非我體者理亦不然用不離體應常有故體不離用應非常故
音義 初句牒執後應如前等者後謂今日前謂往昔是事謂憶識誦習等事如嬰兒時未閑經史壯年則習未習則無已習則有若我常恒無變則應後如前無前如後有以體無別故若謂下破轉救先牒救云我體雖常用有變易故無是過理亦下破體用相即用如體常有過同前體如用變應非常故則違自執

○次顯理

然諸有情各有本識一類相續任持種子與切法更互爲因熏習力故得有如是憶識等事故所設難於汝有失非於我宗

音義本識即第八識謂無始乃至未轉依位唯屬無記故名一類無有間轉故云相續能持世出世種名曰任持種子一切法謂七轉識等諸法熏本識則諸法爲因本識發生現行則本識爲因故云更互爲因由斯能所熏習力故得有憶識等事何要別執有實我耶故所下結責

○次釋造業受果妨二初難

若無實我誰能造業誰受果耶

○次釋二初斥非

所執實我既無變易猶如虛空如何可能造業受果若有變易應是無常

音義量云實我是有法不能造業受果宗因云無變易故同喻如虛空

○次顯理

然諸有情心心所法因緣力故相續無斷造業受果於理無違

合響宗鏡引華嚴會意問云若准六根無我誰造誰受耶答佛說作善生天爲惡受苦者此但因緣法爾非是我能爲受也若言是我非因緣者作惡何不生天乃墮地獄耶我豈愛彼地獄故受苦耶我既作惡而不受樂者故知善惡感報唯是因緣非實我也文

補遺宗鏡云因緣有二一者善惡增上業因緣但感生天及地獄異熟等二者善惡等

流業因緣生天感實地金花墮地獄者感刀林銅柱等文因緣即諸業及二取習氣也

○三釋生死涅槃妨二　初難

我若實無誰於生死輪迴諸趣誰復厭苦求趣涅槃

補遺廣百論卷第二云若一切法空無我者生死涅槃二事俱失所以者何由有我故諸無智者樂著生死先能造善不善業後受所感愛非愛果諸有智者欣樂涅槃先觀生死苦火煎逼發心厭離後方捨惡勤修諸善得證解脱如是皆由我成

○次釋二　初斥非

所執實我既無生滅如何可說生死輪迴常如虛空非苦所惱何爲厭捨求趣涅槃故彼所言常爲自害

音義此中就彼所執常義破也謂我若常同於虛空則無生滅亦無苦惱誰復輪轉誰趣涅槃故彼所言常者秖爲自害耳

○次顯理

然有情類身心相續煩惱業力輪迴諸趣厭患苦故求趣涅槃

音義由因緣力生滅不斷謂之相續於相續中起惑造業受苦智者厭苦欣滅斷惡修善而證涅槃

○次結示唯識

由此故知定無實我但有諸識無始時來前滅後生因果相續由妄熏習似我相現愚者於中妄執爲我

○次破實法二　初徵答非有

如何識外實有諸法不可得耶外道餘乘所執外法理非有故

合響 玄談第八卷云至妙虛通目之曰道心遊道外即稱外道故唯佛正道餘悉名外道 文 餘乘即小乘謂大乘之餘彼雖證我空猶執心外有法於大乘唯識正理不能盡知也

○次廣破執相 三 初正破心外有法 二 初外道 二 初徵

外道所執云何非有

○次釋 二 初約十三家別破 五 初數論師 三 初叙執

且數論者執我是思受用薩埵剌闍答摩所成大等二十三法然大等法三事合成是實非假現量所得

音義 玄談云梵音僧佉此翻爲數即慧數也數度諸法根本立名從數起論名爲數論論能生數亦名數論其造數論及學數論皆名數論者本源即是迦毘羅造執我是思者我謂神我以思爲性即第二十五神我諦也受用薩埵等者薩埵此云有情亦云勇猛今取勇義剌闍此云微亦名塵坌今取塵義答摩此云闇應名勇塵闇若傍義翻舊云喜憂闇亦云苦樂癡新云貪嗔癡亦云樂苦捨等敵體而言即是三毒此之三毒即是自性三德自性古稱冥性亦名勝性未生大等但住自分名爲自性若生大等便名勝性有勝用故即二十五諦之初諦也若神我意有所須彼薩埵等隨起覺悟造化大等爲神我受用所成大等

二十三法者謂從冥初生大亦名覺覺生我心亦名我慢從我心生五微塵亦名五唯量即聲觸色味香五唯生五大即空風火水地從五大生十一根初生五知根謂耳身眼舌鼻次生五作業根謂語具手足大小便道後生心平等根即是中間二十三諦兼其初後故有二十五文然大等下謂大等二十三法三德合成是實非假現量所得者此就彼謬計是似現量也

補遺 起信筆削第五卷云外道等者謂數論師以彼依非想定發世俗通應於邪道以生死智通知未來八萬劫死此生彼之事後亦不知彼之所計冥性是常從此生於世間諸法冥冥難知故云冥性從冥初生覺乃至心平等根爾時名生死成孰一神我爲受用主我思勝境冥性變生爲我受用我受用故爲境纏縛不得解脫我若不思冥性不變神我解脫名爲涅槃

○次破斥七初破現量所得

彼執非理所以者何大等諸法多事成故如軍林等應假非實如何可說現量得耶

補遺 初斥大等下破言軍林者衆人成軍攢木成林人木分散孰爲軍林廣百論云此唯世俗假說軍林其中都無軍林實體言現量者宗鏡第四十九卷云現謂顯現即分明證境不帶名言離妄分別名之爲現量者度量是楷定之義謂心於境上度量楷定法之自相不錯謬故文此真現量也後皆准此數論大等既多事合成正如非實之軍林如何可說現量所得量云大等

是有法應假非實如何可說現量得宗因云多事合成故同喻如軍林等

〇二以能所互破

又大等法若是實有應如本事非三合成薩埵等三即大等故應如大等亦三合成轉變非常爲例亦爾

音義　初以能成破所成量云大等諸法非三合成是實有故如三本事薩埵下以所成破能成量云薩埵等三亦三合成即大等故喻如大等轉變非常爲例亦爾者謂大等諸果從自性生展轉變異差別增長大等諸果變故非常不如自性不變故常爲例亦爾者準上立量云大等諸法非轉變非非常是實有故如三本事又量云薩埵等三亦轉變非常即大等故喻如大等廣百論釋第一卷破云大等皆用自性爲體大等變時自性應變由此自性應是無常體無異故循如大等

〇三體應同用破

又三本事各多功能體亦應多能體一故三體既徧一處變時餘亦應爾體無別故

音義　合此以數論計三本事各有明白躁動暗昧等衆多功能轉變大等諸法故破云功能既多體亦應多以體用一故廣百論釋第一卷云又三自性一一皆有明躁昧等衆多作用既許體同以性隨用應成多體

文　三體下破轉救彼救云三本事雖多功能其體周徧無多體過破云三體既徧則一處起用轉變諸法餘一切處亦應同時頓變以三事之體徧而無別故廣百論釋

云又此自性其體周徧一分變時餘無量分體無異故應亦隨變

○四破三合成一

許此三事體相各別如何和合共成一相不應合時變爲一相與未合時體無別故若謂三事體異相同便違已宗體相是一體應如相冥然是一相應如體顯然有三故不應言三合成一

音義 謂汝宗既許三事體相各別云何合成色等一相不應下遮救若謂未合時是三合時變一故所成色等是一理亦不然合與未合體無別故若謂下又救謂此三事體異相同譬如金鍮與銅體雖是三相似是一故合未合時相常如一無如是過便違下破汝宗計薩埵之相即薩埵體餘二亦然今云體異相同豈不違於已宗耶體應下反覆推破若謂三事體異而相同則體應如相同相應如體一若爾應云一合成一三合成三不應言三事和合共成一相

○五以總別互破

又三是別大等是總總別一故應非一三

音義 本事有三屬別大等俱三事成是總廣百論云汝執總別既定是一總應如別是三非一別應如總是一非三云何別三成於總一

○六約變時合不合破二　初正破

此三變時若不和合成一相者應如未變如何現見是一色等若三和合成一相者應失本別相體亦應隨失

音義 若謂變時三事不合成一即同未變如何現見所變是一色等若三變時和合成一應失本事三種別相體亦隨失以體即相故

○次遮救

不可說三各有二相一總二別總即別故總亦應三如何見一若謂三體各有三相和雜難知故見一者既有三相寧見爲一復如何知三事有異若彼一一皆具三相應一一事皆成色等何所闕少待三和合體亦應各三以體即相故

音義 初遮三各有二救云三事各具總別二相由別相故未合是三由總相故合時見一故無失體等過總即下破總相即別相別三總亦應三總相若三不應見一如何現見是一色等耶若謂下遮三各有三彼復救云謂三事之體各具薩埵等三相但於和合位和雜難知故唯見是一色既有下破一體既有三寧復見爲一既見是一復如何知三事有異又若彼三事一一皆具三相應隨舉一事能成色等何所闕少必待三事和合方成耶又相既各具三應體亦各有三以體即相理應爾故

○七約無差別破所成

又大等法皆三合成展轉相望應無差別是則因果唯量諸大諸根差別皆不得成若爾一根應得一切境或應一境一切根所得世間現見情與非情淨穢等物現比量等皆應無異便爲大失

音義 若謂大等諸法皆三事合成是則大望

我等乃至諸根二十三法應無差別則違已宗所計三事爲因大等爲果等差別之義皆不得成若爾應以一根得一切境或應一境對一切根則諸世間有情無情若淨若穢現量而知比量而知等物俱不成立故下文云便違三德我等體異亦違世間諸法差別則犯自教相違及世間相違等過矣

○三結非

故彼所執實法不成但是妄情計度爲有

合響 會玄第十三卷云從自性諦生一切法但是隨情虛妄計度名爲邪因

○二勝論師二　初敘執

勝論所執實等句義多實有性現量所得

音義 玄談云此即衛世師計梵音吠世史迦薩多羅此云勝論立六句義最爲勝故或是勝人之所造故其能造人即成劫之末人壽無量外道出世名嗢露迦此云鵂鶹晝避聲色匿蹟山藪夜絶視聽方行乞食時人以爲似鵂鶹鳥故名鵂鶹仙人即百論優樓佉也亦號食米齋仙人云云六句義法一實二德三業四大有五同異六和合實者諸法體實德業所依名之爲實德業不依有性等故實有九種一地二水三火四風五空六時七方八我九意德謂道德有二十四種一色二香三味四觸五數六量七別性八合九離十彼性十一此性十二覺十三樂十四苦十五欲十六瞋十七勤勇十八重性十九液性二十潤二十一行二十二法二十三非法二十四聲業者

作用有五種一取二捨三屈四伸五行大有唯一實德業三同一有故離實德業外別有一法爲體由此大有有實等故同異句亦唯一也如地望地有其同義望於水等即有異義地之同異是地非水水等亦然亦離實等有別實體和合句者謂法和聚由和合句如鳥飛空忽至樹枝住而不去由和合句令有住等文多實有性等者謂六句義中唯和合句是假非現量得故云多也

○次破斥二 初正破二 初明諸句體非實有八 初破諸句中常無常

彼執非理所以者何諸句義中且常住者若能生果應是無常有作用故如所生果若不生果應非離識實有自性如兎角等諸無常者若有質礙便有方分應可分析如軍林等非實有性若無質礙如心心所應非離此有實自性

音義 諸句下先約常住破量云諸句義中常住者是有法應是無常宗因云有作用故同喻如所生果此約能生果義破常若不下約不生果義明唯識量云諸句義中常住者應非離識實有自性無作用故如兎角等當知兎角是意識徧計所執實無其體然不離識引爲喻者祛其離識實有之執耳諸無下約無常破量云諸句業中無常者非實有性有質礙可分析故如軍林等此約有礙破實有若無下量云諸無常者應非離識有實自性無質礙故如心心所此約無礙明唯識

○二以實德二句對破

又彼所執地水火風應非有礙實句義攝身根所觸故如堅濕煖動即彼所執堅濕煖等應非無礙德句義攝身根所觸故如地水火風地水火三對青色等俱眼所見准此應責故知無實地水火風與堅濕等各別有性亦非眼見實地水火風

補遺 文中先約彼所計身根所觸之因更相詰破夫地水火風四大之名堅濕煖動四大之體原不可分廣百論云若於堅等立地等名則無所諍體無別故 文 勝論計地等是有礙別屬實句堅等是無礙別屬德句然皆許是身根所觸之境有礙無礙皆共此因是則一因向兩宗上轉便犯共不定過即因明論中六種不定過中初一過所謂常無常品皆共此因二量如文地水下准上立量云所執地水火三是有法應非有礙實句義攝宗因云眼根所見故如青色等又量云即彼所執青色等是有法應非無礙德句義攝宗因云眼根所見故如地水火三亦犯因寛不定過有過同前故云准此應責此中除風字者廣百論云風唯身得以無色故問前之二量互詰已足破其所執後之二量文義同前唯無風字復用何爲不亦童衍乎答盖由勝論所執世間物等不離六句義成而爲眼見身觸現量境界廣百論第六卷云然彼論説瓶衣等物因實德業同異合故而爲眼所見及身所觸故是根境現量所知理亦不然所以者何瓶衣等物分別意識於色等

法假施設有云何執爲現量境界文彼以眼見身觸二因總攝五根五境皆現量所知今文中前二量雖出身根所觸之因而眼見之因未有是以復出後二量以足之耳故知下結顯無別有性非現量得文中有法與因二邊互影先結前二量云故知無實地水火風與堅濕等各別有性亦非身根所觸實地水火風此以地等有法影出身根所觸之因足成之以示非現量所得次結後二量云故知無實地水火三與青色等各別有性亦非眼見實地水火三除却風字以風非眼所見故此以眼根所見之因兼影出青色等有法足成之如是展轉推破且地等堅等句義不成寧有實性現量得耶有謂准會玄第十三引此論文末云亦非眼見實地水火而無風字乃云今或傳寫之譌作衍文看自考録中亦云風字是衍文

○三破實句中有礙常

又彼所執實句義中有礙常者皆有礙故如麤地等應是無常

補遺 量云實句中有礙常者是有法應是無常宗皆有礙故因同喻如麤地等此破空時等彼計別有空大且非是空無爲亦非空界又以時體是實謂能詮之因及此能緣之因名時又計空等是有礙常地等是有礙無常故以地等作同喻

○四破諸句中無礙法

諸句義中色根所取無質礙法應皆有礙許色根取故如地水火風

補遺 諸句義中色根所取無質礙法者如德句中香味聲等會玄引古疏云諸德體者眼所取一依名色鼻所取一依名香耳所取一依名聲乃至皮所取一依名觸謂依色等故眼等方生色是所依故名一依文於中香味聲三是色根所取無質礙法也又古疏云地等色等別同異性互於彼不轉一切根所取文地等是實句中有礙法故引作同喻立量如文

○五約唯識破諸句

又彼所執非實德等應非離識有別自性非實攝故如石女兒非有實等應非離識有別自性非有攝故如空華等

補遺 凡破斥之法畧有二義一約所執破二約唯識破今破六句義文中唯前總破諸句常無常中兩宗各有二量皆初一量約所執破第二一量約唯識破其餘文義都秖約所執破今此一章置於六句兩楹之間統貫前後約唯識總破諸句然於諸句中特約實有二句破者以勝論所計實爲德業所依又云由此大有有實等故故廣百論釋云鵂鶹所執實等句義有等爲因而得顯了有等句義復因實等爲自所依方可了別文由此實有爲諸句關鍵此實有二句若破餘不難矣文中言非實德等者謂非實句所攝德等五句也非有實等者謂非有性所攝實等五句也既非互攝寧離識有設離識有並屬虛妄廣百論釋云鵂鶹所宗實等非有非有性故猶若空華有性亦無非實等故猶如兎角是故皆虛文二量如文

○六破大有性

彼所執有應離實等無別自性許非無故如實德等若離實等應非有性許異實等故如畢竟無等如有非無無別有性如何實等有別有性若離有法有別有性應離無法有別無性彼既不然此云何爾故彼有性唯妄計度

補遺 初正破勝論師計大有性唯一實德業三同一有故離實得業外別有一法爲體由此大有有實等故今先立量破卽躡彼所計實德業外別有一法爲體之義分作二量之因破之許非無故者卽彼所謂別有一法爲體許異實等故者卽彼所謂離實德業也今明其因與宗違故不可離初量許其有性破離實等謂縱許汝有大有性然不可執離實德業離則無別大有自性可得以汝自許有性是非無法能有實等故例如實德等是非無之法次量謂縱許汝離於實德業應非有性以汝自許異實等故所謂大有性者正於實德業上顯如汝計云有一實故有德業故今既異實等例如龜毛畢竟無也二量如文如有下躡承上意反覆申明破無大有謂如汝所許別有一法爲體之大有性是非無法比量推之離實等之外無別有性況實等非是大有如何實等法上有別大有性以彼計實德業三同一有故此則順明離實等無別有性若離下以有例無破謂若離實等有法有別有性應離龜毛兎角之無法有別無性矣彼既不然此云何爾此例無

奪有也故彼二句結妄廣百論釋第八卷云若實等與有性別應不能知實等是有帶別相智不能審知餘別相法如何世間於非有性實等法上起有智耶若言實等雖非有性與有合故起有智者則實等法假名為有體非真有應說為無

○七破同異性

又彼所執實德業性異實德業理定不然勿此亦非實德業性異實等故如德業等又應實等非實等攝異實等性故如德業實等地等諸性對地等體更相徵詰准此應知如實性等無別實等性實等亦應無別實性等若離實等有實等性應離非實等有非實等性彼既不爾此云何然故同異性唯假施設

補遺 初通約實德業三句總破文中凡性字皆指同異性言初牒執由勝論師計同異性亦一離實德業有別實體今大乘就彼所執破之勿此下立量破申明不然之理勿者不可也此字指同異性謂若執同異性異實德業別有應非實德業之同異性矣異實等故如德業等此中以德業為同喻者應具三量文字奧古今須補出初量云此是有法亦非實性宗因云異實句故同喻如德業次量云此是有法亦非德性宗因云異德句故同喻如業實後量云此是有法亦非業性宗因云異業句故同喻如實德要知喻中等字為後二量而置之又應下承上之意難破不成實等謂實德業之所以成同成異者以實德業上有同異性故廣百論云論法相望有同有異法

體局別所以成異有性該通所以名同文
今同異性異實德業則實德業無同無異
矣若此不唯非同異性併不成實德業句
故云又應實等非實等攝則違汝宗實德
業三各攝之義然此中亦具三量初量云
實句是有法非實句攝宗因云異實句性
故同喻如德業後二量例前此破總同異
性古疏云同異性亦一者即實德業三種
上同異性地等色等別同異性文 地等下
破別同異性地等諸性者即等於水火風
別同異性更相徵詰准此應知者例上文
破具有四量例前初量云此地大性是有
法亦非地性宗因云異地大故同喻如水
火風又應地大是有法非地大攝宗異地
大性故因喻如水火風兩重後三量可例

知如實下躡上之意總別雙承結前諸量
實性等謂實句同異性即地等諸性是別
同異性實等性等於德業是總同異性次
句實等是總實性等是別如實二句先別
後總實等二句先總後別譯文巧妙間錯
雙明若足其文謂如上所明實性等離地
等外無別實性等即地等上亦應無別實
性等三句實性俱指別同異性言離地等
外無別實性等結上地等諸性異地等故
四量即地等上亦應無別實性等即地等
亦各不相攝屬也結上又應地等非地等
攝異地等性故四量此單結別同異性也
文如上所明實等性離實等外無別實等
性即實等上亦應無別實等性三句實等
性俱指總同異性言離實等外無別實等

性結前勿此亦非實德業性異實等故三量即實等上亦應無別實等性即實等亦各不相攝屬也結前又應實等非實等攝異實等性故三量此通結總同異性也若離下縱奪破若離實等二句縱之此唯就總說別自該之彼既不爾二句奪也故同二句結示假設廣百論釋第六卷云如勝論執同異性等是現量境其理不成牛馬等性分別意識於色等法假施設有越諸根境非現量得徧諸所依無差別故如和合體彼計第六和合句義其體是一徧諸所依越諸根境非現量得同異等性其義亦爾云何執爲現量境界文

〇八破和合句

又彼所執和合句義定非實有非有實等諸法攝故如畢竟無彼許實等現量所得以理推徵尚無實有況彼自許和合句義非現量得而可實有設執和合是現量境由前理故亦非實有

音義先立量破彼許下況破自許和合句義非現量得者如上同異注中引設執下縱奪破由前理故者謂由前破實等五句道理也

〇次顯諸句非現量得二初明諸句非現量境

然彼實等非緣離識實有自體現量所得許所知故如龜毛等

音義實等是有法非緣下宗因云許所知故同喻如龜毛等龜毛是意識非量所緣非現量得用爲同喻者令彼知喻而悟法上

之非此以所緣一量結歸唯識

○次顯能緣非現量智

又緣實智非緣離識實句自體現量智攝假合生故如德智等廣說乃至緣和合智非緣離識和合自體現量智攝假合生故如實智等

音義緣實智是有法非緣下宗因云假合生故同喻如德智等言假合生者謂與假法和合而生之智此以能緣一量會歸唯識廣說下緣餘五智立量准知

○次結非

故勝論者實等句義亦是隨情妄所施設

音義對前數論故置亦言

成唯識論音響補遺卷第一之二

音釋

鍮他侯切音偷 藪蘇偶切音叟 譌五禾切音囮 鍵巨展切音件

成唯識論音響補遺卷第一之三

清武林蓮居紹覺大師音義

新伊大師合響

法嗣智素補遺

○三自在天等八論二初破大自在二初叙

有執有二大自在天體實徧常能生諸法

音義玄談云此是塗灰外道并諸婆羅門共計自在天是萬物因彼計此天有其四德一體實一徧三常四能生諸法

○次破

彼執非理所以者何若法能生必非常故諸非常者必不徧故諸不徧者非真實故體既常徧具諸功能應一切處時頓生一切法待欲或緣方能生者違一因論或欲及緣亦應頓起因常有故

音義初以能生破常若能生果應是無常次以無常破徧若有生滅則無徧義次以不徧破實此有彼無非真實故體既下破能生謂若彼天體既常徧具諸功能則應於一切時處頓生諸法若爾則犯世間相違等過待欲下遮救彼救云體雖常徧能生諸法要待衆緣樂欲或緣會方生故無頓生之過違一下破違一因者以涉三故即非一因能生諸法則汝所執前後相違或欲下例破欲緣亦應頓起以大自在因常有故

○次例破餘七

餘執有一大梵時方本際自然虚空我等常住實有具諸功能生一切法皆同此破

音義 大梵者即圍陀論師計梵天爲萬物之祖能作一切命無命物是故梵天名常是涅槃因言時者即時散外道執一切物皆從時生是故時是常是萬物因是涅槃因言方者即方論師計方生人人生天地滅後還入於方故方是常是一是萬物因是涅槃因言本際者即安荼論師計謂世界最初唯有大水時有大安荼出生形如雞卵周匝金色時熟破爲二段上段爲天下段爲地中生一切萬物言自然者即無因論師計一切萬物無因無緣自然生滅故此自然是常生一切物是涅槃因言虛空者即口力論師謂虛空爲萬物因別有一法是實是常能展轉生一切法是故虛空爲萬物因言我者即計我論師謂彼計有薩埵命者生者養育者數取趣者如是等諦實常住是故我眼能見諸色如是於耳鼻舌身意應知亦爾言等者等於宿作論師等皆同此破者指所破同前也廣如玄談所說

○四二種聲論二初叙

有餘偏執明論聲常能爲定量表詮諸法有執一切聲皆是常待緣顯發方有詮表

補遺 叙中有二家皆計聲體是常初執明論聲常不待緣顯次執一切聲常待緣方顯明論是外道妄造之書廣百論釋第六卷云古昔黠慧婆羅門隱造明書言自然有唯得自誦不許他觀又論釋第一卷云以比量立明論聲非士夫造體是常住又云初不待緣後無壞滅性自能顯越諸根義

爲決定量曾不差違文此明論之來歷計常之旨趣有謂明論即五明論謬也五明論者謂內明醫方明因明聲明工巧明此他處正義豈是外道偏執耶言定量者謂楷定不易之義謬計是聖教量能詮表一切事理也有執下次執瑜伽云外聲論師起如是見立如是論聲相本有無生無滅然由數宣吐方得顯了而聲體是常

○次破

彼俱非理所以者何且明論聲許能詮故應非常住如所餘聲餘聲亦應非常聲體如瓶衣等待衆緣故

音義 先破初執廣百論釋第一卷破云又明論聲與所餘聲同是聲性云何但說此聲是常餘聲非常文量云明論聲應非常住許能詮故如所餘聲餘聲下破次執量云餘聲亦應非常聲體待衆緣故如瓶衣等待衆緣者謂餘聲必待空等衆緣有故

○五順世論師二初叙

有外道執地水火風極微實常能生麤色所生麤色不越因量雖是無常而體實有

合響 玄談第八卷云路迦耶此云順世外道計一切色心等法皆用四大極微爲因然四大中最精靈者能有緣慮即爲心法如色雖皆是大而燈發光餘則不爾故四大中有能緣慮其必無失文顯揚第九卷云計極微是常住者以依世間靜慮起如是見由不如實知緣起故計有爲先有果集起離散爲先有果壞滅由此因緣彼謂從衆微性麤物果生漸析麤物乃至極微住是故麤物無常極微常住文粗色者即是

子微不越因量者因是父母微最初極微名爲父母聚生諸色故所生者名曰子微子微雖是無常不越父母故是實有

○次破 二 初破因微

彼亦非理所以者何所執極微若有方分如蟻行等體應非實若無方分如心心所應不共聚生麤果色既能生果如彼所生如何可說極微常住

音義 初破體實廣百論偈曰極微若有分如何是極微釋云既有方分便失極微如是極微即可分析應如麤物非實非常違汝論宗極微無方分常住實有造世間萬物

文 蟻行者行音杭伍也列也 成業論云如樹蟻行等 謂極微既有方分應如蟻之成行列故量云所執極微體應非實有方分故如蟻行等若無下破能生量云所執極微應不共聚生麤果色無方分故如心心所既能下破常住量云所執極微如何可說常住既能生果如彼所生

○次破果色 三 初破不越因量 二 初正破

又所生果不越因量應如極微不名麤色則此果色應非眼等色根所取便違自執

音義 先立量破所生果不名麤色不越因量故應如極微則此下明相違應知極微是法處所攝色非色根境若麤色不越因微之量即同極微非眼等所取彼執能生極微不可見聞嗅覺所生之果可見聞嗅覺故云便違自執

○次破救 三 初破量德合故似麤

若謂果色量德合故非麤似麤色根所能取

所執果色既同因量應如極微無麤德合或應極微亦麤德合如麤果色處無別故

(合響)若謂果色等牒轉計量謂因微之量德謂因量之德非麤即極微以極微本非麤物由因量積集之德合故令彼極微非麤似麤果色顯現而爲色根所取廣百論釋第一卷出彼計云然由量德積集殊勝令所依實(即極微實體爲麤色所依故)非大似大方分差別分明可見(文)所執下破果既同因猶然極微量云所執果色無麤德合既同因量故應如極微因應如果極微亦麤量云或應極微亦麤德合處無別故如麤果色

○次約果如因破

若謂果色徧在自因因非一故可名麤者則此果色體應非一如所在因處各別故既爾此果還不成麤由此亦非色根所取

(音義)先牒轉計自因即極微若謂果色徧在自體能成因微之上以因非一故而果可名麤者則此下破先奪破一體處各別者謂一一極微各處自位果若徧因則如其所在之因應非一體既爾下牒上意明仍不成麤果既各各別徧因微理應還不成麤由此亦非色根所取

○三約因如果破

若果多分合故成麤多因極微合應非細足成根境何用果爲既多分成應非實有則汝所執前後相違

(音義)初正破成麤先牒計多分者多種支分也如瓶甌等物名爲麤果項腹奩底謂之支分項等合成瓶甌即是多分合成麤果

多因下以因奪破根境者該攝一切所生果色也既多下兼破實有前云不越因量而體實有今既多分所成應是假法是故相違

○次破因果同處

又果與因俱有質礙應不同處如二極微若謂果因體相受入如沙受水藥入鎔銅誰許沙銅體受水藥或應離變非一非常

音義 初立量破又果與因應不同處俱有質礙故如二極微若謂下轉救云因入果色果則受因果入因微因則受果例如麤沙聚受細流水妙藥汁入赤鎔銅異體同居故無是過誰許下破初句奪破沙之受水受者非沙藥入鎔銅入能令變次句縱破受則可離離則非一入則須變變則非常法合準思

合響 廣百論釋第一卷云復次爲破極微因果同處及顯因體定是非常謂諸有礙物餘礙逼時若不移處必當變壞如是極微果所侵逼或相受入異體同居如以細流漑麤沙聚或復入中令其轉變如妙藥汁注赤鎔銅若許如前流漑沙聚則有諸分既相受入諸分支離如相離物不共生果是則應無一切麤物又若同彼有諸細分即應如彼體是無常若許如後藥注鎔銅自說極微體有變壞何待徵難文

○三破果體是一

又麤色果體若是一得一分時應得一切彼此一故彼應如此不許違理許便違事故彼所執進退不成但是隨情虛妄計度

音義初牒執得一下破一分謂少分一切謂全分彼即一切此即一分謂若因相雖多果體是一者則得一分時應得一切如柱壁等物見此少分即應得彼全分以體一故不許下明相違若不許得一切便違果體是一之理許得一切又違彼此各別之事故彼下結妄進退即許與不許也

○次束成四句總破 二 初總標

然諸外道品類雖多所執有法不過四種

合響玄談第八卷云統收所計不出四見謂數論計一勝論計異勒沙婆計亦一亦異若提子計非一非異若計一者則謂因中有果若計異者則謂因中無果三則亦有亦無四則非有非無餘諸異計皆不出此又廣百論第八卷云一切世間色等句義名言所表心慧所知情執不同略有四種謂有非有俱許俱非隨次應知配四邪執謂一非一雙許雙非

○次別破 四 初數論等 二 初叙

一執有法與有等性其體定一如數論等

合響有法指所生法如數論二十三諦有等性指能生性如冥初自性其體定一者會玄云數論計自性諦中有二十三諦即因中有果也

○次破

彼執非理所以者何勿一切法即有性故皆如有性體無差別便違三德我等體異亦違世間諸法差別又若色等即色等性色等應無青黃等異

音義性秖是一法有萬殊若法即性體應無

差則違已宗所執我德等異（我即大等法也德即三德性也）亦違世間諸法差別則犯自教世間相違二過又若下明違現量又若色等即性則色無青黃等異乃至觸無冷煖等異復犯現量相違之失矣詳如廣百論釋第八卷中

○二勝論等二初叙

二執有法與有等性其體定異如勝論等

（合響）有法如勝論實德等有等性如大有性其體定異者會玄云勝論計大有離實德業外別有一法爲體即因中無果也

○次破

彼執非理所以者何勿一切法非有性故如已滅無體不可得便違實等自體非無亦違世間現見有物又若色等非色等性應如聲等非眼等境

（音義）若法非無由乎有性若異有性便同無法廣百論云又一切法非有性者應如兎角其體本無是則應同空無我論由斯便違自教亦違世間量云一切法是有法體不可得宗因云非有性故同喻如已滅無又若下明違現量又若色等非色等性色與色性應不相關如聲與眼無所緣義則違眼等現量了知是色等境義量云色等是有法非眼等境宗因云非色等性故同喻如聲等

○三無慚等二初叙

三執有法與有等性亦一亦異如無慚等

（合響）會玄云等者等勒沙婆此云苦行又云尼揵此云離繫是外道露形不恥名爲無

斷

○次破

彼執非理所以者何一異同前一異過故二相相違體應別故一異體同俱不成故勿一切法皆同一體或應一異是假非實而執爲實理定不成

補遺 一異同前一異過者若有性與色等一同數論過與色等異同勝論失二相相違體應別者筆削記云一異二種性相相違而言體同理不成立一應非一以即異故如異異應非異以即一故如一文 勿一切法皆同一體者一異相異而言體同則一切法皆應無異便違世間諸法差別若謂一異待對不同名一異者即應一異二並非真故云或應一異是假非實由非實故而執爲實必不應理

○四邪命等二 初叙

四執有法與有等性非一非異如邪命等

合響 邪命玄談云若提子會玄釋云此是六師之數具云尼犍陀若提子據此即尼犍也廣百論釋亦云邪命

○次破

彼執非理所以者何非一異執同異一故非一異言爲遮爲表若唯是表應不雙非若但是遮應無所執亦遮亦表應互相違非表非遮應成戲論又非一異違世共知有一異物亦違自宗色等有法決定實有是故彼言唯矯避過諸有智者勿謬許之

音義 非一則同異非異則同一過亦如前次非一異言下約遮表破初句徵遮謂遮覆

表謂表顯譬說水冷即是表辭若言非熱即是遮辭若唯下破若唯是表表則一異俱是不應雙非若但是遮遮則一異俱遣不應有執遮表雙亦則互相違遮表俱非非戲而何又非下出過非一異言遣一異法則違世間共知有一異物一異旣遣諸法皆無便違已宗所執色等實有是故下結斥勿謬許之者謂非一異執乃是邪見有智之者愼勿謂是雙遮中道也

補遺　廣百論釋第八卷破竟總結云如是世間四種外道邪論惡見擾壞其心虛妄搆尋諸法性相皆不中理競執紛紜於諸法中起四種謗謂有非有雙許雙非如次是增益損減相違戲論是故世間所執非實

文上破外道實法竟

〇次破餘乘二　初徵

餘乘所執離識實有色等諸法如何非有

〇次釋二　初總釋

彼所執色不相應行及諸無爲理非有故

音義　准俱舍論餘乘亦有五位謂色法十一心法唯一心所有法四十六不相應行十四無爲有三合有七十五比於大乘少二十五今但破三位者以彼不執心及心所故

〇次别釋三　初破色法二　初破對無對色二　初標列

且所執色總有二種一者有對極微所成二者無對非極微成

合響　有對有二一者有見有對謂色塵二者無見有對謂五色根及聲香味觸若准有

宗極微所成大乘即用能造色成無對唯
一謂無見無對即法處所攝色略有五種
一極略色謂析彼五根五塵四大定果色至極微位便是此體二極
迥離礙方立故即明暗光影析至極微亦空一顯色上下空界所見
青黃赤白光影明暗總名空一顯色顯色顯色之空名空一顯色三受所引
因教因師領受引發律儀非律儀等四徧計所執三性意識能徧計度
境從此生名彼所起五定果色定中現境色從彼起故此五唯
受所引屬小乘大乘則俱有開蒙問對者
何義答對礙也二色相對互相窒礙如木
與石互相繫時體不相過互相對住名有
對義問對礙名色者其第十一法處所攝
色既無對礙何得色名答體雖無對皆從
對色以立其名
○次別明二初有對色二初有對非實有
二初略明

彼有對色定非實有能成極微非實有故
○次廣釋二初明能成極微不實二初約
質礙有無破
謂諸極微若有質礙應如瓶等是假非實若
無質礙應如非色如何可集成瓶衣等
音義量云諸極微是假非實有質礙故應如
瓶等若無質礙應如虛空之非色如何能
合成有形量之物以虛空合虛空猶然是
虛空也量云諸極微如何可集成瓶衣等
無質礙故喻如非色
○次約方分有無破二初破有方分
又諸極微若有方分必可分析便非實有
○次破無方分二初且約有方分破無方
分三初約所成果色破
若無方分則如非色云何和合承光發影日

輪纔舉照柱等時東西兩邊光影各現承光發影處既不同所執極微定有方分又若見觸壁等物時唯得此邊不得彼分既和合物即諸極微故此極微必有方分

補遺　極微以有方分可成麤色方分若無則如虛空之非色云何合成果色而承光發影耶日輪下舉日照柱等現事中明承發之義以顯極微定有方分柱等即所成麤果色如旭日照柱之時柱之東邊承光西邊發影處既不同而能成柱等之極微豈無方分又若見觸壁等唯得此而不得彼者以有方分故壁等和合之物既即極微故知極微定有方分問既舉日照柱等顯有方分於義已足何故復有見觸壁等一節文義相同不亦重複答體究旨趣深有意焉此中正由餘乘妄執有對極微所成若無方分則有二過今以日照柱等處既不同之義顯有方分成其自所立宗麤果色義則無違害自宗之過又所成果色彼計為諸根之境今以見觸壁等得此不得彼之義顯根境差別成其自所立宗差別句義則無違害世間之過以旨有二義故文成兩股若無方分二義俱墮便違彼論宗許有方分則免二過有謂見觸壁等足上承光發影之義非也廣百論第一卷云若諸極微徧體和合無方分故非少分合是則諸微應同一處實果應與自因徧合無別處故應亦微圓（不成粗色則違害自宗）若爾應許一切句義皆越諸根所了知境（不成差別則違害世間）由見所依（即指自因）餘可知故（餘謂實果）是則

違害自宗更違世間論又云又諸極微若無行用（即方分）則不能造有方分果（違害自宗）即諸天眼亦無所見是則所立一切句義越諸根境（違害世間）此等文義廣百論中疊出恐謂臆見故不憚繁證釋如此

○次約因能成果破

又諸極微隨所住處必有上下四方差別不爾便無共和集義或相涉入應不成麤由此極微定有方分

（音義）極微雖細必有住處方位差別不爾應如非色何有和集成麤之義或相涉入譬如光影不合成麤既云和集成麤定有方分

○三約果色即因破

執有對色即諸極微若無方分應無障隔若爾便非障礙有對是故汝等所執極微必有方分

（合響）華嚴鈔引俱舍論云應知有對總有三種一障礙有對即十色爲體二境界有對謂十二界即六根六識法界一分謂於法界中唯取心所此十三法於色等境而能取故爲境所拘名爲有對三所緣有對其體即是七心界全謂六識及意并法界一分亦心所也所緣者色等六境有對者即七心等爲六境界所拘礙故然對是礙義礙有二種一障礙礙二拘礙礙三有對中障礙有對即障礙礙餘二有對是拘礙礙（文）此中即障礙有對也

○次結歸有方分破其實有

有方分故便可分析定非實有

○次結所成果色非實有

故有對色實有不成

○次明有對唯識變二　初徵

五識豈無所依緣色

音義　所依謂五根是眼識等增上所依所緣謂五塵是眼等識所緣此二是根境實色

問若如上所破有對非實豈五識竟無所依所緣色耶

○次釋二　初正釋二　初總釋依緣

雖非無色而是識變謂識生時內因緣力變似眼等色等相現即以此相爲所依緣

音義　宗鏡第五十三卷云謂眼等識雖有所依所緣之色而是識所變現非是心外別有極微以成(所依)根(所緣)境但八識生時由內因緣種子力等於第八識上變似五根五塵眼等五識依彼所變根緣彼本質境雖不親得要託彼生實於本識色塵之上變作五塵相現即以彼五根爲所依以彼(本質)此(相分)二種五塵爲所緣緣五識若不託第八所變便無所緣緣所緣緣中有親(相分)疎(本質)故

○次別釋依緣二　初略明所依

然眼等根非現量得以能發識此知是有此但功能非外所造外有對色理既不成故應但是內識變現發眼等識名眼等根此爲所依生眼等識

音義　謂眼等根雖是識變不同色等五塵是現量得以能發生眼等五識由彼彼用比知是有此但等者宗鏡云謂此五根雖屬色法但是識上所現功能非是心外別有

大種所造之色此功能言即是發生五識作用觀用知體如觀生芽比知種體是有所執外色理既非有定應許此在識非餘此能發識名眼等根此爲增上依生眼識等

○次廣釋所緣二 初總標所緣緣有無

此眼等識外所緣緣理非有故決定應許自識所變爲所緣緣

補遺 言應許者以小乘但許離眼識本質色不許不離眼識相分色故大乘以自許言簡方免他隨一不成過且兼勉勸小乘故云決定應許也

○次別明所緣緣有無二 初明外所緣緣非有二 初破執四 初破正量部計能生二 初叙計

謂能引生似自識者汝執彼是此所緣緣

音義 謂若有法能牽引似已相識汝執彼能引生法是此似自識之所緣緣耶

○次破斥

非但能生勿因緣等亦名此識所緣緣故

音義 所緣緣義要具二支一能生二帶相如緣緣論云所緣緣者謂能緣識帶彼相起及有實體令能緣識託彼而生文 今執能引生似自識爲所緣緣者是以等無間緣爲所緣緣雖有能生而無帶相則因緣增上緣皆有能生亦名此識所緣緣耶宗鏡第七十一卷大乘立量云汝眼識所緣緣是有法應非眼識所緣緣宗因云但有能生識一義故同喻如眼識因緣又返立量破云汝眼識因緣是有法應如眼識所緣

緣宗因云但有能生識一義故如眼緣色時文

○次破經部師計和合二初叙計

眼等五識了色等時但緣和合似彼相故

音義彼謂眼等識了色等時但以和合假色而爲所緣以識似彼相生故

○次破斥

非和合相異諸極微有實自體分析彼時似彼相識定不生故彼和合相既非實有故不可説是五識緣勿第二月等能生五識故

合響初明和合非實次彼和下承上非實顯非五識所緣勿第二月下引同喻證宗鏡第七十一卷論主云汝經部師將外和合假色作所緣緣者不然設許汝眼識帶彼麤色相故許作所緣亦不得名緣以汝執假色無體故猶如眼識錯亂見第二月彼無實體不能生識但名所緣不得名緣和合假色亦復如是立量破云汝和合麤色是有法設爲眼識所緣非緣宗因云汝執是假無體故同喻如第二月文緣緣論偈云和合於五識設所緣非緣彼體實無故猶如第二月

○三破經部轉計極微

非諸極微共和合位可與五識各作所緣此識上無極微相故非諸極微有和合相不和合時無此相故非和合位與不合時此諸極微體相有異故和合位如不合時色等極微非五識境

音義前計和合異極微情執重在和合相上今計和合位極微情執著在極微上轉計

云和合麤色是假誠如上破謂和合位一一能成極微此微圓實體可與五識各作所緣引生五識大乘以非字破之故云非諸等此識上一句出所以謂帶彼相起是所緣義今既不然故非所緣次非諸下破極微上有和合相謂非諸極微有和合相可與五識各作所緣以不和合時無此和合相故極微體相合不合同故以不合證於合也非和下牒前合與不合恒無異相故和下結明極微體相合如不合故非五識所緣境也

合響 宗鏡第七十一卷云經部有執云和合麤色雖是假有能成一一極微是其實有各得爲緣引生五識又何不可論主破云其和合色等能成極微設許爲緣又非所緣以眼等識生不帶極微相故如眼識生不帶彼眼根相其眼等五根但能生眼等五識然眼等五識即不能緣眼等五根將根爲喻立量云汝色等能成極微是有法設爲五識緣非所緣宗因云五識生不帶彼相故同喻如五根文 緣緣論偈云極微於五識設緣非所緣彼相識無故猶如眼根等

○四破薩婆多計和集二 初叙計

有執色等一一極微不和集時非五識境共和集位展轉相資有麤相生爲此識境彼相實有爲此所緣

合響 據集論說和合聚集二相不同和合者謂極微以上一切有方分色更互和合如濁水中地水極微更互和合聚集者謂方

分聚色展轉集會如二泥團相擊成聚若水和砂必不成聚以水和土即成泥團可作瓶等可見水土一一極微各各具有和集之相文彼計色等極微不和集時體微細故非五識境共和集位彼彼相資有麤相生彼相不離極微體故而是實有爲此所緣意謂體實有故見託彼生是麤相故帶彼相起二支既具故與五識作所緣緣會玄十四引唯識古疏云經部十處十二處中除法意也麤假細實極微爲實粗色等爲假聚細爲粗故假大乘世俗麤實細假一切色等皆從種生由識變故相分收故粗實極微但是觀心假想分析而有故細名假薩婆多等麤細俱實極微隨色等處攝即和集色等細從粗攝故一說部等麤細俱假文薩婆多既麤細俱實故彼意謂雙具二支也

○次破斥

彼執不然共和集位與未集時體相一故瓶甌等物極微等者緣彼相識應無別故共和集位一一極微各各應捨微圓相故非麤相識緣細相境勿餘境識緣餘境故一識應緣一切境故

合響初句總非共和下出所以謂集與未集極微體一未集極微既非五識境集位極微豈復爲五識所緣耶即許有實體設緣非所緣緣緣論頌云和集如堅等設於眼等識是緣非所緣許極微相故瓶甌下破轉救救云眼等五識緣極微上諸和集相猶如緣瓶甌等物能緣之識差別相生故是所緣破云瓶甌等物雖有差別而能成極微平等無別故緣彼相識寧有別生以

瓶等形别在瓶等假法上有非極微故共和下又救云和集位極微各各自有微圓體相故緣彼相識亦應有别破云極微既在和集位應一一各捨微圓細相矣自相已捨有何能緣别相生耶何故集位極微細相定捨非麤相識緣細相故謂緣麤相眼等識決不緣第六識所緣極微細相境也設緣何失匆餘境識緣餘境故餘境餘識者如眼識望耳識耳識爲餘境識以色望聲聲爲色境之餘展轉相望互得稱餘設餘境識緣餘境有何過耶一識應緣一切境故若爾則與世間現所知見事理相違成大過失

○次結況

許有極微尚致此失況無識外真實極微

音義許有極微尚致如上過失況無識外真實極微故五識所緣緣體非外色等其理極成

成唯識論音響補遺卷第一之三

音釋

蟻魚倚切　奩力鹽切音廉鏡匣也　甌烏候切音謳　鎔以中切音容　漑吉器切音既灌也

成唯識論音響補遺卷第一之四

清武林蓮居紹覺大師音義

新伊大師合響

法嗣智素補遺

○次顯内所緣緣非無二初明識變似色等爲所緣緣

由此定知自識所變似色等相爲所緣緣見託彼生帶彼相故

音義 由此者承上而言由前外色理非實有故知識變似色等五塵爲眼等識眞所緣緣以具見託彼生帶彼相起二支故帶有二義一者挾帶即能緣心親挾境體而緣二者變帶即能緣心變起相分而緣相亦有二一者體相二者相狀相五識緣境於二義中唯是後義謂於五識體上變帶色等相狀而爲眼等見分所緣緣緣論云内色如外現爲識所緣緣許彼相在識及能生識故

○次明識所變相非極微成二初正明

然識變時隨量大小頓現一相非別變作衆多極微合成一物

音義 謂五識變色等時隨其前塵量之大小對至即現所現形量如彼本質非別變作衆多極微和合共成一物

補遺 瑜伽論第三卷云於色聚中曾無極微生若從自種生時唯聚集生或細或中或大又非極微集成色聚

○次釋妨

爲執麤色有實體者佛説極微令其除析非謂諸色實有極微諸瑜伽師以假相慧於麤

色相漸次除析至不可析假說極微雖此極微猶有方分而不可析若更析之便似空現不名為色故說極微是色邊際

音義 問識變色等頓現可爾何故佛說有極微耶答為執麤色有實體人佛說極微令其析除故稟佛相應教師以假想觀慧於麤相色七分七分漸次析除至不可析假說極微非謂實有雖此下又問前說極微定有方分是可分析今何言不可析故釋云雖此云云

○次結示

由此應知諸有對色皆識變現非極微成

餘無對色是此類故亦非實有或無對故如心心所定非實色諸有對色現有色相以理推究離識尚無況無對色現無色相而可說為真實色法

音義 先例破謂無對色是有對流類有對既破彼亦非實或無下立量破餘無對色定非實色許無對故如心心所諸有下況破准知

○次破表無表色二 初徵

表無表色豈非實有

合響 言表無表色者表即表彰有形相可見故無表則反此即身口意三業也開蒙問表何義答有所表示故名有表問表示相答由動發勝思發動身語恭敬乞願令知所為名為有表問無表何義答防發功能自他不知無表示相名為無表

○次釋二 初明二色非實有二 初正明二

初釋有表

二初身表二　初破實有三　初反徵

此非實有所以者何且身表色若是實有以何爲性

○次正破三　初破形

若言是形便非實有可分析故長等極微不可得故

合響　此破有宗計形爲身表也華嚴鈔三十八之二立有宗正理云身表許別形故形爲身表如合掌等許有別形形即是表表善惡故表即是業此之形色依身起故名爲身業論主破云若言是形便非實有形是長短方圓假色依多顯色假立長等若分析時長等極微不可得故

○次破動

若言是動亦非實有纔生即滅無動義故有爲法滅不待因故滅若待因應非滅故

音義　此破正量部計動爲身表也若言動是表色亦非實有初生即滅不至餘方無動義故有爲下展轉釋成云何纔生即滅耶有爲法滅不待所因譬如電光現即滅故云何法滅不待因耶緣會名生緣離即滅滅若待因應非滅故

合響　開蒙問滅不待因之理答有爲之法念念遷滅何須待因問請示一法答且如人身隨業力生已念念前滅後生長至壯年漸漸衰朽至業力盡後念不續便是死位豈待因滅

○三破心所引生

若言有色非顯非形心所引生能動手等名

身表業理亦不然此若是動義如前破若是動因應即風界風無表示不應名表又觸不應通善惡性非顯香味類觸應知

補遺　此復破有宗轉計彼云别有一色名身表業既非青黄等顯色亦非長短等形色是心力大發動勝思引生此色能令手等合掌曲跽屈伸取捨即以此色爲身表業論主破云此亦不然此引生色若言以動爲性其色已如前破若言動因爲性即是風界風非表色觸身而知觸唯無記身通善惡何名身表非顯香味者以香味二塵非如青黄等色而可表顯亦唯無記故云類觸應知聲唯語表應知五塵皆非身表業也瑜伽論云身語表業通三性故五十三卷云云何表業謂畧有三種一染汙二善三無記若於身語意十不善業道不離現行增上力故所有身語表業名染汙表業若即於彼誓受遠離所有身語表業名善表業若諸威儀工巧處一分所有身語表業名無記表業

○三結示

故身表業定非實有

○次申正義

然心爲因令識所變手等色相生滅相續轉趣餘方似有動作表示心故假名身表

音義　大乘但約心變即異小乘心謂第六識識謂第八識謂以第六内心爲因令第八本識所變手等色相相似相續似有動作表示於心假名身表非謂離心有别自體也

○次語表二　初破實有

語表亦非實有聲性一刹那聲無詮表故多念相續便非實故外有對色前已破故

音義　初句直破一刹那下明其所以一刹那聲雖是實有無詮表故多念相續雖能詮表相續假法便非實有聲屬無見有對前已破故不應復執實有聲性爲語表也

○次申正義

然因心故識變似聲生滅相續似有表示假名語表於理無違

合響　唯上身表可知

○次釋無表二　初破實有

表既實無無表寧實

○次申正義

然依思願善惡分限假立無表理亦無違謂此或依發勝身語善惡思種增長位立或依定中止身語惡現行思立故是假有

合響　先總明思即徧行中思心所願即別境中欲心所意明第六識相應思欲或思願善或思願惡依此善惡分齊定限假立無表謂此下分釋謂此無表或依發勝身語善惡之思種子增長位立增長謂防發功能倍倍增盛若此思種子已發則成有表未發猶居種位今將發未發之頃謂之增長位然此無表由表色熏成宗鏡第五十五卷云一律儀有表色者即師前受戒時是由此表色故方熏得善思種子有防發功能此是別解脫體立其無表色二不律儀有表色者即正下刀殺生造業時是由此有表色方熏得下善思種子有防發功能立其

無表色文此約散心通善惡位釋也或依下會玄第六卷引古疏云謂依定中止身語惡現行思上立定道戒不約種子此名隨心轉故現行思可爾種子不爾故止身語惡者假色爲色所由由此勢力遮防身語惡色殺盜妄等令不現前遮防色故此無表假立色名文此依定心善位釋也若種若現俱依思立故非實有雖種現不同皆取思之一法者以造作義名思力最勝故文中不言道共戒者雖聖道起時亦能防發聖道即無漏智決不計有心外實法故不辯也

○次釋難二　初難

世尊經中說有三業撥身語業豈不違經

音義 經說三業今論主併歸心識豈不與聖教相違

○次釋二　初總答非色

不撥爲無但言非色

○次別明業體二　初明思爲三業體

能動身思說名身業能發語思說名語業審決二思意相應故作動意故說名意業

合響 華嚴鈔三十八之二釋曰此出三業體然思有三種一審慮思二決定思三動發思初二思是發身語遠近加行動發思正發身語即是二業體初二思與意俱故作動意故名爲意業故總以思爲三業體

○次轉釋身語二業二　初示由思名業道

起身語思有所造作說名爲業是審決思所遊履故通生苦樂異熟果故亦名爲道故前七業道亦思爲自性

音義 造作名業思能發起身語有所造作故説名業此之身語是審決思所遊所履現作善不善因通生未來苦樂之果亦名爲道道猶路也故前下意明不唯意業思爲自性身語二業體亦是思七業道者身三口四善惡業也

○次明業道是假説

或身語表中思發故假説爲業思所履故説名業道

音義 所發身語非思乃由中思之所發動思既名業此依思立假名爲業思所遊履故名業道

○次結二色唯識變

由此應知實無外色唯有内識變似色生

○次破不相應行 三 初總明無實體用 二

初明依色心分位假立

不相應行亦非實有所以者何得非得等非如色心及諸心所體相可得非異色心及諸心所作用可得由此故知定非實有但依色等分位假立

合響 初標徵謂得等非能緣故不與心心所相應非質礙故不與色相應有生滅故不與無爲相應會玄第十卷云此有二釋一言行者即行蘊行蘊有二一相應行即心所法二不相應行即是得等今言不相應行揀其相應行也二云具足應言非色不相應行即揀四聚 即心王心所色及無爲 如理應思行即不相應持業釋也或揀四聚亦相違釋 文 得非下明非實有謂此得等不同色心等法有實體相由此故知定非實有又

非異色心等有實作用故但依彼分位假立謂此與彼不可施設異不異性

○次立量以顯無實體用

此定非異色心心所有實體用如色心等許蘊攝故或心心所及色無爲所不攝故如畢竟無定非實有或餘實法所不攝故如餘假法非實有體

音義此有三量此字指得等初量許有體用明不異色心量云此是有法定非下宗許蘊攝故因如色心等喻或心下顯無實體量云此定非實有心與心所及色無爲所不攝故如畢竟無或餘下明是假有量云此非實有體或餘實法所不攝故如餘假法

合響大乘法相有百法小乘唯七十五餘者七十五法之餘言餘實法者即小乘一意識外餘七心王四十六心所外餘五心所三無爲外餘三無爲此三位十五法各有體用名餘實法餘假法者即小乘得非得等十四法外餘十不相應行此十法依色心分位假立無實體用名餘假法

○次別破得非得等六初破得非得二初破他非二初徵答實有二初論主問

且彼如何知得非得異色心等有實體用

合響開掌問得者何義答包獲成就不失之義問其事何者答色心生起未滅壞來此不失相便名爲得又瑜伽云謂若畧說生緣攝受增盛之因說名爲得由此道理當知得是假有

○次外人答

契經說故如說如是補特伽羅成就善惡聖者成就十無學法又說異生不成就聖法諸阿羅漢不成就煩惱成不成言顯得非得

音義 梵音補特伽羅此云數取趣數數取著造種種業趣於當來五趣果故十學法者正語正業正命是無學戒蘊正念正定是無學定蘊正見正思惟正精進是無學慧蘊正解脫是無學解脫蘊正智是無學解脫知見蘊此十即五分法身也成不下結顯意者契經所說二成就言正顯於得二不成就言顯於非得故知有實體用也

○次正破實有 二 初依經總非

經不說此異色心等有實體用為證不成

○次就義別破 二 初正破得 二 初引經例破

亦說輪王成就七寶豈即成就他身非情若謂於實有自在力假說成就於善惡法何不許然而執實得若謂七寶在現在故可假說成寧知所成善惡等法離現在有離現實法理非有故現在必有善種等故

音義 若謂經說成不成言顯得非得是實有者然契經亦說輪王成就七寶七寶中如意及輪即是非情餘屬他身豈即成就他身非情耶故知成就之言是假非實若謂下牒救辭於善下斥若謂輪王於七寶有自在力故可於實假說成就於善惡法何不許然而要定執別有實得耶次若謂下又牒救初句牒救辭寧知下斥若謂七寶乃在現在故可假說寧知善等離現在有以實法離現在理非有故何以離現無實

法現在必有善種等故言現在有簡過未非現常實法簡分位是假立

合響俱舍論云諸有爲法若有墮在自相續中有得非得非他相續無有成就他身法故非非相續無有成就非情法故如汝所言則諸非情及他相續亦應成就所以者何以契經亦説輪王成就七寶豈即成就他身非情耶又經説輪王成就七寶彼爲成他身法及非衆生數耶若成就神珠寶者則壞法體亦衆生數亦非衆生數若成象馬寶者則壞趣亦人趣亦畜生趣若成就女寶者則壞身亦男身亦女身若成就主藏臣主兵臣者則壞業亦是尊貴亦是卑賤

○次約二因破三初徵

又得於法有何勝用

○二破二初破能起因

若言能起應起無爲一切非情應永不起未得已失應永不生若俱生得爲因起者所執二生便爲無用又具善惡無記得者善惡無記應頓現前若待餘因得便無用

音義若言此得於善等法是能起因是則一切有情何不以此得起無爲法而成聖道一切非情不具此得應永不生今現有非情生起者何也又復於善等法未得者或既得已失者亦無此得應永不生云何亦有未得而得已失復得者耶若俱下遮救若謂未得已失雖無現得由有無始俱生得爲因所以後時復起者是則同彼執一因論便違自教所執生與生生便爲無用

又俱生得具三性者則於一時善惡無記應頓現前爲因既齊生果應爾若待餘因故不頓現此能起因便爲無用

補遺 所執二生俱舍論云生與生生復何所作阿毘曇毘婆沙生等相中云一刹那中生生二法一生法二生生生生唯生生生問何知生生二法生生唯生生答猶如人有生一子者有雙生者二生者即生與生生也又俱舍有爲相中云此生等相即是有爲應更别有生等四相若更有相便致無窮彼復有餘生等相故應言更有然非無窮所以者何頌曰此有生生等於八一有能論曰此謂前説四種本相生生等者謂四隨相生生住住異異滅滅諸行有爲由四本相（生住異滅）本相有爲由四隨相（即生生住住異異滅滅）據此所計凡有爲法必具生與生生今言俱生得爲因起者則汝所執二生便爲無用詳如俱舍論釋

○次破不失因

若得於法是不失因有情由此成就彼故諸可成法不離有情若離有情實不可得

音義 先牒所計計云得之於法是不失因一切有情以此爲因乃能成就彼善等法故諸可下破諸可成法不離有情非關於得若離有情實無有得可得

○三結

故得於法俱爲無用

○次例破非得

得實無故非得亦無

○次申正義二 初明得

然依有情可成諸法分位假立三種成就一種子成就二自在成就三現行成就

音義 三種成就正顯於得一言假立即異小乘瑜伽第五十二卷云若所有染汙法諸無記法生得善法不由功用而現行者彼諸種子若未爲奢摩他之所損伏若未爲聖道之所永害若不爲邪見損伏諸善如斷善根者如是名爲種子成就若加行所生善法及一分無記法生緣所攝受增盛因種子名自在成就現在諸法自相現前轉名現行成就 種子業因自在業力現行業果

○次明非得

翻此假立不成就名此類雖多而於三界見所斷種未永害位假立非得名異生性於諸聖法未成就故

音義 不成就言正顯非得此不成就其類雖多舉要言之於三界四諦見道所斷分別惑種未爲聖道之所永害假立非得名異生性於諸聖法未成就故

○二破衆同分二 初破他非二 初徵答實有二 初論主問

復如何知異色心等有實同分

補遺 五蘊論云云何衆同分謂諸羣生各異自類相似爲性

○次外人答

契經說故如契經說此天同分此人同分乃至廣說

補遺 廣說者瑜伽第五十二卷云此中或有有情由界同分說名同分謂同生一界或有有情由趣同分說名同分謂同生一趣

或有有情由生同分說名同分謂生一生或有有情由類同分說名同分謂同一種類或有有情由分位體性容色形貌音聲覆蔽養命同分說名同分或有有情由過失功德同分說名同分如殺生者望殺生者廣說乃至諸邪見者望邪見者離殺生者望離殺生者乃至正見者望正見者從預流乃至阿羅漢獨覺望預流等菩薩望菩薩如來望如來如是更互說名同分

○次正破實有二　初依經總非

此經不說異色心等有實同分爲證不成

○次就義別破二　初約同智言因破

若同智言因斯起故知實有者則草木等應有同分又於同分起同智言同分復應有別同分彼既不爾此云何然

音義　先牒計同智謂解同分之智同言謂詮同分之言俱舍叙外執云若無實物無差別相名同分者展轉差別諸有情中有情有情等無差別覺及施設不應得有文覺即同智施設即同言則草下例破謂若同智言因斯同分起故實有同分者則草木等亦應有同分既爾即與聖教相違以諸聖教不言有無情同分故俱舍論云又何因不許有無情同分諸穀麥豆金銀菴羅半娜婆等亦有自類互相似故文又於下縱奪破若於同分起同智言名同分者是則復應有別同分起彼同分如是展轉成無窮過然彼同分既無別同分起此同智言何必因斯同分起耶

○次約同事欲因破

若謂爲因起同事欲知實有者理亦不然宿習爲因起同事欲何要別執有實同分

音義 先牒計同事謂同所作事同欲謂同所樂欲謂同分爲因同事同欲方得生起故知實有同分也理亦下破謂由宿習爲因起同事欲何須別執有實同分耶

○次申正義

然依有情身心相似分位差別假立同分

合響 集論云謂如是如是有情於種種類自體相似假立衆同分

○三破命根二 初破他非二 初徵答實有二 初論主問

復如何知異色心等有實命根

合響 開棠問云何爲命根答依所引第八識種上連持色心不斷功能假立命根

○次外人答

契經說故如契經說壽煖識三應知命根說名爲壽

○次正破實有二 初依經總非

此經不說異色心等有實壽體爲證不成

○次就義別破三 初例破

又先已成色不異識應比離識無別命根又若命根異識實有應如受等非實命根

音義 初以色比破色不異識前已極成煖是色法應當以此比知命根亦不離識又若下以受等例破意明受等異識非實命根若命根異識亦非實命根也命根是有法非實命根宗異識實有故因如受等喻

○次釋妨

若爾如何經說三法義別說三如四正斷住

無心位壽煖應無豈不經說識不離身既爾如何名無心位彼滅轉識非阿賴耶有此識因後當廣說

音義 此有三重問答初問壽煖皆識經何說三義別下答雖皆是識約義差別說有三種宗鏡第五十卷釋云謂阿賴耶相分色法身根所得名煖此識之種名壽以能持識故現行識是識故言三法義別說之非謂別有體性是則身捨煖時有餘二不必捨如無色界生如餘二捨時煖必隨捨然今此三約義別說但是一體如四正勤已生未生善惡二法義別說爲四種秖是一精進數住無下又問義別說三秖唯一識住無心位既無有心應無壽煖云何經說壽煖不滅豈不下答識不離故壽煖不滅既爾下第三問識既不離何名無心彼滅下答無心位中但滅轉識非謂第八證有此識如後廣引教理

○三結示

此識足爲界趣生體是徧恒續異熟果故無勞別執有實命根

補遺 此第八識足可以爲三界六趣四生之體以彼能徧三界此揀前六不徧故以彼恒續此揀前六有間斷異熟果簡前六異熟生也

○次申正義

然依親生此識種子由業所引功能差別住時決定假立命根

合響 宗鏡第五十卷釋云言此者簡親生餘識種子言識者簡相應法種唯取識故言

種者簡現行不取第八現行爲命根故彼所簡者皆非命根今取親生之名言種上由先業所引持身功能差別先業所引持身功能差別者葢由前世善惡業之所牽引若業之功能多則引此識種子住時決定長久若業之功能少則引此識種子住時決定短促也依此住時決定長短之分位假立命根令色心等住時決定依此功能說爲命根非取生現行識義以此種子爲業力故有持一報之身功能差別令得決定種子無此功能身便爛壞阿賴耶識現行由此種故能緣及任持於眼等法亦名能持此種正能持於現行之識若不爾者現行之識應不得有及無能持餘根等法由此功能故識持於身現行內種力故生及緣持法不名命根非根本故由種生故此種不由現行有故種爲諸法之根本故又現行識是所持故從所持說能持種識名命根命根之法持體非命根令六處住時決定故故種子爲命根餘現行色心等非命根不恒續故非業所引故

○四破無心定等二　初破他非二　初徵答實有二　初論主問

復如何知二無心定無想異熟異色心等有實自性

合響　開蒙問無想定答想等不行名爲無想令身安和故亦名定問想等心聚悉皆不行何故但名無想也答滅想爲首名無想定問如何想偏爲首答爲此外道厭想如病欣求無想以爲微妙立此無想問滅盡

定答令不恒行心心所滅及染第七恒行心聚皆悉滅盡問無想滅盡差別何如答修無想定作出離想修滅盡定作止息想又無想唯凡滅盡唯聖是二差別問此二定依何建立答厭心種上遮礙轉識不生功能建立此定問無想報答由修彼定感彼天果名無想報

○次外人答

若無實性應不能遮心心所法令不現起

補遺 俱舍論云若生無想有情天中有法能令心心所滅名爲無想是實物有能遮未來心心所令暫不起如堰江河文 今文反顯

○次正破實有

若無心位有別實法異色心等能遮於心名無心定應無色時有別實法異色心等能礙於色名無色定彼既不爾此云何然又遮礙心何須實法如堤塘等假亦能遮

音義 先牒所計應無下舉例破彼無色定既無實法能礙於色名無色定此無心定何有實法能遮於心名無心定耶又遮下引假破實

○次申正義二 初正釋二 初無心定

謂修定時於定加行厭患麤動心心所故發勝期願遮心心所令心心所漸細漸微微微心時熏異熟識成極增上厭心等種由此損伏心等種故麤動心等暫不現行依此分位假立二定此種善故定亦名善

音義 定加行者定前方便也正在定時心寂滅故無復期願是以期願在加行耳厭患

麤動等者前六轉識行相麤顯故二定同明兼染第七若無想定但厭前六不恒行心心所若滅盡定兼厭第七染汙恒行心心所故令心等者由厭患力令所厭麤動心等漸細由細入微微之又微厭極增盛以此微心熏第八識成極增盛厭心等種由此種故心等不行依斯假立二無心定由種善故此二亦善

○次無想果

無想定前求無想果故所熏成種招彼異熟識依之麤動想等不行於此分位假立無想依異熟立得異熟名

音義　謂有外道妄計無想天爲眞解脫處因修無想定於定前加行發勝期願而希得彼天故所熏成種能招彼天眞異熟識生彼天已所有生得不恒行心心所滅於此分位假立無想異熟之名

○次結示

故此三法亦非實有

成唯識論音響補遺卷第一之四

音釋

跽　巨起切其上聲長跪也兩膝著地而立身也　娜　奴可切那上聲　堰　伊甸切音燕　堤　典禮切音邸

成唯識論音響補遺卷第二之一

清武林蓮居紹覺大師音義

新伊大師合響

法嗣智素補遺

○五破三有爲相 二 初破他非 二 初徵答

實有 二 初論主問

復如何知諸有爲相異色心等有實自性

補遺 諸有爲相即生住異滅色心等即有爲法由生住異滅即色心等法之相本不可離外人計爲離色心外有生等相自性可得故論主徵問佛性論云一切有爲法約前際與生相相應約後際與滅相相應約中際與住異相相應 文 若法全行三世遷流此經說爲有爲之相令諸有情生厭畏故

○次外人答

契經說故如契經說有三有爲之有爲相乃至廣說

補遺 此外人引經爲證三有爲相者一生相二住異相三滅相此三是色法心法之相因有此相遂名色心爲有爲法又經說四相不說者何所謂住相謂住於彼行攝受安立常樂與彼不相捨離故不立在有爲相中廣百論云謂色心等諸有爲法具生住滅三有爲相 文 又有爲法具足四相今住異合爲一相謂住相轉變即名爲異瑜伽云非此異相離住相外有別體可得是故二種總攝爲一施設一相 文 今外人因所引契經中三有爲之有爲相之字起執意謂生等之相定在色心外也

○次正破實有二初依經總非

此經不說異色心等有實自性爲證不成

○次就義別破五初破能相所相體異

非第六聲便表異體色心之體即色心故非能相體定異所相勿堅相等異地等故若有爲相異所相體無爲相體應異所相

補遺先約屬聲破開蒙云聲有八轉謂體業具爲從屬依呼釋第六屬聲有繫屬者皆屬聲攝外人因所引經中之字是第六聲便執生等之相繫屬色心之法故生等相定異色心等法也俱舍論敘外人計云生相若無應無生覺又第六轉言應不得成謂色之生受之生文今破意謂經中之字既是屬聲正見生等三相繫屬於色心之法故離色心外無別有生等之體可得非謂第六聲便表異體而言生住滅相在色心之外如云色心之體豈因之字而色心之體便異於色心耶即色心故非能下次舉例破如堅濕煖動之能相不異於地水火風所相之外而有豈生等能相定異於色心所相耶若生住滅有爲能相定異色心等所相例此則無爲能相體無生無滅亦應異於無爲所相耶虛空非擇滅等

○次破生等相體俱有

又生等相若體俱有應一切時齊興作用若相違故用不頓興體亦相違如何俱有又住異滅用不應俱

合響小乘俱舍論云四相雖許俱有用時別故謂生作用在於未來現在巳生不更生故諸法生巳正現在時住等三相作用方

起非生用時有餘三用故雖俱有而不相違文文中先以用破體若生等相體是俱有必一切時齊興作用則一法一時有生住滅寧有是理廣百論云法體生時住滅未有至住滅位生相已無而言體同極爲迷謬文若相違下破轉計謂若生等體雖俱有其用相違不頓興者體亦應然那計俱有又既相違則生住滅用不應俱云何執同現在

○三破能所相本有

能相所相體俱本有用亦應然無別性故若謂彼用更待因緣所待因緣應非本有又執生等便爲無用

合響初以用破體彼執能相所相體俱本有故破云體既本有用亦應然以用與體無別性故若謂下破轉計若謂體雖本有用須待緣方得興起則所待因緣應非本有所待既爾能待亦然是則能所之相俱因緣生何云本有又必待餘緣用方得起所執生等便爲無用

○四破能相所相

所相恒有而生等合應無爲法亦有生等彼此異因不可得故

音義廣百論敘彼計云彼作是言我宗中說諸行四相展轉相依三世往來不相捨離由生等合故成無常法性不壞故說恒有是故恒有不廢無常等文今立量例破有爲法所相恒有而生等合故如無爲法無爲法所相恒有亦生等合故如有爲法兩宗皆共生等合因故云彼此異因不可得

故無爲所相既不與生等合有爲所相又寧得與生等合此中但破而生等合故因其所相恒有宗准破

〇五破生等三世相違

又去來世非現非常應似空華非實有性生名爲有寧在未來滅名爲無應非現在滅若非無生應非有又滅違住寧執同時住不違生何容異世故彼所執進退非理

音義 先立比量明過未非實生名下明對世相違先順明生滅違世若以生名爲有應屬現在不在未來若以滅名爲無應屬過去非是現在滅若下反難彼救云滅是非無故屬現在若以滅爲非無應以生爲非有又滅下謂住滅不應同時生住何容異世故彼下結退生於未來進滅於現在皆不應理

〇次中正義二　初刹那四相三　初標立相意

然有爲法因緣力故本無今有暫有還無表異無爲假立四相

合響 會玄第十卷引唯識疏云相謂相狀標印名相由此標法知是有爲俱於現行法上立此四相

〇次釋成四相四　初別說四相

本無今有有位名生生位暫停即說爲住住別前後復立異名暫有還無無時名滅

合響 會玄問一刹那中何得四相名義如是差別時既極促理亦難知答古人有錐插紙喻如百疊紙用利錐一插插則同時而百層皆透然錐必次第而過應有百重生

住異滅同於一時必見一刹那中有四相前後理亦然也

○次約世揀小

前三有故同在現在後一是無故在過去

合響 玄談第五卷云同時四相滅表後無揀異小乘生在未來餘三現在會玄問滅表後無應屬未來何云過去耶答以滅位是無故云過去以現在落謝故也若望次一刹那中生相等卻在未來正當生時還屬現在故異小乘思之

補遺 大乘四相若約世論生住異屬現在滅屬過去若約表論俱於現行法上說

○三釋通外難

如何無法與有爲相表此後無爲相何失

合響 會玄引古疏云此外人問滅若是無如何與現在有體法爲相表此下論主答不表現法有但表法後無因明者說無得爲無因故亦無過若爾即龜毛等應立爲相答此不同彼非後無故本無今無故非是相

○四述相所表

生表有法先非有滅表有法後是無異表此法非凝然住表此法暫有用

音義 初別釋表義生表有法先時非有於今方有滅表有法後時當無今猶未無異表此法非凝然常遷變改易住表此法暫時有用非久遠用古疏云此文正述說相所由及相所表

○三結成是假

故此四相於有爲法雖俱名表而表有異此

依刹那假立四相

○次一期四相

一期分位亦得假立初有名生後無名滅生已相似相續名住即此相續轉變名異是故四相皆是假立

補遺初標初有下釋瑜伽云謂於彼彼有情衆同分中初生名生終歿名滅於二中間嬰孩位等立住異性乃至壽位說名爲住諸位後後轉變差别名住異性開蒙云約人物等從生至滅長短時節一期之間說此四相名一期也文是故下結

○六破名句文身二初破他非二初徵答實有二初論主問

復如何知異色心等有實詮表名句文身

補遺說文云詮者具也謂具說事理故身者體依聚義單謂之名二名已上方名名身一句非身多句成身文即是字爲名句依多文名身廣五蘊論曰云何名身謂於諸法自性增語爲性如說眼等云何句身謂於諸法差别增語爲性如說諸行謂無常等云何文身謂即諸字此能表了前二性故文名句文即聲上屈曲詮表非色非心但約色心分位假立是假非實屬不相應行所攝今外人計名句文身實有離聲之外别有自體論主將欲破斥其非故先徵問

○次外人答

契經說故如契經說佛得希有名句文身

補遺正理論第十四卷云由此教證故知别有能詮諸義名句文身猶如語聲實而非

假

○次正破實有二 初依經總非

此經不說異色心等有實名等爲證不成

○次就義別破二 初正破二師二 初單破

正理論師二 初破名等異聲實有

若名句文異聲實有應如色等非實能詮

合響據俱舍論中經部師言名句文身用聲爲體色自性攝所以者何由教及理知別有故教謂經言語身文身若文即語別說何爲又說應持正法文句由此等教證知別有能詮諸義名句文身猶如語聲實而非假理謂現見有時得聲而不得字有時得字而不得聲故知體別有時得聲不得字者謂雖聞聲而不了義現見有人麤聞他語而復審問汝何所言此聞語聲不了義者都由不達所發文故如何乃執文不異聲有時得字不得聲者謂不聞聲而得了義現見有人不聞他語覩脣等動知其所說此不聞聲得了義者都由已達所發文故由斯理證文必異聲等文廣如彼說今論主立比量破若名句文異聲實有則名句文應同色香味等非實能詮以離聲無別能詮故量云名句文身非實能詮異聲實有應如色等

○次破聲能生名句文二 初正破

謂聲能生名句文者此聲必有音韻屈曲此足能詮何用名等

合響玄談引古疏云薩婆多宗雖有名等由聲顯生二義今論主取生破顯類破之會玄卷第十二釋云由聲顯生二義者謂彼

立名句文在未來藏中雖皆有體須藉因緣而得生起喉吻等爲緣聲爲因由此因緣名等生起令論主取由聲生之義破之其由聲顯之義類例破之以皆離聲別有名等實體故俱破也文謂聲能生名句文者牒辭此聲下破謂汝宗既執聲能生名句文此之聲上必有音韻屈曲即此音韻屈曲足能詮表何用別生名等爲能詮耶

〇次遮救二　初遮音韻即名等異聲實有

若謂聲上音韻屈曲即名句文異聲實有所見色上形量屈曲應異色處別有實體

音義　前以聲上即有音韻屈曲破其別生名等外人已許音韻屈曲即名句文然猶計異聲實有自體正理師救云聲上屈曲是名句文體異於聲而定實有所見下例破色上形量謂長短等但是假有非異色處別有實體聲亦應然

〇次遮音韻非能詮須生名等

若謂聲上音韻屈曲如絃管聲非能詮者此應如彼聲不別生名等又誰說彼定不能詮

音義　先牒救辭正理師救云聲上音韻屈曲如絃管聲非實能詮要須別生名等立量云音韻屈曲別生名等非能詮故如絃管聲此應下順例破彼以絃管聲喻聲上音韻屈曲非是能詮故須別生名等論主即以此音韻屈曲之聲還同絃管聲不別生名等立量云此音韻屈曲聲不別生名等非能詮故如絃管聲會立云又誰說彼定不能詮以上破正理師聲若能詮以下兼破經部

次雙破經部正理二初正破

聲若能詮風鈴聲等應有詮用此應如彼不別生實名句文身若唯語聲能生名等如何不許唯語能詮

合響此中倂破經部者以彼計名等即聲故玄談謂正理破彼師指經部云汝不應立名句文身即聲爲體以經部義叅大乘亦説名等假聲體實故云即聲今但破其即謂汝經部執聲若能詮則風鈴聲等亦應有詮表用意以應字反顯唯聲不能詮表此應下兼破正理由上既破經部之即正理意謂彼計聲即能詮故有是難我宗之聲正如風鈴聲等非即能詮故須別生名等破云彼風鈴聲等不能詮表不別生名等此聲既如風鈴聲等亦應不別生實名句文身若唯下正理救云彼風鈴聲等或不能生令唯語聲能生名等破云若唯語聲能生名等汝如何不許唯語能詮必欲別生名等耶以正理亦破經部計即故此中且順經部之即而破正理之離實則即亦未嘗許也會玄云明不即以破經部明不離以破正理文以大乘具不即不離二義故雙破二宗也

○次結責

何理定知能詮即語寧知異語別有能詮

音義初句責經部次句責正理古疏破竟結云故知但有無始慣習前語之聲分位力故後生解時謂聞名等其實耳等但能取得聲之自性刹那便謝意識於中詮解究竟目爲名等非別實有是故汝等寧知異

語別有能詮

○次結成愚智

語不異能詮人天共了執能詮異語天愛非餘

合響 會玄云語即能詮若人若天皆共了達共知聲即能詮固執能詮之（以經部與大乘皆能了故）名體異於語唯汝天愛（唯汝正理師也）非餘智者言天愛者以其愚癡無可錄念唯天所愛方得自存如言此人天憐汝爾故名天愛有本云天受言稟受其義也樞要云世間之勝莫過於天世間之劣莫過於愚喚愚爲天調戲之也

○次申正義（四）初顯假差別

然依語聲分位差別而假建立名句文身

音義 准古疏釋假外問云既聲體即能詮如何有名等三種差別故答云然依語聲分位差別等此論主依聲假立名句文身如梵音斫芻若二字分呼未有所目說爲字分位若二字連合詮於眼體說爲名分位然未有句位更添言阿薩利縛名爲眼有漏說爲句位故依分位以立名等

○次顯三用殊

名詮自性句詮差別文即是字爲二所依

補遺 筆削記云能詮諸法自性者名也名是能詮諸法自性是所詮如言色言心言水火等各各詮表法自性故詮法差別者句也句是能詮諸法差別是所詮如言形色顯色真心妄心等諸法例然一一法中揀令別故二所依者文也二即名句文即是字以此通爲二法所依止故由是名則次

第行列句則次第安布文則次第連合

○三明不即不離

此三離聲雖無別體而假實異亦不即聲

音義論主答難謂先有問曰上來雖言名等即聲若名等是不相應行者色上屈曲非是不相應行聲何故爾故此答曰此三離聲雖無別體名等是假聲是實有假實異故故名等三非即是聲非聲處攝但是差別之聲義說名等以詮義故是不相應無別種子生故言即聲

○四會其相違二　初正會相違

由此法詞二無礙解境有差別聲與名等蘊處界攝亦各有異

補遺玄談卷第七云外人問言若名等即聲法辭二無礙解境有何別會玄云外人問者顯其違也小乘意云若我離聲有名等是實有則二境可別今既名等即聲二境何別故此會通答曰即此緣故二境有異法無礙解緣假名等小鈔云法謂諸法如說地水火風等名字是法古人假為立名以名諸法故法無礙解所緣是假名等詞無礙解緣實聲等謂以言品說地等是詞正以言詞分別莊嚴名字及義能令人解此言詞聲是實法故詞無礙解緣實聲故說境差別非二俱緣實雖二自性名等與聲互不相離法對所詮故但取名詞多對機故但說聲耳聞聲已意了義故以所對不同說二有異非體有異也又此二境及名等三與聲別者蘊處界攝亦有異故色蘊行蘊聲處法處聲界法界如其次第攝聲名等色蘊聲處聲界惟屬於聲行蘊法處法界屬名句文

○次躡蹟會違如對法說盂陀是跡如尋象跡以見象理應名跡義之跡故尋此知義也所謂或有佛土瞬視顯法或復揚眉乃至或示微笑云云以如是等而顯於法則瞬視揚眉等之能顯有異是跡而所顯之義是同本也如下文補

遺所引玄談倫悉且依此土說名句文依聲假立非謂一切諸餘佛土亦依光明妙香味等假立三故

音義問曰聲上屈曲假即言不相應色上屈曲假應非色處攝答聲上有教名等不相應色上無教故是色處攝問聲上有屈曲即以爲教色上有屈曲亦應得爲教故論曰且以此土等云云所引即淨名經而言等者等取觸思數等上光明是色香味如名等觸思二塵顯餘五塵皆得立教也思即法塵皆得假立名等三種亦是不相應攝此三法故以衆生機欲對待故假

補遺玄談云但能顯義理一切諸法皆爲教體聲能顯義聲名爲教六塵顯義六塵皆教又楞伽經云大慧如汝所說有言說故有諸法者此論則壞非一切佛土皆有言說言說者假安立耳或有佛土瞬視顯法或復揚眉或動目睛或示微笑嚬呻謦欬憶念動揺以如是等而顯於法如香積世界餐香飯而顯三昧極樂國土聽風柯而正念成絲竹可以傳心目擊以之存道故非定由言說而有諸法也

○三傍破執隨眠等二　初正破二　初叙執

有執隨眠異心心所是不相應行蘊所攝

音義宗輪論云謂化地部說隨眠非心亦非心所亦無所緣與現纏異纏即煩惱現行故名現纏瑜伽云一切煩惱皆有其纏由現行者悉名纏故隨眠自性心不相應現纏自性心相應故即是此執

補遺隨者俱生義眠者種子義謂煩惱種子隨逐有情眠伏藏識或隨增過故名隨眠

即彼第八識相分且即爲第八執持而餘乘以爲不與六現識相應故執爲亦是不相應行攝

○次破斥

彼亦非理名貪等故如現貪等非不相應

補遺 貪等種子名貪等故即如貪等現行定與染心相應豈得名爲不相應行耶瑜伽第八十九卷云煩惱品所有麤重隨附依身說名隨眠能爲種子生起一切煩惱纏故當知此復建立七種由未離欲品差別故建貪嗔恚隨眠由已離欲品差別建立有貪隨眠由二俱品差別故建立慢無明見疑隨眠如是總攝一切煩惱文 量云所執隨眠是有法非不相應宗名貪等故因如現貪等喻

○次例餘

執別有餘不相應行准前理趣皆應遮止

補遺 例破餘之十種謂流轉定異相應勢速次第時方數和合性不和合性義如開蒙中釋准前所破十四法之理趣遮止異色心等有實自性上破不相應行法竟

○三破無爲法二 初正破實有二 初依理總非

諸無爲法離色心等決定實有理不可得

合響 諸無爲謂虛空擇滅非擇滅三種餘乘執此離色心等實有自性今論主據理總非

○次約義別破二 初正破二 初例有爲總破二 初例破離色心等定有無爲

且定有法略有三種一現所知法如色心等

二現受用法如瓶衣等如是二法世共知有不待因成三有作用法如眼耳等由彼彼用證知是有無爲非世共知定有又無作用如眼耳等設許有用應是無常故不可執無爲定有

合響將破無爲先舉有爲作能例宗鏡第五十八卷釋云如色心等者即是五識身他心智境知他心法名他心智謂色等五塵及心心所此約總聚不別分別此何識境現量所知非境所知如瓶衣等者此雖現見受用而非現量所緣是假法故但是現世所受用物問此中緣瓶衣等心是何量收答非量收不親緣得法自體故非比度故是非量所收如眼耳等者此五色根非現量得亦非現世人所知有此眼耳等各由彼彼有發識用比知是有證知者證成道理也以現見果比有因故果謂所生心心所法比量知有諸淨色根此非現量他心智知大乘第八識境亦現量得除佛已外共許爲論非世共悉是故但言比知是有又無爲下正例可知

○次立量顯無爲即色心實性

然諸無爲所知性故或色心等所顯性故如色心等不應執爲離色心等實無爲性

音義無爲是聖智所知之境亦是色心等二空所顯性故應知即是色心眞性量云諸無爲是有法不應下宗因云所知性故或色心等所顯性故喻如色心等

○次約一多別破二初總徵

又虛空等爲一爲多

○次別釋二 初破體一 二 初破虛空

若體是一徧一切處虛空容受色等法故隨能合法體應成多一所合處餘不合故不爾諸法應互相徧若謂虛空不與法合應非容受如餘無爲又色等中有虛空不有應相雜無應不徧

合響 初句牒所計徧一切下約徧容破體一謂虛空體若是一彼徧一切處虛空體能容受色等法故則所合虛空應隨能合諸法而成多體何以故一所合處餘不合故如一方器所合空處餘圓器等不能合此方器中空則餘圓器等各自有空合寧不成多不爾謂非一合餘不合者則此諸法應互相徧如空與方器合餘圓等器應皆徧在方中圓等器合其義下然既云非一合餘不合理應爾故若謂下破轉救若謂虛空不與法合應非容受如擇滅等尚非虛空說何體一量云虛空應非容受不與法合故如餘無爲又色等下約有無二義詰破若謂有則色空混而相雜無則色空離而不徧云何體一

○次破餘二

一部一品結法斷時應得餘部餘品擇滅一法緣闕得不生時應於一切得非擇滅執彼體一理應爾故

音義 部謂部分即見部修部等品謂品類即上中下等由智簡擇滅諸結使名曰擇滅若執體一故得一部一品擇滅應得餘部餘品擇滅不由簡擇緣闕所顯名非擇滅若執體一則一法緣闕得不生時應於一

切得非擇滅

○次破體多

若體是多便有品類應如色等非實無爲虛空又應多徧容受

（音義）初總破三種虛空下別破虛空無爲

○次例餘（二）　初准前例破

餘部所執離心心所實有無爲准前應破

（合響）華嚴鈔二十一之一云小乘多說三種者即俱舍等論云無漏謂道諦及三種無爲謂虛空二滅（此即前所破）而言多者分別論有四一虛空二非擇滅三想受滅四眞如大衆部說九無爲謂三及四空緣起支性聖道支性化地部亦九三外加不動三性道支緣起（即此中所破）

○次立比量破

又諸無爲許無因果故應如兎角非異心等有

○次顯示正義（三）　初總標

然契經說有虛空等諸無爲法略有二種

（補遺）瑜伽云無生滅不繫屬因緣是名無爲會玄第十卷云略有四釋一不生不滅簡四相故二無去無來非三世故三無彼無此皆離自他故四無得無失不增減故即顯無爲離此四種無造作故名曰無爲或簡有爲名曰無爲

○次別釋（二）　初依識變假施設有

一依識變假施設有謂曾聞說虛空等名隨分別有虛空等相數習力故心等生時似虛空等無爲相現此所現相前後相似無有變易假說爲常

合響初標謂曾下釋曾聞說等者謂於佛菩薩處聞得虛空等六種無爲之名隨聞分別有虛空等相從始發心乃至地前以有漏心數數熏習力故心等生時變現似虛空等無爲相或地上菩薩根本智證眞如已於後得智變現似虛空等相故有漏無漏皆依識變此所下釋是假有宗鏡第五十八卷云此無本質唯心所變如極微等變似空等相現出體者大乘但約心變相分假說有虛空故非離心外有空也問若說識變相分說是無爲者即相狀之相隨識而爲何成無爲耶答此說是識變假說是無爲其實非是無爲無爲是常住法故今此依無爲體者但取隨識獨影相分爲體以前後相似無有變易唯有一類空等相故假說無爲此六無爲地前菩薩識變即是有漏若地上後得智變即是無漏

○次依法性假施設有二　初示法性名

二依法性假施設有謂空無我所顯眞如有無俱非心言路絕與一切法非一異等是法眞理故名法性

音義初標謂空下釋法性者法謂差別色心等法性謂彼法所依體性即二空所顯眞如遠離有無一異等執是法眞理名爲法性

○次出無爲體

離諸障礙故名虛空由簡擇力滅諸雜染究竟證會故名擇滅不由擇力本性清淨或緣闕所顯故名非擇滅苦樂受滅故名不動想受不行名想受滅此五皆依眞如假立眞如

亦是假施設名遮撥爲無故說爲有遮執爲有故說爲空勿謂虛幻故說爲實理非妄倒故名眞如不同餘宗離色心等有實常法名曰眞如

音義 一虛空無爲離一切色心諸法障礙所顯眞理二擇滅無爲由無漏智起簡擇滅諸障染所顯眞理三非擇滅無爲有法不由擇力起無漏智簡擇而本性淨即自性清淨是或有爲法緣闕不具得不生時即清淨理顯此二義名非擇滅無爲四不動無爲第四淨慮離三災八難（憂苦喜樂尋伺出息入息）苦樂頓捨所顯眞理五想受滅無爲從第四禪以上至無所有處已來捨受不行并麤想亦無顯得眞如此五下出體謂五種無爲皆是眞如眞如體外更無別出六種無爲各皆依眞如實德眞如下明眞如無爲此五無爲依眞如上假立虛空等而眞如體非如非不如故眞如名亦是假立譬如有蟲名曰食油假名食油不稱體故眞如亦爾遮撥下約義釋名清涼云眞如亦是假者不得體故遮空見者說如爲有遮小乘中化地部等執定實有故說爲空（空其情執）非言無爲體即空也（不空眞如體也）勿謂虛幻者虛簡徧計幻揀依他即顯眞如是圓成實以無虛妄顚倒法故名眞如也不同下結異餘宗

合響 不由擇力等者華嚴鈔釋云論存二義初義異小緣闕者俱舍論云畢究礙當生別得非擇滅當生者當來生法緣會則生緣闕不生於不生時得非擇滅此非擇滅

礙當生法令永不起名畢竟礙別得者謂非擇滅有實體性緣闕位中起別得故非擇滅得不因擇滅但由緣闕名非擇滅論指事明云如眼與意專一色時餘色聲香味觸等謝緣彼境界五識身等住未來世畢竟不生由彼不能緣過去境緣不具故得非擇滅觸等者等取法中有與能緣同時爲所緣境者如他心智所緣境是也

○三結示

故諸無爲非定實有

○次立量以顯唯識二　初雙顯二取是相見分

外道餘乘所執諸法異心心所非實有性是所取故如心心所能取彼覺亦不緣彼是能取故如緣此覺

合響　前文破外道餘乘所執實我已竟總立二量顯實我與我見是相見分今已廣破所執實法竟亦總立二量顯二取是唯識初量明所執實法離心無體但是內心所取相分次量明能取彼法之覺秖是內心能取見分亦不緣所執實法以能取見分自有相分爲所緣故如緣內境之見分也立量如文

○次結示唯識亦是假說

諸心心所依他起故亦如幻事非眞實有爲遣妄執心心所外實有境故說唯有識若執唯識眞實有者如執外境亦是法執

合響　宗鏡第八十四卷引唯識鈔問云內心唯識者爲是眞實有爲非眞實有耶答論云諸心心所（前陳也）依他起故（因也）亦如幻事

喻也非眞實有法也問若爾心境都無差別何故乃說唯有識耶答爲遣外道等心心所外執實有境故假說唯有識非唯識言便有實識文開蒙外難云破我說色色等即空破色說識識性亦空答識性不空問何偏不空答非所執故問若執識實復說何破答執識實有即是法執至如唯識亦是法故何以故若執依圓是有還同徧計之無文

○三結屬法執俱分三　初標列

然諸法執略有二種一者俱生二者分別

補遺　此例前我執分科釋意同前但我執與法執有異耳

○次別釋二　初俱生法執三　初釋總名

俱生法執無始時來虛妄熏習內因力故恒與身俱不待邪教及邪分別任運而轉故名俱生

○次釋別相

此復二種一常相續在第七識緣第八識起自心相執爲實法二有間斷在第六識緣識所變蘊處界相或總或別起自心相執爲實法

○三明斷位

此二法執細故難斷後十地中數數修習勝法空觀方能除滅

○次分別法執三　初釋總名

分別法執亦由現在外緣力故非與身俱要待邪教及邪分別然後方起故名分別

○次釋別相

唯在第六意識中有此亦二種一緣邪教所

說蘊處界相起自心相分別計度執爲實法二緣邪教所說自性等相起自心相分別計度執爲實法

○三明斷位

此二法執麤故易斷入初地時觀一切法法空眞如即能除滅

○三結判 二 初正判 二 初判相質有無 二

初判定有無

如是所說一切法執自心外法或有或無自心內法一切皆有

○次結成前義

是故法執皆緣自心所現似法執爲實有

○次判依徧有無

然似法相從緣生故是如幻有所執實法妄計度故決定非有

○次引證

故世尊說慈氏當知諸識所緣唯識所現依他起性如幻事等

○次結示心外境非所緣 二 初明離識我法非所緣緣

如是外道餘乘所執離識我法皆非實有故心心所決定不用外色等法爲所緣緣緣用必依實有體故

補遺 此下別立比量總收我法二執皆不離識緣用所依唯識變起必有實體以通二變三境故離識我法隨情徧計如龜毛等無有實體故非所緣

○次明自心外蘊非所緣緣 二 初簡異聚王所

現在彼聚心心所法非此聚識親所緣緣如

非所緣他聚攝故

合響現在觸緣必有同時一聚心心所法相應現起故名爲聚彼此聚者若有漏位中唯指第六識爲此餘七識聚爲彼以第六能通緣餘七餘七不能通緣如第六故若無漏位中即八識互爲彼此以有互緣義故所以如此簡者以顯依他起有體王所尚須自聚識上托質變相爲親所緣緣况徧計無體法而可得爲所緣緣耶如非所緣者如色非耳所緣聲非眼所緣也立量如文

○次簡同聚心所

同聚心所亦非親所緣自體異故如餘非所取

合響謂不但彼聚王所非此聚識親所緣即一識同聚心所亦非同聚心王親所緣以王與所自體異故必各仗心王爲本質自變相分爲親所緣如受決不親緣想也立量如文

補遺初簡去外色等次簡去異聚心心所三簡去同聚心所皆非親所緣以見心心所法定有親所緣是唯識所現

○三總結證成

由此應知實無外境唯有内識似外境生是故契經伽他中說如愚所分別外境實皆無習氣擾濁心故似彼而轉

補遺初結示是故下引密嚴經偈初二句證無實我法次二句證有似外境問外境實無何由内識似外境生答由彼無始習氣擾濁其心故内識變似彼境而轉

成唯識論音響補遺卷第二之一

音釋

插 測合切，攙入聲。**斫** 職畧切，音酌。**嚬呻** 嚬，皮賓切，音貧；呻，升人切，音身。微笑吟詠之狀也。

成唯識論音響補遺卷第二之二

清武林蓮居紹覺大師音義

新伊大師合響

法嗣智素補遺

○次釋假應依實難二　初難

有作是難若無離識實我法者假亦應無謂假必依眞事似事共法而立如有眞火有似火人有猛赤法乃可假說此人爲火假說牛等應知亦然我法若無依何假說無假說故似亦不成如何說心似外境轉

合響　先法說由前廣破實我實法是無聖教所說似我似法是有故外人難云若實我法既無聖教假說我法亦應不可得所以者何謂假必依眞事似事共法而立以有眞似及眞似共相方可假說故眞事指實我法似事指似我法共法指二種我法上執持主宰二義意顯假說必依實似何得全言實我法是無似我法是有耶如有下次喻明眞火似火喻實法似法猛赤法喻二法上共有執持義假說牛等者例上應有眞牛似牛及愚勇法眞牛似牛喻實我似我愚勇法喻二我上共有主宰義謂依此三事然後可假說此人爲火爲牛等也我法下合法結成難意謂如上法喻明知假必依眞今既不許有實我實法從何而說假我假法假說既無似亦不成如何說言心似外境轉耶如開蒙外家問云外境既無何有所似不可牛毛反似龜毛也

○次釋二　初正釋外難二　初總破法喻

彼難非理離識我法前已破故依類依實假

說火等俱不成故

合響　初句總非離識下直破眞事以彼眞事指所執實我法故開蒙云汝之眞火已破成非何勞再舉依類下畧破假依類實前難文云眞似此言類實者何也葢由外人所說眞似名雖與大乘同而義意逈別大乘所謂似者如開蒙云以內似外以有似無外人不達謂有兩法並立以此似彼說名爲似若此秖可云類不得稱似故論主就彼之意以類字代之又彼言眞者據大乘意於俗諦中無可言眞即欲說之但可指諸法自相如下文云眞謂自相外人不達以實爲眞本非是眞秖可言實故論主就彼之意以實字代之此中破意謂不但實我實法已破成非不應復舉即汝所說

依類依實假說火等義亦不成

○次別破法喻二　初破喻二　初破依類假說三　初正破

依類假說理且不成猛赤等德非類有故若無共德而假說彼應亦於水等假說火等名

補遺　此約火德非類有破猛以火性言赤以火色言轉生成熟化有爲無是火之德意謂火之猛性赤色類火人有之火之轉生成熟化有爲無之德非類火人有是故猛赤類有德則不共若無共德而可假說彼人爲火則應於水亦可假說爲火耶

○次遮救

若謂猛等雖非類德而不相離故可假說此亦不然人類猛等現見亦有互相離故

音義　先牒救云猛赤之德雖非類有然人之

色赤者性必猛性猛者色必赤有似乎火故可於人假説如火此亦下破人之猛赤亦有互離現見有人猛而不赤者亦有赤而不猛者

○三結破

類既無德又互相離然有於人假説火等故知假説不依類成

音義 無德互離而可假説故知假説不依於類

○次破依實假説三 初正破

依實假説理亦不成猛赤等德非共有故謂猛赤等在火在人其體各别所依異故無共假説有過同前

合響 此約火德非共有破以猛赤之德人之與火而不共有謂猛赤在火在人其體不同以其所依無情有情各别異故若無共德而假説火人者則應於水可以假説火等問類實俱約無共德破有何差别答前約無火德破依類明似火人但有相似猛赤然不能似火有能燒之用故云非類有今約無共德破依實明似火人雖有猛赤然不同火一體有能燒之用故非共有約法雖同其義各别

○次遮救

若謂人火德相似故可假説者理亦不然説火在人非在德故

音義 先牒救理亦下破假説火人應依體立非在於德那依似德而假説耶

○三結破

由此假説不依實成

○次破法二初正破假說依眞

又假必依眞事立者亦不應理眞謂自相假智及詮俱非境故謂假智詮不得自相唯於諸法共相而轉亦非離此有別方便施設自相爲假所依然假智詮必依聲起聲不及處此便不轉能詮所詮俱非自相故知假說不依眞事

補遺　此約大乘宗中自共相破彼假必依眞先標斥眞謂下釋眞謂自相者即諸法自體相如地之堅相水之濕相火之煖相風之動相等唯身識現量證知非名言所得故假智及詮俱非其境假智者即作行解有分別心詮者謂心上解心名句文及聲上解心名句文不得自相等者正顯假不依眞唯依共相而轉言共相者此以名下所詮之義名共相會立云共相是法自體上義更無別體如言火遮非火等此義即通一切火上故言共相得其義也若法體性言說所及假智所緣是爲共相言說若著自相者說火之時火應燒口火以燒物爲自相故緣亦如是緣火之時火應燒心今不燒心及燒口者明緣及說俱得共相此是第六意識隨五識後起緣此智故發言語等但是所緣所說法之共相非彼自相亦非下遮轉救恐彼救云我宗離大乘所謂自相之外別有自相名眞爲假所依故遮云亦非離此有別方便施設自相爲假所依然假下釋明假不依眞之義結成然假智詮必依意言聲相而起聲不及處此假智詮便不轉也筆削云意言分別者意言即分別也形口

曰言在意曰分別以所分別與所言同故云意言夫人發言皆意中之事聲不及處即是自相義能詮謂言及智所詮謂境與義此二俱非法之自相故知假說不依眞立

○次結申假說正義

由此但依似事而轉似謂增益非實有相聲依增益似相而轉故不可說假必依眞

音義　似事即共相也似謂增益者謂現量智了自相已於後刹那起分別意識有此分別變現影像此是增益非實有相如人照鏡形之與影宛然二人是增益義聲依此似相而轉不依自相故不可說假必依眞

補遺　開蒙問共相何境答比量之境問何以故答作情解等不稱本法故問緣共相心不稱本法應是法執答此稱影像若法執不稱影像問不稱影像是非量否答隨所度境不謬解故非量謬解文似謂增益者此稱影像之比量共相境也非實有相者不稱本法非現量自相境也

○三結難非理

是故彼難不應正理

○次示假說意

然依識變對遣妄執眞實我法說假似言由此契經伽他中說爲對遣愚夫所執實我法故於識所變假說我法名

合響　問既依識變何不直言唯識而乃假說似我法耶答然依識變秖是唯識只爲對遣外道餘乘妄執心外實有我法故假說我法言豈可謂之依眞立假乎近結當文遠則通結前文由假說我法所變三句頌也引證可知

○次釋後三句能變二　初結前標數

識所變相雖無量種而能變識類則有三

音義 初結前而能下標類數謂能變識雖則有八約類而言唯有三種

○次釋通別名二　初釋三類別名

一謂異熟即第八識多異熟性故二謂思量即第七識恒審思量故三謂了境即前六識了境相麤故及言顯六合為一種

合響 梵音毘播迦此云異熟開蒙問異熟何義答有三義謂變異而熟異時而熟異類而熟具此三義故名異熟問變異而熟答種變異時果方熟故問異時而熟答造因果熟定異時故問異類而熟答因通善惡果唯無記因果性異名異類熟文言多異熟性者此第八識隨先業轉不待現緣名異熟性不同第七全無前六唯有一分故名為多恒審思量者謂前五不恒不審第六審而不恒第八恒而不審唯此第七於已轉依未轉依位恒審思量我無我相故了境相麤者謂諸識雖俱了境而七八相見甚微細故慈恩云了別別境及麤顯境唯前六故宗鏡云具四義名麤一易可了知乃至兒童亦知二共許有即三乘共許三行相麤為了別行相顯故四所緣麤即五塵是麤境及即兼統之義顯前六種總合為一了別境識也

○次釋能變通名二　初總標

此三皆名能變識者能變有二種

○次別釋二　初釋因能變

一因能變謂第八識中等流異熟二因習氣

等流習氣由七識中善惡無記熏令生長異熟習氣由六識中有漏善惡熏令生長

合響 先標謂第八識中二因習氣是因能變即能感異熟果諸業習氣及等流果二取習氣也華嚴鈔釋云種子生現行名因習氣等流下釋等流習氣即七識三性種子各生自現唯除第八不能熏故熏令生長者謂未生時由前七識三性現行熏故令生已生者復由熏令增長成熟異熟習氣唯除第七及無記者非異熟因故謂由前六識中造有漏善惡業熏令生長名異熟習氣前是因緣此增上緣開蒙問因能變義答謂二因種子轉變生果名因能變

○次釋果能變二 初總明

二果能變謂前二種習氣力故有八識生現種種相

合響 華嚴鈔釋云即前二因所生現果謂有緣法能變現者名果能變種種相者即八識相應心所相見分等

補遺 因能變約轉變言種子生現行名因習氣果能變約變現言唯現心等能起見相故云有八識生現種種相開蒙云即前二因所生果其自證分能變現生相見二分名果能變

○次別釋二 初等流果

等流習氣為因緣故八識體相差別而生名等流果果似因故

合響 體謂內二分相謂外二分差別者謂八識現行體相各從自種子生而不亂故宗鏡第七十一卷云等流果者等謂平等流

謂流類如第八識中三性種子各生三性現行果果與因性同故即心種子生心現行色種子生色現行有漏種生有漏現行無漏種生無漏現行文此是一切法親因緣也

○次異熟果二　初正釋

異熟習氣爲增上緣感第八識酬引業力恒相續故立異熟名感前六識酬滿業者從異熟起名異熟生不名異熟有間斷故即前異熟及異熟生名異熟果果異因故

音義　引業者謂業有力能引總報第八識者滿業者謂業無力唯感前六識中一分無記酬於業者如持五戒招得人身是總報引業由於因中有嗔忍等於人總報而有妍媸名別報滿業第八識者是總報主酬前引業又恒相續是眞異熟前六轉識無記性者乃是別報酬滿業者有間斷故不名異熟從眞異熟起名異熟生此二總得名異熟果由善惡招體是無記果異因故名爲異熟此即異性而熟名爲異熟也

合響　異熟增上緣等者會玄第十卷引古疏云勝業名引引餘業生故報亦名引引餘果故成滿果事名滿因果皆有滿義引業能招第八識名眞異熟恒相續故名眞因通善惡果唯無記故名異熟滿業能招前六識中極劣無記名異熟生有間斷故問明品鈔云能招第八引異熟果故名引業能招前六滿異熟果名爲滿業然其引業能造之思要是第六意識所起若其滿業能造之思從五識起故此引業亦名總報

業滿業亦名別業又引業如畫師作模滿業如弟子塡彩文又宗鏡第五十卷云異熟識者此是善惡業果位以善惡業爲因即招感得此引果故前世業爲因因是善惡今世感第八識是無記異熟即果異於因故名異熟問第八眞異熟識如何名引果答謂善惡業爲能引第八爲所引是能引家之果故名引果故是總報主前六識名爲滿果有一分善惡別報來滿故此滿業所招名異熟生非眞異熟也文

○次簡異

此中且說我愛執藏持雜染種能變果識名爲異熟非謂一切

合響釋中雖有異熟及異熟生名異熟果然頌中且說我愛執藏第八能變果識非通前六異熟生故云非謂一切○初一頌半畧答外難畧標識相竟

○次二十三頌半廣明識相顯前頌意二　初十四行半頌明三能變相二　初廣釋三能變相三　初初能變相三　初末論設問

雖已畧說能變三名而未廣辯能變三相且初能變其相云何

○次舉本頌答

頌曰

初阿賴耶識　異熟一切種　不可知執受
處了常與觸　作意受想思　相應唯捨受
是無覆無記　觸等亦如是　恒轉如暴流
阿羅漢位捨

開蒙問初能變識有幾門解答有十二門

一自相門初阿賴耶識　二果相門異熟　三因相門

一切種四不可知門不可知五所緣門執受處六行相門了七相應門常與相應至八受俱門唯捨受九三性門是無覆無記十心所例王門觸等亦如是十一因果法喻門恒轉如暴流十二伏斷位次門阿羅漢位捨

○三末論釋成二　初正釋頌文八　初自相等三門二　初正釋三門二　初別釋三　初自相門

論曰初能變識大小乘教名阿賴耶此識具有能藏所藏執藏義故謂與雜染互爲緣故有情執爲自內我故此即顯示初能變識所有自相攝持因果爲自相故此識自相分位雖多藏初過重是故偏說

補遺大乘教謂阿毘達摩等小乘教謂增一阿含等阿賴耶此云藏具三藏義故謂與下轉釋圓覺小鈔卷四下釋云與雜染互爲緣者此解能所藏義諸有漏法皆名雜染謂能持染種種名所藏此識爲能藏是雜染法所熏所依處故又染法爲能藏此識爲所藏有情執爲自內我者此解執藏義有情謂染第七識即有能愛之心爲有情此唯煩惱障義非所知障不爾無學應有此名此不別執爲我所及與他我名爲自內我此即正解阿賴耶義義雖具三正以執藏爲名此即下結示自相謂即此三藏是識自相自相者自體相也問與雜染互爲緣者說爲能藏即是因義亦爲所藏即是果義因果之外豈更有自體相耶故答云攝持因果爲自相故自相是總因果是別攝持別相爲自體故攝是包含義持

是依持義問若爾自相應是假有答不然若條然因果兩相合之爲自相自相可成假既離自相無別因果相因果相即自體之上別說故非假也此識下釋妨問此識有三位（一我愛執藏位二善惡因果位三相續執持位）何故三能變中舉異熟於此釋中反舉藏之名耶故云此識自相分位雖多此中先安阿賴耶名者以是最初捨故又執藏之義過失最重故偏說之（藏初者初捨故小乘第四果大乘第八地先捨阿賴耶名）此識自相分位雖多者瑜伽論云第八識自相有八一依止執受相二最初生起相三有明了性相四有種子性相五業用差別相六身受差別相七處無心定相八命終時分相

○二果相門

此是能引諸界趣生善不善業異熟果故說名異熟離此命根衆同分等恒時相續勝異熟果不可得故此即顯示初能變識所有果相此識果相雖多位多種異熟寬不共故偏說之

（合響）此是能引等者謂善不善業是能引能引三界五趣四生之異熟果故即此第八異熟識是所引離此下正顯唯此爲界趣生眞異熟果故云離此（云云）此即下結示果相此識下簡異多位種小鈔云異熟是善惡業果位從無始來至於等覺因位最寬多種者宗鏡第五十一卷云望自種子是等流果望作意等心所是士用果望第七識爲增上果望善惡因即異熟果第八雖具四果然前三果諸識皆有唯此眞異熟

果餘識所無故云不共偏說也

○三因相門

此能執持諸法種子令不失故名一切種離此餘法能徧執持諸法種子不可得故此即顯示初能變識所有因相此識因相雖有多種持種不共是故偏說

合響 染淨諸法種子此第八能持不失名爲一切種識餘法者謂餘色心等法或有間轉或無實體故離第八餘能持種不可得故此識下簡異因相多種者宗鏡第五十一卷云能持種子義邊是持種因若因望種子俱時而有即俱有因若自類種子前後相引即同類因若望同時心所等即相應因文第八雖具四因餘之三因諸識共有唯持種因局在此識故云不共偏說

○次總結

初能變識體相雖多畧說唯有如是三相

○次重明因相三 初標

一切種相應更分別

補遺 三相門中唯種子相在於因位義相難知故特標種相更分別之

○次釋四 初明種子相二 初正釋二 初正示種相

此中何法名爲種子謂本識中親生自果功能差別此與本識及所生果不一不異體用因果理應爾故

補遺 此中者即本識中也初句徵謂本下正出種相親生自果者以見條然不紊亂之義如眼識種親生眼識現耳識種鼻識種親生耳識鼻識現等功能者種有生果作

用名功能差別者顯此種子非止一種色心等種生色心等現定差別故轉識論云所餘七識種子並能生自類無量諸法此與本識下宗鏡第四十七卷釋云本識是體種子是用種子是因所生是果此之二法理應如是不一不異本識望種於出體中攝相歸性攝種子之相歸於本識體性以本識是無記故攝相歸性亦屬無記故皆無記種從現行望於本識相種子用現行別論故通三性若即是一不可說爲有因果法有體用法若一向異應穀麥等能生荳等以許因果一向異故不爾法滅應方有用以許體用一向異故體用相似氣勢必同因果相似功能狀貌可相隨順非一向異宗鏡第四十八卷問種子與阿賴耶識爲一爲異答非一非異攝論云是不淨品法種子在阿賴識中爲有別體故異爲無別體故不異二俱有失須明不一不異此阿賴識與種子共生雖有能依所依不由別體故異乃至能是假無體所是依是實有體假實和合異相難可分別以無二體故是故非不一此識先未有功能熏習生後方有功能故勝於前譬如麥種生於自芽有功能故說麥是芽種子麥若陳久或爲火所損則失功能麥相不異以功能壞故不名種子此識亦爾若有生一切法功能由與功能相應說名一切種子此功能若謝無餘但說名果報識非一切種子是故非不異文

○次明種實有二　初正釋

雖非一異而是實有假法如無非因緣故

合響 此斷定實有謂此之種子雖與本識及所生果非一非異而是有體實法以是親因緣故

○次釋妨二 初難

此與諸法既非一異應如瓶等是假非實

補遺 外人難謂此種子與諸法既非一異應如瓶等泥團與瓶非一異故則此種子同瓶是假量云此種子是有法是假非實宗與諸法既非一異故因應如瓶等喻

○次釋二 初正釋

若爾眞如應是假有許則便無眞勝義諦

音義 若爾者牒上難辭若謂此與諸法既非一異是假非實者眞如亦應是假非實以眞如亦與諸法非一異故若許眞如是假便無眞勝義諦若不許者此亦應然

○次簡別

然諸種子唯依世俗說爲實有不同眞如

音義 種子實有依理世俗不同眞如勝義實有實有義齊故可爲喻世俗勝義二諦不同復須簡別

○次結判二 初判屬相分

種子雖依第八識體而是此識相分非餘見分恒取此爲境故

音義 種子乃是本識相分非餘三分見分恒緣此爲境故

○次判屬三性二 初正判

諸有漏種與異熟識體無別故無記性攝因果俱有善等性故亦名善等諸無漏種非異熟識性所攝故因果俱是善性攝故唯名爲善

音義宗鏡第四十八卷云此有漏種與本第八識體無別故性類是同唯是無記若能所生法皆通善等三性謂此種子本能熏現行之因及後所生現行之果皆通三性故言因果俱善等性此依功能差別門說非依體門性唯無記此約有漏種說若無漏種非異熟識性所攝故非無記體性不順本識體故體既不同不可相即又性類別能治所治漏無漏殊不可相即問無漏既不從識名無記性此何爲性答因果俱是善性攝故唯名爲善法爾一切無漏之法順理違生無惡與無記也

〇次釋妨二初難

若爾何故決擇分說二十二根一切皆有異熟種子皆異熟生

補遺瑜伽第五十七卷攝決擇分中問二十二根幾有種子異熟答一切皆有又問幾是異熟生答亦一切種子所攝異熟所生今難意云若無漏種非是異熟識性所攝何故瑜伽決擇分說二十二根一切皆有異熟種子皆異熟生耶以未知當知等後三根唯無漏故二十二根見後第七卷末

〇次釋

雖名異熟而非無記依異熟故名異熟種異性相依如眼等識或無漏種由熏習力轉變成熟立異熟名非無記性所攝異熟

音義先直答謂名雖同而性是别依異下轉釋初約所依得名異性相依等者謂能依無漏種是善所依異熟是無記例如眼識等依眼等根識通三性根唯無記豈善眼

識等不許其依無記根耶或無下次約轉
變得名或無漏種由聞思修熏習轉變至
成熟位故名異熟非無記性所攝異熟也
○次明本新義三初淨月等師唯立本有
三初釋義
此中有義一切種子皆本性有不從熏生由
熏習力但可增長
音義有義者有師立義謂染淨等種皆本來
有不由熏生但由熏習力故令本有種子
增長成熟而已
○次引證二初引教
如契經說一切有情無始時來有種種界如
惡义聚法爾而有界即種子差別名故又契
經說無始時來界一切法等依界是因義瑜
伽亦說諸種子體無始時來性雖本有而由
染淨新所熏發諸有情類無始時來若般涅
槃法者一切種子皆悉具足不般涅槃法者
便闕三種菩提種子如是等文誠證非一
補遺初引經證染淨種子皆本性有惡义聚
毒樹果一苞三子此喻差別種一處叢生
法爾而有者正顯本有種子非由功力界
即種子差別異名者瑜伽卷第十二又諸
種子乃有多種差別之名所謂名界名種
性名因名薩迦耶名戲論乃至如是等類
差別次引論證由熏長此亦瑜伽第二卷
中文諸有情等者顯種本有不從熏生般
此云入謂有情類堪入涅槃法者漏無漏
種一切悉具不堪入者即闕如來緣覺聲
聞三種菩提種子後二句結
○次引理

又諸有情既説本有五種性別故應定有法爾種子不由熏生又瑜伽説地獄成就三無漏根是種非現又從無始展轉傳來法爾所得本性住種由此等證無漏種子法爾本有不從熏生有漏亦應法爾有種由熏增長不別熏生

音義　初證無漏種五種者一聲聞二緣覺三如來四不定五闡提謂聖教既説本有五種性別故應定有法爾無漏種子不由熏生依此建立種性差別三無漏根者即未知當知根已知根具知根有漏下例同漏種亦爾

補遺　法爾有種等瑜伽卷第二云此種子隨所生處自體之中餘體種子皆悉隨逐是故欲界自體中亦有色無色界一切種子如是色界自體中亦有欲界無色界一切種子無色界自體中亦有欲色界一切種子又云若於一處有染欲即説一切處有染欲若於一處得離欲即説一切處得離欲是故一一自體中皆有一切自體種子

○三結示

如是建立因果不亂

合響　本識中本有種子由諸轉識熏令增長則漏仍熏漏無漏仍熏無漏現熏種時現因種果種起現時種因現果漏無漏別如是建立因果不亂若許熏生漏與無漏設互相熏因果亂矣

○次難陁等師唯立新熏二　初釋義

有義種子皆熏故生所熏能熏俱無始有故諸種子無始成就種子既是習氣異名習氣

必由熏習而有如麻香氣花熏故生

音義 初一句直明新熏所熏下通妨問種若新熏何故經云無始時來有種種界故釋云能熏所熏俱無始有乃從無始熏習成就種子下約義明熏種子既是習氣異名故諸種子必由熏習而生如胡麻中香氣必假花熏方得香也量云種子皆熏故生習氣必由熏習有故如麻香氣

○次引證二　初引教

如契經說諸有情心染淨諸法所熏習故無量種子之所積聚論說內種定有熏習外種熏習或有或無

補遺 內種謂本識中種外種謂穀麥等種外種熏習或有或無者外種是假以是第八識中共中不共種子所生現行之法故云或有熏習以穀麥等自有根種展轉相傳故云或無熏習

○次引理二　初證有漏

又名言等三種熏習總攝一切有漏法種彼三既由熏習而有故有漏種必藉熏生

音義 三種習氣一名言二有支三我執解見後第八卷

○次證無漏

無漏種生亦由熏習說聞熏習聞淨法界等流正法而熏起故是出世心種子性故

合響 淨法界者即清淨法界眞如妙理等流正法者即諸佛菩薩如清淨妙理所說教法謂此教法即詮此清淨法界之正法非別有所說故云平等流類此句釋成種子由熏生下句釋成是無漏

○三會違二　初會本有五種性別三　初標

有情本來種性差別不由無漏種子有無但依有障無障建立

合響　此由初家意以無漏種子有無有五性別證成定有法爾種子今通云五性別者但依有障無障建立何關無漏種子有無耶

○次釋

如瑜伽說於眞如境若有畢竟二障種者立爲不般涅槃法性若有畢竟所知障種非煩惱者一分立爲聲聞種性一分立爲獨覺種性若無畢竟二障種者即立彼爲如來種性

音義　畢竟者謂永不可害也不般涅槃法性者謂一闡提

○三結

故知本來種性差別依障建立非無漏種

○次會地獄成就三根

所說成就無漏種言依當可生非已有體

補遺　此結顯上義通上瑜伽論謂彼論意依地獄有情當來有可生無漏種義名爲成就非謂地獄有情已有無漏種體也

○三護法正義新本合論三　初正釋二類二　初標

有義種子各有二類

合響　宗鏡第四十八卷云若取正義本有新熏合生現行非有前後古德解熏種義諸法雖有新舊二種當生現時或從新生或從舊生名爲二種非爲二種於一念中同生一現若爾即有多種共生一芽之過以此准知色心相分種竝同於此文

○次釋二 初本有

一者本有謂無始來異熟識中法爾而有生蘊處界功能差別世尊依此說諸有情無始時來有種種界如惡叉聚法爾而有餘所引證廣說如初此即名爲本性住種

合響 宗鏡第四十八卷云一切種子與第八識一時而有從此能生前七現行古德問此總未熏時此本有從何而生答謂從無始時來此身與種子俱時而有如外草木等種文

○次始起

二者始起謂無始來數數現行熏習而有世尊依此說有情心染淨諸法所熏習故無量種子之所積集諸論亦說染淨種子由染淨法熏習故生此即名爲習所成種

音義 現行者現有三義一顯現簡非種子二現在簡非過未三現有簡非無法

補遺 瑜伽論卷第二云又種子體無始時來相續不絕性雖無始有之然由淨不淨業差別熏發望數數取異熟果說彼爲新

○次斥前互闕二 初破淨月唯本有二 初正破二 初明違理二 初約因緣義破不從熏生三 初標

若唯本有轉識不應與阿賴耶爲因緣性

音義 由有新熏前七與第八爲因緣性若唯本有則前七雖是能熏不應與第八爲因緣性

合響 開蒙云若唯本有無新熏者前七王所具能熏義何緣不熏舉例難云如水既濕何不潤物若不潤者恁麽則火應不燒地

應不載風應不動此例無邊爲大失也

○次釋二 初引經

如契經說諸法於識藏識於法亦爾更互爲果性亦常爲因性此須意言阿賴耶識與諸轉識於一切時展轉相生互爲因果

音義 先引文宗鏡古師釋云諸法於識藏能攝藏也謂與諸識作二緣性一爲彼種子二爲彼所依識於法亦爾所攝藏也謂諸轉識與阿賴耶亦爲二緣一於現法長養彼種二於後法轉攝植彼種互相生故此頌下華嚴鈔云七熏八種七是八因八含七種八是七因故云互爲因果

合響 顯揚論卷第十七問互爲因相建立云何答阿賴耶識與彼轉識爲二種因一爲種子生因二爲所依止因種子生因者謂諸所有善不善無記轉識生時一切皆因阿賴耶識種子而生所依止因者謂由阿賴耶識所執色根爲依止故五識身轉非無執受又由有此識故得有意根由此意根爲依止故意識得生復次轉識與阿賴耶識爲二種因一於現法中長養彼種子故二於後法中爲彼得生攝植彼種子故於現法中長養彼種子者謂隨依止阿賴耶識如是如是善不善無記轉識生時於一依止同生同滅如是如是熏習此識即彼三性轉識熏此賴耶由是因緣故後彼轉識善不善無記性轉復增上轉復熾然轉復明了而得生起於後法中攝植彼種子者謂彼熏習種類能引攝未來顯識論云分別識名爲攝識譬如誦經初一徧未得第二徧誦攝前第一如是乃至第十徧誦通利時即通攝前九此即引攝

未來攝植彼種之義即此異熟阿賴耶識如是種子因故依止因故長養種子攝植種子故是名建立阿賴耶識互爲因相

○次引論

攝大乘說阿賴耶識與雜染法互爲因緣如炷與燄展轉生燒又如束蘆互相依住

音義 宗鏡云如燈炷束蘆者舉增上緣喻因緣義如燈炷與燄展轉生燄內炷生燄如種生現內燄燒炷如現熏種又如束蘆相依爲俱有因類顯二法爲喻喻因緣義

○三結

唯依此二建立因緣所餘因緣不可得故若諸種子不由熏生如何轉識與阿賴耶有因緣義

音義 唯依種現互相生義建立因緣除此餘法非因緣義若謂種子不由熏生如何前七與第八有因緣義

○次約因緣義破由熏增長

非熏令長可名因緣勿善惡業與異熟果爲因緣故

音義 由前本有家云由熏習力令本有種但可增長即熏增長可名因緣故轉識與阿賴耶有因緣義破云非熏令長可名因緣應知熏長是增上緣如善惡業感異熟果非因緣故

○次明違教

又諸聖教說有種子由熏習生皆違彼義故唯本有理教相違

○次結責

成唯識論音響補遺卷第二之二

音釋

妍媸 妍五堅切音研媸赤之切音嗤妍媸美好醜惡也

成唯識論音響補遺卷第二之三

清武林蓮居紹覺大師音義

新伊大師合響

法嗣智素補遺

○次破難陀唯新熏二 初正破二 初明違理二 初正明違理二 初斥非二 初約有爲無漏無因破

若唯始起有爲無漏無因緣故應不得生有漏不應爲無漏種勿無漏種生有漏故許應諸佛有漏復生善等應爲不善等種

音義 有爲無漏者謂四智菩提清淨法界乃是了因所了可非種生四智菩提生因所生生必有種若無本有無漏種子爲因緣故則不得生應一切有情永不成佛有漏下破救前始起家救云聞淨法界等流正法所起聞熏習卽此聞熏爲無漏種破云初聞熏習是有漏心不應爲無漏種若有漏種生無漏法應無漏種可得生有漏法是以云勿無漏種生有漏故若許則應諸佛復生有漏而善等應爲不善等種

合響 開蒙云若唯新熏無本有者上品無漏無記第八此上二類無新熏理又無本有從何種生唯新熏者不盡此理

補遺 未登地以前資糧加行位中所有聞思修慧俱屬有漏善但可爲增上緣助彼無漏種子令漸增長非可作因緣也如下文云後勝進位熏令增長無漏法起以此爲因

○次遮性淨爲無漏生因三 初出彼所憑

分別論者雖作是說心性本淨客塵煩惱所

染汙故名爲雜染離煩惱時轉成無漏故無漏法非無因生

合響分別論者指造中邊分別論之人即天親菩薩彼論上卷云云何不染非不染本心自性清淨故云何不淨非不淨煩惱客塵故此中但義出彼引由前以無漏無因破唯始起彼救云分別論者說心性本淨乃至轉成無漏故無前過意謂即此彼清淨性是有爲無漏之因何要本有無漏種子今護法破云分別論者雖作是說心性本淨云云然未可據此遂謂便無前過何者以彼說無爲涅槃非說有爲菩提無漏故耳

○次破彼謬解二初徵

而心性言彼說何義

合響此徵其所解謂汝引分別論者所說心性本淨等語以救前過今且問汝彼心性言爲說何義

○次破三初破以空理爲無漏因

若說空理空非心因常法定非諸法種子以體前後無轉變故

音義若說空理爲心性此空理是無爲非有爲無漏菩提心因且空理常住非諸法種以體前後無轉變故種子必須刹那滅故

○次破以即心爲無漏因

若即說心應同數論相雖轉變而體常一惡無記心又應是善許則應與信等相應不許便應非善心體尚不名善況是無漏有漏善心既稱雜染如惡心等性非無漏故不應與無漏爲因勿善惡等互爲因故

音義若即說現在心其體本淨有煩惱時其

相則染離煩惱時轉成無漏其體常如是則應同數論師所執自性相雖轉變而體常一又心通三性若說心即本淨者惡無記心應是善心若許是善應與信等心所相應不許是善惡與無記應非善心體既爾惡無記心尚不可名善何況是有爲無漏耶又有漏善心非無漏因有漏善心雖異不善雜染是同故如惡心等性非無漏既善惡等皆非無漏故不應與無漏爲因何以故勿使善惡等互爲因故

○三破有漏心性是無漏二初以有漏例無漏

若有漏心性是無漏應無漏心性是有漏差別因緣不可得故

音義若漫言心雖有漏性是無漏名本淨者反是而言則無漏心性應有漏何者心法是同差別因緣不可得故

○次以異生例聖者二初正例

又異生心若是無漏則異生位無漏現行應名聖者

○次破救

若異生心性雖無漏而相有染不名無漏無斯過者則心種子亦非無漏何故汝論說有異生唯得成就無漏種子種子現行性相同故

音義先牒轉救若謂異生心性雖無漏相有染故不得名爲無漏現行故異生位無有應名聖之失則心下破謂現行既非無漏則心種子亦非無漏何故汝論說有異生唯得成就無漏種子何者種子現行性相

同故

○三申經正義

然契經說心性淨者說心空理所顯真如真如是心真實性故或說心體非煩惱故名性本淨非有漏心性是無漏故名本淨

合響然經說心性淨者謂二空所顯真如真如是心實性故宗鏡卷第四十八云心性者真如也真如無爲非心之因亦非種子能有果法如虛空等文或說第一義不相應心體名性本淨心體非是煩惱法故具斯二義名性本淨故非有漏心性是無漏名本性淨也

○次顯正

由此應信是諸有情無始時來有無漏種不由熏習法爾成就後勝進位熏令增長無漏法起以此爲因無漏起時復熏成種有漏法種類此應知

合響宗鏡卷第四十八云法爾本有無漏種子雖有生果之能須假資加二位有漏諸善資熏擊發方能生現文故見道位無漏現起用此清淨無漏種子爲因無漏起時復熏成種展轉增勝乃至圓滿菩提故無漏種定有本新二類有漏例知

○次通前所引四初通內種定有熏習

諸聖教中雖說內種定有熏習而不定說一切種子皆熏故生寧全撥無本有種子然本有種亦由熏習令其增盛方能得果故說內種定有熏習

補遺由前難陀立義唯新無本故云種子皆熏故生且引教證成內種定有熏習故護

法通之謂教中雖如此說然不定說一切種子皆熏故生寧撥全無本有種子然熏習之義通於生長勿得漫言皆熏故生故本有種子亦由熏習令其增盛方能得果是故聖教槩說內種定有熏習也

○次通無漏由聞熏習 二 初明亦熏本無漏種

其聞熏習非唯有漏聞正法時亦熏本有無漏種子令漸增盛展轉乃至生出世心故亦說此名聞熏習

音義 有漏善心聞正法時新所熏種是有漏性熏習本有無漏種子令其增盛是無漏性彼執新熏即無漏種殊不知本有無漏種子止得熏令增長乃至生出世心又復不知此新熏種是有漏性故此釋云其聞熏習非是唯熏新有漏種亦熏本有無漏種子令漸增盛乃至生出世心以從真如展轉熏生是故聖教亦說此名聞熏習出世心者卽見道無漏心也

○次判二性爲緣亦異

聞熏習中有漏性者是修所斷感勝異熟爲出世法勝增上緣無漏性者非所斷攝與出世法正爲因緣此正因緣微隱難了有寄麤顯勝增上緣方便說爲出世心種

音義 聞熏習中有漏性者於三斷中是修所斷於五果中感異熟果於四緣中爲見道心勝增上緣聞熏習中無漏性者是非所斷與見道心正爲親因緣是等流果此正下釋疑疑云既別有無漏性與出世心爲因緣何故教中有處不簡有漏總說聞熏

習爲出世心種故釋云此正因緣云云如無性攝論云此聞熏習雖是世間有漏心而是出世間心種子故

〇三通依障建立種性二初正釋

依障建立種性別者意顯無漏種子有無謂若全無無漏種者彼二障種永不可害即立彼爲非涅槃法若唯有二乘無漏種者彼所知障種永不可害一分立爲聲聞種性一分立爲獨覺種性若亦有佛無漏種者彼二障種俱可永害即立彼爲如來種性故由無漏種子有無障有可斷不可斷義

補遺　此中通意由前難陀引瑜伽論文會釋淨月家有情本性差別不由無漏種子有無但依有障無障建立故護法通云謂依障建立種性別者意顯正由無漏種子有無云云乃至結示云故由無漏種子有無障有可斷不可斷義文中初標意謂若下釋非涅槃法者指闡提故由下結

〇次通妨

然無漏種微隱難知故約彼障顯性差別不爾彼障有何別因而有可害不可害者若謂法爾有此障別無漏法種寧不許然若本全無無漏法種則知聖道永不得生誰當能害二障種子而說依障立種性別

音義　新熏家復難云既由無漏種子有無立種性別云何瑜伽中說依障建立釋曰斷障可否由種有無論不說者爲無漏種隱微難知故約彼障顯性差別若不爾者彼障有何別因害有可不可者若謂法爾種亦應然若本全無無漏法種聖道不生誰

斷二障而言約此立種性別

○四通三根依當可生

既彼聖道必無生義説當可生亦定非理

音義 此承上文無無漏種則諸聖道永無生義而新熏家謂地獄成就無漏三根依當可生亦非理也

○次明違教

然諸聖教處處説有本有種子皆違彼義

○次結責

故唯始起理教相違

○三結示正義

由此應知諸法種子各有本有始起二類

合響 宗鏡出護法意云有漏無漏種子皆有新熏本有合生現行亦不雜亂若新熏遇緣即從新熏生若本有遇緣即從本有生若偏執唯從新熏或偏執唯從本有二俱違教若二義俱取善符教理

補遺 一往如上更須細簡無漏中佛果善及因中上品無漏唯從舊種生若見道本有無漏種已發現行從初地已去十地位中則有新熏本有二類若有漏中宗鏡第四十八卷云今正解者第八識聚及此所變異熟五根相分并異熟浮根等及異熟前六識等竝無新熏以其極劣非能熏故從本有舊種所生其長養五根及此浮根異熟五根長養五根者如過去業招得眼等名異熟五根於今世時因飲食等長小令大養瘦令肥名長養五根及等流五塵等相分前六識所變者皆可各有新本二種文若善惡有覆前七識聚一一皆有新本二類

○三明種子義三初明内種三初總標

然種子義略有六種

補遺攝論頌曰勝義諸種子當知有六種刹那滅俱有恒隨轉應知决定待衆緣唯能引自果

○次別釋六　初刹那滅

一刹那滅謂體纔生無間必滅有勝功力方成種子此遮常法常無轉變不可說有能生用故

合響先釋義此遮下明簡並如文開蒙問刹那滅者何也答顯是有爲有轉變義於轉變位能取與果方成種子問刹那義簡去何法不得名種答簡無爲法及長時四相併外道常我

○二果俱有

二果俱有謂與所生現行果法俱現和合方成種子此遮前後及定相離現種異類互不相違一身俱時有能生用非如種子自類相生前後相違必不俱有雖因與果有俱不俱而現在時可有因用未生已滅無自體故依生現果立種子名不依引生自類名種故但應說與果俱有

合響開蒙難若刹那滅爲種子者應前念種望後念現或應一念自他相望皆與爲種答第二義簡要果俱有宗鏡釋云謂此種子要望所生現行果法俱時現有現者一顯現二現在三現有三義名現由此無性人第七識不名種子果不顯現故卽顯現言簡彼第七現在簡前後現有簡假法體是實有方成種子故顯現唯在果現有唯在因現在通因果和合簡相離文現種下

轉釋明簡去之義種現相望種非是現故名異類然現與種雖是類別互不相違一處一時有能生用是種子義非如種引生種其類雖同自體相違因果前後必不俱有雖因下意明因果雖有俱不俱殊要須因果同時現在可有生果因用以未來未生過去巳滅無自體故依生下結示立名

○三恒隨轉

三恒隨轉謂要長時一類相續至究竟位方成種子此遮轉識轉易間斷與種子法不相應故此顯種子自類相生

合響 開蒙問種因生現要與現果俱時而有方得名種現因熏種亦與種果俱時而有應亦名種答有第三義要恒隨轉問恒是何義答要長時相續其性一類方名種子文

種子轉至成熟位將生現時名究竟位此遮下開蒙云遮彼轉識現熏種時雖一念與種果俱有非恒隨轉問其能熏現與所熏種何非恒隨答間斷之識三性互起非長相續一類而轉故能熏現不得名種難曰若爾第七不間應得名種答漏無漏間不得名種難若云一類如何說有有壽盡相答約生果有限名有壽盡相種體非斷

○四性決定

四性決定謂隨因力生善惡等功能決定方成種子此遮餘部執異性因生異性果有因緣義

音義 先釋義性謂三性決定者謂此種子各別決定從此物種還生此物故因力謂前

能生善等卽隨前因力生後現果前後善等一定不移此遮下明遮謂此決定義遮餘部所執善等因生惡等果

合響 開蒙問若恒隨轉得名種子應善等種生染等現答四性決定遮彼異性爲自類因問性決何義能遮彼也答謂隨能熏善惡無記決定無雜生各性果名性決定難若異性因不名種子如何說有因通善惡果唯無記也答彼增上緣此說因緣

〇五待衆緣

五待衆緣謂此要待自衆緣合功能殊勝方成種子此遮外道執自然因不待衆緣恒頓生果或遮餘部緣恒非無顯所待緣非恒有性故種於果非恒頓生

合響 先釋義此遮下明遮初以衆緣遮自然生次以待緣遮緣恒有開蒙問若自性因生自性果應此性因一時頓生此性多果答五待衆緣遮彼頓生多此性果問待緣何意答須等待衆緣和合方起現行始成種子問衆緣者何答親因緣增上緣等無間緣所緣緣問誰說一因頓生多果答外道執自然等頓生多果

〇六引自果

六引自果謂於別別色心等果各各引生方成種子此遮外道執唯一因生一切果或遮餘部執色心等互爲因緣

合響 先釋義此遮下明遮初遮外道次遮餘部俱如文開蒙問若同性待緣生一性果應善色種生善心果餘性準難答六引自果謂要別色及別心等各自引生自色心

果方成種子問色心互生是誰所執答有外道計一因能生一切諸果是故遮之

○三結示

唯本識中功能差別具斯六義成種非餘

○次明外種

外穀麥等識所變故假立種名非實種子此種勢力生近正果名曰生因引遠殘果令不頓絕卽名引因

音義　攝論云種子有二一外種但是假名以一切法唯有識故二內種則是真實以一切法以識爲本故故穀麥等是第八識變相分所攝無性攝論云若外種子親望於芽爲能生因傳望莖等爲能引因准攝論釋內種亦有生引二因謂阿賴耶識中內種子親望名色爲能生因傳望六處乃至老死爲能引因後反釋云若二種子唯作生因非引因者收置倉中麥等種子不應久時相似相續喪後屍骸如青瘀等分位隨轉亦不應有何者纔死卽應滅壞故

○三簡熏習

內種必由熏習生長親能生果是因緣性外種熏習或有或無爲增上緣辦所生果必以內種爲彼因緣是共相種所生果故

合響　無性攝論釋云內種子卽是阿賴耶識中一切法熏習如是種子應知定由熏習故有何以故若無所持聞等熏習多聞等果不見有故外種熏習或有或無者以外種是依報乃衆生共相種所感故云熏習或有以彼自有根種展轉相傳故云熏習或無宗鏡云云何外種子如穀麥等無熏

習得成種子由内外得成是故内有熏者外若成種子不由自能必由内熏習感外故成種子何以故一切外法離内則不成是故於外不成熏習亦由内有熏習得成種子（文）為增上緣等者謂外種子辦自所生果是增上緣必以内種為因緣何者是本識中共相種所生果故

（補遺）廣百論卷第三云如外種等依自因緣功能差別而得生起（此内種為因緣）復待餘緣助發功力變生自類芽等諸果（外餘緣為增上緣）

○四明熏習義（三）　初總標（二）　初問

依何等義立熏習名

○次答

所熏能熏各具四義令種生長故名熏習

（合響）習氣種子名異義同習氣約熏習時說種子對現行立名宗鏡問熏習以何為義答熏者發也或猶致也習者生也近也數也即發致果於本識内令種子生近生長也

○次別釋（二）　初所熏（三）　初徵

何等名為所熏四義

○次釋（四）　初堅住性

一堅住性若法始終一類相續能持習氣乃是所熏此遮轉識及聲風等性不堅住故非所熏

（合響）先釋義此遮下次明遮下皆倣此宗鏡第四十八卷云夫為所熏者且須一類堅住相續不斷能持習氣乃是所熏今前六轉識若五位無心時皆間斷故既非堅住非是所熏此亦遮經部師將色心更互持

種論主云且如於無色界入滅定時色心俱間斷此時將何法能持種又如五根五塵皆不通三界亦非堅住如何堪爲所熏性又第七識在有漏位雖不間斷在十地位中亦有解脫間斷謂得無漏時不能持有漏種以有漏無漏體相違故以第八識雖是有漏以在因中體無解脫唯無覆性卽不妨亦能持無漏種得名所熏量云轉識是有法非所熏宗性不堅住故因如聲風等喻

○二無記性

二無記性若法平等無所違逆能容習氣乃是所熏此遮善染勢力强盛無所容納故非所熏由此如來第八淨識唯帶舊種非新受熏

合響宗鏡問若言有堅住性卽是所熏者只如佛果第八亦是堅住性應名所熏答將第二義簡夫爲所熏者須唯是一類無記卽不違善惡性方受彼熏今佛果第八旣是善性卽不容不善及無記性非是所熏以佛果圓滿故如沉麝不受臭穢物熏若不善性者卽是煩惱又不容信等心所熏互不相容納故其所熏性如寬心捨行之人能容納得一切善惡事如惡心性人卽不中第八識似寬心捨行之人能容一切習氣有此義故方名所熏若如來第八無漏淨識所持一切無漏之種從無始以來展轉相傳舊種而已此唯在因中曾所熏習帶此舊種非新受熏以唯善故違於不善等又云善染如沉麝韮蒜等故不受熏

無記如素帛故能受熏如善不容於惡猶白不受於黑若惡不容於善如臭不納於香唯本識之含藏同太虚之廣納

〇三可熏性

三可熏性若法自在性非堅密能受習氣乃是所熏此遮心所及無爲法依他堅密故非所熏

合響 宗鏡問若言堅住性及無記性二義便名所熏者且如第八五心所同心王具此二義應是所熏又如無爲亦有堅住性義爲所熏何失答將第三義簡自在者正簡難陀許第八五心所受熏論主云心所不自在故依他生起非所熏性性非堅密者簡馬鳴菩薩真如受熏論主云無爲體堅密如金石等而不受熏夫可熏者須體性虚疎能容種子方得唯第八心王體性虚疎方可受熏如衣服虚疎方能受香等熏

〇四與能熏和合

四與能熏共和合性若與能熏同時同處不卽不離乃是所熏此遮他身刹那前後無和合義故非所熏

合響 宗鏡問若言有堅住性無記性及可熏性三義卽是所熏者應可此人第八識受他人前七識熏以此人第八是可熏性故答將第四義簡今將此人第八望他人前七無同時同處和合義故非是所熏亦遮經部師將前念識體熏後念識相不同時亦非所熏

〇三結

唯異熟識具此四義可是所熏非心所等

合響華嚴鈔云非心所等者卽第八同時心所等取所餘如上所簡

○次能熏三初徵

何等名爲能熏四義

○次釋四初有生滅

一有生滅若法非常能有作用生長習氣乃是能熏此遮無爲前後不變無生長用故非能熏

合響宗鏡云外人問無爲法得名能熏否答將第一義簡前七識有生滅有生長作用乃是能熏文

○二有勝用

二有勝用若有生滅勢力增盛能引習氣乃是能熏此遮異熟心心所等勢力羸劣故非能熏

合響宗鏡問若爾者如業感異熟生心心所及色法不相應行等皆有生滅亦有作用應是能熏答將第二義簡其業感異熟生心心所等劣弱無强盛作用能熏色法雖有强盛又無緣慮勝用不相應行二用俱闕此非能熏又勢用有二一能緣用卽簡諸色爲相分熏非能緣熏二强盛用謂不任運起卽異熟心等有緣慮用無强盛用爲相分熏非能緣熏內色等有强盛用無能緣用異熟心等有能緣用無强盛用不相應法二用俱無皆非能熏卽緣勢用可致熏習如强健人能致功効

○三有增減

三有增減若有勝用可增可減攝植習氣乃是能熏此遮佛果圓滿善法無增無減故非

能熏彼若能熏便非圓滿前後佛果應有勝劣

合響宗鏡問若有生滅及有勝用即名能熏者如佛果前七識亦具此二義應是能熏答將第三義簡開蒙問有增減者何等義也答損益之義佛無損益故非能熏文若有損益則應前佛後佛有勝劣之不同矣

○四與所熏和合

四與所熏和合而轉若與所熏同時同處不卽不離乃是能熏此遮他身刹那前後無和合義故非能熏

合響宗鏡問若言具有生滅有勝用有增減三義卽名能熏者如他人前七識亦有上三義應與此人第八熏得種否答將第四義簡文要與所熏和合而轉簡自他前後不得互熏

○三結

唯七轉識及彼心所有勝勢用而增減者具此四義可是能熏

合響開蒙問能熏前七皆有王所莫同第八唯王非所麼答王所皆能問前七心所何故同王亦能熏也答四義具故問第八心所何不同王亦所熏耶答適來已簡闕自在義所以非所難曰心所不自在心所非所熏心所不自在心所非能熏答已具義不具義故何煩再問我問前義豈可重繁答爲因據有力心所亦能熏心所有力故受熏須報主心所非所熏所非報主故難曰爲因言有力心所便能熏爲果應有力心所亦所熏答爲果無力又過失多所以

心所非是所熏問何知無力及有過失答旣有過失知是無力問過失者何答頓生六果是爲過失宗鏡問七能熏中熏第八四分之中約熏何分答前五轉識能熏阿賴耶相分種子第六意識能熏第八相見分種子第七末那唯熏第八見分種子問前七識四分何分能熏答見相二分能熏種以此二分有作用故問相分是色何能熏種答但是見分與力令相分熏種如梟附塊而成卵㲉又見分是自證分與力問前五識與第八熏相分種者其第八相分有三境今熏何相分種答但熏内身及外器實五塵相分種餘即不熏以不能緣故問五識於一切時爲皆熏三種爲有不爾答皆熏三種縱異界相緣時五識須託自第八相而熏本質種又如二禪已上借初禪三識緣上地三境時亦各熏三種其相質種二禪已上收見分種即屬初禪繫以越界地地法無故言借若得諸根互用緣自他五塵境皆熏三種子以是性境收本質同是第八相分故若第六緣第八見分時熏得見質二種皆是心種即與第八熏得見分種又自熏得第六見分種中間相分即不熏若第六緣第八相分時或熏三種子爲自熏得能緣見分種若現量時亦自熏得相分五塵種又與第八熏得五根塵本質種多分只熏見質二種問第六緣第八三境相分時皆與熏得三境種否答只熏根身器界種緣種子境即不熏種恐犯無窮過故其第六緣五根及種子境時

皆是獨影境有説是性境者卽須相分是實便有兩重五根現行犯有情界增過故知不可問第六能緣第八四分何言唯熏見相分種答以内二分與見分同是心種故於見分中攝問第六緣一百法時皆熏本質種否答若緣無爲并不相應行及心所中一分假者皆不熏本質種實者卽熏以緣假法時但是獨影境故亦不熏相分種其能緣見分種卽熏若第七識緣第八見分熏種者但熏見質二種定不熏相分種其中間相分但從兩頭合起仍通二性一半從本質上起者是無覆性一半從能緣見分上生者是有覆性

○三結判二　初結熏習

如是能熏與所熏識俱生俱滅熏習義成令所熏中種子生長如熏苣蕂故名熏習

音義　先法次喻言苣蕂者攝論云苣蕂本來是炭多時埋在地中便變爲苣蕂如苣蕂與華俱生俱滅由於熏習故生香氣又種子是習氣之異名習氣必由熏習而有舉喻如蘇香氣花熏故生卽胡麻中所有香氣必假花熏方得香也西方若欲作塗身香油先以花香取於苣蕂子聚爲一處淹令極爛後取苣蕂壓油油遂香氣芬馥胡麻中無香氣因華熏故生熏習義者要俱生俱滅熏習義成非如種生芽異時故不同生滅故以爲喻

○次判因果二　初約種現判因果同時

能熏識等從種生時卽能爲因復熏成種三法展轉因果同時如炷生燄燄生焦炷亦如

蘆束更互相依因果俱時理不傾動

音義　能熏現識從種生時卽能爲因復熏成種種生現時則種因現果現生種時則現因種果三法者前後種子爲二法中間現識爲一法此三展轉能生所生因果同時如下喻同時之義前後焦炷喻前後種中間光燄喻現行識此喻展轉相生之義蘆束相依而不相離此喻互相依住之義如是因果同時道理一定而不傾動量云種現是有法因果同時宗因云展轉相生故同喻如炷燄等

○次約三類判因果橫豎二　初正判三類

能熏生種種起現行如俱有因得士用果種子前後自類相生如同類因引等流果

音義　俱有同類是六因中二士用等流卽五果中二五果如下釋六因如宗鏡第七十一卷中釋俱有者謂此與果俱時而有果與因俱名俱有因士用果謂士夫作用所成辦果能熏勝用所生種子種隨因力生善等法義同俱有因得士用果同類者卽因似果如先善心與後善心作因等等流果者卽果似因如後善心與先善心爲果等謂前種子生後自類所生自類果似前因義如同類因引生等流果

合響　開蒙問種引種現引現不同時種生現現熏種卻同時請細敷演有異之理答種引種現引現約剎那四相前後相引乃橫說故不同也種生現現熏種約頭上脚下生莖結子乃豎說故卻同時也是故不同

○次結屬因緣

此二於果是因緣性除此餘法皆非因緣設名因緣應知假說

合響此二者指上種生現現熏種因果同時故合爲一種引種因果前後別自爲一餘法即現引現等開蒙問種生現現生種如父生子子復生孫是親因緣殊無疑滯其種引種何理說爲親因緣也答前念旣滅後念已生即前念體親引後念知是親因緣譬如輥彈前彈至後後彈即是前彈之體豈不親也其種現相生別辦體者尚說爲親此種引種前念後念即是一體豈不至親也問其現引現亦是前念親引後念應是因緣何故卻說爲真等流也答疏出已有種子生故問疏意如何答前念種子生起頭上前念現行其種輥至第二念時還生頭上第二念現故知後念現行不是前念現行親生如戴花人向前行時其花不曾自向前行隨人向前也思之思之問三類親因緣四類真等流請以喻釋不同之理答種生現如焦炷生燄現熏種如燄生焦炷種引種如炷前後自相引生現引現如燄前後自家相引其義稍難又復問云何故前三名親因緣第四只名等流也答炷親生燄燄親生焦此之易見炷引炷者其炷腳下更無有物能生炷者即知前炷親引後炷此亦名親其燄引燄腳下已有前後燈炷而生燄故即知後燄非前親引故非因緣只是等流止是相似名真流不是親生故非因緣翻云若前後燄自親引生何故炷盡燄便隨滅固是前燄不能

親生也

○三結

是謂略説一切種相

成唯識論音響補遺卷第二之三

音釋

苣藤上臼許切柔上聲下式正切音聖苣藤胡麻也韮蒜上舉有切音九葷菜名下蘇貫切音筭葷菜㲉乞約切音却鳥卵空也

成唯識論音響補遺卷第二之四

清武林蓮居紹覺大師音義

新伊大師合響

法嗣智素補遺

○二不可知等三門二初徵答總標

此識行相所緣云何謂不可知執受處了

合響 先徵謂不下答不可知即第四不可知門執受處即第五所緣門了即第六行相門

○次別釋三門二初釋行相所緣二初畧釋二初明行相

了謂了別即是行相識以了別爲行相故

合響 了謂了別者即第八識能緣見分見分取境有了別用故名行相行猶緣也作平聲開蒙云能緣用謂之見分

○次明所緣二初別明執受處二初釋明處

處謂處所即器世間是諸有情所依處故

合響 開蒙云有情所依世界如器名器世間即第八識所緣之相分

○次釋執受

執受有二謂諸種子及有根身諸種子者謂諸相名分別習氣有根身者謂諸色根及根依處此二皆是識所執受攝爲自體同安危故

音義 先標開蒙云第八自證分上一分生現功能謂之種子有根之身名爲根身謂諸下釋相名分別習氣者釋種子也即有支名言我執三種習氣亦即五法之三色根及根依處者釋根身也色根即勝義根根

依處即色根所依之處謂浮塵根此二下結謂此種子根身二種皆是第八識所執受攝爲自體同安危故宗鏡第四十九卷云執受各具二義且執二義者一攝義攝爲自體二持義持令不散受二義者一領義領以爲境二覺義令生覺受安危共同根身具執受四義一攝爲自體同是無記性故二持令不散第八能任持此身令不爛壞三領以爲境根身是第八親相分四令生覺受安危共同若第八危五根危第八安五根安若器世間量但緣非執受即受二義中領以爲境一義

補遺 宗鏡問此第八識有幾執受答有二種攝論云一切種子心識成熟展轉和合增長廣大依二執受一者有色諸根及所依執受二者相名分別言說戲論習氣執受文 根身器界如上解開蒙云八緣種時具執二義攝爲自體持令不散具受一義領以爲境文 又宗鏡問識中無漏種子具此三義否答一切有漏種子即具三義若是無漏種子不隨第八成無記唯是善性即第八不領爲境以相違故不妨持而不緣三義中但具一義

○次總結是所緣

執受及處俱是所緣阿賴耶識因緣力故自體生時内變爲種及有根身外變爲器即以所變爲自所緣行相仗之而得起故

音義 初總明阿賴耶下明所變即以下明所緣

○次廣釋 二 初釋行相 三 初畧指是異熟

見分

此中了者謂異熟識於自所緣有了别用此了别用見分所攝

○次通明心心所分量

補遺王所分量總有四義一相分二見分三自證分四證自證分有四師立義不同今先於科下畧叙四家標宗立義差别來源令學者預識涇渭庶使臨文或立或破消釋文義不致淆訛宗鏡第六十卷云第一安慧立一自證分識論云此自證分從緣所生是依他起故說爲有見相二分不從緣生因徧計性妄執而有如是二分情有理無唯自證分是依他起性有種子生是實有故見相二分是無更變起我法二執又是無以無似無故知八識見相二分皆徧計妄執有故唯有自證一分是依他起性是實有云云第二難陀立二分成唯識初標宗者一切心生皆有見相二分見相二分是能所二緣若無相分牽心心法無由得生若無能緣見分誰知所緣相分謂有境有心方成唯識見分是能變相分是所變能所得成須具二分見分相分是依他起性有時緣獨影境即同種生有時緣帶質境即别種生從種生故非徧計性若不許者諸佛不應現身土等種種影像也云云第三陳那立三分謂安慧立一分但有體而無用難陀立見相二分但有用而無體皆互不足立理者謂立量果義相分爲所量見分爲能量即要自證分爲證者是量果也今見分緣相分不錯皆由自證

分爲作果故云云第四護法立四分立宗者心心所若細分別應有四分立理者若無第四分將何法與第三爲量果耶汝陳那立三分者謂見分有能量了境用故即將自證分爲量果汝自證分亦有能量照境故即將何法與能量自證分爲量果耶即須將第四證自證分爲第三分量果也云云略叙如上廣如宗鏡欲詳往討就中分三〇初難陀立二分二初正明立二分二初正釋二初釋二初明心心所各有二分

然有漏識自體生時皆似所緣能緣相現彼相應法應知亦爾似所緣相説名相分似能緣相説名見分

音義清涼云謂依他二分似徧計所執二分又以小乘相分名行相能取所緣故見分名事心心所自體相故似心外之境名似所緣是心外法此中無故所變相分爲所緣耳若明相分未是顛倒向心外取方爲倒耳又見者是能緣境義通心心所非推求義推求義者唯慧能故

〇次破安慧唯立自證分二初破無所緣

若心心所無所緣相應不能緣自所緣境或應一一能緣一切自境如餘餘如自故

音義清凉釋云不能緣自境者謂緣色之心應不能緣色或應下謂隨一識等能緣一切境以眼識無所緣而能緣色餘識無色緣亦應能緣色既餘不能緣一切明知無所緣者是義不然此中正義緣自境時心上必有帶境之相如鏡上面似面相生

○次破無能緣

若心心所無能緣相應不能緣如虛空等或虛空等亦是能緣

音義 清涼釋曰若心等無能緣同虛空不能緣故或虛下此反難也謂心心所無能緣而能緣所緣此虛空等無能緣亦應緣所緣 文 量云心心所是有法應不能緣宗因云無能緣相故喻如虛空

○次結

故心心所必有二相

○次引證

如契經說一切唯有覺所覺義皆無能覺所覺分各自然而轉

補遺 此即密嚴經前半明無外境後半明有見相二分宗鏡釋云一切唯有覺者即唯識也所覺義皆無者即心外妄執實境是無能覺所覺者能覺是依他實見分所覺是依他實相分各自然而轉者見分從心種子生相分從色種子生故須立二分唯識道理方成

○次大小乘辯異二 初明小乘偏義二 初明行相所緣

執有離識所緣境者彼說外境是所緣相分名行相見分名事是心心所自體相故

○次明王所同異

心與心所同所依緣行相相似事雖數等而相各異識受想等相各別故

音義 彼謂王所同所依根同所緣境由彼執離識境故所緣同以相分爲行相故得行相相似事雖數等者數即心數等者相似

義彼說王所皆以見分爲事故云等若爾則王所何分故曰事雖數等而相各異謂識之相非受等相故

○次申大乘正說二　初明行相所緣

達無離識所緣境者則說相分是所緣見分名行相相見所依自體名事即自證分此若無者應不自憶心心所法如不曾更境必不能憶故

音義　清涼釋曰此中雖是立二分家義已有三謂內境是所緣能緣名行相自證分名事是相見二分所依自體故此若下明有自證分意云相離於見無別自體但二功能故應別有一所依體若無自證應不自憶心心所法如不曾更境必不能憶謂如見分不更相分之境則不能憶要曾更之方能憶之若無自證已滅心心所則不能憶以曾不爲自證緣故則如見分不曾更境今能憶之明先有自證已曾緣故如於見分憶曾更境故

合響　唯識疏云如不曾更境必不能憶如現行色曾被見分緣者後必能憶若不曾爲見分緣者後時必不能記憶也以能緣見分於過去時及現在世但緣相分不曾自緣前已滅心既過去已今時見分有何所以能自憶持以於昔時不曾返緣自見分故既許今時心心所法能自記憶明由昔時有自證分緣於見分證彼緣境作量果故故今能憶文

○次明王所同異

心與心所同所依根所緣相似行相各別了

別領納等作用各異故事雖數等而相各異識受等體有差別故

音義　謂大乘正義以相分境爲所緣王所相分各自變起故但相似以見分爲行相心王了別爲用心所領納等爲用故行相各別王所等以自證分爲事故亦言事雖數等識體與受等體定有差別故相各異

○次陳那立三分二初正釋

然心心所一一生時以理推徵各有三分所量能量量果別故相見必有所依體故

音義　初標宗各有三分者顯非王所共三分故所量下立理清涼云所量是相分能量是見分量果是自證分自證分與相見分爲所依故

補遺　宗鏡云見分緣相分不錯由自證分爲作果故眼識見分緣青時定不緣黃也如見分緣不曾見境忽然緣黃境時定不緣青若無自證分即見分不能自記憶故知須立三分若無自證分即相見亦無若有二分者即須定有自證分自證分喻牛頭二角喻相見二分

○次引證

如集量論伽他中說似境相所量能取相自證即能量及果彼三體無別

音義　似境相即相分似外境現故能取即是見分能取相分故自證即自體也清涼云果是何義成滿因義無別體者同一識故則離心無境

○三護法立四分二初正明應有四分二初正釋

又心心所若細分別應有四分三分如前復有第四證自證分此若無者誰證第三心分既同應皆證故又自證分應無有果諸能量者必有果故不應見分是第三果見分或時非量攝故由此見分不證第三證自體者必現量故

音義 初標宗此若下立理清涼釋云見分是心分須有自證分自證分是心分應有第四證諸能量必有果者見分是能量須有自證果自證量見分應有第四果不應下遮救恐彼救云卻用見分爲第三果故遮云不應見分是第三果見分或時非量攝故意謂見分通於三量三量者謂現量比量非量即明見緣相時或是非量不可非量法爲現量果自證是心體得與比量非量而爲果見分非心體不得與自證而爲其量果故不得見分證於第三證自體者必現量故第三四分既是現量故得相證無無窮失意云若以見分爲能量但用三分亦足矣若以見分爲所量必須第四爲其量果若通作喻者所量如絹能量如尺智爲量果即自證分若尺爲所使智爲能使何物用智即是於人如證自證分人能用智智能使人故能更證亦如明鏡鏡像爲相鏡明爲見鏡面如自證鏡背如證自證面依於背背復依面故得互證亦可以銅爲證自證鏡依於銅銅依於鏡

合響 宗鏡第六十卷云前二師皆非全不正第三師陳那三分似有體用若成量者於中道理猶未足須更立第四分相分爲所

量見分爲能量即將自證分爲量果若將見分爲所量自證分爲能量更將何法爲量果故知將證自證分爲量果方足也見分外緣虛踈通比非二量故不取見分爲自證量果內二分唯現量故互爲果無失夫爲量果者須是現量方爲量果比非定非量果喻如作保證人須是敦直者方可爲證若畧虛人則不堪又前五識與第八見分雖是現量以外緣即非量果夫量果者須內緣方爲量果又第七識雖是內緣是非量亦不可爲量果夫爲量果者具二義一現量二內緣又果中後得見分雖是現量內緣時變影緣故非量果須具三義又果中根本智見分雖親證眞如不變影故是心用故非量果即須心體須具四義一現量二內緣三不變影四是心體方爲量果

○次結判二　初正判

此四分中前二是外後二是內初唯所緣後三通二謂第二分但緣第一或量非量或現或比第三能緣第二第四證自證分唯緣第三非第二者以無用故第三第四皆現量攝故心心所四分合成具所能緣無無窮過非即非離唯識理成

音義　初判內外前二即相見二分是用是外後二即自證證自證二分是體是內初唯下判能所緣相分唯所緣後三分俱通能所緣謂第二下轉釋見分緣相即是能緣自證緣見見即所緣第三緣第四三是能緣四是所緣第四緣第三四是能緣三是

所緣第四不緣第二者第二既爲第三所證第四設緣亦無所益見分通三量三四皆現量故心下結無無窮過者謂第三四既皆現量故得互證無無窮過若不然者更須第五證第四如是展轉有無窮過開爲四分故非即合爲一心故非離

○次引證

是故契經伽他中說衆生心二性内外一切分所取能取纏見種種差別此頌意說衆生心性二分合成若内若外皆有所取能取纏縛見有種種或量非量或現或比多分差別此中見者是見分故

音義　所引即密嚴經心二性者内二分爲一性相見二分爲第二性即心境内外二性一切分者内外各二分也能取纏者即能緣麤動是能緣見分所取纏者即是相縛所緣縛也見種種差別者見分通三量故此頌下論釋先釋初句若内下釋二三句見有下釋第四句

○次攝歸唯是一心　二　初明攝

如是四分或攝爲三第四攝入自證分故或攝爲二後三俱是能緣性故皆見分攝此言見者是能緣義或攝爲一體無別故

補遺　此言見者是能緣義明有所簡別也宗鏡第六十卷云此見分有五類一證見名見即三根本智見分是二照燭名見此通根心俱有照燭義故三能緣名見即通内三分俱能緣故四念解名見以念解所詮義故五推度名見即比量心推度一切境故文今謂後三俱是能緣性故皆見分攝

者乃是五類中第三能縁名見之見即通見分自證分證自證分三俱能緣性義簡非餘四類也

○次引證

如入楞伽伽他中說由自心執著心似外境轉彼所見非有是故說唯心如是處處說唯一心此一心言亦攝心所

音義先引經如是下釋義宗鏡第六十卷云如是處處說唯一心者外境無故唯有一心内執著故似外境轉定無外境許有自心不離心故總名一識心所與心相應色法心之所變真如識之實性皆不離識竝名唯識

合響宗鏡第六十一卷問只如安慧說一分不立相見等今護法攝四歸一分時亦不別立相見等義勢既同何故言非安慧等諸師知見耶答乍看似同細詳理别且如安慧立一自證分全不說證自證分雖說見相二分一向判爲徧計所執性此乃四分中一分全無二分有名無體故亦是無唯立一依他自證分今護法雖攝四歸一又不名自證分但總名一心分然不失自證等四分義但以與心無決定相離義總名一分與彼别立自證分義别乃至攝四歸三時内之二分雖互相縁其用各别然其所縁不失自體故但名自證雖總名自證而互相緣二分之義不失不同陳那自證但有證見分之自證即無證自證之自證由此義故非諸師之知見

○三結歸是異熟見分

故識行相即是了引了別即是識之見分

○次釋所緣二　初正明所變二　初明唯變處等二　初正釋二　初明業力所變決定三　初器界二　初正明共中共變二　初釋義二　初正釋

所言處者謂異熟識由共相種成熟力故變似色等器世間相即外大種及所造色

音義　異熟謂能變心共相種即器界種宗鏡第四十九卷云何爲共相多人所感故雖知人人所變各別名爲唯識然有相似共受用義說名共相實非自變他能用之若能用者此即名緣心外法故變似色等等者謂由自種子爲因緣故本識變爲器世間相唯外非情此即能造及所造色在外處故言外大種非心外法也

○次釋疑

雖諸有情所變各別而相相似處所無異如衆燈明各徧似一

音義　疑云器界既是諸有情識所變自應各別如何現見是一器世間相耶釋云雖諸有情等衆燈喻諸有情明喻所變器世間相各徧喻所變各別似一喻相相似處所無異

合響　宗鏡云如衆燈明各徧似一者此釋共果同在一處不相障礙謂外器界相如衆燈明共在一室各各徧室一一自別兩相相似處所無異此如何知各各徧也一燈去時其光常徧若共爲一是則應將一燈去已餘明不徧又相涉入不相隔礙故見似一置多燈已人影亦多文會玄十二引

百法鈔問如一人心上所變現木之與石則互相礙如欲界一切有情同變山河大地木石等所變之相隨心各異然更相涉入如衆燈光不相障礙謂從諸有情共相種生業力相似處所無異而互相攝入也問多人共變不相障礙一人第八所變木石卻有礙耶答由昔造業熏種而有同異故使然也如第六識緣山河大地時不作彼此分別但熏其種故後生果時互相攝入若木石等互相礙者由第六識緣時定作木石等差別之解而熏成種後生果時亦各有異 文

○次料簡 二 初徵

誰異熟識變為此相

○次釋 三 初月藏明一切有情共變

有義一切所以者何如契經說一切有情業增上力共所起故

○二次師明現居當生者變 二 初斥前非

有義若爾諸佛菩薩應實變為此雜穢土諸異生等應實變為他方此界諸淨妙土又諸聖者厭離有色生無色界必不下生變為此土復何所用

音義 若爾者牒前釋謂若一切有情識共變起則不簡聖凡之別佛等淨識應變穢土異生垢心應現淨土佛度下劣權現可然生承佛力乍見容有若言實變無有是處又那舍聖者銷礙入空必不下生變此下土復何所用

合響 開蒙問共中共相實各自變月藏何說一切共變難月藏云若如爾說應凡與聖

互相變也難聖變穢假變不遮若實變者穢種已亡如何變穢難凡變淨如何凡夫見靈鷲山仍是丘陵即知凡夫不變淨境

○次申自義

是故現居及當生者彼異熟識變爲此界經依少分說一切言諸業同者皆共變故

音義 謂現居此土有情異熟識變故無生佛淨穢雜亂之失又未來當生有情異熟識變故無無色聖者變下之過經依下通前師所引經義一切有二種一者名字一切二者實一切少分一切即名字一切箇所同也若實一切法苑云一以普及爲言切以盡際爲語經依業同少分有情共變而說非謂實一切也

○三護法明於身有用即變 二 初斥前非

有義若爾器將壞時既無現居及當生者誰異熟識變爲此界又諸異生厭離有色生無色界現無色身預變爲土此復何用設有色身與異地器麤細懸隔不相依持此變爲彼亦何所益

音義 若言器界定屬現居當生者變器界將壞時必無現居當生者則此將壞器界是誰識變耶又諸下復約當生難破無色異生後雖當生現無色身預變何用又無色界劫數長遠下土數經三災變斯何益設有下恐彼救云無色無身不變可爾色界有身豈不變耶釋曰色界異生設有色身然細身麤器不相依持且上下懸隔所變何益

○次申正義

然所變土本爲色身依持受用故若於身可有持用便變爲彼由是設生他方自地彼識亦得變爲此土故器世界將壞初成雖無有情而亦現有

音義謂所變器界本爲有情正報依持受用故於身有益便變爲彼由斯義故若此土雜居地人設生他方雜居地彼識亦得變此雜居地餘地例然故器界將壞時及初成時雖無有情而亦現有問他方彼識變此器界相去懸遠云何於身有依持用耶答喻如北方人置南方產業雖非現居而亦得有受用義故

合響開蒙月藏質云若不互變劫初將壞無有情時誰人變器正義荅云劫初如受胎將壞如殘果問正義家既不互變成壞胎殘有情未生是誰變也答成壞之劫受胎殘果皆有情業何須生已方能變也文他方則異次解現居義自地則異月藏互變義

○次結顯共中不共

此說一切共受用者若別受用准此應知鬼人天等所見異故

音義初句結前共中共變次句例明共中不共鬼人下釋成如一恒河鬼見猛火人見爲水天見琉璃魚龍爲窟宅各隨自業力異熟識變故宗鏡云共中不共變者如已田宅妻子多人第八共變得名爲共若受用時唯自前六受用不通他人即名不共

○次種子

諸種子者謂異熟識所持一切有漏法種此

識性攝故是所緣無漏法種雖依附此識而非此性攝故非所緣雖非所緣而不相離如眞如性不違唯識

音義　有漏法種與異熟識同無記性第八見分恒取所緣無漏法種非此性攝故非所緣雖非下通妨難曰無漏法種既非所緣與心相離豈不違於唯識理耶通意可知

合響　宗鏡第四十九卷問無漏種子既不離識中有如何不緣答具三義故所以不緣一能對治故即無漏能對有染汙法亦能破壞有漏法二體性異故以第八唯無記無漏種子唯善性三不相順故以無漏種子不順有漏第八識故無漏善性不順無記性故所以不緣

○三根身 二 初明不共中不共變自根身

有根身者謂異熟識不共相種成熟力故變似色根及根依處即内大種及所造色

合響　不共相種者謂異熟識不共中不共種子即根身種也似色根者即眼等五根如經所謂清淨四大根依處者即眼等所依浮塵根經中所謂如葡萄朶新卷葉等此根身即内四大種及所造四微所成宗鏡云不共中不共如眼等根唯自識依用非他用故又不共中不共變如眼等五根唯自第八於中有末心第一念託父母遺體時變名不共唯自第八變故又唯自受用復名不共如眼識唯依眼根發眼識乃至身識依身根等

補遺　大種即地水火風四大種是能造色香味觸四微是所造廣五蘊論云云何爲四

大種謂地界水界火界風界此復云何謂地堅性水濕性火煖性風動性界者能持自相所造色故云何四大所造色謂眼根耳根鼻根舌根身根(此即內大種及所造色)色聲香味所觸一分(身根所取謂滑澁輕重等)無表色(法處所攝色)即外大種及所造色造者因義謂以四大種爲生依立持養因義即依五因說名爲造瑜伽第三卷問一切法生皆從自種而起云何說諸大種能生所造耶答由一切內外大種及所造色種子皆悉依附內相續心乃至諸大種子未生諸大以來造色種子終不能生造色要由彼生造色方從自種子生是故說彼能生造色由彼生爲前導故由此道理說諸大種爲彼生因(亦即起因謂離大種色不起故)云何造色依於彼耶由造色生已不離大種處而轉故(亦即轉因謂捨大種諸所造色無有功能據別處故)云何彼所建立由大種損益彼同安危故(謂由大種變異能依造色隨變異故)云何彼所任持由隨大種量不壞故(謂由大種諸所造色相似相續生持令不絕故)云何彼所長養由飲食睡眠修習梵行三摩地等依彼造色倍復增長故說大種爲彼長養因(此指身根內大種造色而言)如是諸大種望所造色有五種作用應知(文)廣如彼論又會玄記云雖色等各從自種辦體而生即親因緣依彼大種爲增上緣故名爲造

○次明不共中共種變他依處(二)初正釋

有共相種成熟力故於他身處亦變似彼不爾應無受用他義

(合響)雖此根身是不共種所成然於不共種

中復有一分共相種子成熟之力能依他人身處亦變似彼他人浮塵根爲已受用不爾應無受用他人之義宗鏡云不共中共變即自浮塵根初唯自第八變名不共變生已後他人亦有受用義復名爲共問若許受用他人浮塵根者心外取法何名唯識答受用他人浮塵時自識先變一重相分在他人身上若受用時還受用自相分心外無法得成唯識問若言受用自相分因何殺他人得地獄罪以殺自相分故答自相分與他相分同在他身處殺自相分亦能令他五根相分斷滅故得罪也

○次料簡二　初師亦變似根

此中有義亦變似根辨中邊說似自他身五根現故

音義　謂不唯變他依處亦變似自他身五根引辯中邊論證釋

○次師唯變依處

有義唯能變似依處他根於已非所用故似自他身五根現者說自他識各自變義故生他地或般涅槃彼餘尸骸猶見相續

音義　次師申正義云此本識唯能變似他人浮塵根爲我受用決不能變他人勝義根爲我受用以自已不能受用他人勝義根故似自下通所引論義故生下結示意明由識能變他依處故是以或生他地或入涅槃彼餘尸骸爲現前有情識之所變猶見相續而不壞也

合響　宗鏡第四十九卷云此唯變他根依處他根於已都無用故若無用亦變何不變

七識無緣慮用而得緣故若爾説自他根現文如何通所説自他阿賴耶識各自變爲根非自變他根一則無用不變他根二由不定説自身本識變他根故不可爲證

○次明定等所變不定

前來且説業力所變外器内身界地差別若定等力所變器身界地自他則不决定所變身器多恒相續變聲光等多分暫時隨現緣力擊發起故

音義　先結前若定下正釋謂佛菩薩及諸聖者以定力通力所變器之界地身之自他則不决定界地不定者或遇剛强難化衆生則現穢土而折伏之設遇根性易調者則現淨土而攝受之自他不定者如普門三十二應身等身之與器是一期利物爲他受用故多相續聲之與光乃是一時應緣擊發變現故不恒也

○次結示

略説此識所變境者謂有漏種十有色處及墮法處所現實色

音義　十有色處者謂五根五塵即通器界根身墮法處所現實色者意識緣境有實有假此唯實定果色也

○次明不變心等　二　初問

何故此識不能變似心心所等爲所緣耶

○次答　二　初通明諸識有二種變

有漏識變略有二種一隨因緣勢力故變二隨分别勢力故變初必有用後但爲境

音義　宗鏡釋云因緣變者謂由先業及名言實種即要有力唯任運心非由作意其心

乃生即五八識隨其增上異熟因爲緣名言種爲因故變於境分別變者謂作意生心是籌度心即六七識隨自分別作意生故由此六七緣時影像相分無有實體未必有用初隨因緣變必有實體用即五八等所變之境後隨分別變但能爲境非必有用即六七識等又解初唯第八異熟心故所熏處故能持種故變必有用後餘七識所變色觸等皆無實用似本質用如鏡中光於三境中性境不隨心因緣變攝獨影帶質皆分別變四句分別者一因緣變非分別變即五識心心所及第八識心王爲所緣相分從自種生二唯分別變非因緣變即有漏第七識及第八五心所是爲所變相分唯從分別心生故三俱句即有漏第六及無漏八識以能通緣假實法故四俱非即不相應行是以無實體故不與能緣同種生故

○次別顯異熟唯因緣變二初有漏位唯變色等

異熟識變但隨因緣所變色等必有實用若變心等便無實用相分心等不能緣故須彼實用別從此生變無爲等亦無實用故異熟識不緣心等

音義 所變色等有實用者宗鏡云顯變色等從實種生故所變法必有體用若相分心所如化心等故不緣之緣便無用須彼實用別從此生者謂若彼心等須有實用別從此第八識所持心種子生若從種生則非異熟現行識能變故異熟識不變心

等變無爲等亦無實用者無爲是理果智所證第六觀心變起故無實用故異熟識不緣心等結答前問意顯此異熟識能變色等有實用法即以所變而爲所緣不變似心等無實用法故異熟識不緣心及無爲此明因中不能緣也

○次無漏位亦現心影

至無漏位勝慧相應雖無分別而澄淨故設無實用亦現彼影不爾諸佛應非徧智

音義 謂第八識至佛果位與圓鏡智相應雖無分別由體澄淨亦現彼影縱無實用亦能現彼心等影像若謂圓智不緣心等諸佛亦非徧智此明果位能變緣也

○次總結所緣

故有漏位此異熟識但緣身器及有漏種在欲色界具三所緣無色界中緣有漏種厭離色故無業果色有定果色於理無違彼識亦緣此色爲境

音義 欲色二界具三所緣謂身器及有漏種在無色界厭離色故無業果色故但緣有漏種子雖無業果有定中所現實果彼識亦得緣此爲境故具緣三亦不違理宗鏡問色從識變者無色界無色云何説變答下界衆生所見是業果色無色界現境即定果色俱不離心

○次明不可知門二　初明不可知

不可知者謂此行相極微細故難可了知或此所緣内執受境亦微細故外器世間量難測故名不可知

音義 初明能緣行相不可知或此下次明所

緣三境不可知

合響 瑜伽第五十一卷云阿賴耶識當言於欲界中緣狹小執受境於色界中緣廣大執受境於無色界空無邊處識無邊處緣無量執受境於無所有處緣微細執受境於非想非非想處緣極微細執受境阿賴耶識緣境微細世聰慧者亦難了故

○次徵答勸信 二 初徵

云何是識取所緣境行相難知

○次答

如滅定中不離身識應信爲有然必應許滅定有識有情攝故如有心時無想等位當知亦爾

音義 謂此識行相微細如滅盡定不離身識麤動想等悉皆不行唯有一類相續微細異熟心在幽隱難知應信爲有然必下立量顯有量云滅定是有法有識宗有情攝故因同喻如有心時無想下例知

成唯識論音響補遺卷第二之四

音釋 隔 各額切音格障也 纏 呈延切音蟬

成唯識論音響補遺卷第三之一

清武林蓮居紹覺大師音義

新伊大師音響

法嗣智素補遺

○三相應門三　初問答總明

此識與幾心所相應常與觸作意受想思相應阿賴耶識無始時來乃至未轉於一切位恒與此五心所相應以是徧行心所攝故

音義　初句問次句舉頌答阿賴下釋始自異生乃至十地金剛道前均名未轉依位聖凡生死流轉還滅昇沉定散世出世間名一切位於此等位恒與觸等相應

合響　宗鏡第四十七卷云以此五種體是徧行心所攝故決定相應雖復不增亦不可減定俱生滅名徧行故

○次別釋觸等五　初釋觸二　初明正義二　初正明

觸謂三和分別變異令心心所觸境爲性受想思等所依爲業

合響　宗鏡第五十七卷云三和是因觸是其果觸若不生時餘受一心所亦不能生和合一切心及心所令同觸前境是觸自性即諸心所緣境時皆是觸功能自性也即此觸似彼三和與受等爲所依是觸之業用

○次轉釋二　初釋性三　初釋三和

謂根境識更相隨順故名三和觸依彼生令彼和合故說爲彼三和合位

音義　宗鏡第四十七卷云即根境識體異名三不相乖反更相交涉名爲隨順文觸依

彼生爲彼位者謂觸依三法而生三法由觸得合位者安其所也以觸能令彼三法和合是安其生位之者故說觸爲彼位

○次釋分別變異二　初正釋

皆有順生心所功能說名變異觸似彼起故名分別

音義　宗鏡云根可爲依境可爲取識二所生可依於根而取於境此三之上皆有順生一切心所功能作用名爲變異分別之用是觸功能謂觸之上有似前三順生心所變異功能說名分別分別即是領似異名如子似父名分別父

○次通妨

根變異力引觸起時勝彼識境故集論等但說分別根之變異

音義　問觸既分別三之變異云何集論等但說分別根不言境識耶答根引觸勝識境則劣舉勝該劣故但說根宗鏡問何故三和唯根獨勝答一由主故有殊勝能名之爲主二由近故能近生心及心所故三由徧故不唯生心所亦能生心故四由續故常相續有識境不爾故境體雖能生心心所以非主故又非近故偏闕二義不名爲勝心雖是主近生心所不能生心不自在故非徧也偏闕一義故非勝境識皆不相續識有境生故俱缺續義非得勝名唯根獨勝

○三釋令心觸境

和合一切心及心所令同觸境是觸自性

音義　一切心及心所者此總明也若分別之

如眼識相應觸能和眼識心心所同觸色境乃至第八心心所觸根身等境

○次釋業三　初正釋

既似順起心所功能故以受等所依爲業

音義　謂觸既有順生一切心所功能故與受想等爲所依也

○次引證

起盡經說受想行蘊一切皆以觸爲緣故由斯故說識觸受等因二三四和合而生

補遺　此證觸爲受等生緣心所法有五十一除受想二餘四十九皆行蘊攝又於行蘊中除觸是能生故更除作意非觸所生故餘四十七并受想皆由觸起故云一切皆以觸爲緣故由此之義故說識因根塵二和而生觸因根塵識三和而生受等者等餘心所皆因根塵識觸四和而生問何故諸心所法中受想二法別立爲蘊答受著諸欲想著諸見生死輪迴以受及想爲最勝因是故別立

○三通妨

瑜伽但說與受想思爲所依者思於行蘊爲主勝故舉此攝餘集論等說爲受依者以觸生受近而勝故謂觸所取可意等相與受所取順益等相極相隣近引發勝故

音義　難曰經說受想行蘊皆以觸爲緣云何瑜伽但說觸爲受想思所依耶思於下通云瑜伽但說思者思於行蘊爲主勝故舉思一法攝餘心所集論下復問集論說但爲受依何也以觸下通云近而勝故觸所取境受所取極相隣近引發受起比餘勝

故可意等者等不可意及俱非相順益等者等違損及俱非相

○次斥異解

然觸自性是實非假六六法中心所性故是食攝故能爲緣故如受等性非即三和

音義 此由經部師計三和生觸體即三和非實有性今立量以證別有體性量云觸自性是有法是實非假宗六六法中下因如受等性非即三和喻六六法者謂識觸受想思愛此六種一一皆有六故謂觸於六六法中是心所性又於四食中是觸食攝於十二有支中能爲受緣喻如受思各有自性非即三和

合響 身足論云六六者謂六識六觸六受六想六思六愛也如眼觸所生受乃至意觸所生受眼識所生愛乃至意觸所生愛

○次釋作意二　初明正義

作意謂能警心爲性於所緣境引心爲業謂此警覺應起心種引令趣境故名作意雖此亦能引起心所心是主故但說引心

合響 宗鏡第五十七卷云作意警心有二功力一者令心未起而起二者令心起已趣境故言警覺應起心種引令趣境初是體性後是業用問作意爲在種位能警心爲在現行能警心答在種位能警心以作意自性明利雖在種位若有境至而能警心心所種令生現行喻如多人同一室宿外邊有賊來時衆中有一人爲性少睡便能警覺餘人此人雖自身未起而能警覺餘人令起亦如內心相分離與見分同起法

爾有能牽心功能令作意亦爾其作意種子既警彼諸心心所種生現行已作意現行又能引心現行令趣前境

補遺瑜伽第一卷云雖眼不壞色現在前能生作意若不正起所生眼識必不得生要眼不壞色現在前能生作意正復現起所生眼識方乃得生如是眼識乃至身識應知亦爾

○次斥異解

有說令心迴趣異境或於一境持心令住故名作意彼俱非理應非徧行不異定故

音義先敘迴趣異境者正緣此境時引轉向餘故持心令住者專注一境故彼俱下次斥迴趣異境應非徧行持心一境何異於定故俱非理

○二釋受二初明正義

受謂領納順違俱非境相爲性起愛爲業能起合離非二欲故

音義合離非二欲者於順希合於違望離於非順非違雖不欲合亦不欲離故於三境皆有愛起

○次斥異解二初敘執

有作是說受有二種一境界受謂領所緣二自性受謂領俱觸唯自性受是受自相以境界受共餘相故

音義所緣謂順等三境自性受領俱觸者謂受從觸生即反領俱生觸爲所緣境名自性受於二受中唯自性受是受之自相以境界受通餘心所共緣之相故非自性受

○次斥破二初破領俱觸三初正破

彼說非理受定不緣俱生觸故

音義受於所緣自有其境決不以俱生觸而爲所緣也

○次遮救三 初破受似觸生

若似觸生名領觸者似因之果應皆受性又既受因應名因受何名自性

音義先牒救詞似因下破謂觸生受觸是受因受即觸果因果相似名爲領觸者則諸世間凡是似因之果亦應領因領故名受應皆受性又觸是受因受既領因應名因受何名自性受

○次破受領受體

若謂如王食諸國邑受能領觸所生受體名自性受理亦不然違自所執不自證故

音義先牒計王喻於受國邑喻觸意謂受從觸生而領觸所生受義同王自國邑生而食國邑物是則受領受自體名自性受非謂領因名自性受理亦下破違自所執者前云領俱生觸今受領受體則違自所執不自證者凡爲證者必須他法如人指不自觸刀不自割今言受領受即是自證於自矣

○三破不捨自性

若不捨自性名自性受應一切法皆是自性受

音義若言受不捨自性名自性受者應一切法皆受自性何者以一切法皆不捨自性故

○三結責

故彼所說但誘嬰兒

○次破共餘相

然境界受非共餘相領順等相定屬已者名境界受不共餘故

補遺 受領順等三境隨受一相定屬於已名境界受如領順境時不領違捨若領違捨不領順境夫觸唯觸對作意唯警心想唯取像思唯造作受唯領納故不共餘相也

○四釋想

想謂於境取像爲性施設種種名言爲業謂要安立境分齊相方能隨起種種名言

合響 宗鏡第四十七卷云此中安立取像異名謂此是青非青等作分齊而取其相名爲安立由此取像便起名言此是青等性類衆多故言種種瑜伽第五十五卷云想云何謂三和合故施設所緣假合而取此復二種一隨覺想二言說隨眠想隨覺想者謂善言說人天等想言說隨眠想者謂不善言說嬰兒等類乃至禽獸等想 文 此想心所徧於諸識故於名言有起不起今總言能起者且對諸識釋耳若唯屬第八識想於二種名言皆不能起應准瑜伽第二種想思之又前受中起愛爲業及後思中役心等言皆例知

補遺 顯揚論云想者謂名句文身熏習爲緣從阿賴識種子所生依心所起與心俱轉相應取相爲體發言議爲業 文 分齊相者謂高下方圓等像依此像狀方起種種名言此瓶此依等

○五釋思

思謂令心造作爲性於善品等役心爲業謂

能取境正因等相驅役自心令造善等

音義 善品等者謂善品不善品俱非品正因等者謂正因邪因俱非因正因相即有義事邪因相即無義事俱非可知令造善等者行有義等事也

補遺 作意思惟二種別相轉識論云心恒動作名爲作意籌量可行不可行令心成正成邪名爲思惟作意如馬行思惟如騎者馬但直行不能避就是非由騎者故令其離非就是思惟亦爾令作意離漫行也

○三結相應義

此五既是徧行所攝故與藏識決定相應其徧行相後當廣釋此觸等五與異熟識行相雖異而時依同所緣事等故名相應

音義 徧行相廣釋者文在第五卷末此觸下釋相應義行相異者問識以了別爲行相受等以領納等爲行相行相既異云何相應而時下答正明相應義時同者謂王所同一剎那故依同者謂所依根王所皆以末那爲俱有依故所緣等者影像相分爲所緣謂王所俱作青等解故自體名事等者相似義體雖各一境相相似故所緣及事皆名爲等由二同二等故名相應如單已一人與誰爲同無相應義

○四受俱門 二 初明唯捨受相應 二 初正釋 三 初約識行相明

此識行相極不明了不能分別違順境相微細一類相續而轉是故唯與捨受相應

音義 宗鏡釋云此有五義一極不明了是捨受相若苦樂受必明了故二不能分別順

違境相取中容境是捨受相若是餘受取
違順境故三由微細若是餘受行相必麤
四由一類若是餘受必是易脱此行相定
故成一類五相續而轉若是餘受必有間
斷此恒相續故惟捨受由此五義必其有
故便能受熏持種相續

○次約俱生受明

又此相應受唯是異熟隨先引業轉不待現
緣任善惡業勢力轉故唯是捨受苦樂二受
是異熟生非眞異熟待現緣故非此相應

音義 謂此識相應受唯眞異熟但隨先引業
力轉不待現緣是俱生受故是此識相應
若苦樂受是異熟生屬前六識要待現緣
方轉故非此識相應

補遺 瑜伽第六十三卷云阿賴耶識相應受
於一切時唯是不苦不樂唯是眞異熟此
於一切識流轉時或樂俱行或苦俱行或
非苦非樂俱行位中恒相續流乃至命終
無有斷絶所餘三受（即餘一切識相應三受也）當知思
惟之所引發非是俱生時時作意引發現
前彼俱生受極微細故難可分別

○三約執藏義明

又由此識常無轉變有情恒執爲自内我若
與苦樂二受相應便有轉變寧執爲我故此
但與捨受相應

○次釋妨二初難

若爾如何此識亦是惡業異熟

音義 難意云既唯捨受相應如何此識亦是
惡業異熟惡業所招寧無苦受

○次釋

既許善業能招捨受此亦應然捨受不違苦樂品故如無記法善惡俱招

合響　先例明善可招捨惡亦應然捨受下立量明捨受是有法善惡俱招宗不違苦樂品故因如無記法喻宗鏡第四十七卷云無記既寂靜何爲惡業果捨雖寂靜不違二故得爲惡果不同禪定寂靜此無所能爲故通惡業感餘七轉識設起苦樂此識皆俱以捨不違苦樂品故若或苦樂不俱於人天中應不受苦果以相違故三惡趣中應不受樂果亦相違故此中苦樂皆是別招故捨不違文

○次簡非餘所相應二　初徵答

如何此識非別境等心所相應互相違故

○次釋明二　初明非別境俱

謂欲希望所樂事轉此識任業無所希望勝解印持決定事轉此識瞢昧無所印持念唯明記曾習事轉此識昧劣不能明記定能令心專注一境此識任運刹那別緣慧唯簡擇得等事轉此識微昧不能簡擇故此不與別境相應

音義　謂欲下文竝易了定能令心專注一境此識任運刹那別緣者宗鏡釋云定雖影像相分刹那新起至加行時所觀本質前後相續但耑注境此識任運不作加行專注本質恒緣現在影像所緣但新新起且定行相一一刹那深取專注趣向所緣此識浮踈行相不爾故非定俱言任運者是隨業轉文　餘可意得末句結答

○次明非善等俱

此識唯是異熟性故善染汙等亦不相應惡作等四無記性者有間斷故定非異熟

音義 善謂信等善心所染汙謂貪等忿等煩惱此識是異熟無記故不與善染二位俱惡作下釋非四不定俱惡作等四雖通無記是異熟生非眞異熟非一切時恒相續故非此相應

○五三性門三 初問

法有四種謂善不善有覆無記無覆無記阿賴耶識何法攝耶

○次答

此識唯是無覆無記異熟性故

○三釋二 初釋無覆無記義

異熟若是善染汙者流轉還滅應不得成又此識是善染依故若善染者互相違故應不與二俱作所依又此識是所熏性故若善染者如極香臭應不受熏無熏習故染淨因果俱不成立故此唯是無覆無記

補遺 宗鏡第四十九卷釋云異熟若是善染性者流轉還滅應不得成善趣既是善應不生不善恒生善故即無流轉惡趣之義由業故生死流由苦故生死轉惡趣翻亦然既恒生惡應無還滅由道故還由滅故滅又此識是善染依故者此識既是果報之主既恒是善應不爲惡依恒是惡應不爲善依互相違故又若善染者如極香臭應不受熏此識唯無記性可受熏習既無熏習即無種子種子若無即是無因因既無故其果亦無文 初約異熟性顯無記次約善染依顯無記三約所熏性顯無記故

此下結

○次釋無覆無記名

覆謂染法障聖道故又能蔽心令不淨故此識非染故名無覆記謂善惡有愛非愛果及殊勝自體可記別故此非善惡故名無記

音義 先以覆釋無覆染法謂貪等聖道謂無漏智淨心謂清淨理貪等煩惱能障蔽之故名爲覆此識非染故名無覆記謂下以記釋無記善惡謂能感業因愛非愛謂所招趣果因果皆有勝體可記別故是名記法此非善惡故名無記

○六心所例王門二　初正釋二　初例三性門

觸等亦如是者謂如阿賴耶識唯是無覆無記性攝觸作意受想思亦爾諸相應法必同性故

合響 初句牒頌文謂如下例

○次例餘諸門

又觸等五如阿賴耶亦是異熟所緣行相俱不可知緣三種境五法相應無覆無記故說觸等亦如是言

合響 謂阿賴耶既是異熟所緣行相俱不可知緣三種境此觸等五亦是異熟不可知緣三種境賴耶相應受一向是捨無記性攝此五法相應亦是捨受無記性攝如是五門皆可例同故說觸等亦如是言瑜伽第五十一卷云云何建立相應轉相謂阿賴耶識與五徧行心相應法恒共相應謂作意觸受想思如是五法亦唯異熟所攝是極微細世聰慧者亦難了故亦常一類

緣境而轉又阿賴耶識相應受一向不苦
不樂無記性攝當知餘心所行相亦爾
○次斥謬二　初叙執
有義觸等如阿賴耶亦是異熟及一切種廣
說乃至無覆無記亦如是言無簡別故
音義　此師意謂觸等五法例同賴耶亦是異
熟及一切種乃至無覆無記何者亦如是
言無簡別故
○次斥破二　初破一切種二　初正破二　初
約不能受熏持種破
彼說非理所以者何觸等依識不自在故如
貪信等不能受熏如何同識能持種子
音義　謂觸等依識而有故不自在不能受熏
何能持種故不可例同於識如貪信等量
云觸等是有法何能持種宗因云依識不

自在故不能受熏故喻如貪信等
○次縱受熏以種多難破
又若觸等亦能受熏應一有情有六種體若
爾果起從何種生理不應言從六種起未見
多種生一芽故若說果生唯從一種則餘五
種便爲無用亦不可說次第生果熏習同時
勢力等故又不可說六果頓生勿一有情一
剎那頃六眼識等俱時生故
音義　謂若觸等設能受熏於一有情隨熏一
法應有六種一王五所合有六故種既有
六果從何生不應一果從六種起多種一
芽曾未有故若說下遮計從一種生亦不
下遮計次第生又不下遮計頓生
○次破救二　初叙執
誰言觸等亦能受熏持諸種子不爾如何觸

等如識名一切種謂觸等五有似種相名一切種觸等與識所緣等故無色觸等有所緣故親所緣緣定應有故此似種相不爲因緣生現識等如觸等上似眼根等非識所依亦如似火無能燒用

音義 初外人申救不爾下論主復詰謂若不言觸等受熏持種如何前云觸等同識名一切種謂觸等下重申救意謂觸等五緣境之時要託第八所緣三境爲質方乃自變相分影像而爲所緣即以所變似種名一切種非謂受熏持種名一切種也觸等下復以三因成立似種初謂觸等與識所緣相等識既緣種觸等亦有似種爲所緣故又謂觸等但緣似根身等不緣種子生無色界有情既無色托應無所緣然必有所緣即似種也且親所緣緣定應有故謂心王緣種觸等雖亦緣種然但是疎緣若親所緣緣者必以內所慮托即觸等自證體上變起似種相分爲親所緣緣也由此三義故知定應有似相種此似下釋無前過此似種相秖成所緣緣不爲因緣生現行法故無受熏持種之義如觸等所變似根非眼等識所依亦如所變似火無能燒用那言從種生果或一或多若頓若漸耶

○次破斥

彼救非理觸等所緣似種等相後執受處方應與識而相例故由此前說一切種言定目受熏能持種義不爾本頌有重言失

音義 謂觸等所緣似種等相應於次後執受及處方與本識例同何得於前一切種中

即言似種相耶由此故頌說一切種言定目受熏持種義不說所緣種相若不爾者則本頌有重言之失以前說所緣種後執受中復說所緣種故

○次破無簡別

又彼所說亦如是言無簡別故咸相例者定不成證勿觸等五亦能了別觸等亦與觸等相應由此故知亦如是者隨所應說非謂一切

音義 初牒前所執定不下破若謂無簡別咸可相例勿觸等如識亦應了別如識亦與觸等相應若不爾者非無簡別由此故知亦如是言隨其所應例而例之非謂一切也故前六句頌唯一切種及了與觸等相應三義有殊餘可例同故云隨應

○七因果譬喻門二 初明正義二 初正釋頌文三 初徵答總標

阿賴耶識爲斷爲常非斷非常以恒轉故

合響 初問非斷下答宗鏡問阿賴耶識若常則無轉變若斷則不相續如何會通得合正理答不一不異非斷非常方契因緣唯識正理

○次法喻別釋二 初釋恒轉義

恒謂此識無始時來一類相續常無間斷是界趣生施設本故性堅持種令不失故轉謂此識無始時來念念生滅前後變異因滅果生非常一故可爲轉識熏成種故恒言遮斷轉表非常猶如暴流因果法爾

補遺 先釋恒義宗鏡第四十九卷釋云一類者常無記義相續者未曾斷義界趣生本

者即是依此識故施設三界五趣四生是引果故識是界趣生之本文體性堅住持諸種子令不失故轉謂下釋轉義宗鏡云因果性故簡一非我也有生滅故簡常非自性也常一之法無因果若無因果即是斷常以是常故如虛空等應不受熏若不受熏即無生死涅槃差別文是知由恒故能持種由轉故能受熏恒以遮斷滅之見轉以表法體非常猶如瀑流因果法爾相續量云阿賴耶識是有法非斷非常宗恒隨轉故因同喻如瀑流

○次釋如瀑流

如瀑流水非斷非常相續長時有所漂溺此識亦爾從無始來生滅相續非常非斷漂溺有情令不出離又如瀑流雖風等擊起諸波浪而流不斷此識亦爾雖遇衆緣起眼識等而恒相續又如瀑流漂水上下魚草等物隨流不捨此識亦爾與内習氣外觸等法恒相隨轉

音義初明非斷常故漂溺有情令不出離由有此識有諸趣故華嚴經云一切衆生爲大瀑水波浪所没又如下明雖遇衆緣起眼等識而恒相續如楞伽云藏識海常住境界風所動種種諸識浪騰躍而轉生次又如下明與習氣觸等恒轉謂内持習氣如水下魚外與觸等相應如水上草意明此識隨業流轉諸趣此内外法恒相隨轉而不捨也

○三結示緣起

如是法喻意顯此識無始因果非斷常義謂

此識性無始時來刹那刹那果生因滅果生故非斷因滅故非常非斷非常是緣起理故説此識恒轉如流

補遺 初標謂此下釋玄談鈔第五卷云若因不滅遷至於果則名爲常若果不續因無所生則隨斷滅今常相續故無斷常又云非斷非常因滅果生者於二諦門中曲開此義此則於俗諦中明非斷常不同法性宗二諦互融明非斷常以法相宗眞俗二諦超然不同不同法性宗二諦相即故文緣起者廣百論第三卷云諸法展轉從無始來依同類因生等流果起後後果續前前因於中無間所以不斷若前因滅後果不生於中有間可名爲斷由對治生前因力滅後果不續所以非常若法凝然不捨前相其體無變可名爲常又前因滅所以非常後果續生所以非斷又念念滅所以非常相似相續所以非斷又法非有所以非常亦復非無所以非斷有即爲常無便斷故如是佛子遠離二邊悟入緣起處中鈔理

○次通妨顯理二 初釋過未既假不成非斷難二 初外難

過去未來既非實有非常可爾非斷如何豈得成緣起正理

合響 此即玄談所明法有我無宗中一切有部來難彼意謂過去未來竝皆實有故得成緣起正理汝大乘宗既云過未非實非常可爾非斷之義如何可成既唯斷滅豈成緣起

○次答釋二　初對斥

過去未來若是實有可許非斷如何非常常亦不成緣起正理

音義 若謂過未定是實有可許非斷既曰非斷便爲定常豈是非常既唯常法亦不成緣起正理

○次顯理

豈斥他過已義便成若不推邪難以顯正前因滅位後果即生如稱兩頭低昂時等如是因果相續如流何假去來方成非斷

音義 將申正理先示意云豈謂斥他之過便成已所立義若不摧破邪宗難以顯其正理前之辯析意在於斯前因下正申緣起兩頭喻因果低昂喻生滅非異刹那故云時等因果體殊生滅事異同在一時更非前後如是因果刹那生滅相續不斷何假去來二世實有方成非斷

○次釋無因無果誰離斷常難二　初外難

因現有位後果未生因是誰因果現有時前因已滅果是誰果既無因果誰離斷常

音義 謂大乘既云前因滅位後果方生則因現有時後果猶未生後果既未生此因是誰因如不生子未可名父此難無因也後果現有時前因既已滅既無有因果是誰果如無有父寧得有子此難無果也既無

下結難

○次答釋二　初對破

若有因時已有後果果既本有何待前因因

因義既無果義寧有無因無果豈離斷常

音義 若謂因現有時已有後果是則本有果

矣果既本有何待前因然因本爲辨果果爲酧因因義既無果義寧有有因有果離斷離常既無因果豈離斷常

○次顯理二　初略明

因果義成依法作用故所詰難非預我宗體既本有用亦應然所待因緣亦本有故由斯汝義因果定無應信大乘緣起正理

音義　前既對破外難已靖故此中略示緣起正理以勸其信謂大乘言因果者依前滅後生法體作用非同情執故前所詰難於汝有失非預我宗何者若謂果體本有用亦應然所待因緣亦本有故若此則體用皆本來有何待前因故云由斯汝義因果定無應信大乘緣起正理

○次廣顯三　初標義

謂此正理深玅離言因果等言皆假施設

音義　謂此正理假智及詮所不能到故云深玅離言今言因果離斷常等義皆依增益似相假施設耳

補遺　宗鏡第四十九卷問此阿賴耶識既爲一切法因又稱引果只如因果之法爲眞實有爲假施設答皆從識變是假施設

○次釋成

觀現在法有引後用假立當果對說現因觀現在法有酬前相假立曾因對說現果假謂現識似彼相現

音義　宗鏡第四十九卷釋云今明諸法自相離言謂觀三世唯有現法觀此現法有能引生當果之用當果雖無而現在法有引彼用用者功能行者尋見現法之上有此

功用觀此法果遂心變作未來之相此似未來實是現在即假說此所變未來名爲當果對此假當有之果而說現在法爲因此未來果即觀現在法功能而假變也其因亦爾觀此現法有酬前之相即異熟變相等觀此所從生處而能變爲過去實非過去而是現在假說所變爲現法即對此假曾有過去因而說現在爲果而實所觀非因非不因非果非不果且如於因性離言故非實是因有功能故非定不因果亦如是文 所言假者謂現在識似彼當果曾因相現此是增益非真實有

○三結勸

如是因果理趣顯然遠離二邊契會中道諸有智者應順修學

補遺 開蒙問因果二字如何能離斷常二邊答有因故非常有果故非斷文 此即緣起中道如是妙理非智莫契應順修學

○次斥異說二 初正斥二 初斥餘部二 初敘計三 初標

有餘部說雖無去來而有因果恒相續義

合響 此即玄談所明法無去來宗中大衆說轉等八部所執也彼計實有現在法及無爲法其過未法體用俱無故云無去來意謂不假施設曾因當果唯依現法而立因果恒相續義

○次釋

謂現在法極迅速者猶有初後生滅二時生時酬因滅時引果時雖有二而體是一前因正滅後果正生體相雖殊而俱是有

音義 先明因果義謂現在法如擊石火極速一念猶有初生後滅二時況稍緩者即此一念法初生時酬能引因即名爲果奚必曾因對説現果後變滅時引所生果即名爲因何藉當果對説現因雖有初後生滅二時此之因果法體唯一前因下顯相續義謂前引果之因正滅此後酬因之果正生此之因果體相雖殊即滅即生而俱是有前後相續成緣起理

○三結

如是因果非假施設然離斷常又無前難誰有智者捨此信餘

○次斥非三 初總斥

彼有虛言都無實義

○次別破三 初破一念二時

何容一念而有二時生滅相違寧同現在滅若現在生應未來有故名生既是現在無故名滅寧非過去滅若非無生應非有生既現有滅應現無

音義 謂極迅速者唯在一念豈有刹那一念而容生滅二時況生滅二相義極乖反寧得同居一現在法滅若下明三世不同義謂滅本過去生是現在若言滅居現在生應合是未來寧執同世若謂生是現有滅是過去設謂有故名生既是現在無故名滅寧非過去何俱執同現在耶又謂滅若非無而居現在生應非有必在未來生既是有而居現在滅應現無寧非過去由斯理趣生滅定非同世故前所執於此唐捐

○次破生滅體一

又二相違如何體一非苦樂等見有是事

音義 生滅二法決定相違猶如苦樂如何體一故斥云非苦樂等見有是事

○三時體互破

生滅若一時應無二生滅若異寧說體同

音義 若執生滅體一則不應言時雖有二若執生滅時異寧說生滅體同則汝所執自語相違

○三結非

故生滅時俱現在有同依一體理必不成

合響 問大乘言前因滅位後果即生餘部亦言前因正滅後果正生二說是同何故大乘斥之彼有虛言無實義耶答言雖似同義實逈別大乘因果是假施設如稱兩頭低昂時等餘部因果計爲實有雖約現在猶有生滅初後二時有此之異是故斥之

○次斥經部

經部師等因果相續理亦不成彼不許有阿賴耶識能持種故

音義 廣百論釋第九卷出彼執云我經部等因緣和合無間果生果起酧因復能生後如是展轉無始時來因果連綿相續不絕無有生滅斷常等過今破斥之意謂由有賴耶受熏持種得有因果相續若不許有斯義不成

○次結勸

由此應信大乘所說因果相續緣起正理

成唯識論音響補遺卷第三之一

音釋

嬰 立英　籌 音酬 算也　瞢 音蒙 目不明也

成唯識論音響補遺卷第三之二

清武林蓮居紹覺大師音義

新伊大師合響

法嗣智素補遺

○八伏斷位次門二　初徵答總標

此識無始恒轉如流乃至何位當究竟捨阿羅漢位方究竟捨

○次廣釋頌義二　初正明捨阿賴耶二　初總明

謂諸聖者斷煩惱障究竟盡時名阿羅漢爾時此識煩惱麤重永遠離故說之爲捨

音義　謂三乘無學聖人於煩惱障中分別皆斷俱生或永斷或永伏皆名阿羅漢爾時第八識中煩惱障攝現起等麤重究竟遠離故說爲捨

合響　大鈔云言麤重者違細輕故麤重有三一現起麤重貪等令心無堪任故二種子麤重煩惱種子障諸智故三麤重麤重實非煩惱似煩惱故如身子嗔習畢陵慢習等文　今論文麤重即初二兩重也

○次別釋二　初明能捨諸位二　初明正義二　初正釋二　初釋義

此中所說阿羅漢者通攝三乘無學果位皆已永害煩惱賊故應受世間妙供養故永不復受分段生故

音義　頌中所說阿羅漢者非局聲聞之第四果通指三乘無學果位何者阿羅漢義含殺賊應供無生以三乘無學果人皆具此三義故得阿羅漢名清涼云大乘第八地菩薩同於羅漢以捨分段出三界故

○次引證

云何知然決擇分說諸阿羅漢獨覺如來皆不成就阿賴耶故集論復說若諸菩薩得菩提時頓斷煩惱及所知障成阿羅漢及如來故

音義　初徵辭意謂三乘無學永捨賴耶皆名阿羅漢者由何教理而知其然耶決擇下答先引瑜伽決擇分證三乘無學捨賴耶名諸阿羅漢者有時解脫慧解脫俱解脫等不同次引集論證成諸菩薩名阿羅漢

○次釋妨二　初難

若爾菩薩煩惱種子未永斷盡非阿羅漢應皆成就阿賴耶識何故即彼決擇分說不退菩薩亦不成就阿賴耶識

音義　此躡前意難問謂汝引決擇分說諸阿羅漢獨覺如來皆不成就阿賴耶以彼皆永遠離煩惱麤重故若爾菩薩未盡煩惱障種皆應成就賴耶何故即彼決擇分說不退菩薩亦不成就阿賴耶識耶

○次答二　初約回心向大釋

彼說二乘無學果位迴心趣向大菩提者必不退起煩惱障故趣菩提故即復轉名不退菩薩彼不成就阿賴耶識即攝在此阿羅漢中故彼論文不違此義

補遺　謂彼決擇所言不退者是二乘無學廻心向大之人彼已永斷煩惱障惑即廻小向大之時不復退位起惑故名不退因其趣大菩提復名菩薩彼自無學來已不成就阿賴耶識即攝入此諸阿羅漢中故論前云阿羅漢此云不退菩薩名異義同故

不相違

○次約直修大乘釋

又不動地以上菩薩一切煩惱永不行故法駛流中任運轉故能諸行中起諸行故刹那刹那轉增進故此位方名不退菩薩然此菩薩雖未斷盡異熟識中煩惱種子而緣此識我見愛等不復執藏爲自内我由斯永捨阿賴耶名故説不成阿賴耶識此亦説彼名阿羅漢

音義不動地已上謂八九十之三地菩薩一切煩惱即修道所斷俱生障永不行者已永遠離諸現纒故法駛流即所知法執漂溺有情受變易死如瀑流水任運轉者能於駛流得自在故能諸行中起諸行者如於布施一行能起諸波羅蜜刹那刹那轉增進者念念流入薩婆若海以此諸義證成不動等地名爲不退然此下釋成捨賴耶名我見愛等即末那相應四惑即俱生我執八地已上生空智果相續現前不復執藏爲我捨賴耶名故此頌中亦説彼名阿羅漢

○次斥異解二　初正破二　初叙

有義初地以上菩薩已證二空所顯理故已得二種殊勝智故已斷分别二重障故能一行中起諸行故雖爲利益起諸煩惱而彼不作煩惱過失故此亦名不退菩薩然此菩薩雖未斷盡俱生煩惱而緣此識所有分别我見愛等不復執藏爲自内我由斯亦捨阿賴耶名故説不成阿賴耶識此亦説彼名阿羅漢故集論中作如是説十地菩薩雖未永斷

一切煩惱然此煩惱猶如咒藥所伏諸毒不起一切煩惱過失一切地中如阿羅漢已斷煩惱故亦說彼名阿羅漢

音義 此師意明不唯八地已上名爲不退七地已前菩薩亦名不退已證生法二空真如已得生法二智已斷分别煩惱所知二障隨修一行諸行莊嚴雖爲利益衆生現起俱生煩惱終不爲失有此諸義故初地等亦名不退然此下釋捨賴耶名謂初地等雖不斷盡俱生惑障此識分别我見愛等不復執藏爲自内我由此義故亦捨賴耶名亦說彼名阿羅漢故集下引證不起煩惱過失煩惱如諸毒正智如咒藥煩惱雖起以正智調伏故不爲過雖伏未斷猶如已斷亦名阿羅漢

○次破

彼說非理七地已前猶有俱生我見愛等執藏此識爲自内我如何已捨阿賴耶名若彼分别我見愛等不復執藏說名爲捨則預流等諸有學位亦應已捨阿賴耶名許便違害諸論所說

音義 謂七地已前第七識中俱生我執猶未永斷故不應捨阿賴耶名若彼下舉例破若言唯斷分别我見愛等名捨賴耶則預流等亦應名捨許則違於諸論所說以諸論中曾不見說預流等捨賴耶故

○次破救二 初叙

地上菩薩所起煩惱皆由正知不爲過失非預流等得有斯事寧可以彼例此菩薩

音義 救云地上菩薩爲利生故示起煩惱由

正知故不爲過失預流不爾寧可例同

○次破

彼六識中所起煩惱雖由正知不爲過失而第七識有漏心位任運現行執藏此識寧不與彼預流等同由此故知彼説非理

音義謂俱生煩惱通前七識前六識中有間俱生可如上説而第七識中無間俱生於有漏心位任運執藏寧不同彼有漏位者謂諸菩薩於見道位已永遠離分别二障俱生二障猶未伏滅故於地上漏與無漏相間而起無漏心時則第七識我見愛等不復執藏若出無漏任運恒爾故未捨藏

由此下結斥

○次簡所捨唯名

然阿羅漢斷此識中煩惱麤重究竟盡故不復執藏阿賴耶識爲自内我由斯永失阿賴耶名説之爲捨非捨一切第八識體勿阿羅漢無識持種爾時便入無餘涅槃

補遺宗鏡第五十卷云八地已上無阿賴耶名唯有異熟識第七恒執異熟識爲法又第八識本無阿賴耶名由第七執第八見分爲我令第八得阿賴耶名若不執時但名異熟識文故阿羅漢但捨賴耶名非捨一切第八識體以彼異熟未空尚持俱生法執種子故第八名多故云一切若捨識體諸阿羅漢纔證無學應便入無餘依涅槃何者以無異熟識體持種最後身智無能任持故反顯未有不斷盡異熟種子而能捨異熟識者故云勿也

○次通明第八異名二初廣釋諸名二初

釋名義二　初總標

然第八識雖諸有情皆悉成就而隨義別立種種名

音義　第八識通聖凡一切位故雖諸異生有學無學皆悉成就然隨積集執持等義立七種名

補遺　義別立名者小鈔云於有情有成就此名者有不成就此名故也

○次別釋四　初釋心等四名

謂或名心由種種法熏習種子所積集故或名阿陀那執持種子及諸色根令不壞故或名所知依能與染淨所知諸法爲依止故或名種子識能徧任持世出世間諸種子故此等諸名通一切位

音義　宗鏡釋云積集義是心義集起義是心義以能集生多種子故或能熏種於此識中既能積集復起諸法故說此識名爲心義阿陀那此云執持執持諸種有色根故所知依者依謂第八所知即雜染清淨三性種現與彼爲依名所知依無性攝論云所應可知故名所知依謂所依此所依言簡取能依雜染清淨諸有爲法不取無爲由彼無有所依義故所依即阿賴耶識或名種子識能持世間出世間種者持有漏種名爲世間持無漏種名爲出世間問種子識與心義何別答即取第八識現行亦名種子故但是種能生現行故名種子識此識現行能生法種功能義邊第八識名種子識前言心者但是積集集起義名心此等下結上四名通聖凡位

○次釋阿賴耶名

或名阿賴耶攝藏一切雜染品法令不失故我見愛等執藏以爲自內我故此名唯在異生有學非無學位不退菩薩有雜染法執藏義故

音義 此名通二非無學下正顯阿賴耶名唯在異生與有學二類也

○三釋異熟識名

或名異熟識能引生死善不善業異熟果故此名唯在異生二乘諸菩薩位非如來地猶有異熟無記法故

音義 此異熟識名通異生二乘無學十地菩薩唯除如來以如來純是無漏善性而無有漏異熟無記法故

○四釋無垢識名

或名無垢識最極清淨諸無漏法所依止故此名唯在如來地有菩薩二乘及異生位持有漏種可受熏習未得善淨第八識故如契經說如來無垢識是淨無漏界解脱一切障圓鏡智相應

音義 非煩惱依故名無垢最極清淨無漏法者謂佛地所有諸功德也此無垢識名唯如來有三乘異生皆未得善淨第八故如契經下引如來功德莊嚴經證成

補遺 宗鏡第五十卷云異熟識至金剛心末一刹那間永捨解脱道中即成無垢識名阿摩羅即果中第八識純一無漏不攝一切染法種子故不與雜染種現爲所依故唯鏡智相應名無垢識

○次簡所捨

阿賴耶名過失重故最初捨故此中偏說異熟識體菩薩將得菩提時捨聲聞獨覺入無餘依涅槃時捨無垢識體無有捨時利樂有情無盡時故心等通故隨義應說

音義 問第八識既有諸名通凡聖位云何本頌唯說阿賴耶釋云過失重故謂與雜染法互相攝藏亦爲有情執藏爲我是有漏生死根本餘名不爾故云過重又最初捨故謂不動地前纔捨藏未捨餘名先捨此故有斯二義故頌偏說將得菩提時指金剛道後心也所謂金剛道後異熟空入無餘依涅槃時捨者謂二乘灰身泯智時也無垢無捨以能出生力無畏等無漏善法窮未來際利樂有情心等四名通一切位依染淨義隨應說之

補遺 聲聞獨覺入無餘依涅槃時捨異熟識體者是就小乘當教論也若以大乘望之實未曾捨必要斷盡異熟種子在菩薩金剛道後方空其體今就小乘灰身泯智邊權云捨體實則亦是捨名而已阿賴耶曰捨名異熟識曰捨體良由賴耶因三藏義得名於三藏中執藏過重第七不執即捨藏名異熟識以異熟果得名兼有劣無漏法設不全空其體不名菩提故曰捨體

○次結歸二位

然第八識總有二位一有漏位無記性攝唯與觸等五法相應但緣前說執受處境二無漏位唯善性攝與二十一心所相應謂徧行別境各五善十一與一切心恒相應故常樂證知所觀境故於所觀境恒印持故於曾受

境恒明記故世尊無有不定心故於一切法常決擇故極淨信等常相應故無染汙故無散動故此亦唯與捨受相應任運恒時平等轉故以一切法爲所緣境鏡智徧緣一切法故

音義 初句總標一有下別明有漏位中唯是無覆無記性攝相應心所唯觸等五所緣唯執受處三境無漏位中唯善性攝與二下明相應先標列次與一下釋成初句釋徧行五所常樂下五句如次釋別境五所極淨一句釋性等善十一無染下簡不相應無染汙故不與根隨煩惱相應無散動故不與不定四法相應此亦下釋相應受名同有漏此唯屬善以一下明所緣若不徧緣非圓鏡智故已上釋頌竟

○次證有本識三 初徵答總標

云何應知此第八識離眼等識有別自體聖教正理爲定量故

音義 小乘向來唯知有眼等識今聞論主廣明第八緣起作用乃至立種種名雖知如是然云何知離眼等識別有自性聖教下答宗鏡釋云此第八非是世間現量所見之境唯憑聖言量及真正道理而知有之

○次教理別明二 初引教二 初引大乘二 初引契經證有第八二 初三經四頌四 初引阿毘達摩頌二 初引頌

謂有大乘阿毘達摩契經中說無始時來界一切法等依由此有諸趣及涅槃證得

音義 阿毘達摩此云無比法攝論釋云無始時者初際無故界者因義即種子是誰因

種謂一切法一切法等依者(第八識自證分)能任持故非因性故能任持義是所依義非因性義所依(無覆無記)能依(三性)性各異故由此有諸趣及涅槃證得者謂生雜染等那落迦等若離阿賴耶識皆不可有生等雜染畢竟止息名爲涅槃若離阿賴耶識不應證得

○次釋義二　初正釋三　初約二用釋二　初略判頌文

此第八識自性微細故以作用而顯示之頌中初半顯第八識爲因緣用後半顯與流轉還滅作依持用

(音義)初二句總彰頌意頌中下別判初後作用不同

○次廣釋頌義二　初因緣用二　初釋二　初正釋因緣

界是因義即種子識無始時來展轉相續親生諸法故名爲因依是緣義即執持識無始時來與一切法等爲依止故名爲緣

(音義)宗鏡第四十七卷釋云言界者是因義謂第八識從無始至今能持一切漏無漏色心等諸法種子又能與漏無漏種子力令生現行即第八與一切種子爲依持生起二因依是緣義者謂第八識能變爲身器作有情依與一切漏無漏現行法而爲所依以能執受五色根身與前七識現行爲俱有依故即第八識能以一切現行色心等法爲增此緣依也

○次轉釋緣用

謂能執持諸種子故與現行法爲所依故即

變爲彼及爲彼依變爲彼者謂變爲器及有根身爲彼依者謂與轉識作所依止以能執受五色相故眼等五識依之而轉又與末那爲依止故第六意識依之而轉末那意識轉識攝故如眼等識依俱有根第八理應是識性故亦以第七爲俱有依

音義 謂第八能持種故與現法爲所依故即變爲彼器界根身及爲彼七轉識所依以能下別釋所依初明爲前五識依止又與下爲六七二識依止瑜伽云由有阿賴耶識得有末那由此末那爲依止故意識得轉譬如依止眼等五根五識身轉非無五根意識亦爾非無意根文 末那下復立比量明六七有俱有依末那意識是有法依俱有根宗轉識攝故因如眼等識喻第八復依第七第八是有法亦以第七爲俱有依宗是識性故因如第七識喻

○次結

是謂此識爲因緣用

○次依持用二 初明流轉依持三 初標

由此有者由有此識有諸趣者有善惡趣

○次釋

謂由有此第八識故執持一切順流轉法令諸有情流轉生死雖惑業生皆是流轉而趣是果勝故偏說或諸趣言通能所趣諸趣資具亦得趣名

音義 順流轉法謂惑業苦種流轉生死謂五趣現果惑業種望生死爲增上緣苦種與生死能作因緣第八能持三種習氣故令有情生死相續雖惑下釋疑有疑云惑業

苦三皆流轉法何故頌中唯言諸趣生即是苦釋有二義初約果勝釋次通因果釋能趣謂惑業所趣謂苦生資具即是惑業能作諸趣資糧具度故

○三結

諸惑業生皆依此識是與流轉作依持用

○次明還滅依持三　初標

及涅槃證得者由有此識故有涅槃證得

○次釋

謂由有此第八識故執持一切順還滅法令修行者證得涅槃此中但說能證得道涅槃不依此識有故或此但說所證涅槃是修行者正所求故或此雙說涅槃與道俱是還滅品類攝故謂涅槃言顯所證滅後證得言顯能得道由能斷道斷所斷惑究竟盡位證得涅槃

音義　順還滅法謂本有無漏種子由此識持於見道前後展轉熏生乃至究竟證得涅槃故云令修行者證得宗鏡云謂第八識不唯獨與有漏流轉法爲依持用兼能與一切無漏順還滅法爲依持用文　此中下簡釋謂此頌中言證得涅槃者唯說能證道不言涅槃以涅槃是清淨法界了因所了不依此識有故此唯約能證釋也或此下約所證釋或此但說所證涅槃以發心修行正所求者唯涅槃故謂證得言目所證得或雙說滅道道即能還滅滅即所還滅故二皆是還滅品攝謂涅槃下出雙說之義能得即解脫道能斷即無間道

○三結

能所證斷皆依此識是與還滅作依持用

音義 能所斷謂能斷道所斷惑也能所證謂能證道所證滅也

○次約染淨釋

又此頌中初句顯示此識自性無始恒有後三顯與雜染清淨二法總別爲所依止雜染法者謂苦集諦即所能趣生及業惑清淨法者謂滅道諦即所能證涅槃及道彼二皆依此識而有依轉識等理不成故

音義 初句言無始時來界者界是性義即識自性無始恒有次句一切法等依者顯與染淨法爲依止故由此有諸趣即染依止及涅槃證得即淨依止雜染下轉釋集諦即是能趣惑業苦諦是所趣生此二世間因果也道諦能證得道滅諦所證涅槃此二出世因果也彼二下結意明此第八識唯無記性故與染淨法爲所依止前七轉識通善染性不能與二俱作所依也

○三約三性釋

或復初句顯此識體無始相續後三顯與三種自性爲所依止謂依他起徧計所執圓成實性如次應知

補遺 三自性義如後第八卷中釋後三顯與三種自性爲所依止者第二句與依他起性爲所依止諸法皆依緣所生故第三句與徧計性爲所止依由徧計執有諸趣趣生體是第八故第四句與圓成實爲所依止二種圓成皆依第八而證得故

○次結證

今此頌中諸所説義離第八識皆不得有

○次重引前經中頌二　初引頌

即彼經中復作是說由攝藏諸法一切種子識故名阿賴耶勝者我開示

○次釋義二　初正釋二　初釋前三句二　初約含藏義釋

由此本識具諸種子故能攝藏諸雜染法依斯建立阿賴耶名非如勝性轉爲大等種子與果體非一故能依所依俱生滅故

音義　頌中文倒故長行迴文解釋謂第八識自證分持諸種子故能攝藏諸雜染法依此能含藏義立阿賴耶名非如下簡異數論謂勝性轉爲大等因果雖殊而體是一果雖生滅而因是常今則不爾故云非如何者能生種子與現行果體非一故能依諸法與所依識俱生滅故是故異於邪執能顯正理

○次約三藏義釋

與雜染法互相攝藏亦爲有情執藏爲我故說此識名阿賴耶

○次釋第四句二　初約地上釋

已入見道諸菩薩衆得真現觀名爲勝者彼能證解阿賴耶識故我世尊正爲開示

音義　現觀有六後第九卷中釋真者謂地前相似現觀猶未斷惑不名爲真證解者地上菩薩已得二種殊勝智故如實了知此微細識雖未窮源已能分覺是故世尊正爲開示

○次通地前釋

或諸菩薩皆名勝者雖見道前未能證解阿賴耶識而能信解求彼轉依故亦爲說

音義信解者未能證悟憑教而生信解轉依者謂此識能持染淨法種與染淨法俱爲所依聖道轉令捨染得淨謂資糧位等諸菩薩雖未實證此識而能依教信解於唯識義發大勇猛求彼轉依之果故我世尊亦爲彼説

○次結證

非諸轉識有如是義

○三引解深密經頌二　初引頌

解深密經亦作是説阿陀那識甚深細一切種子如瀑流我於凡愚不開演恐彼分別執爲我

音義攝論釋云甚深者世聰叡者所有覺慧難窮底故甚細者諸聲聞等難了知故是故不爲聲聞等開示此識彼不求微細一切智智故一切種子如瀑流者刹那展轉相續不斷如水瀑流我於凡愚不開演者懷我見者不爲開示恐彼分別計爲我故

○次釋義二　初正釋三　初釋第一句

以能執持諸法種子及能執受色根依處亦能執取結生相續故説此識名阿陀那無性有情不能窮底故説甚深趣寂種性不能通達故名甚細

合響阿陀那此云執持宗鏡第五十卷云執持有三一執持根身令不爛壞二執持種子令不散失三執取結生相續者即有情於中有身臨末位第八識初一念受生時有執取結生相續義結者繫也屬也於父母腹中一念受生便繫屬彼亦如磁毛石吸鐵鐵如父母精血二點第八識如磁毛

石一刹那間便攬而住同時根塵等種從自識中亦生現行名爲執取結生文如世尊言阿陀那識若不入母胎者不應和合成羯邏藍等無性者謂一闡提不信第八識爲諸法自性若無第八即無佛性故名無性闡提外道由不信此識爲諸法本或執冥性或執大有性執斷執常爲此漂溺令不出離故不能窮底趣寂者謂諸聲聞亦不信有第八唯知六識三毒爲染淨根本沉空滯寂而不覺知故不能通達

○次釋第二句

是一切法真實種子緣擊便生轉識波浪恒無間斷猶如瀑流

音義　真實種子者親生現行法故如瀑流者第八識中一切種子雖遇衆緣鼓擊起眼等識而此識體恒無間斷猶如瀑流或種子生住異滅不停似瀑流故

○三釋後二句

凡即無性愚即趣寂恐彼於此起分别執墮諸惡趣障生聖道故我世尊不爲開演

音義　聞甚深妙理不能證解更起邪執妄計爲我由昔未聞聖教恒起俱生今聽法音復增分别此分别執是惡趣因障礙聖道令不得生故我世尊不爲開演

○次結證

唯第八識有如是相

○四引入楞伽經頌二　初引頌

入楞伽經亦作是説如海遇風緣起種種波浪現前作用轉無有間斷時藏識海亦然境等風所擊恒起諸識浪現前作用轉

音義 此八句頌前四句唯喻後四句法喻合説藏識如海境界緣如風恒字合上無有間斷起諸識如波浪波浪即海之作用諸識即藏識之作用

○次釋義

眼等諸識無如大海恒相續轉起諸識浪故知別有第八識性

音義 意明眼等諸識轉間易脱無如大海恒相續轉起識浪義反顯第八有如是義故知下結證

○次指廣證有

此等無量大乘經中皆別説有此第八識

○次顯大乘是至教量二 初立比量證

諸大乘經皆順無我違數取趣棄背流轉趣向還滅讚佛法僧毀諸外道表蘊等法遮勝性等樂大乘者許能顯示無顛倒理契經攝故如增壹等至教量攝

音義 謂聲聞等一向信小乘增一阿含等經是至教量不信諸大乘經若不以彼所信小乘經爲同喻證成大乘經是至教量直饒廣引千經彼若不信徒施無益所以欲扶大乘先須證有然後令彼無疑而深信也文中先明大乘所證之義皆順無我等二句明人空棄背等二句明四諦讚佛法等二句明讚内毀外表蘊等二句明表正遮邪樂大乘下結上所詮理非顛倒樂大乘者許爲開示立量云諸大乘經是有法至教量攝宗皆順無我乃至契經攝故因同喻如增一等

○次引七因證二 初引聖慈氏七因二 初

總標

又聖慈氏以七種因證大乘經真是佛說

補遺　如上既引現在釋迦今又引未來彌勒以證大乘是佛所說

○次別明七　一先不記

一先不記故若大乘經佛滅度後有餘爲壞正法故說何故世尊非如當起諸可怖事先預記別

音義　若未來當起壞正法可怖畏事如來在時皆預記別如佛說末法世時有諸魔王入我法中著我袈裟破我正法法必滅盡諸如是等佛先授記若大乘經非佛所說佛何故不同滅後爲壞正法者諸可怖畏事先預記別量云大乘經是有法真是佛說宗因云先不記故喻如小乘經下六因比量准知

○二本俱行

二本俱行故大小乘教本來俱行寧知大乘獨非佛說

○三非餘境

三非餘境故大乘所說廣大甚深非外道等思量境界彼經論中曾所未說設爲彼說亦不信受故大乘經非非佛說

音義　大乘經所說甚深難思具大根者方堪領受非彼邪外思量境界故彼教中曾所未說說亦不信况是彼說故知大乘真是佛說非是非佛所說

○四應極成

四應極成故若謂大乘是餘佛說非今佛語則大乘教是佛所說其理極成

音義今佛餘佛同是佛故若謂大乘是他佛說非今釋迦佛說既佛佛道同應信大乘經是佛所說其理極成無容異議

○五有無有

五有無有故若有大乘即應信此諸大乘教是佛所說離此大乘不可得故若無大乘聲聞乘教亦應非有以離大乘決定無有得成佛義誰出於世說聲聞乘故聲聞乘是佛所說非大乘教不應正理

音義若許有大乘應信此大乘教是佛所說離此教外別求大乘不可得故若無大乘聲聞乘教亦應非有何者以離大乘無成佛義誰出於世說聲聞乘故許聲聞乘是佛所說而非毀大乘不是佛說不應正理

○六能對治

六能對治故依大乘經勤修行者皆能引得無分別智能正對治一切煩惱故應信此是佛所說

音義謂小乘修行能引真智對治煩惱信是佛說若依大乘勤修行者皆能引得無分別智能正對治一切煩惱故應信此是佛所說

○七義異文

七義異文故大乘所說意趣甚深不可隨文而取其義便生誹謗謂非佛語是故大乘真是佛說

音義大乘所說理趣甚深聞者宜應默識心通忘言契理不可但取文而略其義謗非佛語如此甚深之教非至聖莫能宣示故知大乘真是佛說

○次引莊嚴論頌義

如莊嚴論頌此義言先不記俱行非餘所行境極成有無有對治異文故

○次引餘部二　初總標

餘部經中亦密意説阿賴耶識有別自性

補遺 此引小乗四部密意説者恐彼分別起執故暗指而不顯言今論主於下文中標出皆指此第八識

○次別引四　初大衆部

謂大衆部阿笈摩中密意説此名根本識是眼等識所依止故譬如樹根是莖等本非眼等識有如是義

音義 梵音摩訶僧伽此云大衆即老少同會共集律部也併下之上座部會立十三引南山戒疏云根本二部如四分中初結集時選五百人即是窟内迦葉上座部餘不在數名大衆即窟外部阿笈摩此云契經即律部中經謂彼經中密意説此第八名根本識是眼等識所依止故譬如樹根莖等所依是莖根本非眼等識有如是義者反顯唯第八識有此根本義故

○次上座部

上座部經分別論者俱密説此名有分識有謂三有分是因義唯此恒徧爲三有因

音義 梵音體毘履此云老宿秦言上座唯迦葉等老宿同會共出律部經即是此部中經分別論者即造論釋經之人謂彼經及論皆密意説此第八名有分識唯此下顯唯此第八識常無間斷周徧三界方能爲三有之因

○三化地部

化地部說此名窮生死蘊離第八識無別蘊法窮生死際無間斷時謂無色界諸色間斷無想天等餘心等滅不相應行離色心等無別自體已極成故唯此識名窮生死蘊

音義 唯宗輪論此部即一切有部分出會玄云言化地部者部主昔作國王化治地上庶人後捨位出家修道從本爲名曰化地部無性釋云於彼部中有三種蘊一者一念頃蘊謂一刹那有生滅法二者一期生蘊謂乃至死恒隨轉法三者窮生死蘊謂乃得金剛定恒隨轉法說此名窮生死者宗鏡釋云緣此第八徧三界九地恒常有故但有生死處即常徧爲依直至大乘金剛心末煩惱盡時方捨故名窮生死蘊離第八下明彼窮生死蘊即是第八若離此識彼窮生死蘊不可得故謂無下簡餘蘊非窮生死蘊謂無色界諸色間斷此簡色蘊無想天等餘心等滅此簡受想行併識蘊中前七識不相應行無別自體此簡不相應行故唯此第八識名窮生死蘊

○四說一切有部二 初引文

說一切有部增一經中亦密意說此名阿賴耶謂愛阿賴耶樂阿賴耶欣阿賴耶喜阿賴耶

音義 此即上座部分出初總標謂愛下別立四名

○次論釋二 初釋義三 初明正義

謂阿賴耶識是貪總別三世境故立此四名有情執爲真自內我乃至未斷恒生愛著故

阿賴耶識是真愛著處不應執餘五取蘊等

音義 初略示立四名所以謂第七末那貪彼第八總別緣彼三世爲境立此四名宗鏡釋云愛是總句總緣三世爲境餘三是別句別緣三世樂是現世欣是過去喜是未來有情下明貪愛義即此第八是諸有情第七時時執此第八識見分爲自内我故唯賴耶是真愛著處餘法不爾故不應執餘五取蘊等爲愛著處

補遺 言不應執餘等者會玄第九卷云此中五取蘊說名阿賴耶有餘復謂貪俱樂受名阿賴耶有餘復謂薩迦耶見名阿賴耶此等諸師由教反證愚於阿賴耶識故作此執如是安立阿賴耶名隨聲聞乘安立道理亦不相應文 故下文一一簡釋

○次別簡釋七 初簡餘蘊

謂生一向苦受處者於餘取蘊不生愛著彼恒厭逆餘五取蘊念我何時當捨此命此衆同分此苦身心令我自在受快樂故

音義 一向苦受處者謂三惡趣餘取蘊者對此賴耶故云餘即前七識并餘四蘊俱是第八識之餘謂諸苦趣有情彼恒厭逆餘五取蘊苦受身心唯求内我得自在樂是則所厭在蘊所愛在我故唯賴耶是真愛著處

○次簡五欲

五欲亦非真愛著處謂離欲者於五妙欲雖不貪著而愛我故

音義 離欲者謂不還果人已斷欲界煩惱即於色界妙五欲雖不生著而俱生我執猶

未斷盡故於賴耶猶生我愛

○三簡樂受

樂受亦非真愛著處謂離第三靜慮染者雖厭樂受而愛我故

音義 離第三靜慮染者謂第四靜慮巳上由彼苦樂二心俱時頓捨雖厭樂受而恒愛我

補遺 會玄第九卷云若貪俱樂受名阿賴耶生第四靜慮以上無有具彼有情常有厭逆於中執藏亦不應理

○四簡身見

身見亦非真愛著處謂非無學信無我者雖於身見不生貪著而於內我猶生愛我

音義 依身執我名爲身見非無學者謂有學聖人即初二三果能於正法信解無我雖於外身不執爲我而於內我猶生愛故

○五簡轉識

轉識等亦非真愛著處謂非無學求滅心者雖厭轉識等而愛我故

音義 謂有學聖人求滅盡定雖厭轉識而於內我猶生愛著故轉識等非愛著處

○六簡色身

色身亦非真愛著處離色染者雖厭色身而愛我故

音義 離色染者謂生無色界人厭離有色求生無色雖厭色身而愛我故

○七簡不相應行

不相應行離色心等無別自體是故亦非真愛著處

○三總結示

異生有學起我愛時雖於餘蘊有愛非愛而於此識我愛定生故唯此是真愛著處

音義意明一切異生及諸有學起我愛時於前所簡餘蘊法中雖有愛與非愛而於此識我愛定生故唯第八是真愛著處

補遺異生有學所起我愛此是第六識中分別我而於此識我愛定生是第七識中俱生我

○次結證

由是彼說阿賴耶名定唯顯此阿賴耶識

補遺由是彼增一經中所說阿賴耶名定唯顯此阿賴耶識義已上引教竟

成唯識論音響補遺卷第三之二

音釋

駛音使馬行疾也 渙沈平聲水聚而邃深之對也 㪉音鋭深明通達也

成唯識論音響補遺卷第三之三

清武林蓮居紹覺大師音義

新伊大師合響

法嗣智素補遺

○次顯理三初結前起後

已引聖教當顯正理

○次依經廣顯十初持種心三初引經證

有

謂契經說雜染清淨諸法種子之所集起故名爲心若無此識彼持種心不應有故

合響此引理證有即引經中明著道理而爲憑據論主推顯非離經外別有道理宗鏡第五十卷云集起名心唯屬第八集諸種子起現行故集諸種子者即色心人天三界有漏無漏一切諸法種子皆是第八識能集猶如世間庫藏起現行者謂三界五趣有漏無漏一切色心等現行皆從第八識生起第八識是能集起一切色心等種子是所集起今取能集起名心正取第八心王自證分名集起心相分是色見分是用證自證分落後邊故爲自證分能集諸法種子令不散失復能起諸種現行功能從無始來更不間斷故獨有集起義即知第八自證分與識中種子爲二因便是此中集起二義一爲依持因即是集義二與力令生起因即是起義文若無下據理證有第八

○次依義廣釋二初明正義二初正釋二

初簡轉識非持種心

謂諸轉識在滅定等有間斷故根境作意善

等類别易脱起故如電光等不堅住故非可熏習不能持種非染淨種所集起心

補遺 宗鏡第五十卷云前七名轉識轉謂改轉是不定義即三性三量三境易脱不定文滅定等者等取五位無心此諸轉識有間斷故在有心位中以根境作意等生識之緣各别又善惡等三性類别更易轉脱猶如電光性不堅住非可受熏不能持種故諸轉識非彼經所説染淨種所集起心也量云諸轉識是有法不能持種非染淨種所集起心宗因云在滅定等有間斷故根境作意善等類别易脱起故不堅住故喻如電光等此中前後十科雖引經爲證耑在顯理既欲顯理若非比量則不能定是非覈邪正故比量申而外人結舌不容其不生信矣故破簡文中每用三支比度楷定使無混淆則大乘正理自顯也

○次明第八是持種心 二 初正釋 二 初順明

此識一類恒無間斷如苣藤等堅住可熏契當彼經所説心義

補遺 對上轉識簡别一類者唯是無記簡三性類别恒簡易脱無間斷簡有間斷堅住簡不堅住此識具此等義故能持種是故第八方契彼經所説集起心義量云此第八識是有法堅住可熏宗一類恒無間斷故因喻如苣藤等

○次反顯

若不許有能持種心非但違經亦違正理謂諸所起染淨品法無所熏故不熏成種則應

所起唐捐其功染淨起時既無因種應同外道執自然生

音義 初略示謂若不許有持種心者非但違於集起等經亦違熏習正理謂諸下轉釋有兩種違理初明現行不熏成種失謂若無第八則所起染淨轉識雖是能熏無受熏之識不熏成種則所起能熏現識虛喪其功染淨下顯無因應同外道失謂前七現行之功虛棄不熏成種則後時染淨法起是無因種應同外道自然生矣既爾受熏持種二義俱無寧不違理是以許有第八能持種心則無是過

○次簡非 二 初簡色不相應

色不相應非心性故如聲光等理非染淨內法所熏豈能持種又彼離識無實自性寧可執為內種依止

補遺 非心性者第八自證分體是心性能持種色及不相應非心性故不是所熏豈能持種如聲光等聲是實法喻色光乃虛假喻不相應又彼二法色是識所變不相應依色心分位假立無實自體非內種依豈能持種量云色不相應是有法理非所熏豈能持種宗因云非心性故喻如聲光等

○次簡轉識心所

轉識相應諸心所法如識間斷易脫起故不自在故非心性故不能持種亦不受熏

補遺 轉識間斷易脫起故已如前簡相應心所如王亦爾且更闕自在之義又非心之體性豈能受熏持種量云轉識相應心所是有法不能受熏持種宗間斷易脫起故

因喻如識即以心王爲同喻秖可分取間斷易脱起之因以王自在是心性故

○次結示

故持種心理應別有

○次斥異解 五 初破識類受熏持種 二 初敘

有說六識無始時來依根境等前後分位事雖轉變而類無別是所熏習能持種子由斯染淨因果皆成何要執有第八識性

補遺 此是小乘所執彼宗止許唯一心王其用有六名爲六識依根境等前後分位者謂唯一心王隨六根六境作意及與善等三性前後分位轉變成於六識事雖轉變而類無別者事即識體類者似也是識之類意謂前念識體帶起後念識類如谷聲之響聲雖已滅餘響猶存是聲之類識之事類亦爾謂識體雖依根境等前後分位改轉變換而類無善惡等殊唯是一味無別即前念轉變之事熏後念一味無別之類是所熏習能持種子因果義成何要執有第八自證體性能受熏持種耶

○次破 六 初約假實破

彼言無義所以者何執類是實則同外道許類是假便無勝用應不能持内法實種

音義 若執識類是實即同數論執冥性是實非假許類是假便無勝用豈能持實種子

○次約三性破

又執識類何性所攝若是善惡應不受熏許有記故猶如擇滅若是無記善惡心時無無記心比類應斷非事善惡類可無記別類必

同別事性故

音義　初句總徵若是下別破先破善惡量云類若是善惡應不受熏許有記故猶如擇滅以擇滅是慧性是有記善法故以爲喻若是下次破無記謂類若是無記六識起善惡心時無記心斷類亦應爾如何受熏又事若善惡類亦必同勿使事是善惡類是無記何者事既有三性之別類亦應然別類必同別事性故

○三約無心位破

又無心位此類定無既有間斷性非堅住如何可執持種受熏

音義　無心位中既無六識此類定無無則間斷非堅何能受熏持種

○四約凡聖類同破

又阿羅漢或異生心識類同故應爲諸染無漏法熏許便有失

音義　聖凡之別由藏識有捨不捨之殊故熏習亦有差別若不許有第八識唯執聖凡識類同是無記是所熏性則聖者識類應爲染法所熏異生識類應爲無漏法熏若許異生受無漏熏則異生應名聖者羅漢受染法熏則聖者應名異生故云許便有失量云阿羅漢是有法應爲諸染法熏宗因云識類同故喻如異生異生准知

○五約根法類同破

又眼等根或所餘法與眼等識根法類同應互相熏然汝不許故不應執識類受熏

合響　所餘法即色聲等謂識既有類即根與法亦應有類識類既許受熏即根類法類

亦應受熏然汝不許故不應執識類受熏

○六約事類不俱破

又六識身若事若類前後二念既不俱有如隔念者非互相熏能熏所熏必俱時故

合響 汝執六識事類前後二念既不俱有則非互熏以前後二念故何故前後二念便不相熏能熏所熏必同時故量云六識事類是有法非互相熏宗前後二念不俱故因喻如隔念者

○次破六識俱轉受熏持種

執唯六識俱時轉者由前理趣既非所熏故彼亦無能持種義

音義 由上破前後二念不俱時故非互相熏復有餘部說眼等六識俱時而轉前五是能熏第六是所熏俱時而有熏習義成能持種子由前下破由前理趣者謂第六識無心位無既有間斷性非堅住無所熏義豈能持種

○三破色心自類前爲後種二初叙

有執色心自類無間前爲後種因果義立故先所說爲證不成

音義 經部師執言從前刹那色後刹那色無間而生從前刹那心後刹那心及相應法無間而生此中因果道理成就何用復計阿賴耶識是諸法因故先所說第八持種爲證不成

○次破二初正破二初約無熏習義破

彼執非理無熏習故謂彼自類既無熏習如何可執前爲後種

音義 謂種必由熏習生長色心自類既無熏

習如何可執前爲後種

○次約間斷不生破

又間斷者應不更生二乘無學應無後蘊死位色心爲後種故

音義 若無種子則間斷者應不更生梁攝論破云謂從無色界退没或從無想天退没及從滅盡定起此色心等久滅云何得爲後色心生因二乘無學無後蘊者謂既間斷不生則二乘無學身智俱泯入無餘依無色心故應無後蘊由彼不以第八識爲後種而以死後色心爲後種故既二乘入無餘依則死位已無色心復以何種生後蘊耶故攝論破竟結云色心前後相生但應容有等無間緣及所緣緣無因緣義

○次遮救

亦不應執色心展轉互爲種生轉識色等非所熏習前已説故

音義 經部師救云無色雖無有身以有心在無想滅定雖無有心非無身存即以色心互爲種生是故退没定起非無色心故遮云亦不應執互爲種生以轉識與色非所熏習前已説故

○四破三世實有能成因果二 初叙

有説三世諸法皆有因果感赴無不皆成何勞執有能持種識然經説心爲種子者起染淨法勢用强故

音義 准宗輪論此一切有部所執謂三世法皆是實有以過去爲因現在爲果現在爲因未來爲果因果感赴無不皆成何勞執有第八持種若爾云何經説雜染清淨諸

法種子之所集起故名爲心然經説心爲種子者能起染淨現法心之勢用強故

○次破

彼説非理過去未來非常非現如空華等非實有故又無作用不可執爲因緣性故若無能持染淨種識一切因果皆不得成

音義初立量破過未非實又無下次明過未無作用故非因緣若無下顯有第八持種因果方成

○五破執遣相空撥無本識二 初叙執斥違經

有執大乘遣相空理爲究竟者依似比量撥無此識及一切法彼特違害前所引經

合響宗鏡第五十卷云不違真異熟證唯識人多執俗有真無強生異見不知諸佛密意執遣相空理以爲究竟此乃破徧計情執是護過遮詮便撥依他圓成悉作空華之相若無依圓本識及一切法皆應無體既非實有成大邪見

○次約法斥違理二 初斥成邪見

智斷證修染淨因果皆執非實成大邪見外道毁謗染淨因果亦不謂全無但執非實故

音義謂起智斷惑修因證果染淨諸法皆執非實成大邪見何者外道亦不謂染淨等皆無但執非實謂染因不招惡果淨因不感善果如空華等因果皆虚

○次斥反正智

若一切法皆非實有菩薩不應爲捨生死精勤修集菩提資糧誰有智者爲除幻敵求石女兒用爲軍旅

音義 若染淨等一切諸法皆非實有菩薩不應爲捨不實生死精修不實菩提資糧誰有智者云云 刄敵喻不實生死石女兒軍旅喻不實資糧

○三總結證成

故應信有能持種心依之建立染淨因果彼心即是此第八識

○二異熟心三 初引經證有

又契經說有異熟心善惡業感若無此識彼異熟心不應有故

合響 宗鏡第四十七卷云謂前世中以善不善業爲因招感得今生第八異熟心是果

若無下證成

○次依義廣釋二 初簡轉識非真異熟

謂眼等識有間斷故非一切時是業果故如電光等非異熟心異熟不應斷已更續彼命根等無斯事故眼等六識業所感者猶如聲等非恒續故是異熟生非真異熟

音義 非一切時是業果者謂眼等識通三性於中唯無記性是滿業所感之果若起善惡時則非業果故云非一切時是業果故異熟下轉釋間斷非異熟心謂彼命根依第八識立由先業所引住時決定無有斷已更續之義言等者等衆同分眼等下簡六識中滿業果非真異熟量云眼等識是有法非異熟心宗因云有間斷故非一切時是業果故喻如電光等

○次明第八是真異熟三 初約有情身器顯有真異熟

定應許有真異熟心酬牽引業徧而無斷變

爲身器作有情依身器離心理非有故不相應法無實體故諸轉識等非恒有故若無此心誰變身器復依何法恒立有情

音義 初依理順明由上理故決定應許有真異熟是酬引業果能變身器爲有情依次身器下反顯簡非根身器界離心理非有故不相應法指命根及衆同分轉識等非恒有故若無此心身器誰變又依何法恒立有清

○次約身受怡勞顯有真異熟

又在定中或不在定有別思慮無思慮時理有衆多身受生起此若無者不應後時身有怡適或復勞損若不恒有真異熟心彼位如何有此身受

音義 謂在定時無思慮不在定時有思慮無思慮則後時身有怡適樂受生起有思慮則後時身有勞損苦受生起此等身受現行皆由真異熟有此若無者無如是事

○三約非佛有情顯有真異熟

非佛起餘善心等位必應現起真異熟心如許起彼時非佛有情故

補遺 非佛者謂十界中除佛顯餘之九界有情位中起餘善等心時必應現起真異熟心對佛果極善故稱餘善等者等於不善無記即等覺位菩薩猶有一分俱生法執未盡而異熟尚在究竟空時必在菩薩金剛道後故唯佛無異熟如許起彼餘善心等則定有異熟非佛是有情故量云非佛起餘善心等位是有法必應現起真異熟心宗因云非佛有情故同喻如許起彼時

○三總結證成

由是恒有真異熟心彼心即是此第八識

○三界趣生體三　初引經證有

又契經說有情流轉五趣四生若無此識彼趣生體不應有故

合響　初引經若無下證成宗鏡第四十七卷云須信有第八識爲三界九地五趣四生之體若無此識即一切有情不應得有

○次依義廣釋二　初標義

謂要實有恒徧無雜彼法可立正實趣生

補遺　具足四義方是趣生之體

○次釋成二　初簡轉識等非趣生體

非異熟法趣生雜亂住此起餘趣生法故諸異熟色及五識中業所感者不徧趣生無色界中全無彼故諸生得善及意識中業所感者雖徧趣生起無雜亂而不恒有不相應行無實自體皆不可立正實趣生

音義　謂前六識善染二性待現緣起非業所感故非異熟法若以此爲趣生體則趣生雜亂何者住此趣生中起餘趣生法故如於人中若起上品善心則屬諸天若起上品惡心則屬地獄中下善惡准知是善染心既雜亂故非正實趣生之體諸異熟色者謂五色根與香味觸及色聲中一分五識業所感者即前五識異熟生無記此等諸無記法雖不雜亂不徧無色界故非趣生體生得善者善有修得報得此即報得善心謂先修習爲因緣故後於此中生便即得名俱生善意識中業所感者即第六識異熟生無記此二雖徧三界起不雜亂

然於無心位中間斷不生不恒有故非趣生體不相應行指命根衆同分此二雖徧恒有無雜然依此識假立無實體故亦非趣生故總簡皆不可也

○次明第八心品是趣生體 三 初約實等四義順明

唯異熟心及彼心所實恒徧無雜是真實趣生

音義 唯第八現行心品反上所簡具四義故是趣生體

○次約無色第六反釋

此心若無生無色界起善等位應非趣生設許趣生攝諸有漏生無色界起無漏心應非趣生便違正理勿有前過及有此失故唯異熟法是正實趣生

音義 謂若不許有異熟心生無色界有情既無有色與前五識唯有意識起善等心時應非趣生以無異熟趣生體故設許下彼謂無色有情未斷惑故所起善等是有漏攝猶名趣生故縱云設許趣生攝諸有漏那含聖者生無色界已斷惑故所起善等或是無漏應非趣生許便違理何者理應有界必是趣生如四果聖人未入無餘猶是趣生攝故勿有下結示勿有前起善等非趣生過及後無漏非趣生攝失故應許有唯異熟法是正實趣生

補遺 攝論云生無色界若離異熟染汙善心應無種子染汙善心應無依持 染汙善心者謂無色界天起愛味著名為染汙有等至故名為善心 又即於彼無色界 若出世心 謂無漏心 正現在前餘世間心 有漏心 皆

滅盡故爾時便應滅離彼趣爾時便應滅離彼趣者彼趣所攝異熟無故不由功用自然應得無餘涅槃能治現前一切所治皆永斷故

○三約佛非趣生反證

由是如來非趣生攝佛無異熟無記法故亦非界攝非有漏故世尊已捨苦集諦故諸戲論種已永斷故

音義 由上理故佛非趣生異熟已空故亦非三界攝諸漏永盡故苦集二諦是三界因果如來已捨故界是因義即有漏種諸戲論種已永斷故

○三總結證成

正實趣生既唯異熟心及心所彼心心所離第八識理不得成故知別有此第八識

○四有執受 三 初引經證有

又契經說有色根身是有執受若無此識彼能執受不應有故

合響 初引經若無下證有宗鏡第四十七卷云有色界中有情有五色根及内五塵是第八親相分唯第八識能執受若是餘識即無此能

○次依義廣釋 二 初明第八是能執受 二

初顯有能執受心

謂五色根及彼依處唯現在世是有執受彼定由有能執受心

音義 眼等五根勝義根及彼依處浮塵根過去已滅未來未生唯現在世是有執受故決定應有能執受心

○次立第八是能執受 二 初正立

唯異熟心先業所引非善染等一類能徧相續執受有色根身眼等轉識無如是義

○次簡別

此言意顯眼等轉識皆無一類能偏相續執受自內有色根身非顯能執受唯異熟心勿諸佛色身無執受故然能執受有漏色身唯異熟心故作是說

音義　此眼等轉識無如是義之言非顯能執受唯異熟心何者若謂唯以異熟爲能執受則諸佛異熟已空應無執受耶然無垢識亦能執受諸佛色身是故此言非顯能執受唯異熟心若爾何故前云唯異熟心能執受然能執受有漏色身唯異熟心故作是說

○次簡轉識等非能執受　三　初簡諸轉識

謂諸轉識現緣起故如聲風等彼善染等非業引故如非擇滅異熟生者非異熟故非偏依故不相續故如電光等不能執受有漏色身

音義　此中有三比量皆以末句不能執受有漏色身爲宗初量總明轉識次二量別約三性現緣起簡非引業非引業者簡非一類謂善染二性是自力招非業所引正如非擇滅無爲是自性清淨非由智力斷惑所顯非偏依簡非能偏不相續簡非相續是故轉識不能執受有漏色身

補遺　現緣起者假現在緣而得生起謂眼識九緣生等瑜伽第五十一卷云謂阿賴耶識先世所造業行爲因眼等轉識於現在世衆緣爲因如說眼及境界作意力故諸轉識生

○次簡諸心所

諸心識言亦攝心所定相應故如唯識言

補遺量云轉識心所是有法不能執受宗與諸轉識定相應故喻如唯識言恐有謂轉識不能執受或彼心所可能執受故又簡之

○三簡色根命根

非諸色根不相應行可能執受有色根身無所緣故如虛空等

合響五色根是所執受無能執受義不相應行中命根等無實自體根雖有照境之用而無能緣之義故同不相應行並無所緣

量云諸色根不相應行是有法非可能執受有色根身宗無所緣故因如虛空等喻

○三總結證成

故應別有能執受心彼心即是此第八識

○五持壽煖識三初引經證有

又契經說壽煖識三更互依持得相續住若無此識能持壽煖令久住識不應有故

合響初引經若無下證有

○次依義廣釋二初簡轉識非持壽煖識

謂諸轉識有間有轉如聲風等無恒持用不可立爲持壽煖識

音義諸轉識是有法不可立爲持壽煖識宗因云有間有轉無恒持用故喻如聲風等

○次明第八是持壽煖識二初正立

唯異熟識無間無轉猶如壽煖有恒持用故可立爲持壽煖識

音義異熟識反上諸義故可立爲持壽煖識壽煖如初卷中釋此二住時決定亦無間轉故爲同喻立量可知

○次釋成二初正釋

經說三法更互依持而壽與煖一類相續唯識不然豈符正理

音義 恐有謂曰經說識言或詮轉識何理定知是第八識耶故釋云經說三法更互依持而壽與煖一類無間識獨不然如何同彼有恒持用故有間轉識與無間壽煖更互依持豈符正理

○次通妨二初難

雖說三法更互依持而許唯煖不徧三界何不許識獨有間轉

音義 大乘宗許煖不徧三界以無色無身故無煖相故小乘引煖爲例難云三法相依既許煖法不徧三界何不許識亦有間轉耶

○次釋二初約三法具處釋

此於前理非爲過難謂若是處具有三法無間轉者可恒相持不爾便無恒相持用前以此理顯三法中所說識言非詮轉識舉煖不徧豈壞前理故前所說其理極成

音義 謂難之不得其當故云非爲過難也前准經立第八是持壽煖識者正約是處具有三法俱無間轉可恒相持若無色不具煖法此煖法更無恒相持用前以此三法俱無間轉之理顯示經說識言非詮轉識正明異熟識有恒持用今援煖法不徧爲難豈壞前所立理何者以捨煖時餘二不捨故我以前所說持壽煖者爲無間異熟其理極成

○次約煖不徧處釋

又三法中壽煖二種既唯有漏故知彼識如壽與煖定非無漏生無色界起無漏心爾時何識能持彼壽

音義 煖是第八相分色法壽是命根即依親生第八現行種子假立自異生乃至末空異熟此二恒屬有漏故知彼識定非無漏此則立理顯示三法定俱有漏生無下正約煖不偏義折難謂含那聖者生無色界第六起無漏心時此識若無爾時何識能持彼壽勿無漏心持有漏種

○三總結證成

由此故知有異熟識一類恒偏能持壽煖彼識即是此第八識

○六生死時心三 初引經證有

又契經說諸有情類受生命終必住散心非無心定若無此識生死時心不應有故

音義 初引經謂有情類於受生時及命終時眼等轉識定不現起必住散心有心非無心亦非定心若無下反顯證有

○次依義廣釋二 初正明生死時心二 初明正義二 初簡轉識非生死時心

謂生死時身心惛昧如睡無夢極悶絕時明了轉識必不現起又此位中六種轉識行相所緣不可知故如無心位必不現行六種轉識行相所緣有必可知如餘時故

音義 初約身心惛昧顯無轉識量云謂生死時明了轉識必不現起身心惛昧故如睡無夢極悶絕時又此下約行相所緣不可知顯無轉識量云此位中六種轉識必不現行行相所緣不可知故如無心位六種

下反顯有必可知如尋常非生死時故

○次明第八是生死時心

真異熟識極微細故行相所緣俱不可了是引業果一期相續恒無轉變是散有心名生死心不違正理

合響 問生死位六識行相所緣既不可了名爲無者生死位異熟行相所緣亦不可了云何非無答真異熟識極微細故行相所緣俱不可了非謂無心名不可了以此異熟是酬引業爲總報主一期相續不斷恒無轉變即此是散心有心非無心定心以此名爲生死時心

○次斥異說二　初異說二　初叙

有說五識此位定無意識取境或因五識或因他教或定爲因生位諸因既不可得故受生位意識亦無

音義 初謂受生位中定無五識意識下謂無第六因五識者謂因與五識同緣現五塵境此即同時意識因他教者謂因他人之教起邪正思惟此即散位獨頭意識定爲因者謂即諸禪三昧中定位獨頭意識謂第六意識生起由此三因今生位三因既不可得故受生位意識亦無云何說言受生命終必住散心

補遺 受生位無意識原同正論但妄謂由三因之不可得故無意識則成異說以其不信有第八識中種子爲因而別以五識等三因爲因故被大乘破斥

○次破二　初正破

若爾有情生無色界後時意識應永不生定

心必由散意識引五識他教彼界必無引定散心無由起故

音義　若爾牒前所執謂若受生位中諸因無故意識不起有情若生無色界中後時意識應永不生何者定心必由散意加行引起散意必由五識他教引起五識他教彼界必無引定散心無由而起既無三因故永不生

○次遮救

若謂彼定由串習力後時率爾能現在前彼初生時寧不現起又欲色界初受生時串習意識亦應現起若由惛昧初未現前此即前因何勞別說

音義　先牒救詞彼救云彼界雖無引定散心然由宿昔串習力故後時彼定率爾現前彼初下破若由串習彼初生時寧不現起何待後時又欲下例破謂無色界既許定心由串習力率爾現起於欲色界初受生時串習意識亦應現起何獨不然若謂初受生時由惛昧故意識未即現前此即前云身心惛昧轉識不現何勞別說

○次餘部

有餘部執生死等位別有一類微細意識行相所緣俱不可了應知即是此第八識極成意識不如是故

音義　先叙應知下通

○次別明將死時心二　初立義

又將死時由善惡業下上身分冷觸漸起若無此識彼事不成轉識不能執受身故

音義　瑜伽論云又將終時作惡業者識於所

依從上分捨即從上分冷觸隨起於是漸捨乃至心處造善業者識於所依從下分捨即從下分冷觸漸起如是漸捨乃至心處當知後識唯心處捨從此冷觸徧滿所依

補遺 瑜伽第五十一卷云何故若無阿賴耶識命終時識不應道理謂臨終時或從上身分識漸捨離冷觸漸起或從下身分識漸捨離冷觸漸起非彼意識有時不轉故知唯有阿賴耶識能執受身此若捨離即於身分冷觸便生身無覺受意識不爾是故若無阿賴耶識不應道理

○次釋成二 初簡轉識不生冷觸

眼等五識各別依故或不行故第六意識不住身故境不定故徧寄身中恒相續故不應冷觸由彼漸生

音義 各別依者簡非徧依謂眼識依眼根乃至身識依身根故或不行者或時緣缺不現起故不住身者謂第六識不依五色根唯依心根故境不定者或色或心或過現未來等境徧緣一切故徧寄身中恒相續者如經云其心在在常處諸根隨逐諸塵無有暫捨以眼等六識有此諸義不應冷觸由彼漸生

○次明第八能生冷觸

唯異熟心由先業力恒徧相續執受身分捨執受處冷觸便生壽煖識三不相離故冷觸起處即是非情雖變亦緣而不執受

音義 唯異熟心是能執受捨執受處冷觸便生何者壽煖識三不相離故無識之處便

無煖故冷觸起處如外器界即是非情此識雖變亦緣爲境而不執受

○三總結證成

故知定有此第八識

○七緣起依三　初引經證有

又契經説識緣名色名色緣識如是二法展轉相依譬如蘆束俱時而轉若無此識彼識自體不應有故

音義　先引經瑜伽論問何故建立名色與識互爲緣耶答識於現法中用名色爲緣名色復於後法中用識爲緣所以者何以於母腹中有相續時説互爲緣故由識爲緣於母腹中諸精血等名色所攝受和合共成羯邏藍性此即名色爲緣復令彼識於此得住斯即二法相依俱時轉義若無下證成

○次依義廣釋二　初引經釋

謂彼經中自作是釋名謂非色四蘊色謂羯邏藍等此二與識相依而住如二蘆束更互爲緣恒俱時轉不相捨離

音義　非色四蘊謂受想行識羯邏藍此云雜穢父母赤白不净爲雜穢此即初位等餘四位俱舍頌云最初羯邏藍此云薄酪次生頞部曇此云胞從此生閉尸此云軟肉閉尸生健南此云堅肉五盋羅奢佉此云肢節此之五位皆名色支此第五位亦六處攝下有三位皆六處支六髮毛爪位七根位八形位若取一生皆名色攝則六處觸受皆屬名色故云等也如束蘆者如立二束蘆兩頭相依方得安住去東西倒去

西東倒名色與識相依亦然

○次明論釋二初明第八是名色緣二初正明

眼等轉識攝在名中此識若無説誰爲識

音義宗鏡第四十七卷中引小乗云我將六識爲名色依何要第八論主云眼等六識已攝在名中爲識蘊故須得第八爲名外識支與名色爲依第八若無説誰爲識

合響華嚴鈔云若言四藴曰名羯邏藍等爲色則所依現行之識亦唯賴耶又云以非色四藴爲名則名支之中已有識竟故以第八爲識支也

○次遮救

亦不可説名中識藴謂五識身識謂第六羯邏藍時無五識故

音義清凉曰恐復救云名中識藴是眼等五所謂識支即是第六故遮破云亦不可説等意顯初七日内羯邏藍時根未具足境未現前大小乗教共許無前五識故大乗以第六爲名中識蘊也

○次簡轉識非名色緣

又諸轉識有間轉故無力恒時執持名色寧説恒與名色爲緣

○三總結證成

故彼識言顯第八識

成唯識論音響補遺卷第三之三

音釋

惛呼昆切音昏心不明也　串樞絹切音釧穿也貫也　邏郎佐切羅去聲　巡也遮也

成唯識論音響補遺卷第四之一

清武林蓮居紹覺大師音義

新伊大師合響

法嗣智素補遺

爲諸有情任持身故是名依持又第五十七卷云經言有四種食皆能長養諸根大種謂由此四食長養五色根及意根幷根所依所有大種

〇八識食體三　初引經證有

又契經說一切有情皆依食住若無此識彼識食體不應有故

音義　初引經食者資益義任持義由此食故能持三界有情身命故云皆依食住若無下證有第八

〇次依義廣釋二　初通明四食相二　初總標

謂契經說食有四種

補遺　瑜伽第二卷云六種依持第六食依持謂四食一段食二觸食三意思食四識食

〇次别釋四　初段食

一者段食變壞爲相謂欲界繫香味觸三於變壞時能爲食事由此色處非段食攝以變壞時色無用故

合響　段謂分段一分一段可飲啜故變壞爲相者謂此段食必假呑咽後變壞已方爲食相謂欲下轉釋欲界繫者謂段食唯欲界有香謂馨香之氣味謂甘辛等味觸謂冷熱等觸大論云是故段食三處所攝變壞時能爲食事者瑜伽第六十六卷云由香味觸若正消變便能長養不正消變乃

爲損減若諸段物於吞咽時令心歡喜諸根悦豫當於爾時不名段食但名觸食若受用已安隱消變增長喜樂於消變時乃名段食文由此下簡非又瑜伽云不立色處由彼要至味勢熟等變壞之位方損益故食色雖美以變壞時色無用故開蒙問此段食以何爲體答謂香味觸三塵爲體問色聲二塵何不爲體答眼耳二識離中取境色聲二塵不與根合不能資得諸根大種故不爲體鼻舌身三合中取境境與根合故能資得諸根大種所以三塵偏爲食體問段食以何爲相答變壞爲相謂香味觸變壞之時方能資長諸根大種文清涼問食爲對身根亦對餘根答先資身根爲資養已後資養餘根以發識明利

補遺瑜伽卷第五云復次飲食受用者謂三界將生已生有情壽命安住此中當知觸意思識三種食故一切三界有情壽命安住段食一種唯令欲界有情壽命安住復於那落迦有情有微細段食謂腑臟中有微動風由此因緣彼得久住餓鬼傍生人中有麤段食爲作分段而噉食之復有微細食謂住羯邏藍等位有情及欲界諸天由彼食已所有段食流入一切身分支節尋即消化無有便穢

○二觸食

二者觸食觸境爲相謂有漏觸纔取境時攝受喜等能爲食事此觸雖與諸識相應屬六識者食義偏勝觸麤顯境攝受喜樂及順益捨資養勝故

音義觸即偏行心所能令心等觸境爲相謂有下轉釋有漏觸者簡非無漏識相應觸攝受喜等能爲食事者瑜伽第五十七卷云觸能攝受若喜若樂若捨一分捨通違順此與喜樂俱順益一分由此復能攝益諸識由攝益故復能長養諸根大種文此觸下簡別宗鏡第五十卷云此觸食體皆通八識雖通與諸識相應屬六識者食義偏勝以所觸之境相麤顯故別能攝受喜樂受故能生順益身之捨故是偏勝義七八俱觸境微細故全不能生喜樂受故雖生捨受但不爲損而非益故由此義顯觸生憂苦非順益捨即非食體不資養故文如見色愛著名食觀戲劇等終日不食而不饑皆觸食義也

○三思食

三意思食希望爲相謂有漏思與欲俱轉希可愛境能爲食事此思雖與諸識相應屬意識者食義偏勝意識於境希望勝故

補遺意思者謂有漏意會思若在意地能會境思此偏行中思別境中欲二數俱轉能希望彼可愛境故由希望故便能長養諸根大種雖思與欲俱轉唯云思食者何也開蒙問欲何非食答思慮益根非欲能故問請舉思慮爲食之事答如懸砂療饑望梅止渴此皆由思資益根大即其事也問思亦偏行八識皆具何識思是答第六偏勝

○四識食

四者識食執持爲相謂有漏識由段觸思勢

力增長能爲食事此識雖通諸識自體而第八識食義偏勝一類相續執持勝故

補遺 瑜伽第九十四卷云四者識食能執受諸根大種識由能執受諸根大種識故令彼諸根大種并壽及煖與識不離身爲因而住是故說識名彼住因文 開蒙云由前三食勢分力故識能資養諸根大種方爲食事文 此識下簡自體即自證分問一言其識必通諸識自體識義既同何獨第八名爲識食答唯第八識一類相續執持偏勝故

○三結判二 初約三科判

由是集論說此四食三蘊五處十一界攝此四能持有情身命令不壞斷故名爲食

音義 三蘊五處十一界攝者清涼鈔云段食是色蘊觸思是行蘊識食如名段是香味觸三處觸思是法處識是意處段攝三界觸思法界識七心界六識界及意根界 此四下結

○次約三界判

段食唯於欲界有用觸意思食雖偏三界而依識轉隨識有無

音義 所言欲界者謂有飲食睡眠淫欲色無色界無此三故故段食唯欲界有用觸思二法是偏行攝雖通三界無相應之識此二亦無故隨六識而爲有無識食偏故略不言之

補遺 隨識有無者如初禪無鼻舌二識則無鼻舌二識相應觸思二食唯有眼耳身及與意識相應觸思二食二禪以去無前五識但有意識相應觸思二食無想天無第

六識則無相應之食雖有七八二識相應觸思而食義不勝但有識食也
○次別明識食體二　初簡轉識非識食體二
初正簡
眼等轉識有間有轉非徧恒時能持身命謂無心定熟眠悶絶無想天中有間斷故設有心位隨所依緣性界地等有轉易故於持身命非徧非恒諸有執無第八識者依何等食經作是言一切有情皆依食住
音義　先標謂無下釋先明無心位有間設有下次明有心位有轉謂所依之根不同所緣之境不一性有善惡界有三界地有九地如此種種有轉易故諸有下結難小乘
○次斥異四　初破過未識等爲食
非無心位過去未來識等爲食彼非現常如空華等無體用故設有體用非現在攝如虛空等非食性故
音義　彼計云無心位中雖現無識由過去未來有識及有心所即以此爲食亦何不可奚必用第八爲識食耶故立量破云過去未來識等是有法非無心位爲食宗因云彼非現常無體用故喻如空華設有下縱破謂過未識設有體用而非現在亦非食性爲食事者必現在故
○二破入定心等爲食
亦不可說入定心等與無心位有情爲食住無心時彼已滅故過去非食已極成故
音義　入定心等者謂定前加行心及心所恐彼轉計加行心等爲無心位有情之食故破云亦不可說云云

○三破不相應行爲食
又不可說無想定等不相應行即爲彼食段等四食所不攝故不相應法非實有故
音義 恐彼復計云以經言禪悅爲食無想滅盡二定是不相應行故可即爲彼入二定者之食故破云又不可說等何者不相應行段等四食所不攝故又不相應行依色心分位假立離於色心非實有體故
○四破第六意識爲食 二 初敘
有執滅定等猶有第六識於彼有情能爲食事
○次破 三 初總斥指廣
彼執非理後當廣破
合響 後廣破中只破滅定中有第六識
○次約義別破 三 初破無漏識爲食
又彼應說生上二界無漏心時以何爲食無漏識等破壞有故於彼身命不可爲食
音義 彼應說者反詰彼謂滅定有第六識爲食若滅定人生上二界第六意識起無漏心時有漏第六巳無爾時應說以何爲食恐彼計云即以無漏意識爲食故破云無漏識等 云云 應知未證轉依所有身命盡屬有漏設以無漏意識持彼身命則障治相違故云破壞有故
○次破有漏種爲食
亦不可執無漏識中有有漏種能爲彼食無漏識等猶如涅槃不能執持有漏種故
音義 恐彼救云無漏識中有有漏種即此漏種能爲彼食所以不壞有漏身命破云亦不可執等無漏下出意謂無漏識猶如涅

槃清淨無染不能持彼有漏雜染種故漏種尚無以何爲食

○三破身命互爲食

復不可說上界有情身命相持即互爲食四食不攝彼身命故又無色無身命無能持故衆同分等無實體故

音義 復恐救云上界有情以身持命以命持身即互爲食破云四食不攝彼身食命食故又無色界現無色身彼有情命無能持故以何爲食衆同分等如彼命根無實體故亦不能持身

○次明異熟是識食體 二 初正釋

由此定知異諸轉識有異熟識一類恒徧執持身命令不壞斷世尊依此故作是言一切有情皆依食住

○次通妨

唯依取蘊建立有情佛無有漏非有情攝說爲有情依食住者當知皆依示現而說

音義 問一切有情皆依食住佛亦依食應是有情釋云唯依有漏建立有情佛無有漏非有情攝又問經云衆生無上者佛是豈非有情釋云說爲有情依食住者應知皆依示現說故

○三總結證成

旣異熟識是勝食性彼識即是此第八識

○九滅定有心 三 初引經證有

又契經說住滅定者身語心行無不皆滅而壽不滅亦不離煖根無變壞識不離身若無此識住滅定者不應有故

音義 初引經宗鏡第四十七卷釋云入滅定

聖人身語心行無不皆滅出入息是身加行受想是心加行尋伺是語加行此三加行與第六識相應在滅定中皆悉滅故而壽不滅者即第八識種上有連持一報色心不斷功能名壽亦不離煖者煖觸是第八相分即此二法皆不離第八識既在滅定中六識身語心行皆悉不行而有壽煖在者明知即是第八識與壽煖爲依若無下證有第八

○次依義廣釋二　初明滅定有第八識三　初依義明滅定有識二　初明定中第八爲不離身識

謂眼等識行相麤動於所緣境起必勞慮猒患彼故暫求止息漸次伏除至都盡位依此位立住滅定者故此定中彼識皆滅若不許有微細一類恒徧執持壽等識在依何而說識不離身

音義　先順明住滅定者轉識必滅若不下反顯不離身識定是第八若不許者彼契經中依何義說識不離身

○次破後時還起名不離身識

若謂後時彼識還起如隔日瘧名不離身是則不應說心行滅識與想等起滅同故壽煖諸根應亦如識便成大過故應許識如壽煖等實不離身

音義　先牒計恐救云滅定者初入定時滅彼六識後出定時六識還起如隔日瘧瘧雖暫愈病根仍在名不離身彼識亦爾是則下破若後還起名不離身契經不應說心行滅何者識與想等起滅必同若謂識滅

後時還起名不離身心行雖滅後亦還起寧不同識名不離身耶壽煖諸根應亦如識滅已還起若爾正入定時竟同死屍便成大過曾見有人壽煖與諸根既滅復得生乎故應許有第八實不離身則無是過

〇次據理破滅定無識三　初破全無識

又此位中若全無識應如瓦礫非有情數豈得說爲住滅定者

音義　謂此位中彼識皆滅不許第八則全無識若全無識應如瓦礫之非情經中何得說爲住滅定有情耶

〇次破無異熟識

又異熟識此位若無誰能執持諸根壽煖無執持故皆應壞滅猶如死屍便無壽等既爾後識必不還生說不離身彼何所屬諸異熟識捨此身已離託餘身無重生故

合響　彼何所屬者滅定位中既不許有能持之識住滅定者諸根壽煖悉皆敗壞契經所說不離身識竟何屬耶何者識離此身投託他身無復重來生此身故

補遺　前執無識則諸識全無故以瓦礫爲破此執無識但無異熟顯有第六出定還起故以無識執持諸根壽煖爲破

〇三破無持種識

又若此位無持種識後識無種如何得生過去未來不相應法非實有體已極成故諸色等法離識皆無受熏持種亦已遮故

合響　初直以後識無種破過去下展轉遮破

〇三立量顯滅定有識

然滅定等無心位中如有心位定實有識具

根壽煖有情攝故由斯理趣住滅定者決定有識實不離身

音義　量云住滅定等無心位中定實有識具根壽煖有情攝故如有心位由斯下結顯

○次破滅定有第六識 二 初約名位破 二 初約名 二 初正破

若謂此位有第六識名不離身亦不應理此定亦名無心定故

音義　初牒計亦不下破意明若有第六不名無心定所謂無心者是無第六旣有第六何名無心前云後當廣破即指此下之文

○次破救

若無五識名無心者應一切定皆名無心諸定皆無五識身故意識攝在六轉識中如五識身滅定非有

音義　謂彼救云名無心者唯無前五非無第六應一下破云應一切定皆名無心何者九次第定皆無五識非唯滅盡定也意識下立量例破謂無五識意識亦無以第六同五轉識攝故量云第六意識滅定非有攝在六轉識中故如五識身

○次約位

或此位識行相所緣不可知故如壽煖等非第六識若此位有行相所緣可知識者應如餘位非此位攝本爲止息行相所緣可了知識入此定故

音義　初立量順明非第六識若此下反顯此位若有可知識者則同餘位非滅定位攝本爲下出其所以

○次約心所破 二 初總徵

又若此位有第六識彼心所法爲有爲無

○次別破二 初約有心所破三 初標違教名

若有心所經不應言住此定者心行皆滅又不應名滅受想定

音義 若有心所違經所說心行皆滅有心所故則有受想亦違此名滅受想定

○次釋違教名三 初破唯滅受想二 初救

此定加行但厭受想故此定中唯受想滅受想二法資助心強諸心所中獨名心行說心行滅何所相違

音義 初救無違名失意謂此定在加行前但厭受想麤動故在定中唯受想滅而得名爲滅受想定受想下救無違教失謂受想二法資助心強諸心所中獨名心行說心行滅有餘心所寧得違經

○次破

無想定中應唯想滅但厭想故然汝不許既唯受想資助心強此二滅時心亦應滅

音義 舉例破云若汝謂滅定加行但厭受想故此定中唯滅受想是則無想定前但厭想故應唯滅想不滅餘所然汝不許無想定中唯想滅者此亦應然故受想滅餘亦應滅既唯下例破無識受想二法既助心強此二滅時心亦應滅何執此位有第六識

○次破心不同行亦滅二 初救

如身行滅而身猶在寧要責心令同行滅

音義 救者意謂如身之加行雖滅而身不滅心亦如是雖心行滅而心不滅寧要責心

令同行滅

○次破 二 初以語行對破

若爾語行尋伺滅時語應不滅而非所許

音義 若如汝謂身行滅時而身猶在例心行滅而心不滅亦應語行尋伺滅時語亦不滅然滅定有語汝非所許以此推之故不應將心行例同身行也

○次明行有徧不徧

然行於法有徧非徧徧行滅時法定隨滅非徧行滅法或猶在非徧行者謂出入息見息滅時身猶在故尋伺於語是徧行攝彼若滅時語定無故受想於心亦徧行攝許如思等大地法故

補遺 初泛明行有徧不徧法有滅不滅故不可一槩例同也法者通指身語心法非徧行下次轉釋先釋非徧行滅法或猶在謂出入息是身法行以非徧行所攝故行雖滅而身法猶存也次釋徧行滅時法定隨滅謂尋伺是語法加行受想是心法加行然皆徧行所攝故尋伺若滅語法定無受想滅時心法寧存許如思等大地法者此且就小乘意義引餘部所許思等大地法證成受想是徧行攝俱舍頌云受想思觸欲慧念與作意勝解三摩地徧於一切心俱舍疏云此言大地者目受想等十心所也以受想等通三性等一切心品故名爲大地者行處即目心王是諸心所行處故名爲地法之一字還目心所是大地之法

文 此中引證之意以受想是大地法故是徧行所攝又以受想例同尋伺尋伺於語

是徧行攝彼若滅時語定無故前云尋伺滅時語應不滅而非所許如何受想滅時獨許心在同是徧行法故彼既不爾此云何然

〇三結

受想滅時心定隨滅如何可說彼滅心在

〇三受想與思等互破二　初以受想例思等亦應滅

又許思等是大地法滅受想時彼亦應滅既爾信等此位亦無非徧行滅餘可在故如何可言有餘心所

音義此例同展轉皆無以破有餘心所謂汝宗既許思等是大地法受想滅時思等亦應皆滅以同是大地法故大地法既滅則信等善法貪等不善法此位亦無何者非徧行滅餘可在故如何可說唯滅受想有餘心所

〇次以思等例受想應不滅三　初例難

既許思等此位非無受想應然大地法故又此定中若有思等亦應有觸餘心所法無不皆依觸力生故若許有觸亦應有受觸緣受故既許有受想亦應生不相離故

音義此以有則俱有爲難故以思等例破受想不應獨無同是大地法故又此下復約依緣展轉明有受想意謂既有思等必應有觸以觸是諸心所之生緣故既有其觸受想非無如何可言受想獨滅有餘心所

〇次轉救

如受緣愛非一切受皆能起愛故觸緣受非一切觸皆能生受由斯所難其理不成

音義 先舉例云如受緣愛有受起愛有受不起愛非一切受皆能生愛故觸緣受例亦應然

○三復破

彼救不然有差別故謂佛自簡唯無明觸所生諸受爲緣生愛曾無有處簡觸生受故若有觸必有受生受與想俱其理決定

音義 彼救不然者謂觸緣受受緣愛不可爲例何者有差別故謂佛下出差別所以言無明觸者謂與無明相應觸也謂有經中佛自簡別諸受生起有二種緣有依無明觸生有依明觸生唯無明觸所生諸受爲緣能生愛支非明觸也故云非一切受皆能起愛曾無有處簡觸生受何觸生受何觸不生受是故不可爲例故若下結成前難

○三結違教名

或應如餘位受想亦不滅執此位中有思等故許便違害心行滅言亦不得成滅受想定

音義 量云受想是有法此位亦不滅宗因云執此位中有思等故喻如餘位若不許滅仍違教名

○次約無心所破二 初正破三 初約王所例破二 初正例無所亦應無王

若無心所識亦應無不見餘心離心所故餘徧行滅法隨滅故受等應非大地法故此識應非相應法故許則應無所依緣等如色等法亦非心故

音義 若無心所意識應無不見下以四因證成餘心謂第六之餘指眼等五識此且就

小乘言也餘徧行謂餘識相應徧行等心與心所不相離故徧行心所滅心法必滅故此與諸識例同意識應無也受等應非大地法者謂若有心而無心所者受等應非大地法攝以不能徧一切心故此識應非相應法者如心所引起心王時心王是相應法今若心所滅而心王獨存此識應非相應法故若許此識非相應法則此意識應無心所同所依根同所緣境同時同事便如色等亦非心故量云此識應無所依緣等亦非心故如色等法

○次反例有王亦應有所 二 初正例

又契經說意法爲緣生於意識三和合觸與觸俱起有受想思若此定中有意識者三和合故必應有觸觸旣定與受想思俱如何有識而無心所

音義 先引經若此下以經義責破非理

○次遮救 二 初遮定位三和不生觸等 二

初牒救詞

若謂餘時三和有力成觸生觸能起受等由此定前厭患心所故在定位三事無能不成生觸亦無受等

音義 餘時簡非定時謂餘時根境識三更相隨順有力故能成觸生觸能起受等由此定前加行之時厭患心所故於定位三和無力無如是事

○次破斥

若爾應名滅心所定如何但說滅受想耶

音義 謂旣由定前厭患心所故在定位三事無能不生觸等是則應名滅心所定如何

但說滅受想耶
○次遮依前所厭不違定名二 初牒救詞
若謂厭時唯厭受想此二滅故心所皆滅依前所厭以立定名
音義 意謂受想若滅餘之心所皆滅今但依定前所厭唯是受想故唯名爲滅受想定
○次破斥
既爾此中心亦應滅所厭俱故如餘心所不爾如何名無心定
音義 若謂既厭受想此二滅故餘所隨滅則心亦應滅何者所厭俱故如餘心所若言唯滅心所而心不滅者如何名此爲無心定耶
○次約三性推破二 初徵
又此定位意識是何
○次破二 初正破二 初破染無記
不應是染或無記性諸善定中無此事故餘染無記心必有心所故不應厭善起染等故非求寂靜翻起散故
音義 此定位中若有意識於三性中爲是何性此意識不應是染或無記性何者凡諸善定位中無此染與無記事故若此定心是染無記餘時意識染無記心必有心所此位既爾應亦有心所則違汝執無心所義又在定前本爲厭染而修善定不應厭善起染等故本厭勞慮而住滅定非求寂靜翻起散故
補遺 染通二性謂不善與有覆無記又云或無記性者無記有四謂威儀工巧變化果報也此中或無記性者指威儀等三種下

文出其因曰諸善定中無此事故不曰性而曰事者正以事義則該攝不善有覆及餘三種無記不該果報無記者如攝論云果報無記即是阿黎耶識以小乘不信故

○次破善性 三 初破相應善

若謂是善相應善故應無貪等善根相應

合響 俱舍論第十三卷云相應善者謂彼相應以心心所要與慚愧善根相應方成善性若不與慚等相應善性不成如雜藥水 文 謂若定位意識是相應善應與無貪等善根相應則違汝執無心所義攝論云應有善根相應過故

○次破自性勝義善

此心不應是自性善或勝義善違自宗故非善根等及涅槃故

合響 俱舍論云自性善者謂慚愧根以有爲中唯慚與愧及無貪等三種善根不待相應及餘等起體性是善猶如良藥勝義善者謂真解脫以涅槃中最極安隱衆苦永寂猶如無病 文 違自宗者謂小乘亦立意識是相應善非自性善根等亦非涅槃勝義善故云違自宗

○三破等起善

若謂此心是等起善加行善根所引發故理亦不然違自宗故如餘善心非等起故善心無間起三性心如何善心由前等起

合響 俱舍論云等起善者謂身語業不相應行 三業中意業名相應行身語二業名不相應行行即業也三業皆以思爲體然思與意相應名相應行身語是思遊履處名不相應行 以是自性及相應善所等起故如良藥汁所引生乳 文

文中初牒計理亦下破違自宗者謂若定心是等起善由加行善根所引發故者則與汝宗所說相應力故心得成善相違如餘善心不名等起善心無間等者謂善心無間必滅或起善心或起染無記心如何可由前念等起故集論云謂從善無間不善性生不善無間善性復生從二無間無記性生乃至云出世無間世間生等

○次結斥

故心是善由相應力既爾必與善根相應寧說此心獨無心所

音義 謂此心是善既非自性勝義及等起善必由相應力故而得成善是故定有相應信等善根寧說有心而無心所

○次結破

故無心所心亦應無

○三總結證成

如是推徵眼等轉識於滅定位非不離身故契經言不離身者彼識即是此第八識入滅定時不爲止息此極寂靜執持識故無想等位類此應知

合響 先證結問既有第八何名無心定耶答宗鏡第五十卷云滅定等位稱無心者未必全無成業論云心有二種一集起心無量種子集起處故二種種心所緣行相差別轉故滅定等位第二心闕故名無心如一足牀闕餘足故亦名無足 文 無想下例餘四位攝論第三卷云如世尊說識不離身此說果報識何以故由有種子故後出定時生起識從此而生此能依所依一切

時如是而生雖加功用不能令其相離何以故比於世間中從生至終更互不相離一切共生無有能拔其能依令離所依譬如四大及四大所造心法亦爾無有道理令其相離留心獨在若言從所依拔除能依不可得但以想受是過患故唯此二法不現非餘此亦不成何以故非一切處行者此中不有故經說滅盡定中識不離身者即是成就阿賴耶識是有以世尊說識不離身故若離果報識餘識不成何以故由滅盡定對治生起識故以是寂靜故

成唯識論音響補遺卷第四之一

音釋

劇竭戟切音極甚也又戲也　瘧魚約切音虐疫也病也　礫郎狄切音力小石也

成唯識論音響補遺卷第四之二

清武林蓮居紹覺大師音義

新伊大師合響

法嗣智素補遺

○十染淨心三 初引經證有

又契經說心雜染故有情雜染心清淨故有情清淨若無此識彼染淨心不應有故

合響初引經宗鏡第七十五卷引神鍇和尚解云心者是第八識由其識內持染淨種子種子遇緣即能招苦樂兩果果起由心此是總報主真異熟識識中能含藏善不善業種子然識體因中唯無覆無記性爲含藏染淨業種故若無下證有第八

○次依義廣釋二 初總釋

謂染淨法以心爲本因心而生依心住故心受彼熏持彼種故

合響宗鏡第四十七卷云以心爲本者即一切染淨有爲無爲法皆以第八識爲根本依心而住者即前七現行皆依第八識而住受彼熏者即第八識受彼前七識熏持彼種者即第八識能持前七三性染淨種子

○次別釋二 初約雜染釋二 初標

然雜染法略有三種煩惱業果種類別故

合響宗鏡第七十六卷云一煩惱雜染即是見修煩惱二業雜染一切善不善總報業三果雜染即三界總別報異熟果

○次釋二 初明無第八煩惱無因

若無此識持煩惱種界地往還無染心後諸煩惱起皆應無因餘法不能持彼種故過去

未來非實有故若諸煩惱無因而生則無三乘學無學果諸已斷者皆應起故

音義 界地往還者界謂三界地謂九地往者謂離下染而生上界還者謂報盡還來散入諸趣若無此識持煩惱種善心後起諸煩惱皆應無因何者餘法不能持彼種故過未心等無實體故若諸煩惱無因而生則無三乘聖果何者已斷煩惱復應起故

○次明無第八業果無因二 初正明業果無因失

若無此識持業果種界地往還異類法後諸業果起亦應無因餘種餘因前已遮故若諸業果無因而生入無餘依涅槃界已三界業果還復應生煩惱亦應無因生故

音義 異類法者上下界地業果相望染淨不同故名異類法即六道善惡業果也諸業果者下界下地之業果也如鬱頭藍弗久受非想之報若無此識持欲界業果種子後則不應受飛狸之身此且約上界起下下界起上准知餘種餘因前已遮故者謂或執異因生異性果或執色心互爲因緣或執餘法能持種子前諸文中已自遮故若諸下以世例出世煩惱亦應無因生者恐謂業果必由煩惱而生入無依聖人已無煩惱業果云何復生故云煩惱亦應無因而生

○次兼明有支不成失

又行緣識應不得成轉識受熏前已遮故結生染識非行感故應說名色行爲緣故時分懸隔無緣義故此不成故後亦不成

音義　行謂正感後世善惡之業識謂本識內親生當來異熟果攝異熟識種既無第八則無受熏法第六造引業時不熏當來異熟識種故行緣識不得成若言轉識受熏能持種子前已遮故若言結生染識爲行緣識結生染識非行感故結生染識者依中有位託母胎時有愛恚俱染汙第六名染識一念染心即繫屬彼名結生應說下謂行緣識既不成應說行緣名色設爾何失時分懸隔無緣義故（行緣識約現在第六造業熏種時說）謂行緣識既不得（名色依當來胎中現起次第故云時分懸隔）成後諸有支亦不得成故云此不成故後亦不成

○次約清淨釋二　初標

諸清淨法亦有三種世出世道斷果別故

合響　宗鏡第七十五卷云一世間淨即是伏感道二出世間淨謂無漏三所斷果清淨即所證理

補遺　一切所修事戒事禪及有漏聞思修資糧加行位中是世間清淨道聖位所修無漏根後二智是出世清淨道擇滅無爲有餘無餘涅槃是所證斷果前雜染法中煩惱及業是集諦果即苦諦此中二道即道諦斷果即滅諦世出世間一切因果皆不離第八識也

○次釋二　初明無第八淨道無因二　初總明清淨道無因失

若無此識持世出世清淨道種異類心後起彼淨法皆應無因所執餘因前已破故若二淨道無因而生入無餘依涅槃界已彼二淨

道還復應生所依亦應無因生故

音義 異類心者以世間道望出世間道出世間道望世間道名異類心起彼淨法皆應無因者且如須陀洹等已見道竟復起脩道或時出觀則起世間道心後入觀時則起出世間道心此由第八識執持出世心等種子故後時還起若無此識起則無因餘法持種前已遮故若二下例無餘依聖人亦應還生二道所依謂身智恐謂淨道必依身智而起彼無餘依聖人已無所依身智云何復起二道若二道既可無因而生則所依身智獨不可無因生乎故曰所依亦應無因生故

○次別明出世道無因失

又出世道初不應生無法持彼法爾種故有漏類別非彼因故無因而生非識種故初不生故後亦不生是則應無三乘道果

音義 謂初果見道出世淨心由本有無漏種子生若無第八持彼法爾無漏種子出世道心初不應生若謂從聞熏習生出世道何必法爾種子理亦不然其聞熏習猶屬有漏其類定別只可作出世淨道增上緣非彼淨道正因故若出世淨道無因而生便同外道自然生非識中種子所生故故前文云諸有情有無漏種不由熏習法爾成就後勝進位熏令生長無漏法起以此爲因無漏起時復熏成種若但聞熏所成非淨種生者則非無始依附本識法爾種故初不下結過三乘道果謂三乘菩提也

○次明無第八斷果不成二 初正釋

若無此識持煩惱種轉依斷果亦不得成謂道起時現行煩惱及彼種子俱非有故染淨二心不俱起故道相應心不持彼種自性相違如涅槃故去來得等非實有故餘法持種理不成故既無所斷能斷亦無依誰由誰而立斷果

音義　斷果謂涅槃由能斷道斷此第八識中煩惱種子由斯證得轉依斷果若無此識持煩惱種涅槃斷果亦不得成謂道下出其所以謂聖道起時所有煩惱種現俱非有故云何現行非有染淨二心不俱起故云何種子非有道相應心不持彼種故何者自性相違如涅槃故若言去來識等及聖道得或復餘法能持彼種理不成故既無下結過所斷謂煩惱能斷謂觀智二皆叵得謂依誰所斷由誰能斷而立轉依斷果

補遺　二種淨道是智德是所生得故有種子滅諦涅槃是斷德是所顯得故唯約煩惱種子有無以立斷德差別不可謂斷德亦自有種子也故云所斷能斷並無依誰由誰而立斷果耶

○次破救

若由道力後惑不生立斷果者則初道起應成無學後諸煩惱皆已無因永不生故

補遺　先牒救詞則初下破初道謂初入聖位見道時後諸煩惱謂修道所斷俱生惑初見道時唯斷分別現起纔入聖流直至八地已後俱生斷盡方成無學若由道力後惑不生即立斷果是則纔得初果即證無

學何者以無第八含藏雜染種子後諸煩惱皆已無因永不生故

○三總結證成

許有此識一切皆成唯此能持染淨種故

○三指廣結略

證有此識理趣無邊恐厭繁文略述剛要

音義 此結顯正理十章

○三總結勸信

別有此識教理顯然諸有智者應深信受

補遺 此結應前文證有本識初徵答總標云何應知此第八識離眼識等有別自體聖教正理爲定量故中間引教顯理廣釋已竟故此結云別有此識教理顯然釋初能變竟

○次第二能變三 初結前問後

如是已說初能變相第二能變其相云何

○次舉本頌答

頌曰

次第二能變　是識名末那　依彼轉緣彼

思量爲性相　四煩惱常俱　謂我癡我見

并我慢我愛　及餘觸等俱　有覆無記攝

隨所生所繫　阿羅漢滅定　出世道無有

開棠問解二能變有幾門義答有十門一釋名門次第至末那 二所依門依彼轉 三所緣門緣彼 四體性門思量爲性 五行相門思量爲相 六染俱門四煩惱至愛 七餘相應門及餘觸等俱 八三性門有覆無記攝 九界繫門隨所生所繫 十伏斷門阿羅至無有

○三末論釋成二 初正釋頌文九 初釋名門二 初正釋

論曰次初異熟能變識後應辯思量能變識相是識聖教別名末那恒審思量勝餘識故

合響 末那具云訖利瑟吒耶末那此云染汚意開蒙云第七相應立號由與四惑相應號曰末那末那二字通漏無漏

補遺 宗鏡第五十二卷云恒審思量者此簡第八前六識恒者不間斷審者決定執我法故問第八亦無間斷第六決定有思量何不名意答有四句一恒而非審第八恒無間斷不審思量我法故二審而非恒即第六雖審思量而非恒故不名意也前五俱非非恒非審第七俱攝而恒審故獨名意也文

○次簡異二　初徵

此名何異第六意識

○次釋二　初約離合釋唯異第六

此持業釋如藏識名識即意故彼依主釋如眼識等識異意故然諸聖教恐此濫彼故於第七但立意名

補遺 此謂第七持業釋者六離合釋云如說藏識藏取含藏用識取了別用此二同一所依二用同依一自證分體藏即識故名爲藏識同依持業釋第七亦然思量名意識亦思量識即意故持業釋也量云此末那意識是有法持業釋宗識即意故因喻如藏識彼謂第六依主釋者又六離合釋云謂所依爲主如說眼識識依眼起即眼之識故名眼識舉眼之主以表於識故名依主第六亦然識依意起即意之識識異意故依主釋也量云彼第六意識是有法依主釋宗

識異意故因喻如眼識等然諸下明聖教立名無相濫義

○次以標意名總異餘七

又標意名爲簡心識積集了别劣餘識故或欲顯此與彼意識爲近所依故但名意

音義　初約心識簡謂第八名心積集義勝前六名識了别義勝第七二義既劣是故不名心識但目爲意或欲下約所依簡謂眼識近所依既名爲眼乃至身識近所依既名爲身此與第六意識爲近所依故但名意

○二所依門三　初正釋此識所依二　初標

依彼轉者顯此所依

○次釋二　初釋依彼二　初總明依藏識

彼謂即前初能變識聖説此識依藏識故

音義　謂此第七所依即第八識以聖慈氏説比末那依藏識故

○次别明依種現二　初解唯依種

有義此意以彼識種而爲所依非彼現識此無間斷不假現識爲俱有依方得生故

音義　此師謂此第七唯以第八識種爲所依此無下釋出依種非現之意

○次解依種現

有義此意以彼識種及彼現識俱爲所依雖無間斷而有轉易名轉識故必假現識爲俱有依方得生故

音義　此師意明第八種現俱爲第七所依雖無下出須依現之所以謂第七識體雖無間斷聖道起時而因中有轉染易淨之義故必假彼現爲俱有依方得生起

○次釋轉義

轉謂流轉顯示此識恒依彼識取所緣故

音義 准古疏釋云流是相續義轉是生起義謂此恒依第八或種或現相續生起即取所依而爲緣故

○次傍論諸識所依二 初略釋三 初標

諸心心所皆有所依然彼所依總有三種

○次釋三 初因緣依

一因緣依謂自種子諸有爲法皆託此依離自因緣必不生故

合響 宗鏡第七十二卷云即種子依此因緣者對果得名因即是緣即不取因由之義此因是果之所依故即現行名果能生種子名因緣又因者是現行果之因緣者即此因有親生現行果之用名緣問因緣依與因緣何別答依狹緣寬若因緣即有三義一種引種二種生現三現熏種若因緣依即唯取種生現一義是真因緣依若種生種但名因緣不得名依以異念因果故即前念無體非依定須同時問且如現熏種亦是同念因果何不爲依答現熏種雖同念然闕因沉隱果顯現義亦非因緣依故知唯取真因緣義名依都具三義名因緣依一是主即種是主二因沉隱果顯現即簡現熏種三因果同時即簡種生種問此種子爲因緣依體者取何法爲能依答諸有爲法皆託此依即一切有爲緣生法色之與心皆須託自種爲依有此種故一切色心現行方始得生離自因緣必不生故意云心現若離自心種必不生色法亦

爾

○次增上緣依

二增上緣依謂内六處諸心心所皆託此依離俱有根必不轉故

合響　宗鏡云即俱有依增上緣依者若增上緣即寬謂通有無及疎增上若謂依即狹唯取有力及親增上以五色根并意根處唯此内六處爲增上依體即簡外六處望心心所法但爲增上即不得爲依體又唯取同時八識心王爲意根處以意根處緣得八箇識故若是等無間意即自爲一依故不取即此增上依須具三義一有力二親三内其外六處以不具三義故但爲緣非依若能依法即諸心心所皆託此依諸心心所者即簡色不相應行無爲後三位皆無增上緣問其一切心心所法若無内六處時亦得轉否答離俱有根必不轉故意云若無所依根時其心心所定不得轉

○三等無間緣依

三等無間緣依謂前滅意諸心心所皆託此依離開導根必不起故

合響　宗鏡云即開導依等無間緣依者等無間依即狹唯取心王有主義故若四緣中等無間緣即寬雙通心心所爲前念心王有力能引生後念一聚心心所法名等以力用齊等故無自類爲間隔名無間問此依以何爲體答以前念八識心王總名等無間此是依體即前念心王與後念心心所爲依問前念心法已滅無體何得爲依答彼先滅時已於今識爲開導故意云彼

前念心王臨欲滅時有其力用能引後念令生作此功能了便滅即現前一念有引後功能以爲法體非取過去已滅無體法爲依問其前念心王有引後力用名爲依者未審將何法爲能依答諸心心所皆託此依即一切心心所法起定能須託此前滅意爲依方起問諸心心所若不依前滅心王亦得起否答離開導根必不起故意云心心所若不得前念心王爲開闢引導即無因得起 文 清涼云然此三依言生轉起別相云何生約依種辦體而生轉約隨順與力令轉起約由前開路令後得起

○三結

唯心心所具三所依名有所依非所餘法

合響 宗鏡問心法四緣生何故三緣別立爲依所緣緣不爾答三緣有常義主義故亦緣亦依所緣緣但有常義闕主義故但爲緣不爲依非所餘法者簡色不相應行無爲後三位皆無三所依也

○次廣釋 三 初種子依 二 初標

初種子依

○次釋 二 初經部種現不俱

有作是說要種滅已現果方生無種已生集論說故種與芽等不俱有故

合響 集論第二卷有四十二種已生第十二有種已生第十三無種已生經部遂取此無種已生爲種滅現生之證開蒙云有小乘經部因果異時何以故種壞芽生故

○次大乘種現俱時 二 初斥前非

有義彼說爲證不成彼依引生後種說故種

生芽等非勝義故種滅芽生非極成故燄炷同時互爲因故

音義　謂彼經部雖引集論中無種已生爲證不成正義何者彼論所說無種巳生是引生自類後種說非依引生現果說故且種生芽等乃是外穀麥等依世俗說假名種子故非勝義現見穀等芽種俱有種滅芽生非極成故謂燄燒炷炷生燄因果旣可同時種現因果寧不俱有

○次申正義二　初明三因緣因果俱不俱別二　初正明

然種自類因果不俱種現相生決定俱有

合響　因緣有三義一種引種自類因果不俱以異時故二種生現三現熏種決定俱有以同時故開蒙云若大乘正義因果同時

問定同時也答有少不同若種生現現熏種因果同時若種引種因果異時問種引種憑何得知異時答瑜伽論說亦與後念自性爲因緣故知是異時也問種引種異時之理答約細四相念念遷滅前滅爲因後生爲果問種現相生同時之義答腳下種子生頭上現如子生莖現行頭上辦所熏種如莖結實故定同時

○次引證二　初引瑜伽通證三類因緣故瑜伽說無常法與他性爲因亦與後念自性爲因是因緣義自性言顯種子自類前爲後因他性言顯種與現行互爲因義

補遺　先引論文無常法者通指諸心心所種子體是生滅有轉變故名無常種旣無常現行亦是無常瑜伽第五卷云謂無常法

是因無有常法能爲法因又雖無常法爲無常因然與他性爲因亦與後自性爲因非即此刹那又雖與他性爲因及與後自性爲因然已生未滅方能爲因非未生已滅文自性下釋義以種望種名自性種現相望名他性雖引自他二義此中唯取他性種生現義證因緣依也

○次引攝論別證種現因緣

攝大乘論亦作是説藏識染法互爲因緣猶如束蘆俱時而有又説種子與果必俱故種子依定非前後設有處説種果前後應知皆是隨轉理門

補遺先引論文初雙證種現互爲因緣染法即前七識與藏識互爲因緣又説下一句單證種子爲因緣依故種下一句結顯種子依決定同時設有下通妨謂他處説種子與果有前後者應知皆是隨轉理門之權説隨轉理門者會玄第八云猶尚隨彼小乘宗轉變理門注云隨順彼宗轉大乘理且作是説也

○次結示諸心心所各有種子依

如是八識及諸心所定各别有種子所依

○次俱有依二　初標

次俱有依

補遺宗鏡云即所依與能依俱時而有名俱有依有四師所解前三異計第四護法方爲正義

○次釋四　初家解二　初前五識二　初正釋

有作是説眼等五識意識爲依此現起時必有彼故無別眼等爲俱有依眼等五根即種

子故

音義此師爲前五識以同時第六意識爲俱有依謂此眼等五識現起之時必有同時意識故無別眼等根爲彼所依此計眼等五根即五識種子故

〇次引證二初唯識頌

二十唯識伽他中言識從自種生似境相而轉爲成内外處佛說彼爲十彼頌意說世尊爲成十二處故說五識種爲眼等根五識相分爲色等境故眼等根即五識種

合響宗鏡第六十三卷小乘難云論主若言一切皆是唯識無心外實境者何故世尊於阿含經中說有十二處若一切皆是唯識者世尊只合說意處法處即不合說有十色處今世尊既說有十二處者明知離卻意法處外别有十色處是心外有何言一切皆是唯識論主答中分三初假答二正答三喻答初假答引二十唯識頌云識從自種生似境相而轉爲成内外處佛說彼爲十言識從自種生者即五識自證分現行各從五識自種而生將五識自種便爲五根言似境相而轉者即五識自證分從自種生巳而能變似二分現其所變見分說名五識所變相分似外境現說名五境其實根境十處皆不離識亦是唯識此是假將五識種子爲五根答經部師以經部許有種子故問設許有種子豈不執離識有答彼計種子在前六識中持亦不離識有論主云其所變相分似外五境亦不離識有能變五識種即五根亦不離識有

雖分內外十處然皆是唯識言佛說彼爲十者以佛密意爲破外道執身爲一合相我故遂於無言之法强以言分別說有根塵十處有大勝利此即大乘假將五識種子爲五根假答小乘也文此初師不會假答及佛密意故引此以證五根即種之義彼頌下初師謬解之詞餘正答喻答之文後聖教相違難中引

○次緣論頌

觀所緣論亦作是說識上色功能名五根應理功能與境色無始互爲因彼頌意言異熟識上能生眼等色識種子名色功能說爲五根無別眼等種與色識常互爲因能熏與種遞爲因故

補遺　觀所緣緣論者葢陳那論主因小乘昧唯識理以外色作所緣緣故論主展轉破竟遂明自宗立內色爲所緣緣顯唯識理而小乘始知五識所緣色等五塵是內色然復疑眼等五根計爲心外故問云若五識生唯緣內色如何亦說眼等爲緣故論主答以此頌明眼等根亦非心外遂自釋云以能發識比知有根此但功能非外所造故本識上五色功能名眼等根亦不違理功能發識理無別故此根功能與前境色從無始際展轉爲因謂此功能至成熟位生現識上五內境色此內境色復能引起異熟識上五根功能文此明頌意來源及頌正義意謂異熟識上生眼等五識之色功能說爲五根即根功能與內境色更互爲增上緣因彼頌下初師謬解頌意言

眼等色識者依根名眼識就境名色識止是眼等五識彼謂異熟識上能生眼等色識種子名色功能說爲五根無別眼等根此謬以功能爲種子種子即五根種與下解後二句頌又謂此種子與所生眼等色識更互爲親因緣現行色識與功能種子遞爲因故如上謬釋兩頌皆謂根即識種無別眼等爲俱有依也故爲次師所破

〇次後三識

第七八識無別此依恒相續轉自力勝故第六意識別有此依要託末那而得起故

補遺　七八謬解第六雖是義亦未足

〇第二家解二　初斥前非三　初標

有義彼說理教相違

〇次釋二　初難前五識二　初正斥破二　初別破二　初破識種爲色根九　初約十八界難

若五色根即五識種十八界種應成雜亂然十八界各別有種諸聖教中處處說故

音義　謂根塵識三各別有種根是色色有色種識即心心有心種若五色根即五識種是則根全無種即識種故翻此亦可言識亦無種即是根故若爾十八界種應成雜亂便違理然十八界下明違教

〇二約相見分難

又五識種各有能生相見分異爲執何等名眼等根若見分種應識蘊攝若相分種應外處攝便違聖教眼等五根皆是色蘊內處所攝

音義　初以相見分各別有種爲問若見分下

約見相兩關破謂若執見分種是根見分屬心則眼等根應識蘊攝便違理又違聖教五根皆是色蘊所攝若執相分種是根相分屬境則眼等根應外處攝便違理又違聖教五根皆是内處所攝二俱有失故不可執以五識種爲五根也

○三約增上緣難

又若五根即五識種五根應是五識因緣不應説爲增上緣攝

音義　種望眼等現識是因緣根望眼等現識是增上緣謂五根旣是五識自種則五根應是五識因緣便違理諸聖教中不應説五根爲增上緣又違敎

○四約界地難

又鼻舌根即二識種則應鼻舌唯欲界繫或應二識通色界繫許便俱與聖教相違眼耳身根即三識種二地五地爲難亦然

音義　初約界難謂教中説鼻舌二根通色界繫鼻舌二識唯欲界繫若謂根即識種則應鼻舌二根唯欲界繫或識如根鼻舌二識通色界繫許則便與聖教相違眼耳下約地難謂眼等三根通於五地（五趣雜居地幷色界四地）眼等三識唯二地居（五趣雜居地離生喜樂地）若謂三根即三識種應唯二地或三識種如三根應通五地故云爲難亦然

○五約三性難

又五識種既通善惡應五色根非唯無記

音義　根唯無記識通三性若五色根即五識種應五色根亦通善惡非唯無記此違理也

○六約執受難

又五識種無執受攝五根亦應非有執受

音義 謂第八緣有漏識種無執受於五色根有執受若以識種爲根則根亦應非有執受此違理也

○七約同法難

又五色根若五識種應意識種即是末那彼以五根爲同法故

合響 謂五識依五根意識依末那若五識種即五色根應意識種即是末那何者彼末那以五根爲同法喻故正量云意識是有法末那爲俱有依宗轉識攝故因同喻如五識依五根反量云意識種是有法即是末那宗因云無別意根故同喻如五識種即五根若爾便違正理設謂末那本非意識種而五識種又豈是五根耶

○八約三依不具難

又瑜伽論說眼等識皆具三依若五色根即五識種依但應二

音義 謂五識種是眼等現識因緣依五根是增上緣依五識前滅意爲等無間緣依若根即種是將增上緣依爲因緣依是無增上而依唯二則違理教

補遺 瑜伽第一卷五識身相應地文云眼識彼所依者俱有依謂眼四大種所造眼識所依淨色無見有對等無間依謂意眼識無間過去識種子依謂即一切種子執受所依異熟所攝阿賴耶識文 此眼等識皆具三依

○九約根通種現難

又諸聖教說眼等根皆通現種執唯是種便與一切聖教相違

音義　謂五根通於種現若執識種爲根根應無現豈唯違理并違聖教

補遺　瑜伽論云皆以現行及種子二法爲眼等根由本熏時心變似色從熏時爲名今執唯是種子更無能熏現行豈成根義

○次破業種爲色根二　初叙

有避如前所說過難朋附彼執復轉救言異熟識中能感五識增上業種名五色根非作因緣生五識種妙符二頌善順瑜伽

音義　此叙朋救計執言增上業種者即前六識所造滿業習氣能感當來異熟生攝無記五識謂即此業種名五色根作增上緣生眼等識非作因緣生五識種既是增上業種則合唯識識從自種生義亦契緣論功能名五根義此種但爲增上不爲因緣又順瑜伽具三依義豈不玅且善乎

○次破

彼有虛言都無實義應五識根非無記故又彼應非唯有執受唯色蘊攝唯內處故鼻舌唯應欲界繫故三根不應五地繫故感意識業應末那故眼等不應通現種故又應眼等非色根故又若五識皆業所感則應一向無記性攝善等五識既非業感應無眼等爲俱有依故彼所言非爲善救

補遺　初二句總斥應五下例前難破但以識種業種有殊謂業通善染根唯無記若以業種爲根根亦應通善惡故非唯無記此仍違理同前第五執又彼下彼即五色根

應非二字貫於三句謂既執業種爲色根業種無執受攝則五色根應非唯有執受此亦違理同前第六執若以感五識業種爲色根者業乃屬思若感見分種應識藴攝而五根應非唯色蘊攝若感相分種應外處攝而五根應非唯内處攝理教竝違同前第二執鼻舌等者業種通三界鼻舌二識唯欲界繫今隨所感識轉鼻舌二根唯應欲界繫眼等三根不應五地繫許便俱與聖教相違同前第四執若感五識業種爲五根感意識業應是末那彼以五根爲同法故此亦違理同前第七執業種不通現行業既即根故眼等不應通現種理教相違同前第九執又應眼等非色根者由業屬思非是色法若根即業種眼等應非色根故業既屬思根仍似識則與第一十八界雜亂過同又若五識等者眼等五識通三性此約等流習氣說滿業所感者唯無記性若謂五識皆業所感則應一向唯無記攝不通善染承上無記五識是業所感可有眼等爲俱有依善染五識既非業感應無眼等爲俱有依若爾依成唯二則與第八違瑜伽過同故彼二句結斥謂彼雖以業種轉救自謂符順三論遠離前過孰知仍違理敎豈是善救

〇次總責

又諸聖教處處皆説阿賴耶識變似色根及根依處器世間等如何汝等撥無色根許眼等識變似色等不許眼等藏識所變如斯迷謬深違教理

補遺此中并責計識種業種二家先責違教撥無色根者即彼所執無別眼等爲俱有依也許眼下責違理謂汝撥無之意乃不許有賴耶變似色根耶故舉例云汝等既許眼等識變似色等何獨不許阿賴耶變似色根末二句結責謂既迷色根不從識變而又謬執色根即識業種於教於理一倍相違故云深也

○次申頌義

然伽他說種子功能名五根者爲破離識實有色根於識所變似眼根等以有發生五識用故假名種子及色功能非謂色根即識業種

補遺承上破斥復申疑問若爾何故二論中一說種子爲五根一說功能爲五根耶然兩處伽他中說種子與功能名五根者此論主爲破餘乘計執離識實有五根故於本識所變似眼等根以有發生五識用故假名種子及色功能顯唯識義非謂色根即是識種與業種也

成唯識論音響補遺卷第四之二

音釋

鍇口駭切音楷　鬱於勿切蘊入聲　濫盧瞰切藍去聲汎濫也　撥北末切般入聲

成唯識論音響補遺卷第四之三

清武林蓮居紹覺大師音義

新伊大師合響

法嗣智素補遺

○次難六七識二 初難六不以五爲依

又緣五境明了意識應以五識爲俱有依以彼必與五識俱故若彼不依眼等識者彼應不與五識爲依彼此相依勢力等故

音義 先順明謂明了意識緣五塵時旣與五

識同起應以五識爲俱有依若彼下反顯即以前師所明五依第六之義而反成之五六相依勢力等故

○次難七不以八爲依二 初正難

又第七識雖無間斷而見道等旣有轉易應如六識有俱有依不爾彼應非轉識攝便違聖敎轉識有七故應許彼有俱有依此即現行第八識攝

補遺 此由初家判第七八識無別此依恒相續轉自力勝故今釋云第七雖無間斷而至見道無漏初起修道位中漏與無漏相間而起旣有轉染易淨之義應如前有俱有依不爾者若謂第七無俱有依彼應非轉識攝則轉識唯六便違聖敎轉識有七量云第七識是有法有俱有依宗轉識攝故因喻如六識若無俱有依則違理非轉識攝則違敎故應許有得免二過然此所依即現行第八

○次引證

如瑜伽說有藏識故得有末那末那爲依意識得轉彼論意言現行藏識爲依止故得有

末那非由彼種不爾應說有藏識故意識得轉

補遺 先引論文彼論下釋義非由彼種者因前釋依彼轉文中初家云此意以彼識種而爲所依非彼現識次家云此意以彼識種及彼現識俱爲所依雖無間斷而有轉易名轉識故必假現識爲俱有依方得生故今此中引證之意正以第七見道等旣有轉易故定以現行藏識爲依簡却彼種也若謂第七不依第八現識只應說有藏識故意識得轉不應言有藏識故得有末那

○三結

由此彼說理教相違

○次申已義

是故應言前五轉識一一定有二俱有依謂五色根同時意識第六轉識決定恒有一俱有依謂第七識若與五識俱時起者亦以五識爲俱有依第七轉識決定唯有一俱有依謂第八識唯第八識恒無轉變自能立故無俱有依

音義 此師闢前解雖是然於正義猶未盡善

○第三家解 二 初斥前非 二 初總斥

有義此說猶未盡理

○次別斥 三 初斥第八不以第七爲依

第八類餘旣同識性如何不許有俱有依第七八識旣恒俱轉更互爲依斯有何失

合響 量云第八是有法有俱有依宗因云同識性故喻如餘識

○次斥識種不以現識爲依

許現起識以種爲依識種亦應許依現識能熏異熟爲生長住依識種離彼不生長住故

音義 先例明初句能例明現識依種若無自種現識不轉次句所例明識種依現若無現識識種不得生長而住能熏下明須依現義謂識中種子依能熏前七現識生長依所熏異熟現識得住故離彼能所熏而種識不得生長住故

○三斥異熟不以色根爲依

又異熟識有色界中能執持身依色根轉如契經說阿賴耶識業風所飄徧依諸根恒相續轉瑜伽亦說眼等六識各別依故不能執受有色根身若異熟識不徧依止有色諸根應如六識非能執受或所立因有不定失

音義 先立義如契下初引契經順證次引瑜伽反顯若異下釋成量云眼等六識是有法不能執受有色根身宗因云各別依故若異熟識不徧依止有色諸根則以六識而爲同喻應如六識非能執受此則違教或所立下明因亦有過若異熟識是能執受而不徧依有色諸根則所立因有不定失應立量云異熟識是有法能執受有色根身宗因云不徧依止故是則能執受非能執受皆共此不徧依止故因爲不如眼等六識不徧依止故異熟識是能執受爲如眼等六識不徧依止故異熟識非能執受故所立因犯共不定失此則違理

○次申已義

是故藏識若現起者定有一依謂第七識在有色界亦依色根若識種子定有一依謂異

熟識初熏習位亦依能熏餘如前說

補遺 承上斥破引證竟故申明已義而結成之藏識至第七識一節結成前第八類餘至斯有何失之義在有色界亦依色根結成前又異熟識至依色根之義若識種子至亦依能熏結成前識種亦應許依現識至生長住義

○第四家解三　初總斥標宗

有義前說皆不應理未了所依與依別故

補遺 此護法正義謂前三家所說皆未明了依與所依差別之義混而言之故不應理

○次廣示正義二　初明依所依義二　初正明二　初明依義

依謂一切有生滅法仗因託緣而得生住諸所仗託皆說爲依如王與臣互相依等

音義 言依即寬謂凡是因緣所生一切有生滅法互相仗託皆說爲依例如王臣互相依等

○次明所依二　初正明所依

若法決定有境爲主令心心所取自所緣乃是所依即內六處餘非有境定爲主故此但如王非如臣等

合響 所依即狹謂要具足決定等四義乃是所依宗鏡第七十二卷云此四義各有所簡且第一義者若法決定此簡將前五識與第六識作不定依夫爲所依者須決定有方得今有第六時不決定有前五故亦簡將五色根與第八爲依亦是不定有如生無色界第八即無色根爲依又簡將能熏七現與所熏種子爲生長依等即此能

熏現識有間斷無決定義問若有決定義便是所依者即如四大種及命根五塵等及種子皆有決定義應是所依有現行識時必決定有種子故答將第二義簡云有境言有境者即有緣境照境功能除心心所及五色根識餘法皆非有境四大五塵命根等雖有決定義而闕有境義故非所依問若具二義即名所依者且如徧行五數亦具決定有境二義應與心心所爲所依答將第三義簡云爲主今徧行五數雖具二義闕主義故亦非所依問若具三義便成所依者且如第八識現行望識中種子亦有決定有境爲主三義即此第八識現行應與種子爲俱有依答將第四義簡云令心心所取自所緣即令能依心心所緣取自所依家境方成所依今第八現行識不能令種子取自所緣故非所依今第八識中種子無緣慮不能取自所緣故第八非種子所依但爲依義問未審何法具此四義足得名所依答謂五色根及意處即此六處具前四義足獨名所依問内六處爲俱有依與六根體義何别答俱有依唯取六處現行不取種子闕有境義故若但言六根即通種現又俱有依取所依義若言六根取生長義各據勝以論文此但如王等者謂依義如王臣互依所依如王非臣

○次依聖教簡

故諸聖教唯心心所名有所依非色等法無所緣故但說心所心爲所依不說心所爲心

所依彼非主故

合響 宗鏡第七十二卷云又若心心所生時住時即具俱有依若色法生時住時但有因緣依即得定無俱有依以色法無所緣故自體不是能緣法故文 但說下簡心所雖心心所具俱有依而諸聖教但說心所以心爲依心是主故不說心所爲心所依所非主故

○次通妨

然有處說依爲所依或所依爲依皆隨宜假說

○次明識等所依二 初明心王所依四 初前五識

由此五識俱有所依定有四種謂五色根六七八識隨闕一種必不轉故同境分別染淨根本所依別故聖教唯說依五根者以不共故又必同境近相順故

合響 宗鏡第七十二卷問五識所依有幾重答有四重謂五色根六七八識即五識各依自根若後三識即通與五識爲依問五色根六七八識四重所依各有何用而言隨闕一種即便不轉答謂一同境二分別三染淨四根本所依別故言同境者即自五色根是如眼根照青色境時眼識亦緣青色境以青色境同故名同境分別者即第六識能與前五爲分別依同緣境時起分別故此是第六識自體與五識爲分別依瑜伽云有分別無分別同緣現在境故即第六名有分別前五名無分別解深密經云五識起時定有意識同緣境染淨者

即第七識第七識能與五識爲染淨依第七若在有漏位中即與五識爲染依若成無漏時即與前五爲淨依有此染淨依前五方轉若無即不得生根本者即第八識第八識與前五識爲根本依前五識是枝條又第八能持前五識種種方生現推功歸本皆從第八識中成故此第八不唯與前五識爲根本依亦與萬法爲根本以能持萬法種故於因果位中第八皆爲根本文聖教下會通他處謂對法（即雜集論）第一但言依色根者會云以不共故不共者眼根但爲眼識所依非餘識依乃至身根爲身識依非餘識依故言不共又必同境者根必與識同緣境故又近相順者六七八識即是遠故非相順故是故聖教略不言依後三識也

○二第六識

第六意識俱有所依唯有二種謂七八識隨闕一種必不轉故雖五識俱取境明了而不定有故非所依聖教唯說依第七者染淨依故同轉識攝近相順故

（音義）先明所依唯二謂七八識染淨根本所依別故雖五下明六不以五爲依由前第二家云緣五境明了意識應以五識爲俱有依以彼必與五識俱故今遮云六雖得五取境明了而不定有以意識無五亦能緣故聖教下會通他處對法唯說依第七者是彼染淨依故六七同是轉識攝故多引第六起染汙執近相順故

○三第七識

第七意識俱有所依但有一種謂第八識藏識若無定不轉故如伽他說阿賴耶爲依故有末那轉依止心及意餘轉識得生

（音義）先明所依唯第八識開黨問七依第八四分依何答唯依自證何以故是識體故（文）如伽下引楞伽偈證成初二句證七依八有次二句證前六依七八生然證意專在前二句

○四第八識（二）初正明所依

阿賴耶識俱有所依亦但一種謂第七識彼識若無定不轉故論說藏識恒與末那俱時轉故又說藏識恒依染汙此即末那而說三位無末那者依有覆說如言四位無阿賴耶非無第八此亦應爾

（音義）先明所依唯第七識論說下證成而說下通妨三位者謂阿羅漢滅定及出世道四位者即前初能變中三乘無學及佛果位三位無末那者但無染汙故云依有覆說非無第七識體如四位中無賴耶含藏雜染之名非無第八識體量云三位無末那是有法非無第七淨識宗依有覆說故因喻如四位無阿賴耶

○次通前異說

雖有色界亦依五根而不定有非所依攝識種不能現取自境可有依義而無所依

（補遺）此由前第三家解藏識在有色界亦依色根故遮云雖有色界亦依五根然根或闕而不定有於四義中闕決定義故非所依又云若識種子定有一依謂異熟識（即現行第八）故遮云識種不能現取自境謂第八

識中種子無緣慮故現行第八不能令種子取自所依家境於四義中闕令心心所取自所緣依義可有所依則無開蒙問八識各有幾重所依答五四六有二七八一俱依

○次明心所所依

心所所依隨識應說復各加自相應之心

音義 各加自相應心者如眼識心所隨眼識有四種俱有依更加相應眼識心王爲所依則有五所依也餘可准知

○三結符理教

若作是說妙符理教

○三開導依 二 初標

後開導依

合響 宗鏡第七十二卷云開導依者開者闢也即開闢處所導謂導引導引令生即前念心王臨滅時開闢處所引後念心心所令彼生起即後念心心所託前念開導心王所依而生名開導依 文 開蒙問開導依名作何釋也答依字是通通三依故謂因緣依俱有依開導依開導二字是別唯此一依以別揀通開導之依揀非二依通別依主又開導是總總通王所所亦開導然非爲依依字是別唯局心王總別依主是開導家之依揀開導中非依者即心所也若開謂開闢導謂導引二皆是用依同一體亦開亦導同依持業也又依體之上有開導用以用隨體開導即依體用持業難持業云開導二字通其王所依之一字唯是心王今作持業者豈無以寬即狹之過

答即一分故無此過答問開導依有差別否答有三師謂難陀安慧護法三師有異三師不同大意如後所明

○次釋 三 初難陀立相續與間斷者爲依

有義五識自他前後不相續故必第六識所引生故唯第六識爲開導依第六意識自相續故亦由五識所引生故以前六識爲開導依第七八識自相續故不假他識所引生故但以自類爲開導依

音義 初明五識開導依唯第六識自他者一識爲自如前念眼識望後念眼識爲自望餘識爲他次明第六開導依有二種自相續故以前念第六爲開導依亦由五識所引生故以前念五識爲開導依故總以前念六識爲開導依後明七八開導依各唯自類

○次安慧立有力與無力者爲依 二 初斥前非 三 初總斥

有義前說未有究理

○次別破 二 初難破前五識 二 初縱許

且前五識未自在位遇非勝境可如所說

音義 可如所說者縱彼所說五識自他前後不相續等

○次難破 二 初約自在位難 三 初正難

若自在位如諸佛等於境自在諸根互用任運決定不假尋求彼五識身寧不相續等流五識既爲決定染淨作意勢力引生專注所緣未能捨頃如何不許多念相續

音義 瑜伽第一卷云由眼識生三心可得如其次第謂率爾心尋求心決定心初是眼

識二在意識決定心後方有染淨此後乃有等流善不善轉文此明餘位尋求而後決定彼眼等識容或不有今自在位境常決定不假尋求彼五識身寧不相續等流下明尋常等流五識既爲決定染淨意識及作意心所勢力引生專注所緣之境未能捨此所緣之頃此時五識正多念相續汝如何不許耶率爾等心即名五輪心

合響會玄第十三卷准法苑云一率爾心緣不慣習境生無欲俱故二尋求心與欲俱轉希望境故三決定心印解於境勝解俱故四染淨心與信等俱名善爲淨與瞋等俱名惡爲染中容非染淨故五等流心後似於前平等流類故文宗鏡第四卷引法苑義林云辯五心相者且如眼識初墮於境名率爾墮心同時意識先未緣此今初同起亦名率爾瑜伽論云意識任運散亂緣不慣習境時無欲等生爾時意識名率爾墮心有欲生時尋求等攝故又解深密經及決擇論說五識同時必定有一分別意識俱時而轉故眼俱意名率爾心初率墮境故此既初緣未知何境爲善爲惡爲了知故次起尋求與欲俱轉希望境故既尋求已識知先境即前創緣率爾之境次起決定印解境故決定已識界畔也差別取正因等相於怨住惡於親住善於中住捨染淨心生由此染淨意識爲先引生眼識同性善染順前而起名等流心如眼識生耳等識亦爾先德問五心於八識中各有幾心答前五識有四心除尋求心無分別故第六具

五心第七無率爾尋求二心有決定染淨等流三心謂第七常緣現境故無率爾問第七現有計度分別何無尋求心答夫尋求心皆依率爾後尋求方生第七旣無率爾尋求亦無問前五旣有率爾何無尋求答尋求有二緣方生一卽率爾心引二卽計度分別心前五中雖有率爾而無計度分別第八有三心率爾決定等流無染淨尋求問第八同第七常緣現境何得有率爾答第七緣境卽無間斷第八緣境境有間斷第七亦創緣三界第八識何無率爾心答第七隨所繫常緣當界第八識也今助一解第七常內緣一境卽無率爾第八外緣多境而有率爾無分別故卽無尋求

○次引證

故瑜伽說決定心後方有染淨此後乃有等流眼識善不善轉而彼不由自分別力乃至此意不趣餘境經爾所時眼意二識或善或染相續而轉如眼識生乃至身識應知亦爾

音義 此引論證成意識與前五識未能捨頃相續轉義謂於意識決定心後有染淨心染淨心後有等流眼識善不善轉不由自分別力者謂等流眼識善不善轉全賴意識決定染淨引生不由自力乃至此意不趣餘境者謂從引起乃至不趣餘聲等境經爾所時於其中間眼意二識常相續轉如眼下例餘四識

○三結示

彼意定顯經爾所時眼意二識俱相續轉旣眼識時非無意識故非二識互相續生

音義　謂彼論意定顯眼意二識自生起來俱相續轉旣眼下以論意斥難陀執前六識互開導義識若前後許互引生論旣云眼識起時非無意識旣必同時寧互開導故五識定非第六開導第六亦非前五引生

○次約增勝境難三　初正難

若增盛境相續現前逼奪身心不能暫捨時五識身理必相續如熱地獄戲忘天等

音義　若五識身對非勝境有不相續若增勝境寧不相續如熱地獄等舉事驗知五識相續熱地獄卽苦增勝境戲忘天卽樂增勝境若遇此等增勝之境於五根門應接無暇而五識身豈有間斷不相續耶

補遺　戲忘天者瑜伽卷五云謂有欲界天名遊戲忘念彼諸天衆或時躭著種種戲樂久相續住忘失憶念

○次引證

故瑜伽言若此六識爲彼六識等無間緣卽施設此名爲意根

補遺　此引證前五不用第六引生此謂前念彼謂後念等無間緣有生後義故名意根謂此前念六識滅意爲彼後念六識等無間緣卽施設此前滅六識名爲意根

○三結示

若五識前後定唯有意識彼論應言若此一識爲彼六識等無間緣或彼應言若此六識爲彼一識等無間緣旣不如是故知五識有相續義

音義　初句牒前師義彼謂五識以第六開導第六亦由五引故云若五識前後定唯有

意識彼論下以論意斥破之謂若五識前
定唯有意識彼論應言若此一識爲彼六
等無間緣若五識後定唯有意識或彼論
應言若此六識爲彼一識等無間緣彼論
既不作如此說故知五識各自有相續義
○次難破後三識 三 初難第六 二 初正難
五識起時必有意識能引後念意識令起何
假五識爲開導依無心睡眠悶絶等位意識
斷已後復起時藏識末那既恒相續亦應與
彼爲開導依
合響 開蒙難第六云五俱意識自前後引何
假前五爲開導依又難無心等位第六既
斷七八恒續何不用彼爲開導依
○次例難
若彼用前自類開導五識自類何不許然此
既不然彼云何爾
音義 彼謂第六此謂前五言無心等位第六
起時用前自類開導五識自類何不許然
此前五既不然彼第六云何爾
○次難第七
平等性智相應末那初起必由第六意識亦
應用彼爲開導依
音義 謂平智相應末那初起時必由第六修
二空觀觀成彼末那乃得轉染成淨故亦
應用彼第六爲開導依
○三難第八
圓鏡智俱第八淨識初必六七方便引生又
異熟心依染污意或依悲願相應善心既爾
必應許第八識亦以六七爲開導依
音義 謂圓智相應第八淨識必由六七相應

妙平二智引生未轉依時依染汚意或依悲願相應第六善心故應以六七爲開導依

○三結非

由此彼言都未究理

○次申已義

應說五識前六識内隨用何識爲開導依第六意識用前自類或第七八爲開導依第七末那用前自類或第六識爲開導依阿陀那識用前自類及第六七爲開導依皆不違理由前說故

合響 開蒙申自義云應說前六内隨用何識爲開導依即知前五有六重依也第六意識用前自類或七八識爲開導依明知第六有三重依也第七末那用前自類或第六識爲開導依七有二重阿陀那識用前自類及第六七爲開導依八有三重由前說故者指上斥初解前五後三兩節文義

○三護法立八識各唯自類爲依 三 初總斥前非

有義此說亦不應理

○次立義與難 二 初立三義

開導依者謂有緣法爲主能作等無間緣此於後生心心所法開闢引導名開導依此但屬心非心所等

音義 開導依者要具三義一有緣法二爲主三能作等無間緣具此三義能於後念心心所有開導義名開導依此但下簡別謂具此三義者但屬心王非心所等謂心所雖有緣法能作等無間緣闕主義故非開

導依言等者亦簡色等非開導依

合響 開蒙問立三義者其故何也答各有所簡問初義簡何答有字簡於不相應行由彼無體故有字簡緣字簡色及無爲法彼非能緣故緣字簡簡彼意者要有所緣及有力者能引生故問爲主簡何答簡心所法彼非主故要是其主及有力者方可爲依能作無間其意簡何答簡前二師異類之識爲自識依及簡自類後念之識不與前念自識爲依等無間緣即唯自類及自前念問此中能作等無間緣與四緣中等無間緣是同是别答是别問請料簡之答有是開導依必是等無間緣有是等無間緣非開導依此寛彼狹故云别也問何類是等無間緣非開導依者答謂前念滅自類心所是前滅後生等而開導不自在故非是所依

○次難前師二 初正難二 初難心不竝生

若此與彼無俱起義說此與彼有開導力一身八識既容俱起如何異類爲開導依若許爲依應不俱起便同異部心不竝生

音義 諸識相望互稱彼此先縱云謂若此識起時彼識不與此俱起說此已起於彼未起有開導力可許異類爲開導依次奪云一身八識既容俱起則此與彼無開導力如何異類爲開導依若許下顯失以小乘只許一個意識而有見聞覺知之用故

合響 開蒙問此難何意答曰意云八識相望他現生處不障我路何用他識與自開導又難若自八識互爲開導一身八識應不

俱起前師答云不俱何失難云便同小乘心不竝生

○次難色等應有等無間緣

又一身中諸識俱起多少不定若容互作等無間緣色等應爾便違聖說等無間緣唯心心所

補遺 此承前又生難謂八識俱起若許異類爲開導依且諸識俱起多少不定亦應異類互作等無間緣此以寛難狹夫等無間緣必須自類前後爲開導依豈容異類互作色等下舉例難若容諸識互作色等亦多少俱起不定亦應異類互作等無間緣耶設爾便違聖說云云

○次通妨

然攝大乘說色亦容有等無間緣者是縱奪言謂假縱小乘色心前後有等無間緣奪因緣故不爾等言應成無用若謂等言非遮多少但表同類便違汝執異類識作等無間緣

音義 謂有難云攝大乘說色亦容有等無間緣耶違聖說通曰謂攝大乘如是說者是縱奪之言因小乘執色心前後互爲因緣故以等無間緣假縱之奪其因緣故無性攝論先牒執云謂經部師執言從前剎那色後剎那色無間而生從前剎那心後剎那心及相應法無間而生此中因果道理成就何用復計阿賴耶識是諸法因後遮破竟結云是故色心前後相生但應容有等無間緣及增上緣無因緣義不爾下更以等字義難破若謂不爾定互爲緣則此等字應成無用言等者齊等具二義故一

遮多少二表同類若用異類互爲開導二義全闕故云應成無用若謂下復遮救可思

成唯識論音響補遺卷第四之三

音釋

闢皮亦切平入聲開也啟也　闕丘月切圈入聲　慣古患切關去聲習也

成唯識論音響補遺卷第四之四

清武林蓮居紹覺大師音義

新伊大師合響

法嗣智素補遺

○三示正通難三 初申正義

是故八識各唯自類爲開導依深契教理自類必無俱起義故心所此依應隨識說

音義 先明八識開導依各唯前念自類心所下次明心所隨識如後念眼識相應心所以前念眼識心王爲開導依餘則例知

○次通外難五 初釋諸識相應難

雖心心所異類竝生而互相應和合似一定俱生滅事業必同一開導特餘亦開導故展轉作等無間緣諸識不然不應爲例

補遺 開蒙難云此識彼識是異類俱起相望非開導依此心彼所亦異類俱起心非心所依舉論答云雖心心所異類竝生而互相應和合似一(同一所緣同一所依同一時轉同一性攝)定俱生滅(王若生滅所必隨之)事業必同(同一體事同一緣境業用)一開導時餘亦開導具此五義是故心與心所心所與心展轉亦得互作等無間緣諸識不然不應爲例此釋諸識相應難也

○二釋心所成依難

然諸心所非開導依於所引生無主義故

合響 開蒙外又難云心王心所雖異類相望互作等無間緣緣義既無差違依亦應等論答之云然諸心所非開導依何以故於所引生無主義故疏釋之云依是主義心所非依緣是由義心所亦爾此釋心所成依難也

○三釋應各爲緣難

若心心所等無間緣各唯自類第七八識初轉依時相應信等此緣便闕則違聖説諸心心所皆四緣生

合響開棠著名沙門而來難云如我所見前念一法引後自一名之爲等汝前一法引後一聚何得名等論答之云若心心所等無間各唯自類其七八識初轉依時相應信等此緣便闕此釋應各爲緣難也問云何便闕答七八有漏無有信等無漏信等誰爲此緣若謂等無間緣心王自類引生便執心所亦唯自類不許心王引生則七八識初轉依時相應信等十一心所此自類緣便闕以彼因中無信等引生故難云設此緣闕亦何傷理論答之云則違聖説諸心心所皆四緣生何以故闕此一緣唯三緣故

○四釋後起由他難

無心睡眠悶絶等位意識雖斷而後起時彼開導依即前自類間斷五識應知亦然無自類心於中爲隔名無間故彼先滅時已於今識爲開導故何煩異類爲開導依

合響開棠外又難云六從無心出有心時何不七八爲六依論答之云無心睡眠悶絶等位意識雖斷而後起時彼開導依即前自類問何故不用七八爲依論又答云彼先滅時已於今識爲開導故何煩異類爲開導依問心既久滅何得爲依論答云無自類心於中爲隔名無間故何得不爲此釋後起由他難也

○五釋諸教相違難

然聖教中說前六識互相引起或第七八依六七生皆依殊勝增上緣說非等無間故不相違瑜伽論說若此識無間諸識決定生說此爲彼等無間緣又此六識爲彼六識等無間緣即施設此名意根者言總意別亦不相違

補遺 開䝉前師難云佛地等論皆云互相引生汝何翻解論答云然聖教中說前六識互相引起或七八依六七生皆依勝增上緣說非等無間緣故不相違此釋諸教相違難也文文中然聖教下明諸識互相生起依勝增上緣假說等無間非眞等無間也此約諸識自他分此彼瑜伽下明諸識自類引生爲等無間緣故瑜伽第三卷釋云由自性故立等無間緣此約自類前後分此彼故此彼之言總通自他前後今此中之意別局自類前後故云言總意別亦不相違

○三結正義

故自類依深契教理

○三結歸本頌所依

傍論已了應辯正論此能變識雖具三所依而依彼轉言但顯前二爲顯此識依緣同故又前二依有勝用故或開導依易了知故音義以上通明諸識所依故云傍論今結歸第七所依且顯頌中唯詮二種故云正論先結前起後此能下正明頌文謂此第七識雖具三依然頌中依彼轉言但顯前二初因緣依即種子識次增上緣依即第八

現識爲顯下出其所以謂彼頌中但明前二者爲顯第七所依所緣同是第八而開導依既唯自類非第八故是以頌言不顯又前下復以勝用易了義簡明因緣依有親生勝用增上緣依有助生勝用前滅後生開導之義人易了知故從勝從難但顯前二由劣由易不言第三也

○三所緣門二 初結前問後

如是已說此識所依所緣云何

○次正釋頌義二 初正釋二 初明末轉依二 初略明

謂即緣彼彼謂即前此所依識聖說此識緣藏識故

○次廣辯四 初難陀緣王所二 初釋義

有義此意緣彼識體及相應法論說末那我我所執恒相應故謂緣彼體及相應法如次執爲我及我所

音義 七緣第八有四師解今初難陀謂此第七緣第八識體及彼相應五所次引瑜伽證成謂緣下會通謂此末那緣第八識體爲我緣第八相應心所爲我所也

○次通妨

然諸心所不離識故如唯識言無違教失

音義 恐有難云聖說此意緣藏識不說緣所汝何云緣相應法耶故通云然諸心所云云

○二火弁緣相見

有義彼說理不應然曾無處言緣觸等故應言此意但緣彼識見及相分如次執爲我及我所相見俱以識爲體故不違聖說

音義 初斥前非應言下申巳義相見下通妨

謂既緣相見何唯云緣彼通意可知

○三安慧緣種現二　初難前師

有義此說亦不應理五色根境非識蘊故應同五識亦緣外故應如意識緣共境故應生無色者不執我所故厭色生彼不變色故

音義　先直斥火弁緣相分不應理五色根下出其所以謂第八識相分即是五根五境是色蘊攝非識蘊故第七唯内緣若緣相分應同五識亦緣外故應如第六同前五識緣共相境故又緣相分根境起我所執生無色有情應不執我所何者厭色生彼不變色故

○次申已義

應說此意但緣藏識及彼種子如次執爲我及我所以種即是彼識功能非實有物不違聖說

補遺　應言此意緣第八現識爲我及緣彼種而爲我所以種下通妨問教中第七不緣實物云何緣種答以種即彼識上一分生識功能非實有物故不違教

○四護法唯緣見二　初難前師

有義前說皆不應理色等種子非識蘊故論說種子是實有故假應如無非因緣故又此識俱薩迦耶見任運一類恒相續生何容别執有我我所無一心中有斷常等二境别執俱轉義故亦不應說二執前後此無始來一味轉故

音義　初句總非色等下别難安慧汝說此意緣彼種子夫種通色心若色等種子是色蘊攝非識蘊故頌中那言緣彼瑜伽論說

種子實有是親因緣汝執種是彼識功能非實有物假應如無非因緣故豈不違教又此下總難前三師薩迦耶此云積聚即身見也謂此七俱身見一類相續何容別執有我我所何者開掌例難云莫有一心別執斷常得俱轉故此以第六一心中無斷常二執之義例明第七我我所執無俱轉義亦不下復救云既不俱轉前後如何故遮云亦不應說二執前後此識無始一味恒轉無前後分位差別故

〇次申正義三　初正明

應知此意但緣藏識見分非餘彼無始來一類相續似常一故恒與諸法爲所依故此唯執彼爲自內我

合響　宗鏡第五十二卷釋云此第七識但緣見分非餘相分種子心所等唯緣見分者謂無始時來微細一類似常似一不斷故似常簡境界彼色等法皆間斷故種子亦然或被損伏或時永斷由此遮計餘識爲我似一故簡心所心所多法故文開掌問護法正義第八見分似常一故七唯緣見難云豈八自證不似常一答內二沉隱七無分別所以不緣問八相非隱何故不緣答七不緣外相屬外分所以不緣文宗鏡又云何故不緣餘識我者有作用相見分受境作用相顯似於我故不緣餘識自證等用細難知問何不但緣一受等爲我亦常一故答我者是自在義萬物主義與一切法而爲所依心所不然不可爲我唯心王是所依故此第七識恒執爲內我非色

等故不執爲外我

○次釋難

乘語勢故說我所言或此執彼是我之我故於一見義說二言

合響 開蒙前師難云汝說第七不執我所大論何說第七末那我我所執恒相應故護法會云論乘語勢說我所言問何謂語勢答順文便故言穩易故此是語勢問請示順易答如說弟時便言兄弟此穩易之謂也文 宗鏡第五十二卷云若唯緣識即唯起我無有我所我語勢故論說我所言非是離我別起我所執唯執第八是我之我前五蘊假者是第六所緣之我後我第七所計或前我前念後我後念二俱第七所計或即一念計此即是此唯第七所計或前是體後是識用於一我之上亦義說之爲我及所二言實但一我見

○三結歎

若作是說善順教理多處唯言有我見故我我所執不俱起故

合響 開蒙云多處唯言有我見故此是順教我我所執不俱起故此是順理問我我所執何爲不俱答我我所執猶如王臣我正如王所正如臣旣執爲我決不是所如正面南何卻朝北故知不俱

○次明已轉依二初正明

未轉依位唯緣藏識旣轉依已亦緣眞如及餘諸法平等性智證得十種平等性故知諸有情勝解差別示現種種佛影像故

音義 謂第七識於未轉依位唯緣藏識見分

既轉依已亦緣眞如及餘俗諦平等下轉釋證得平等性者釋緣眞如知諸有情勝解別者釋緣諸法謂知下地有情勝解意樂差別能起受用身之影像十種平等性者佛地經云一諸相增上喜愛二一切領受緣起三遠離異相非相四弘濟大慈五無待大悲六隨諸有情所樂示現七一切有情我愛所說八世間寂靜皆同一味九世間諸法苦樂一味十修植無量功德究竟

合響 開掌問無漏第七還證理否答曰證理有本智故得緣外否答緣外無漏融通故

○次簡異

此中且說未轉依時故但說此緣彼藏識悟迷通局理應爾故無我我境徧不徧故

音義 謂此頌中但說緣藏識者依未轉依說問均是第七轉與未轉緣境迥別答已轉依位悟通無我乃能徧緣未轉依位迷局執我故緣不徧

○次釋妨二 初問

如何此識緣自所依

補遺 意謂如前五識唯以五色根爲俱有依而不以色根爲所緣如何第七以第八爲俱有所依又即以第八爲所緣耶

○次答

如有後識即緣前意彼既極成此亦何咎

音義 謂如後念意識能緣前念滅意前滅意是等無間緣得與後念識作所緣緣彼既極成此所依識是增上緣作所緣緣亦復何咎

○四性相門二初正釋性相

頌言思量爲性相者雙顯此識自性行相意以思量爲自性故即復用彼爲行相故

音義 先牒頌文雙顯下正釋性相自性以體言行相以用言意以下准宗鏡釋云思量是意即自證分前第八識了別是行相今既言意故知即是第七行相即是見分體性難知以行相顯其實思量但是行相其體即是識蘊攝故

○次兼釋別名

由斯兼釋所立別名恒審思量名末那故未轉依位恒審思量所執我相已轉依位亦審思量無我相故

音義 兼釋別名者謂若以等無間立名八識通名意思量立名唯在第七故稱別名意云頌中思量二字不唯釋第七性相亦兼釋第七末那之名何者恒審思量名末那故未轉下謂初地以前二乘有學及諸異生恒審思量我相是有漏末那已轉依位亦審思量無我相即無漏末那

合響 宗鏡第五十二卷問第七思量何法答執第八見分思量有我法故二乘無學無我執以思量法我執故名意佛果我法二執俱無恒審思量無我理故佛果第七亦名意問爲第七自體有思量爲第七相應偏行中思名思量意否答取心所思量者即八識皆有思何獨第七問若唯取第七有思量者即何用心所中思耶答具二義一有相應思量二亦自體思量今取自體有思量名意問心所與心王一種常審思

量執第八爲我如何不說心所名意答言意者依止義心所雖恒審思量非主是劣法非所依止故不名意二者自體識有思量與餘識爲所依止唯取心王即名意也問若言自體有思量名意者即第七有四分何分名思量意答有二解第一見分名思量内二分不名思量但名意見分不名意有思量以是用故思量我無我内二分不能思量我無我但名意以是體故第二見分是思量相相者體相相狀内二分是思量性即内外皆名意三分皆思量但除相分相分是所量境問何以得知内外三分總是思量答識論云思量爲性相内二分是體名思量性外見分是思量相是用一種是思量三分皆名意即不取相分名思量以無能緣用故問見分緣執我法即思量我故得名思量自證分不緣於我相分如何自證分亦名思量答自證分證彼見分思量我執故亦名思量問見分思量我是非量攝自證分證彼見分思量我自證亦是非量耶答見分思量我見分妄執故名非量自證是内證見分妄執故自證體是現量即體用皆是思量即内二分亦名意亦名識見分亦名意亦名識是意之用故思量是用意是體思量即意持業釋也

○五染俱門 三 初問答總標

此意相應有幾心所且與四種煩惱常俱

音義 初句問次句舉頌答唯明根本煩惱未顯其餘故言且與

○次正釋頌義二初釋常俱義

此中俱言顯相應義謂從無始至未轉依此意任運恒緣藏識與四根本煩惱相應

○次釋四煩惱二初釋別名二初徵列

其四者何謂我癡我見并我慢我愛是名四種

○次釋義

我癡者謂無明愚於我相迷無我理故名我癡我見者謂我執於非我法妄計爲我故名我見我慢者謂倨傲恃所執我令心高舉故名我慢我愛者謂我貪於所執我深生躭著故名我愛并表慢愛有見慢俱遮餘部執無相應義

音義　癡即無明謂無智慧眞明愚於我相恒迷無我眞理故名我癡我見謂我執於第八見分非我法上妄起計度執爲實我故名我見我慢謂倨傲恃已所執之我高舉自大故名我慢我愛即我貪躭著所執之我故名我愛攝論説此四種根本初即無明爲體次三皆以無明爲因并表下釋并字義頌言并者表慢愛與見俱見慢與愛俱遮餘部執無相應義者即薩婆多宗計見愛慢三不俱起故

○次釋通名

此四常起擾濁内心令外轉識恒成雜染有情由此生死輪迴不能出離故名煩惱

音義　内心謂第七識外轉識謂前六謂此四惑擾濁内心而恒執我令外轉識所作施等恒成雜染有情由此輪廻生死不得出離故此四種名爲煩惱

○三問答料簡二初料簡唯四二初問

彼有十種此何唯四

音義 謂根本惑乃有十種此識相應云何唯四

○次答二初釋二初明有我見故無四見二初正明

有我見故餘見不生無一心中有二慧故

音義 謂第七識有我見故二取邊邪四見不生何者無一心中有二慧故諸見皆以慧爲體故

○次出意二初徵

如何此識要有我見

○次釋

二取邪見但分別生唯見所斷此俱煩惱唯是俱生修所斷故我所邊見依我見生此相應見不依彼起恒內執有我故要有我見

音義 先明無四見謂二取及邪見由邪思起但分別生唯見道斷此識相應煩惱唯是俱生修道所斷是故無有二取邪見又我所邊見依我見生有邊見者定有我見我見不依邊見而起是故無有斷常邊見恒內下正答要有我見

○次明有見愛故無疑瞋

由見審決疑無容起愛著我故瞋不得生

○次結

故此識俱煩惱唯四

○次料簡三俱二初正明俱起二初問

見愛慢三如何俱起

音義 問者即以餘部執見等三不俱起爲問

○次答

行相無違俱起何失

音義 俱起無違義見次下答文

○次通瑜伽妨 二 初難

瑜伽論說貪令心下慢令心舉寧不相違

音義 此以貪慢相違難

○次釋

分別俱生外境內境所陵所恃麤細有殊故彼此文義無乖反

音義 謂彼論言貪慢相違者是第六識相應分別惑此言行相無違者是第七識中俱生惑分別起者貪取外境慢凌外人行相麤浮何容竝起俱生惑者貪染內境慢恃內已行相微細寧得相違是故彼此文雖有殊義無乖反

○六餘相應門 二 初問答總標

此意心所唯有四耶不爾及餘觸等俱故

○次正釋頌義 二 初未轉依 二 初釋及餘觸等俱 二 初師餘字簡無覆性 二 初明所有二 初明意俱唯九

有義此意心所唯九前四及餘觸等五法即觸作意受想與思意與徧行定相應故

補遺 轉識論云此識名有覆無記亦有五種心法相應名字同前而前麤此細 文

○次釋及餘二字

前說觸等異熟識俱恐謂同前亦是無覆顯此異彼故置餘言及是集義前四後五合與末那恒相應故

○次簡所無 二 初徵

此意何故無餘心所

○次釋 四 初簡別境

謂欲希望未遂合事此識任運緣遂合境無所希望故無有欲勝解印持曾未定境此識無始恒緣定事經所印持故無勝解念唯記憶曾所習事此識恒緣現所受境無所記憶故無有念定唯繫心專注一境此識任運剎那別緣既不專一故無有定慧即我見故不別說

合響 定唯繫心等者謂定行相剎那剎那令心專注一境此識任運剎那別緣而不專一故無有定

○二簡信等

善是淨故非此識俱

音義 信等是淨此屬染污故不相應

○三簡隨眠

隨煩惱生必依煩惱前後分位差別建立此識恒與四煩惱俱前後一類分位無別故此識俱無隨煩惱

○四簡不定

惡作追悔先所造業此識任運恒緣現境非悔先業故無惡作睡眠必依身心重昧外衆緣力有時暫起此識無始一類內執不假外緣故彼非有尋伺俱依外門而轉淺深推度麤細發言此識唯依內門而轉一類執我故非彼俱

○次師餘字顯隨煩惱二初斥前

有義彼釋餘義非理頌別說此有覆攝故又闕意俱隨煩惱故

音義 謂彼釋餘義云恐謂同前亦是無覆顯此異彼故置餘言者此不應理何者頌別說此有覆攝故又闕意俱隨煩惱故

○次正明二初總標

煩惱必與隨煩惱俱故此餘言顯隨煩惱

○次別釋四初師五隨俱二初明五隨徧

染心三初正立五隨

此中有義五隨煩惱徧與一切染心相應

○次引論證釋二初正釋

如集論說惛沉掉舉不信懈怠放逸於一切

染污品中恒共相應若離無堪任性等染污

性成無是處故煩惱起時心既染污故染心

位必有彼五煩惱若起必由無堪任囂動不

信懈怠放逸故

音義初引論若離下釋成先反顯無堪任性

即是惛沉等者等餘掉舉等四種煩惱下

次順明囂動即掉舉

○次會通

掉舉雖徧一切染心而貪位增但說貪分如

眠與悔雖徧三性心而癡位增但說爲癡分

音義問謂瑜伽說此掉舉是貪分故云何說

此徧諸染心釋義可知如眠下復舉例明

○三通餘處妨

雖餘處說有隨煩惱或六或十徧諸染心而

彼俱依別義說徧非彼實徧一切染心謂依

二十隨煩惱中解通麤細無記不善通障定

慧相顯說六依二十二隨煩惱中解通麤細

二性說十故此彼說非互相違

音義恐有難云瑜伽論中或說六隨或說十

隨徧諸染心此中云何唯言五種豈不相

違釋中先牒餘說而彼下釋謂依下轉解

別義說徧先明六隨解即行相通麤謂徧

前六通細謂徧第七謂依二十隨煩惱中

解通麤細通有覆無記及不善性通障定慧此等相顯故說六隨依二下次明十隨二十二者加邪欲邪解亦由解通麤細及不善有覆無記二性此等相顯故說十隨故此下結意云此二俱依如是別義說徧非彼實徧一切染心此徧染心故不相違

○次結示意俱有無 二 初明意俱有十五 二 初正明

然此意俱心所十五謂前九法五隨煩惱并別境慧

○次釋義

我見雖是別境慧攝而五十一心所法中義有差別故開爲二

音義 疑曰我見即慧何重增慧釋云義有差別謂我見唯染慧通染淨故開爲二

○次結例無餘心所 二 初問

何緣此意無餘心所

○次答

謂忿等十行相麤動此識審細故非彼俱無慚無愧唯是不善此無記故非彼相應散亂令心馳流外境此恒內執一類境生不外馳流故彼非有不正知者謂起外門身語意行違越軌則此唯內執故非彼俱無餘心所義如前說

合響 初約麤細簡小隨無慚下約二性簡中隨散亂下約内外簡大隨中二文中少簡忘念倒散亂可知如後云失念者心散亂故軌則即篇聚律儀若三業隨智慧行則任運不踰矩今知既不正則身口意三無非是罪故云違越軌則無餘下明無餘心

所准前初解
○二師六隨俱二初明六隨徧染心三初
正立六隨
有義應說六隨煩惱徧與一切染心相應
○次引論證釋
瑜伽論說不信懈怠放逸忘念散亂惡慧一切染心皆相應故忘念散亂惡慧若無心必不能起諸煩惱要緣曾受境界種類發起忘念及邪簡擇方起貪等諸煩惱故煩惱起時心必流蕩皆由於境起散亂故惛沉掉舉行相互違非諸染心皆能徧起
音義 先引論即二十隨煩惱中之六也忘念下釋成但釋後三不信等三義如前說先反顯要緣下順釋先明應有忘念惡慧邪簡擇即惡慧也煩惱下次明應有散亂惛沉下簡無惛掉意明惛掉二種行相互違豈能皆徧一切染心
○三通集論等
論說五法徧染心者解通麤細違唯善法純隨煩惱通二性故說十徧言義如前說
○次結示意俱有無三初明意俱有十九二初標數
然此意俱心所十九謂前九法六隨煩惱并念定慧及加惛沉
○次釋成
此別說念准前慧釋并有定者專注一類所執我境曾不捨故加惛沉者謂此識俱無明尤重心惛沉故
音義 問忘念即念何重增念言准前慧釋者謂忘念雖是別境中念攝而義有差別謂

忘念唯染念通染淨故亦開為二也并有下釋加定及惛沉義

○次結例無餘心所

無掉舉者此相違故無餘心所如上應知

音義 此指惛沉以惛沉時掉不起故

○三師十隨俱 二 初明十隨徧染心 三 初正立十隨

有義復說十隨煩惱徧與一切染心相應

○次引論證釋 二 初正釋

瑜伽論說放逸掉舉惛沉不信懈怠邪欲邪勝解邪念散亂不正知此十一切染污心起通一切處三界繫故若無邪欲邪勝解時心必不能起諸煩惱於所受境要樂合離印持事相方起貪等諸煩惱故

音義 先引論邪念即前忘念不正知即是惡慧即二十二隨煩惱中之十也若無下釋成先反顯於所下順明樂合離者謂邪欲也印持事相即邪解謂於所受若可愛境邪欲於中樂合非可愛境邪欲於中樂離更於邪解決定印持可愛事相方起貪心非可愛事方起嗔心故染污心中必有此二

○次通妨

諸疑理者於色等事必無猶豫故疑相應亦有勝解於所緣事亦猶豫者非煩惱疑如疑人杌餘處不說此二徧者緣非愛事疑相應心邪欲勝解非麤煩故

音義 難云勝解於決定境印持為性疑以猶豫為性此二相違云何邪解徧諸染心釋云諸疑理者於諸諦理雖復迷惑於色等

事猶豫必無故疑相應心亦有邪解於所下復難云或有於所緣色等事上亦猶豫者何有勝解故牒釋云於所緣事亦猶豫者非煩惱疑復舉例云如疑人杌譬如有人夜行見無枝樹即疑爲人或謂是杌亦有微解何妨徧染又問曰若謂此二徧染餘何不說釋云餘不說者緣非愛事中邪欲疑相應中邪解於此二中欲解微薄非麤煩故略不言之非謂全無

○三指前會通

餘互有無義如前說

音義　餘處有隨煩惱或五或六徧染心者而彼俱依別義說徧等云云

○次結示意俱有無二　初明意俱有二十四

此意心所有二十四謂前九法十隨煩惱加別境五准前理釋

音義　准前理釋者謂前二師釋以用別境中念定慧三此中重加欲解二種應云邪欲邪解雖是別境中欲解所攝而五十一心所法中義有差別故開爲二以別境通三性邪欲邪解唯是染故

○次結例無餘心所

無餘心所如上應知

○四師八隨俱二　初破前三師

有義前說皆未盡理且疑他世爲有爲無於彼有何欲勝解相煩惱起位若無惛沉應不定有無堪任性掉舉若無應無囂動便如善等非染污位若染心中無散亂者應非流蕩非染污心若無失念不正知者如何能起煩

惱現前

音義 初句總非且疑下別云第三師應除欲解他世謂過去未來意明有人疑於他世或謂是有或謂是無此時心尚未定於彼疑相應心中有何欲解是故欲解非徧染心煩惱下次示第二師應加掉舉若染下次示初師應加散亂失念及不正知

○次申自正義 二 初正明 二 初明八隨徧染心 二 初舉數

故染污心決定皆與八隨煩惱相應而生謂惛沉掉舉不信懈怠放逸忘念散亂不正知

○次釋成

忘念不正知念慧爲性者不徧染心非諸染心皆緣曾受有簡擇故若以無明爲自性者徧染心起由前說故

音義 謂忘念是念一分攝亦癡一分攝不正知是慧一分攝亦癡一分攝此二若以慧念爲性者則不徧染心非諸染心皆緣曾受有揀擇故曾受謂念簡擇謂慧若以無明爲自性者則徧染心起由前說者指上若無失念不正知者如何能起煩惱現前

○次結示意俱有無 二 初明意俱有十八

然此意俱心所十八謂前九法八隨煩惱幷別境慧

合響 所謂八大徧行別境慧貪癡我見慢相隨

○次結例無餘等義

無餘心所及論三文准前應釋

音義 論三文者集論一文五隨瑜伽二文六隨十隨准前應釋者謂解通麤細等云云

○次結歎

若作是說不違理教

成唯識論音響補遺卷第四之四

音釋

悶莫困切門去聲煩也

倨傲上居御切音據下魚到切敖去聲慢也

掉徒了切迢上聲搖動也

囂吁驕切音鴞喧也

成唯識論音響補遺卷第五之一

清武林蓮居紹覺大師音義

新伊大師合響

法嗣智素補遺

○次例藏識明受俱二　初徵

此染污意何受相應

補遺　前初能變識別立受俱門今不別立故徵問

○次釋三　初師喜受俱

有義此俱唯有喜受恒內執我生喜愛故

○次師四受俱二　初斥前非

有義不然應許喜受乃至有頂違聖言故

音義　瑜伽論說喜受只通二禪第七識徧三界若喜受俱應許喜受隨第七通至有頂則違聖言

○次申己義

應說此意四受相應謂生惡趣憂受相應緣不善業所引果故生人欲天初二靜慮喜受相應緣有喜地善業果故第三靜慮樂受相應緣有樂地善業果故第四靜慮乃至有頂捨受相應緣唯捨地善業果故

音義　此師釋意通具四受謂隨所緣界地果報不同故

○三師捨受俱

有義彼說亦不應理此無始來任運一類緣內執我恒無轉易與變異受不相應故又此末那與前藏識義有異者皆別說之若四受俱亦應別說既不別說定與彼同故此相應唯有捨受

音義　變異受者謂憂喜樂三變易不定故謂

此末那唯緣內我恒無轉易故不應與變異受相應又此下次以頌不別說顯定與藏識是同唯有捨受

○次已轉依

未轉依位與前所說心所相應已轉依位唯二十一心所俱起謂徧行別境各五善十一如第八識已轉依位唯捨受俱任運轉故恒於所緣平等轉故

音義 先明未轉依位與十八心所俱起已如前說今次明轉依位心所有二十一如第八識已轉依者舉例明也謂第八於未轉依位唯五心所已轉依位亦有二十一心所俱故唯捨下次明受俱轉依心所既同第八亦應與彼轉依第八同是捨受任運而轉以彼證得十種平等性故恒於所緣平等轉故

○七三性門二 初問答總標

末那心所何性所攝有覆無記所攝非餘

音義 先問有覆下舉頌答謂唯是有覆無記性攝非餘三性也

○次正釋頌義二 初未轉依

此意相應四煩惱等是染法故障礙聖道隱蔽自心說名有覆非善不善故名無記如上二界諸煩惱等定力攝藏是無記攝此俱染法所依細故任運轉故亦無記攝

合響 先正釋聖道即聖慧眼自心即真實義如上下例明根隨煩惱通染二性今云唯有覆無記者何也例云如上二界諸煩惱等而由定力之所攝藏不起現行是無記攝此意相應煩惱由所依識極微細故唯

是俱生任運轉故故此亦是無記性攝開蒙問唯有覆答有四惑覆故是有覆有覆義如三性門問既四惑俱何不成惡答四惑非是唯不善性第七又無强思計度所以不成不善性也

○次巳轉依

若巳轉依唯是善性

○八界繫門二 初問答總標

末那心所何地繫耶隨彼所生彼地所繫

補遺 先問隨彼下舉頌義答地謂三界九地初彼字指藏識次彼字謂界地

○次正釋頌義二 初未轉依

謂生欲界現行末那相應心所即欲界繫乃至有頂應知亦然任運恒縁自地藏識執爲内我非他地故若起彼地異熟藏識現在前者名生彼地染汙末那縁彼執我即繫屬彼名彼所繫或爲彼地諸煩惱等之所繫縛名彼所繫

補遺 釋中有三義初約自地藏識明所生所繫謂生欲界有情所有現行末那王所即欲界繫乃至生於有頂即有頂繫云何知然末那王所任運恒縁自地藏識執爲内我非縁他地執爲我故若起下次約彼地藏識明所生所繫此中異熟藏識二名雙舉者何也若約當地異熟果報巳具故唯就末那執藏邊說單舉藏識若言彼地異熟未就約當起彼地邊說故藏識異熟二名雙舉謂在欲界有情若起上界彼地酬先引業異熟藏識現在前者名生彼地此染汙末那縁彼藏識執爲内我即繫屬彼

名彼所繫前二彼字謂界地後三彼字指藏識或謂下又一解約彼地煩惱明所繫謂生欲界現行末那相應心所即爲欲界諸煩惱等之所繫縛乃至有頂應知亦然名彼所繫

○次已轉依

若已轉依即非所繫

補遺 轉依位中煩惱已滅亦不執我故非所繫

○九伏斷門二 初問答總標

此染污意無始相續何位永斷或暫斷耶阿羅漢滅定出世道無有

音義 先問阿羅漢下舉頌答

○次正釋頌義二 初別明無染污意二 初總明

阿羅漢者總顯三乘無學果位此位染意種及現行俱永斷滅故說無有學位滅定出世道中俱暫伏滅故說無有

音義 先明三乘無學此染污意現種永斷名無次明有學滅定出世道中暫伏名無滅定出世道即有學位所修定慧也

○次別釋二 初明有學暫伏滅二 初住定道暫伏滅二 初出世道

謂染污意無始時來微細一類任運而轉諸有漏道不能伏滅二乘聖道有伏滅義眞無我解違我執故後得無漏現在前時是彼等流亦違此意眞無我解及後所得俱無漏故名出世道

音義 先示末那微細俱生必無漏道方能伏滅眞無我解者見道生空根本智智能破

我違此染意是彼等流者謂後得智是彼眞無我解等流是故亦與染意相違眞無我下結會頌文此之二智俱名出世道也

○次滅盡定

滅定既是聖道等流極寂靜故此亦非有

補遺 滅盡定由無漏後得智而入故是聖道等流染意不行最極寂靜故亦非有

○次出定道復現行

由未永斷此種子故從滅盡定聖道起已此復現行乃至未滅

音義 謂正在定道雖暫伏滅由未斷種子故從二位起已猶復現行乃至未滅已還仍相續轉

○次明無學永斷滅二 初正明無學位

然此染意相應煩惱是俱生故非見所斷是染汚故非非所斷極微細故所有種子與有頂地下下煩惱一時頓斷勢力等故金剛喻定現在前時頓斷此種成阿羅漢故無學位永不復起

補遺 先明斷相斷相有三一見所斷二修所斷三非所斷若分別煩惱見道所斷無漏善法不通見修二斷是非所斷此染意相應煩惱是俱生故是染汚故意顯是修所斷非餘二斷也極微細下明斷之分齊言有頂地下下煩惱者此約六識中俱生煩惱三界總有九地每地各九品合有八十一品煩惱自麤至細次第別斷有頂下下一品正當第八十一品極微細故直至金剛喻定現在前時方斷此染意相應俱生亦極微細所有種子與彼有頂地六識俱生

煩惱一時頓斷何者彼此煩惱勢力齊等故金剛喻定現在前時同彼頓斷此種成阿羅漢故三乘無學永不復起金剛喻定現前者聲聞那含後心緣覺將證果時菩薩法雲地後心開蒙云第七我執三乘見後或行不行大乘八地後永不行我執種子直至三乘金剛心斷

○次例明迴趣者

二乘無學迴趣大乘從初發心至未成佛雖實是菩薩亦名阿羅漢應義等故不別說之

音義 問三乘無學永害染意已如上說然有一類二乘已證無學迴心趣向大菩提者實是菩薩彼已永害此意何不言之釋云二乘迴心雖是菩薩以應供等三義同故亦名阿羅漢故不別說

○次通明染淨意有無二初安慧明三位染淨俱無

此中有義末那唯有煩惱障俱聖教皆言三位無故又說四惑恒相應故又說爲識雜染依故

補遺 此師釋意唯有煩惱障相應染末那反顯不許有淨末那聖教下證成染淨俱無初一句證成三位無淨末那次二句反證三位無染末那爲識雜染依者謂此染汚末那爲六識雜染依止故攝論云此識是餘煩惱識依止此煩惱識由第一依止生由第二染汚開蒙問安憑何説無淨七答由說七唯人執對法等說三位無故顯揚不說淨位有故攝論不說有淨依故憑此教理三位無體

○次護法明三位無染有淨二　初斥前非

二　初標違教理

有義彼說教理相違出世末那經說有故無染意識如有染時定有俱生不共依故

補遺　此就標章中畧示違教理初句總斥出世下別明先明違教經即解脫經宗鏡問如世尊言出世末那云何建立答有二義一名不必如義彼無漏第七不名末那名是假故二能審思量無我相故亦名末那顯通無漏即知此名非唯有漏文　執無淨意豈非違教無染下次明違理無染意識即淨第六也不共依謂意根即淨末那爲淨第六俱生不共依故量云無染意識是有法淨末那爲俱有依宗定有俱生不共依故因如有染時意識喻執無淨意豈不違理開掌問護憑何教卻說淨七答解脫經說出世末那故知有淨護難安曰汝說三位無第七識彼時第六應無所依安質曰對法何說三位無七護會曰說無染七名無第七非無淨七安難曰教明說無何理敢違護例云如說四位無阿賴耶非無八體七亦應爾

○次釋違教理二　初違聖教三　初違瑜伽

論說藏識決定恒與一識俱轉所謂末那意識起時則二俱轉所謂意識及與末那若五識中隨起一識則三俱轉乃至或時頓起五識則七俱轉若住滅定無第七識爾時藏識應無識俱便非恒定一識俱轉住聖道時若無第七爾時藏識應一識俱如何可言若起意識爾時藏識定二俱轉

音義 先引文若住下次以論意顯滅定聖道二位有浄第七謂住滅定已滅前六不恒行心心所及第七恒行心心所染汚一分若無出世末那爾時藏識應無識俱便非恒定一識俱轉如何論說藏識決定一識俱轉謂末那耶住聖道時必以意識作無漏觀故起無漏浄第六時若無浄第七爾時藏識應唯一意識俱如何論言意識起時爾時藏識則二俱轉所謂意識及於末那

○次違顯揚

顯揚論說末那恒與四煩惱相應或翻彼相應恃舉爲行或平等行故知此意通染不染

音義 先引文彼論具云意者謂從阿賴耶種子所生還縁彼識我癡我見我愛我我所執我慢相應或翻彼相應於一切時恃舉爲行或平等行與彼俱轉了別爲性故知下結亦通染浄謂彼論言四煩惱相應者即有覆無記人我見相應染汚末那或翻相應我慢恃舉爲行俱轉者即無覆浄無記法我見相應末那或平等行俱轉者即善浄無漏平等智相應末那故知此意通染不染

○三違本論

若由論說阿羅漢位無染意故便無第七應由論說阿羅漢位捨藏識故便無第八彼既不爾此云何然

音義 謂若言本論頌說阿羅漢位無染意故便無第七亦應由頌言阿羅漢位捨藏識便無第八浄識彼既不云非無第八無垢

識體此云何言無出世末那故知頌言三位無者依染意說非無淨體

○次違正理四初平等智無依

又諸論言轉第七識得平等智彼如餘智定有所依相應淨識此識無者彼智應無非離所依有能依故不可說彼依六轉識許佛恒行如鏡智故

音義先引文彼如下釋先順明餘智謂成所作等三智此識下反難識是所依智是能依不可下遮計若謂平等智依六轉識則所依六識既有間斷能依平智亦應間斷理則不然何者論許諸佛恒行平等性智如圓鏡智無間斷故量云平等智是有法定有所依相應淨識宗因云非離所依有能依故喻如餘三智又量云平等智是有法不可說依六轉宗因云許佛恒行故喻如鏡智初量真能立次量真能破

○二第八識無依

又無學位若無第七識彼第八識應無俱有依然必有此依如餘識性故

音義量云無學位第八識有俱有依是識性故如餘識喻

○三法我見無依

又如未證補特伽羅無我者彼我執恒行亦應未證法無我者法我執恒行此識若無彼依何識非依第八彼無慧故由此應信二乘聖道滅定無學此識恒行彼未證得法無我故

音義先舉人我執亦應下例有法我執此識下反顯有第七謂恒行法我執所依識者

即是第七此識若無彼依何識不可說依第八識何者法我見即慧八無慧故彼非所依由此下勸信謂彼但執聖教皆言三位無者唯無煩惱所依末那耳應信三位不無所知障相應末那彼未證得法無我故

○四第六識無依

又諸論中以五同法證有第七爲第六依聖道起時及無學位若無第七爲第六依所立宗因便俱有失或應五識亦無有依五恒有依六亦應爾

補遺 先順明意識有依顯有第七五同法者謂以前五識爲第六識同法喻也量云第六意識是有法定有俱生不共依宗極成六識隨一攝故因同喻如眼等五識謂眼識依眼根乃至身識依身根此正以五同法證有第七爲第六識依第七即第六意根也聖道下次反顯第六無依宗因有失謂二乘聖道滅定無學起觀智時若無淨七爲第六依則宗上有能別不極成失何者若聖道起時但有第六相應生空觀智而無第七爲第六俱有依則後陳宗法非極成矣能別即後陳宗法正指第七識言又因中犯共不定過何者爲極成六識隨一攝故因五識定有所依而第六於無漏位中不定有依反被外人出過云爲第六如前五一切時中定有所依而成就第六有依之宗乎爲前五如無漏第六亦無有依而成就前五無依之宗乎有依無依皆共此因是犯共不定故若謂五根是第六

意根同法喻者量云第六意根是有法爲第六意識俱生不共依宗極成六根隨一攝故因同喻如五根第六意根即第七末那故以同法五根證有第七爲第六依若無第七宗有所別不極成失前陳有法爲所別正指第七不許有淨七前陳有法非極成矣又因中犯所依不成過以前陳無第七爲第六所依故七既非有六何所依釋中同法雖分根識二義俱善不妨並出或應二句例難六既無依五亦應爾五恒二句順成五依恒有六亦應然

○次申正義二　初明無染有淨

是故定有無染污意於上三位恒起現前言彼無有者依染意說如說四位無阿賴耶非無第八此亦應爾

補遺　言彼無有者依染意說此結會頌文之義如說下舉例證有

○次明染淨差別二　初通明染淨末那畧有三種二　初標

此意差別畧有三種一補特伽羅我見相應二法我見相應三平等性智相應

○次釋三　初人我見相應末那

初通一切異生相續二乘有學七地以前一類菩薩有漏心位彼緣阿賴耶識起補特伽羅我見

音義　人我見相應末那一切異生恒時相續二乘下明間起一類菩薩謂漸悟者二乘有學及第七地已前漸悟菩薩於無漏心位則不現起若於有漏心位彼末那緣藏識起人我見開蒙云人我見相應位一切

有漏皆是此位轉成無漏便非此位

○次法我見相應末那

次通一切異生聲聞獨覺相續一切菩薩法空智果不現前位彼緣異熟識起法我見

音義 法我見相應末那一切異生聲聞獨覺彼未證得法無我故恒時相續一切下明間起謂大乘八地已上不分漸頓一切菩薩於法空智果現前位則不現起若於法空智果不現前位彼意緣異熟識起法我見八地已上已捨藏識故彼第七唯緣異熟

○三平等智相應末那

後通一切如來相續菩薩見道及修道中法空智果現在前位彼緣無垢異熟識等起平等性智

音義 平等性智相應末那一切如來永斷二障究竟二空故恒相續菩薩下明間起若菩薩於見道及修道中法空智果不現前位則不現起於法空智現前位彼意緣無垢異熟識起平等性智無垢異熟者以平智起時所緣第八暫有思量無我相故觀起執亡故名無垢金剛道前異熟未空仍名異熟故云無垢異熟

補遺 彼緣無垢異熟識等者等於何法宗鏡云第七因中有漏唯緣我境無漏緣第八及眞如果上許緣一切法故

○次別明我法二執相應末那三 初明二見所依二 初明我見依法執

補特伽羅我見起位彼法我見亦必現前我執必依法執而起如夜迷杌等方謂人等故

音義 宗鏡云此顯初位必帶後位以初短故

人我起位必有法我人我必依法我起故如人夜行先迷枝杌方謂人等杌喻法執人喻我執

合響 開蒙問何故二執卻得俱起答我執必依法執起故所以俱生問其理如何答以先執法爲實有後方執有作受等用宗鏡云法我有自性勝用等人我有主宰作者等故須同時又云我法二執誰寬誰狹答法寬我狹問爲甚如此答迷人必迷其法迷法未必迷人問何以故答能持自體皆名爲法有常一用方名爲人

○次明二見依一慧

我法二見用雖有別而不相違同依一慧如眼識等體雖是一而有了別青等多用不相違故此亦應然

音義 問我法二見其用各別云何俱起不相違耶答我法二見用雖有別其體無殊同依一慧故不相違例如眼識體一俱時而有了別青黃等多用乃至身識體一而有了別冷煖等多用同依一識不相違故

○次明二執伏斷二 初通明三乘起滅二

初我執伏位唯起法執

二乘有學聖道滅定現在前時頓悟菩薩於修道位有學漸悟生空智果現在前時皆唯起法執我執已伏故

音義 我執伏位有三類文中先分列三類末後皆唯二句總收結成一二乘於有學位中聖道滅定現在前時唯起法執我執已伏定慧起時障治相違二頓悟菩薩於十地修道位中唯起法執我執已頓伏故三

有學漸悟菩薩於初地至第七地有學位中彼皆生空智果現在前亦唯起法執我執已伏故

○次我執斷位亦起法執

二乘無學及此漸悟法空智果不現前時亦唯起法執我執已斷故

音義此我執斷位唯有二類謂二乘無學唯起法執我執已斷故迴心向大漸悟菩薩法空智果不現前時亦唯起法執我執已斷故

○次別明菩薩起滅二初正釋

八地以上一切菩薩所有我執皆永不行或已永斷或永伏故法空智果不現前時猶起法執不相違故

音義此別明深位菩薩起法執一切者若頓若漸菩薩我執皆永不行或已下釋不行義漸則永斷不行頓則永伏不行若法智不現法執猶起問法空智果雖不現前生空智現前智生執盡云何猶起釋云生空智與法執不相主對故不相違

○次引證

如有經說八地以上一切煩惱不復現行雖有所依所知障在此所知障是現非種不爾煩惱亦應在故

音義先引文此所下次釋意所知障即法執以煩惱障依所知障起煩惱雖不現行所知猶在故云唯有所知障在然是現非種此證八地已上所起法執是現行非種子不爾者設謂深位菩薩是種非現則煩惱障亦應說在何也以煩惱種亦未斷故

○三判屬法執末那 二 初約大小乘通判二性

法執俱意於二乘等雖名不染於諸菩薩亦名爲染障彼智故由此亦名有覆無記於二乘等說名無覆不障彼智故

音義 此法我見相應末那於二乘人但斷煩惱不求法空所有法執俱意不障彼生空智故不名爲染唯是無覆無記所攝菩薩反是所有法執俱意障彼法空智故亦名爲染由此亦名有覆無記

○次立比量判屬異熟生

是異熟生攝從異熟識恒時生故名異熟生非異熟果此名通故如增上緣餘不攝者皆入此攝

音義 謂此法執俱意雖隨第八所生所繫然是異熟生攝非異熟果何者從異熟識恒時生故此名下舉例明謂異熟果名局異熟生名通如增上緣餘三緣之所不攝者皆增上攝此名亦爾於眞異熟果所不攝者皆異熟生攝故量云異熟生是有法餘不攝者皆入此攝宗因云此名通故喻如增上緣

○次證有第七 三 初問答總標

云何應知此第七識離眼等識有別自體聖教正理爲定量故

音義 小乘謂但是第六識入過去名意無別七體故爲此問

○次教理別明 二 初引教 二 初正引 四 初泛引大乘證三名 三 初引經

謂薄伽梵處處經中說心意識三種別義集

起名心思量名意了別名識是三別義

音義 古疏釋云此上總解爲小乘謂未來名心過去名意現在是識種種分別然無別體今引經證

○次釋義

如是三義雖通八識而隨勝顯第八名心集諸法種起諸法故第七名意緣藏識等恒審思量爲我等故餘六名識於六別境麤動間斷了別轉故

音義 清涼釋云謂爲一切現行所熏是集諸法種現法爲依種子爲因能生一切云起諸法故緣藏識等者因中有漏唯緣我境因中無漏緣於第八及緣眞如果上許緣一切故論云等麤動者易了名麤轉易名動不續名間各有所緣故得別名又云若集起以解心第八獨名心若積集以解心八識皆名心若思量以解意第七獨名意若以等無間緣以解意八識皆名意若以了別別境以解識前六獨名識謂了差別六塵境故若了別以解識八識皆名識即別釋之義廣如彼釋

○三證成

如入楞伽伽他中說藏識說名心思量性名意能了諸境相是說名爲識

○二通引大乘證第七

又大乘經處處別說有第七識故此別有

補遺 處處別說有第七識非謂第六入過去名爲意也故此別有者正答前離眼等識有別自體之問

○三指前比量證至教

諸大乘經是至教量前已廣說故不重成

音義 謂前初能變中已引聖教及立比量證大乘經極成此中故不重說

○四重引解脫證第七

解脫經中亦別說有此第七識如彼頌言染汚意恒時諸惑俱生滅若解脫諸惑非曾非當有彼經自釋此頌義言有染汚意從無始來與四煩惱恒俱生滅謂我見我愛及我慢我癡對治道生斷煩惱已此意從彼便得解脫爾時此意相應煩惱非唯現無亦無現在過去未來無自性故

音義 先引頌文次彼經自釋頌言先釋前二句對治下釋第三句爾時下釋第四句無自性者此諸煩惱無實自體非今現無本來常寂但於迷時妄謂有悟後始知空耳

○次指廣

如是等教諸部皆有恐厭廣文故不繁述

○次顯理三　初結前起後

已引聖教當顯正理

○次顯示正理六　初恒行無明二　初引經證有

謂契經說不共無明微細恒行覆蔽眞實若無此識彼應非有

補遺 此引經說不共無明證有第七無明爲能依第七爲所依此以能依顯所依若無二句反顯經說不共無明由依第七而有若無此識所說無明彼應非有非離所依有能依故

○次依經釋義三　初正釋恒行二　初釋二

初順釋三　初正釋

謂諸異生於一切分恒起迷理不共無明覆眞實義障聖慧眼

音義一切分者謂善惡昇沉定散五趣等位覆眞實義者謂二空所顯眞如之理爲此所覆而不發明障聖慧眼者眞無漏道清淨慧眼爲此所障而不開明

合響宗鏡第五十二卷云今説不共者謂此微細常行行相難知覆無我理蔽無漏智名覆蔽眞實眞實有二義一無我理二無漏見義亦有二一境義謂見分境二義理謂眞如理文

○次引證

如伽他説眞義心當生常能爲障礙俱行一切分謂不共無明

音義此頌即攝大乘本論彼論釋初二句云謂能障礙眞實義見彼若現有此不生故意明能照眞理無分別智方當生時爲彼所障而不生故釋次二句云是善不善無記位中常隨轉故意明一切異生於善等三性位中此不共無明俱行而不捨也

○三結示

是故契經説異生類恒處長夜無明所盲惛醉纒心曾無醒覺

合響宗鏡第五十二卷云謂無明是闇義七俱無明恒行不斷是長闇義由長闇故名爲長夜唯此無明爲長夜體餘法皆無長夜之義唯此獨有故名不共除此已外餘法有一類長相續義而無闇義或有一類雖有闇義而無長相續義應作四句分別一者有是長而非是夜如七俱貪等三

者有是夜而非長如前六識相應無明三是長亦是夜七俱無明是四者非長非夜前六識除無明取餘貪等文無明所盲即障聖慧眼惛醉纏心即覆真實義

○次反顯

若異生位有暫不起此無明時便違經義俱異生位迷理無明有行不行不應理故

補遺 謂異生位有暫時一念不起此無明時便與聖教相違以此迷理不共無明念念執第八識爲自內我無有一息間斷謂此無明有行與不行不應理故

○次結

此依六識皆不得成應此間斷彼恒染故許有末那便無此失

音義 若不信有此染污第七依何識說恒行不共無明若言依六轉識皆不得成何者若以所依六識言六識間斷無明亦應間斷若以能依無明言無明恒染六識亦應恒染許有末那便無二失

成唯識論音響補遺卷第五之一

音釋

麤倉胡切音粗　翻孚艱切音幡　纏呈延切音蟬繞也

成唯識論音響補遺卷第五之二

清武林蓮居紹覺大師音義

新伊大師合響

法嗣智素補遺

○次料簡不共二　初問

染意恒與四惑相應此俱無明何名不共

音義　此染第七恒與四惑相應無明起時與

三共轉何以無明獨名不共

○次答三　初師謂無明是根本名不共

有義此俱我見慢愛非根本煩惱名不共何

失

音義　此師謂意俱無明是根本惑見慢愛三

非根本攝雖四俱起三非同類是故無明

獨名不共

○次師謂無明是主義名不共二　初斥前

非

有義彼說理教相違純隨煩惱中不說此三

故此三中十煩惱攝故處處皆說染汚末那

與四煩惱恒相應故

音義　初句總斥純隨下出所由謂此三既非

根本煩惱純隨煩惱中何不說之此三是

十根本攝故處處皆說染意與四惑俱何

獨此三非根本惑

○次申已義二　初立義

應說四中無明是主雖三俱起亦名不共從

無始際恒內惛迷曾不省察癡增上故

音義　宗鏡第五十二卷云主是自在義爲因

依義與彼爲依故名不共何故無明名爲

不共謂從無始際顯長夜常起恒內惛迷

明一切時不了空理曾不省察彰恒執我

無循反時此意總顯癡主自在義

〇次釋難 二 初難

此俱見等應名相應

音義 問意云癡既增上是主名爲不共見慢愛三非增上非主應名相應煩惱耶

〇次釋

若爲主時應名不共如無明故許亦無失

音義 答意云此俱見等若爲主時應亦名不共謂流轉生死貪愛爲主障於聖道見慢爲主例如無明許亦無失

〇三師謂恒行唯七有名不共 二 初立義

有義此癡名不共者如不共佛法唯此識有故

音義 無明名爲不共者唯此第七識有餘識所無如十八不共佛法唯如來有餘人所無故名不共

〇次釋難 二 初釋餘識應例難 二 初難

若爾餘識相應煩惱此識中無應名不共

音義 難意云此俱無明餘識所無名不共者餘識相應之惑此識中無亦應名不共耶

〇次釋

依殊勝義立不共名非互所無皆名不共謂第七識相應無明無始恒行障眞義智如是勝用餘識所無唯此識有故名不共

音義 先直答謂此無明名不共者依殊勝立非謂此有彼無名不共謂第下轉釋此俱無明無始恒行障眞實理及無漏智如是殊勝業用此有餘無故名不共

〇次釋餘三應例難 二 初難

既爾此俱三亦應名不共

音義 難意謂此俱無明恒障理智餘識所無名不共者此俱見慢愛三勝用亦然亦應名不共耶

○次釋

無明是主獨得此名或許餘三亦名不共對餘癡故且說無明

音義 無明是主者攝論釋此見慢愛三皆用無明而爲因故謂由癡是見等三中之主獨得此名餘若爲主(就著高舉執我爲主之時)亦名不共然今爲對餘識俱癡顯此勝用且說無明不言餘三耳

合響 宗鏡第五十二卷云以主是不共義不共即獨一義此七俱無明不但不與餘識共兼亦不與自聚貪等三共謂雖與同聚貪等俱起而貪等無長夜闇義貪等以染著等爲義此以長闇爲義與彼不同故名不共(文)

○三結判不共(二) 初約識判(二) 初正判

不共無明總有二種一恒行不共餘識所無二獨行不共此識非有

合響 宗鏡第五十二卷云一恒行不共者此識俱是今此所論餘識無也二獨行不共者不與忿等相應起故名爲獨行或不與餘俱起無明獨迷諦理此識非有此以第七恒時迷闇名不共六識中無者無恒時義但有獨起之義名爲不共問恒行不共無明相應有幾種義答有四義古德云一是主者謂前六識無明是客有間斷故第七無明是主無間斷故二恒行者有漏位中常起現行不間斷故名恒行三不共者

不同第六識獨頭名不共第六不共但不與餘九煩惱同起名爲不共若第七名不共者障無漏法勝故又恒行不間斷故四前六識通三性心時此識無明皆起現行謂前六識善性心時於施等不能忘相者皆是第七恒行不共無明内執我令六識等行施時不能達三輪體空

補遺 餘識所無攝論云謂能障礙眞智生愚此於五識無容說有是處無有能對治故若處有能治此處有所治非五識中有彼能治於此見道不生起故非於不染意識中有由彼此應成染性故亦非染汚意識中有與餘煩惱共相應時不共無明名不成故若立意識由彼煩惱成染汚者即應畢竟成染汚性諸施等心應不成善彼煩惱相恒相應故若說善心俱轉有彼煩惱是即一向與彼相應餘不得有此染汚意識引生對治不應道理若說染汚意俱有別善心能引對治能治生故所治即滅應正道理故曰餘識所無

○次引證

故瑜伽說無明有二若貪等俱者名相應無明非貪等俱者名獨行無明

音義 瑜伽第五十八卷云又此無明總有二種一者煩惱相應無明二獨行無明非無愚癡而起諸惑是故貪等餘惑相應所有無明名煩惱相應無明若無貪等諸煩惱纏但於苦等諸諦境中由不如理作意力故鈍慧士夫補特伽羅諸不如實揀擇覆障纏裹闇昧等心所性名獨行無明

○次約斷判二初約二斷別判獨行不共是主獨行唯見所斷如契經說諸聖有學不共無明已永斷故不造新業非主獨行亦修所斷忿等皆通見所斷故

音義釋獨行有是主非主二義兼判見修二道所斷是主者力用麤猛能生餘惑發惡業故顯是分別故見所斷何以知之如經言有學已斷不共無明不造新業故知是主是見所斷非主者行相微細無力引生餘惑不發業故顯是俱生故修所斷亦修斷者意兼見所斷故忿等皆通見所斷者意明忿等小隨各自爲主故皆見道所斷今非主獨行既與彼俱起故亦通見所斷

合響開裳問何名是主獨行答不與忿等小十俱者名爲是主問何以故答忿等十法自類不俱各自爲主此之無明既然不與是主者俱獨自行時自便爲主是故名爲是主獨行問何名非主獨行答與忿等俱名爲非主問此之無明各何時斷答是主獨行唯見所斷非主無明通見修斷

○次約五部通判二種不共

恒行不共餘部所無獨行不共此彼俱有

合響准俱舍論見修二斷分爲五部見四諦所斷各爲一部修唯一部（部者分也類也根本十惑各由迷於諦理而起故各有部分一一諦下各起多惑故部類不同）今云餘部即見四部此即修部彼即餘部謂恒行不共唯修所斷故云餘部所無獨行不共通見修斷故言此彼皆有

○二意法爲緣二初引經證有

又契經說眼色爲緣生於眼識廣說乃至意

法爲緣生於意識若無此識彼意非有

音義 宗鏡第五十二卷云眼根色境爲二緣引生眼識乃至意根法塵爲二緣引生意識若無第七識者即應第六識唯有法塵爲緣應無所依根緣既有俱有根者明知即是第七識與第六識爲俱有根 文 此證成斥無第七

○次釋成經義 三 初以前五例第六識應有依

謂如五識必有眼等增上不共俱有所依意識既是六識中攝理應許有如是所依此識若無彼依寧有

音義 例如眼等五識是六轉識中攝必有眼等五根爲增上不共俱有所依意識既是六識中攝理應許有如是所依彼依即是第七識此識若無彼依寧有

補遺 五根爲五識依有三義一者增上由根發識故二者不共眼識自依眼根不與耳識等共故三者俱有眼正見時識正了別同一剎那無前後故餘耳等亦然故云增上不共俱有所依

○次遮小乘肉團心爲第六依

不可說色爲彼所依意非色故意識應無隨念計度二分別故

音義 宗鏡第五十二卷謂小乘云我宗取肉團與第六爲依何要別執有第七識耶論主破云亦不可說第六依於色故 肉團是色法故 又說第六必依意有說意非是色故又說第六有三分別隨念計度自性分別故若許第六依色而住者即同前五無隨念計度二

種分別矣

○三遮小乘根先識後爲所依

亦不可說五識無有俱有所依彼與五根俱時而轉如芽影故又識與根既必同境如心心所決定俱時

音義 宗鏡小乘救云我宗五識根先識後故即前念五根發後念五識論主破云俱有依者如芽依種起芽種俱時影藉身生身影同有識依根發理必同時無前念根發後念識故既若五識有俱有根將證第六亦須有俱有根即第七識也

○三立量結顯

由此理趣極成意識如眼等識必有不共顯自名處等無間不攝增上生所依極成六識隨一攝故

音義 顯自名處者謂依眼之識名爲眼識乃至依意之識名爲意識即顯自名之內六處等無間不攝者非等無間意根之所攝增上生者謂根是識之增上生緣隨一攝者謂於六中隨一所攝量云極成意識是有法必有下宗極成六識隨一攝故因如眼等識喻

○三思量名意二 初引經證有

又契經說思量名意若無此識彼應非有

○次釋成經義二 初正釋二 初遮第六等無間名意

謂若意識現在前時等無間意已滅非有過去未來理非有故彼思量用定不得成既爾如何說名爲意

合響 宗鏡第五十二卷小乘云但是第六等

無間名思量意何要別說第七爲思量意耶論主破云且如第六意識現在前時前念等無間意已滅無體如何有思量用名意耶

○次遮假說名意 二 初遮假說

若謂假說理亦不然無正思量假依何立

音義 恐彼計云思量名意者應知假說非實有體破云假名爲意由正思量無正思量假依何立

○次遮曾有思量

若謂現在曾有思量爾時名識寧說爲意

音義 救云意識現在曾有思量今雖已滅得名爲意何要別說第七爲思量意耶故破云第六意識若居現在時雖有思量爾時名識不名意故要待過去方名爲意此以小乘計現在名識過去名意故

○次結示

故知別有第七末那恒審思量正名爲意已滅依此假立意名

音義 故知須信有第七識以具思量名意故若等無間意依此假立得名意耳

○四無心定別 二 初引經證有

又契經說無想滅定染意若無彼應無別

○次釋成經義 二 初正釋 二 初明無第七二定無別

謂彼二定俱滅六識及彼心所體數無異若無染意於二定中一有一無彼二何別

音義 謂彼滅盡無想二定俱滅六識及彼相應心所體數無異體即心體數即心所前六王所二定俱滅故曰無異若無下意顯

滅定無染意無想有染意故二定有異若無第七二定一有一無彼二何別

○次遮二定別有差別因

若謂加行界地依等有差別者理亦不然彼差別因由此有故此若無者彼因亦無

音義彼救云二定別者由加行等有差別故何關第七識耶集論謂此二定有五差別一所依二自體三假立四作意五界地此中加行即彼第四作意界地如名依等者依即所依等餘二種理亦下破差別因由此有者謂由有此第七識故成五差別若出離想作意爲先令不恒行心心所滅想滅爲首立無想名此定唯屬第四靜慮若止息想作意爲先令不恒行心心所及恒行染汚心心所滅立滅盡名雖屬有頂而無漏攝此即加行界地之差別所依別者滅定是佛弟子依正教說力起故無想由諸外道依邪教說力起故餘二可知此五差別皆因意有

補遺自體別者無想定體屬有漏滅盡定體屬無漏假立別者依有覆第七緣無想第八爲眞解脫處假立無想定依無覆第七緣異熟識以爲無我假立滅盡定

○次結示

是故定應別有此意

○五無想天染二初引經證有

又契經說無想有情一期生中心心所滅若無此識彼應無染

○次釋成經義二初正釋二初明無意無想非染

謂彼長時無六轉識若無此意我執便無非於餘處有具縛者一期生中都無我執彼無我執應如涅槃便非聖賢同所訶厭

音義 異生我執唯於六七識中有彼天長時無六轉識若不許彼有染污意一期生中應無我執曾不見有具縛凡夫一期生中都無我執彼天長時既無我執應如涅槃清淨無漏便非聖賢同所訶厭

○次明無意展轉有過

初後有故無如是失中間長時無故有過去來有故無如是失彼非現常無故有過所得無故能得亦無不相應法前已遮故藏識無故熏習亦無餘法受熏已辯非理

音義 謂彼救云彼天六識及彼心所初半劫滅後半劫生初後半劫有第六識起我執故無如是失意謂有第六識起我執故即是彼天之染何定要有第七識中間下破云初後雖有中間四百四十九劫無故有過去來下復救云過去未來有我執故無如是失彼非下破云過去未來非現非常如空華等現常無故有過所得下重斥非理所得無者謂彼有情於無想定前求無想果故所熏成種招得彼天異熟染污末那即緣彼執我依之麤動想等不行於此分位中假立無想報若無此識彼天異熟則不應有所得無想異熟既無能得無想有情亦無恐彼救云無想異熟是不相應行豈非是有不相應行依色心分位假立不是實有前已遮破藏識無者謂有我見愛等執藏以為自內我故攝藏一切染淨品法令不失故因斯以立阿

賴耶名無此執藏彼識非有既無執藏染淨諸法熏習亦無何者餘法受熏前文已辯理非有故

○次結示

故應別有染汚末那於無想天恒起我執由斯賢聖同訶厭彼

音義 宗鏡云有第七於彼起我執是異生故出定已後復沉生死起諸煩惱聖賢訶彼若無第七不應訶彼無過失果

○六三性心染二 初引經證有

又契經說異生善染無記心時恒帶我執若無此識彼不應有

○次釋成經義二 初正釋二 初約相縛釋二 初釋

謂異生類三性心時雖外起諸業而內恒執我由執我故令六識中所起施等不能亡相

音義 謂異生類善染無記三性心時前六轉識雖外起善惡及不動業而第七相續執我由內恒執我故令六識中所起施等善業不了體空執取於相

○次證三 初引文

故瑜伽說染汚末那爲識依止彼未滅時相了別縛不得解脫末那滅已相縛解脫

音義 論意云染汚末那徧爲前六染識依止彼若未滅令六識中相縛見縛不得解脫染汚滅已方得解脫相即相分了別即見分

○次釋義

言相縛者謂於境相不能了達如幻事等由斯見分相分所拘不得自在故名相縛

音義　相縛者謂由染意恒執我故令六轉識於所緣依他境上不能了達非有非無緣生如幻事等由斯為彼見相二分所拘不得自在故名相縛

○三重證

依如是義有伽他言如是染汚意是識之所依此意未滅時識縛終不脫

○次約成漏釋 二 初簡六識等不能成漏 四 初簡煩惱

又善無覆無記心時若無我執應非有漏自相續中六識煩惱與彼善等不俱起故去來緣縛理非有故非由他惑成有漏故勿由他解成無漏故

音義　又善及無覆無記心時若無第七恒起我執則彼善等應非有漏何者自相續六識中所有煩惱與彼善等不俱起故自相續者謂後念眼識續前念眼識等設彼救云現在煩惱雖不與善等俱而由過未煩惱故成有漏破云去來緣縛理非有故他惑者謂他人煩惱如施者之心雖善由受者心中有惑故令施心成於有漏他解謂他人無漏淨解意謂非由他受者煩惱能令我施者善心成漏若爾設受者是無漏淨田亦能令我施者有漏心成無漏耶故知善無記成有漏者由第七內恒執我故耳

○二簡隨眠

又不可說別有隨眠是不相應現相續起由斯善等成有漏法彼非實有已極成故

音義　恐彼轉計云別有一法名曰隨眠異心

心所是不相應行蘊所攝於善等時現相續起由斯善等成有漏法故先云又不可說等隨眠非實已極成故如第二卷中明

○三簡漏種

亦不可說從有漏種生彼善等故成有漏彼種先無因可成有漏故非由漏種彼成有漏勿學無漏心亦成有漏故

音義 又恐彼轉救云善等有漏由從有漏種生成於有漏故復遮云亦不可說等何者彼種先無因可成有漏故意謂有漏成種必由第七識執我與善等現行俱熏成漏種若無第七彼種先無有因成有漏種何得從漏種生有漏法耶非由下復舉例破謂非由漏種令現行善等成有漏法勿學無漏心亦成有漏何者以彼有學位中猶有有漏種在學無漏心即有漏位中所現起無漏心也

○四簡業引

雖由煩惱引施等業而不俱起故非有漏正因以有漏言表漏俱故又無記業非煩惱引彼復如何得成有漏

音義 又彼計云善等心時雖非惑俱而由此前煩惱引起故施等業成有漏法釋云雖由煩惱引起施等而施業起時煩惱已滅不俱起故非有漏正因何者以有漏言表與漏俱故又無下反例詰破若謂施等善心是煩惱所引成有漏者又第六起無記業不待現緣非煩惱引彼復如何得成有漏意謂成漏由漏俱正由第七識同時執我故也

○次正明六七互益成漏 三 初正釋

然諸有漏由與自身現行煩惱俱生俱滅互相增益方成有漏由此熏成有漏法種後時現起有漏義成異生既然有學亦爾

音義 諸有漏者謂善無記等自身簡非他惑現行煩惱簡非隨眠及種謂即第七識俱我執等俱生俱滅簡非不俱起互相增益者謂六識中所起施等時由與自身第七識現行我執俱生俱滅故六七互相資益方成有漏由此復熏成有漏法種異生二句例有學位謂初二三果聖人俱生惑猶未永盡故成有漏與異生同

合響 開蒙問善與無記自體非染由何成漏答由與第七煩惱俱起互相增益故成有漏所謂成漏有漏俱善等由七漏

○次釋難

無學有漏雖非漏俱而從先時有漏種起故成有漏於理無違

音義 難云有學未盡我執而與漏俱故成有漏則有漏言必表漏俱無學位中已斷我執則非漏俱云何亦有有漏法耶釋云無學有漏謂異熟根身也雖非自身現行煩惱互相增益而成蓋從先時熏成有漏種起故成有漏於理無違然不復熏有漏法種自相續中非漏俱故

合響 開蒙難曰二乘無學有漏之法既非漏俱如何成漏答由從有漏舊種生起故是有漏

○三結成

由有末那恒起我執令善等法有漏義成此

意若無彼定非有

○次結示

故知別有此第七識

○三指廣勸信

證有此識理趣甚多隨攝大乘略述六種諸有智者應隨信學

○三通妨總結

然有經中說六識者應知彼是隨轉理門或隨所依六根說六而識類別實有八種

合響 難云餘處經中唯說六識不言七八識者何耶釋義如文宗鏡第五十二卷云第七末那諸教同詮羣賢共釋創入道者此意須明是超凡聖之因宜窮體性乃立解惑之本可究根源迷之則爲人法執之愚悟之則成平等性之智於諸識内獨得意名向有漏中作無明主不間不斷無想定治而不消常審常恒四空天避而還起雖有覆而無記不外執而内緣常起現行能蔽真而障道唯稱不共但成染而潤生是以欲透塵勞須知要徑將施竗藥先候病源若細意推尋冥心體察則何塵而不出何病而不消斷惑之門斯爲要矣 文釋第二能變竟

成唯識論音響補遺卷第五之二

音釋

惛 呼昆切音昏心不明也　創 楚浪切瘡去聲始造也　潤 儒順切音閏濕潤又澤也

成唯識論音響補遺卷第五之三

清武林蓮居紹覺大師音義

新伊大師合響

法嗣智素補遺

○三第三能變二初明差別等前六門二初廣釋六門二初釋前四門三初結前問後

如是已說第二能變第三能變其相云何

○次舉本頌答

頌曰

次第三能變　差別有六種　了境爲性相

善不善俱非

開蒙問解三能變有幾門答有九門一差別門(次第至六種)　二體性門(了境爲性)　三行相門(了境爲相)　四三性門(善不善俱非)　五心所相應門(此心所至不定)　六受俱門(三受共相應)　七共依門(依止根本識)　八俱轉門(五識隨緣至依水)　九起滅分位門(意識常現至悶絕)

○三末論釋成三初差別門二初標

論曰次中思量能變識後應辯了境能變識相此識差別總有六種隨六根境種類異故

(補遺)圓覺小鈔卷四下云隨六等者是總標六識隨根隨境而立名也以所依根及所緣境各有六別名種類異識隨彼異故非多少亦非定別又明此識既隨根境有六數定明得名時非唯據一即於根境二處得名大論亦說隨根名識隨境名識

○次釋二初正釋立名二初隨根立名二

初正釋

謂名眼識乃至意識隨根立名具五義故五

謂依發屬助如根

補遺 圓覺小鈔卷四下應先問云既辯識得名實通根境何爲諸論依根得名謂名眼識乃至意識故此荅云具五等也勝於境故偏從根稱五義者論但列云五謂依發屬助如根而無解釋今據對法論釋之謂依於根根之所發屬於彼根助於彼根如於根故對法第二卷云若了別色故名爲識何故但名眼等識不名色等識耶以於眼等五種解釋即依發屬助如非色等有此五種此中第一依根之識彼有二義且如眼識眼中之識故名眼識依眼處所識得有故及由有眼識得有故且如意識如何意中隨七無色處所而意亦依彼同無色所依在無色所依中也又由有第七故得有意識非是境色得識住中不由有色識定生故且據麤相以盲冥者不能見故雖知有色識必不生第二根所發者彼云眼所發之識故名眼識由眼變異識必變異如迦末羅病損眼故所見青色皆以爲黄非色壞時而識亦壞第七如何謂由有此第七識故第六相縛不得解脫即其事也復由七若無漏六必無漏故然七無漏時必由第六斷惑引起第三屬於根者彼云屬眼之識故名眼識由識種子隨逐於根而得生故此謂生依非染汚依及根本依引發依也由此故知七於六有勢力謂六種子隨七種子七種子生現行時六方得起與彼力故不爾必不生非色種子識種隨之間此色有時必識所變如有識時必根所生何得識種不

隨色起答色是外法根是內法根恒相續色即不然不可爲例第四助於根者彼云助根之識故名眼識由根合識有所領受令根損益非於境界故謂由根合識令根有損益非由色合識令色有損益離識之色識雖無損益色有損益故如第六識俱無漏故第七損有漏成無漏故第五如於根者彼云如眼之識故名眼識眼識二法俱有情類非彼色法定是有情六七亦爾唯內攝故隨根五義從勝多說依根得名

○次簡濫

雖六識身皆依意轉然隨不共立意識名如五識身無相濫過或唯依意故名意識辯識得名心意非例

音義 問若識隨根而立名者六識皆依意轉應悉名意識何唯第六名意識耶釋云雖六識身皆依意轉而前五以意爲共依唯第六以意爲不共今隨不共立意識名例如五識依五色根各隨不共立名故無互相濫同之失或唯下又一解或第六唯依於意故名意識不同前五兼依色根故不名意識耳辨識下又難云隨根立名乃至依意名意識者則第八心依於意第七意復依於心亦應七八二識隨根互立名耶釋曰此中辯識得名故隨根立非辯心意不應爲例

○次隨境立名 二 初正釋

或名色識乃至法識隨境立名順識義故謂於六境了別名識

合響 宗鏡第六十一卷引古師云現識名爲

色識者此言色識是從境爲名見分識變似色故名爲色識體實是識由能變色故名色識此取見分識爲體由能緣色或能變色故名色識又相分色不離識故名爲色識此即取相分色爲體相分之色實非識由從識變不離識故名爲色識或相分名色見分名識此雙取識境二法爲體以見相同種故

補遺 開蒙問識依眼等名眼識若緣色等應名色識耶答曰亦得何以故順識義故問如何是順答識者緣慮緣慮色等此是順識

○次簡濫二 初約六名簡

色等五識唯了色等法識通能了一切法或能了別法獨得法識名故六識名無相濫失

補遺 問旣隨境立名第六亦能緣色等何故獨名法識答初約通義簡謂五識唯了自別色等第六通了一切法故或能下次約別義簡謂第六亦能了自別法故由此簡之是故六識隨境立名無相濫之失

○次約轉依簡二 初正簡

此後隨境立六識名依五色根未自在說若得自在諸根互用一根發識緣一切境但可隨根無相濫失

合響 謂此後之隨境立名之義且依色根未自在位說若在聖人自在位中諸根互用則一根發識緣一切境一識可得諸識之名而不偏局於色識聲識等名也若爾諸識豈無濫同之過故曰但可隨根等意謂於自在位雖一根發識緣一切境但可隨

其能發之根以立其名如眼根發者仍名眼識乃至意根發者仍名意識故無相濫之失

○次釋妨

莊嚴論說如來五根一一皆於五境轉者且依麤顯同類境說佛地經說成所作智決擇有情心行差別起三業化作四記等若不徧緣無此能故

音義 謂有難曰若自在位一根緣一切境何故莊嚴論說如來五根一一皆於五境而轉文中先牒且依下次通五塵麤顯法塵細微彼論且依五塵麤顯同類境說謂五塵同是一類性境故其實如來五根一一能緣一切故引佛地經說云云證成能徧緣一切也三業化者大鈔云身口意三業化合有十種四記者雜心論云一一向記二分別記三反詰記四捨置記

○次結指依緣

然六轉識所依所緣麤顯極成故此不說前隨義便已說所依此所緣境義便當說

補遺 問前第二能變頌云依彼轉緣彼今第三能變何故不說所依緣耶然六轉識所緣麤顯易知所依大小極成故此不說前隨義便已說所依者指前傍論諸識所依之文此所緣境義便當說者指後所緣緣文中當說所緣也

○次性相二門二 初正釋

次言了境爲性相者雙顯六識自性行相識以了境爲自性故即復用彼爲行相故由斯兼釋所立別名能了別境名爲識故

補遺宗鏡云自證分是了別性見分是了別相識以了境爲自性即復用彼爲行相故則了境者是識自性亦是行相行相是用故

文由斯兼釋別名者以對集起名心思量名意以釋了別境故名爲識也

○次引證

如契經說眼識云何謂依眼根了別諸色廣說乃至意識云何謂依意根了別諸法彼經且說不共所依未轉依位見分所了餘所依了如前已說

補遺先引文彼經下出意謂彼經所說六識各依自根各緣自境此且說六識之不共依及六識未轉依位中見分所了若餘共所依如前傍論三所依文中說五識皆依分別染淨根本三依第六復依第八根本依若餘轉依見分所了如上章云若得自在諸根互用一根發識緣一切境故云餘所依了如前已說

○三三性門二　初問答總標

此六轉識何性攝耶謂善不善俱非性攝

○次正釋頌義二　初未轉依三　初釋三性義二　初別釋俱非

俱非者謂無記非善不善故名俱非

補遺開蒙問云何無記荅無愛非愛果可記別故名無記

○次通釋三性三　初善性

能爲此世他世順益故名爲善人天樂果雖於此世能爲順益非於他世故不名善

補遺開蒙問云何名善荅自體及果俱可愛樂名之爲善二世順益方名爲善謂前世

益今世今世益後世間人天樂果亦是順
益何非善也荅唯善益現世故是無記
○次不善性
能爲此世他世違損故名不善惡趣苦果雖
於此世能爲違損非於他世故非不善
音義 翻善可知
○三無記性
於善不善益損義中不可記别故名無記
○次示三性相
此六轉識若與信等十一相應是善性攝與
無慚等十法相應不善性攝俱不相應無記
性攝
音義 與無慚等十法者謂無慚無愧并小隨
中七謂忿恨覆惱嫉慳害及根本中瞋此
十唯通不善性故若餘貪癡慢疑惡見與
八大隨小隨中誑諂憍通二性故略不分
攝
○三明俱不俱二 初師不俱二 初正釋
有義六識三性不俱同外門轉互相違故五
識必由意識導引俱生同境成善染故若許
五識三性俱行意識爾時應通三性便違正
理故定不俱
音義 此師謂六識起時三性不俱何者此六
同外門轉善等三性互相違故五識下設
三性俱起難謂五識生必由第六導引而
起俱時而生同緣於境成染成淨若許五
識一時三性俱行爾時五俱意識應通三
性便違正理故定不俱
○次通妨
瑜伽等說藏識一時與轉識相應三性俱起

者彼依多念如説一心非一生滅無相違過

音義 難云瑜伽等説藏識一時與轉識相應三性俱起今言不俱寧不相違釋曰彼云一時乃依多念相續而起之一時如説一心非一生滅今依一念定不容俱故彼此不相違

○次師容俱三　初正釋

有義六識三性容俱率爾等流眼等五識或多或少容俱起故五識與意雖定俱生而善性等不必同故前所設難於此唐捐

音義 率爾者謂聞法創初遇境便起之心此屬無記等流者謂念念緣境前後齊等之心此通善染或多謂五識俱起或少謂二三四容俱起者率爾等流容俱起故謂五識緣境若遇五塵齊現或眼識起率爾耳識起善等流餘識起不善等流或耳識起率爾餘識起等流等斯即五識三性俱起

音義 意識與五識雖定俱生而善性等不必同是故六識三性容俱起也不同義見次文前難唐捐者前師云五識三性俱行意識爾時應通三性便言違理今言意識雖與五俱而性不必同則前難於此徒設

○次引證二　初引瑜伽論三　初引文

故瑜伽説若遇聲緣從定起者與定相應意識俱轉餘耳識生非唯彼定相應意識能取此聲若不爾者於此音聲不領受故不應出定非取聲時即便出定領受聲已若有希望後時方出

音義 諸瑜伽師正入定時五識俱不行若遇聲緣從定起者此是與定相應善意識俱

轉之餘耳識生非唯彼定相應等者意顯要須意俱耳識領受聲已然後出定非唯彼定相應意識能取此聲若言唯意無耳識者一向在定獨頭意識不能聞聲於此音聲不領受故不應出定故前五與第六爲明了門非取下明出定耳識定與意俱恐有謂耳識取聲即便出定非要與定相應意識俱轉然後乃出釋曰非取聲時即便出定必耳識領受聲已意識爾時若有希望後方出定故第六與前五爲分別依以心猶在定必應二識共取此聲方出定耳

○次釋義

在定耳識率爾聞聲理應非善未轉依者率爾墮心定無記故由此誠證五俱意識非定與五善等性同

音義 謂彼在定創發聞聲耳識理應非善何者未轉依位率爾墮心定無記故以五八識極果方圓既證轉依雖率爾心亦唯善性由此下結意云無記耳識既與定相應善意俱轉由此證知五俱意識非定與五識善等性同

○三重證

諸處但言五俱意識亦緣五境不說同性

○次會雜集論

雜集論說等引位中五識無者依多分說

補遺 難云雜集論說等引位中無有五識此何言與定相應意識俱轉餘耳識生能聞聲耶釋曰彼依在定多分而說此約出定少時而言故不相違三摩呬多此翻等引

是定名謂修習止觀平等不偏引生功德
故等引位中善定善慧與第六識相應調
柔正直而住多分不起五識
○三結示
若五識中三性俱轉意隨偏注與彼性同無
偏注者便無記性故六轉識三性容俱
音義 偏注者偏重專注也如眼識偏注於善
則意識隨其偏注而亦成善或餘識偏注
於不善或無記則意識亦成不善及無記
是知六識三性容俱
○次已轉依
得自在位唯善性攝佛色心等道諦攝故已
永滅除戲論種故
補遺 此明果位唯善性攝謂佛果位中轉異
熟成無垢識爾時無根成無漏故所發五
識亦成無漏意根純無漏故所發意識亦
純無漏五根名爲佛無漏色八識名爲佛
無漏心色即相好功德莊嚴心即四智菩
提相應心品皆道諦所攝無有不善戲論
種子已永滅盡無有無記故觀察智相應
心品成智相應心品皆唯善性
○次釋後二門二 初略標心所廣釋受俱
三 初末論設問
六識與幾心所相應
○次本論頌答
頌曰
此心所徧行　別境善煩惱　隨煩惱不定
三受共相應
補遺 宗鏡第五十五卷云上三句頌列六位
心所總名即心所相應門下一句正解受俱即受俱門

○三末論釋成二　初略釋六位心所二　初

總標

論曰此六轉識總與六位心所相應謂徧行

等

補遺 起信疏上二云相應義者謂心念法異心謂心王念法謂心所王數不同故云異也依染淨差別而知相緣相同故若王知染心法亦同心王緣淨心法亦同知相即能知同緣相即所緣同

○次別釋二　初釋心所名義二　初約三義

釋

恒依心起與心相應繫屬於心故名心所如

屬我物立我所名

合響 開蒙云具此三義名爲心所何名恒依心起答要心爲依方得生故問與心相應答觸等恒與心相應故名心所既云與心相應心不與心自相應故心非心所何以故他性相應非自性故問與心相應其義有幾答有四義謂時同依同所緣同事同色等望心不具此義色非心所問繫屬於心答觸等看與何心生時便屬彼心之觸等故既云繫屬於心心王不自繫屬於心故心非心所喻明如文

○次約助事釋二　初正釋

心於所緣唯取總相心所於彼亦取別相助

成心事得心所名如畫師資作模填彩

合響 宗鏡第五十五卷云心所行相者心取境之總相但總取而已不更分別如言緣青但總取青不更分別心所於彼取總別相故說亦言如畫師資作模填彩者師謂博士資謂弟子如師作模畫形既已弟子

填彩彩於模填不離模故如取總相著彩色時令媚好出如亦取別相心心所法取境亦爾識能了別事之總相不言取別相以是主故若取別相即心所故

補遺 助成心事得心所名者瑜伽第一卷云彼助伴者謂彼俱有相應諸心所有法所謂作意觸受想思及餘俱有相應諸心所有法

○次引證二　初證徧行別境二　初證徧行

故瑜伽說識能了別事之總相作意了此所未了相即諸心所取所別相觸能了此可意等相受能了此攝受等相想能了此言說因相思能了此正因等相故作意等名心所法此表心所亦緣總相

合響 即諸心所所取別相一句該貫上下五句宗鏡第五十五卷云作意一法獨能了別衆多別相由作意令心心所取境功力勝故有此總取多法別相瑜伽論以作意爲初此論以觸爲初和合勝故各據一義觸能取三謂可意不可意俱相違相受中攝受損益俱相違相想能了此言說因相者能取境分劑相故謂此是青非青等便起言說故想之相言說因也思了正因邪因俱相違等即是境上正邪等相業之因也文　此表心所亦緣總相者釋諸句中此字義也

○次證別境

餘處復說欲亦能了可樂事相勝解亦了決定事相念亦能了串習事相定慧亦了得失等相

○次例善等四位

由此於境起善染等諸心所法皆於所緣兼取別相

音義 徧行別境既取境別相由此例知餘善染等四位心所皆於所緣兼取別相

○次釋六位類別 二 初標列

雖諸心所名義無異而有六位種類差別謂徧行有五別境亦五善有十一煩惱有六隨煩惱有二十不定有四如是六位合五十一

補遺 瑜伽第一卷云五十三心所可得謂作意等乃至尋伺爲後邊彼於八大隨外又加邪欲邪勝解故成五十三今論由別境中已有欲解且通善染故沒邪欲邪勝解只成五十一

○次釋義 二 初明六位總名

一切心中定可得故緣別別境而得生故唯善心中可得生故性是根本煩惱攝故唯是煩惱等流性故於善染等皆不定故

○次辯種類差別

然瑜伽論合六爲五煩惱隨煩惱俱是染故復以四一切辯五差別謂一切性及地時俱五中徧行具四一切別境唯有初二一切善唯有一謂一切地染四皆無不定唯一謂一切性由此五位種類差別

補遺 瑜伽合六爲五者第一卷文中貪恚無明慢見疑六種根惑之後即列小中大三隨故合根隨二類染法爲一位也四一切者謂一切性即善等三性一切地爲三界九地一切時謂現在一切時一切俱謂與八種識俱共相應五中徧行具四者以通

三性徧九地一切時起八識皆共有故別境唯二者唯通三性徧九地而無一切時以四境各別起故無一切俱以欲等不徧心故善唯一者謂一切地俱通善故三性相違無俱一切十一數不同時而起故無時一切有漏七八二識無之故無俱一切染四皆無者謂不通善性不徧地不同時起八識無之不定唯一者唯通三性於善染等性皆不定故睡眠唯欲界有尋伺不徧三界無一切地不同時起無一切時六識所專無俱一切

○次廣釋三受相應二　初未轉依二　初明六識受俱不同二　初總標

此六轉識易脫不定故皆容與三受相應皆領順違非二相故

音義宗鏡第五十五卷云此六轉識易脫不定者以體皆易脫恒不定故易脫是間斷轉變義不定是欣慼捨行互起故皆通三受

○次別釋六　初明三受相

領順境相適悅身心說名樂受領違境相逼迫身心說名苦受領中容境相於身於心非逼非悅名不苦樂受

○二明三各分二

如是三受或各分二五識相應說名身受別依身故意識相應說名心受唯依心故又三皆通有漏無漏苦受亦由無漏起故

音義分二中有二種二謂身與心并漏無漏問無漏聖法永盡諸苦道滅所攝云何亦通苦受耶釋云良以修無漏者必須備歷

艱辛苦其心志然後方得是以苦受由無漏而起

補遺　清凉云依色根生故名身受意識中受從意根生故名心受

○三明三各分三

或各分三謂見所斷修所斷非所斷又學無學非二爲三

補遺　分三中有二種三初各分三斷分別惑相應三受是見所斷俱生惑相應三受是修所斷與無漏相應三受是非所斷次各通三位謂學位三受等非二者謂非學非無學即凡位或資糧加行内外凡也

○四三總分四

或總分四謂善不善有覆無覆二無記受

音義　謂樂受即善苦受即不善不苦不樂即二無記

○五三各分四 三 初標

有義三受容各分四

音義　謂善心相應三受不善及二無記亦爾

○次釋 二 初正釋

五識俱起任運貪癡純苦趣中任運煩惱不發業者是無記故彼皆容與苦根相應

音義　此中隨難別釋有覆無記通苦受義謂五識俱及純苦趣中二類任運煩惱以不發惡業故非是不善是有覆無記所攝彼皆容與苦受相應

○次引證 二 初瑜伽

瑜伽論說若任運生一切煩惱皆於三受現行可得若通一切識身者徧與一切根相應不通一切識身者意地一切根相應

補遺此瑜伽第五十九卷中文問是諸煩惱幾與樂根相應乃至幾與捨根相應答若任運生一切煩惱皆於三受現行可得是故通一切識身者與一切根相應不通一切識身者與意地一切根相應文今引此通證六識中有覆無記通三受義一切識身謂前五識即身受意地爲第六意識即心受謂身心二受任運煩惱與三受相應

○次雜集

雜集論說若欲界繫任運煩惱發惡行者亦是不善所餘皆是有覆無記

音義所餘謂欲界繫不發惡業者及上二界任運煩惱皆是有覆無記所攝此明煩惱是二性攝雙證二性通三受

○三結

故知三受各容有四

音義結意云既通染二善淨可知故知三受皆通四性

○六總分五二初正分五

或總分五謂苦樂憂喜捨三中苦樂各分二者逼悅身心相各異故由無分別有分別故尤重輕微有差別故不苦不樂不分二者非逼非悅相無異故無分別故平等轉故

音義先總標分五以樂分喜苦分憂故三中下別釋所由先明苦樂各分義逼悅身者名苦名樂由無分別是尤重故逼悅心者名憂名喜由有分別是輕微故有此相別故各分二不苦不樂不分二者謂捨受非逼非悅於身於心無別異相純無分別無有重輕一味轉故所以不分

○次對六識 二 初適悅受

諸適悅受五識相應恒名爲樂意識相應若在欲界初二靜慮近分名喜恒悅心故若在初二靜慮根本名樂名喜悅身心故若在第三靜慮近分根本名樂安靜尤重無分別故

音義 適悅受者領順益境通情悅意故謂適悅受若與五識相應恒名爲樂唯悅身故意識相應有三種別若在欲界及初禪二禪近分名喜在初二禪根本名樂名喜在第三靜慮若近分若根本俱名爲樂言近分者即未至地謂將得根本而未至根本地也安靜尤重無分別者謂修第三禪時厭離二禪之喜是浮動是輕微有分別故修第三禪時若至未至皆安靜尤重而無分別由其靜慮益深觸處無非樂境故無分別近分根本者如色界初禪有三謂梵衆梵輔大梵前二爲近分大梵名根本二禪有三謂少光無量光光音三禪有三謂少淨徧淨無量淨俱前二爲近分第三名根本近分者於彼根本隣近將得未得故根本者得此天根本收廣如顯揚第二卷釋

○次逼迫受 二 初標

諸逼迫受

音義 逼迫受者領違損境戕害身心故

○次釋 二 初對五識

五識相應恒名爲苦

音義 以逼身故無分別故不得名憂恒名爲苦

○次對第六 二 初標

意識俱者

○次釋二　初師唯憂三　初立義

有義唯憂逼迫心故諸聖教說意地感受名憂根故

○次引證

瑜伽論說生地獄中諸有情類異熟無間有異熟生苦憂相續又說地獄尋伺憂俱一分鬼趣傍生亦爾

音義 先明地獄意地唯憂異熟及異熟生義如前釋苦憂相續者五識名苦意地名憂逼迫無間名曰相續又說尋伺憂俱者謂尋伺二唯意識有既與憂俱故唯憂受一分下例餘二趣一分者謂一向受苦之一分也

○三結况

故知意地尤重感受尚名爲憂況餘輕者

音義 結意云彼論既言苦憂相續又言尋伺憂俱故知意地尤重尚名爲憂况餘趣輕者不名爲憂乎

○次師通二四　初立義

有義通二人天中者恒名爲憂非尤重故傍生鬼界名憂名苦雜受純受有輕重故捺落迦中唯名爲苦純受尤重無分别故

音義 謂逼迫受意識俱者通苦憂二若在人天恒名爲憂傍生鬼界名憂名苦地獄唯苦梵音捺落迦此云苦器即衆生受苦之器亦云泥犂耶此翻無有謂彼獄中無有義利故或翻人惡謂惡人生彼處故

○二引證三　初證第六俱生煩惱通三受

瑜伽論說若任運生一切煩惱皆於三受現

行可得廣說如前

音義 廣說如前者應引前釋文云不通一切識身者意地一切根相應以此證知意俱逼迫容通苦受

○次證第六俱生二見屬苦根

又說俱生薩迦耶見唯無記性彼邊執見應知亦爾此俱苦受非憂根攝論說憂根非無記故

音義 彼論又說俱生身邊二見唯有覆無記性所攝此俱下釋此二見相應苦受定屬苦根非憂根攝論說憂根非無記故意明彼論所云身邊二見意識相應唯無記故既與苦俱故知意地亦通苦受

○三證純苦趣中唯苦根三 初引文

又瑜伽說地獄諸根餘三現行定不成就純苦鬼界傍生亦爾

合響 此即瑜伽論第五十七卷建立二十二根中文論問生捺落迦成就幾根答八現行種子皆得成就除三謂三無漏根所餘謂信等五根意根男女二根或成就或不成就三約現行不成就約種子或成就謂般涅槃法或不成就謂不般涅槃法餘三現行故不成就種子故成就如生捺落迦趣於一向苦傍生餓鬼當知亦爾若苦樂雜受處後三種亦現行成就文論文簡略難明須先點示二十二根及地獄有情幾根定是成就幾根定不成就至下料簡文中方易曉了二十二根者謂五色根即眼耳鼻舌身意根男女二根命根信進念定慧五根三無漏根即未知欲知根已知根具知根并苦樂憂

喜捨五受根論中言八現行種子皆得成就者即五色根爲五命根爲六苦根爲七捨根爲八餘三現行定不成就者即樂喜憂三根略出論意如此下料簡中二家所爭唯在七八二根次師據論正義謂七八定是苦捨以顯唯苦之旨初師欲成唯憂之宗自許意根憂根爲七八也

○次釋成

餘三定是樂喜憂根以彼必成現行捨故

音義 謂彼論云餘三不成就者定是樂喜憂三根不成就也無樂可知喜憂如下簡言彼必成現行捨者標定彼獄第八根必現行捨也

○三料簡二 初正簡二 初正對初師簡七八二根二 初簡意根二 初師難捨根立意根爲第七

豈不容捨彼定不成寧知彼文唯說容受

合響 難意有二初謂地獄有情唯是不可意境何容有捨且彼論但云餘三不成豈不容捨受定不成就而必言樂喜憂耶次謂彼論八現行種子之言寬寧知彼文唯說中容之捨受耶容受即捨受瑜伽中每說捨受爲容受故此初師雖難去捨根意立憂根以當第八又若許第七是苦根則唯憂之宗不成故又自許意根以當第七

○次師破意根立捨根爲第八

應不說彼定成意根彼容六識有時無故

合響 意根謂總意根依現八識以立其名故宗鏡云唯取同時八識心王爲意根處後第七卷中明二十二根出體云意根總以

八識爲性彼容六識有時無故應定不成意根此因初師以意代苦故今直破意根是則第七仍成苦根苦根既立僉唯憂宗旨自破而捨根仍是第八

○次簡憂根二初師縱許捨根爲第七立憂根爲第八

不應彼論唯說容受通說諸根無異因故又若彼論依容受說如何說彼定成八根

合響 難意亦云此初師意欲還立意根仍救唯憂之旨故先奪難云不應彼論唯說捨受即說意根成就亦何傷理何者若是總意根可如所破盍彼論二十二根中意根之言通漫無別異因證成定是總意根何妨定成就別意根耶次縱難云又若彼論依捨受說然苦根終不成就何者以苦根唯與前五識相應地獄五識既有間斷如何有苦是知縱成捨受數止有七如何說彼定成八根故知第八定是憂根

○次師奪破憂根爲第八立苦根爲第七

若謂五識不相續故定說憂根爲第八者死生悶絕寧有憂根

合響 若謂五識不相續故唯逼迫心定說憂根爲第八者然彼地獄劇苦逼心忽生忽死及悶絕時全無分別寧有憂根故知唯以苦捨二根爲彼第七第八方與瑜伽論旨相符

○次兼簡執喜根等爲第八

有執喜根爲第八者亦同此破設執一形爲第八者理亦不然形不定故彼惡業招容無形故彼由惡業令五根門恒受苦故定成眼

等必有一形於彼何用非於無間大地獄中可有希求淫欲事故

音義 先側破喜根設執下簡非男女二根先牒形謂形勢即男女根理亦下破謂彼地獄形非定故惡業所招容無形故彼由所造增上惡業令五根門受苦是以定成眼等五根必有一形於彼何用非於無間獄中有希望淫欲事故

○次結示二 初正示

由斯第八定是捨根第七八識捨相應故如極樂地意悅名樂無有喜根故極苦處意迫名苦無有憂根故餘三言定憂喜樂

音義 承上所簡既非意憂喜等諸根由斯第八定是捨根何者七八二識捨相應故地獄七八恒相續故如極下例明地獄中第七是苦根極樂即第三禪餘並可知

○次通妨

餘處說彼有等流樂應知彼依隨轉理說或彼通說餘雜受處無異熟樂名純苦故

音義 妨云餘處說彼有等流樂那言不成樂耶應知下通云應知彼依隨轉理說或通雜受處說雜受處者如立世毘曇云人養六畜飲飴温凊者在熱地獄得冷間在寒地獄得温間此之温冷是異熟果果似前因名等流樂是知雜受可言有樂此言純苦故不相違何者無異熟樂名純苦故

成唯識論音響補遺卷第五之三

音釋

呬虛器切音戲 塡亭年切音田 慼七迹切音皷慼痛也 塞也滿也 居顔切音 戕慈良切音牆傷也殘也 飴延知切音夷 姦難治也

成唯識論音響補遺卷第五之四

清武林蓮居紹覺大師音義

新伊大師合響

法嗣智素補遺

○三通前引教二 初正通所引二 初諸教

然諸聖教意地慼受名憂根者依多分說或隨轉門無相違過

音義 依多分說者天等五趣唯惡趣純苦一分通苦根故

○次瑜伽

瑜伽論說生地獄中諸有情類異熟無間有異熟生苦憂相續又說地獄尋伺憂俱一分鬼趣傍生亦爾者亦依隨轉門

○次重通教意二 初約類

又彼苦根意識俱者是餘憂類假說爲憂

音義 又彼意俱苦根或是餘趣意俱憂根同類依類假說非實憂根

○次舉例二 初正例

或彼苦根損身心故雖苦根攝而亦名憂如近分喜益身心故雖是喜根而亦名樂顯揚論等具顯此義

音義 謂彼地獄苦根由損心故而亦名憂例如初二靜慮近分喜根由益身故而亦名樂

○次釋妨

然未至地定無樂根說彼唯有十一根故

音義 難云寧知是喜而亦名樂豈不容彼定成樂根釋曰然二近分定無樂根以論說彼唯有十一根故十一根者謂眼等五根及意命苦憂喜捨六根也

○四總結指廣

由此應知意地感受純受苦處亦苦根攝此等聖教差別多門恐文增廣故不繁述

○次明六識三受俱不俱二　初師不俱

有義六識三受不俱皆外門轉互相違故五俱意識同五所緣五三受俱意亦應爾便違正理故必不俱瑜伽等說藏識一時與轉識相應三受俱起者彼依多念如說一心非一生滅無相違過

音義　先正釋五俱下立難瑜伽下通妨

○次師容俱

有義六識三受容俱順違中境容俱受故意不定與五受同故於偏注境起一受故無偏注者便起捨故由斯六識三受容俱

音義　先正釋意不下通前立難意不定與五受同者謂意定不與五識之受同故由斯下結成此上二師所解義如三性文中並可思準

○次已轉依

得自在位唯樂喜捨諸佛已斷憂苦事故

○次廣釋六位心所別相五　初偏行別境三　初攝前標問

前所略標六位心所今應廣顯彼差別相且初二位其相云何

○次舉本頌答

頌曰

初偏行觸等　次別境謂欲　勝解念定慧
所緣事不同

○三末論釋成二　初偏行二　初指前已釋

論曰六位中初偏行心所即觸等五如前廣

説

音義　指前初能變章中廣説觸等五所相應之義文在第三卷初

補遺　第三卷初文中云其徧行相後當廣釋正指此中宗鏡云即四一切是所行所徧觸等五所是能行能徧徧者是圓義行者是遊履義緣境義但取見分能緣四一切不取内二分内二分但互相緣即不能外緣一切又若別境欲等五所有行非徧行是能緣徧是所緣即所樂等四境以四境不能令能緣欲等所徧緣故名有行非徧

○次教理證成　二　初徵

此徧行相云何應知

○次釋　三　初略標

由教及理爲定量故

補遺　此由小乘以別境五混爲徧行今大乘以教理證成觸等是徧行簡非欲等

○次正釋　二　初引教　二　初釋　二　初證四種

此中教者如契經言眼色爲緣生於眼識三和合觸與觸俱生有受想思乃至廣説由斯觸等四是徧行

音義　謂彼經言三和合位定生於觸觸起必與受想思俱由觸等四心起定有故是徧行

○次證作意

又契經説若根不壞境界現前作意正起方能生識餘經復言若復於此作意即於此了別若於此了別即於此作意是故此二恒共和合乃至廣説由此作意亦是徧行

音義　謂彼經言根境和合作意正起方能生

識故心起位必有作意餘經復言若於此境起作意即於此境起了別顯是作意與心俱生恒共和合故此作意亦是徧行

○次結

此等聖教誠證非一

○次引理

理謂識起必有三和彼定生觸必由觸有若無觸者心心所法應不和合觸一境故作意引心令趣自境此若無者心應無故受能領納順違中境令心等起歡慼捨相無心起時無隨一故想能安立自境分齊若心起時無此想者應不能取境分齊相思令心取正因等相造作善等無心起位無此隨一故必有思

音義 謂根境識三和合定生於觸而彼三和必由觸有無觸心等應不和合同觸一境故必有觸作意引心取自所緣無此心應不觸自境故受令心等起歡慼捨不見有心無此三相中之隨一故必有受想安自境分齊無此心不取境分齊相故必有想思令心取正因等相不見有心無此隨一故必有思

○三結證

由此證知觸等五法心起必有故是徧行餘非徧行義至當說

○次別境 三 初正釋體用 三 初釋別境通名

次別境者謂欲至慧所緣境事多分不同於六位中次初說故

音義 謂別境五於六位中次初說故簡非徧

行所攝

補遺 欲等以四境別故名爲別境定慧二同一所觀境有少分同故言多分不同

○次釋欲等別名 五 初釋欲 二 初明正義 二初略明

云何爲欲於所樂境希望爲性勤依爲業

音義 此出體用欲謂樂欲於境希求冀望而爲體性精勤依此而生是其業用

○次轉釋 三 初師約可忻釋 三 初正釋

有義所樂謂可欣境於可欣事欲見聞等有希望故

音義 此師以可欣釋所樂謂唯於可欣順境則有欲起非餘二境

○次釋妨 二 初難

於可厭事希彼不合望彼別離豈非有欲

音義 難云於可厭事若未合時希彼不合若已合時望彼別離豈非有欲

○次釋

此但求彼不合離時可欣自體非可厭事

音義 釋意云希彼不合者此但求彼不合之時謂有可欣自體可合望彼別離者此但求彼別離之時謂有可欣自體不離非謂求彼可厭之事而起希望

○三簡示

故於可厭及中容境一向無欲緣可欣事若不希望亦無欲起

音義 謂於可厭中容及不希望則無欲起是故欲非徧行

○次師約所求釋

有義所樂謂所求境於可欣厭求合離等有

希望故於中容境一向無欲緣欣厭事若不希求亦無欲起

合響 此師以所求釋所樂謂於可欣可厭之境求合求離則有欲起非中容境及不希求故非偏行

○三師約欲觀釋

有義所樂謂欲觀境於一切事欲觀察者有希望故若不欲觀隨因境勢任運緣者即全無欲由斯理趣欲非偏行

音義 此師以欲觀釋所樂一切事欲觀等者謂不簡境之欣厭中容但欲觀者則有欲起不欲觀者則全無欲由斯故知欲非徧行上來三釋雖各應理然淺深不同學者當以第三解爲正

○次斥異解 二 初叙

有說要由希望境力諸心心所方取所緣故經說欲爲諸法本

音義 餘部以別境五亦大地攝所以有師作如是釋謂由樂欲希望境力諸心心所方取所緣故心起時定應有此所以欲是徧行復引經證欲爲諸法本故

○次破 三 初正破

彼說不然心等取境由作意故諸聖教說作意現前能生識故曾無處說由欲能生心心所故

音義 謂心等取境由於作意非關樂欲是以經說若根不壞境界現前作意正起方能生識不說由欲生心等故

○次例破

如說諸法愛爲根本豈心心所皆由愛生

音義若由經說欲爲諸法本便言諸心心所皆因欲起然經亦說愛爲諸法本豈心心所皆由愛生彼既不然此云何爾

○三通經

故說欲爲諸法本者說欲所起一切事業或說善欲能發正勤由彼助成一切善事故論說此勤依爲業

音義說欲所起一切事業此通三性說或唯善欲能發四正勤助成一切善事是爲諸法以欲爲本

○二釋解二初明正義三初略明

云何勝解於決定境印持爲性不可引轉爲業

音義此出體用決定謂非猶豫於決定境印可任持而爲自性他緣不可引誘轉改而爲業用

○次轉釋

謂邪正等教理證力於所取境審決印持由此異緣不能引轉

音義謂依邪正教理明證之力故於所取之境審決印持由是異緣不能牽引令移此義而起餘義

○三簡示

故猶豫境勝解全無非審決心亦無勝解由斯勝解非徧行攝

音義謂猶豫境及非審決全無勝解故非徧行

○次斥異解二初叙

有說心等取自境時無拘礙故皆有勝解

音義謂心等取境無拘礙者由勝解力故是

徧行

○次破

彼說非理所以者何能不礙者即諸法故所不礙者即心等故勝發起者根作意故若由此故彼勝發起此應復待餘便有無窮失

音義 謂能不爲礙者即所緣諸法所不被礙者即能緣心等能作勝增上緣發起心等者根及作意如是推求皆非勝解若謂由此勝解彼根作意方作勝緣發起心等者理亦不然此應待餘有無窮失

○三釋念 二 初明正義 三 初略明

云何爲念於曾習境令心明記不忘爲性定依爲業

音義 此出體用曾習簡非未受謂於過境明審記憶不忘而爲自體等持所依是其業用

○次轉釋

謂數憶持曾所受境令不忘失能引定故

音義 謂由念力數數憶持曾所受境不忘失故定由此生是爲彼依

○三簡示

於曾未受體類境中全不起念設曾所受不能明記念亦不生故念必非徧行所攝

音義 曾未受境及不明記即全無念故非徧行體境謂所受自體類境謂所受同類

○次斥異解 二 初叙

有說心起必與念俱能爲後時憶念因故

音義 謂心起時必與念俱何者由念於境明記能爲後時憶念因故

○次破

彼說非理勿於後時有癡信等前亦有故前心心所或想勢力足爲後時憶念因故

音義 若謂後時有憶念故前必有念而爲其因故是徧行攝者勿可後時有癡信等前亦有此而爲因故然前心等或想取境分齊勢力足爲後時憶念之因何要定執心起必與念俱

○四釋定 二 初明正義 三 初略明

云何爲定於所觀境令心專注不散爲性智依爲業

音義 此出體用繫心所觀令心專注不散而爲定體智依此生而爲業用

○次轉釋 二 初釋體用

謂觀得失俱非境中由定令心專注不散依斯便有決擇智生

音義 謂觀如理不如理及俱非境中由定勢力令心專注而不散亂依斯智生故是彼依

○次釋專注

心專注言顯所欲住卽便能住非唯一境不爾見道歷觀諸諦前後境別應無等持

音義 心專注言謂表此心所欲住境此定令心卽便能住非唯一境而不遷移若不爾者見道位中歷觀上下苦等四諦前後境別而不定一既唯專注一境此位應無等持者乎故專注言非唯一境

○三簡示

若不繫心專注境位便無定起故非徧行

音義 簡意可知

○次斥異解 二 初破徧行 二 初敘

有說爾時亦有定起但相微隱

音義 設不繫心專注境位亦有定起但相微隱而不眙著非謂全無

○次破

應說誠言若定能令心等和合同趣一境故是徧行理亦不然是觸用故若謂此定令刹那頃心不易緣故徧行攝亦不應理一刹那心自於所緣無易義故若言由定心取所緣故徧行攝彼亦非理作意令心取所緣故

音義 初句反顯其言之不誠若定下牒執難破若謂定能令心和合趣境故是徧行攝者理則不然三和合位是觸作用非定因故若執此定令心於自所緣刹那不易故是徧行攝者理亦不然一刹那心時之極促自無易義非由定故若言由定力故心取所緣故是徧行攝者彼亦非理心取所緣由作意力亦非定故

○次破即心二 初叙

有說此定體即是心經說爲心學心一境性故

音義 謂定體即是心非別有體何者經說三學以定爲心學故又說此定爲心一境性故

○次破

彼非誠證依定攝心令心一境說彼言故根力覺支道支等攝如念慧等非即心故

音義 經謂依定攝心故名心學令心一境故名心一境性非謂定體即心作如是說根力下立比量顯有實體量云定非即心根力覺道等道品攝故如念慧等

補遺 五根中有定根五力中有定力七覺支中有定覺分八正道中有正定亦如念慧等別有自體也

○五釋慧二 初明正義三 初略明

云何爲慧於所觀境簡擇爲性斷疑爲業

音義 於所觀境簡別決擇而爲自體斷除猶豫而爲業用

○次轉釋

謂觀得失俱非境中由慧推求得決定故

音義 謂觀得等三種境中由慧推求而得決定依斯永斷一切疑故

○三簡示

於非觀境愚昧心中無簡擇故非徧行攝

音義 謂於非所觀境及愚迷暗昧心中無決擇智所以慧非徧行所攝

○次斥異解二 初敘

有說爾時亦有慧起但相微隱人受寧知對法說爲大地法故

音義 有云於非觀境及愚昧心中亦有慧起但相微隱故似無耳例如纖細之物爲大器所受寧知是有然不可謂無對法句證徧行攝言對法者梵言阿毘達磨此云對法通大小乘此中意指小乘俱舍等論

○次破

諸部對法展轉相違汝等如何執爲定量唯觸等五經說徧行說十非經不應固執

音義 謂小乘諸部對法宗計各異展轉相違初無準的汝等云何執爲定量此明其所引非爲誠證唯觸下責其違經

○三結示非徧行

然欲等五非觸等故定非徧行如信貪等

音義 此總簡欲等非偏行攝故以信等而爲同喻立量可思

○次現起分位 二 初師定俱起

有義此五定互相資隨一起時必有餘四

音義 此師釋義意顯欲等五法行相無違且互相資故五中隨起一法定與餘四俱起

○次師不定俱 二 初總明不定

有義不定瑜伽說此四一切中無後二故又說此五緣四境生所緣能緣非定俱故

音義 謂此欲等起位不定四一切中無後二故無後二者謂一切時一切俱意明此五既非一切時有及八識俱故知欲等起時不定又說下重證不俱謂所緣境非決定俱能緣亦非恒相應故非定俱起

○次別申正釋 二 初明起位 二 初別明 五

初起一

應說此五或時起一謂於所樂唯起希望或於決定唯起印解或於曾習唯起憶念或於所觀唯起專注謂愚昧類爲止散心雖專注所緣而不能簡擇世共知彼有定無慧彼加行位少有聞思故說等持緣所觀境或依多分故說是言如戲忘天專注一境起貪瞋等有定無慧諸如是等其類實繁或於所觀唯起簡擇謂不專注馳散推求

音義 起一者謂所樂起欲決定起解曾習起念所觀起定謂愚昧下明於所觀有定無慧之義彼加下通妨謂有難云觀者觀察即簡擇義愚昧心中既無簡擇云何說彼緣所觀境耶通意云謂彼愚昧之人雖在

定中有定無慧然於加行少有聞思之慧今依加行時少有慧義故說等持緣所觀境或依下又一釋於所觀境多分定慧俱有少分有定無慧今依多分故說等持緣所觀境如戲忘下引事證知此天即欲界所攝或於下明於所觀有慧無定

○二起二

或時起二謂於所樂決定境中起欲勝解或於所樂曾習境中起欲及念如是乃至於所觀境起定及慧合有十二

音義 起二者或於所樂決定二境起欲勝解或於所樂曾習二境起欲及念或於所樂所觀二境起欲與定或於所樂所觀二境起欲并慧或於決定曾習二境起勝解念或於決定所觀二境起勝解定或於決定所觀二境起勝解慧或於曾習所觀二境起念與定或於曾習所觀二境起念及慧或於所觀一境雙起定慧如是合有十個二

○三起三

或時起三謂於所樂決定曾習起欲解念如是乃至於曾所觀起念定慧合有十三

音義 或起三者謂於所樂決定曾習三境起欲解念或於所樂決定所觀三境起欲解定或於所樂決定所觀三境起欲解慧或於所樂曾習所觀三境起欲念定或於所樂曾習所觀三境起欲念慧或於所樂所觀二境起欲定慧或於決定曾習所觀三境起解念定或於決定曾習所觀三境起解念慧或於決定所觀二境起解定慧或

於曾習所觀二境起念定慧如是合有十
個三
○四起四
或時起四謂於所樂決定曾習所觀境中起
前四種如是乃至於定曾習所觀境中起後
四種合有五四
音義 起四者或於所樂決定曾習所觀四境
起欲解念定或於此四境起欲解念慧或
於所樂決定所觀三境起欲解定慧或於
所樂曾習所觀三境起欲念定慧或於決
定曾習所觀三境起解念定慧如是合有
五個四
○五起五
或時起五謂於所樂決定曾習所觀境中俱
起五種

○次總結
如是於四起欲等五總別合有三十一句
音義 此總結句數俱起五種總爲一句別者
起一有五句二三各有十句起四亦五句
故合有三十一句
○次明不起
或有心位五皆不起如非四境率爾墮心及
藏識俱此類非一
音義 於非所樂等四境及率爾墮心并藏識
相應如是等位五皆不起其類非一
○三諸門分別 三 初諸識相應門 二 初後
三識
第七八識此別境五隨位有無如前已說第
六意識諸位容俱依轉未轉皆不遮故
音義 隨位有無如前說者謂第七識於未轉

依唯有一慧第八全無若巳轉依皆具五種第六意識巳轉未轉諸位皆容此五俱起諸聖教中皆不遮故

○次前五識二初師無五

有義五識此五皆無緣巳得境無希望故不能審決無印持故恒取新境無追憶故自性散動無專注故不能推度無簡擇故

音義 此師謂前五識無別境五釋義如次可知

○次師有五二初未轉依位容有

有義五識容有此五雖無於境增上希望而有微劣樂境義故於境雖無增上審決而有微劣印境義故雖無明記曾習境體而有微劣念境類故雖不作意繫念一境而有微劣專注義故遮等引故說性散動非遮等持故容有定雖於所緣不能推度而有微劣簡擇義故由此聖教說眼耳通是眼耳識相應智性餘三准此有慧無失

音義 護法正義謂五識容有欲等五俱雖無下如次釋成遮等引故等者先有問曰論說五識自性散動何得有定故釋云遮等引故等然等引等持准清涼鈔釋云梵音三摩盍提此云等持唯局有心而通散心梵語三摩呬多此翻等引通於有心及與無心謂離沉掉名之爲等引生功德名之爲引論主意明遮有心及與無心引生功德之定故說自性散動非遮有心散心之定作如是言故知五識容有定俱以離沉掉名之爲等引生功德名之爲引故唯第六意識所能修習等持即定心所不過專注一境之義故五識亦有由此下引證眼等有慧謂聖教

說六神通中天眼天耳二通即是二識相應之智眼耳二識既有慧俱餘三准此有慧無失

○次已轉依位定有

未自在位此五或無得自在時此五定有樂觀諸境欲無減故印境勝解常無減故憶習曾受念無減故又佛五識緣三世故如來無有不定心故五識皆有作事智故

音義 謂自在位如來五識一一皆與欲等五俱最極增上而非微劣釋義易了

○次諸受相應門 二初徵

此別境五何受相應

○次釋 二初師有相應不相應

有義欲三除憂苦受以彼二境非所樂故餘四通四唯除苦受以審決等五識無故

音義 謂欲唯樂喜捨三受相應除憂苦受餘四通喜等四受唯除苦受此釋即前解五識無欲等初師也

○次師一切五受相應

有義一切五受相應論說憂根於無上法思慕愁慼求欲證故純受苦處希求解脫意有苦根前已說故論說貪愛憂苦相應此貪愛俱必有欲故苦根既有意識相應審決等四苦俱何咎又五識俱亦有微細印境等四義如前說由斯欲等五受相應

音義 初句總標欲等五受相應論說憂根下釋欲有憂純受下釋欲有苦論說貪愛下雙證憂苦與欲俱苦根既下釋勝解等四與苦相應通餘喜等準前釋由斯下結

○三結例餘諸門

此五復依性界學等諸門分別如理應思

音義　性謂善不善等界謂欲界色界等學謂學無學等此五既具四一切中初二一切是則三性三界皆通又第六識依轉未轉皆不遮故則知學等位中應有如是等類例推可知

成唯識論音響補遺卷第五之四

音釋

慼倉歷切憂也　伺息利切察也　掉徒吊切迨去聲搖動也

成唯識論音響補遺卷第六之一

清武林蓮居紹覺大師音義

新伊大師合響

法嗣智素補遺

○二善位心所三 初結前問後

已說徧行別境二位善位心所其相云何

○次舉本頌答

頌曰

善謂信慚愧　無貪等三根　勤安不放逸

行捨及不害

○三末論釋成三 初正釋頌文二 初總標

論曰唯善心俱名善心所謂信慚等定有十一

○次別釋二 初釋信等八 初釋信二 初明正義二 初正釋二 初略明

云何爲信於實德能深忍樂欲心淨爲性對治不信樂善爲業

音義 實德能者即信依處深忍樂欲即信因果能令心淨即信自性此舉因果自性而爲自體不信即所治煩惱樂善即所求順益之法此舉所治所求而爲信用

○次轉釋

然信差別略有三種一信實有謂於諸法實事理中深信忍故二信有德謂於三寶真淨德中深信樂故三信有能謂於一切世出世善深信有力能得能成起希望故由斯對治不信彼心愛樂證修世出世善

音義 先明於實起忍諸法實事謂世俗諦諸法實理謂勝義諦良以諸佛出世說教雖無量門要而言之無出斯二故應深信實

有隨順忍可無所違逆二信有下次明於德起樂三寶真淨德者佛真淨德謂離妄染常樂我淨及四智力無畏等法真淨德謂無爲寂滅法性真如等僧真淨德謂戒定嚴身六和自備等此之三寶是一切有情所欣依處故應深信喜樂崇尚而無厭足三信有下後明於能起欲言世出世善者世善謂五戒十善四禪八定等出世善謂四諦十二因緣六度四攝等能得能成者清涼云信已及他令得後成謂能得樂果能成聖道故應深信有力而起希望期必得耳由斯下次釋信業不信彼心者謂於實等不忍樂欲穢染之心此能對治愛樂證修世出世善者亦兼治彼情依之業

◡次料簡 二 初簡自相 二 初問

忍謂勝解此即信因樂欲謂欲即是信果確陳此信自相是何

音義 謂深忍樂欲是此因果非此自性自性云何

◡次答

豈不適言心淨爲性

◡次簡心淨 二 初問

此猶未了彼心淨言若淨即心應非心所若令心淨慚等何別心俱淨法爲難亦然

補遺 此猶未明彼心淨言所以者何若淨即是心王心非心所則此信不應名心所此以持業釋難若能令心淨與慚愧何別此以依主釋難若謂是與心俱淨之法與慚等何別乃是心王俱時法故此以隣近釋難

○次答

此性澄清能淨心等以心勝故立心淨名如水清珠能清濁水慚等雖善非淨爲相此淨爲相無濫彼失又諸染法各別有相唯有不信自相渾濁復能渾濁餘心心所如極穢物自穢穢他信正翻彼故淨爲相

音義 答中唯依主次問意兼後問謂信體自澄清亦能淨餘心心所法今但從勝立名故言心淨 宗鏡云唯信是能淨餘善等皆是所淨故以心王爲主但言心淨不言心所 如水下喩慚等下通前慚等何別之失謂慚等法順益義通然各別有體非淨爲相此淨爲相故與慚等無相濫失又諸下復擧所治顯此唯淨爲相

○次斥異解

有說信者愛樂爲相應通三性體應即欲又應苦集非信所緣有執信者隨順爲相應通三性即勝解欲若印順者即勝解故若樂順者即是欲故離彼二體無順相故由此應知心淨是信

音義 愛樂爲相者清涼云是小乘上座部之計應通下斥云信若愛樂爲相應非唯善愛樂即是別境欲應通三性又苦集諦是信所緣之實事既非可愛樂法應不緣此而起信故有執隨順爲相者清涼釋是大乘異師之執應通下斥云應非唯善隨順即勝解欲故若印持決定而隨順者即勝解故若愛樂希望而隨順者即是欲故離彼二法無順相故由此下結示

○二釋慚愧二 初正釋二 初慚

云何爲慚依自法力崇重賢善爲性對治無

慚止息惡行爲業謂依自法尊貴增上崇重賢善羞恥過惡對治無慚息諸惡行

音義 先正釋體用謂依下次轉解清凉云自法者自謂自身於自身生尊重增上法謂教法於法生貴重增上由斯二種力故崇尚賢能敬重善者羞恥過惡而不敢爲别對無慚通則息諸惡行

○次愧

云何爲愧依世間力輕拒暴惡爲性對治無愧止息惡行爲業謂依世間訶厭增上輕拒暴惡羞恥過惡對治無愧息諸惡業

音義 先正釋體用謂依下次轉解清凉云依世間者謂依世間他人譏毀及自羞惡法而不作等名依世間訶厭增上有惡者名暴染法體名惡於彼二法輕惡者而不親拒惡業而不作由此增上對治無愧息諸惡行

○次科簡三　初標會顯揚

羞恥過惡是二通相故諸聖教假説爲體

音義 謂慚愧二法各有通别二相然皆云羞恥過惡者乃是通相非彼别相故諸聖教下會顯揚論宗鏡云謂彼論説羞恥過惡爲二相者是通相耳從通假説爲體實是崇拒等是彼别相

○次正簡通别　一　初難破外宗執通爲别

若執羞恥爲二别相應慚與愧體無差别則此二法定不相應非受想等有此義故若待自他立二别者應非實有便違聖教若許慚愧實而别起復違論説十徧善心

音義 謂若執羞恥過惡爲二别相則此二法

皆用羞恥爲體應慚與愧體無差别由斯二法應不俱生復舉例云非受想等有此義故應知受想等五各别有體徧一切法起則俱起無有前後不相應義以例慚愧則徧善心非不相應故不應執通相而爲别體若待下外救云羞恥過惡雖是通相然慚待自法愧待世間今依自法世間自他力異可立二别故牒破云有待而成體應非實與教相違復恐救云體雖實有但各别起故破云復違論説以論云十一善法唯除輕安餘十俱徧一切善心故非别起

○次反難内宗别相同通二　初難别相同通二　初難

崇重輕拒若二别相所緣有異應不俱生二失既同何乃偏責

音義　難意云論家既云崇重輕拒是彼二别相者然則崇重是觀善境輕拒是觀惡境所緣善惡境既有殊則此二法應不俱生不俱别起二失既同何乃偏執别起爲非

○次釋

誰言二法所緣有異不爾如何善心起時隨緣何境皆有崇重善及輕拒惡義故慚與愧俱徧善心所緣無别

音義　初句直答次句重徵善心下釋義

○次救通有别義二　初救

豈不我説亦有此義

音義　救者意云上言善心起時乃至所緣無别者豈不我説羞恥過惡爲二别相亦有此等義耶

○次破

汝執慚愧自相既同何理能遮前所設難

音義　自相既同者執慚與愧皆以羞恥而爲體故前所設難者指上應慚與愧體無差別至違論說十徧善心等文

○三復通聖教

然聖教說顧自他者自法名自世間名他或即此中崇拒善惡於已損益名自他故

音義　外宗問云若非待自他立二別者如何聖教說此顧自他有故牒釋云聖教自他不同汝執彼以自法名自世間名他或即崇重賢善於已有益名自輕拒暴惡於已有損名他汝所執者唯一羞恥觀待自他而立二別豈非假有聖教所云崇重輕拒二性不同即指此二有益有損名爲自他或以所依自法世間名爲自他寧同汝執非實有乎

○三釋無貪等 二 初總明

無貪等者等無瞋癡此三名根生善勝故三不善根近對治故

音義　根者能生義此名三根能生善法最爲勝故能近對治貪瞋癡三不善故

○次別釋 二 初釋前二 二 初別釋 二 初無貪

云何無貪於有有具無著爲性對治貪著作善爲業

音義　清涼云有謂後有三有異熟之果有具謂彼惑業中有及器世間於此二中不生貪著即無貪性別對治貪通作衆善是彼業用

○次無瞋

云何無瞋於苦苦具無恚爲性對治瞋恚作善爲業

音義 清涼云苦謂三苦苦具謂一切有漏無漏但能生苦者謂邪見等謗無漏故亦能生苦於此二中不生瞋恚即無瞋性別對治瞋通作衆善是其業用

○次通簡

善心起時隨緣何境皆於有等無著無恚觀有等立非要緣彼如前慚愧觀善惡立故此二種俱徧善心

音義 謂有疑曰此二善根所緣有異應不俱起非徧善心釋曰善心起時隨緣何境於有等苦等皆無著無恚觀於有等立無貪瞋非要緣彼而爲境故如前慚愧觀善惡立非緣善惡故此二種俱徧善心

○次釋無癡 二 初正釋

云何無癡於諸理事明解爲性對治愚癡作善爲業

音義 於諸諦理及諸實事明解了知而爲自性別對治癡通作諸善而爲業用

○次料簡 二 初師即慧

有義無癡即慧爲性集論說此報教證智決擇爲體生得聞思修所生慧如次皆是決擇性故此雖即慧爲顯善品有勝功能如煩惱見故復別說

音義 此師簡意謂無癡即慧爲性無別有體何者以集論說此無癡報教證智決擇而爲體故報等三智如次即是生得聞思修三慧故 有云生得言報敎之一字釋二慧謂聞敎而思證謂修證即修慧

此雖下謂有難曰此若即慧別境已有如何重說釋云此雖即慧爲顯善品有勝功能無癡唯善慧通善染如煩惱見雖是慧攝以唯染故別開爲二此亦應爾

○次師非慧 四 初正明有體

有義無癡作即是慧別有自性正對無明如無貪瞋善根攝故論說大悲無瞋癡攝非根攝故

音義 無癡非慧別有自性正對愚癡例如無貪無瞋善根攝故各別有體此亦應然瑜伽論說諸佛大悲無瞋癡攝不言悲是慧根攝故無癡能攝大悲豈即是慧文見五十七卷中

○三斥前解非

若彼無癡以慧爲性大悲如力等應慧等根攝又若無癡無別自性如不害等應非實物便違論說十一善中三世俗有餘皆是實

音義 謂若無癡即慧是則無癡無體大悲應如十力四無畏等亦是慧等根攝非無瞋癡之所攝故又若無癡無體應非實物便違論說十一善法唯不害行捨不放逸三是世俗餘八皆是實有

○三通前引論

然集論說慧爲體者舉彼因果顯此自性如以忍樂表信自體理必應爾

音義 舉彼因果等者謂聞思所生慧即無癡因修所生慧即無癡果然集論言慧爲體者是舉彼三慧即無癡因果顯此無癡明解之自性耳如以下例明意可思準

○四釋成有體

以貪瞋癡六識相應正煩惱攝起惡勝故立不善根斷彼必由通別對治通唯善慧別即三根由此無癡不應別有

音義 謂貪等三不善根起惡勝故治有通別通即別境善慧別即三種善根若謂無癡即慧不應別對愚癡由斯無癡亦如前二有別自性正對無明

○四釋勤二 初略明

勤謂精進於善惡品修斷事中勇悍爲性對治懈怠滿善爲業

音義 善品應修惡品應斷於此修斷二事之中勇悍不怯而爲自性能治懈怠成滿善事而爲業用

合響 開蒙問勤與精進爲是一耶異耶答異勤通三性精進唯善問既異何云勤謂精進屬目爲一耶答謂屬一分是善性者問善惡修斷答於善品修惡品斷問勇悍義答勇曰外進悍者堅牢勇而無怯悍而無懼問滿善義答圓了善事名爲滿善是故三根名爲作善此名滿善能滿彼故問百法信後便精進此三根後方說精進其意何也答百法因依次第唯識立依次第故不同也問因依者何答信爲欲依欲爲勤依是故信後便說勤也問立依次第答根依精進立捨等三所依四法理須合說故三根後方說精進文

○次轉釋二 初總表唯善

勇表勝進簡諸染法悍表精純簡淨無記即顯精進唯善性攝

音義 勇謂勇猛以表勝進即簡不善有覆無

記無勝堪能清涼云勇明念念高勝非如染法設使增長望諸善品皆名爲退不得名進悍謂强悍以表精純即簡無覆無記易合間雜雖淨而不精純故既簡二性顯唯善攝

○次別明差別

此相差別略有五種所謂被甲加行無下無退無足即經所說有勢有勤有勇堅猛不捨善軛如次應知此五別者謂初發心自分勝進自分行中三品別故或初發心長時無間殷重無餘修差別故或資糧等五道別故二乘究竟道欣大菩提故諸佛究竟道樂利樂他故或二加行無間解脫勝進別故

音義　被甲精進乃至無足精進即論顯差別之別名也即經下會經別名被甲者從喻得名如人入陣先須被甲以防弓矢今求菩提必先誓願以防退失即經所謂有勢精進是也加行者謂雖發心以願隄防故無退失然隨所意樂必須加行勤修即經所謂有勤精進是也無下等者謂隨意樂所作善事乃至安坐妙菩提座修不放捨於自疲苦心不退屈是名無下於他逼惱心不移動是名無退乃至菩提於其中間進修善品常無懈廢是名無足如是三句如次即經所說有勇等三種精進也以上疏釋並攝論意此五別下重會別意總有四別初約行明五一初發心行二自分下品行三自分中品行四自分上品行五勝進行如次對上五種精進或初下二約修明五一初發心修二長時修三無間修四

殷重修五無餘修如次應知或資下三約位明五一資糧位二加行位三通達位四修習位五究竟位亦如次知恐有問曰前之四位精進可知極果究竟何得亦用精進耶釋曰二乘究竟欣大菩提諸佛究竟爲利有情故此位有無足精進或二下四約道明五一資糧位加行道二加行位加行道三無間道四解脫道五勝進道亦如次知上來四重若一一釋之恐妨正義故但配屬略明而已哲者詳焉

○五釋輕安

安謂輕安遠離麤重調暢身心堪任爲性對治惛沉轉依爲業謂此伏除能障定法令所依止轉安適故

合響 開蒙云名輕安者離重名輕調暢名安堪任者有所堪可有所任受轉依者令所依身心去麤重得安隱故文謂此下轉釋能障定法即惛沉所依止者即身心

○六釋不放逸二初正釋三初略明

不放逸者精進三根依所斷修防修爲性對治放逸成滿一切世出世間善事爲業

音義 無貪瞋癡及勤精進於所斷惡防令不生於所修善修令增長即不放逸自性能治放逸成滿善法是此業用

○次轉釋

謂即四法於斷修事皆能防修名不放逸非別有體無異相故於防惡事修善事中離四功能無別用故

音義 謂即精進等四法能防修者名不放逸非別有體無異相者明無體也無別用者

顯無用也

○三釋妨

雖信慚等亦有此能而方彼四勢用微劣非根徧策故非此依

音義 妨云信慚愧等皆能防修何不依彼立不放逸釋云雖信慚等亦有此能比於四法勢用微劣非善根故非徧策故故非不放逸之所依也

○次料簡二 初明防修非此相用二 初難

豈不防修是此相用

音義 難意云既有防修之名豈不防修即是不放逸之相用何謂無體用耶

○次釋

防修何異精進三根彼要待此方有作用此應復待餘便有無窮失

音義 釋曰防修不異精進三根若謂彼四要待不放逸方有作用此應待餘有無窮過

○次明四法有防修用二 初難

勤唯徧策根但爲依如何說彼有防修用

音義 謂勤唯徧策一切善法根但普爲諸善法依持如何說彼四法有防修用意顯防修定屬不放逸之體用也

○次釋

汝防修用其相云何若普依持即無貪等若徧策錄不異精進止惡進善即總四法令不散亂應是等持令同取境與觸何別令不忘失即應是念如是推尋不放逸用離無貪等竟不可得故不放逸定無別體

音義 初句反詰若普下以理推破如是下結無別體意明自普依持至令不忘失竝非

不放逸之用是知防修定無别體即四法故

○七釋行捨二　初正釋二　初略明

云何行捨精進三根令心平等正直無功用住爲性對治掉舉静住爲業

音義　行捨者謂此善法即行藴中捨簡非受藴所攝之捨故名行捨心平等者不隨惛掉故心正直者離私曲故無功用住者住於安隱故

○次轉釋

謂即四法令心遠離掉舉等障静住名捨平等正直無功用住初中後位辯捨差别

合響　開棠問令心等義答由捨令心離沉掉時初心平等次心正直後無功用

○次簡異

由不放逸先除雜染捨復令心寂静而住此無别體如不放逸離彼四法無相用故能令寂静即四法故所令寂静即心等故

音義　問不放逸與行捨既皆以四法爲體云何而知此二别耶釋云由不放逸先除雜染捨復令心寂静而住意明除雜染者屬不放逸令心寂静即是行捨是二别義此無下釋無别體如不放逸即四法故

合響　開棠問既即四法故何須别立答若不别立隱此能故

○八釋不害二　初明正義二　初略明

云何不害於諸有情不爲損惱無瞋爲性能對治害悲愍爲業

音義　即彼無瞋於諸有情不爲侵損逼惱爲此不害自性能對治害悲傷憐愍而爲業

用

〇次轉釋

謂即無瞋於有情所不爲損惱假名不害無瞋翻對斷物命瞋不害正違損惱物害無瞋與樂不害拔苦是謂此二麤相差別理實無瞋實有自體不害依彼一分假立爲顯慈悲二相別故利樂有情彼二勝故

音義先明不害體即無瞋然但依彼假立名耳無瞋下次顯差別無瞋翻瞋不害翻害無瞋即慈不害即悲是二差別無瞋有體不害假立別立者何爲顯慈悲二相別故顯彼者何利樂有情彼二勝故

〇次斥異解 二 初敘

有說不害非即無瞋別有自體謂賢善性此相云何謂不損惱

音義異解者曰不害非即無瞋爲體賢善性者不害體也復重徵云此賢善性其相云何異解云謂不損惱

〇次破

無瞋亦爾寧別有性謂於有情不爲損惱慈悲賢善是無瞋故

音義斥意云無瞋於物不爲損惱寧得離此有不害性

〇次釋及字 二 初正釋所顯欣等 二 初正明及義

及顯十一義別心所謂欣厭等善心所法雖義有別說種種名而體無異故不別立

音義頌中及言爲顯十一善法之外餘善心所謂根隨煩惱合有二十六種信等善法已翻十一餘十五種不別翻者今以及言

顯之恐有問曰餘善心所義既有别云何頌中不别立耶釋曰欣等善所雖名義别而體無異故略不言

○次別釋欣等六　初欣等五

欣謂欲俱無瞋一分於所欣境不憎恚故不忿恨惱嫉等亦然隨應正翻瞋一分故

音義　欣者欣悅謂與善欲俱起於可欣事而無憎恚此以無瞋一分爲體不忿不恨不惱不嫉亦以無瞋一分爲體隨應正翻瞋一分爲體之忿恨惱嫉四小隨故

○二厭等三

厭謂慧俱無貪一分於所厭境不染著故不慳憍等當知亦然隨應正翻貪一分故

音義　厭者厭離謂與善慧俱起於可厭事不生染著以無貪一分爲體不慳不憍亦以無貪一分爲體隨應正翻貪一分爲體之慳憍二小隨故

補遺　中二隨正翻爲慚愧十小隨唯害翻爲不害餘九不翻故今一一翻示

○三不覆等三

不覆誑諂無貪癡一分隨應正翻貪癡一分故有義不覆唯無癡一分無處說覆亦貪一分故

音義　不覆不誑不諂此三並以無貪無癡一分爲體隨應正翻貪癡一分爲體之覆誑諂三小隨故次釋可知然覆亦通貪一分攝

○四不慢

有義不慢信一分攝謂若信彼不慢彼故有義不慢捨一分攝心平等者不高慢故有義

不慢慚一分攝若崇重彼不慢彼故

音義　不慢之體三釋俱當隨應正翻根本慢故

○五不疑

有義不疑即信所攝謂若信彼無猶豫故有義不疑即正勝解以決定者無猶豫故有義不疑即正慧攝以正見者無猶豫故

音義　不疑三釋亦當於理隨應正翻根本疑故

補遺　根本慢疑皆各有體翻惑成善何無自體下文所謂悟解理通説多同體迷情事局隨相分多也

○六不散亂等四

不散亂體即正定攝正見正知俱善慧攝不忘念者即是正念

補遺　不散亂以正定爲體隨應正翻大隨中散亂正見翻根本我見正知翻大隨中不正知此二俱以善慧爲體不忘念者正念爲體隨應正翻大隨中失念上來六小科文自欣至不忘念合有十七善法唯欣厭二無别翻對餘所翻者如疏可知斯即本頌中及字所攝之義

○次簡示悔等不翻

悔眠尋伺通染不染如觸欲等無别翻對

音義　不定四法如徧行別境義通三性故無别翻（染即不善及有覆無記　不染即善及無覆無記）

○次料簡別立（二）初約立不立義簡（二）初問

何緣諸染所翻善中有别建立有不爾者

音義　問意云諸染所翻善法應有二十六種

中唯立信等十一餘十五不立者其意云
何

○次答 二 初約相用答

相用別者便別立之餘善不然故不應責

音義 答意云信等十一相用各別便別立之
餘不別者便不爾也故不應以此二竝責

○次約徧勝答 二 初正釋

又諸染法徧六識者勝故翻之別立善法慢
等忿等唯意識俱

音義 染法徧六識者謂二中隨及八大隨并
根本中貪瞋癡此等徧前六識作用勝故
翻立善法若根本中慢疑見三及忿等小
隨九種唯在意識故不別立

○次釋妨

害雖亦然而數現起損惱他故障無上乘勝
因悲故爲了知彼增上過失翻立不害失念
散亂及不正知翻入別境善中不說

音義 妨云害亦唯意俱何別立不害故釋云
害雖亦然數損惱故障大悲故爲知彼過
翻立不害失念下又問曰論云徧六識者
勝故翻過失念散亂及不正知既徧六識
何不翻彼別立善法釋曰此三翻入別境
卽正定等所以善中不說

○次約染多淨少簡 二 初問

染淨相翻淨寧少染

○次答

淨勝染劣少敵多故又解理通說多同體迷
情事局隨相分多故於染淨不應齊責

音義 謂淨法殊勝染法微劣少能敵多奚必
相等又淨法悟解理通說多同體故不廣

立染法迷情事局隨相差别是以分多故
於染淨不應齊責

成唯識論音響補遺卷第六之一

音釋

確乞約切音却　悍侯幹切音翰　隄都黎切音低　掉徒吊切音弔

成唯識論音響補遺卷第六之二

清武林蓮居紹覺大師音義
新伊大師合響
法嗣智素補遺

○三諸門分別十 初假實門

此十一法三是假有謂不放逸捨及不害義如前說餘八實有相用別故

合響 瑜伽云不放逸捨是無貪無瞋無癡精進分故即如是法離雜染義建立爲捨治雜染義建立不放逸不害即是無瞋分故無別實物文

○二徧不徧門二 初師立四徧七不定徧二 初正立

有義十一四徧善心精進三根徧善品故餘七不定推尋事理未決定時不生信故慚愧同類依處各別隨起一時第二無故要世間道斷煩惱時有輕安故不放逸捨無漏道時方得起故悲愍有情時乃有不害故

音義 此師謂精進三根徧諸善心餘七不定推尋下釋成七不定義依處各別者意謂慚依自法愧依世間所依既殊故起一時不起第二即不定義餘五可知

○次引證

論說十一六位中起謂決定位有信相應止息染時有慚愧起顧自他故於善品位有精進三根世間道時有輕安起於出世道有捨不放逸攝衆生時有不害故

○次師立十徧輕安不徧三 初斥前非

有義彼說未爲應理推尋事理未決定心信若不生應非是善如染心等無淨信故慚愧

類異依別境同俱徧善心前已說故若出世道輕安不生應此覺支非無漏故若世間道無捨不放逸應非寂靜防惡修善故又應不伏掉放逸故有漏善心既具四法如出世道應有二故善心起時皆不損物違能損法有不害故

音義 初句總斥推尋下別明量云推尋事理未決定心應非是善無淨信故如染心等若許是善寧得無信慚愧類異者謂崇拒不同故依別者謂依自法及世間故境同者謂隨緣何境皆有崇拒義故若謂世間道斷煩惱時得有輕安出世道無則此輕安覺支非無漏攝故若言無漏道時有捨不放逸世間道無則此二法應非寂靜防修又應不伏掉舉放逸何名世間道故有漏下復立比量明有量云有漏善心應有捨不放逸二法具四法故如出世道若執悲愍有情時方有不害殊不知善心起時皆不損物應有不害違能損法豈非徧故

○次通論意

論說六位起十一者依彼彼增作此此說故彼所說定非應理

音義 依彼彼增者謂決定位信增乃至攝衆生時不害增故作此此說者謂決定位有信乃至攝衆生時有不害故故彼下結責

○三申正義二初總釋十一

應說信等十一法中十徧善心輕安不徧要在定位方有輕安調暢身心餘位無故決擇分說十善心所定不定地皆徧善心定地心中增輕安故

音義先正明十徧善心輕安不徧決擇下引論證成定地謂色無色界三昧心中不定謂欲界散心位

○次別簡輕安二 初師

有義定加行亦得定地名彼亦微有調暢義故由斯欲界亦有輕安不爾便違本地分說信等十一通一切地

音義此釋意謂決擇分說定地增輕安者不必根本定前加行亦得定地之名何者彼亦微有調暢義故由斯欲界亦有輕安若不爾者便違論說

○次師

有義輕安唯在定有由定滋養有調暢故論說欲界諸心心所由闕輕安名不定地說一切地有十一者通有尋伺等三地皆有故

音義初正釋輕安唯定地有不通欲界說一切下次通論意謂彼本地分言信等十一通一切地者彼說有尋伺等三地皆有非九地之一切地也有尋有伺地即欲界及與初禪梵衆梵輔二天無尋唯伺地即大梵天二禪已上乃至有頂皆名無尋無伺地

合響瑜伽第四卷云此中欲界及色界初靜慮除靜慮中間若定若生名有尋有伺地即靜慮中間若定若生名無尋唯伺地隨一有情由修此故得爲大梵從第二靜慮餘有色界及無色界全名無尋無伺地

○三諸識相應門

此十一種前已具說第七八識隨位有無第六識中定位皆具若非定位唯闕輕安有義

五識唯有十種自性散動無輕安故有義五識亦有輕安定所引善者亦有調暢故成所作智俱必有輕安故

音義此十一善未轉依位七八俱無已轉依位二識皆有第六意識定位皆具定位皆具者有漏定善無漏定善皆具十一有漏散善無輕安非定位中唯闕輕安五識俱者釋有二師有義唯十有義皆具後義爲當

〇四諸受相應門

此善十一何受相應十五相應一除憂苦有逼迫受無調暢故

音義十善五受相應輕安唯除憂苦二受

〇五別境相應門

此與別境皆得相應信等欲等不相違故

〇六三性相攝門

十一唯善

〇七三界繫屬門

輕安非欲餘通三界

〇八學等相攝門

皆學等三

音義此十一善於學無學非二此三位中皆具有故

補遺皆有學所攝者謂初二三果及菩薩十地中之十一善也皆無學所攝者謂四果支佛如來之十一法也皆非學非無學所攝者謂一切凡夫之十一法也

〇九三斷相攝門

非見所斷瑜伽論說信等六根唯修所斷非見所斷

音義非見所斷者意明通修所斷及非所斷

攝瑜伽下引證修斷六根謂信進念定慧及未知當知根信則如名進則精勤此二既爾餘九亦然故通修斷

補遺 此十一善不與分別煩惱相應故非見道所斷若有漏善及無漏加行善即屬修道所斷若正無漏善即屬非所斷攝信等五根通漏無漏若無漏者即攝入三無漏根此中五根且指有漏言之加行位中所有無漏九根名未知當知根九根者謂信等五及意喜樂捨四根也有學位中無漏九根名已知根無學位中無漏九根名具知根雖由未知當知根得入見道既見道已無所未知可當知故見道一刹那後便屬修道位攝是故修道位中即斷未知當知根及有漏五根也

○十結例餘門

餘門分別如理應思

○三根本煩惱三 初結前問後

如是已說善位心所煩惱心所其相云何

○次舉本頌答

頌曰

煩惱謂貪瞋　癡慢疑惡見

○三末論釋成二 初正釋頌文二 初略釋通名

論曰此貪等六性是根本煩惱攝故得煩惱名

合響 會玄第十七卷云根本者能生隨惑名爲根本 餘隨煩惱或此等流或此分位如枝葉故 煩者擾也惱者亂也擾亂有情恒處生死名爲煩惱根本即煩惱煩即是惱俱持業釋

○次廣釋別相六初釋貪

云何爲貪於有有具染著爲性能障無貪生苦爲業謂由愛力取蘊生故

音義先正釋體用有有具者義見善位謂由下轉釋生苦謂由貪愛之力後五取蘊復得生故

合響集論第一卷云何故名取蘊以取合故名爲取蘊何等爲取謂諸蘊中所有欲貪何故欲貪說名爲取謂於未來現在諸蘊能引不捨故希求未來染著現在欲貪名取文大鈔第十八卷引瑜伽云貪有五種一於內身欲欲貪二於外身淫欲淫貪三境欲境貪四色欲色貪五薩迦耶欲薩迦耶貪釋曰慈恩解初貪有二一云於自內身初起欲界微少之欲故名欲欲次起重貪故名欲貪二二云內身是自所欲之法所以言於內身欲於內身欲上起欲故即能欲心此名欲貪則初一欲字是所欲第二是能欲第三欲字是結名文

○二釋瞋

云何爲瞋於苦苦具憎恚爲性能障無瞋不安隱性惡行所依爲業謂瞋必令身心熱惱起諸惡業不善性故

音義先正釋體用苦苦具釋義如前謂瞋下轉解上句身心熱惱釋不安隱性起諸惡業釋惡行所依此唯是惡不通有覆無記故云不善性

○三釋癡

云何爲癡於諸理事迷闇爲性能障無癡一切雜染所依爲業謂由無明起疑邪見貪等

煩惱隨煩惱業能招後生雜染法故

音義 清涼云獨頭無明多迷諦理相應無明亦迷事相謂於諦等生猶豫故一切雜染者要而言之不出有三所謂煩惱業生也謂由下轉解謂由無明力故引起疑及邪見貪等根本煩惱忿等隨煩惱斯即煩惱雜染因之而起由煩惱故造作有漏善不善等諸業由業習氣能招後生五趣善不善果此即業生二種雜染依之而生故云一切雜染所依

○四釋慢二 初正釋體用

云何爲慢恃已於他高舉爲性能障不慢生苦爲業謂若有慢於德有德心不謙下由此生死輪轉無窮受諸苦故

音義 恃已所有學問伎術等能或族姓色力富勢等勝於他有情令心高舉而爲自性能障不慢善品生一切苦而爲業用謂若下轉解生苦於德有德心不謙下者謂於三寶眞淨德中及於勝已師友有德之人心不謙卑競生人我由斯輪轉生死無窮受諸苦故

○次別顯差別

此慢差別有七九種謂於三品我德處生一切皆通見修所斷聖位我慢既得現行慢類由斯起亦無失

音義 七九種者謂七種慢九種類也七種慢者准瑜伽釋曰於他下劣謂已爲勝或復於等謂已爲等令心高舉故名爲慢於等爲勝於勝爲等令心高舉故名過慢於勝爲勝令心高舉名慢過慢妄觀諸行爲我

我所令心高舉故名我慢於其殊勝所證法中未得謂得令心高舉名增上慢於多勝中謂巳少劣令心高舉名卑劣慢實無其德謂巳有德令心高舉故名邪慢雜集釋意大同於此九種類者雜集先標列云一我勝慢類二我等慢類三我劣慢類四有勝我慢類五有等我慢類六有劣我慢類七無勝我慢類八無等我慢類九無劣我慢類次釋曰此九種類從前七慢中三種中生從三者一慢二過慢三卑慢此中初三慢類依止見起如次即是過慢慢卑慢也次三慢類初二即慢後一即過慢也後三慢類亦如次即慢過慢卑慢也廣如彼說三品我德處生者謂依六事而生慢也一劣有情二等有情三勝有情即是三品四內取蘊五已得未得顛倒六妄謂功德顛倒七中慢者依劣等二品有情事生過慢者依等勝二品有情事生慢過慢卑慢者此二依勝品有情事生邪及增上二慢依顛倒起即德處生我慢者妄計取蘊爲我我所即我處生也一切下次明斷攝依見起者名見所斷緣事生者名修所斷聖位下釋成修斷謂聖位中俱生我慢既得現行例餘六種幷及慢類起亦無失

○五釋疑二　初正釋體用

云何爲疑於諸諦理猶豫爲性能障不疑善品爲業謂猶豫者善不生故

音義　謂於諸諦理爲有爲無猶豫不決而爲自性能障不疑及諸善品而爲業用云何障善謂猶豫者善不生故

○次別簡體性二　初師以慧爲體

有義此疑以慧爲體猶豫簡擇說爲疑故毘助末底是疑義故末底般若義無異故

音義　此師釋意謂疑以染慧爲體無別有性猶豫下出意謂慧以簡擇爲體於所觀境猶豫簡擇者說是疑故毘者比義助者輔助末底是梵語或云摩提此翻云慧般若義同意明比益輔助於慧者即是疑義助慧之法應是慧故故知此疑以慧而爲體

○次師別有自體

有義此疑別有自體令慧不決非即慧故瑜伽論說六煩惱中見世俗有即慧分故餘是實有別有性故毘助末底執慧爲疑毘助若南智應爲識非由助力義便轉變是故此疑非慧爲體

音義　先正明有體顯非即慧瑜伽下引證是實毘助下舉例斥前若南此云智也謂若疑助慧故執慧爲疑是則識助智故智亦應爲識耶非由下結示有體

○六釋惡見二　初正釋體用

云何惡見於諸諦理顛倒推求染慧爲性能障善見招苦爲業謂惡見者多受苦故

音義　顛倒推求即是染慧謂計以淨爲穢以有爲無以苦爲樂等招苦爲業者謂惡見者以苦捨苦恒於此世他世多受苦故

○次別示行相二　初標

此見行相差別有五

音義　唯一染慧別開五者由彼業用各不同故

○次釋二　初正釋五見五　初身見

一薩迦耶見謂於五取蘊執我我所一切見趣所依爲業此見差別有二十句六十五等分別起攝

合響華嚴鈔卷十七之二引古疏云薩迦耶見具足梵云薩迦耶達利瑟致經部師云薩是僞義迦耶是身達利瑟致是見身是聚義即聚集假應言緣聚身起見名爲身見薩婆多云薩是有義迦耶等如前雖是聚身而是實有身者即是自體異名應言自體見大乘法師解云僧喫爛底薩便成移轉以心上所變之法故言移轉身見依五蘊起此我見此爲依故諸見得生故言見趣所依爲業趣者况也或所歸處二十句者對法第一云謂如計色是我我有色色屬我我在色中一蘊有四五蘊合有二十句五爲我見餘皆我所謂相應我所即我有色隨逐我所即色屬我不離我所即我在色中故有十五我所此即分別行緣蘊不分別所起處若歷三世便有六十加身即我爲六十一我復異身爲六十二又計常無常等爲六十二如十藏品論云六十五者婆沙論云謂如以色爲我於餘四蘊各三我所謂是我瓔珞我僮僕我器即有十二色爲一我即總有十三五蘊總有六十我所見有五我見爲六十五此即分別行緣蘊亦分別所起處此等皆是分別我見文

○二邊見

二邊執見謂即於彼隨執斷常障處中行出離爲業此見差別諸見趣中有執前際四徧常論一分常論及計後際有想十六無想俱

非各有八論七斷滅論等分別起攝
【音義】謂即於彼薩迦耶見所執之我心執增
益計我斷常即是邊見能障中道出離解
脫之行令墮偏僻繫縛爲業此通俱生分
別二攝此見下明差別
【合響】華嚴鈔云論中約迷前際後際爲次今
依唯識約所見分之謂於前際計四徧常
四一分常及依計後際有想十六無想俱
非各有八論共四十種常見差別有計後
際七斷滅論此四十七共因我見而起邊
見有計前際二無因論四有邊論四不死
矯亂及計後際五現涅槃故六十二此六
十二以邪見邊見二爲自體以餘二見而
爲眷屬依於身見以爲根本此亦舉大數
次依瑜伽以釋相者初四徧常者謂我及
世間一切皆常但有隱顯依上中靜慮等
起宿住通隨念生四常論一由能憶二十
成壞劫二能憶四十劫三能憶八十劫四
依天眼所見現在世見諸有情死時生時
諸蘊相續彼便執我世間俱常四一分常
者謂四皆一分一者從梵天沒來生此間
得宿住通作如是等執梵王是常我等無
常故名一分二聞梵王有如是見大種是
常心是無常或復翻此三有先從戲忘天
沒來生此間得通起執不生此者常我生
此者是無常四有先從意憤天沒一分同
前此天住處住鈔高層級或三十三天釋
曰若依瑜伽此中即說二無因以同計前
際故唯識此後即明有想十六等十六者
有四四句一我有色死後有想執色爲我

名我有色取諸法說名爲有想即欲界全色界一分除無想天二我無色死後有想執無色蘊爲我此在欲界乃至無所有處唯除非想三我亦有色亦無色死後有想執五蘊爲我四我非有色非無色死後有想遮第三也依尋伺等至皆容得起第二四句云一執我有邊死後有想執色爲我體有分限如指節等二執我無邊死後有想執非色爲我徧一切處故三執我亦有邊亦無邊死後有想執我隨身卷舒等四執我非有邊非無邊死後有想遮第三也或依尋伺等至皆起第三四句者一我有一想二我有種種想三我有小想四我有無量想一一想者在前三無色二種種想者在欲界色界除無想天三執少色或執

無色爲我想爲我所我與彼合名爲少想在欲色界除無想天四無量想者執無量色或執無量想色爲我想我與彼合第四四句者一我純有樂死後有想在前三靜慮二我純有苦死後有想在地獄中三我純有苦有樂死後有想在人欲天畜生界四我純無苦無樂死後有想在第四禪巳上尋伺等至皆容得起無想俱非各八論者無想八論者有二四句初四句者一我有色死後無想執色爲我得無想定見他有人得定生彼作如是計二我無色死後無想執命根爲我得無想定三執我亦有色亦無色死後無想雙執色命根爲我於此二中起一我想四執我非有色非無色死後無想遮第三句等至尋伺皆容起故

第二四句者一執我有邊死後無想執色爲我其量狹小等得無想定二執我無邊死後無想執色爲我徧一切處三執我亦有邊亦無邊死後無想執色爲我隨身有卷舒故第四句者遮第三句更無別義等至尋伺皆容得起後俱非八論者有二四句一云執我有色死後非有想非無想執色爲我見諸有情入非想非非想定想不明利作如是執唯尋伺執非得定也二執我無色死後如前執無色蘊爲我等入非想非非想定想不明了故作如是執三執我亦有色亦無色死後如前執色無色爲我見有情等同前以上皆依尋伺起非由等至其第四句遮第三句更無別義第二四句云一執我有邊死後非有想非無想乃至第四句其文易知如是一切皆執四無色爲我以得非想非非想容有此執一由彼定時分促故別以一一蘊而爲所緣執我有邊二由彼定時分長故總以四蘊爲所緣故執我無邊三由彼定或一一蘊或總爲所緣故成第三句第四句遮第三更無別義七斷滅論者一執我有色麤四大種所造爲性死後斷滅畢竟無有見身死後有而無故二我欲界天死後斷滅三我色界天死後斷滅四我空無邊處乃至非非想皆云死後斷滅後之四執執彼彼地爲生死頂故前四十見爲常後七見爲斷此皆見斷名分別起文

○三邪見

三邪見謂謗因果作用實事及非四見諸餘

邪執如增上緣名義徧故此見差別諸見趣中有執前際二無因論四有邊等不死矯亂及計後際五現涅槃或計自在世主釋梵及餘物類常恒不易或計自在等是一切物因或有横計諸邪解脫或有妄執非道爲道諸如是等皆邪見攝

音義 謗因果作用實事者無施無受亦無祠祀是名謗因無有妙行惡行諸業果及異熟是名謗果無有妙行亦無惡行名謗作用無父無母無化生有情亦無世間眞阿羅漢等如是一切名壞實事廣釋如瑜伽第七空見文中及非四見諸邪執者謂非前後四見所攝或謗三寶謗方等經等諸餘邪執皆此邪見所攝如增上緣名義徧故餘緣所不攝者皆此緣攝此見下明差別

合響 華嚴鈔云言有計前際二無因論等者皆因邪見起見不正故名之爲邪二無因者一從無想天没來生此間無宿住通不能憶彼出心已前所有諸位便執諸法本無而起如我亦應本無而起便起執言我及世間無因而起二因尋伺不憶前身作如是執無因而起如是二見由無想天及虛妄尋伺二事而起四有邊者一由一向能憶下至無間地獄上至第四靜慮執我於中悉皆充滿便作是念過此有我我應執我徧滿故執無邊三由能憶上下及傍故雙執有邊無邊四由能憶壞刧斷位便生非有邊非無邊想諸器世間無所得故

四不死矯亂者先總釋名準婆沙意外道計天常住名爲不死計不亂答得生彼天今佛呵云汝言秘密等即是矯亂四種者一恐無知念我不知善不善等有餘問我不得定答我若定答恐他鑒我無知因即輕笑於我彼天秘密義不應皆説等二行諂曲者作是思惟非我淨天一切隱密皆許記別謂自所證及清淨道故三懷恐怖而無記別恐我眛劣爲他所知由是因緣不得解脱以此爲室而自安處懷恐怖故四有愚戇專修止行而無所知若有問我我當反詰一切隨言無滅而印順之五現涅槃者一見現在受若天若人諸五欲樂便謂涅槃二雖厭五欲現住初定以爲涅槃引在身中名爲得樂見他現在住定亦爾下皆準此三厭尋伺故現得第二定以爲涅槃四厭諸尋伺喜故現住第三定以爲涅槃五厭喜樂乃至出入息現住第四定以爲涅槃待過去故名爲後際又此計我現既有樂後亦有樂故後際攝以現樂爲先而執後樂總名現法此不依我見起故邪見攝文或見自在世主等者義見初卷或有横計諸邪解脱者非果計果也或有妄執非道爲道者非因計因也諸如是等皆邪見攝

○四見取

四見取謂於諸見及所依藴執爲最勝能得清淨一切鬬諍所依爲業

音義謂即於邊邪等諸見之中隨執一見及所依藴執爲最極殊勝之因能得清淨解

脫之果名爲見取一切鬬諍依之而起是爲業用鬬諍者謂彼諸見各各互違執取一者餘悉非故

○五戒禁取

五戒禁取謂於隨順諸見戒禁及所依藴執爲最勝能得清淨無利勤苦所依爲業

音義諸見戒禁者謂牛狗等戒及自拔髮眠鍼卧棘等戒謂即於隨順諸見所持禁戒及禁戒所依之藴執爲最勝能得清淨名戒禁取無利勤苦是彼業用無利者謂不能獲出苦義故

○次通二取妨

然有處説執爲最勝名爲見取執能得淨名戒取者是影略説或隨轉門不爾如何非滅計滅非道計道説爲邪見非二取攝

音義難曰有餘處説執爲最勝名爲見取執能得淨名爲戒取義復云何釋曰是影略説或隨轉門不爾下釋是影略謂若定執餘處非影略者如何非滅計滅非道計道諸論皆言是邪見攝非二取攝意明單計因果屬於邪見因果雙計是爲二取故知餘處是影略耳

成唯識論音響補遺卷第六之二

音釋

戇直降切音撞　鍼諸深切音斟

成唯識論音響補遺卷第六之三

清武林蓮居紹覺大師音義

新伊大師合響

法嗣智素補遺

○次諸門分別十一初俱生分別門二初通判十惑

如是總別十煩惱中六通俱生及分別起任運思察俱得生故疑後三見唯分別起要由惡友及邪教力自審思察方得生故

音義總別者前五稱總不別分故後五爲別開差別故六通者謂貪瞋癡慢身見邊見此六皆通俱生分別二攝任運生者釋通俱生思察生者釋分別也疑及邪見二取此四唯分別起釋義可知

○次別判邊見二初標

邊執見中通俱生者

○次釋二初師俱生唯斷

有義唯斷常見相麤惡友等力方引生故瑜伽等說何邊執見是俱生耶謂斷見攝學現觀者起如是怖今者我我何所在耶故禽獸等若遇違緣皆恐我斷而起驚怖

音義謂邊見通俱生者唯斷非常何者常見相麤惡友等力方引生故瑜伽下引證唯斷何邊執見是俱生耶者徵也答曰謂斷見攝云何知然謂見道前學現觀者已伏分別現起諸惑而於心中猶起斷怖謂今者我我何所在耶此俱生見寧非是斷故禽下復引禽獸俱生恐怖亦唯斷也

○次師常亦俱生

有義彼論依麤相說理實俱生亦通常見謂

禽獸等執我常存熾然造集長時資具故顯揚等諸論皆說於五取蘊執斷計常或是俱生或分別起

音義 彼論謂俱生唯斷見者依麤相說若委細言亦通常見謂禽下釋通常見造集長時資具者謂獸搆穴鵲成巢等故顯揚下證意可知

○二自類相應門 二 初徵

此十煩惱誰幾相應

○次釋 六 初以貪爲首對餘八

貪與瞋疑定不俱起愛憎二境必不同故於境不決無染著故貪與慢見或得相應所愛所陵境非一故說不俱起所染所恃境可同故說得相應於五見境皆可愛故貪於五見相應無失

音義 初句先對瞋疑定不俱起愛憎境不同者釋貪瞋不並義於境不決無染著者釋貪疑不俱義貪與慢見下對餘六言或者不定之辭意顯亦有不相應義所愛謂所貪所陵謂所慢此二所緣或非一故說不俱起所染所恃境可同故者謂如有一於自盛事深生染著即恃此事高舉於他故云境同得相應也貪俱五見其義可知

○二以瞋爲首對餘七

瞋與慢疑或得俱起所瞋所恃俱非一故說不相應所蔑所憎境可同故說得俱起初猶豫時未憎彼故說不俱起久思不決便憤發故說得相應疑順違事隨應亦爾瞋與二取必不相應執爲勝道不憎彼故此與三見或得相應於有樂蘊起身常見不生憎故說不

相應於有苦蘊起身常見生憎恚故說得俱起斷見翻此說瞋有無邪見誹撥惡事好事如次說瞋或無或有

音義 先對慢疑所瞋下釋瞋與慢有俱不俱二義初猶豫下釋瞋與疑亦具二義疑順違者謂若於順事初猶豫時及於違事久思不決則無瞋起說不相應若於順事久思不決及於違事初猶豫時有瞋俱起說得相應瞋與下次對二取無相應義此與下對身邊邪三見於有下釋瞋與身邊二見有俱不俱義斷見翻此說瞋有無者翻上苦蘊樂蘊亦有俱不俱義邪見下釋瞋與邪見俱不俱義謂邪見誹謗撥無所有五逆等惡事無瞋說不俱起誹撥所有施戒等好事說得相應

○三以慢爲首對餘六

慢於境定疑則不然故慢與疑無相應義慢與五見皆容俱起行相展轉不相違故然與斷見必不俱生執我斷時無陵恃故與身邪見一分亦爾

音義 初以慢對疑無相應義慢與下次對五見俱起無失然與下重對邊見不俱與身邪見一分亦爾者謂身見執苦劣蘊及邪見誹撥所有好事無陵恃故亦不相應

○四以疑爲首對五見

疑不審決與見相違故疑與見定不俱起

○五五見自類不相應

五見展轉必不相應非一心中有多慧故

音義 非一心中有多慧者五見皆以慧爲體故

○六以癡爲首對餘九

癡與九種皆定相應諸煩惱生必由癡故

音義 九種定相應者諸煩惱起皆由迷闇諦理方得生故

○三諸識相應門

此十煩惱何識相應藏識全無末那有四意識具十五識唯三謂貪瞋癡無分別故由稱量等起慢等故

音義 無分別者五識唯有自性分別無隨念計度二種分別稱量等者等於猶豫推求起慢等者等於疑及五見謂慢由稱量彼此勝等劣起疑由猶豫簡擇而起五見由推求而起五識中無此等行相故慢等非五識俱

補遺 古釋云五識但三以無分別故無慢等慢等必由有隨念計度分別生故

○四諸受相應門二

初徵

此十煩惱何受相應

○次釋二 初依實義釋四 初貪瞋癡

貪瞋癡三俱生分別一切容與五受相應貪會違緣憂苦俱故瞋遇順境喜樂俱故

音義 謂貪瞋癡不簡俱生分別一切皆與五受相應貪會下恐有問曰貪境適情那通憂苦瞋境逆心何有喜樂釋意可思

○二慢二 初初師

有義俱生分別起慢容與非苦四受相應特苦劣蘊憂相應故

音義 俱生分別四受除苦問曰慢唯高舉何得有憂釋義如文

○次次師

有義俱生亦苦俱起意有苦受前已說故分別慢等純苦趣無彼無邪師邪教等故然彼不造引惡趣業要分別起能發彼故

（音義）先釋俱生謂俱生慢不唯四俱亦通苦受何者純苦趣中意地有苦前已說故分別下次明分別何分別慢非苦俱耶謂分別慢純苦趣無彼無邪師邪教及邪思察引生分別慢故然彼不造惡趣業者由無分別慢等能發起故

（合響）宗鏡第七十四卷中問三塗之內還具分別俱生不答護法云三塗內總無分別而不發業如猿猴之類所有煩惱皆是強盛俱生而非分別設造業者但是別報若有分別造總報者即永無出期問既有分別種子何不造總報答闕主伴故現行是主種子助發是伴問若說三塗不造業者如何大力鬼打舍利弗頭便入地獄鸚鵡鳥聞四諦法而得生天答此等造別報此業有力能助昔日總報總報被助已便能隨業勢墜地昇天又古德問人天趣中定總發業不答人中北洲不造總別二報業以無分別相餘三洲即發業并此洲癡人不發業問前言三塗無分別如何知父母等如茲鳥反哺猫狗識人如人瞋喜答此不是分別煩惱彼任運分別非煩惱分別文

○三疑後三見

疑後三見容四受俱欲疑無苦等亦喜受俱故二取若緣憂俱見等爾時得與憂相應故

音義疑後三見四俱除苦問疑何容喜釋曰欲界繫疑猶像未來無苦等事亦與喜相應故問二取何憂釋曰二取若緣憂俱見戒及所依蘊如投灰拔髮等事得與憂相應故邪見喜憂受俱其義易知故不釋也

○四身邊二見二　初初師

有義俱生身邊二見但與喜樂捨受相應非五識俱唯無記故分別二見容四受俱執苦俱蘊爲我我所常斷見翻此與憂相應故

音義先釋俱生身邊二見但與喜樂捨三受俱何非苦俱以此二見不與五識相應故何非憂俱俱生二見唯屬有覆無記性故論說憂根非無記故次明分別二見四俱除苦云何有憂釋曰執苦俱蘊爲我我所常樂俱蘊爲我我所斷爾時得與憂相應故

○次次師

有義二見若俱生者亦苦受俱純受苦處緣極苦蘊苦相應故論說俱生一切煩惱皆於三受現行可得廣說如前餘如前說

音義先正釋謂俱生身邊二見非唯喜樂捨俱亦通苦受何者純受苦處苦相應故論說下次證成廣說如前者指前第五卷釋三受中文餘如前說者謂分別二見相應受者准前初解

○次隨麤相釋二　初惑受對論

此依實義隨麤相者貪慢四見樂喜捨俱瞋唯苦憂捨受俱起癡與五受皆得相應邪見及疑四俱除苦

音義初句結前隨麤下正明隨麤相者是一

徃明其梗槩之意亦即隨轉理門如文可思

○次兼界地論

貪癡俱樂通下四地餘七俱樂除欲通三疑獨行癡欲唯憂捨餘受俱起如理應知

音義 謂貪癡相應樂受於九地中通下四地即欲界乃至第三禪也不通上者以上五地唯捨俱故餘七俱樂除欲界通初二三禪除欲界者以此餘七唯在意地意地之樂非欲界故不言瞋者若在欲界瞋非樂故上二界不行瞋故疑與獨行癡欲界唯憂捨色無色界及餘惑餘受俱起所通界地准思可得

補遺 餘七俱樂者餘七除貪瞋癡三餘慢疑及五見七種但與意識相應欲界無意地樂故除之疑及獨行無明亦唯意相應故欲界無苦樂受前云欲疑無苦亦喜受俱今不言者前約細相說今隨麤相疑惑未決安得有喜餘上二界餘七煩惱與餘喜苦如理應知

○五別境相應門

此與別境幾互相應貪瞋癡慢容五俱起專注一境得有定故疑及五見各容四俱疑除勝解不決定故見非慧俱不異慧故

音義 初句總徵貪瞋下釋貪瞋癡慢容與別境五俱問此四行相麤動何容與定俱耶釋曰如戲忘天專注一境起貪瞋癡得有定故疑及五見各容四俱疑除勝解五見不與慧俱疑不審決見即慧故

○六三性相攝門

此十煩惱何性所攝瞋唯不善損自他故餘九通二上二界者唯無記攝定所伏故若欲界繫分別起者唯不善攝發惡行故若是俱生發惡行者亦不善攝損自他故餘無記攝細不障善非極損惱自他處故當知俱生身邊二見唯無記攝不發惡業雖數現起不障善故

音義 先徵瞋唯下次釋十中瞋唯不善性攝餘九通不善有覆無記二性上二下釋通二性謂上二界所繫餘九若俱生若分別恒爲定力之所伏故唯是有覆無記性攝若欲界繫餘九分別起者唯不善攝以能發起惡趣行故若是俱生通二性攝發惡行者亦不善攝不發惡者唯無記攝當知下別釋俱生二見唯無記攝不通不善以定不發業故起不障善故

○七界繫現緣門 二 初徵

此十煩惱何界繫耶

○次釋 三 初三界繫屬

瞋唯在欲餘通三界

○次三界現起 二 初明下不起上惑

生在下地未離下染上地煩惱不現在前要得彼地根本定者彼地煩惱容現前故諸有漏道雖不能伏分別起惑及細俱生而能伏除俱生麤惑漸次證得上根本定彼但迷事依外門轉散亂麤動正障定故得彼定已彼地分別俱生諸惑皆容現前

音義 生在下地未離下染上地煩惱不現在前者謂未離下染上染不現如生欲界未離欲界煩惱初禪煩惱必不現前乃至未

離無所有處煩惱非非想處煩惱必不現前要離下染得彼初禪乃至非非想地根本定者彼地煩惱容現前故諸有漏下釋離下染起上惑義諸有漏道謂凡外所修世間味禪也即四禪八定以無二空觀智故不能伏分別起惑及第七識中俱生細惑由有厭下苦麤障等六行心故而能伏除六識中俱生麤惑也漸次證得根本定者謂如伏除欲界俱生麤惑即得初禪上根本定伏初禪乃至無所有處麤惑即得非想上根本定故云漸次彼但迷事者此六識中俱生麤惑任運起故不障理故依外門轉者緣外五塵而生起故散亂麤動正障彼定故伏此下地俱生麤惑得彼上地定已然後彼上地分別及細俱生皆容現前

○次明上能起下惑二初正釋

生在上地下地諸惑分別俱生皆容現起生第四定中有中者由謗解脫生地獄故身在上地將生下時起下潤生俱生愛故

音義 生在上地下地諸惑皆容現起生第四下釋成起下第四定者謂第四禪中無想天也中有中者謂有外道於欲界中修得無想定有謂得阿羅漢果後生彼天果報既滿將生下時見中有身起便誹謗言世間無有真阿羅漢由謗此故墮無間獄如經云無聞比丘謗阿羅漢身遭後有即此便是生上起下分別之實事身在下釋起俱生其義准思

補遺 潤生愛者於後有處任運染著如入胎

時於父母邊起顛倒愛之類是也

○次通妨

而言生上不起下者依多分說或隨轉門

音義 有處言生上不起下者但依多分非無

少分不起下故

○三三界相緣二 初下惑緣上二 初正釋

下地煩惱亦緣上地瑜伽等說欲界繫貪求

上地生味上地故既說瞋恚憎嫉滅道亦應

憎嫉離欲地故總緣諸行執我我所斷常慢

者得緣上故餘五緣上其理極成

音義 初句總標下惑緣上瑜伽下引證貪緣

上地既說下例推瞋亦緣上離欲地者謂

上二界也總緣下次明身邊慢三得緣上

地總緣諸行等者謂有外道總緣三界色

心諸行執爲我及我所計我斷常高舉於

他故身邊慢亦得緣上餘五下例餘五惑

謂貪等五既得緣上餘癡等五得緣上地

其理極成餘癡等五謂癡疑見取戒取邪見

○次通妨

而有處言貪瞋慢等不緣上者依麤相說或

依別緣不見世間執他地法爲我等故邊見

必依身見起故

音義 或依別緣者謂約唯緣自地故說貪等

不緣上地不見世間執他地法爲我我所

故說身見不緣上地又邊執見依身見起

不見世間執他地我而起斷常故說邊見

不緣上地作此釋者皆依麤相一往而說

理實貪等得緣上地義見前文

○次上惑緣下二 初正釋

上地煩惱亦緣下地說生上者於下有情恃

已勝德而陵彼故總緣諸行執我我所斷常愛者得緣下故疑後三見如理應思

音義 初句總標上惑緣下說生下引證慢緣下地總緣下釋身邊貪三得緣下地總緣諸行等者前約欲界此言上界謂有外道生上界者總緣諸行執爲我及我所而起斷常深生染著是故此三亦得緣下疑後下例餘四種不言瞋癡者上界不行瞋故癡徧染故

○次通妨

而說上惑不緣下者彼亦多分或別緣說

○八學等相攝門

此十煩惱學等何攝非學無學彼唯善故

音義 先徵次釋非學位攝亦非無學位攝何者彼二位中唯善俱故唯是非二所攝以此十唯染故

○九三斷相攝門 二 初徵

此十煩惱何所斷耶

○次釋 二 初簡非所斷

非非所斷彼非染故

○次明見修斷 二 初總明

分別起者唯見所斷麤易斷故若俱生者唯修所斷細難斷故

○次別釋 二 初約麤相釋唯見所斷 二 初明十皆頓斷

見所斷十實俱頓斷以真見道總緣諦故

補遺 以真見道總緣三界四諦諦既頓明迷諦之惑亦應頓斷此以所迷對顯能迷

○次廣明迷諦相 三 初標

然迷諦相有總有別

○次釋二 初總迷

總謂十種皆迷四諦苦集是彼因依處故滅道是彼怖畏處故

音義 苦集是彼因依處者集謂煩惱種現即是彼因苦謂果報身心即彼依處滅道是彼怖畏處者滅即斷果道即道品障治相違故言是彼怖畏處由斯十惑迷四諦理故令有情不能知苦斷集慕滅修道

○次別迷二 初總明

別謂別迷四諦相起二唯迷苦八通迷四

音義 二唯迷苦者集滅道三不起身邊二見故二見但迷苦諦八通迷四者餘八皆迷四諦理故

○次別釋二 初二唯迷苦

身邊二見唯果處起別空非我屬苦諦故

音義 謂前云二唯迷苦者即是身邊二見此二唯果處起苦是世間果報五蘊二見唯迷此果起故云何知之別空非我屬苦諦故謂真見道位中別修空觀及無我觀對治身見及邊執見此二觀者唯觀苦諦境故

○次八通迷四二 初明十總迷苦

謂疑三見親迷苦理二取執彼三見戒禁及所依蘊為勝能淨於自他見及彼眷屬如次隨應起貪恚慢相應無明與九同迷不共無明親迷諦理

音義 此釋苦諦合兼身邊故有十也文中先明親迷有四謂疑與身見邊見邪見唯瑜伽第五十八卷中釋云云何迷苦有十隨眠略五取蘊總名為苦愚夫於此五取蘊

中起二十句薩迦耶見五句見我餘見我所是名迷苦薩迦耶見即用如是薩迦耶以爲依止於五取蘊見我斷常故邊執見亦迷於苦又諸邪見謂無施等乃至妙行惡行業果及與異熟等如是名爲迷苦邪見若有外道於此諸見不定信受亦不一向誹謗如來所立苦諦但於苦諦心懷猶豫此及所餘於苦猶豫是迷苦疑二取下次明疎迷有五謂見取戒取及貪恚慢論云若有見取妄取迷苦所有諸見以爲第一謂能清淨解脱出離如是名爲迷苦見取若有妄取隨順此見此見隨法所受禁戒以爲第一能得清淨解脱出離此戒禁取是迷苦諦若於如是自所起見實愛堅著如此見貪是迷苦貪若於異分他所起見心懷違損是迷苦恚若恃此見心生高舉是迷苦慢相應下次明無明具親疎二義論云若有無智與此諸見及疑貪等煩惱相應若唯於苦獨行無智如是竝名迷苦無明此十煩惱皆迷苦諦見苦所斷

補遺　貪自見恚他見慢彼眷屬相應無明與九同迷者謂同疑三見四親迷苦理同二取貪恚慢五疎迷苦理

○次明八通迷三

疑及邪見親迷集等二取貪等准苦應知然瞋亦能親迷滅道由怖畏彼生憎嫉故

音義　疑及邪見親迷集等二取貪等准苦應知者謂見取戒取及貪恚慢亦疎迷集滅道三諦如前苦諦不異　論云云何迷集有八隨眠謂諸沙門若婆羅門謗因邪見或計自在等是一切物生者化

者及與作者此惡因論所有邪見等是迷集諦所起邪見若有見取取彼諸見以爲第一能得清淨解脫出離是迷集諦所起見取若於隨順此見諸法所受戒禁以爲第一能得清淨廣說如前是迷集諦戒禁取餘疑貪等如前應知如是八種（身邊二見如前迷苦起此中迷集滅道故唯八種）煩惱隨眠迷於集諦見集所斷云何迷滅有八隨眠謂諸沙門若婆羅門計邊無邊不死矯亂諸見一分乃至撥無世間眞阿羅漢所有斷德誹謗滅諦第如是諸見是迷滅諦所起邪見若有見取取彼諸見以爲第一廣說如前是迷滅諦所起見取若於隨順彼見諸法所受戒禁取爲第一廣說如前是迷滅諦戒禁取所餘貪等如前應知如是八種煩惱隨眠迷於滅諦見滅所斷云何迷道有八隨眠謂撥無世間眞阿羅漢乃至廣說此中所有誹謗一切智爲首有爲無漏當知此見是迷道諦所起邪見又諸外道謗道邪見彼謂沙門喬荅摩種爲諸弟子說出離道實非出離由此不能盡出離故佛所施設無我之見及所受持禁戒隨法是惡邪道非正妙道如是亦名迷道邪見又彼外道作如是計我等所行若行若道是眞行道能盡能出一切諸苦如是亦名迷道邪見若有見取取彼邪見以爲第一能得清淨解脫出離如是名爲迷道見取若於隨順彼見諸法所受禁戒取爲第一能得清淨解脫出離是名迷道戒禁取所餘貪等迷道煩惱如迷滅諦道理應知如是八種

煩惱隨眠迷於道諦見道所斷然瞋下重解瞋亦親迷滅道論云謂於滅諦起怖畏心起損害心起恚惱心如是瞋恚迷於滅諦迷道准知上來總別迷諦若約總迷而言欲界四諦有四十品上二界每諦除瞋合有七十二品則三界都有一百十二品煩惱隨眠若依別迷而言欲界四諦有三十四品（以集滅道三諦不起身邊二見故）上二界合有六十品則三界共有九十四品煩惱隨眠即經所謂八十八使見所斷者是也

〇三結

迷諦親疎麤相如是

補遺　上約分別惑說故云麤相

〇次依委細釋通修所斷二　初標後指前

委細說者貪瞋慢三見疑俱生隨應如彼

音義　此中俱生是相應義謂分別起貪瞋慢三見疑相應起者隨應如彼見道所斷見字指五見謂邪見二取并身邊二見疑相應者

補遺　委細說者四字下俱生章標文貪瞋至隨應如彼又復指前見道所斷之惑謂前分別者已如彼也下文俱生二見至故修所斷文字正是委細說者

〇次釋成修斷二　初五別迷苦諦

俱生二見及彼相應愛慢無明雖迷苦諦細難斷故修道方斷

合響　謂若俱生身邊二見（俱生二見謂一分任運所起身邊二見）及此二見相應愛慢無明此五雖迷苦諦細故難斷修道方斷不言瞋者以修道位中不與二見俱起故

〇次四通迷四諦

瞋餘愛等迷別事生不違諦觀故修所斷

合響 瑜伽云云何修道所斷諸漏謂欲界瞋恚三界三種貪慢無明由彼長時修習正道方能得斷是故應爲修道所斷文餘者對上與二見相應之愛等說謂此四惑但別迷事起與諦理觀智不相違故亦修所斷已上修道所斷俱生細惑欲界有六卽上所說二見愛慢無明及迷事瞋上二界除瞋三界合有十六品隨眠卽八十一品思惑

〇十隨境立名門三 初有事無事煩惱

雖諸煩惱皆有相分而所仗質或有或無名緣有事無事煩惱

音義 諸煩惱皆有相分者如初卷云自心内藴一切皆有而所仗質或有或無者如前云自心外藴或有或無謂諸煩惱若緣現有實境則所仗質或有名緣有事煩惱若緣獨影無質如過未及空華等境則所仗質或無名緣無事煩惱

〇次有漏無漏煩惱

彼親所緣雖皆有漏而所仗質亦通無漏名緣有漏無漏煩惱

音義 彼親所緣皆有漏者能變之心唯煩惱故而所仗質通無漏者緣苦集名緣有漏煩惱道滅屬無漏故

〇三事境名境煩惱

緣自地者相分似質名緣分別所起事境緣滅道諦及他地者相分與質不相似故名緣分別所起名境

音義緣自地境相質相似皆有體故名爲事境緣道滅諦與他地境曾未修證及見聞故目爲名境意顯但有名字而無質故境有二十文具顯揚此但有六

○十一結例餘門

餘門分別如理應思

○四諸隨煩惱 三 初結前問後

已說根本六煩惱相諸隨煩惱其相云何

○次舉本頌答

頌曰

隨煩惱謂忿　恨覆惱嫉慳　誑諂與害憍

無慚及無愧　掉舉與惛沉　不信并懈怠

放逸及失念　散亂不正知

○三末論釋成 二 初正釋頌文 三 初畧釋通名 二 初正釋名

論曰唯是煩惱分位差別等流性故名隨煩惱

合響 開蒙問名荅隨其煩惱分位差別等流性故名隨煩惱問分位差別者謂忿等十及失念不正知放逸此十三法 清涼云此十三法假染心所是貪等分位差別 是根本家差別分位問等流性者荅謂無慚無愧掉舉惛沉散亂不信懈怠此之七法雖別有體是根本家等流性故問此七法既別有體何名等流荅根本爲因此得生故名爲等流 文

補遺 分位差別指無自體者言等流性指有自體者言

○次分類別

此二十種類別有三謂忿等十各別起故名小隨煩惱無慚等二徧不善故名中隨煩惱

掉舉等八徧染心故名大隨煩惱

合響開蒙問此隨復有差別義否答其類有三謂大中小問誰爲小等答謂忿等前十名爲小隨無慚無愧二爲中隨掉等後八爲大隨問約何名小中大荅約其三義無者名小具一名中三義名大問三義者何答一自類俱起二徧染二性三徧諸染心問請總示法自類俱等答忿等十法各別起故自類不俱闕初義唯是不善闕第二義徧染二性染二性者不善有覆既闕有覆故知不徧一切染心闕第三義此之十法三義皆無名小問中隨者答無慚愧二自類俱起具初義既唯不善如小隨十亦闕後二前云具一名中隨也問大者答掉等八法自類俱起具初義通不善及有覆性具第二義既具二性通染二性便具第三徧諸染心既具三義名之爲大結成頌曰自類俱二性徧一切染心小無中有初大隨具三義文

補遺古疏云然忿等十自類相望各別而起非不共他中大隨惑俱行位局故名之爲小無慚愧二自類得俱行通忿等唯徧不善位局後八但得名中掉舉等八自得俱生但染皆徧得俱生故不可名小染皆徧故不得名中二義既殊故八名大

○次廣釋別相三初小隨十初釋忿

云何爲忿依對現前不饒益境憤發爲性能障不忿執仗爲業謂懷忿者多發暴惡身表業故此即瞋恚一分爲體離瞋無別忿相用故

音義先正釋體用謂懷下轉解身表業者即執持器仗與彼鬬諍不善業也瑜伽論曰若瞋恚纏能令面貌慘裂奮發說名爲忿若煩惱纏能令發起執持刀杖鬬訟違諍故名憤發瞋一分攝

○二釋恨

云何爲恨由忿爲先懷惡不捨結怨爲性能障不恨熱惱爲業謂結恨者不能含忍恒熱惱故此亦瞋恚一分爲體離瞋無別恨相用故

音義先正釋體用謂結下轉解謂結恨者不能容耐恒熱惱故亦瞋一分攝

○三釋覆二初釋體用

云何爲覆於自作罪恐失利譽隱藏爲性能障不覆悔惱爲業謂覆罪者後必悔惱不安隱故

音義爲於自所作罪恐失利養名譽瞞昧隱藏是爲覆體能障不覆悔惱爲業謂覆罪者後時必定追悔憂惱不安隱故

○次明分位二初師唯癡攝

有義此覆癡一分攝論唯說此癡一分故不懼當苦覆自罪故

音義初釋唯癡分攝何者論唯說覆癡一分故不懼當苦覆自罪者由迷闇故

○次師貪癡攝

有義此覆貪癡一分攝亦恐失利譽覆自罪故論據麤顯唯說癡分如說掉舉是貪分故然說掉舉徧諸染心不可執爲唯是貪分

音義次釋貪癡各一分攝何者恐失利養覆自罪者是貪義故論據下通論意謂論說

覆唯癡分者據麤顯說非委細言例如說掉是貪分攝亦據麤顯若委細言徧諸染心非但貪分此亦應爾

〇四釋惱

云何爲惱忿恨爲先追觸暴熱狠戾爲性能障不惱蛆螫爲業謂追往惡觸現違緣心便狠戾多發囂暴凶鄙麤言蛆螫他故此亦瞋恚一分爲體離瞋無別惱相用故

音義　先正釋體用忿恨爲先者謂忿觸不饒益境恨懐不捨而爲先導狠戾者謂凶狠乖戾謂追下轉解蛆螫者蟲行毒也凶鄙麤言傷害他人如蜂蝎之行毒故瞋一分攝

補遺　忿恨惱皆瞋爲體然忿緣現在恨緣過去惱追過去而解現在忿發身業恨專意業惱發口業是三種差別之相

〇五釋嫉

云何爲嫉殉自名利不耐他榮妒忌爲性能障不嫉憂慼爲業謂嫉妒者聞見他榮深懐憂慼不安隱故此亦瞋恚一分爲體離瞋無別嫉相用故

音義　先正釋體用殉者以身循物也謂嫉下轉解瞋一分攝

〇六釋慳

云何爲慳耽著財法不能惠捨秘悋爲性能障不慳鄙畜爲業謂慳悋者心多鄙澁畜積財法不能捨故此即貪愛一分爲體離貪無別慳相用故

音義　先正釋體用謂慳下轉解貪一分攝

〇七釋誑

云何爲誑爲獲利譽矯現有德詭詐爲性能障不誑邪命爲業謂矯誑者心懷異謀多現不實邪命事故此即貪癡一分爲體離二無別誑相用故

音義 先正釋體用謂矯下轉解邪命事不出五種一詐現奇特二自說功德三占相吉凶四高聲現儀五爲他說法此五爲利皆稱邪命此即下明分位貪癡一分爲體者爲獲利譽故昧於諦理矯有德故

○八釋諂

云何爲諂爲罔他故矯設異儀險曲爲性能障不諂教誨爲業謂諂曲者爲罔冒他曲順時宜矯設方便爲取他意或藏已失不任師友正教誨故此亦貪癡一分爲體離二無別諂相用故

音義 先正釋體用謂諂下轉解此亦下明分位貪癡分攝

○九釋害

云何爲害於諸有情心無悲愍損惱爲性能障不害逼惱爲業謂有害者逼惱他故此亦瞋恚一分爲體離瞋無別害相用故瞋害別相准善應說

音義 體用分位義並如文瞋害別相准善應說者瞋斷物命害損惱他瞋障大慈害障大悲瞋是全體害是少分瞋是自體害是他體是二別相

○十釋憍

云何爲憍於自盛事深生染著醉傲爲性能障不憍染依爲業謂憍醉者生長一切雜染法故此亦貪愛一分爲體離貪無別憍相應

故

音義於自盛事者瑜伽論說憍有七種一無病二少年三長壽四族姓五色力六富貴七多聞醉傲者於諸尊重及以福田心不謙敬貪一分爲體者染著盛事即貪義故

成唯識論音響補遺卷第六之三

音釋

哺薄故切音步 食在口也
矯吉了切驕上聲又詐也
恚胡貴切音惠怒恨也

成唯識論音響補遺卷第六之四

清武林蓮居紹覺大師音義

新伊大師合響

法嗣智素補遺

○次中隨二 初正釋二 初無慚

云何無慚不顧自法輕拒賢善爲性能障礙慚生長惡行爲業謂於自法無所顧者輕拒賢善不恥過惡障慚生長諸惡行故

音義 俱舍云不重賢善名爲無慚謂於諸功德及有德人無敬無崇無所忌難無所隨屬說名無慚對法釋曰功德謂戒定慧有德人者有戒定慧人無忌難者無畏懼也不隨屬者不作弟子禮也

○次無愧

云何無愧不顧世間崇重暴惡爲性能障礙愧生長惡行爲業謂於世間無所顧者崇重暴惡不恥過罪障愧生長諸惡行故

音義 翻前善愧義可思準

○次通簡三 初會通顯揚

不恥過惡是二通相故諸聖教假說爲體

○次正簡通別二 初斥外家執通爲別

若執不恥爲二別相則應此二體無差別由斯二法應不俱生非受想等有此義故若待自他立二別者應非實有便違聖教若許此二實而別起復違論說俱徧惡心

○次示別相皆徧染心

不善心時隨緣何境皆有輕拒善及崇重惡義故此二法俱徧惡心所緣不異無別起失

○三復會聖教

然諸聖教說不顧自他者自法名自世間名

他或即此中拒善崇惡於已益損名自他故而論説爲貪等分者是彼等流非即彼性

音義已上釋義竝翻善位慚愧中説

○三大隨八初掉舉二初釋體用

云何掉舉令心於境不寂靜爲性能障行捨奢摩他爲業

音義能障行捨等者行捨令心於境靜住此令心等於境不寂是故能障奢摩他此云止息妄體真心不易解即是止義此令心等不寂靜故息妄義無故亦障之

○次明等流三初師貪分攝

有義掉舉貪一分攝論唯説此是貪分故此由憶昔樂事生故

音義初釋掉舉唯貪分位無別有體何者以論説爲貪分攝故追憶往昔所貪樂事得有此故

○次師等分攝

有義掉舉非唯貪攝論説掉舉徧染心故又掉舉相謂不寂靜説是煩惱共相攝故掉舉離此無別相故雖依一切煩惱假立而貪位增説爲貪分

音義先斥前解非唯貪攝以論説此徧染心故謂彼論説掉徧染心若執唯貪則不徧瞋癡等寧不違論又掉下次申已釋是共相攝意謂掉舉以不寂靜爲體不寂靜者是諸煩惱共相以諸煩惱皆有不寂靜義故掉舉離此不寂靜無別相故故知掉舉是諸煩惱共相攝耳雖依下次通妨難云既共相攝論何説此而爲貪分釋意可知

○三師等流性五初正立有性

有義掉舉別有自性徧諸染心如不信等

音義量云掉舉是有法別有自性宗因云徧染心故如不信等

○二斥初師非

非説他分體便非實勿不信等亦假有故

音義由初解云論説貪分故無別體此斥云非説他分等

○三釋世俗妨

而論説爲世俗有者如睡眠等隨他相説

音義妨云論説掉舉是世俗有今言有性豈符彼論釋云論説世俗有者是隨他貪相説例如睡眠雖實有體隨他無明相説而論亦言世俗有故此亦應爾故不相違

○四正立別相

掉舉別相謂卽囂動令俱生法不寂靜故

音義謂囂浮躁動是掉舉相由囂動故能令俱生心等法不寂靜故稱掉舉

○五斥次師非

若離煩惱無別此相不應別説障奢摩他故不寂靜非此別相

音義斥意云旣別障止必有別相不應以共而爲此別

○二惛沉 二 初釋體用

云何惛沉令心於境無堪任爲性能障輕安毘鉢舍那爲業

音義令心於境無堪任者謂若惛沉現在前時心無所堪不能明了色等境故能障輕安等者輕安令心遠離麤重有勝堪能此則反是故能障之毘鉢舍那此云觀於諸境相明了緣生卽是觀義此令心等無堪

任故明了義無

○次明等流三 初師癡分攝

有義惛沉癡一分攝論唯說此是癡分故惛昧沉重是癡相故

○次師等分攝

有義惛沉非但癡攝謂無堪任是惛沉相一切煩惱皆無堪任離此無別惛沉相故雖依一切煩惱假立而癡相增但說癡分

音義 初句斥前非但癡攝謂無下次申巳釋是共相攝雖依下次通妨

○三師等流性五 初正立有性

有義惛沉別有自性雖名癡分而是等流如不信等非卽癡攝

音義 雖名癡分而是等流者謂論雖云是癡分攝然是癡之等流非彼分位故別有體比量可知

○二通世俗妨

隨他相說名世俗有如睡眠等是實有性

音義 而論說爲世俗有者如睡眠等隨他相說 他相即癡

○三正立別相

惛沉別相謂卽懵重令俱生法無堪任故

音義 懵目不明也由懵重不明故令俱生心等法無堪任故名惛沉

○四斥次師非

若離煩惱無別惛沉相不應別說障毗鉢舍那故無堪任非此別相

音義 斥云旣別障觀必有別體不應以共而爲此別

○五與癡辯異

此與癡相有差別者謂癡於境迷闇爲相正障無癡而非懵重惛沉於境懵重爲相正障輕安而非迷闇

音義　癡相迷闇正障無癡惛沉懵重正障輕安是二別相

○三不信二　初釋體用

云何不信於實德能不忍樂欲心穢爲性能障淨信墮依爲業謂不信者多懈怠故

○次明等流三　初翻信顯相

不信三相翻信應知

音義　不信三相翻信應知者謂於實事理中不深忍真淨德中不深樂世出世善不希望

○次正立別相

然諸染法各有別相唯此不信自相渾濁復能渾濁餘心心所如極穢物自穢穢他是故說此心穢爲性

○三簡不忍等

由不信故於實德能不忍樂欲非別有性若於餘事邪忍樂欲是此因果非此自性

音義　謂由心穢故於實等不忍樂欲非謂不忍樂欲別有自性此簡不忍樂欲非不信體也若於餘事邪忍樂欲是此因果非此自性此簡邪欲勝解非不信體

○四懈怠二　初正明

云何懈怠於善惡品修斷事中懶惰爲性能障精進增染爲業謂懈怠者增長染故

音義　謂善法不勤修惡法不勤斷是懈怠性能障善品精進增長染法是爲業用

○次簡異

於諸染事而策勤者亦名懈怠退善法故於無記事而策勤者於諸善品無進退故是欲勝解非別有性如於無記忍可樂欲非淨非染無信不信

音義 無記事有四種謂威儀路工巧處變化及異熟謂於此等無記事中策錄勤行是欲勝解所攝無別有性如於無記忍可樂欲是欲勝解非淨故無信非染故無不信此亦例爾

○五放逸二 初釋體用

云何放逸於染淨品不能防修縱蕩爲性障不放逸增惡損善所依爲業

音義 染品不能防淨品不能修肆縱流蕩是放逸性障不放逸增長惡行損減善法所依爲用

○次明分位三 初正立

謂由懈怠及貪瞋癡不能防修染淨品法總名放逸非別有體

音義 謂放逸依四法立無別有體

○次釋妨

雖慢疑等亦有此能而方彼四勢用微劣障三善根徧策法故

音義 妨云慢疑等法皆不防修何不依彼而立放逸

○三指同不放逸

推究此相如不放逸

音義 翻前善品不放逸中豈不防修是此相用等文

○六失念二 初釋體用

云何失念於諸所緣不能明記爲性能障正

念散亂所依爲業謂失念者心散亂故
○次明分位
有義失念念一分攝說是煩惱相應念故有義失念癡一分攝瑜伽說此是癡分故癡令念失故名失念有義失念俱一分攝由前二文影略說故論復說此徧染心故
音義明分位中釋有三師初解念攝次解癡攝後解念癡俱一分攝由前下出二俱所以論復說此徧染心故者若唯念一分爲體者則不徧諸染心非一切煩惱皆緣曾習境故若唯癡一分爲體者是癡不徧癡又與癡俱煩惱亦不徧故須具二分方乃徧諸染心
○七散亂二　初釋體用
云何散亂於諸所緣令心流蕩爲性能障正定惡慧所依爲業謂散亂者發惡慧故
○次明分位三　初師癡分攝
有義散亂癡一分攝瑜伽說此癡一分故
○次師等分攝
有義散亂貪瞋癡攝集論等說是三分故說癡分者徧染心故謂貪瞋癡令心流蕩勝餘法故說爲散亂
音義先立義明貪等三俱一分攝說癡下通妨謂貪下釋成
○三師等流性四　初正立有體
有義散亂別有自體說三分者是彼等流如無慚等非卽彼攝隨他相說名世俗有
○二正立別相
散亂別相謂卽躁擾令俱生法皆流蕩故
音義躁擾謂不寧靜卽散亂體能令俱生心

等法皆流蕩故稱散亂

○三斥前師非

若離彼三無別自體不應別說障三摩地

音義三摩地謂正定既別障定非三共相

○四對掉舉簡二初約作用簡二初問

掉舉散亂二用何別

音義問者意謂掉以囂動爲相散以躁擾爲

相其二作用復有何別

○次答

彼令易解此令易緣雖一剎那解緣無易而

於相續有易義故

音義易解者易其能知之心易緣者更其所

緣之境謂掉令心念念轉易散令所緣剎

那不專是謂此二別用問一剎那心當生

卽滅無容從此轉至餘方寧有易解易緣

之義耶釋意可思

○次約偏染簡二初問

染汚心時由掉亂力常令念念易解易緣

音義問意云染汚心時由此二力令解緣易

是則染心常應念念易緣方顯此二徧諸

染心或有染心不易之時此應不徧

○次答

或由念等力所制伏如繫猨猴有暫時住故

掉與亂俱徧染心

音義答意云染心起時由此二故理實常應

念念易解易緣或由念等力伏有暫住義

故俱徧染念等者等於定也

○八不正知二初釋體用

云何不正知於所觀境謬解爲性能障正知

毀犯爲業謂不正知者多所毀犯故

○次明分位

有義不正知慧一分攝説是煩惱相應慧故有義不正知癡一分攝瑜伽説此是癡分故今知不正名不正知有義不正知俱一分攝由前二分影畧説故論復説此偏染心故

音義 釋有三師初唯慧攝次唯癡攝後解俱攝前影略故偏染心故

○三釋與并及言 三 初顯隨煩惱非唯二十

與并及言顯隨煩惱非唯二十雜事等説貪等多種隨煩惱故隨煩惱名亦攝煩惱是前煩惱等流性故煩惱同類餘染汚法但名隨煩惱非煩惱攝故

音義 雜事等説者瑜伽第五十八卷云云何名隨煩惱略由四相差別建立一通一切不善心起二通一切染汚心起三於各別不善心起四善不善無記心起非一切處非一切時謂無慚無愧名通一切不善心起隨煩惱放逸掉舉惛沉不信懈怠邪欲邪勝解邪念散亂不正知此十隨煩惱通一切染汚心起忿恨覆惱嫉慳誑諂憍害此十隨煩惱各別不善心起若一生時必無第二尋伺惡作睡眠此四隨煩惱通善不善無記心起非一切處非一切時若有極久尋求伺察便令身疲念失心亦勞損是故尋伺名隨煩惱若雜事中世尊所説諸隨煩惱廣説乃至愁嘆憂苦隨煩惱等及攝事分廣所分別如是一切諸隨煩惱皆是此中四相差別隨其所應相攝應知文 此卽多種隨煩惱也隨煩惱名亦攝煩

惱以隨煩惱是前根本等流性故故等流名通分位名局煩惱同類餘染汙法但可名隨不名根本以餘染法非前根本攝故有多種故攝根本故攝餘染故非唯二十華嚴鈔第十三卷之四引雜集論云隨煩惱者謂所有諸煩惱皆是隨煩惱有隨煩惱非是煩惱釋曰非煩惱者所謂忿等但隨大惑名隨煩惱而非根本名非煩惱而貪瞋癡名隨煩惱者心法由此隨煩惱故隨煩於心令不離染令不解脫令不斷障故名隨煩惱如世尊說汝等長夜爲貪瞋癡隨所惱亂心恒染汙釋曰論意云一切煩惱根本隨惑隨逐衆生令心心所隨順染汙故皆名隨是以疏云隨他生故他卽衆生由惑隨生故生惑隨正是經意謂諸行人心隨貪等文是諸煩惱名局隨煩惱名通故非唯二十也

○次簡頌所說唯有二十

唯說二十隨煩惱者謂非煩惱唯染麤故

音義 非煩惱者簡去隨煩惱中根本煩惱卽貪等唯染簡去通三性隨煩惱卽尋伺等唯麤簡去通細隨煩惱卽愁嘆等頌中唯取染麤之隨煩惱故唯二十

○三結示餘染皆此所攝

此餘染法或此分位或此等流皆此所攝隨其類別如理應知

合響 謂此二十隨煩惱之餘染法或是此分位或是此等流皆此隨煩惱所攝其餘染法中或分位性或等流性應隨其類之差別以理準知

○次諸門分別二十初假實門

如是二十隨煩惱中小十大三定是假有無慚無愧不信懈怠定是實有教理成故掉舉惛沉散亂三種有義是假有義是實所引理教如前應知

音義忿等小十及大隨中放逸失念不正知定是假有唯瞋貪等分位立故無慚無愧不信懈怠此四定實前引教理已極成故掉等三種有義是假有義是實如前應知

○二俱生分別門

二十皆通俱生分別隨二煩惱勢力起故

音義隨二謂俱生分別

○三自類相應門三初小隨

此二十中小十展轉定不俱起互相違故行相麤猛各為主故

音義謂二十之中小十自類定不俱起以各為主相麤猛故

○次中隨

中二一切不善心俱隨應皆得小大俱起

音義無慚無愧唯於一切不善心俱與小大隨皆得俱起不徧有覆故言隨應以大八一分通不善性者中二與之俱起故

○三大隨二初正釋

論說大八徧諸染心展轉小中皆容俱起

音義不信等八若不善心俱小七中二若不善有覆二性俱誑諂憍小三皆容俱起論說八大徧染心故

○次通妨

有處說六徧染心者惛掉增時不俱起故有處但說五徧染者以惛掉等違唯善故

音義瑜伽論説六徧染者彼論意云惛掉增盛時互不容俱故於八中除惛掉二也集論但説五徧染者彼論意云惛掉等五解通二性違唯善法故於八中除失念散亂不正知也

補遺失念不正知二法若癡一分攝者徧染心念慧一分攝者不徧染心散亂一法雖通不善及有覆無記然有時被制伏故所以亦説不徧也

〇四諸識相應門

此唯染故非第八俱第七識中唯有大八取捨差別如上應知第六識俱容有一切小十粗猛五識中無中大相通五識容有

音義藏識無覆故全無末那唯有大八第六全具五識唯大中

補遺取捨差別如上應知者如上説五徧六徧不同

〇五諸受相應門二　初依實義釋

由斯中大五受相應有義小十除三忿等唯喜憂捨三受相應諂誑憍三四俱除苦有義忿等四俱除樂諂誑憍三五受俱起意有苦受前已説故此受俱相如煩惱説實義如是

音義由斯者承上第六前五中大俱義顯此二隨五受容俱小十俱受有二解初解謂忿等七唯喜憂捨三受相應諂誑憍三四俱除苦次解謂忿等七四俱除樂諂誑憍三五受俱起此受俱下舉前例釋由前云貪瞋癡三俱生分別一切容與五受相應此忿等七即前瞋等分位故亦應與苦俱是知二十多通五受據文云中大五受相應諂誑憍五受俱起

忿等七四俱除苦是則二十中十三煩惱五受相應故註云多通者多分通五受也故復例前以顯初家釋義猶未盡也

○次隨麤相釋

若隨麤相忿恨惱嫉害憂捨俱覆慳喜捨餘三增樂中大隨麤亦如實義

音義 謂忿等五小憂捨二受俱覆慳二小喜捨二受俱諂誑憍三樂喜捨俱中大俱受如前實義得與五受相應

○六別境相應門

如是二十與別境五皆容俱起不相違故染念染慧雖非念慧俱而癡分者亦得相應故念亦緣現曾習類境忿亦得緣刹那過去故忿與念亦得相應染定起時心亦躁擾故亂與定相應無失

音義 先總明二十與別境五皆容俱起忿等欲等不相違故染念下從難別釋染念謂失念染慧謂不正知且有問曰忿等二十既皆容與別境五俱然二十中有失念不正知此二亦念慧一分攝豈有念慧復與念慧俱耶釋曰此二癡分攝者得與念慧俱故復有問曰念緣曾習忿緣現前寧得亦俱故釋曰念亦緣現等類境者謂有現境類似曾習境故復又問曰定亂相違何容俱起故釋云染定等云云

○七根本相應門

中二大八十煩惱俱小十定非見疑俱起此相麤動彼審細故忿等五法容慢癡俱非貪恚竝是瞋分故慳癡慢俱非貪瞋竝是貪分故憍唯癡俱與慢解別是貪分故覆誑與諂貪癡慢俱行相無違貪癡分故

音義中二大八十煩惱俱小十定非見疑俱起此十麤動彼見疑二種審且細故忿恨惱嫉害此五容慢癡俱是瞋分故所蔑所憎境可同故癡徧染故非貪恚竝者愛憎二境必不同故瞋更不與瞋俱起故慳與癡慢容俱起者是貪分故癡徧染故所染所恃境可同故非貪瞋竝者貪非貪俱愛憎境別故憍唯癡俱非貪恚慢是貪分故非貪瞋竝與慢解別故不與慢俱言解別者謂憍於自盛事染著醉傲爲性慢恃已於他高舉爲性是知憍唯在自慢對他說故云解別覆誑諂三貪癡慢俱是貪癡分故意謂此三貪分攝者不與癡違癡分攝者不與貪慢違耳

○八三性相攝門

小七中二唯不善攝小三大八亦通無記

音義忿等七小及中隨二唯不善性諂誑憍三與八大隨解通二性（諂誑憍若與中二俱名爲惡若未至於不餡自他猶名有覆無記大八若與十不善中隨一俱起則名爲惡若與其餘任運煩惱相應亦但名有覆無記也）

○九界攝現緣門三初三界繫屬

小七中二唯欲界攝誑諂欲色餘通三界

音義小七中二唯欲界有諂誑通欲界色界初禪憍及大八竝通三界

○次三界現起

身在下地容起上十一耽定於他起憍誑諂故若生上地起下後十邪見愛俱容起彼故

小十生上無由起下非正潤生及謗滅故

音義先明下起上惑有十一種謂諂誑憍及大八隨耽定於他起憍誑諂者如生喜樂

地等異生得初靜慮等自謂淨妙深生耽著故於上地有情而起憍等此卽下地起上小三大八徧染義可知若生下次明上起下惑後十謂中大隨也邪見俱者謂生第四定中有身謗解脫者容與後十而俱起故愛俱者身在上地將生下時起下潤生俱生愛者容與後八相應起故小十生上無由起下者此非正潤生及正謗滅故正潤謂俱生愛謗滅謂邪見

○三三界相緣

中二大八下亦緣上上緣貪等相應起故有義小十下不緣上行相麤近不遠取故有義嫉等亦得緣上於勝地法生嫉等故大八諂誑上亦緣下下緣慢等相應起故梵於釋子起諂誑故憍不緣下非所恃故

音義　先明中大下惑緣上上緣貪者如前云求上地生味上定者卽上緣貪大八徧染容與此貪相應起故言等者等於瞋等前云旣說瞋恚憎嫉滅道亦應憎嫉離欲地者卽上緣瞋中大二隨容與此瞋相應起故小十二解一云下不緣上一云嫉等亦得緣上於上地法生憎嫉故大八下次明上地緣下謂大八及諂誑生在上者得緣下地下緣慢等相應起者如前云說生上者於下有情恃已勝德而陵彼者得與大八相應起故梵於釋子起諂誑者成實論云經說梵王捉一比丘手牽令出衆謂言比丘我亦不知四大何處無餘盡滅卽是梵王以諂曲心誑釋子也憍不緣下者彼下地法非上地有情所恃自盛事故

○十學等相攝門

二十皆非學無學攝此但是染彼唯淨故

音義皆非學無學攝者意顯唯通非二位故此但下釋意可知

○十一三斷相攝門二　初判後十

後十唯通見修所斷與二煩惱相應起故見所斷者隨迷諦相或總或別煩惱俱生故隨所應皆通四部迷諦親疎等皆如煩惱説

音義先明後十謂中大二隨唯通見修二斷非非所斷見所斷下釋通見斷後十迷諦親疎總別之義謂見所斷後十若與總迷四諦煩惱相應起者則總迷四諦與别迷四諦煩惱或親或疎相應起者則别親疎迷於四諦故曰隨應如煩惱説四部者四諦部分也

○次判前十

前十有義唯修所斷緣麤事境任運生故有義亦通見修所斷依二煩惱勢力起故緣他見等生忿等故見所斷者隨所應緣總别惑力皆通四部此中有義忿等但緣迷諦惑生非親迷諦行相麤淺不深取故有義嫉等亦親迷諦於滅道等生嫉等故

音義次明小十有二解一云唯修所斷一云通見修斷依二煩惱勢力起者釋通二斷緣他見等生忿等者釋通見斷見所斷下謂見斷前十隨所應緣貪瞋癡慢總别惑説故皆通四諦部分釋總别迷諦義如後十隨煩惱説此中下釋迷諦親疎有二解一云唯疎一云嫉等亦親

○十二隨境立名門

然忿等十但緣有事要託本質方得生故緣有漏等准上應知

音義謂忿等十但名緣有事定有本質方得起故若緣有漏無漏事境名境隨其所應如煩惱說

成唯識論音響補遺卷第六之四

音釋

惛呼昆切音婚心不明也　耽都含切音丹耳大而垂也

成唯識論音響補遺卷第七之一

清武林蓮居紹覺大師音義

新伊大師合響

法嗣智素補遺

○五不定心所三 初結前問後

已説二十隨煩惱相不定有四其相云何

○次舉本頌答

頌曰

不定謂悔眠　尋伺二各二

○三末論釋成二 初正釋頌文二 初釋不定通名

論曰悔眠尋伺於善染等皆不定故非如觸等定徧心故非如欲等定徧地故立不定名

音義 此四通名不定者謂信等唯善貪等忿等唯染此於善染二皆不定觸等徧心欲等徧地此於心地二皆不定是故立不定名

補遺 不定二字標位總名下列四種心所一悔二眠三尋四伺二各二釋不定義此中有二意一釋名謂悔眠爲一尋伺爲一是爲二又悔與眠是二尋與伺是二是前二中復分爲二二釋義謂悔與眠各具善染二義是二各二尋伺亦然

○次釋悔等別名二 初悔眠二 初別釋行相二 初惡作

悔謂惡作惡所作業追悔爲性障止爲業此即於果假立因名先惡所作業後方追悔故悔先不作亦惡作攝如追悔言我先不作如是事業是我惡作

音義 怪巳昔作爲非後乃追悔是惡作體能

障奢摩他而爲業用以惡作者掉必俱故瑜伽論五蓋文中云掉舉惡作總爲一蓋此即於果假立因名者謂惡作是因名追悔即果稱於追悔位名爲惡作即是於果假立因名何者先惡所作業後方追悔故此名已作名惡作也悔先下明先不作亦惡作攝應作不作瑜伽論云或未曾作心生追悔云何我昔應作不作是我惡其所作故此通三性者五蘊論曰此有二位謂善不善於二位中復各有二若善位中先不作善後起悔心彼因是善悔亦是善若先作惡後起悔心彼因不善悔即是善若不善位先不作惡後起悔心彼因不善悔亦不善若先作善後起悔心彼因是善悔是不善無記可知故通三性

合響開蒙問頌單言悔長行屬云悔謂惡作莫悔與惡作是一法耶答惡作是因悔是其體以體即因故論屬云悔謂惡作也問體之與因是別之理答惡作是因悔體是果問何以故知答先惡所作業後方追悔故此是別理也問恁麼則因果既別何敢即之答謂百法門下列云惡作今頌云悔論屬意云此頌悔者即是百法門下惡作非謂即之令成一法也文

○次睡眠

眠謂睡眠令身不自在昧略爲性障觀爲業謂睡眠位身不自在心極闇劣一門轉故昧簡在定略别寤時令顯睡眠非無體用有無心位假立此名如餘蓋纏心相應故

音義能令身不自在心極闇昧略緣境界爲性障觀爲業謂睡下轉解心極闇劣一門

轉者闇劣釋眛一門釋略謂意識緣境通乎內外今此位中唯向內門略外門故眛簡下明有體用定位惺惺寤時周悉今言眛略簡別二時即以眛略顯此睡眠非無體用有無心位假立此名者謂五無心位中極重睡眠雖無此體而由此似此故假說此名如餘蓋纏下例明有體蓋即五蓋謂貪欲等纏即八纏十纏謂無慚等並具瑜伽論第八卷量云睡眠有法眛略爲性非無體用宗因云心相應故如餘蓋纏

合響　義天鈔云眛簡在定者此睡眠位雖然專注一類微細之境與定不同定意識取境明了此乃闇眛略別寤時者彼覺寤時心極明利具能緣六塵之境則寤時心心所緣境寬廣此睡眠心心所不明利故唯緣一法塵境取境少故名爲略也華嚴鈔十七之一釋曰謂睡眠位下釋上不自在言謂令身不自在坐亦睡眠他搖動時亦不覺故令心極闇眛輕略爲性不能明利詳審故也意識亦行即是論中一門轉故顯五識不行定心一境略而不眛故云眛揀在定寤廣緣境不得稱略故云略別寤時故眠有二顯有別體心依於心而五無心一熟眠者假立爲眠非實眠也眠必與心而相應故如餘蓋等文

○次通簡體性四　初師唯癡分攝

有義此二唯癡爲體說隨煩惱及癡分故

○二師癡無癡攝

有義不然亦通善故應說此二染癡爲體淨即無癡論依染分說隨煩惱及癡分攝

音義 先斥前解不應唯染通善性故應說下次申已釋謂染二以癡爲體淨二以無癡爲體論依下次通論意

○三師思慧想攝

有義此說亦不應理無記非癡無癡性故應說惡作思慧爲體明了思擇所作業故睡眠合用思想爲體思想種種夢境相故論俱說爲世俗有故彼染污者是癡等流如不信等說爲癡分

音義 先斥前解此通無記不唯善染以無記睡眠非癡無癡二所攝故應說下次申已釋悔思慧攝眠思想攝論俱說爲世俗有故彼染下次通論意

○四師各别有體

有義彼說理亦不然非思慧想纏彼性故應說此二各别有體與餘心所行相别故隨癡相說名世俗有

音義 先斥前解非思慧思想爲體纏即彼性故纏義云何雜集論云數數增盛纏繞身心名曰纏故應說下正申有體即悔眠二纏與餘五位行相别故隨癡下次通論意隨他相說名世俗有非無别體

○次尋伺二 初釋體用

尋謂尋求令心怱遽於意言境麤轉爲性伺謂伺察令心怱遽於意言境細轉爲性此二俱以安不安住身心分位所依爲業

音義 尋能令心怱務急遽於意言境麤轉爲性伺則於意言境細轉爲性意言境者此二唯意識俱意識取境多依名言故言麤細轉者准五蘊論釋云尋云麤者謂尋求

瓶衣車乘等之麤相故伺云細者謂於瓶衣等分別細相成不成等差別義故此一俱以安不安住等爲業者古疏釋云身心若安尋伺二種徐緩爲業身心不安怱遽爲業又云或思名安徐而細故思量性故慧名不安急而麤故簡擇性故身心前後有安不安皆依尋伺故名所依爲業

○次明分位

並用思慧一分爲體於意言境不深推度及深推度義類別故若離思慧尋伺二種體類差別不可得故

音義 於意言境不深推度等義類別者瑜伽論曰謂不深推度所緣思爲體性若深推度所緣慧爲體性故知並用思慧爲體

合響 開蒙問尋伺二爲假爲實答並用思慧一分爲體問爭知並用答若令心安即是思分令心不安即是慧分問何理如此答思者徐而細故慧者急而麤故問若如是者令安則用思無慧不安則用慧無思何云並用答通照大師釋有兼有正若正用思急慧隨思能令心安若正用慧徐思隨慧亦令不安若如是說不違並用文

○三釋二各二言二 初標

二各二者

○次釋三 初師尋伺各二

有義尋伺各有染淨二類差別

音義 謂尋伺是二各有染淨二類差別各二

各二

○次師二種各二

有義此釋不應正理悔眠亦有染淨二故應

說如前諸染心所有是煩惱隨煩惱性此二各有不善無記或復各有纏及隨眠

音義 先斥前非不唯尋伺各有染淨悔眠亦有染淨二故應說下次申已釋應說如前染位心所有根隨二性此根隨二各有不善及有覆無記二類或復各有纏及隨眠纏謂現行眠謂種子此亦應爾尋伺是一悔眠是一此二各有染淨或復各有現行種子名二各二

○三師顯不定義

有義彼說亦不應理不定四後有此言故應言二者顯二種二一謂悔眠二謂尋伺此二二種種類各別故一二言顯二二種此各有二謂染不染非如善染各唯一故或唯簡染故說此言有亦說爲隨煩惱故爲顯不定義說二各二言故置此言深爲有用

音義 先斥前不唯一二不定四後有此言故若唯一二則各二言不能徧及此四種故應言下次申正先釋二字之義應言頌中二者顯二種二悔眠一種二也尋伺一種二也此二二種種類別者謂悔與眠別尋與伺別故一二下結示此各下釋各二之義謂此二種二各有二類謂染不染不同信等唯是善故非如貪等唯是染故或唯簡隨煩惱之染故說各二言以瑜伽亦說此四爲隨煩惱故爲顯下結示謂頌中爲顯此四於三性不定故說二各二也

○次諸門分別三十 初假實門

四中尋伺定是假有思慧合成聖所說故悔眠有義亦是假有瑜伽說爲世俗有故有義

此二是實物有唯後二種說假有故世俗有言隨他相說非顯前二定是假有又如內種體雖是實而論亦說世俗有故

音義 四中尋伺定假悔眠二說一云亦假一云是實後義爲正世俗下通論意又如下次俱明竝如文量云悔眠是實物有世俗有言隨他相說故喻如內種

○二自類相應門

四中尋伺定不相應體類是同麤細異故依於尋伺有染離染立三地別不依彼種現起有無故無雜亂俱與前二容互相應前二亦有互相應義

音義 先以尋伺相對謂四中尋伺二法定不相應麤細異故謂有難云尋伺既不俱起若在欲界及與初靜慮除靜慮中間唯有伺起尋不現時豈不濫同靜慮中間無尋唯伺地耶釋曰依於尋伺有染不染立三地別謂若尋伺俱未離染名有尋有伺地若尋離染伺未離染名無尋唯伺地若尋與伺二俱離染名無尋無伺地不依彼種現起有無故無濫同雜亂之失俱與下次以尋伺對悔眠謂悔時眠時得有尋伺前二下次以悔眠相對謂正睡眠中亦得有悔故皆相應

○三諸識相應門二初簡不與七八俱

四皆不與第七八俱義如前說

音義 義如前說者即前釋第八文中簡云惡作等四無記性者有間斷故定非異熟釋第七文中簡云惡作追悔先所造業等云云

○次明唯與第六俱二初悔眠

悔眠唯與第六識俱非五法故

音義悔眠唯與第六識俱以悔眠非是前五相應法故謂前五任運緣現在境不與悔相應眠時五識不行不與眠相應

○次尋伺二　初師亦五識俱

有義尋伺亦五識俱論說五識有尋伺故又說尋伺即七分別謂有相等雜集復言任運分別謂五識故

音義此明尋伺二法亦通前五以論說五有尋伺故七分別者謂有相分別無相分別任運分別尋求分別伺察分別染污分別不染污分別義如瑜伽初卷中釋雜集復言任運分別謂五識故者此師意明瑜伽既云尋伺即七分別七中任運即雜集所謂任運故知尋伺亦五識俱

合響華嚴鈔十七之一云任運分別者謂五識身如所緣相無異分別於自境界任運轉故有相分別者謂自性隨念二種分別取過現境種種相故無相分別者謂希求未來境行分別所餘分別皆用計度分別以爲自性所以者何以思度故或時尋求或時伺察或時染污或時不染污種種分別故瑜伽云尋求分別者謂於諸法觀察尋求所起分別伺察分別者謂於已所尋求已所觀察伺察安立起分別故染污分別者謂於過去顧戀俱行於未來希求俱行於現在執著俱行所有分別若欲分別若恚分別若害分別或隨與一煩惱隨煩惱相應所起分別不染污分別者若善無記謂出離分別無恚分別不害分別或隨

與一信等善法相應或威儀路工巧處諸變化所有分別（文）

○次師唯意識俱（四）初引論釋成

有義尋伺唯意識俱論說尋求伺察等法皆是意識不共法故又說尋伺憂喜相應曾不說與苦樂俱故

（音義）謂尋伺二唯意識俱論說尋等皆是意識不共餘識法故又言憂喜受俱非苦樂故若五識中有尋伺者彼論應言苦樂俱故

○二釋通妨難

捨受徧故可不待說何緣不說與苦樂俱雖初靜慮有意地樂而不離喜總說喜名雖純苦處有意地苦而似憂故總說爲憂

（音義）先有難云尋伺亦有苦樂受俱但彼論文略而不說例如捨受定有亦不言故釋曰捨受徧故可不待說苦樂非徧何緣不說復有難言五識有苦樂尋伺唯憂喜由斯尋伺非五識俱然前云於初靜慮有意地樂純受苦處有意地苦（此中引苦樂二受以證尋伺不與五識相應）此二處中既有苦樂豈無有尋伺俱耶釋曰雖初靜慮有意地樂不離喜故總名爲喜純苦處中有意地苦似餘憂故總說爲憂是故此二不違意識

○三復明非五

又說尋伺以名身等義爲所緣非五識身以名身等義爲境故

（音義）謂瑜伽說尋伺所緣（此以所緣之境證尋伺不與五識相應）唯是名句文身所詮之義（名句文身爲所緣是比量境五識是現量境）緣名等義唯第六識非五識身

故知尋伺唯意識俱

○四通前引論

然説五識有尋伺者顯多由彼起非説彼相應雜集所言任運分別謂五識者彼與瑜伽所説分別義各有異彼説任運即是五識瑜伽説此是五識俱分別意識相應尋伺故彼所引為證不成由此五識定無尋伺

音義　初通瑜伽先牒顯多下出意彼論意顯尋伺起時多分由彼率爾五識而起故説五識有尋伺非説與彼五識相應作如是説雜集下雙通二論先牒彼與下次通謂彼雜集所言與瑜伽異異義云何彼雜集言任運分別即是五識以五識身亦有自性分別義故瑜伽所説七種分別是五識俱意識相應尋伺以尋伺具有七分別故故彼下結斥

○四諸受相應門

有義惡作憂捨相應唯感行轉通無記故睡眠憂喜捨受俱起行通歡慼中容轉故尋伺憂喜捨樂相應初靜慮中意樂俱故有義此四亦苦受俱純苦趣中意苦俱故

音義　先初解惡作憂俱慼行轉故亦與捨俱通無記故睡眠憂喜捨三受俱以行相通歡通慼及中容故尋伺四俱除苦云何樂俱初靜慮中意有樂故有義下次次解以純苦趣中意地有苦故於四中各加苦受

○五別境相應門

四皆容與五別境俱行相所緣不相違故

音義　此四彼五皆容互俱以欲等悔等行相所緣不相違故

○六信等相應門

悔眠但與十善容俱此唯在欲無輕安故尋伺容與十一善俱初靜慮中輕安俱故

音義謂悔眠二但與信等十善容俱善性攝者有信等故除輕安者悔眠二種唯在欲界欲界無有輕安法故尋伺二種容十一俱初禪尋伺輕安俱故

○七煩惱相應門

悔但容與無明相應此行相麤貪等細故睡眠尋伺十煩惱俱此彼展轉不相違故

音義悔但癡俱先作後悔由無智故不與餘九俱者悔行相麤貪等細故眠與尋伺三法十煩惱俱此三彼十不相違故

○八隨惑相應門

悔與中大隨惑容俱非忿等十各為主故睡眠尋伺二十容俱眠等位中皆起彼故

音義悔與中大容俱者以不善攝者容與二隨相應起故非忿等十俱者以忿等各別為主不與餘相應故睡眠尋伺三法二十容俱以眠等三法中染性攝者容起彼二十故

○九三性相攝門二初總明通三性

此四皆通善等三性於無記業亦追悔故

音義恐有問曰三通無記其義易知云何悔亦通無記耶釋曰亦有追悔無記業故

○次別明通善等二初通善性

有義初二唯生得善行相麤鄙及昧略故後二亦通加行善攝聞所成等有尋伺故有義初二亦加行善聞思位中有悔眠故

音義釋有二師初解謂悔眠二種唯生得善

攝非加行善以悔麤鄙眠昧略故加行細審及明了故尋伺二種通生得善亦通加行善攝何者於聞思修所成善法得有尋伺俱故次釋謂悔眠亦通加行以聞思位中容有善悔及眠息故雜集釋此二善義云何等生得善謂即彼諸善法由先串習故感得如是報由此自性即於是處不由思惟任運樂住何等加行善謂依止親近善丈夫故聽聞正法如理作意修習淨善故

○次通無記二　初二無記

後三皆通染淨無記惡作非染解麤猛故

音義　染謂有覆淨謂無覆此二性者後三皆通惡作一種唯通無覆非染無記何者此行相麤彼細審故

○次四無記

四無記中悔唯中二行相麤猛非定果故眠除第四非定引生異熟生心亦得眠故尋伺除初彼解微劣不能尋察名等義故

音義　四無記者孤山機要云無記有四種一異熟謂三界五道果報五蘊等二威儀謂行住坐臥等三工巧謂彩畫雕鏤等四變化謂改易形質無而欻有等悔於四無記中唯通威儀路及工巧處二無記也行相麤猛非定果者簡非異熟變化二無記此非定引故除後變化非業感故除初異熟睡眠通三唯除第四何除第四非定引生故云何有初異熟生無記心亦得眠故尋伺通三唯除初一云何除初彼異熟心行相微劣不能尋察名等義故

○十界繫現緣門 三 初三界繫屬

惡作睡眠唯欲界有尋伺在欲及初靜慮餘界地法皆玅靜故

音義 餘界地法皆玅靜故者謂二禪已上七地所有身心皆玅寂靜尋伺麤動所以不徧

○次三界現起

悔眠生上必不現起尋伺上下亦起下上

音義 謂生上地悔眠二法必不現起以此二法唯在欲界有故尋伺二法通於欲界及初禪故得上下互現

○三三界相緣

下上尋伺能緣上下有義悔眠不能緣上行相麤近極昧略故有義此二亦緣上境有邪見者悔修定故夢能普緣所更事故

音義 謂尋伺二下能緣上上亦緣下悔眠二解一云下不緣上一云亦能緣上邪見悔修定者謂如有人於欲界中修得上定忽遇邪師無因果說彼人聞已悔所修定斯即下地起上悔也夢能普緣所更事者如有異生從上界沒生人中者彼人或在夢中普緣上界所更事故此即眠能緣上境也

○十一學等相攝門

悔非無學離欲捨故睡眠尋伺皆通三種求解脫者有爲善法皆名學故學究竟者有爲善法皆無學故

音義 悔非無學位攝此唯在欲於不還位離欲界惑已捨此故後三皆通三位求解脫下釋通二位謂三乘有學及無學位所有

有爲善法通二位故意顯此三善性攝者亦有爲數是故此三通斯二位非二位攝其義易知故不重解

補遺 一切凡夫及初二果皆得有悔三果以上即便無悔故非無學凡夫睡眠尋伺非學非無學攝初二三果者即是學攝四果及大乘八地以上菩薩睡眠尋伺是無學攝以其雖是有爲皆唯善故

○十二三斷相攝門 二 初正明四種通三斷

悔眠唯通見修所斷亦邪見等勢力起故非無漏道親所引生故亦非如憂深求解脱故若已斷故名非所斷則無學眠非所斷攝尋伺雖非眞無漏道而能引彼從彼引生故通見修非所斷攝

音義 亦邪見等釋通二斷邪見引生者屬見斷故等者等於有漏善力起者即修斷故非無下簡眠悔不通非所斷眠非非所斷者非無漏道所引生故悔非非所斷者此非如憂深求解脱故理實憂亦非非所斷意謂求解脱之憂尚非非所斷何況悔耶若於見修斷後更有睡眠名非所斷如薩遮尼乾經説阿羅漢眠乃至佛亦有眠即非所斷眠也尋伺下釋後二彼謂無漏道尋伺雖非無漏道而能引彼無漏道者即修所斷從無漏引生者即非所斷見斷可知

○次別以尋伺對五法 二 初師唯分別攝

有義尋伺非所斷者於五法中唯分別攝瑜伽説彼是分別故

音義 五法者入楞伽云一名二相三分別四正智五如如謂非所斷尋伺二者唯第三分別攝耳

○次師亦正智攝三 初正釋

有義此二亦正智攝說正思惟是無漏故彼能令心尋求等故又說彼是言說因故

音義 亦正智攝者謂見修所斷二者可言唯分別攝非所斷者亦通正智何者八聖道中正思惟是無漏故謂即是無漏後得智思能令心尋伺等故又說彼是言說因故菩薩說法是後得智意明尋伺既以思爲體且是言說因是故亦通正智所攝

○次轉解

未究竟位於藥病等未能徧知後得智中爲他說法必假尋伺非如佛地無功用說故此二種亦通無漏

音義 藥謂法門病謂心行謂菩薩在於未究竟位中未能徧知一切法門及衆生種種心行後得智中爲他說法必假尋伺推求藥病然後隨宜爲機說法非如佛地不假功用而說法耳故此下結通無漏

○三通論

雖說尋伺必是分別而不定說唯屬第三後得正智中亦有分別故

○十三結例餘門

餘門准上如理應思

合響 如理應思者例前有事無事有漏無漏事境名境等思之

○次總示二諦二 初略問答定即離

如是六位諸心所法爲離心體有別自性爲

即是心分位差別設爾何失

音義 先問設爾下答設令即離便有何失

○次廣問答顯二諦二 初難即離二 初標失

二俱有過

○次釋成二 初明離心之過

若離心體有別自性如何聖教說唯有識又如何說心遠獨行染淨由心士夫六界莊嚴論說復云何通如彼頌言許心似二現如是似貪等或似於信等無別染善法

合響 心遠獨行者攝論頌云遠行及獨行無身寐於窟調其難調心是名眞梵志宗鏡第五十九卷引百法釋云如來於意根處說遠行及獨行也隨無明意識徧緣一切境也故名遠行又諸心相續一一轉故無實主宰名獨行無身者即心無形質故寐於窟者即依附諸根潛轉身內名爲寐於窟也寐者藏也即心之所藴在身中此偈意謂破外道執有實我也世尊云但是心獨行無別主宰故言獨行也又無始遊歷六塵境故名遠行無別心所故名獨行明知無別心所也士夫六界者瑜伽云佛說皆云四大空識能成有情色動心三法最勝爲所依色所依者即四大也動所依者空是也謂內空界不取外者由內身中有此空界故所以有動故爲動依心所依者識是也即說六界能成有情不言心所界也釋云許心似二現者此中似言似心外所計實二分等法故名爲似無別染善法者謂唯心變似相見二分二分離心無別

有法復言心變似貪信等故貪信等離心之外無別染善法體即心也如二分故文

○次明即心之失

若即是心分位差別如何聖教說心相應他性相應非自性故又如何說心與心所俱時而起如日與光瑜伽論說復云何通彼說心所非即心故如彼頌言五種性不成分位差過失因緣無別故與聖教相違

音義他性相應非自性者瑜伽論問諸法誰相應爲何義故建立相應答他性相應非自性爲徧了知依自性清淨心有染淨法若增若減是故建立瑜伽頌言五種性不成等者彼論釋云有一沙門若婆羅門欲令名中唯心實有非諸心法此不應理何以故且說諸蘊有五種性不成就故若謂心所即是心王則五種取蘊之性不得成就以無受想行三蘊故又若謂但由分位差別而立五蘊者亦有過失以一刹那中其因緣必無差別可得故又則與聖教相違聖說五蘊法同在一刹那中橫具不依前後假立又若彼計分位別故有種性者分位別計亦有過失何以故是諸分位展轉相望作用差別若有若無皆成失故若言有者由相異故便應有異實物體性若言無者計分位別則爲唐捐又不應如六識身分位差別何以故由六識身所依所緣有差別故是諸分位一處可得故不應理若謂轉變亦不應理何以故於有色物可轉變故得有分位前後差別非於無色有如乳酪生酥等異又心因緣無差別故行別分位不應道理於一刹那必不可得差別因緣令彼分位而有差別是故汝計分位差別不應道理又違聖

教如契經言貪瞋癡等惱染其心令不解脱若唯有心二不俱有是即貪等應不依識又復經言三和合與觸俱生受想思等故名所攝四無色蘊心與心所更互相應道理成就

○次答鈔理二　初正答二　初約王所相望顯二諦二　初依世俗以明離心有性二　初正明有性

應説離心有別自性

音義謂前六位諸心所法應説離八心王有實自性依理世俗法如是故

○次通前引教

以心勝故説唯識等心所依心勢力生故説似彼現非彼即心又識心言亦攝心所恒相應故唯識等言及現似彼皆無有失

音義言心勝者具有四義宗鏡云一能爲主二能爲依三行相總四恒決定心所不爾故云勝也意明心勝所劣諸聖教中依心勝義説唯有識及心遠行獨行染淨由心士夫六界等又復心所依心勢力生故所以論説似貪等現非顯貪等即是其心又識心言亦攝心所定相應故是故唯識等言皆無即心之失

○次依勝義以示非即非離

此依世俗若依勝義心所與心非離非即

合響開蒙問一異理答若約俗諦尊卑迥然王所不同若約眞諦一能緣性或二空理乃至廢詮寧分王所宗鏡第五十九卷云又若依第一體用顯現諦即心王爲體心所爲用即體用不即不離也若依第二勝

義即因果差別諦即王所互爲因果法爾非離也若依第三證得勝義諦即依詮顯者若依能詮依他起性説非即若依所詮二無我理説即王所非離若第四勝義勝義諦廢詮談旨亦不言即離也即一眞法界離言絶相即王所道理同歸一眞如故文

○次例諸識相望顯二諦

諸識相望應知亦然

合響開蒙問八王相望約眞諦説亦應無異答理固同然寧分彼此問何以知之答仁王疏説性源相源若相源者前七皆歸一第八識問何以故答淵深七浪楞伽説故若性源者諸法皆歸一眞如故問喻如何者答如水與波若俗諦説停水非波波非停水又此一波非彼多波若眞諦説唯是一水濕性何異難曰如此説成用別體同合不正義答彼不正者體一用別此正義者各分體用問請説各分不違眞俗之理答東波西波各全水體各全波用若依俗諦其東水波非西水波若依眞諦東西波水一箇濕性豈東濕性別如西濕況濕無東西人自分爲東西故文

○次結歎

是爲大乘眞俗妙理

合響開蒙問設心心所迥然各別不與會同有何過答便違聖説眞中有俗俗中有眞識表之中此二決定元眞元俗誰知眞俗豈有此理問敎他元然又且如何答眞是俗法之本源故倘若無眞俗依何有若無

俗者汝之眞性對誰說眞既相待立必不相離必然之道何疑之有又俗諦中心心所法逈然各異者一人身中有五十九成多有情答第八識是其相源唯依第八立一有情是總報主一命根故文

成唯識論音響補遺卷第七之一

音釋

雕丁聊切音貂刻也 鏤郎豆切音漏雕刻也 欻呼骨切音忽

成唯識論音響補遺卷第七之二

清武林蓮居紹覺大師音義

新伊大師合響

法嗣智素補遺

○次明共依等後三門三　初結前問後

已說六識心所相應云何應知現起分位

○次舉本頌答

頌曰

依止根本識　五識隨緣現　或俱或不俱

如濤波依水　意識常現起　除生無想天

及無心二定　睡眠與悶絶

音義　此八句頌初句六識共依門次三句六識俱轉門後四句起滅分位門

○三末論釋成三　初釋共依門

論曰根本識者阿陀那識染淨諸識生根本故依止者謂前六轉識以根本識爲共親依

音義　清涼釋曰舉阿陀那通至佛果位若言賴耶位局染故但言六者第七識緣恒時具故又此正明六識義故爲共親依者共依即是現行本識識皆共故親依即是彼種子識各別種故

○次釋俱轉門三　初法釋二　初釋五識隨緣現

五識者謂前五轉識種類相似故總說之隨緣現言顯非常起緣謂作意根境等緣謂五識身內依本識外隨作意五根境等衆緣和合方得現前

音義　清涼釋曰種類相似者一俱依色根二同緣色境三俱緣現在四俱有間斷緣謂作意等者有頌云眼識九緣生耳識唯從

八鼻舌身三七後三五三四若加等無間於前各加一眼九緣者一空二明三根四境五作意六根本依第八識七染淨依第七識八分別依第六識九種子即因緣依耳唯除明七更除空此三合中知故後三即六七八第六五緣更除染淨及與分別分別即所發識染淨即所依根第七識或三或四謂除染淨染淨即所發識故前六識中約爲根故除此第七中約爲識故除復除第八第八即總故或三更除於境境即根故第八或三者但有種子作意及根或四即更加境廣如宗鏡五十五卷中明

○次釋或俱或不俱

由此或俱或不俱起外緣合者有頓漸故

音義 謂即由此隨緣現義故五識起或俱不俱何者外緣頓合則五識俱起若漸合時或二三四或唯一故

○次喻明

如水濤波隨緣多少

○三指廣

此等法喻廣說如經

音義 廣說如經者即解深密經云廣慧如大瀑流水若有一浪生緣現前唯一浪轉乃至若多浪生緣現前有多浪轉諸識亦爾彼更有淨明鏡喻恐繁不引

○三釋起滅分位門二 初釋意識常現起二 初對諸識通明起不起

由五轉識行相麤動所藉衆緣時多不具故起時少不起時多第六意識雖亦麤動而所藉緣無時不具由違緣故有時不起第七八

識行相微細所藉衆縁一切時有故無縁礙令總不行

音義 諸識行相有麤有細所藉衆縁有多有少所以現起有不同耳

○次對前五别明常現起

又五識身不能思慮唯外門轉起藉多縁故斷時多現行時少第六意識自能思慮内外門轉不藉多縁唯除五位常能現起故斷時少現起時多由斯不説此隨縁現

音義 思慮有能不能轉處有内有外是以前五第六現起有異

○次釋五位亦不行 三 初正明五位 三 初標徵

五位者何生無想等

○次别釋 三 初釋無想天報 三 初正釋無想

無想天者謂修彼定猒麤想力生彼天中違不恒行心及心所想滅爲首名無想天故六轉識於彼皆斷

音義 昔於因中修無想定厭患麤想而求出離承斯定力生彼天中違六轉識及彼心所想滅爲首以此立名故於彼天六識皆斷

合響 無想天厭麤想力者宗鏡第五十五卷云謂諸外道以想爲生死之因即偏厭之唯前六識想非第七八故言麤想細想在故滅於六識七八微細彼不能知故不滅也 文

○次簡識有無 三 初師常無六識

有義彼天常無六識聖教説彼無轉識故説

彼唯有有色支故又説彼爲無心地故

音義 謂彼天中自初生時乃至命終常無六識聖教下引教釋成唯有有色支者謂十二有支中名色一支説彼唯有色支而無名故故又説彼爲無心地

○次師初無後有

有義彼天將命終位要起轉識然後命終彼必起下潤生愛故瑜伽論説後想生已是諸有情從彼沒故然説彼無轉識等者依長時説非謂全無

音義 先釋義謂彼天中於命終位要起轉識非一向無何者彼命終時必起下地潤生愛故潤生愛俱有轉識故瑜伽下次證成然説下通前引敘

○三師初後俱有二　初正釋

有義生時亦有轉識彼中有必起潤生煩惱故如餘本有初必有轉識故

音義 意謂彼天不但命終初生之時亦有轉識何者彼天中有身將生彼時必起潤生煩惱愛故初生時亦有六識中有者俱舍頌云死生二有中五蘊名中有如餘下舉例明有轉識餘謂餘禪天也本有初者俱舍頌云本有謂死前居生刹那後清涼釋曰本有即是今身未至當有故言初者即本有身初生時也

合響 宗鏡第七十四卷中問心爲起惑之因身是造業之本身約幾種有何身能造業答身總四有一生有即中有後本有前正結生相續時刹那五蘊起名生有二本有者即生有後死有前於其中間所有五蘊

皆名本有以是本總報業所招故三死有者即本有後中有前將死正死諸蘊滅時名死有四中有者即死有後生有前於兩中間有故名爲中有即生死二有身不能發業以無心故若中本二有身即能發業

○次引證二初引入義顯初非無

瑜伽論説若生於彼唯入不起其想若生從彼沒故彼本有初若無轉識如何名入先有後無乃名入故

音義先引文即第十二卷彼本有下釋義意謂彼本有初必有轉識後時由串習力滅此轉識而住無心乃名入耳

○次引滅義顯初定有

決擇分言所有生得心心所滅名無想故此言意顯彼本有初有異熟生轉識暫起宿因緣力後不復生由斯引起異熟無記分位差別説名無想如善引生二定名善不爾轉識一切不行如何可言唯生得滅故彼初位轉識暫起

音義先引文此言下釋義生得滅言顯本有天報身初時有異熟生轉識暫時現起由宿串習此定勢力違前轉識令不現行因此引起眞異熟識分位差別説名無想無想引生説名無想如善引生二定名善定名善者加行善根所引發故不爾下斥前故彼下結示

○三明所繫地

彼天唯在第四靜慮下想麤動難可斷故上無無想異熟處故即能引發無想定思能感彼天異熟果故

音義 唯在第四静慮者即四禪天此四禪中有九天茲當第四問彼天何以不居下上地耶答下三地中想心麤動難可斷故上四地中而無無想異熟處故無處者謂四空滅色存心無想滅心存色彼無滅心存色之處故不居也即能引發無想定思者謂生彼天由串習力引發定思思即意業業能感果故曰能感彼天異熟果

○次釋二無心定 二 初畧明

及無心二定者謂無想滅盡定俱無六識故名無心

○次廣釋 二 初無想定 四 初正釋定體

無想定者謂有異生伏徧淨貪未伏上染由出離想作意爲先令不恒行心心所滅想滅爲首立無想名令身安和故亦名定

合響 宗鏡第五十五卷云無想定伏徧淨貪者謂第三禪無第四禪已上貪猶未伏顯離欲也出離想者顯想即作涅槃想也不恒行等滅者顯所滅識多少也作意伏染而入定者觀想如病如癰如箭於所生起種種想中厭背而住唯謂無想寂静微妙於無想中持心而住如是漸次離諸所緣心便寂滅 文 問此與無想天有何差别答此是因彼是果此善彼無記此有報彼是報此有行彼無行等即是别義

補遺 徧淨貪及上染皆指六識相應之俱生惑

○二三品修相

修習此定品别有三下品修者現法必退不能速疾還引現前後生彼天不甚光淨形色

廣大定當中夭中品修者現不必退設退速疾還引現前後生彼天雖甚光淨形色廣大而不最極雖有中夭而不決定上品修者現必不退後生彼天最極光淨形色廣大必無中夭窮滿壽量後方殞沒

音義 此定三品別者由彼異生根分利鈍修有勤怠故於現法有退不退修因若是感果亦殊故有不甚光淨及最光淨等之別由是而分上中下耳

○三界性等攝

此定唯屬第四靜慮又唯是善彼所引故下上地無由前說故四業通三除順現受

音義 初約界地判以界地言唯屬第四靜慮次約三性判以三性言唯是善性即彼加行善心等法所引生故下上地無由前所說下想麤動上無處故三約四業判四業者雜心論曰一順現受二順生受三順後受四不定受彼論釋曰若業此生作即此生受名爲現受第二生受名爲生受三生乃至無量時受名爲後受不定受者前三皆不定故此中言唯通三種除現受者非於現生即受彼天之果報故

○四定所起處二 初師唯欲界起

有義此定唯欲界起由諸外道說力起故人中慧解極猛利故

○次師欲色界起

有義欲界先修習已後生色界能引現前除無想天至究竟故此由厭想欣彼果入故唯有漏非聖所起

合響 謂於欲界人中先修此定從欲界沒後

生色界以串習力故能引此定現前意顯欲色二界皆能現起除無想下通妨妨云豈生色界者皆能現起此定耶通云凡夫外道修此定者則爾聖者不然以聖者於十八天中除無想天餘天或超或次至究竟故此由下復問何以聖教除無想天不起此定答此由凡夫外道厭惡想心欣彼無想果報故入此定所以唯是有漏聖者漏無漏雜修故非所起是以除之

補遺據上文此定唯屬第四靜慮此地有九天今除無想至究竟六天後生色界能引現前者唯局無雲福生廣果三天耳上下地無由前說故次師此定現前通於二界先於欲界人中修習此定從欲界沒後生色界以先人中串習力故能引此定現前除無想天至色究竟故者簡除四禪第四是無想天無煩至究竟是那含所住五淨居天今言生色界者能引此定設無簡別恐謂凡生色界者皆能起此定耶故簡之無想天是此定所趣之果定若未成猶未得生故除之此定凡夫外道所修唯是有漏非那含聖人所起故此五天併除之意唯生色界第四禪無雲福生廣果三天能起此定耳

○次滅盡定四　初正釋定體

滅盡定者謂有無學或有學聖已伏或離無所有貪上貪不定由止息想作意爲先令不恒行恒行染汚心心所滅立滅盡名令身安和故亦名定由偏厭受想亦名滅彼定

合參宗鏡第五十五卷云滅盡定者謂有無

學等者有學聖者除初二果（如後文云初起此定要全斷欲界一地修惑故除初二果欲界惑種二性繫雜障定強故唯不還果等得此定故）唯身證不還第三果人有學中除異生故離無所有貪上貪不定者以滅定唯依非想定起故此以初修二乘者言離菩薩伏不離貪即此亦名滅受想定（文）由止息下謂由暫止息想作意爲先導令六識心心所及第七恒行染汙末那及彼心所皆悉滅盡故立此名令身安和亦得名定由加行時偏厭受想故亦名爲滅受想定宗鏡問滅盡定與無想定俱稱無心二定何别答有四義不同古釋云一約得人異滅盡定是聖人得無想是凡夫得二祈願異入滅盡定者作止息想求功德入無想定作解脱入三感果不感果異無想定是有漏能感無想天别報果滅定是無漏不感三界果四滅識多少異滅盡定滅識多兼滅第七染汙末那無想定滅識少止滅前六識（文）

（補遺）清涼云謂有無學者即羅漢及獨一辟文也或有學聖者即三果身證那含已伏等者謂無所有已下諸貪或伏或滅未滅上貪或滅上貪欲超過有頂由暫止息想作意爲先令六識心及心所染汙第七恒行心心所俱不行故立滅盡名謂有心定令心平等和悦如有心定故亦名定

○二三品修相

修習此定品别有三下品修者現法必退不能速疾還引現前中品修者現不必退設退速疾還引現前上品修者畢竟不退

音義 雜集論說修定有三若於諸定未能了達入住出相是下品修雖已了達未善串習是中品修既了達已復善串習是上品修如次似此三品別義

補遺 此但判三品不云招果者是無漏道不感三界異熟果故

○三界等所攝

此定初修必依有頂遊觀無漏為加行入次第定中最居後故雖屬有頂而無漏攝若修此定已得自在餘地心後亦得現前雖屬道諦而是非學非無學攝似涅槃故

音義 此定初修習時必依有頂非非想定遊歷觀察眞無漏理而為加行乃得趣入所以者何九次第中此最後故謂從初禪乃至有頂鄰接而入次第不亂此定既在有頂定後故依有頂為加行入有頂之上無別有地是故此定亦屬有頂問若屬有頂則通凡聖何唯聖修答雖屬有頂無漏攝故問餘七地後亦得起此定否若修此定已得純熟出入自在者餘地心後亦得現前問此屬道諦學等何攝答雖屬道諦然非二攝何非二攝似涅槃故意謂寂靜微妙似涅槃故非學所攝非眞涅槃是故亦非無學所攝

○四定所起處二 初初起處所

此定初起唯在人中佛及弟子說力起故人中慧解極猛利故後上二界亦得現前鄔陀夷經是此誠證無色亦名意成天故於藏識教未信受者若生無色不起此定恐無色心成斷滅故已信生彼亦得現前知有藏識不

斷滅故

音義 謂此定起必在欲界人中是佛及佛弟子說法之力而得起故且五趣中人中慧解極猛利故若修此定已得自在後生色無色界亦得現前問色界有身起此可爾於無色界既無色身云何此定亦得現前答鄔陀夷經即此誠證說無色界亦名意成天故意顯彼天雖無業果既名意成非無名攝非色四蘊是以亦得起此定故然雖得起有二類別若於人中聞大乘教所說第八識名不信受者雖生不起何者恐色心俱無成斷滅故若聞已信有第八識者生彼亦得現前何者知有藏識不斷滅故

○次斷惑方起二 初通明三乘二 初全斷見起

要斷三界見所斷惑方起此定異生不能伏滅有頂心心所故此定微妙要證二空隨應後得所引發故

音義 初修此定必依有頂遊觀無漏故此定初起要斷見惑若未斷見即異生性異生不能或伏或滅有頂心心所故又復此定微妙須證二空隨應後得智所引發故言隨應後得者即根本智先證二空後得智中復修加行然後能入此定設未斷見無後得智故要全斷見惑於人法空皆有後得二乘或單菩薩或複而不決定故曰隨應

○次分斷修起二 初正釋二 初師下八地伏七斷欲

有義下八地修所斷惑中要全斷欲餘伏惑斷然後方能初起此定欲界惑種二性繁雜障定强故唯說不還三乘無學及諸菩薩得此定故彼隨所應生上八地皆得後起

音義此釋謂唯除非想下八地中修所斷惑中要全斷欲界一地餘但伏除然後方能初起此定何全斷欲謂欲界惑種不善有覆二性繁雜障定强故聖教唯說不還果等得此定故要斷欲界九品惑盡方得名爲不還果故彼隨所應生上八地皆得起者彼謂不還果等隨所應者或全超或半超或徧沒如是等類生上地者皆得起此故曰隨應

○次師九地中伏五斷四

有義要斷下之四地修所斷惑餘伏惑斷然後方能初起此定變異受俱煩惱種子障定强故彼隨所應生上五地皆得後起

音義此釋謂修斷惑中要斷下之四地餘五伏斷然後方能初起此定何者下四地中變異受俱煩惱種子障定强故末句准前

○次通妨二　初難

若伏下惑能起此定後不斷退生上地者豈生上已卻斷下惑

音義難云若伏餘惑隨應生上皆得起此定者然不還等內鈍根人消礙入空生無色界此之生上地者後於所伏不斷之惑退起潤生之時豈無生上卻斷下惑之失耶

○次釋二　初順彼答

斷亦無失如生上者斷下末那俱生惑故然不還者對治力强正潤生位不起煩惱但由

惑種潤上地生

音義生上斷下亦無有失以第七識徧三界故如那含生上地將證無學時斷下末那俱生煩惱今以彼例此則生上斷下六識中俱生惑亦無不可此且順彼權答若據下逆答文中定無生上斷下之失如生上地得無學者斷下末那俱生惑故然不還下通伏難又難云若伏餘惑能起此定後於所伏設不退起豈生上者而無潤生惑耶釋曰不還果人觀智力强正潤生位不假現行煩惱但由惑種而潤生故

補遺如生上地證無學者一時頓斷下九地末那相應俱生惑故六識中俱生煩惱其相麤顯故三界九地種子次第漸斷第七識中俱生煩惱其相微細故三界九地種子須待金剛喻定方能頓斷

〇次逆彼答

雖所伏惑有退不退而無伏下生上地義故無生上卻斷下失

音義有退即前難義不退即伏難義而無伏下生上地義者謂前順答約第七識俱煩惱障種三乘將得無學果時一剎那中三界頓斷故生上地得無學者有斷下地末那俱生惑義此復逆答約前六識俱修所斷種三界九地一一漸次九品別斷或爲一聚九品別斷故無伏下生上地義寧有生上卻斷下惑之過失乎

〇次別明菩薩二初迴心

若諸菩薩先二乘位已得滅定後迴心者一切位中能起此定

音義若先於二乘位已得此定後復回心向大乘者先既已得在處可起無復論其位

之高下故於賢位及與聖位皆能起此定耳

○次直往二 初漸悟

若不爾者或有乃至七地滿心方能永伏一切煩惱雖未永斷欲界修惑而如已斷能起此定論說已入遠地菩薩方能現起滅盡定故

音義 不爾者翻上迴心即一向發大乘心者謂有一類漸悟菩薩登初地時漸漸伏除諸煩惱障乃至七地後心方能永伏三界諸惑然於欲界九品雖未永斷而能如彼得不還者於此位中能起此定論說下引證如文

○次頓悟

有從初地即能永伏一切煩惱如阿羅漢彼十地中皆起此定經說菩薩前六地中亦能現起滅盡定故

音義 謂有一類頓悟菩薩於初地中永伏三界修所斷惑如阿羅漢永斷無異彼從初地乃至十地皆得起此經說下引證前六既爾後四可知

○三釋睡眠悶絕三 初總標

無心睡眠與悶絕者謂有極重睡眠悶絕令前六識皆不現行

音義 六識不行其勢不異於前二定故此二種亦得無心之名

○次別釋三 初睡眠

疲極等緣所引身位違前六識故名極重睡眠此睡眠時雖無彼體而由彼似彼故假說彼名

音義先正釋謂有疲勞極重等緣所引身位身頓勞故六情闇鈍令前六識皆不現行故名極重睡眠此睡下次通妨難云眠即不定心所與心相應此既無心寧有心所釋曰此睡眠時雖無彼睡眠心所體而由彼睡眠心所引起與彼相似是故假立彼名耳

○次悶絶

風熱等緣所引身位亦違六識故名極重悶絶

音義或由感冐風熱等緣所引身位亦令六識不行故名悶絶

○三結屬

或此俱是觸處少分

音義此者指前睡悶疲極風熱等緣皆屬觸塵故云俱是觸處少分

○三總結

除斯五位意識恒起

○次釋及與言 二 初問

正生死時亦無意識何故但說五位不行

○次答 二 初師顯生死時

有義生死及與言顯

音義謂正生死位即頌中及與二字以顯之

○次師顯五無雜 三 初斥前

彼說非理所以者何但說六時名無心故謂前五位及無餘依

音義聖教但說六時無心不應別有六時者謂前五位及入無餘依涅槃時

○次申正

應說生死即悶絶攝彼是最極悶絶位故說

及與言顯五無雜

○三通妨

此顯六識斷已後時依本識中自種還起由此不說入無餘依

音義 或問曰聖教既云六時無心此何不言無餘依耶釋曰此中明起滅分位門故顯六轉識後時還從自種起無餘不爾唯滅無起故畧不言

○三判通聖凡

此五位中異生有四除在滅定聖唯後三於中如來自在菩薩唯得存一無睡悶故

音義 聖唯後三者無想因果唯屬凡夫故自在菩薩謂八地已上唯存一者并無極重睡眠悶絶故

補遺 凡夫外道俱名異生以未證聖法不能入滅盡定三乘聖人不入無想定不生無想天八地已上得法自在故無極重睡悶但有入滅定耳宗鏡云如來及自在菩薩以惡法故現似有睡實無有故即二乘無學亦有悶絶從第二卷中至此釋三能變相竟

○次會三能變俱轉示二諦三 初總明俱轉

是故八識一切有情心與末那二恒俱轉若起第六則三俱轉餘隨緣合起一至五則四俱轉乃至八俱是謂畧說識俱轉義

音義 五隨緣現而非常起意雖常起五位中無故八識中心及末那二恒俱轉意識不遇五種違緣前五隨緣合有頓漸則三俱轉乃至八俱是謂畧說識俱轉義

補遺 開蒙問一身八識長俱時轉耶有不俱時答七八二識長恒俱轉若第六起有三俱轉餘隨緣合有四五六七至八俱轉文

○次料簡俱義六 初簡示多識俱轉唯一有情二 初問

若一有情多識俱轉如何說彼是一有情

合響 開蒙云小乘來問一身同時多識俱轉如何說彼是一有情文

○次答二 初反詰

若立有情依識多少汝無心位應非有情又他分心現在前位如何可說自分有情

音義 若謂依識多少立有情數則汝將謂無心位者既無有心應非有情數耶又若依識立有情者即如第六識與戒善相應起位爾時可言人趣有情設起餘趣心時應非人趣自分何者汝執一識一有情理應爾故

○次顯正

然立有情依命根數或異熟識俱不違理彼俱恒時唯有一故

補遺 謂止依第八種子識命根一數立一有情或依第八異熟現行果報識一數立一有情非依識數多少而立有情也何者一有情身恒唯一故

○二簡示多識轉有多等無間緣二 初問

一身唯一等無間緣如何俱時有多識轉

音義 難者意謂諸心心所依四緣生餘三種緣或可容多等無間緣一身唯一既准是一云何一時能開導多識令俱轉耶

補遺 小乘所執七十五法心法唯一由前滅

心引生後心故云一身唯一等無間緣
○次答二 初答等無間緣二 初順問意答
既許此一引多心所寧不許此能引多心
音義 此謂等無間緣引多心所者謂如前念眼識引生後念眼識緣色等境時必有善染心所即是一等無間引多心所義引所既爾引王亦然是故諸識俱起亦無有失
○次奪破唯一
又誰定言此緣唯一説多識俱者許此緣多故
○次答多識轉義四 初以生緣力齊明諸識俱
又欲一時取多境者多境現前寧不頓取諸根境等和合力齊識前後生不應理故
音義 前問云如何俱時有多識轉此釋云多境現前諸緣和合其勢力齊不應前後而生識故是以容俱
○二舉心所例明異類並起
又心所性雖無差別而類別者許多俱生寧不許心異類俱起
音義 如諸心所心法體義雖無差別而善等六位類別者於一身中一時俱轉互不相違心所既爾寧不許心王異類並起
○三復約譬喻顯多識俱轉
又如浪像依一起多故依一心多識俱轉
音義 如一暴流遇多風緣有多波浪俱起互不相違如一淨鏡照多外質有多影像俱起互不相違如是於一阿賴耶識遇多境界等緣有多識轉亦不相違
補遺 開蒙小乘質曰汝大乘宗依一第八立

有情者何用多識大乘釋曰依用立多如浪與像依一起多故依一心多識俱轉

○四以同時意識辯與五俱

又若不許意與五俱取彼所緣應不明了如散意識緣久滅故

音義 謂若一身唯一識轉是則不許意與五俱五非意俱取彼五塵應不明了以無同時明了意故例如散位獨頭意識緣過去久滅之境似有似無不明了故

○三簡示一同時意識緣境容多 二 初問

如何五俱唯一意識於色等境取一或多

音義 問者意云五識俱起唯一意識色等多境現在前時取一則可云何或取多耶

○次答

如眼等識各於自境取一或多此亦何失相見俱有種種相故

音義 此以五識取境非一例顯意識取境或多眼等識各於自境取一或多者謂色有青黃赤白等異眼識緣境或於一時唯取青色一種或於一時頓取青黃多種如眼識於色如是乃至身識於觸於一時一事境或取一相或復頓取多種境相如是分別意識於一時間或與眼識唯取色塵或於一時頓同五識取色等五境何者以意識通緣一切法而有種種相見分故

○四簡示諸識同類不俱 二 初問

何故諸識同類不俱

音義 此躡前意問謂若眼等諸識各於自境既能取多則眼等識有多同類云何一時不俱起耶

○次答

於自所緣若可了者一已能了餘無用故

音義 眼等諸識於自所緣不可了者多亦奚爲若可了者一已能了餘無用故是以同類不俱起耳

○五簡示同時意識應有 二 初問

若爾五識已了自境何用俱起意識了爲

音義 此亦躡前問起意謂旣云一已能了餘無用者五已能了用意識何爲

○次答

五俱意識助五令起非專爲了五識所緣又於彼所緣能明了取異於眼等識故非無用由此聖教說彼意識名有分別五識不爾

音義 答中先明意識起時能爲前五所依助生五識非唯爲了五所緣故又於下次明由意識故取境明了非爲無用由此下證六非五不應一例

補遺 開蒙問其五六相須之理答五由六而方生六由五而明了前五與六爲明了門六與五爲分別依是相須理

○六簡示諸識不相應 二 初問

多識俱轉何不相應

補遺 王所俱轉王所相應諸識俱轉何不相應

○次答

非同境故設同境者彼此所依體數異故如五根識互不相應

音義 心王與所互相應者具五義故同一刹那和合似一定俱生滅同所依根共所緣境今此諸識雖有刹那俱起之義非同境

故互不相應問五倶意識豈非同境釋設同境者彼此所依體數異故互不相應所依異者非同王所同所依根體數異者非同王所和合似一如眼等識雖與眼等根俱時而轉然不相應此亦如是

○三結示二諦三初正示

八識自性不可言定一行相所依緣相應異故又一滅時餘不滅故能所熏等相各異故亦非定異經說八識如水波等無差別故定異應非因果性故如幻事等無定性故

音義 此結示俗諦先以四義顯非定一一行相謂見分二所依謂根三緣謂所緣四相應謂心所以此四義各別異故又一識滅時餘七等不必滅故七是能熏八是所熏相各異故又七是因八是果亦非下次明非定異義第八前七如水與波無異相故定異則非更互而爲因果性故如麥不生荳等芽故以智了知如幻事等無定性故如經云譬如巨海浪無有若干相諸識亦如是異亦不可得

合響 開蒙云外人來問八識相望定一定異内返徵云定一何失外難内曰若定一者行相所緣相應何異能所熏等何以不同見一滅時餘不滅故知非定一也内又徵曰定異何過外難云若定異者非因果性非如水波非如幻事亦非定異内答之曰八識相望不定一異外又徵曰何故不定内釋曰眞俗道理須如此故文

補遺 當知無性之俗俗不違眞故總以幻事結成無定性八識是有法非定一異宗無

定性故因如幻事喻當知無相之眞眞不違俗故第八識如水前七識如波眞勝義如濕性非波非水亦不異波水也

○次簡非

如前所說識差別相依理世俗非眞勝義眞勝義中心言絶故

合響 此結示眞諦宗鏡第六十二卷問若爾前來所說三能變相是何答此依四俗諦中第二道理世俗說有八等隨事差別非四重眞諦中第四眞勝義諦勝義諦中若八識理分別心與言皆絶故非一非異文又開蒙問云泛問八識相望既非一異四眞俗中當何眞俗答當第二俗第一眞也問何理知當第二俗也答第二俗者隨事差別乃三科等是有別文第四眞勝義諦謂勝義勝義不可施設即廢詮談旨諦第二俗即隨事差別諦第一眞即體用顯現諦若欲備知八諦名義當簡開蒙五位八諦章

補遺 理世俗者不同外道餘乘所執我法故名爲理不約平等一實眞如法性故名世俗

○三引證

如伽陀說心意識八種俗故相有別眞故相無別相所相無故

合響 宗鏡云相所相無故者相即是能所相是所識上何者爲能相所相謂用爲能相體爲所相或以見分爲能相相分爲所相又以七識爲能相第八爲所相所相既無能相非有若入眞門理皆無別眞門但是

遮別言無別無別亦無別無不別文

成唯識論音響補遺卷第七之二

音釋

癰 於容切音雍 廱疽

殞 羽敏切音允 殁也

成唯識論音響補遺卷第七之三

清武林蓮居紹覺大師音義
新伊大師合響
法嗣智素補遺

○次九行頌廣釋外難顯唯識 四 初釋我法難 三 初結前問後

已廣分別三能變相爲自所變二分所依云何應知依識所變假說我法非別實有由斯一切唯有識耶

合響 初領前云何下正問謂已明三種能變爲自所變相見二分所依云何而知依識所變二分假說我法非別實有由斯一切唯有識耶

○次舉本頌答

頌曰

是諸識轉變　分別所分別　由此彼皆無
故一切唯識

○三末論釋成 二 初正釋頌文 二 初約相見分釋

論曰是諸識者謂前所說三能變識及彼心所皆能變似見相二分立轉變名所變見分說名分別能取相故所變相分名所分別見所取故由此正理彼實我法離識所變皆定非有離能所取無別物故非有實物離二相故是故一切有爲無爲若實若假皆不離識唯言爲遮離識實物非不離識心所法等

音義 先釋初句是諸識言亦攝心所皆能變似相見二分是故依此立轉變名所變下釋第二句即此所變似見相分名爲分別及所分別以是能取所取相故由此下釋

第三句由此識變似見相分緣起正理彼所妄執實我實法離似所變決定非有向者離能所取無别物故非離所依有能依故是故下釋第四句心及心所色不相應此四位者名曰有爲虚空等六即是無爲又前三位從緣生故名之爲實不相應行依色心立故可名假如是一切皆不離識唯言但遮離識實物非爲遮止不離識法是故亦有心所法等

合釋 宗鏡第六十卷釋云是諸識轉變者轉變是改轉義謂一識體改轉爲二相起異於自體即見分有能取之用相分有質礙之用由識自體轉起能取及有礙故所變見分說名分别能取相故者前所變中以所變見分名爲分别是依他性能取於所變依他相分故起種種徧計所執分别是此識體所變用能分别故名分别其識所變依他性相分似所執相分者名所分别是前能分别見分之所取相故非謂識自體能緣名爲分别起分别見者識之用也相見俱依自證起故 文 又第六十二卷云此見相二分妄執彼我法二執是無即由此見相二分外妄情執有心外我法之境皆是無故云由此彼皆無 文

補遺 是中唯遮外境非有識表心及心所非無即遣虚存實觀不云唯相唯見而云唯識即捨濫留純觀不云唯二分而云唯識即攝末歸本觀不云唯心心所而云唯識即隱劣顯勝觀無爲即識實性亦不離識以至俗故相有别眞故相無别即遣相證

性觀

○次約似我法釋

或轉變者謂諸内識轉似我法外境相現此能轉變即名分別虛妄分別爲自性故謂即三界心及心所此所執境名所分別即所妄執實我法性由此分別變似外境假我法相彼所分別實我法性決定皆無前引教理已廣破故是故一切皆唯有識虛妄分別有極成故唯既不遮不離識法故眞如等亦是有性由斯遠離增減二邊唯識義成契會中道

音義　先釋初句諸識准前言轉變者即内諸識及彼心所我法分別熏習力故生起之時變似我法外境相現立轉變名此能下釋第二句謂此能變三界心及心所即名分別虛妄分別爲自性故此所妄執實我法性名所分別虛妄分別所執境故由此下釋第三句由此能變分別力故變似外境我法相現故實我法決定皆無前引教理已廣破故是故下釋第四句由斯理故一切唯識以聖教説虛妄分別有於此二都無故唯言爲遮徧計所執離識實物不遮不離識法故眞如及依他起亦是有性由斯下結示唯識我法非有空識非無遠離二邊玅符中道

合響　宗鏡云唯既不遮不離識法故眞如等亦是有性者唯言不遮不離識法眞如及心所者亦不離識故體皆有令此位但遮離識所分別有不遮不離識眞如等有如理應知此意既有能變分別識及所變境依他相分所分別心外實法等決定皆無

唯有眞如心所等法皆不離識亦是實有遠離增減二邊者無心外法故除增益邊有虛妄心等故離損減邊離損減邊故除撥無如空清辯等説離增益邊故除心外有法諸小乘執唯識義成契會中道無偏執故文

○次釋小乘難九　初唯識所因難二　初略問答

由何教理唯識義成豈不已説

音義　已説者指前第三四卷中所引教理也

○次廣釋義二　初復問

雖説未了非破他義已義便成應更確陳成此教理

音義　問者意云雖前論文廣引教理已彰唯識然論家意但在破他餘外妄計心外有法之執於唯識義猶未顯了非爲破斥他義已義便成應更確實指陳成此唯識教理

合響　若依宗鏡小乘九難此中應補出難辭宗鏡六十二卷諸小乘師難云離心之外現見色法是其實境所緣論主何故包羅歸心總説名爲唯識一乃色心有異二又能所不同關云色境不牽能緣心以色從心可唯識當情色境外逃心心被境逃非唯識文

○次廣答二　初教理別明二　初引教二　初正引三　初引五經

如契經説三界唯心又説所緣唯識所現又説諸法皆不離心又説有情隨心垢淨

合響　此中應先有答文宗鏡論主答小乘云

只此外邊色境一是一切有情緣心變二是一切有情心之所持根本皆由於心是故攝歸唯識次引證云十地經及華嚴經説三界唯心意云三界之法唯是心之所變離心之外更無一物此亦爲遮我法二執但是妄情執有舉體全無唯有內心故言唯心問欲色二界有外器色境云是心變故所言唯心且如無色界天唯有內心無外色境何要更言唯心豈不成相扶極成過答不但説色境不離心方名唯心此亦遮無色界天貪等取能取之心故爲無色界有情亦貪於空等境起其妄心故無色界亦名唯心若得無漏時其出世無漏色等是出世無漏心心所唯識亦是唯心故云三界唯心解深密經云又説所緣唯識所現即一切所緣之境唯是識之所變更無外法所以佛告慈氏菩薩云無有少法能取少法無作用故楞伽經又云諸法皆不離心無垢稱經又説有情隨心垢淨

○次引四智 三 初標

又説成就四智菩薩能隨悟入唯識無境

合響 此即阿毘達摩經説宗鏡第六十二卷云即是地前小菩薩雖未證唯識之理而依佛説及見地上菩薩成就四般唯識之智遂入有漏觀觀彼十地菩薩所變大地爲黃金攪長河爲酥酪化肉山魚米等事此小菩薩入觀觀已即云如是所變實金銀等皆不離十地菩薩能變之心更無外境既作觀已亦能隨順悟入眞唯識理又如勝論師爲守六句義故變身爲大石此

有實用若定實境者不應隨心變身境爲石文

○次釋四初相違識相智

一相違識相智謂於一處鬼人天等隨業差別所見各異境若實有此云何成

合響宗鏡云第一相違識相智者即四類有情各別能緣之識識既相違者其所變相分亦相違故即天見是寶嚴池魚見是窟宅人見是清冷水鬼見是膿河猛火緣此四類有情能變之識各相違故致令所變之境亦乃相違所言相者非是徧計相但是相分之相由四類有情先業之力共依一處各變相分不同故名相違識相言智者即是十地菩薩能緣之智智能了彼四類有情自業識所變相分不同更無心外別四境舊云一境應四心者不正問何以不正答若言一境者未審定是何境若離四類有情所變相分外更別有一境者即是心外有法問其四類有情爲是各變相分爲本質亦別答四類有情由業增上力其第八所變相分亦別若將此第八相分望四類有情前六識說即爲本質故相質皆別故知更無外境唯有識也唐三藏云境非定一故爲四類有情所變相分隨四類有情能變之心境亦成四一處解成差證知唯有識論云如人見有糞穢處傍生見爲淨妙飲食於人所見淨妙飲食諸天見爲臭穢不淨故知隨福見異垢淨唯心業自差殊食無麤細文

○二無所緣識智

二無所緣識智謂緣過未夢鏡像等非實有境識現可得彼境既無餘亦應爾

合響 宗鏡云第二無所緣識智者無所緣識者即是一切異生將自第六獨生散意識緣過去未來水月鏡像等變起假相分是此等相分但是衆生第六識妄搆畫徧計當情變起都無心外實境名無所緣識言智者即是十地菩薩能緣之心菩薩云此等異生所變假相分皆不離一切異生能變之心是其唯識即以此例於一切實境亦不離一切有情能緣之心離心之外更無一物舊云緣無不生慮即不正問何以不正答且如緣空華等一切假境之時心亦起故何言緣無不生慮故知緣無體假境時不無内心實相分能牽生心望見分亦成所緣緣義未有無心境曾無無境心又不違護法四分成唯識義若離卻内心實相分外其搆畫徧計執心之境即無唐三藏云應言境非眞慮起證知唯有識文

○三自應無倒智

三自應無倒智謂愚夫智若得實境彼應自然成無顛倒不由功用應得解脫

合響 宗鏡云第三自應無倒智者即十地菩薩起智觀察一切衆生妄執自身爲常樂我淨菩薩云此但是凡夫執心倒見離卻妄執心外其凡夫身上實無常樂我淨之境必若有者應異生不假修行而得解脫既不爾者明知唯有妄識文

○四隨三智轉智

四隨三智轉智一隨自在者智轉智謂已證

得心自在者隨欲轉變地等皆成境若實有如何可變二隨觀察者智轉智謂得勝定修法觀者隨觀一境衆相現前境若是眞寧隨心轉三隨無分別智轉智謂起證實無分別智一切境相皆不現前境若是實何容不現

合響宗鏡云第四隨三智轉智者一隨自在者智轉智即是菩薩起智觀自所變之境皆不離我能變之心是其唯識爲八地已去菩薩能任運變大地爲黃金攪長河爲酥酪此是境隨眞智轉所變事皆成轉者改換舊質義即隨轉大地山河舊質成金銀等衆生實得受用鍛煉作諸器具皆得若離心有外實境者如何山河等能隨菩薩心便變爲金銀等物以相分本質皆悉轉故故知一切諸境皆不離菩薩能變之心乃至異生亦能變火爲水變晝爲夜點鐵成金等此皆是境隨事智轉所變事皆成亦是唯識若是迦多演那所變宮殿金銀等皆不成就故知離心更無實境論云凡變金銀宮殿者是實定果色從初地已去方能變若約自在八地已上菩薩於相及土皆得自在以上品定心有大勢力所變金銀宮殿等皆得成就如變金銀鍛鍊作諸器具實得受用其所變金銀是實定果色皆不離菩薩内心是其唯識心外無境若諸聲聞及地前小菩薩等若變金銀宮殿時即託菩薩所變金銀宮殿以爲本質第六識所變金銀等皆不成就無實作用然所變金銀是假定果色不離聲聞諸小菩薩内心是其唯識心外無境令迦多

演那緣是聲聞未得上品定故所變金銀雖無實作用然不離内識心外無境又古德云色自在心生故心能變色所以移山覆海倒地翻天攪長河爲酥酪變大地爲黄金悉無難事二隨觀察者智轉智者無性菩薩云謂諸聲聞獨覺菩薩等若修苦空等觀得相應者或作四諦觀時隨觀一法之上唯有無常苦空無我等衆相顯然非是諸法體上有此衆多苦空等義但是苦空等衆相即是諸法之體既若無常相於聖人觀心上有者故知一切諸法皆不離觀心而有三隨無分別智轉智者謂菩薩根本智證眞如時眞如境與智冥合能所一般更無分別離本智外更無別境即境隨眞智轉是故說唯心汝小乘若執有心外實境者即證眞如時一切境相何不現前 文

○三結

菩薩成就四智者於唯識理決定悟入

○三引一頌

又伽他說心意識所緣皆非離自性故我說一切唯有識無餘

音義 諸識所緣皆不離識是故佛說一切唯心

○次總結

此等聖教誠證非一

○次顯理 二 初正顯 二 初約能緣顯親相分 二 初前五

極成眼等識五隨一故如餘不親緣離自色等

音義宗鏡云第一成立五塵相分皆不離五識者今但成立一識相分不離於識餘四識準作量云極成眼識是有法定不親緣離自識色是宗因云極成五識中隨一攝故如餘極成四識將釋此量分之爲二初釋名揀過次略申問答初者宗前陳云極成即揀兩宗不極成眼識且如大乘宗中許有他方佛眼識及佛無漏眼識爲小乘不許亦揀之不取若小乘宗中執佛是有漏眼識及最後身菩薩染污眼識即大乘不許亦須揀之即兩宗互不許者是不極成法今但取兩宗共許極成眼識方立爲宗故前陳言極成眼識也問若不致極成兩宗簡即有何過答前陳便有自他一分所別不極成過因中亦犯自他一分所依不成過爲前陳無極成眼識爲所依故所以安極成二字簡後陳言定不親緣離自識色宗者但是離眼識相分外所有本質色及餘四塵但離眼識者皆不親緣若立敵共諍只諍本質也若大乘自宗成立眼識親相分色問何故不言定親緣不離自識色耶答恐犯能別不極成過故謂小乘不許色不離於眼識故次因云極成五識中隨一攝故者因言極成亦簡不極成五識若不言極成簡空言五識中隨一攝者即此因犯自他一分隨一不成過所以因安極成言揀之喻云如餘極成四識者喻言極成亦揀不極成法若不安極成犯一分能立所立不極成過所以安極成言簡既立得相分色不離於眼識餘聲香味觸

等皆準此成立皆不離於餘四識故次申問答一問宗依須兩共許今後陳立者言不親緣離自識色敵者許親緣離自本質色何言極成答小乘亦許眼識不親緣餘四塵以離眼識故但使他宗許有不親緣離自識色即是宗依極成也二問他宗既許餘四塵眼識不親緣後合爲宗便是相扶豈成宗諍答今所諍者但取色塵本質眼不親緣互相差別順已違他正成宗體以小乘雖許色本質離於眼識且是親緣今言不親緣豈非宗諍三問宗中所諍是眼識不親緣本質色同喻如餘四識餘四識但不親緣餘四塵豈得相似答餘四識是喻依各有不親緣離自識法是喻體今取喻體不取喻依亦如聲無常宗同喻如瓶不應分別聲瓶有異但取聲瓶各有無常義相似爲因等也文

○次後三

餘識識故如眼識等亦不親緣離自諸法

合響　宗鏡云第二以理成立第六兼閣成立七八二識者量云極成餘識是有法亦不親緣離自識法宗因云是識性故同喻如極成五識釋云宗前陳言極成亦簡不極成若不言極成犯自他一分所別不極成過若言六七八識爲有法他不許七八二識即犯他一分所別不極成過若但立意識爲有法因中便犯不定過被他將七八二識爲異喻量犯共中自不定過謂六七八識皆共識性故因是則識性因寛向七八異喻上轉是故不定小乘出過云爲如眼等五識是識性故證汝第六不親緣離自諸法耶爲如七八二識是識性故證汝第六是

親緣離自諸法耶以小乘許本質色離於眼識且是親緣故大乘若不成立七八即被小乘就巳所計謂七八二識親緣離自本質色故將七八翻爲異喻也今但總言餘別取第六意兼七八即闇成立攝取七八於餘識之中後陳言亦不親緣離自識法者亦者同也同前極成五識不親緣離自識諸法因云是識性故者即同五識是識性故喻如極成五識者即同五識亦不親緣離自識故明知即親緣不離自識法既成立巳故知一切親所緣緣境皆不離心是唯識義 文

〇次明所緣不離心體 三 初親所緣緣

此識所緣定非離此二隨一故如彼能緣

音義 宗鏡云第三以理成立前六識親所緣相分皆歸心體所言心體者即自證分也然雖見分亦依自證而轉今但立相分者以見分共許故量云六識親所緣緣是有法定不離六識體宗因云見相二分中隨一攝故如彼能緣見分小乘許見分不離心體故取爲同喻 文

〇次疎所緣緣

所緣法故如相應法決定不離心及心所

音義 宗鏡云第四道理成立一切疎所緣緣境皆不離心是共唯識即第八識相分望前六名疎所緣緣以小乘不許第八故但云疎所緣緣也量云一切隨自識所緣是有法決定不離我之能緣心及心所宗因云以是所緣法故同喻如相應法釋曰此量後陳言定不離我之能緣者謂一切有爲無爲但所緣之法定不離我之能緣識若後陳不言我之能緣者便犯一分相扶

之失謂小乘亦許他心智所緣之境不離能緣心法爲簡此相扶過遂言我之能緣即簡他之能緣也同喻如相應法者即是前來已成立親相分是也皆是所緣法故文

○次總結

此等正理誠證非一

○次結勸總證 二 初勸信

故於唯識應深信受我法非有空識非無離有離無故契中道

音義 我法非有者以是徧計所執性故空識非無者依他圓成非所執故

○次引證 二 初正引

慈尊依此說二頌言虛妄分別有於此二都無此中唯有空於彼亦有此故說一切法非空非不空有無及有故是則契中道

音義 準中邊論釋曰虛妄分別有者謂有所取能取分別於此二都無者謂即於此虛妄分別永無所取能取二性此中唯有空者謂虛妄分別中但有離所取及能取空性於彼亦有此者謂即於彼二空性中亦但有此虛妄分別一切法者謂諸有爲及無爲法虛妄分別名有爲二取空性名無爲依前理故說此一切法非空非不空由有空性虛妄分別故說非空由無所取能取性故說非不空有故者謂有空性虛妄分別故無故者謂無所取能取二性故及有故者謂虛妄分別中有空性故及空性中有虛妄分別故是則契中道者謂一切法非一向空亦非一向不空如是理趣妙

契中道亦善符順般若等經說一切法非空非有

補遺宗鏡云虚妄分別有者即有三界虚妄分別心於此二都無者謂無能取所取我法二執之相於眞如心之上都無此中唯有空者謂此妄心中唯有此妄此是空性依空所顯故於彼亦有此者彼者彼空性中亦有此者亦有此妄分別識即虚妄分別是世俗諦故於此俗諦中亦有眞諦之空性也故說一切法者即有爲無爲二法即一切法也非空非不空者非空謂虚妄分別心及空性即依圓是有故名非空以二諦有故非不空者謂能取所取我法二執之相是空即徧計性也有無及有故者有謂虚妄分別有故無謂二取我法無故及有故者謂於妄分別中有眞空故於眞空中亦有妄分別故是則契中道者謂非一向空如清辨等非一向有如小乘等故名中道謂二諦有不同清辨二取我法無不同小乘故名中道

〇次簡示

此頌且依染依他說理實亦有淨分依他

合響謂頌言虚妄分別有且依染依他說如實義者亦有淨分依他以染淨分皆名依他性故問何故但言染緣起便能顯中道耶答以緣起法即中道故前第三卷中云應信大乘緣起正理謂此正理深妙離言又云謂此因果理趣顯然遠離二邊契會中道等亦可頌中已含淨分依他但不顯說耳何者以後文云淨分依他亦圓成故

○二世事乖宗難二初難

若唯內識似外境起寧見世間情非情物處時身用定不定轉

音義宗鏡云第二世事乖宗難此是經部師難云論主若言唯有內識無心外境者如何現見世間情與非情等物有處定時定身不定作用不定等就此中自有四難一處定難二時定難三身不定難四作用不定難初難云論主若言一切皆是唯識無心外境者且如世人將現量識正緣南山處其識與山俱在其南山不離識可言唯識忽若將現量識緣北之時其山定在南且不隨緣者心轉來向北既若緣北之時緣南山心不生者明知離識之外有實南山之境此何成唯識第二時定難者難云若正緣南山時識現起山亦隨心起即可成唯識義且如不緣南山時其緣山心即不生然山且在不隨心滅即是離心有境何成唯識義此上二難皆是難現量識亦難比量若約比量心者即山相分亦於餘處心上現故第三有情身不定難者難云若言一切皆是唯識者且如有多衆有情同在一處於中一半眼有患眩瞖者或十或五或有見空華或有見頭髮或有見蒼蠅或有全不見物者此等皆是病眼人自識變起所變髮蠅等相分皆不離患眩瞖者之心可是唯識且如一半不患眩瞖者或十或五共在一處所見一般物皆同境既是一者明知離心有境何成唯識第四作用不定難者於中分出三難第一難云

復有何因患眩瞖者所見髮蠅等即無髮蠅等實用餘不患眩瞖者所見髮蠅等物是實用非無汝大乘既許皆是唯識者即須一時有實作用不然一時無實作用今既不同未審何者是其唯識第二難云復云何因有情於夢中所得飲食刀杖毒藥衣服等即無實作用及至覺時若得便有實用等三難云復有何因尋香城等即無實作用餘軋土城等便有實作用文

○次釋

如夢境等應釋此疑

音義　宗鏡云論主答前四難引二十唯識頌云處時定如夢身不定如鬼同見膿河等如夢損有用若依此頌答前四難即足且第一答前處定難者論主云汝還許有情於夢中有時見有邮園或男或女等物在於一處即定其有情夢心有時便緣餘處餘處便不見前邮園等物即夢心不定汝且總許是唯識否經部答云我宗夢中雖夢境處定夢心不定然不離有情夢心皆是唯識論主云我覺時境色亦復如然雖山處長定其有情能緣心不定然皆不離現心總是唯識立量云我宗覺時所見境色是有法決定是唯識爲宗因云境處定心不定故喻如汝宗夢中之境皆是唯識第二答前時定難者論主云且如有情於夢中所見邮園等物其夢心若緣時可是唯識若不緣時應非唯識經部答云我夢中之境若夢心緣時亦是唯識若夢心有不緣時然不離夢心亦是唯識論主云我

覺時境色亦復如然我今長時緣南山山不離心是唯識有時緣山心雖不生然不離現心亦是唯識頌云處時定如夢此一句答前二難第三答身不定難論主云汝經部還許衆多餓鬼同於一處於中有三有五業同之者即同見膿河定又有三五隨自業力所見不定即同於一處或有見猛火或有見糞穢或有見人把棒欄隔如是餓鬼同於一處一半見境定一半所見各異汝總許是餓鬼唯識否答云雖見有同異然不離餓鬼自業識所變皆是唯識論主云我宗唯識亦復如是雖一類患眩瞖者所見各别有一類不患眩瞖者所見即同然不離此二類有情識之所變皆是唯識頌云身不定如鬼同見膿河等此兩句頌答此一難成唯識第四總答作用不定中三難者論主云汝經部等還許有情夢中所得刀仗飲食等無實作用是唯識否答云爾又問只如有情於夢中有時遺失不淨及失尿等事即有實作用汝亦許是唯識否答云爾論主例答汝既許夢中有實作用及無實作用俱是唯識者即知我宗患眩瞖及不患者并夢中現覺兼假城實城此三般皆是有實作用亦如汝夢中有實無實作用皆是唯識論主以量成立云我宗覺時境色是有法定是唯識宗因云有實作用故如汝夢中境色不然汝夢中境色是有法應非唯識宗因云有實無實作用故如汝覺時境色唯識頌云如夢損有用此一句答上難境 文

○三聖教相違難三初難

何緣世尊說十二處

音義　第三明聖教相違難者小乘難意云論主若言一切皆是唯識無心外實境者何故世尊於阿含經中說有十二處若一切皆唯識者世尊只合說意處法處即不合說有十色處今世尊既說有十二處者明知離卻意法處外別有十色處是心外有何言一切皆是唯識文

○次釋

依識所變非別實有爲入我空說六二法如遮斷見說續有情爲入法空復說唯識令知外法亦非有故

音義　宗鏡云論主答中分三初假答二正答三喻答初假答引二十唯識頌云識從自種生似境相而轉爲成內外處佛說彼爲十言識從自種生者即五識自證分現行各從五識自種而生將五識自種便爲五根言似境相而轉者即五識自證分從自種生已而能變似二分現其所變見分說名五識所變相分自外境現說名五境其實根境十處皆不離識亦是唯識此是假將五識種子爲五根答經部師以經部許有種子問設許有種子豈不執離識有答彼許種子在前六識中持亦不離識有論主云其所變相分似外五境亦不離識有能變五識種即五根亦不離識有雖分內外十處然皆是唯識言佛說彼爲十者以佛密意爲破外道執身爲一合相我故遂於無言之法强以言分別說有根塵十處

有大勝利故唯識頌云依此教能入數取趣無我解云謂若有智者即依此佛說根塵十處教文便作觀云我於無量劫來爲惡慧推求愚癡迷闇妄執自他身爲一合相我因此生死沉淪今依教觀自他身但有根塵十處以成其體於一一處中都無主宰自在常一等用何曾有我因此便能悟入無我之理成我空觀此即大乘假將五種子爲五根假答小乘也小乘又難云若爾者且如五塵相分色是五識所變故可如汝宗是唯識其本質五境色未審是何識之唯識謂五識及第六皆不親緣本質五境即此本質五境豈不離心外有何成唯識因此問故便是論主第二正答唯識論云依識所變非別實有解云此依大乘自宗正解即約已建立第八識了既論主云五塵本質色此是第八識之親相分相分不離第八識亦是唯識第三喻答者即論主舉喻答小乘世尊建立十二處之所以唯識論云如遮斷見說續有情但是佛密意破於衆生一合相我假說有十二處名令衆生觀十二處法都無有我便入我空次依唯識能觀一切諸法之上皆無實執持勝性等用既除法執便成法空文

○四唯識成空難二　初難

此唯識性豈不亦空不爾如何

音義　宗鏡云小乘難云既言一切諸法皆無實執持勝性等用成法空觀者即此唯識體性豈不亦空因此便成第四唯識成空難文謂識性不可空故答云不爾復徵云

不空又如何

○次釋

非所執故謂依識變妄執實法理不可得說爲法空非無離言正智所證唯識性故說爲法空此識若無便無俗諦俗諦無故眞諦亦無眞俗相依而建立故撥無二諦是惡取空諸佛說爲不可治者應知諸法有空不空由此慈尊說前二頌

音義　宗鏡第六十三卷論主答云唯識體即不空非所執故我前言空者但是空其一切法上妄心執有實執持勝性等用徧計虛妄之法此即是空非空離執唯識之體即如根本智正證如時離言絕相其徧計虛妄一切我法皆不現前於此位中唯有本智與理冥合不分能所此識體亦空便無俗諦俗諦無故眞諦亦無眞俗相依而建立故文

○五色相非心難二　初難

若諸色處亦識爲體何緣乃似色相顯現一類堅住相續而轉

音義　宗鏡云小乘難意云若言一切外色皆心爲體由心自證分變似能取說名見分變似所取說爲相分者何故所變色相即顯現其能變心即不顯現又若外色以心爲體者何故所變色即一類相續而轉且如外色山河大地等即千年萬年一類更無改變又相續不斷得多時住若有情能變心即有改變不定又不得多時今外色既不似內心者明知離心有外實色何言一切皆是唯識文

○次釋 二 初正釋

名言熏習勢力起故與染淨法爲依處故謂此若無應無顛倒便無雜染亦無淨法是故諸識亦似色現

音義 宗鏡云此但由一切有情無始時來前後遞互以名言虛妄熏習作心外堅住相續等解由此勢力有此相現非是眞實有心外堅色等外人又問既言唯識者有情何要變似外色而現論主云一切有情若不變似外色現者便無染淨之法且如一切凡夫由先迷色等諸境顛倒妄執由此雜染便生雜染體即二障汝外人若不許識變似外色現者即有情不起顛倒顛倒妄執既若不起即雜染煩惱不生雜染既若不生淨法因何而有 文

○次引證

如有頌言亂相及亂體應許爲色識及與非色識若無餘亦無

音義 宗鏡云亂相者即前所變色相亂體者即能變心體應許爲色識者即前所變亂相及與非色識者即前變心是體若無餘亦無者若無所變似外色境爲亂相者亦無能變之識體故知須變似外境現所以諸色皆不離心總是唯識 文

○六現量違宗難 二 初難

色等外鏡分明現證現量所得寧撥爲無

音義 宗鏡云小乘難意云且如外五塵色境分明五識現證是現量所得大小乘皆共極成何故撥無言一切唯識二十唯識論中亦有此難云諸法由量刊定有無一切

量中現量爲勝若無外境寧有此覺我今現證如是境耶意云論主若言無外實境者如何言五識現量取外五塵境若是比量非量徧計所起徧計所執强思計度搆畫所生相分不離於心可成唯識今五識既現量得外實五塵境者何故亦言皆是唯識 文

○次釋

現量證時不執爲外後意分別妄生外想故現量境是自相分識所變故亦説爲有意識所執外實色等妄計有故説彼爲無又色等境非色似色非外似外如夢所縁不可執爲是實外色

音義 宗鏡云論主云且如現量五識縁五塵境時得法自性不帶名言無籌度心不生分別不執爲外但是後念分別意識妄生分別便執爲外言有實境問且小乘許現量心中不執爲外否答許問與大乘何別答唯識鏡云若是大乘即五識及同時意識皆現量不執爲外若小乘宗即唯是五識不執爲外論主云汝小乘既許五識縁境是現量不執爲外者明知現量心中皆無外境是其唯識外人又問云其五識所縁現量五塵境爲實爲假答是實難云若爾者即是離心外有實五塵境何言唯識答五識縁五塵境時雖即是實但是五識之所變自識相分不離五識皆成唯識意云五識各有四分其五塵境是五識之親相分由五識自證分變似色等相分境現其相分又不離見分皆是唯識若後分別

意識起時妄執心外有其實境此即是無不稱境體而知故問且如五識中瞋等煩惱起時不稱本質何言唯是現量答雖不稱本質然稱相分亦是現量由心無執故其第六意識相應瞋若與執俱時相分本質皆不稱若不與執俱起時即同五識問何故五識無執答由不通比非二量故無執故知五識現量緣境不執為外皆是唯識文

○七夢覺相違難二 初難

若覺時色皆如夢境不離識者如從夢覺知彼唯心何故覺時於自色境不知唯識

音義 此即夢覺相違難先牒領前意如從下正難覺時所緣如夢唯識今觀法喻似不全同如從夢覺知彼唯心云何覺時不知唯識

○次釋

如夢未覺不能自知要至覺時方能追覺覺時境色應知亦爾未真覺位不能自知至真覺時亦能追覺未得真覺恒處夢中故佛說為生死長夜由斯未了色境唯識

音義 先仍舉喻如人正在夢中不能自覺夢境唯心要至醒時返思夢中一切唯識次法合云覺時境色應知亦然若人未得真如智覺不能自知三界唯心至真覺時亦能追覺所緣唯識未得真覺恒處夢中由斯未了色境唯識

合響 宗鏡第六十四卷云即第七是生死長夜根本能令起惑造業三界輪迴直須至真覺位時方知一切皆是唯識故知萬法

唯識夢覺一如覺中所見即明了意識夢中所見即夢中意識分别之意既同差别之境何異迷悟若此曷疑慮焉昏覺如斯可洞達矣

○八外取他心難二 初難

外色實無可非内識境他心實有寧非自所縁

音義 宗鏡云若論主言外色實無是内識之境者即可然且如他人心是實有豈非自心所縁耶意云且如此人心若親縁得他人心著即離此人心别有心爲境若此人心縁他心不著者即有境而不縁若縁著即乖唯識義若縁不著者即何成他心智耶 文

○次釋

誰説他心非自識境但不説彼是親所縁謂識生時無實作用非如手等親執外物日等舒光親照外境但如鏡等似外境現名了他心非親能了親所了者謂自所變故契經言無有少法能取餘法但識生時似彼相現名取彼物如縁他心色等亦爾

合響 宗鏡論主答云誰説他人心非此人境若此人親縁他人心即不得若託他人心爲質自變相分縁亦有他心智但變相分縁時即不得他人本質但由他人影像相自心上現名了他心即知他心相分不離自心亦唯識意云此人心縁他人心時變起相分當情相分無實作用非如手等執物亦非如日舒光親照其境縁他人心時但如鏡中影似外質現鏡中像亦無實作

用緣他人心時亦復如是非無緣他人心體故名了他心非親能了親所了者謂自所變又古德問他心智者謂既有他人心爲自心之所知即是離自心外有他人心爲自心之境何得言無境唯有識耶答謂緣他身浮塵根相分色亦不親得但託爲質如自身眼識緣第八識所變器世間色時亦但託爲質亦不親得其耳等四識緣本識所變聲等亦爾以本質是第八識變今望五識故名影識如五識等緣本識所變本質境亦不親得雖亦得緣只成疎所緣緣

○九異境非識難 二 初略問答 二 初難

既有異境何名唯識

音義 宗鏡小乘云唯識之義但離心之外更無一物方名唯識既他人心異此人心爲境何成唯識耶又他人境亦異此境即離此人心外有異境何成唯識 文

○次釋

奇哉固執觸處生疑豈唯識教但說一識

音義 宗鏡云汝小乘向以此堅執處處生疑豈唯識之言但說一人之識耶

○次復問答 二 初難

不爾如何

音義 不唯一識義復云何

○次釋 三 初斥失

汝應諦聽若唯一識寧有十方凡聖尊卑因果等別誰爲誰說何法何求

音義 初句誡聽若唯下出過六法界凡四法界聖佛法界尊三乘界卑菩薩爲因佛界

爲果佛爲九界説九界從佛求此諸有情由各有識是事方成若唯一識如是等事悉不成就

合響宗鏡云若言有一人之識者即豈有凡聖尊卑若無佛者衆生何求若無凡夫佛爲誰説文

〇次正釋

故唯識言有深意趣識言總顯一切有情各有八識六位心所所變相見分位差别及彼空理所顯眞如識自相故識相應故二所變故三分位故四實性故如是諸法皆不離識總立識名唯言但遮愚夫所執定離諸識實有色等

音義初句標立識言下釋成謂我所立識言總顯一切有情各有五位一者心法謂八種識二者心所有法謂六位心所三者所變謂相見二分四者分位差别謂不相應行五者無爲謂眞如等初即識之自相次即識之相應三即初二所變四即前三分位五即前四實性如是百法皆不離識故立識言有深意趣所立唯言但遮愚夫所執外實色等不遮内識所變不離諸識色等諸法故立唯言亦有深趣

合響宗鏡第五十九卷問一百法中凡聖總具不答若凡夫位通約三界九地種子皆具一百法若諸佛果位唯具六十六法除根本煩惱六隨煩惱二十不定四不相應行中四共除三十四法問心攝一切云何但標五位百法之門答雖標百法以爲綱要此中五位次第已攝無盡法門不出於

此何者百法云一明心法謂此八種心王有爲法中此冣勝故世出世間無不由心造二明心所有法與此心王常相應故名相應法望前心王此即是劣先勝後劣所以次明三色法心王等之現影謂此色法不能自起要藉前二心王心所變現故變不親緣故致影言或通本質前二能變此爲所變先能後所所以次明四不相應行謂此得等二十四法不能自起藉前三位差別假立前三是實此即是假先實後假所以次明五無爲法體性甚深若不約法以明無爲無由得顯故藉前四斷染成淨之所顯示前四有爲此即無爲先有後無所以後明文

○三勸信

若如是知唯識教意便能無倒善備資糧速入法空證無上覺救拔含識生死輪迴非全撥無惡取空者違背教理能成是事故定應信一切唯識

音義 謂若解知唯識理者便能善備福慧資糧速證法空成無上覺復能救拔含識輪迴此等勝益是信唯識教遠離增減二過者所爲非全撥無違教理者能成是事是故欲求無上覺者應信唯識

成唯識論音響補遺卷第七之三

音釋

眩 音衒目無常主也 瞖 音意眼疾目瞖也 蠅 音英蒼蠅也 甎 音專

成唯識論音響補遺卷第七之四

清武林蓮居紹覺大師音義

新伊大師合響

法嗣智素補遺

○二釋分別難三 初外人申難

若唯有識都無外緣由何而生種種分別

合響 宗鏡第六十三卷云又小乘都申一難若唯識無外境者由何而得種種心生既若無境牽生心即妄心由何而起未有無心境曾無無境心文

○次舉本頌答

頌曰

由一切種識　如是如是變　以展轉力故
彼彼分別生

○三末論釋成二 初略釋頌文二 初染種現生染分別二 初別釋句義四 初釋第一句三 初明四果種二 初出所有

論曰一切種識謂本識中能生自果功能差別此生等流異熟上用增上果故名一切種

合響 宗鏡第六十三卷云功能有二一現行名功能即似穀麥等種能生芽功能是二第八識中種子名功能有能生現行功能故今言一切種識者但取本識中種子功能能生一切有為色心等法即色為所緣心便是能緣即色是境不離心是唯識即此心境但從本識中生起何要外境方生文

○次明所除

除離繫者非種生故彼雖可證而非種果要現起道斷結得故有展轉義非此所說此說

能生分別種故

音義　問果有五種何除離繫答除離繫者以非種生故問彼是可證何非種生答彼離繫果雖可克證是了因所了而非種生須起現行眞無漏道斷障所證善無爲法此現起道雖從種生望於彼果有展轉義然非此中正意所説此説能生分別種故有展轉義者即現行無間道是能斷解脫道是能得有增上緣等故

○次出種識體

此識爲體故立識名種離本識無別性故

音義　謂此種是本識相分即以所依而爲自體以種離識無有別體故立識名

○三簡示種識

種識二言簡非種識有識非種種非識故又種識言顯識中種非持種識後當説故

音義　謂種識二字合言者簡非種識現行異熟識名識而非是種種子未成熟名種而非是識今簡非彼故名種識又種識言顯本識中生現之種非顯能持種子之識此差別義向後當説

○二釋第二句

此識中種餘緣助故即便如是如是轉變謂從生位轉至熟時顯變種多重言如是謂一切種攝三熏習共不共等識種盡故

音義　頌言如是如是變者謂識中種得餘增上緣等力助故即從生位轉變成熟增上緣乃識種因緣之餘故曰餘緣顯變種多重言如是此攝名言我執有支共不共等識種盡故名一切耳

○三釋第三句

展轉力者謂八現識及彼相應相見分等彼皆互有相助力故

音義 展轉力者即餘緣助也八現行識及相應等法望於種子皆有助種生現之力故名展轉

○四釋第四句

即現識等總名分別虛妄分別爲自性故分別類多故言彼彼

音義 即從種生現行識等總名分別然有王所類多故言彼彼

○次示頌答意

此頌意說雖無外緣由本識中有一切種轉變差別及以現行八種識等展轉力故彼彼分別而亦得生何假外緣方起分別

○次淨種現生淨分別

諸淨法起應知亦然淨種現行爲緣生故

音義 謂由依附本識一切淨種轉變差別及以現行淨法爲緣助故彼彼淨法而亦得生何假外緣方得生起

○次廣釋頌義二　初徵

所說種現緣生分別云何應知此緣生相

○次釋二　初正釋緣生三　初且明四緣二　初標

緣且有四

補遺 宗鏡云因緣則於有爲之門親辦自果無間則爲開導之義萬有咸生所緣則具慮託而方成約親疎而俱立增上則有勝勢力不障他緣瑜伽論云因緣一種亦因亦緣餘三種唯緣非因

○次釋四 初因緣二 初標列

一因緣謂有爲法親辦自果此體有二一種子二現行

音義 感果曰因助生曰緣因者是果之因即此因有親能生果之用名緣親辦自果有助生義因即是緣故名因緣有爲法者要而言之除法界外餘色心等又此中即指本識中種及能熏心心所等

○次釋義二 初正釋二 初種子

種子者謂本識中善染無記諸界地等功能差別能引次後自類功能及起同時自類現果此唯望彼是因緣性

音義 謂本識中三性三界九地等差別功能名爲種子能引次後功能者種生種義能起同時自類果者種生現義此即三性界地等差別功能彼謂次後自類功能及現果也

合響 宗鏡第七十卷云若一切煩惱種被加行智折伏已永無生現行用雖種子是因緣法以不能生現行故不得名因緣又如將心種望色現亦不名因緣心種生心現色種生色現等皆是因緣此雙通 新本二類種子故 文

○次現行

現行者謂七轉識及彼相應所變相見性界地等除佛果善極劣無記餘熏本識生自類種此唯望彼是因緣性第八心品無所熏故非簡所依獨能熏故極微圓故不熏成種

補遺 謂七轉識與相應心所及所變相見性界地等差別諸法皆名現行即此差別現

行唯除佛果善七轉識等及六識三性中極劣無記外餘七轉識及彼相應所變相見等現行法熏根本識生自類種此轉識等望自類種是因緣性第八下釋疑謂有疑曰第八王所一總是心法何緣第八心王是所熏心所非所熏耶心品即觸等五所釋曰謂第八王所於所熏四義有具不具故王是所熏所非所熏故云第八心品無所熏故何緣前七王所皆能熏前七不簡王所皆具能熏四義故能依心所亦能熏非取所依心王獨能熏也復問能熏法中何除佛果善及劣無記釋曰極微圓故不熏成種意云劣無記者極微劣故佛果善者極圓滿故由此二法不熏成種是以除之此中應檢開蒙八能所熏義

○次簡示

現行同類展轉相望皆非因緣自種生故一切異類展轉相望亦非因緣不親生故有說異類同類現行展轉相望爲因緣者應知假說或隨轉門有唯說種是因緣性彼說顯勝非盡理說聖說轉識與阿賴耶展轉相望爲因緣故

補遺 現行同類即現引現謂八現識各自前後展轉相望但名等無間緣非因緣有開導義以各各前後念從自種生故現行異類如眼識望耳識等是異類謂一切現行異類相望但名增上亦非因緣有助生義非親生故然有處說同類異類相望爲因緣者是隨宜說非究竟言如現引現是真等流有處亦假說爲因緣有處唯說種望

現行爲因緣者以現熏種因緣隱微故從顯勝唯說種生現耳非爲盡理聖說賴耶轉識互爲因緣如炷與燄展轉生燒故因緣性定應有二

○二等無間緣 二 初正釋體用 二 初正釋

二等無間緣謂八現識及彼心所前聚於後自類無間等而開導令彼定生

合響 宗鏡第七十卷釋云八現識及心所者出緣體唯見自證此是緣體總名現識簡色不相應種子無爲非此緣性論說等無間緣唯望一切心心所說以前生開導所攝受故開者避義與彼處義導者招引義即前往避其處招引後法令生前聚於後者簡俱時及後爲前緣義非開導故自類者顯非他識爲緣無間者顯雖前無間爲後緣非中間隔要無間者等而開導者顯緣義令彼定生即顯後果雖經久遠如經八萬劫前眼識望後亦爲此緣以彼後果當定生故即簡入無餘依最後心無果定生故非此緣雖有開義無導引力故 文 開蒙問何故揀色及不相應答皆無力故問何揀無爲答無前後故 文

○次料簡 三 初遮俱轉

多同類種俱時轉故如不相應非此緣攝由斯八識非互爲緣

合響 多同類種者謂八識種子相望同是心種故問八識種子何非等無間緣釋曰須有前後義故今同類種但俱時而轉各各別異如不相應故非此緣所攝由斯義故從種所生之八識若俱時而轉各自爲緣

定非互爲體用各別故故俱轉者非此縁攝

○次簡相應

心所與心雖恒俱轉而相應故和合似一不可施設離別殊異故得互作等無間縁

音義 問曰同類現行俱時轉故非等無間此則可耳然心與心所亦恒俱轉那得互作等無間縁釋意如文

合響 宗鏡第七十卷問心與心所既非自類如八種識恒時俱轉體用各殊如何俱起望後並得互爲縁義荅和合似一者同一所縁及同一依同一時同一性攝不可離別令其殊異不同八識行相所縁及依各不等故非互爲縁 文

○三簡無餘 二 初正簡

入無餘心最極微劣無開導用又無當起等無間法故非此縁

音義 此簡入無餘涅槃最後心非此縁攝以其身智俱泯一入永入前無開導之用後無當起之法是以非此等無間縁所攝

○次引證

云何知然論有誠說若此識等無間彼識等決定生即說此是彼等無間縁故

○次對識歷明 四 初對第八 三 初正約界地明互爲縁

即依此義應作是說阿陀那識三界九地皆容互作等無間縁下上死生相開等故

音義 謂阿陀那識徧界地故於三界九地皆容互相引生何者於下界地死已生上或上界地死生下者互相開導其義等故

○次約漏無漏等辯為緣

有漏無間有無漏生無漏定無生有漏者鏡智起已必無斷故善與無記相望亦然

音義 有漏無間引生無漏者謂如菩薩金剛喻三摩地現在前時斷異熟識成無垢識此則應理無漏定無生有漏者設既轉成無垢與鏡智俱必無斷故此唯在佛餘非分故善與無記相望亦然者此約性言也謂異熟無記無間有無垢識生無垢善識定無生無記異熟識故

○三別示無漏初起界地 二 初問

此何界後引生無漏

○次釋 二 初標起

或從色界或欲界後

○次釋成 二 初頓悟菩薩

謂諸異生求佛果者定色界後引生無漏後必生在淨居天上大自在宮得菩提故

音義 謂若凡夫直發大心求菩提者定於色界後心此第八識方成無漏何者因行既滿將成佛時必生淨居色究竟天得菩提故

合響 後必生等者會玄記第五卷云別說有五義一云以二乘人執化身為真佛不信別有聖人然信第四禪是聖人生處欲令其知八相非真於彼示成也二云由三災不及故三云由欲界色界質麤是有無色界都無色質是無表離有無契中道故四云以摩醯首羅面有三眼表證三德涅槃故五云下界慧多定少上界定多慧少表定慧平等故又引古疏云頓悟異生者至

八地要生第四禪得勝身已方受變易身故大自在天宮者謂淨居天上有實淨土即自受用身於彼初起證等文實淨土等義應檢彼文

○次迴心菩薩二初師唯欲界後

二乘迴趣大菩提者定欲界後引生無漏迴趣留身唯欲界故彼雖必往大自在宮方得成佛而本願力所留生身是欲界故

音義謂二乘極果之人迴趣大乘此第八識定欲界後引生無漏何者所留不受後有之身唯欲界故彼雖下釋妨

○次師亦通色界

有義色界亦有聲聞迴趣大乘願留身者旣與教理俱不相違是故聲聞第八無漏色界心後亦得現前然五淨居無迴趣者經不說彼發大心故

音義先正釋然五下簡非意顯聲聞之人雖色界後亦得引生無漏第八然於五淨居天無迴趣者以經說聲聞生彼無發大心故

○二對第七二初約界地等明互爲緣

第七轉識三界九地亦容互作等無間緣隨第八識生處繫故有漏無漏容互相生十地位中得相引故善與無記相望亦然於無記中染與不染亦相開導生空智果前後位中得相引故

音義謂第七識界地上下等無間緣義同第八以隨所生所繫處故有漏無漏容互引生者以第七識因中轉故十地有學修習位中漏與無漏相間起故無記染與不染

亦相開導者由彼生空前後皆屬有覆故染唯中間智果相應末那則屬無覆故得互引相開導也

補遺　第七識與平等性智相應名爲無漏我法二執相應名為有漏十地位中入法空觀則名無漏出法空觀則名有漏故互相生又我法二執相應名爲有覆亦名爲染或伏斷我執但與法執相應名爲無覆亦名不染初二三果聖人入生空觀位中則名不染未入之前已出之後則名爲染故亦得互相引生鈍根二乘得生無色以厭色故地上菩薩不生無色以無益故若菩薩證二十五王三昧亦必應現無色善無記亦然者十地位中法空智果起時名善不起時名無記故亦互相生

○次別示無漏所起界地

此欲色界有漏得與無漏相生非無色界地上菩薩不生彼故

音義　謂此末那於欲色二界漏與無漏容互引生非無色界以地上菩薩不生彼界故

○三對第六　二　初約界地等明互爲緣

第六轉識三界九地有漏無漏善不善等各容互作等無間緣潤生位等更相引故

音義　先明互爲緣義第六識等無間緣三界九地有漏無漏善不善等各容互作謂第六於上下生時潤生位中及於餘時善不善等三性更相引故見道後生空智果前後位中漏與無漏得相引故等者等於見道後及餘時也

補遺　生法二空觀智皆名無漏無漏唯善我

執相應名爲有漏有漏則有善惡有覆無覆不同然皆互相引生

○次別示無漏所起界地

初起無漏唯色界後決擇分善唯色界故

補遺 決擇分善即煖頂忍世第一四加行位所修善根也謂第六識初起無漏約位而言在四加行此四善根必依第四靜慮方得成滿所以第六初起無漏唯色界耳

○四對前五 二 初約界地等明互爲緣

眼耳身識二界二地鼻舌兩識一界一地自類互作等無間緣善等相望應知亦爾

音義 謂眼耳身三識於欲界五趣雜居色界離生喜樂此二界二地等無間緣自類互作鼻舌二識一界一地并善等相望其義易知

○次別明無漏唯從漏起 二 初師因中漏與無漏互起

有義五識有漏無漏自類互作等無間緣未成佛時容互起故

音義 此師意謂因中五識有轉無漏義如六七識前後互起所以作此解也

○次師果上無漏唯從漏起

有義無漏有漏後起非無漏後容起有漏無漏五識非佛無故彼五色根定有漏故是異熟識相分攝故有漏不共必俱同境根發無漏識理不相應故此二於境明昧異故

音義 先明有漏容起無漏無漏定無起有漏義無漏五識下出其所以非佛無者以前五識同乎第八唯於極果方圓滿故又彼非佛五色根者定有漏故根是異熟相分

攝故能緣異熟是有漏故根定有漏所依根若有漏能依識亦有漏故然五色根是前五識不共俱生同境所依此若有漏發無漏識不應理故此二於境明昧者謂有漏根於境如瞖目視物無漏識於境如淨眼觀空義實天殊豈令昧根發於明識

補遺 又說明昧異者無漏根發成所作智相應五識於境則明有漏根發於有漏五識不論善惡無記於境則昧也

○三所緣緣 二 初正釋體用 二 初總明

三所緣緣謂若有法是帶巳相心或相應所慮所託

合響 別行鈔云所緣緣者謂是心之所慮處故名爲所緣只此所緣境又有牽心令生是心之所託故復說名緣即所緣爲緣名所緣緣持業釋也 文中所緣帶相義是體緣能生義是用 有法者宗鏡第七十一卷云有兩解初顯幽鈔解云有法即有體實法揀於假法及徧計相無體法但是所緣不成緣夫爲緣須是有體實法有力用能牽生識即圓成依他起是有體法二龍與云謂若有法者即依圓二性以有體故能牽於心名之爲緣不通無體若是徧計以無體故但有所緣而非緣體若是所緣即體通有無問徧計所執旣也無體不能生心何得名爲所緣答無體所緣依有體緣生於有體法上妄增益而有非緣故兩解之中後解爲正若依今明有法通取三境假之與實但名有法盡作所緣緣於八識中分別前五第八性境爲所緣緣揀諸假法及徧計所執第

七帶質境爲所緣緣唯假非實及簡徧計所執第六意識緣於三境作所緣緣通於假實唯簡徧計所執問實法有體名所緣緣假法無體非所緣緣答假法有二種一有體假即依圓性中諸假法也二無體假即徧計所執也若我若法空華兔角等但簡無體非所緣緣不簡有體故問若徧計所執非所緣者如何第六緣空華等時亦有所緣緣義豈即有體耶答但望自親相分爲親所緣緣非望空華也若是空華等但於相分上妄執生華解其體是無若所變相分其體是有得成所緣緣問應一切有體法總是所緣緣以是有法故答疏云是帶已相須是能緣之心緣所緣時帶起所緣已相此有體法即是所緣緣餘不帶起已相者雖是有法不爲所緣緣是眼識緣境時所帶起色已相此有體法即是眼識家所緣緣餘不帶起已相者雖是有法不是眼識所緣緣眼識既爾餘識亦然帶與已相各有二義且帶二義者一者挾帶即能緣心親附境體而緣二者變帶即能緣心變起相分而緣言已相亦有二義一體相相二相狀相若無分別智緣真如是挾帶體相而緣是所緣緣及內二分相緣幷自證緣見分是挾帶若有漏心心所見分及無漏後得智起見分緣境時即是變帶相狀而緣是所緣緣謂若有法是緣是帶已相是所緣具此二義名所緣緣義又簡法辯果者先引慈恩徵云緣生於誰誰帶已相疏答云心或相應此辯所緣緣果

也以所緣爲緣是因生得心心所是果言心者即八識心王或相應者即五十一心所有起有不起不定故而言或也即簡不立色及不相應無爲等爲所緣緣彼非心法無緣慮故宗鏡第七十卷問云且如將鏡照人時於鏡面上亦能親挾於人影像以人影不離鏡面故應成親所緣緣又鏡面望外邊人本質應成疎所緣緣答將所慮簡之意云夫爲所緣緣者須對能緣慮法所慮方名所緣緣今鏡面既非能緣慮法者即鏡中人影及外邊人本質亦不得名所慮法既闕所慮義者不成所緣緣外人又難若爾者且如第六識緣空華無體法時有所慮義應成所緣緣爲識是能緣慮故答將所託簡之意云其意緣無體法時雖有所慮義又闕所託義以空華等無體不與能緣心爲所託不妨但成所緣即不成緣由是應須四句分別一有所慮非所託即徧計妄我法等是以無體故但爲所慮不爲所託二有所託非所慮即鏡水所照人等是此但有所託而無所慮以鏡水等非能慮故三俱句即一切所緣緣實相分是四俱非即除鏡水等所照外餘不緣者是 文

○次別釋二　初列

此體有二一親二疎

合響　宗鏡第七十卷云親緣者是逼附義近義即如相分親逼附近於見分更無餘分間隔故言疎者是遠義被相分隔故即本質法是 文

○次釋

若與能緣體不相離是見分等內所慮託應知彼是親所緣緣若與能緣體雖相離爲質能起內所慮託應知彼是疎所緣緣

合響 先明親所緣緣宗鏡第七十卷引慈恩云若與能緣者是見分體不相離者即與自證分體不相離意云相分是見分親所緣緣見分是自證分親所緣緣皆不離自證分體此正簡疎所緣緣本質法望能緣見分有相離八識故此亦簡他人所變相分及自身八識各各所變相分更互相望皆不是親今唯取自識所變相分名親望能變見分體不相離中間更無隔礙方是親義是見分等內所慮託者言見分等者即等取自證分及第四分并本智緣如等此皆成親所緣緣且如相分是見分家親所緣緣見分即自證分親所緣緣自證分是證自證分親所緣緣又真如是根本智親所緣緣又等取心心所緣親相分亦是親所緣緣內所慮託者此有二種一是有爲即識所變名內所慮託二是無爲真如體不離識名所慮託即如自證緣見分等竝是此例又親所緣緣都有四類一有親所緣緣從質及心而變起即五識緣五塵境所緣相分是二有親所緣緣但從心變不仗質起即第八識緣三境相分是三有親所緣緣不由心變亦不由質起即根本智所證真如是四有親所緣緣而非相分即內二分互相緣是文又若與下次明疎所緣緣宗鏡又云疎所緣緣與能緣心相

離法是謂即他識所變及自身中別釋所變仗爲本質者是_文又宗鏡第七十一卷合明親疎二緣云親則挾帶逼附而起如鉗取物似日舒光親照親持體不相離疎則變帶仗託附影而起緣似質之狀離相分之親體不相収内生慮託等 文

○三結判

親所緣緣能緣皆有離内所慮託必不生故疎所緣緣能緣或有離外所慮託亦得生故

音義 謂親所緣與能緣心決定皆有以離所緣必不生故諸心心所四緣起故如初卷云自心内蘊一切皆有若疎所緣與能緣心有無不定何者或緣過未等境離卻外質亦得生故如論初云自心外蘊或有或無

合響 宗鏡第七十卷云親所緣緣但是能緣之心皆有離内所慮託之相分一切心等必不行故今大乘中若緣無法不生心也疎所緣緣能緣之法或有或無以是心外法故如執實我法雖無本質然離彼法心亦生故 文

○次對識歷明 四 初對第八心品 二 初師唯親所緣緣

第八心品有義唯有親所緣緣隨業因力任運變故

○次師亦有疎緣

有義亦定有疎所緣緣要仗他變質自方變故

○三師疎緣有無不定

有義二說俱不應理自他身土可互受用他

所變者爲自質故自種於他無受用理他變爲此不應理故非諸有情種皆等故應説此品踈所緣緣一切位中有無不定

吉義 先斥前非自他身土可互受用他所變者爲自質者此斥初家唯有親緣不應理也自種於他無受用理他變爲此不應理者斥次家之非理也非諸有情種皆等者有情本來法爾有五種性別故應説下次申正義自種定無所緣緣器界與身已轉未轉一切位中有無不定

合響 宗鏡第七十卷引百法云護法解此第八心及心所名此品若因若果踈所緣緣有無不定若因中第八識託他人浮塵器世間境自變相分緣即可互受用有踈所緣義若是自他緣義五根及種子不互變緣即無踈所緣義也又有色界即有浮塵器世間可互仗托即有踈所緣緣若無色界即無色可仗托故即無踈所緣緣義也若自第八識緣自三境唯有親所緣緣也此是因中料簡若至佛果位中第八識若緣自境及緣真如及緣過未一切無體法時即無踈所緣緣也若緣他佛身土即變影而緣亦有踈義即第八識心王自果位中踈所緣緣有無不定若第八五心所因果位中皆有踈所緣緣也爲托第八心王三境爲質而緣故 文

○二對第七心品

第七心品未轉依位是倶生故必仗外質故亦定有踈所緣緣已轉依位此非定有緣真如等無外質故

合響 宗鏡云今言此第七識有漏位中者體是俱生任運無力必仗第八識以爲外質故自方變影緣故即定有疎所緣緣若約無漏時即疎所緣緣有無不定若第七根本智相應心品緣真如即無疎緣若後得智緣如即有疎緣若是無漏第七緣過未及無體法皆無疎所緣緣問何故有漏第七起執事須仗託本質起耶夫是執者搆畫所生即不合假於外質而起答執有二一有麤思分別計度而起執者即所托本質有無不定如第六識獨生散意是也二者有任運起執即第七識是爲第七心心所是俱生任運自無力起要假外質方自起執也故知第七無漏位中疎所緣緣有無不定 文

○三對第六心品

第六心品行相猛利於一切位能自在轉仗外質或有或無疎所緣緣有無不定

合響 宗鏡云於因果位中皆自在轉或分別起或俱生故緣一切法時有仗質起有不仗質起緣境最廣故疎所緣緣有無不定

○四對前五心品

前五心品未轉依位麤鈍劣故必仗外質故亦定有疎所緣緣已轉依位此非定有緣過未等無外質故

音義 謂未轉依前五心品行相麤鈍唯緣現在須仗外質方起內所慮託故有疎緣已轉依位能緣三世緣過未法則無外質故曰此非定有

合響 宗鏡云前五轉識因果位中約諸根互

用亦須仗質而起定有疎所緣緣若至果位有無不定

○四增上緣二 初總明三 初明緣用

四增上緣謂若有法有勝勢用能於餘法或順或違

合響 宗鏡第七十一卷釋云謂若有法亦是有體此簡所執有勝勢用者謂爲勝義即有爲無爲有勝勢用此用非是與果等用但不障力能於餘法者簡其自體顯不同前所緣緣故或順或違者顯與順違俱能爲緣與後生異法爲緣非前滅法謂十因中前九是順第十是違亦是此緣故問增上緣約逆順有力無力都有幾種答古釋有四種夫增上緣者即簡徧計所執是無體法須是有體法得爲增上緣即是依圓二性皆是有體法爲增上緣義若無體法即是我法等全無體故從妄執生非增上緣一順如水土與青草等順增上緣六波羅密行與佛果爲順增上緣愛取二支與五果種子爲順增上緣二違即如霜雹與青草作違增上緣又如智與惑作違增上緣即一念間智起時惑便斷即知一念有二增上一念正與惑作違增上便與二空理作順增上三有力增上亦名親增上如五根發生五識等四無力增上即此人五根望彼人五識是無力增上亦名疎增上如燈焰正生時一切大地等法不礙此燄生名疎增上但取不障礙義邊名增上緣文

○次明簡取

雖前三緣亦是增上而今第四除彼取餘為顯諸緣差別相故

音義　或有問曰因緣等三望所生法亦有增上之義云何第四獨得其名釋曰雖前三緣亦是增上而今第四除彼取餘為顯四緣差別義故除彼取餘者良以四緣之名有通有別通名增上別名因緣等前三緣者從別立名今第四緣得通名耳故曰除彼取餘耳

○三示轉處

此順違用於四處轉生住成得四事別故

音義　問前言能於餘法或順或違此順違用於幾處轉釋曰此順違用於四處轉望後異法或生或住等法四事別故

○次別釋　三　初標數

然增上用隨事雖多而勝顯者唯二十二應知即是二十二根

音義　辯中邊論釋增上義云二十二根依六事增上義立謂於取境眼等六根有增上義命根於住一期相續有增上義男女二根於續家族有增上義於能受用善惡業果樂等五根有增上義於世間淨信等五根有增上義於出世淨未知等三根有增上義

合響　瑜伽第五十七卷問何等是根義答增上義是根義問為顯何義答為顯於彼彼事彼彼法最勝義　文

○次出體　二　初明十九根

前五色根以本識等所變眼等淨色為性男女二根身根所攝故即以彼少分為性命根

但依本識親種分位假立非別有性意根總以八識爲性五受根如應各自受爲性信等五根即以信等及善念等而爲自性

音義　信進二根即以善位信勤爲體念定慧三根即以別境善念等爲體

合響　瑜伽第五十七卷問眼根作何等業答於諸色境已見今見當見爲業如是耳根乃至意根所有作業如應當知問男女二根作何等業答父母妻子親戚眷屬互相攝受顯現爲業問命根作何等業答令諸有情墮在存活住持數中爲業問受所攝根作何等業答令諸有情領納一切興盛衰損爲業問信等諸根作何等業答能生善趣及能圓滿涅槃資糧爲業 文 意根總以八識爲性者宗鏡第七十二卷云唯取同時八識心王爲意根處以意根處緣得八個識故若是等無間意即自爲一依故不取 文

補遺　本識等者等於五根種此是勝義根故以本識所變眼等清淨四大所成色爲性

○次明後三根 二 初正釋 三 初未知當知根 三 初明位

未知當知根體位有三種一根本位謂在見道除後剎那無所未知可當知故二加行位謂煖頂忍世第一法近能引發根本位故三資糧位謂從爲得諦現觀故發起決定勝善法欲乃至未得順決擇分所有善根名資糧位能遠資生根本位故

音義　謂見道位有十六心即八忍八智亦名十六剎那前十五心名見道由見所未曾

見諦故於第十六心由熏習所曾見故屬修道攝今言除後刹那者以修道位已知法性無所未知當知根故順決擇分善根者謂加行位義見於後

合響會玄記第八卷引俱舍云一未知當知根謂在見道八忍七智如苦法忍與疑得俱未知苦諦名未知後至智位必當知故名未知當知根如苦忍既爾餘七忍亦然中間七智雖能證知良由知諦未徧中間起故亦名未知當知於已知根道有增上用見道引修道故名根文此且約小乘釋後二根亦然

○次出體

於此三位信等五根意喜樂捨爲此根性加行等位於後勝法求證愁慼亦有憂根非正善根故多不說

音義謂三位中所有信等九根即是未知當知體加行下或有問曰雜集論說加行道時順決擇分後於上解脫希求欲證愁慼所攝所以加行等位亦有憂根爲此根性何不言耶釋意可知

合響瑜伽第五十七卷云憂根雖道所依非道攝故此中不取文

○三簡別二 初傍修菩薩

前三無色有此根者有勝見道傍修得故

音義三無色者謂空無邊處至無所有處傍修得者決擇分善在四靜慮有勝見道菩薩兼修上定故三無色亦有此根

○次迴心二乘

或二乘位迴趣大者爲證法空地前亦起九

地所攝生空無漏彼皆菩薩此根攝故菩薩見道亦有此根但說地前以時促故

合響　地前亦起者二乘極果生空無漏對菩薩言位齊八地若廻趣大乘求證法空其位僅在資糧故言地前亦起九地下釋疑問彼二乘已斷三界九地下八十一品思惑證入生空無漏則已有具知根何以猶有未知當知根耶釋曰二乘則爾若望菩薩則九地所攝生空無漏與彼法空無漏皆是未知當知根攝故何者以二乘期心唯欲斷煩惱障證生空故三根亦單約生空說菩薩期心要具斷二障證二空故三根亦雙約生法二空說今廻趣菩薩於生空雖是具知於法空猶屬未知故地前亦起又問據此則菩薩於見道位亦有此根何故不說答意云時促者以見道位唯有十五心故

○次已知根

始從見道最後刹那乃至金剛喻定所有信等無漏九根皆是已知根性未離欲者於上解脫求證愁慼亦有憂根非正善根故多不說

音義　金剛喻定通大小乘一二乘位那含後心爲斷最後有頂九品俱生煩惱得起此定二菩薩位此有二種一遠行地滿心爲永伏三界俱生一切煩惱亦起此定二法雲地後心爲永斷一切煩惱種子及最後一分所知障故亦起此定今文中意通此三種未離欲下釋妨意如前解

合響　會玄記引俱舍云二已知根從道類智

已去乃至金剛喻定皆修道上下八諦總已知竟無未曾知但爲斷除迷事煩惱貪瞋癡慢四隨眠故於四諦境復數起智知名爲已知於具知道有增上用引無學故名根 文

○三具知根

諸無學位無漏九根一切皆是具知根性

音義 二乘無學於生空理究盡無餘得具知名大乘無學若八地已上諸菩薩等具證人空分得法空若佛位者二障永盡具證二空所顯真如所以三乘極果皆是具知根耳

合響 會玄記引俱舍云三具知根在無學道謂盡智無生智作知已已知之解故名爲知有此知者名爲具知於涅槃有增上用由具知根心得解脫心若解脫方證涅槃故名爲根 文

○次簡非

有頂雖有遊觀無漏而不明利非後三根

音義 問曰入滅盡定依有頂遊觀無漏前無色既云有無漏根何獨有頂非無漏攝釋曰不明利故非後三根者良以第八非非想定雖止觀竝行將入滅盡必依此定遊觀無漏然意偏在於定慧不明利是以非後三根之所攝耳故瑜伽云問非想非非想處地幾根可得答曰有八言八者即是命意捨三根及信等五根非後三故

○三結廣

二十二根自性如是諸餘門義如論應知

音義 諸餘門義如論應知者謂二十二根業

用假實至界繫等餘門分別竝如瑜伽第五十七卷中廣明茲不繁贅

成唯識論音響補遺卷第七之四

音釋

瞖音意　鉗音拑以鐵束物也　促音蔟短也　贅追去聲

成唯識論音響補遺卷第八之一

清武林蓮居紹覺大師音義

新伊大師合響

法嗣智素補遺

○次傍論十因三 初四緣依處立因二 初標徵

如是四緣依十五處義差別故立爲十因云何此依十五處立

合響 十因出地持經廣釋如瑜伽

○次正釋二 初十因依十五處立十 初隨說因依語依處立二 初正釋義

一語依處謂法名想所起語性即依此處立隨說因謂依此語隨見聞等說諸義故此即能說爲所說因

合響 宗鏡第七十二卷云一語依處者即以法名想三爲語因所言法者即一切法爲有此所詮諸法故便能令諸有情內心起想想像此等所詮諸法已次方安立其名內心安立名後方能發語即法名想三爲先是能起方起得所起之語即語依處立隨說因文 顯揚論釋曰由於欲界繫法色無色界繫法及不繫法建立名爲先故想轉想爲先故起語由語故隨見聞覺知起諸言說是故依語依處建立隨說因

○次會集論

有論說此是名想見由如名字取相執著隨起說故若依彼說便顯此因是語依處

合響 集論第三卷云隨說能作謂名想見文謂說此隨說因是名想見名字即名取相即想執著即見由隨名字取相執著然後

隨起言說此以名想執著爲隨說因即顯此因是語依處

○二觀待因依領受依處立

二領受依處謂所觀待能所受性即依此處立觀待因謂觀待此令彼諸事或生或住或成或得此是彼觀待因

合響 宗鏡云二領受依處者領謂領納受通五受五受皆以領納爲性即領受依處立觀待因觀者對義待者藉義即能所相對藉以立其因文

補遺 瑜伽第三十八卷云觀待此故此爲因故於彼彼事若求若取此名彼觀待因如觀手故手爲因故有執持義觀待足故足爲因故有往來業觀待節故節爲因故有屈伸業觀待饑渴故饑渴爲因故於諸飲食若求若取隨如是等無量道理應當了知觀待因相

○三牽引因依習氣依處立

三習氣依處謂內外種未成熟位即依此處立牽引因謂能牽引遠自果故

合響 宗鏡云三習氣依處者所謂內外一切種子未成熟位未經被潤已前此名習氣依處即依此未潤種上立爲牽引因且內種者如第八識中有無量種子若有漏種子未被愛取水潤已前雖未便生現行然此種上且有能牽引生當起現行果之功能即依此種子名牽引因

補遺 瑜伽論第五卷云依習氣依處施設牽引因所以者何由淨不淨業熏習三界諸行於愛不愛趣中牽引愛不愛自體復即

由此增上力故外物盛衰是故依諸行淨不淨業習氣依處施設牽引因 文

○四生起因依有潤種子依處立

四有潤種子依處謂內外種已成熟位即依此處立生起因謂能生起近自果故

音義 顯揚釋曰欲繫諸法及色無色繫諸法各從自種而得生起愛名能潤種是所潤由此所潤諸種子故先所牽引各別自體今得生起如經言業爲感生因愛爲生起因是故依有潤種子依處建立生起因瑜伽云即諸種子望初自果名生起因

合響 宗鏡云四有潤依處爲前習氣依處種子若曾被潤已去雖未便生現行然且潤了即此有潤種子能與後近現行果爲依處前習氣依處約內外種未被潤者今有潤依處即約內外種曾被潤已去說即有潤依處立生起因 文

○五攝受因依六處立

五無間滅依處謂心心所等無間緣六境界依處謂心心所所緣緣七根依處謂心心所所依六根八作用依處謂於所作業作具作用即除種子餘助現緣九士用依處謂於所作業作者作用即除種子餘作現緣十眞實見依處謂無漏見除引自種於無漏法能助引證總依此六立攝受因謂攝受五辦有漏法具攝受六辦無漏故

音義 五六七三處如文第八即士農商賈書筭占卜等所有作具作用第九即士農等能作之人所作業者即士農等所作諸事業也第十即無漏見皆除種者以種即前

第三四處之所攝故總依此六立攝受因何者攝受前五能辦世間有漏法故具攝受六能辦出世無漏法故顯揚論云由欲繫諸法無間滅攝受故境界攝受故根攝受故作用攝受故士用攝受故彼諸行轉如欲繫法如是色無色繫諸行亦爾真實見攝受故餘不繫諸行轉是故依此六義建立攝受因瑜伽曰除種子外所餘諸緣名攝受因

合響　宗鏡云五無間滅依處者即心心所法等無間緣謂前滅心心所爲緣緣者是開闢導引功能即前滅爲緣能與後念一聚心心所爲依處其後念心心所依他前念爲緣處生故名無間滅依處即無間滅依處立攝受因此一因寛自下六種依處皆是攝受因攝六境界依處者即是一切所緣緣境爲此一切所緣緣境能與一切能緣心心所爲依憑起處故以心不孤起託境方生亦立攝受因七根依處者即内六處謂五色根及意根成六即此六根是八識心心所所依之處前無間滅依處即取八識前念功能爲依處引後念令生今此根依處即取現在五色根及第七意名根依處亦立攝受因八作用依處者問何名作用依處答此通作業并作具之作用且作業者即有情工巧智能造殿堂或造立種種器具等物是作具者即世間種種作具如斤斧車船等所受用之具是但知一切疎助現緣能辦種種事業者皆是此作用依處即除卻識中種子及外法種子及

種子生現行現行熏種子種子引種子及親助現緣非作用依處此處亦立攝受因九士用依處者即於前作用依處中唯取作者士夫之用此處亦立攝受因十眞實見依處者謂一切無漏見不虛妄故名眞實能與餘一切無漏有爲法及無爲法而爲所依名依處此處亦立攝受因此前立攝受因者攝受即是因果相關涉義但除卻親因緣外取餘一切疎助成因緣者名爲攝受因故對法論云如日水糞望穀麥芽等雖有自種所生然增彼力名攝受因文

〇六引發因依隨順依處立

十一隨順依處謂無記染善現種諸行能隨順同類勝品諸法即依此處立引發因謂能引起同類勝行及能引得無爲法故

音義 義引顯揚釋云由欲繫善法能引欲繫諸勝善法亦能引起色無色繫諸勝善法隨順彼故如欲繫法如是色無色繫亦爾如色無繫法如是不繫善法能引不繫諸勝善法及能引無爲作證之法又不善法能引勝不善法謂如欲貪能引瞋癡慢見疑及身惡行語惡行意惡行如欲貪如是瞋等亦爾如不善法如是無記之法能引善不善無記法又無記法能引同類勝無記法等廣如彼說瑜伽云即初種子所生起果望後種子所牽引果名引發因

〇七定異因依差別功能依處立

十二差別功能依處謂有爲法各於自果有能起證差別勢力即依此處立定異因謂各

能生自界等果及各能得自界果故

音義　差別功能即色心等各別種子此種有能起能證差別勢力望所生果不相雜亂故言定異各能生自界果者謂如欲界色心功能而生欲界色心等現果故顯揚論曰由欲繫法自體功能有差別故能生種種現差別法如欲繫法如是色無色繫及不繫法亦爾是故依差別功能依處建立定別因瑜伽云種種異類各別因緣名定別因

合響　宗鏡云十二差別功能依處者謂一切法不簡自性他性各各自有因果相稱各爲差別功能如五八戒善業定引人天第八非引三塗第八以不相稱故若十不善業定引三塗第八非引人天第八性不相稱爲因故若自界法即與自界爲因如是等三界一切有漏法各各自有差別功能爲因也若淨因者即自三乘種子各望自二乘有爲無爲果爲因此處立定異因定者是因果自相稱義不共他故名異如僧人以持齋戒相稱名定不共他俗人四業因故名異即一切諸法各各相望皆有定異因 文

○八同事因依和合依處立

十三和合依處謂從領受乃至差別功能依處於所生住成得果中有和合力即依此處立同事因謂從觀待乃至定異皆同生等一事業故

音義　顯揚論釋曰要由獲得自生和合故欲繫法生如欲繫法如是色無色繫法及不

繫法亦爾如生和合如是得和合成立和合成辦作用和合亦爾是故依和合依處建立同事因瑜伽云若觀待因乃至定別因如是諸因總攝爲一名同事因

合響 宗鏡云十三和合依處者立同事因從前第二領受依處乃至第十二差別功能依處即總攝前六因十一依爲此和合處體謂前十一依各各於自所獲生住成得果中皆有和合力故名和合依處即依此處立同事因謂觀待乃至定異如是六因名共成一事故說六因爲同事略舉一法以辯者且如眼識生時待空明等緣立此爲觀待因由有新本二類種故如其次第得有牽引及生起因次取等無間緣及根境等立爲攝受因望前引於後是引發因由名言種故有定異因餘法亦爾 文

○九相違因依障礙依處立

十四障礙依處謂於生住成得事中能障礙法即依此處立相違因謂彼能違生等事故

音義 顯揚釋曰若欲繫法將生時若有障礙現前便不得起如欲繫法如是色無色法及不繫法亦爾如爲欲生如是爲欲得爲欲成立爲欲成辦爲欲作用亦爾是故依障礙依處建立相違因瑜伽云於所生法能障礙因名相違因當知相違略有六種一語言相違謂有一類或諸沙門或婆羅門所造諸論前後相相違二道理相違謂爲成立諸所成立諸所知義建立比量而與證成道理相違三生起相違謂所生法能生緣闕障生緣會四同處相違謂明闇

貪瞋苦樂等法五怨敵相違謂毒蛇鼠狼猫狸鼷鼠互爲怨敵惡知識等六障治相違謂修不淨與諸貪欲修慈與瞋修悲與害修七覺支八聖道支與三界繫一切煩惱於六義中正義唯取生起相違

合響 宗鏡云十四障礙依處立相違因者感能障智明能障闇等即明爲因闇立爲果即依此處立相違因

○十不相違因依不障礙依處立

十五不障礙依處謂於生住成得事中不障礙法即依此處立不相違因謂彼不違生等事故

音義 顯揚論云若欲繫法將生時若無障礙現前便得生起如欲繫法如是色無繫法及不繫亦爾如生如是得成立成辦作用亦爾是故依無障礙依處建立不相違因

瑜伽云此障礙因若闕若離名不相違因

○次以二因攝上十因二 初標

如是十因二因所攝一能生二方便

○次釋二 初通攝二 初菩薩地二 初引文

菩薩地說牽引種子生起種子名能生因所餘諸因方便因攝

音義 菩薩地者瑜伽十七地中一地之名文在第三十八卷

○次釋義二 初正明相攝二 初能生因攝六因中是因緣二 初通攝六因中因緣種

此說牽引生起引發定異同事不相違中諸因緣種未成熟位名牽引種已成熟位名生起種彼六因中諸因緣種皆攝在此二位中故

音義 謂彼論菩薩地說牽引生起名能生因者此言牽引等六因中諸因緣種有生熟之别皆攝在此牽引生起二位中故此二位種名能生因

○次别簡四因中現熏種

雖有現起是能生因如四因中生自種者而多間斷此略不說或親辦果亦立種名如說現行穀麥等種

音義 初簡别謂有問曰現行生種亦能生因即如引發定異同事不相違之四因中生自種者何不言耶釋曰彼四因中現起熏種多間斷故略不說之或親下收取云或四因中現起親辦種果雖是現行亦立種名如穀麥等雖是現行亦得名種子故據此釋者則前六因中種子及此四因中現起皆得能生之名即三類親因緣也

○次方便因攝十因中非因緣

所餘因謂初二五九及六因中非因緣法皆是生熟因緣種餘故總說爲方便因攝

音義 所餘諸因方便因攝者所餘謂隨說觀待攝受相違及牽引等六因中非因緣法是二種之餘即增上緣及等無間緣所緣緣總爲方便因攝

○次簡示攝意

非此二種唯屬彼二因餘四因中有因緣種故非唯彼八名所餘因彼二因亦有非因緣種故

合響 問菩薩地說能生攝二因方便攝餘八云何此中能生攝六方便攝十釋曰非此二種唯屬牽引及生起因餘引發等四因

中亦有因緣種故非但彼八名所餘因牽引生起二因之中亦有非因緣種故

○次有尋等地 二 初引文

有尋等地說生起因是能生因餘方便攝

音義 言等者等於無尋唯伺及無尋無伺二地也

○次釋義 二 初正明相攝

此文意說六因中現種是因緣者皆名生起因能親生起自類果故此所餘因皆方便攝

音義 謂彼有尋等地說生起因是能生因者意顯牽引等六因中若現若種餘緣不攝是因緣攝者皆名生起因以能親生若種若現自類果故即此生起名能生因此所餘因皆方便攝者此文影略若具應如前云所餘四謂初二五九等

○次簡示攝意

非此生起唯屬彼因餘五因中有因緣故非唯彼九名所餘因彼生起因中有非因緣故

○次局攝 二 初菩薩地

或菩薩地所說牽引生起種子即彼二因所餘諸因即彼餘八雖二因內有非能生因而因緣種勝顯故偏說雖餘因內有非方便因而增上者多顯故偏說

音義 謂菩薩地或說二種即彼二因所餘諸因即彼餘八非不兼通從顯勝說

○次有尋等地

有尋等地說生起因是能生因餘方便者生起即是彼生起因餘因應知即彼餘九雖生起中有非因緣種而去果近親顯故偏說雖牽引中亦有因緣種而去果遠踈隱故不說

餘方便攝准上應知

音義 謂有尋等地或說生起即彼生起所餘應知即彼餘九非不互具然望於果近親顯故偏說能生遠疎隱故不說方便准上

○次四緣依處攝因 二 初徵

所說四緣依何處立復如何攝十因二因

○次答 二 初答四緣依處立義 二 初引文

論說因緣依種子立依無間滅立等無間依境界立所緣依所餘立增上

音義 論即瑜伽第三十八顯揚亦云依種子依處建立因緣依無間滅依處建立等無間緣依境界依處建立所緣緣依所餘依處建立增上緣

○次釋義 二 初因緣所攝依處 二 初通攝 二 初正攝六依處中因緣種

此中種子即是三四十一十二十三十五六依處中因緣種攝

音義 謂彼論言因緣依種子者此說習氣等六依處中因緣種者立爲因緣

○次別簡四依處中現熏種

雖現四處亦有因緣而多間斷此略不說或彼亦能親辦自果如外麥等亦立種名

合響 初簡問曰既六處中種子有能生義立爲因緣則十一等四依處中現行熏種亦是因緣何故不說釋曰雖有現起亦名因緣間故不說或彼下收義見前菩薩地文中

○次局攝

或種子言唯屬第四親疎隱顯取捨如前

合響 親疎等者謂雖有潤種子依處有非因

緣而去果親顯故取之雖習氣依處中亦有因緣種而去疎隱故捨之

○次二緣所攝依處二　初通攝

言無間滅境界處者應知總顯二緣依處非唯五六餘依處中亦有中間二緣義故

音義　又彼論言無間滅依處境界依處者應知總顯等無間所緣緣依處不唯五六二種依處定屬二緣餘依處中亦有二緣義故

○次局攝

或唯五六餘處雖有而少隱故略不說之

○次答四緣攝十因二因

論說因緣能生因攝增上緣性即方便因中間二緣攝受因攝雖方便內具後三緣而增上多故此偏說餘因亦有中間二緣然攝受中顯故偏說初能生攝進退如前

音義　先引文雖方便下釋義謂有問曰方便因中具後三緣何唯增上餘九因中亦有中間二緣豈但攝受答意准知初能生攝進退如前者謂論初云因緣即能生因攝義取捨如前有尋地說

補遺　進退如前者問曰能生因中亦有非因緣何故通取釋曰因緣顯且勝進而取之又問方便攝受中亦有因緣何故簡捨釋曰二因雖有因緣隱而且少故退捨之

○三因緣依處得果二　初問

所說因緣必應有果此果有幾依何處得

音義　此問有三初問因緣得果次問果數有幾後問果之依處　此中因緣通十因四緣說

○次答三　初答果數唯五

果有五種一者異熟謂有漏善及不善法所招自相續異熟生無記二者等流謂習善等所引同類或似先業後果隨轉三者離繫謂無漏道斷障所證善無爲法四者士用謂諸作者假諸作具所辦事業五者增上謂除前四餘所得果

合響 宗鏡第七十一卷云一者異熟果謂有漏善及不善法所招自相續異熟生無記釋云有漏善者簡無漏善自相續者簡他身及非情若但言異熟即六識中報非眞異熟攝今爲總攝彼故言異熟生然本識亦名異熟生是無記故此位稍長至金剛心頓通三乘無學一眞異熟即第八識二異熟生即前六識成本識亦名異熟生故從自異熟種子而生起故若前六識從眞異熟識生起故亦名異熟生是一分心心所緣境昧劣不明利不熏解心種故是無記性 文 異熟四義如前第二卷中引二等流果者等謂平等流謂流類等流不同有二一眞等流爲善不善無記三性爲因所引同類果故名等流果如第八識中三性種子各生三性現行果果與因性同故即心種子生心現行色種子生色現行有漏種生有漏現行無漏種生無漏現行名等流者是流類義二假等流者前生令他命短今生自身亦命短是先殺業同類果故依所招總報第八識有短長名假等流理實是增上果但取殺他令他命短今生自命亦短有相似義故假名等流實是善惡感無記果二離繫果者 開蒙云謂無漏斷障所證善無爲

法問離繫名答由離障染繫縛之法證得此果唯聖人證非凡夫得若本智與眞如合時是離繫果攝若後得緣眞如時是士用果攝四士用果者謂諸作者餘諸器等成辦種種事業名士用果瑜伽論云一類於現法中依止隨一切工巧業處起士夫用所謂士農商賈書算占卜等事由此士夫之用成辦諸稼穡財利等果名士用果五增上果者增勝殊上但除四果外餘一切所得果者皆是此增上緣果收此增上果最廣如四緣中增上緣五見中邪見不簡有漏無漏有爲無爲但有所得果於前四果中所不攝皆是增上果中收此有二種一與力增上果如外器能受用順益義故二不與力增上果如他人金帛妻子等復有二種一順如眼識得明緣二違如遇暗相等

〇次答依處得果二初引文

瑜伽等說習氣依處得異熟果隨順依處得等流果眞見依處得離繫果士用依處得士用果所餘依處得增上果

〇次釋義二初約通釋

習氣處言顯諸依處感異熟果一切功能隨順處言顯諸依處引等流果一切功能眞見處言顯諸依處證離繫果一切功能士用處言顯諸依處招士用果一切功能所餘處言顯諸依處得增上果一切功能不爾便應太寬太狹

音義　謂瑜伽說習氣依處得異熟果乃至所餘依處得增上果等者此顯十五依處之中能感異熟一切功能乃至能得增上果

一切功能故說習氣依處乃至所餘處言不如是釋則有四果太狹增上太寬之過失也

補遺 謂彼習氣依處得異熟果此顯十五依處中三四十二十三十五共五依處能感異熟果一切功能隨順依處得等流果此顯十五依處中三四五六七八九十十一十二十三十五共十二依處能引等流果一切功能真見依處得離繫果此顯十五依處中五六七八九十十一十二十三十五共十依處能證離繫果一切功能士用依處得士用果此顯十五中但除初依處第十四依處共有十三依處能招士用果一切功能所餘處言總顯十五依處中得增上果一切功能若不如此四釋則有四果太狹增上太寬之過失也

○次約局釋

或習氣者唯屬第三雖異熟因餘處亦有此處亦有非異熟因而異熟因去果相遠習氣亦爾故此偏說隨順唯屬第十一處雖等流果餘處亦得此處亦得非等流果而此因招勝行相顯隨順亦爾故偏說之真見處言唯詮第十雖證離繫餘處亦能此處亦能得非離繫而此證離繫相顯故偏說士用處言唯詮第九雖士用果餘處亦招此處亦能招增上等而名相顯是故偏說所餘唯屬餘十一處雖十一處亦得餘果招增上果餘處亦能而此十一多招增上餘已顯餘故此偏說

音義 或瑜伽說習氣處言唯屬第三乃至所餘處言屬餘十一非不互具然從顯說勝

耳

○三答因緣得果

如是即說此五果中若異熟果牽引生起定異同事不相違因增上緣得若等流果牽引生起攝受引發定異同事不相違因初後緣得若離繫果攝受引發定異同事不相違因增上緣得若士用果有義觀待攝受同事不相違因增上緣得有義觀待牽引生起攝受引發定異同事不相違因除所緣緣餘三緣得若增上果十因四緣一切容得

音義 謂五果中異熟果者以因言之牽引乃至不相違此五因得以緣言之增上緣得若等流果以七因得因緣增上緣得若離繫果以五因得增上緣得若士用果二解一云四因增上緣得一云八因除所緣緣餘三緣得此二師解然依古釋諸心心所通具四果佛無異熟凡除離繫則眼識等士用果豈不由種生故亦應有牽引生起引發定異四因方得因既如是緣亦應爾故二解中後義爲正若增上果攝義最寬前四果中所不攝者皆此所攝是故十因四緣一切容得

合響 宗鏡第七十一卷問且八識中於一一識如何各具四果答古釋云且如眼識從種生現是等流果眼根爲所依是增上果眼識作意警心爲士用果或眼識能緣實色等亦士用果眼根是第八親相分是異熟果耳等四識亦皆例此若第六識種生現是等流果前念意根爲能引或能引前五識是增上果又能緣三世內外境等用

名士用果能造當來總別報名異熟果約與異熟爲因亦名異熟果若第七識種生現等流果前念第七與後念爲所依即增上果能内緣第八見分爲我即士用果能與眞異熟識爲所依名異熟果若第八識種生現名等流果與第七爲所依是增上果能緣三境及持種受熏名士用果當體是眞異熟故 文

○三正示緣生 二 初結前起後

傍論已了應辯正論

○次釋緣生相 二 初種生現分別 二 初明前半頌種生分別 二 初明染種生染分別

本識中種容作三緣生現分別除等無間謂各親種是彼因緣爲所緣緣於能緣者若種於彼有能助力或不障礙是增上緣

音義 先標三緣生現分別除等無間者以等無間唯前後現識相望立爲緣故謂各下別釋謂八箇識各有親種是彼八現識因緣種第八親緣種子種子是第八相分故云爲所緣緣於能緣者能緣即指第八若此識種望彼現識有能助力或不障礙是增上緣

○次例淨種生淨分別

生淨現行應知亦爾

音義 生淨現行三緣亦爾

○次明後半頌現起分別 二 初明染現展轉生染分別 二 初標

現起分別展轉相望容作三緣無因緣故

音義 現起分別作三緣者謂如現起眼識望餘耳等現識或不障礙有能助力是增上

緣耳等望餘其義亦爾若現意識得緣餘識第七現識得緣第八是所緣緣義前八現起望後八現各於自類有開導力是等無間緣除因緣者此唯約現非種生故

○次釋五初有情自他展轉爲緣

謂有情類自他展轉容作二緣除等無間

音義自他有情彼此相望有所緣緣義即彼於此有能助力或不障礙即增上緣義非因緣等無間緣者義可思惟

○二自八識聚展轉爲緣

自八識聚展轉相望定有增上緣必無等無間所緣緣義或無或有八於七有七於八無餘七非八所仗質故第七於六五無一有餘六於彼一切皆無第六於五無餘五於彼有五識唯託第八相故

合響八現識聚彼此相望皆不障礙有能助力故曰定有增上必無等無間者此不約自類前後相望故所緣緣義或有或無者標也八於七有下釋成宗鏡第七十卷云諸識互緣者第八識與前七爲所緣緣即第八相分與五識爲所緣緣第六識緣第八四分爲所緣緣第七即唯託第八見分爲所緣緣即第八識四分本質即前七識見分變相分緣即第八與前七爲所緣義故八於七有也即第八與前七爲疎所緣緣七於八無者即前七不與第八爲所緣緣以第八不緣前七故不託前七生故唯緣自三境爲所緣緣文第七於六五無一有者五識唯緣外五性境故說五無第六徧緣一切心故故言一有餘六於彼等者

六識於第七識無所緣義何者以第七識唯緣第八見分不緣前六識故第六於五無者五識唯託第八相故餘五於彼有者第六亦緣前五識故

○三自類前後展轉爲緣

自類前後第六容三餘除所緣取現境故許五後見緣前相者五七前後亦有三緣前七於八所緣容有能熏成彼相見種故

音義　八識自類前後相望若第六識容有三緣唯除因緣謂第六現能緣三世即以前念意識得緣後念後念意識亦得緣前是所緣緣前後相望或不障礙有能助力是增上緣等無間緣其義易知餘除所緣者謂餘七識自類前後具增上無間二緣井除所緣以餘七識取現在境不緣過未故於前後無所緣義若許五七後念見分得緣前念五七相分者則前五第七亦具三緣唯除因緣前七於八下釋第八亦具三緣謂雖第八不緣前七而第八所緣自類相見種子皆是前七熏成謂前五熏八相分種第七熏八見分種第六雙熏八相見種故前七於八所緣容有此意非顯第八能緣前七正顯前念第八相分於後念第八見分有所緣義以此科唯約自類前後論三緣故文中言前七者以第八相見種子是前七所熏成故蓋推功歸本非第八以前七爲所緣也

合響　許五後見緣前相者宗鏡第六十一卷云或相分名色見分名識此雙取識境二法爲體以見相同種故此許前念相分爲

後念識所緣緣義謂前念識之相分爲後念識之境即本識中生似自果功能令起即前念識相爲後念識之所緣謂因前念所緣故還熏得種由種故生今念歷轉推功歸本乃是前念所緣爲今識緣自果者相分現行也功能者種子也謂由前念識相分爲能熏故熏引得生自種子在本識中能生後念識相分色等與後念識爲境由前念相熏種生後念境相說前念相分爲後識所緣緣也問前相種如何生今識答由見相同種故問既爾何不即說種爲緣答種是因緣非所緣緣文

〇四同聚異體展轉爲緣

同聚異體展轉相望唯有增上諸相應法所仗質同不相緣故或依見分說不相緣依相分說有相緣義謂諸相分互爲質起如識中種爲觸等相質不爾無色彼應無境故設許變色亦定緣種勿相分境不同質故

音義　心與心所和合似一名爲同聚相用各引故稱異體謂同聚心所展轉相望不相障礙有能助力唯有增上而無所緣何者諸相應法雖所仗質同是一境而無相緣義故此依諸心所見分說若依諸心所相分有相緣義謂諸下釋有相緣謂心王相分爲所本質其同聚諸心所相分既皆仗此心王相分爲本質起有更互義故言互爲如識中下舉一例諸謂如本識所持種子爲觸等五似種相分之質此即諸心所相分互以心王相分爲本質起也不爾下反顯謂若識種不爲觸等相質生無色界

既無身器彼觸等五應無所緣境故設許無色變定果色然觸等五亦定緣種變自種相勿相分境不同質故故諸相分容互爲質有相緣義

○五同體四分展轉爲緣

同體相分爲見二緣見分於彼但有增上見與自證相望亦爾餘二展轉俱作二緣此中不依種相分說但說現起互爲緣故

音義 諸心心所雖有四分唯一識變故名同體於四分中相分於見能爲二緣謂增上所緣見分於相但有增上相分理無能緣用故見於自證容作二緣自證於見但有增上見通非量不內緣故餘二展轉俱作二緣自證證自互相緣故此中相分但說現起能互爲緣不作種相分說

○次例淨現展轉生淨分別

淨八識聚自他展轉皆有所緣能徧緣故唯除見分非相所緣相分理無能緣用故

音義 謂淨八識現起分別若自若他自類前後異體同體展轉相望皆有所緣佛果位中諸心心所皆能徧緣一切法故唯除相分無能緣義無間增上唯思可得

○次現種生種子 二 初問

既現分別緣種現生種亦理應緣現種起現種於種能作幾緣

音義 初句能例次句所例後一句正問幾緣

補遺 既現行分別由種現四緣而生種子理應亦緣現行種子而起現種於種能作幾緣

○次答

種必不由中二緣起得心心所立彼二故現於親種俱作二緣與非親種但爲增上種望親種亦具二緣於非親種亦但增上

音義 先簡種非中間二緣必得現起心及心所立彼中二種緣故次明種唯初後二緣先以現望種次以種望種竝可思之

補遺 親種謂因緣種非親種謂增上緣種

○次結斥指廣二 初結斥

依斯内識互爲緣起分別因果理教皆成所執外緣設有無用況違理教何固執爲

音義 前問曰若唯内識都無外緣由何而生種種分別此結斥云内識爲緣起分別等即頌所謂由一切種識及展轉力故彼彼分別生也

○次指廣

雖分別言總顯三界心及心所而隨勝者諸聖教中多門顯示或説爲二三四五等如餘論中具廣分別

音義 或説二者謂眞識現識或説三者謂業轉現三識或説四者加以智識或説五者加相續識或廣分別具如攝大乘等論及宗鏡五十六卷中説

成唯識論音響補遺卷第八之一

音釋

猫 目標切 音苗　狸 鄰溪切 音離　鼷 弦雞切 音奚　鼠 賞呂切 音暑

稼 居亞切 音駕　穡 山色切 音色

成唯識論音響補遺卷第八之二

清武林蓮居紹覺大師音義

新伊大師合響

法嗣智素補遺

○三釋生死難三　初外人申難

雖有内識而無外緣由何有情生死相續

○次舉本頌答

頌曰

由諸業習氣　二取習氣俱　前異熟既盡

復生餘異熟

○三末論釋成二　初正釋四　初師業取相續三　初正釋頌文二　初釋前二句二　初釋習氣二　初諸業習氣

論曰諸業謂福非福不動即有漏善不善思業業之眷屬亦立業名同招引滿異熟果故此雖纔起無間即滅無義能招當異熟果而熏本識起自功能即此功能說爲習氣是業氣分熏習所成簡曾現業故名習氣如是習氣展轉相續至成熟時招異熟果此顯當果勝增上緣

音義　先釋諸業福業者謂感善趣異熟及順五趣受善業非福業者謂感惡趣異熟及順五趣受不善業不動業者謂感色無色界異熟及順色無色界受禪定業對欲界散動得不動名此三種業皆以思爲體性餘觸想受等心所是業之眷屬同招異熟俱名爲業真異熟果酬牽引業異熟生者唯酬滿業此雖下次釋習氣謂有問曰業生即滅何能感果釋曰業雖即滅無招果義然熏本識起自功能說名習氣何謂習

氣是業氣分熏所成故簡曾現業者由習所成故非曾業是業氣分故非現業爲簡過現二業立習氣名如是下顯業習氣是感當果增上勝緣非因緣故

合響 福等三業者開蒙問福業答即有漏善思爲體疏解福者殊勝之義自體及果俱可愛樂相殊勝故名爲福業問非福業答自體及果俱不可愛樂相鄙劣故名非福業問不動業答不可改轉義其業多少住一境性不移動故名不動業即上二界定地之業問不動名答以定能令住一境故問既上二界應是福業何名不動答約前殊勝立不動名 文 思業等者清涼鈔第十七卷之一云思有二義一約體則扶心王同爲業具二約用與王相應同作業故 文

宗鏡第七十三卷云此雖纔起無間即滅無義能招當異熟果者雖現用無有過去體能招當來真異熟果而現行之業當造之時熏於本識起自業之功能功能即習氣習氣展轉相續至成熟時招異熟果 文

○次二取習氣

相見名色心及心所本末彼取皆二取攝彼所熏發親能生彼本識上功能名二取習氣此顯來世異熟果心及彼相應諸因緣種

合響 宗鏡第七十三卷釋云相見名色心及心所本末彼取皆二取攝者一者相見謂即取彼實能取實所取名二取二者取名色色者色蘊名者四蘊即是執取五蘊爲義前言相中亦通取無爲以爲本質故今此唯顯取親所緣不能緣得心外法故又

變無爲之影相分亦名所攝不離心等故三者取心及心所一切五蘊法不離此二故四者本末謂取親果第八識是諸異熟之根本故又總報品名本餘識等異熟别報品名末即取一異熟也五彼取者即彼上四取也此諸取皆是二取所攝即是現行之取也文清凉云四種二取皆能熏發親能生彼本識上功能名二取習氣文即此習氣是當來世異熟果心及彼相應諸因緣種

○次釋俱義

俱謂業種二取種俱是疎親緣互相助義業招生顯故頌先說

音義謂業種是增上緣名疎相助二取種是因緣故得親名業種雖疎招報實顯故頌先說

○次釋後二句

前異熟者謂前前生業異熟果餘異熟者謂後後生業異熟果雖二取種受果無窮而業習氣受果有盡由異熟果性别難招等流增上性同易感由感餘生業等種熟前異熟果受用盡時復别能生餘異熟果

合響先釋前餘二字前前生業異熟果者謂若是前過去一生業感之果名爲前生若二生乃至百千生業所感者是前之前具斯二義故云前前生業異熟果後後反是雖二取下釋頌既盡之義宗鏡云雖二取種受果無窮而業習氣受果有盡由異熟果性别難招等流增上性同易感者二取種子受果無窮攝論說業習氣有盡所以

者何由異熟果一者性别與業性殊不多相順二者難招業雖招得謂必異世果方熟故業習氣有盡如沉麝穢草有萎歇故其等流果及增上果一者性同體性相順二者易感同時生故此念熏巳即能生果故二取種易感果也何者爲等流何者爲增上增上寛但等流必增上等流者謂種子與現行及自種爲俱生同類因故也增上處無别體即等流性故又是等流果故性同是增上果故易感又種望現行是增上望自類種是等流業種望彼現及種皆異性故但是異熟文由感下釋頌復生之義宗鏡釋云前異熟受用盡時復别能生餘異熟果意由感當來餘生業等種子熟故於今身中前異熟果受用盡時即是此身臨終之位彼有熟業復别能生彼餘果起即先業盡時後果種熟時其異熟果而復得生所以生死不斷絶也文

○二結示非外

由斯生死輪轉無窮何假外緣方得相續

合響 宗鏡云由此業果無斷生死相續輪轉無窮何假藉心外之緣方得生死相續此相續識無有斷時若未觸途成觀諦了自心皆對境生疑執有前法一切生死盡是疑情但了唯心自然無咎文

○三總申頌意

此頌意説由業二取生死輪迴皆不離識心心所法爲彼性故

音義 業以思爲體二取即心心所由二習氣故有輪迴故言生死皆不離識

○二師習氣相續_{三}　初總標

復次生死相續由諸習氣然諸習氣總有三種

合響　宗鏡第七十六卷問生死相續由諸習氣有幾習氣能成輪轉答古釋習氣自體總有三義習氣者與種子名異體同習氣即約熏習時而論種子即對現行立號都有三義一種子名習氣氣者氣分習謂熏習由彼現行熏習得此氣分故二現行亦名習氣謂都由種子能生現行是種子家之氣分三習氣名習氣如裛香紙而有氣分_{文}

○次別釋_{二}　初名言習氣

一名言習氣謂有爲法各別親種名言有二一表義名言即能詮義音聲差別二顯境名言即能了境心心所法隨二名言所熏成種作有爲法各別因緣

音義　清涼引古疏釋曰各別親種者三性種異故能詮義聲者簡無詮聲彼非名故名是聲上屈曲唯無記性不能熏成色心等種然因名起種名名言種顯境名言即七識見分等心非相分心相分心者不能顯境故此見分等實非名言如言說名顯所詮義此心心所法能顯所了境如似彼名能詮義故隨二名言皆熏成種

合響　宗鏡釋云表義名言者唯第六識能緣其名能發其名餘皆不緣亦不能發即唯詮義音聲之差別簡非詮表聲彼非名言故名唯無記然名是聲上屈曲差別唯無記性不能熏成色心等種然因名故心隨

其名變似五藴三性法等而熏成等種因名起故號名言種一切熏種皆由心心所心心所種有因外緣有不依外者不依外者名顯境名言若依外者名表義名言分二别然名自體不能熏種顯境名言者即能了境心心所法即是一切七識見分等心非相分心不能顯境故文

○次我執有支二初分釋二習氣二初我執習氣

二我執習氣謂虚妄執我我所種我執有二一俱生我執即修所斷我我所執二分别我執即見所斷我我所執隨二我執所熏成種令有情等自他差别

音義 俱生我執通六七識分别我執唯第六識此二種子即名言熏習令自他差别故

别立之

合響 開蒙問我執習氣答謂虚妄執我我所種問我是徧計何得種也答因執藴等爲我之時熏藴等種名我執習氣問何義别立我執習氣答由我執種能令自他有差别故别立之也文

○次有支習氣

三有支習氣謂招三界異熟業種有支有二一有漏善即是能招可愛果業二諸不善即是能招非愛果業隨二有支所熏成種令異熟果善惡趣别

音義 有支者即十二有支中行有二支即業有也可愛謂人天善趣之果非愛謂三途惡趣之果

合響 開蒙問有支習氣答謂招三界異熟業

種問有支名答隨善惡有所熏成種令異熟果善惡趣別名有支習氣文

○次通結增上緣

應知我執有支習氣於差別果是增上緣

合響開蒙問此三習氣於四緣中是何緣也答名言習氣是親因緣我執有支是增上緣問有支業所招可是增上緣我執相分種親生本識見應是親因緣云何亦增上答令自他別故成增上問泛說散布名言及業種子其猶何也答名言如散土業種若泥團問法喻之理答水和散土而作泥團業招名言而爲業種問法喻之驗答泥團不散之際水力能爲異熟未萎已來業力如是文

○三屬頌二　初結屬

此頌所言業習氣者應知即是有支習氣二取習氣應知即是我執名言二種習氣取我我所及取名言而熏成故皆說名取

合響開蒙問三種業當何習氣答有支習氣問頌言二取習氣三中當何答我執名言二習氣也問何名二取答取我我所及取名言而熏成故皆說名取問取者何義答取謂著義文

○次指同

俱等餘文義如前釋

○三師障支相續二　初正約三障釋三　初三障習氣

復次生死相續由惑業苦發業潤生煩惱名惑能感後有諸業名業業所引生衆苦名苦惑業苦種皆名習氣

音義　發業即無明潤生即貪愛然餘瞋等非不發潤且舉其尤者言之耳

補遺　宗鏡云六俱生煩惱中貪一法正潤生餘五亦能助潤發業煩惱即無明支潤生煩惱即愛取二支感後有業即行有二支所引衆苦即識名色等七支

○次判屬二緣

前二習氣與生死苦爲增上緣助生苦故第三習氣望生死苦能作因緣親生苦故

○三結屬頌文二　初結屬

頌三習氣如應當知惑苦名取能所取故取是著義業不得名

○次指同

俱等餘文義如前釋

○次以障攝有支三　初標列指廣

此惑業苦應知總攝十二有支謂從無明乃至老死如論廣釋

音義　言有支者此支助有故名有支

合響　會玄記第六卷云十二因緣者謂一無明即根本煩惱內癡一法爲體二行者造作爲義以身語意三業思爲體三識者了別義然唯種子約當生現行位言有了別次下四支義準於此即取第八識親因緣種子爲體四名色者四蘊心心所種子爲名色蘊種子爲色五六處者即內六根是六識生滅之處故六觸者以能觸對前境故取第八識相應觸及前六識一分異熟無記觸種子爲體七受者謂緣境時有領納義亦取第八相應受前六一分異熟無記受種子爲體八愛者躭染於境名之爲

愛唯取貪一法為體此通取現行能所生種子也九取者執著追欲義也即全界煩惱爲體十有者即識等五現行果法事是三界所有名有十一生者起義即有支種子生起現行故十二老死者壞滅義將死正死故名老死 文

○次別釋有支 三 初正釋支體 二 初標

然十二支畧攝爲四

○次釋 四 初能引支

一能引支謂無明行能引識等五果種故此中無明唯取能發正感後世善惡業者即彼所發乃名爲行由此一切順現受業別助當業皆非行支

音義 謂十二有支中無明與行名能引支能引識名色六入觸受等五果種故此中下簡定謂此能引唯取能發正感當果善惡業者名爲無明即彼所發正感後世善惡諸業乃名爲行由斯義故順現受業別助當業皆非行支以此二業唯感別報故別助者謂滿業也

合響 此中無明等者清涼疏第三十七卷之一云若約二世雖諸煩惱皆能發潤而發業位無明力增故名無明 文 即彼所發乃名爲行等者清涼云辯行體相以三業相應思造三行故謂由迷異熟義愚違正信解起感三途惡業及人天別報苦業皆名罪行然別必兼總唯感別報非行支故由迷真實義愚不知三界皆苦妄謂爲樂起欲界善業名福行八禪淨業名不動行 文

又鈔釋疏云謂由下顯三業相然愚畧有

二一迷異熟義愚二迷真實義愚初愚謂迷當報不知善惡感當苦樂故於現在恣情造惡謂殺生等有三品故成三途因如二地說及人天者五戒及下品十善是人總報之業前曾損他感諸根闕等即是別報曾決罰他亦招此報故名苦業然別下釋感別報非屬行支義唯識亦云由此一切順現受業別助當業皆非行支以無明支於發業中有能通發總別報者有能但發總報之者亦有但發別報之者唯取初二爲無明支之所發起行支所攝第三非是行支所攝故疏揀云唯感別報非行支故由迷真實者即第二愚三界苦果業惑是集即道理勝義故名真實今謂苦爲樂迷業是集故起福行八禪淨業亦是此愚

補遺 宗鏡第七十四卷中云此中無明唯取能發正感後世善惡業者即分別全俱生一分若分別發人天業即俱生助發以人天難發要假俱生助若發三途業不假俱生助發以分別猛利故不要助發開蒙云唯順現業是其別報餘皆總報問順現者何非總報答唯現身上增損福壽不改趣類故是別報

○二所引支 四 初正釋五支

二所引支謂本識內親生當來異熟果攝識等五種是前二支所引發故

音義 謂本識內識等五種親能生起當來世中異熟果攝識等五法是無明行所引發故名所引支

合響 華嚴經云於諸行中植心種子清涼疏

第三十七卷之一釋云謂既發行已由行熏心令此本識能招當來生老死故名之爲種若無行熏終不成種故云於諸行中植心種子即是所引識等五種於一刹那爲行所集無有前後約爲異熟六根之種名六處支爲異熟觸受種名觸受支除本識種爲識支體及此三種諸餘異熟蘊種皆名色支故無前後文

〇二簡種相攝

此中識種謂本識因除後三因餘因皆是名色種攝後之三因如名次第即後三種或名色種總攝五因於中隨勝立餘四種六處與識總別亦然

音義謂此五支中識種即本識之親因識中種子唯除六入觸受三因其餘色心因種皆是名色種攝後三因者即六入觸受三種自性或以名色種總攝識中五因於五因中隨其勝者立餘四種隨勝者謂以名中所攝勝者則立識受觸之三種色中所攝勝者立爲六入種六處與識總別亦然者例上名色復有二重總別應云或六入種總攝五因於中隨勝立餘四種識種總別義亦如之

補遺六入種總攝五因於中隨勝立餘四種者謂於意入種勝者別立識與名及觸受若於眼等五入勝者別立色種識種總別義亦如之者謂於心種勝者別立名及意入觸受若於色種勝者別立色支種及眼等五入種

〇三會通經論

集論說識亦是能引識中業種名識支故異熟識種名色攝故經說識支通能所引業種識種俱名識故識是名色依非名色攝故

音義問曰集論第二卷云能引支者謂無明行識據此則不唯無明行是能引識支亦是能引其義何也答曰彼以識中所持業種名爲識支異熟識種名色種攝以業種言則屬行支故曰亦是能引又問緣起經說五中識支通能所引義復云何答曰經以業種識種俱名識支業種屬能識種屬所識是名色所依非名色攝不同集論以識種是名色攝分爲能所耳

合響清涼鈔云會通集論欲顯不同故舉集論識爲能引是彼所立正取業種是出所以以行熏心招當果識故爲識支若爾識種何收故云名色名色寬故業種識種下二正辯所立由業熏識招於當識故以二種名爲識支業種能引識種所引共爲識支識是下三出彼難意結彈集論言但是所依非名色體依根本識方說餘識有竭剌藍故爲果既爾爲因亦然文

○四五支次第二初聖教假說前後識等五種由業熏發雖實同時而依主伴總別勝劣因果相異故諸聖教假說前後

音義或問識等五種由業熏發俱時而有云何而分前後次第釋曰由業熏發雖實同時依四義故諸聖教中說有前後一者主伴義識支爲主餘四爲伴主先伴後識居第一二者總別義名色爲總餘三爲別總先別後餘三次之三者勝劣義六入爲勝

後二爲劣勝先劣後是故六入居受觸前
四者因果義六觸是因六受是果因先果
後次第應知

補遺 清涼云約爲異熟六根之種名六處支
爲異熟觸受種名觸受支除本識種爲識
支體及此三種諸餘異熟蘊種皆名色支
故無前後云何而分前後次第耶

○次依當果明前後 二 初正釋

或依當來現起分位有次第故說有前後

音義 或因位難知依當果生起次第說有前
後

○次會異

由斯識等亦說現行因時定無現行義故復
由此說生引同時潤未潤時必不俱故

音義 由當來現起義故說識等五亦名現行
因時定無現行義故復由當來現起果位
所生所引得說同時種生現果必定俱故
若依識等初熏發位則不可說生引同時
潤未潤時必不俱故清涼云種未潤時但
名所引愛取潤竟故名能潤故潤未潤時
生引必不俱故

○三能生支 二 初總釋

三能生支謂愛取有近生當來生老死故

音義 謂愛取有三支近生當果生老死支故
名能生

○次別釋 二 初正釋義

謂緣迷內異熟果愚發正能招後有諸業爲
緣引發親生當來生老死位五果種已復依
迷外增上果愚緣境界受發起貪愛緣愛復
生欲等四取愛取合潤能引業種及所引因

轉名爲有俱能近有後有果故

音義 謂緣迷内等至五果種已者此指前七支也異熟果愚謂迷理無明愚於我相昧無我理故亦即發業無明在於行前由愚内異熟果故於後生苦不如實知發正能招後有諸業即是行支諸業爲緣引發當來五果親種即識等五支也增上果愚謂迷事無明謂復依於外增上果覆業無明以境界受爲緣發起貪愛即是愛支愛爲緣故後生欲等四取即是取支由此愛取和合資潤能引業種及所引因即五果種轉名有支何者俱能近有後有果故四取者一者欲取二者見取三者戒取四者我語取會玄第九卷引古疏云欲取謂取五欲境故瑜伽第十卷云欲取謂於諸欲所有貪欲見取謂除薩迦耶見於所餘見所有貪欲戒禁取謂於邪願所有貪欲我語取謂於薩迦耶見所有貪欲又云欲取唯生欲界苦果餘三通生三界苦果文 清涼鈔云有人釋云戒謂惡戒禁謂牛狗等戒我語謂内識依之說我故有餘師說我見我慢名爲我語云何此二獨名我語由此二種說有我故我非有故說名我語如契經說苾蒭當知愚昧無聞異生之類隨假言說起於我執於中無我及與我所云文

補遺 清涼云迷内異熟果愚即發業無明在於行前謂迷當報不知善惡感當苦樂故於現在恣情造惡等即發正能招後有諸業諸業爲緣引發當來五果親種已即指

前七支逃外增上果愚即覆業無明此在行後識前謂不了所造業是正感當來增上果復依此愚緣境界受發起潤業貪愛即是愛支愛爲緣故復生欲等四取即是取支由此愛取合潤業種及五果種轉名有支俱能近有後有果故一者能有彼果二者當有今能有彼因從果稱故業名有

○次會瑜伽

有處唯說業種名有此能正感異熟果故復有唯說五種名有親生當來識等種故

音義　初即第十意云因是善惡果是無記名異熟果識等五種雖正爲因能生無力正生果故不得名有次說即三十八意取因緣揀去業種增上緣故

合響　業種名有者清涼鈔云若言有當果者此但是有無之義若言當有之果則有是三有有二義一者能有彼果二者當有今能有彼因從果稱故業名有 文

○四所生支二　初總釋

四所生支謂生老死是愛取有近所生故

○次別釋

謂從中有至本有中未衰變來皆生支攝諸衰變位總名爲老身壞命終乃名爲死

音義　謂從中有自求父母至本有中未衰變位如是時間皆生支攝衰變爲老命故名死立老死何共答如下料簡

合響　清涼鈔三十七之一云然能所引皆名因中能生所生因果對說故唯識第八明十五依處建立十因中三習氣依處謂內外種未成熟位即依此處立牽引因謂能

牽引遠自果故今取起種但名能引其能所生即彼論云四有潤種子依處謂內外種巳成熟位即依此處立生起因謂能生起近自果故愛取有三是巳潤故文

○次料簡支義八　初簡老附死支

老非定有附死立支

合響　清涼鈔云應有問言老位極長何不別立答意云謂有夭逝不至老故文

○二簡病非有支

病何非支不徧定故老雖不定徧故立支諸界趣生除中夭者將終皆有衰朽行故

音義　問病何非支意云生老病死四相遷流生等三相既以立支病何不立支耶答不徧定故意云病相不徧界趣亦不定有故不立支如薄拘羅尊者不識頭痛即其事也問老亦不定何故立支現見世間亦有夭病死者故答老雖不定徧故立支何者三界五趣四生之中除中夭者將命終位皆有衰朽行故

○三簡名色徧不徧二　初問

名色不徧何故立支

音義　問曰三界中無色界四生中化生名色必無云何亦立支耶

合響　清涼鈔云謂色界全欲界化生六處頓起何有名色文

○次答

定故立支胎卵濕生者六處未滿定有名色故又名色支亦是徧有有色化生初受生位雖具五根而未有用爾時未名六處支故初生無色雖定有意根而不明了未名意處故

由斯論說十二有支一切一分上二界有

音義 謂名色支雖不徧趣生以決定有故立支也胎卵下釋定有義謂名色支在六處前六處未滿皆名色攝故又名色下釋亦是徧先明有色二界化生有名色支未名六處者顯是名色攝故初生下次釋無色化生亦有名支未明意處者顯是名攝故由斯下引證清涼云意欲界則全色界六處不具無色界唯名故云一切支中一分上二界有若名色支不徧界趣論何得說上二界有一切一分

○四簡愛支徧非徧 二 初問

愛非徧有寧別立支生惡趣者不愛彼故

音義 謂若徧故乃立支者愛亦非徧寧別立支如有經說生惡趣者於彼苦果不生愛故

○次答

定故別立不求無有生善趣者定有愛故不還潤生愛雖不起然如彼取定有種故又愛亦徧生惡趣者於現我境亦有愛故依無希求惡趣身愛經說非有非彼全無

音義 愛雖不徧定故立支不求下釋定有義不求無有者謂惡趣衆生唯無求則無有愛若有求者亦有愛故如經言極熱地獄受苦衆生作如是言何處有清涼使我得安樂是有愛也不還下謂有難曰阿那含人於潤生位對治力强愛必不起寧得善趣定有愛耶釋曰於潤生位雖無有愛然彼取支決定有種愛亦如取定有種故由有種故言定有也又愛下釋亦是徧於現

我境亦有愛者現行我境即第八見分謂第七識隨所生所繫與四惑常俱四中我貪即愛支攝故云惡趣有愛如前文云阿賴耶識是真愛著處即斯意也依無下通妨

○五箇所生所引不同二初問

何緣所生立生老死所引別立識等五支

音義問意云所生即果所引即因因種果現性相無殊何故所生立生老死所引立識等五支耶

○次答二初約因果難易釋

因位難知差別相故依當果位別立五支謂續生時因識相顯次根未滿名色相增次根滿時六處明盛依斯發觸因觸起受爾時乃名受果究竟依此果位立因爲五果位易了差別相故總立二支以顯三苦

音義謂所引支因位微隱難知差別由難知故依當果位別立五支令易曉耳謂續下出當果相續生時者謂中有身末於父母邊結生相續時也謂當來異熟果攝色心等生起從初結生直至於受自生至死不離此五故云爾時乃名受果究竟三苦者清涼鈔云謂生顯行苦老顯壞苦死顯苦苦文

○次約生厭了知釋

然所生果若在未來爲生厭故說生老死若至現在為令了知分位相生說識等五

○六箇發業潤業不同二初問

何緣發業總立無明潤業位中別立愛取

音義清涼鈔云問意有二一問立名不同一

種是惑前立無明後立愛取等二問廣畧有異故問總立無明別立愛取

○次答三 初約勝劣門答立名不同

雖諸煩惱皆能發潤而發業位無明力增以具十一殊勝事故謂所緣等廣如經説於潤業位愛力偏增説愛如水能沃潤故

音義 以無明與愛發業潤業力偏勝故餘惑不然故不立之十一殊勝事者緣起經説一所緣殊勝偏緣染淨故二行相殊勝隱真顯妄故三因緣殊勝惑業生本故四等起殊勝等能發起能引能生所生緣起法故五轉異殊勝隨眠纏縛相應不共相轉異故六邪行殊勝依諦而起增益損減行故七相狀殊勝微細自相偏愛非愛共相轉故八作業殊勝作流轉所依事作寂止能障事故九障礙殊勝障礙勝法故十隨轉殊勝乃至有頂猶有轉故十一對治殊勝二種妙智所對治故

合響 宗鏡第七十四卷問無明發業有幾種無明答有四種一隨眠二纏無明三相應四不共外法異生具四内法異生除不共無明入信位第七心及加行位中是内法十信第七心前有退故及資糧位中名外法若内法異生頓悟即造業漸悟不造頓悟中悲增造智增不造十地位中八地已去定不發業惑體無故七地已前或云聖人以無漏明爲緣而不發業設有俱生但助願潤生而已又云七地已前俱生起故亦造別報善業問聖人因何不造總報業答無分別煩惱故以無漏明爲緣故違生

死故但以俱生潤舊總報業受分段生死居人中除北洲人修無我觀無分別不能造業此中除極愚昧者天上唯除無想天以無心故不造業四種無明總能發業隨眠是種子餘三即現行文

○次約熏不熏出廣畧所以

要數溉灌方生有芽且依初後分愛取二無重發義立二無明

音義謂且以愛爲初取爲後其實非無多現行潤故潤業位廣也一發則巳無重發義故發業位畧也

合響宗鏡問貪愛潤生者於煩惱中幾法能潤答古釋云即識等五支種子要假貪等煩惱資潤溉灌方得出生行種及識等五種要貪愛煩惱數熏習故方能生現若俱生惑業者即六俱生十分別及二十隨煩惱是於此三十六煩惱中貪一法正中正潤清涼云愛支初起即是現行當念即能熏識成種依此愛種而生於取取即現行故同一貪初心名愛轉盛成取餘五俱生即正中助潤若十分別即助中助潤又四句料簡一有是貪愛而能潤生即第六識愛也前五識不强盛故但是兼支攝正唯第六二有是貪愛不能潤生即第七識雖有貪愛以内緣故及所知障中者三有是生支而貪愛潤即一切凡夫身中生支也四有是生支非貪愛潤謂最後身菩薩大乘說是化現故或變易身中生支文開蒙問生支體答識等五現

○三別釋愛增妨

雖取支中攝諸煩惱而愛潤勝說是愛增

音義問取支有四通攝諸惑何緣於潤業位

說是愛力偏增故云雖取支中云云

○七簡發潤所依緣地

諸緣起支皆依自地有所發行依他無明如下無明發上地行不爾初伏下地染者所起上定應非行支彼地無明猶未起故從上下地生下上者彼緣何受而起愛支彼愛亦緣當生地受若現若種於理無違

音義 問曰諸支相緣爲復唯在自地亦復與他地互爲緣耶釋曰諸支緣起皆唯自地於諸支中或有所發行支亦依他地無明如下地無明能發上地行故若不爾者初伏下染所起上定非下無明發應非行支何者上地無明由未起故得彼定已方現前故又問從上下地生下上者彼緣何地境界受支而能令彼貪愛現前釋曰若從上地生下地者即緣當生下地受而起愛支緣上反是當生地受或種或現俱能起愛皆不違理

○八簡因果及世異同

此十二支十因二果定不同世因中前七與愛取有或異或同若二三七各定同世如是十二一重因果足顯輪轉及離斷常施設兩重實為無用或應過此便致無窮

音義 或同諸緣起支同世異世釋曰前十現在後二未來十因二果定不同世因中前七與愛等三或異或同謂生報定同後報便異故生老死二愛取有三并因中前七各定同世又問有說有支兩重因果而歷三世此何唯一釋云如是十二一重因果足顯輪轉及離斷常從因感果迷果行因

因感果生相續無盡施設兩重功不增勝便致無窮者古師釋曰若愚前際說過二因更有愚於前前際者二因猶少應更多說若謂愚於後際說二果者亦有愚於後後際者二果猶少應更多說故云便致無窮

合響 會玄記第十三卷云此中十二支十因二果定不同世彼疏云以異熟因非造業身即受果故約身生死爲同世十因二果定不同世因中前七與愛取有或異或同者若順生受業愛初生時其世必同第二生已去乃至後報業等世不同也今身造業後二世將受果時方起愛取若二三七各定同世者生老死二愛取有三無明等七各定同世由癡發業熏發報種即識等五故前七支必定同世起愛取水潤先行識等六種轉名爲有亦非異時生及老死同世可知

成唯識論音響補遺卷第八之二

音釋

萎 烏胃切音餵 漑 吉器切音既灌也

成唯識論音響補遺卷第八之三

清武林蓮居紹覺大師音義

新伊大師合響

法嗣智素補遺

○三諸門分別十七初假實分別門

此十二支義門別者九實三假已潤六支合為有故即識等五三相位別名生等故

音義 謂前九是實後三是假釋意可知

補遺 初句總標次句分假實已潤下釋明三假清涼云業種為一識等為五則所潤有六是有支體愛取合潤如水滋芽能所合說故言有八合八為有有無別體故言假有

○二一非一事門

五是一事謂無明識觸受愛五餘非一事

音義 一事者猶言一種事也餘非一事者行通善惡故名色是二故六處有六故取有四取故有該六法故生老死即識等五故

○三染與不染門

三唯是染煩惱性故七唯不染異熟果故七分位中容起染故假說通二餘通二種

音義 無明愛取三唯是染識等五支及生老死二唯不染以是異熟淨無記故若此七支於現起分位中容起染故瑜伽第十假說通二二行有二支通染不染

○四獨雜分別門

無明愛取說名獨相不與餘支相交雜故餘是雜相

音義 獨者純也三是獨相九是雜相已潤六支合為有故即識等五名生等故

○五色非色攝門

六唯非色謂無明識觸受愛取餘通二種

音義 無明等六唯是心法故云非色行等六支義兼色心故云通二

合響 行支通二者清凉鈔三十七之一云大乘三業皆思爲體動身之思名爲身業發語之思名爲語業思之當體即是意業三行皆通三業則通色非色位 文

○六有漏無漏及第七有爲無爲門

皆是有漏唯有爲攝無漏無爲非有支故

音義 此中有二若以漏無漏言此唯有漏以爲無爲言此唯有爲

○八三性分別門

無明愛取唯通不善有覆無記行唯善惡有通善惡無覆無記餘七唯是無覆無記七分位中亦起善染

音義 七分位中亦起善染者亦即瑜伽假說通二義也餘並可思

○九三界分別門

雖皆通三界而有分有全

音義 而有分全者欲界則全上二界一切一分無想唯有有色半支無色唯名半支及六入支中唯有意處一分故

○十能治所治門

上地行支能伏下地即麤苦等六種行相有求上生而起彼故

音義 有求上生而起彼故者謂如有一厭下地色心是苦粗障欣上地色心是勝妙離修彼六行觀而求上生此即上地行支能伏下地惑也

合響六種行相者法數釋云一苦謂身中所起心數緣於貪欲不能出離是爲因苦欲界報身饑渴寒熱病痛刀杖等種種所逼是爲果苦二粗謂欲界五塵能起衆惡是爲因粗此身爲三十六物屎尿臭穢之所成就是爲果粗三障爲煩惱障覆眞性不能顯發是爲因障此身質礙不得自在是爲果障四勝亦曰淨謂旣厭欲界下劣貪欲之苦即欣初禪上勝禪定之樂是爲因勝復厭欲界饑渴等苦即欣初禪禪味之樂是爲果勝五妙謂旣厭欲界貪欲五塵之樂心亂馳動爲粗即欣初禪禪定之樂心定不動是爲因妙復厭欲界臭穢之身爲麄即欣受得初禪之身如鏡中像雖有形色無有質礙是爲果妙六出亦曰離謂旣厭欲界煩惱葢障即欣初禪心得出離是爲因出復厭欲界之身質礙不得自在即欣初禪獲得五通之身自在無礙是爲果出文

○十一學等分別門

一切皆唯非學無學聖者所起有漏善業明爲緣故違有支故非有支攝由此應知聖必不造感後有業於後苦果不迷求故雜修靜慮資下故業生淨居等於理無違

音義諸支皆非學無學攝何者謂初果等有漏善不屬有支以智慧明而爲緣故聖必不造後有業故當來苦果不迷求故雜修下釋妨謂有問曰若爾雜修五淨居業應非行支若是行支聖便造業若非行支如何生彼感總報耶故論答云雜修靜慮資

等云云意云不還果等以有漏無漏前後雜修第四靜慮資無雲等三天故業生淨居等於理無違此總報業及名言種凡時巳造生第四禪下三天業一地繫故後由無漏資生故業生淨居天非是聖者新造業也

合響雜修等者四教儀紀要引倶舍頌云上流若雜修能往色究竟又引彼論釋雜修云漏無漏雜修靜慮生五淨居天雜修靜慮爲三種緣故三緣者一爲受生二爲現樂三爲遮止起煩惱退云云若利根者爲現法樂若鈍根者亦爲遮防起煩惱退云云何緣能生以由雜熏修第四靜慮有五品謂下中上上勝上極云云初品三心現前初謂無漏次起有漏復起無漏二品六心乃至五品十五心如其次第感五淨居云云

○十二二斷分別門二初師通二斷有通局

有義無明唯見所斷要迷諦理能發行故聖必不造後有業故愛取二支唯修所斷貪求當有而潤生故九種命終心倶生愛倶故餘九皆通見修所斷

音義此師謂無明支唯見所斷不通修斷要迷諦理能發行故者意顯迷諦理惑見所斷故聖必不造後有業者謂諸聖者定無能發煩惱惑故以此二義顯唯見斷愛取二支唯修所斷不通見斷貪求當有而潤生者謂有學聖者如須陀洹七生二果上下二生不還上界一生貪求當有皆以愛取而潤生故九種命終心者雜集第五卷

云謂從欲界沒還生欲界者即以欲界自體愛相應命終心結生相續若生色無色界者即以色無色界自體愛相應命終心結生相續如是從色無色界沒若即生彼若生餘處有六種心如其所應盡當知此即亦以二義顯唯修斷餘九通二義如前釋

○次師一切皆通二斷 二 初標

有義一切皆通二斷

○次釋 二 初難前師

論說預流果已斷一切一分有支無全斷者故若無明支唯見所斷寧說預流無全斷者若愛取支唯修所斷寧說彼已斷一切支一分又說全界一切煩惱皆能結生往惡趣行唯分別起煩惱能發不言潤生唯修所斷謂感後有行皆見所斷發由此故知無明愛取三支亦通見修所斷

音義 先引論若無明下約論意以難皆斷一分者則無明支非唯見斷猶有一分無明在故愛取二支非唯修斷入見道時斷一分故又說下復引論義以破全界者全一界也如於欲界結生相續時則全欲界一切煩惱結生上二界例知謂彼論說全界一切煩惱皆能結生不言潤生煩惱唯修所斷豈愛取支唯修斷耶又說往惡趣行唯分別起煩惱能發不謂一切招後有行皆見所斷煩惱所發豈無明支唯見斷耶由此三支皆通二斷

○次申正義 二 初正申 二 初別對前師申

三支正義

然無明支正發行者唯見所斷助者不定愛取二支正潤生者唯修所斷助者不定

合響發業正助者宗鏡第七十四卷云若分別煩惱正發業俱生無明助發業發者動作義業者招感義俱生能潤生分別能造業招生過重俱生能潤生過輕若分別發人天業即俱生助發以人天業難發要假俱生助若分別發三途業不假俱生助發以分別猛利故不要助發文潤生正助者如前發業潤業不同科中引

○次通申十二支斷義不同二初明是染污者自性應斷

又染污法自性應斷對治起時彼永斷故

音義染污法謂無明愛取三支及行有一分性是煩惱染污法故故曰應斷能對治法謂出世道障治相違故曰永斷

○次明非染污者非性應斷二初正明非性應斷

一切有漏不染污法非性應斷不違道故

音義一切有漏者謂行有一分即有漏善也不染污法謂識等五種及生老死二果體唯異熟此等皆不違道品故云非性應斷也

○次有二義故說斷

然有二義說之爲斷一離縛故謂斷緣彼雜彼煩惱二不生故謂斷彼依令永不起依離縛斷說有漏善無覆無記唯修所斷依不生斷說諸惡趣無想定等唯見所斷

音義問曰有漏善及不染污法不違道故既非性應斷者云何言皆通二斷耶釋云有

二義故說通二斷一者離縛義謂離緣雜煩惱縛故緣彼煩惱謂前七識中俱生我貪等此能緣彼異熟果故雜彼煩惱即第七識中我見慢等由我見故令六識中所起施等不能忘相故名雜彼依斷此二煩惱義故說行有二支中一分有漏善及識等五與生老死異熟因果合有九支通修所斷二者不生義分別煩惱爲依彼等生起斷此煩惱彼永不生依不生義說八難果法唯見所斷開蒙云八難果法入見道後永不生故謂八難之因依無明邪見等起故見道時斷彼所依令彼八難永不生起依此斷故說諸惡趣等唯見所斷

合響宗鏡第七十六卷云又有三種斷一自性斷如燈破闇智慧起時煩惱闇障自性應斷二不生斷謂得初地法空之時能令三塗惡道苦果永更不生人中無根二形北洲無想天等種子不生後果名不生斷也三緣縛斷者但斷心中之惑於外塵境不起貪瞋於境雖緣而不染著名緣縛斷也於三斷之中自性不生此二任運能斷皆由緣縛一斷能令三界因果不生文

○次結示

說十二支通二斷者於前諸斷如應當知

音義無明愛取依正助說通見修斷所餘諸支依二義故所以亦屬見修斷也

○十三三受相應門

一樂捨俱受不與受共相應故老死位中多分無樂及容捨故十一苦俱非受俱故

音義十支樂捨二受相應除受老死十一支與苦相應唯除受支

○十四三苦分別門

十一少分壞苦所攝老死位中多無樂受依樂立壞故不說之十二少分苦苦所攝一切支中有苦受故十二全分行苦所攝諸有漏法皆行苦故依捨受說十一少分除老死支如壞苦說實義如是諸聖教中隨彼相增所說不定

音義　此十二支配三苦者十一少分壞苦所攝唯除老死以老死位多分無樂依樂立壞所以言無十二少分苦苦所攝十二支中各容苦俱故以依苦受立苦苦故十二全分行苦所攝諸有漏法剎那性故若依行苦對捨受者十一少分行苦所攝老死位中無容捨故依捨立行故不言之二苦皆言少分行苦言全分者以十二支具三苦性若是二苦必是行苦故言全分有是行苦而非二苦又此二苦各不相攝故云少分實義下結顯此中所明乃依實義若隨彼相增盛而言諸聖教中所說不定

補遺　所說不定者清涼云從相增說以配三苦前五還流相顯名爲行苦觸受二支觸對生苦故云苦苦餘但壞樂故名壞苦

○十五四諦所攝門

皆苦諦攝取蘊性故五亦集諦攝業煩惱性故

音義　以四諦言之此十二支皆苦諦攝何者是五取蘊性故無明愛取行有五支亦集諦攝是惑業性故

○十六四緣分別門　二　初總顯具闕

諸支相望增上定有餘之三緣有無不定契

經依定唯說有一

音義增上體寬故皆定有餘三緣局故有無不定緣起經依定義故說唯有增上緣

○次別明有無三初明有因緣二初正明實義

愛望於取有望於生有因緣義若說識支是業種者行望於識亦作因緣餘支相望無因緣義

音義愛望於取有因緣義者以愛增名取則愛是取種能生現取故爲因緣有望於生有因緣義者識增爲有以有無別體由愛取潤五種成有有即識等五種生支即識等現行現從種生故有得是生家因緣若說下會集論意若以識種爲識支行非識親因若以業種名識支者行得爲識之因緣此則現行爲種因緣業熏之種即識種故餘支相望無因緣者餘支復有八位謂無明望行識望名色名色望六入六入望觸觸望於受受望愛支取望有支生望老死支此八位所以無因緣者以無明等非親辦自果故

合響華嚴鈔三十七之一云愛支初起即是現行當念即能熏識成種依此愛種而生於取取即現行是故經云愛增爲取又云愛望於取有因緣者以愛種子增成於取取即愛種子現行故故同一貪初心爲愛轉感名取即此愛種便是取種是故二支皆通種現文此中且依愛是取種義邊故愛望取有因緣義

○次會通他論二初會集論

而集論説無明望行有因緣者依無明時業習氣説無明俱故假説無明實是行種

音義　初句先標彼有依無明下顯其有義明是假説謂依無明俱時之思業之習氣與無明俱假説業種以爲無明實是行種生行現行耳

○次會瑜伽

瑜伽論説諸支相望無因緣者依現愛取唯業有説

音義　恐有難曰瑜伽第十諸支相望説有三緣無因緣義此中何故説愛望於取有望於生有因緣耶釋中先牒彼文依現愛取者會愛望於取有因緣義此以愛增爲取種生現故得爲因緣彼以現行之愛望現行取非從自種安得因緣唯業有説者會前有望於生得爲因緣前以識種起生現行得爲因緣彼以業種爲有而起於生業非識體但爲增上安有因緣故瑜伽云何故相望皆無因緣答因緣者自體種子因所顯故今現行愛取非是種子以業望生非自體故

○次辯餘二緣

無明望行愛望於取生望老死有餘二緣有望於生受望於愛無等無間有所緣緣餘支相望二俱非有

音義　無明望行至有餘二緣者準清涼釋云自有三義初三位具二緣並以現行相望明有二緣等無間緣要是現行心心所法前念謝滅引生後念故無明心心所滅引行思心愛心所滅引起取心此中愛支亦

約現行生及老死但是識與名色增長衰變增長心滅引生衰變故此三位有等無間行思等所唯在意識可得反緣前無明支故無明支即是行家所緣緣也取亦心所得緣前愛愛是取家所緣緣也老死位中諸心心所可緣生位色心生即老死所緣緣也此約後支緣前明所緣緣次二位相望但具一緣有望於生受望於愛有所緣緣無等無間者以等無間要是前後現行心心所法相引生故今有是種子生是現行安得有之受亦種子愛是現行故非無間有所緣緣義者生是現行能緣有種愛是現行能緣受種故有及愛爲所緣緣餘支下三明全無二也餘支更有六位謂行望識識望名色名色望六入六入望觸觸望受支取望有支所以無等無間者其果皆非現心心所相引生故謂識等至受皆是種子有亦種子行爲識因取爲有因雖是現行所生識有即是種故非等無間所以非所緣緣者旣非現行心心所法何有緣慮

○三結例無方

此中且依鄰近順次不相雜亂實緣起說異此相望爲緣不定諸聰慧者如理應思

音義　此有四重一依鄰近則異隔越或唯越一越二越多二依順次則異逆次唯將無明作行之緣不以行爲無明緣等三依不相雜亂異於雜亂若集論說無明望行乃取無明其中行種而爲無明故是雜亂四依實緣起說者異於假說如向無明俱時

業之習氣實是行種假說無明異此相望者即異上四義也上來四緣分別一門皆準華嚴鈔釋

合響 異此相望者華嚴疏云以其逆順各有次第及超間故且約第一隔越者如無明與識等五及有但一增上唯能生起彼種子故無明與愛取老死爲二緣謂所緣緣增上緣餘一切緣準此可知二約逆次者亦有鄰次隔越今合說之老死與生愛取行無明爲二緣謂所緣增上餘但增上三若相雜亂有二一順二逆順中有鄰次隔越如對法前無明望行是隔越與前實緣不殊亦約識等五種而說若約當生隨其所應逆次之中有鄰有間此應思準上約緣起說此約增上說然有遠近乃至諸支一一應作如此中識等五依當起位諸支隔越逆次超間相雜爲緣一一思準 文

○十七惑苦相攝門

惑業苦三攝十二者無明愛取是惑所攝行有一分是業所攝七有一分是苦所攝有處說業全攝有者應知彼依業有說故有處說識業所攝者彼說業種爲識支故惑業所招獨名苦者唯苦諦攝爲生厭故

音義 無明愛取三支是惑道攝行支及有支一分是業所攝即有支中業種一分也識等五與生老死二此七支及有支中一分是苦道攝即有支中識等五種也有處下次會通他論謂有論說業全攝有應知彼依業有說不依種有有說識支是業攝者彼依業種名識支說不依識種名識支故問十二有支應皆是

苦何得獨言惑業所招識等七支唯苦攝耶釋曰唯苦諦攝不通集故爲令有情生厭離故是故識等唯苦道攝

○三結屬頌義

由惑業苦即十二支故此能令生死相續

○四師染淨相續二　初正明染淨相續三　初總明

復次生死相續由内因緣不待外緣故唯有識因謂有漏無漏二業正感生死故說爲因緣謂煩惱所知二障助感生死故說爲緣

音義　二業爲因二障爲緣者此二二者緣但增上業招生顯故復名因此中不約親疎但約正助名因緣不同四緣中因緣也

○次徵標

所以者何生死有二

○三别釋三　初正釋二　初分段

一分段生死謂諸有漏善不善業由煩惱障緣助勢力所感三界麤異熟果身命短長隨因緣力有定齊限故名分段

音義　善不善業爲感生因發潤煩惱爲助生緣三界異熟爲所感果隨因緣力所感身命短長有定劑限不能前後改轉故名分段

○次變易三　初正釋

二不思議變易生死謂諸無漏有分别業由所知障緣助勢力所感殊勝細異熟果由悲願力改轉身命無定齊限故名變易無漏定願正所資感妙用難測名不思議

音義　無漏有爲諸業爲因由所知障助力爲緣殊勝異熟爲所感果無漏資感悲願改

移妙用難測無定齊限名不思議變易生死古有問曰若所依身隨地有别可說短長而命如燈燄念念生滅非如分段一期等事憑何說彼無定劑限答奘師解云理實命根無别分限隨所依身假說分限耳

合響 開蒙云改粗身爲細質易短壽作長年問旣改粗爲細易短爲長何名生死答覺知勢盡名爲死入定還資謂之生 文會玄

第九卷云即以無漏業所知障欲色二界異熟五蘊而爲體性謂諸聖者以悲智修心有悲故欲下化衆生有智故擬上求佛果念斯分段短促無堪不能長時遠征大刲修其勝行遂以所知障爲緣無漏業爲因寘資故業故業被資便能熏識等五支種子旣被感巳生現功能而復殊勝功能旣勝所生現行身之與命而有改轉由是改麤身爲細質易短壽爲長年然後方能廣修勝行趣無上覺是故得有變易生死也 文

〇次會異二 初會意成身

或名意成身隨意願成故如契經說如取爲緣有漏業因續後有者而生三有如是無明習地爲緣無漏業因有阿羅漢獨覺巳得自在菩薩生三種意成身

音義 先釋名隨意願成者謂隨大悲意願之所成故如契經下引證即勝鬘經先舉能例如是下次所例無明習地謂所知障也宗鏡云說業爲因以是勝故無明爲緣以疎遠故非如煩惱資有漏業但緣義同少分相似有阿羅漢等者經意謂三乘無學

皆得三種意成身也意成身者亦名意生一三昧樂正受意生身二覺法自性意生身三種類俱生無作行意生身

合響清涼疏引楞伽第四云云何三昧樂正受謂入於三昧離種種心寂然不動心海不起轉識波浪了境心現皆無所有云何覺法自性謂了法如幻皆無有相心轉所依依如幻定及餘三昧能現無量自在神通如花開敷速疾如意如幻如夢如影如像非四大造與造相似一切色相具足莊嚴普入佛刹了諸法性故云何種類俱生無作行謂了達諸佛自證法相釋曰初身從所依定爲名次身從所依智立稱三自證法相義兼定慧及法性相故名種類由此功能隨衆生類種種一時現生任運而成云無作行若依地位初即五地前次即八地前後即八地後鈔釋云若無上依經第一不配地位但約三人得謂聲聞緣覺大地菩薩若勝鬘經云無明習地爲緣無漏業爲因有阿羅漢緣覺自在菩薩三種意生身西域自有二解勝鬘一依楞伽二依無上依前中復有三説羅漢緣覺回心至十信仍本名故名爲二乘至十迴向終名自在菩薩即初地巳上對前二位故名自在初地巳上即有三種如前楞伽一云羅漢緣覺俱迴心俱至十迴向終方名羅漢緣覺直往菩薩初地巳上名自在菩薩菩薩亦有三種意生身一云聲聞緣覺同第二釋從二乘有學迴心至迴向終名自在菩薩對未發心得名自在三身得同前

二解二據無上依隨三乘人即爲三身前二廻心至等覺位名聲聞緣覺意生身後一初地至等覺名菩薩意生身釋曰後釋似非得意經意但明三乘人皆得三意生身耳文

○次會變化身

亦名變化身無漏定力轉令異本如變化故如有論說聲聞無學永盡後有云何能證無上菩提依變化身證無上覺非業報身故不違理

音義 先釋名轉令異本者意明但轉變本時之身似如變化會玄云粗淺分段被無漏定願資成改轉異本如變化故非新生故如有下引證先問謂諸聲聞證無學果則我生已盡永不復受分段之身何能出生入死行菩薩道化度有情乃至究竟成於無上菩提果耶依變化下彼論答也義可思准

合響 清涼鈔云一名不思議變易身二名變化身三名意成身若出體者總有三説一云悲願爲體二云定願爲性三云無明住地感無漏有分別業爲性文

○三料簡四 初簡所知感生死二 初問

若所知障助無漏業能感生死二乘定性應不永入無餘涅槃

音義 謂若所知障助無漏業能感變易生死二乘既有所知障在則常感生死不入涅槃清涼釋曰小乘問也

○次答

如諸異生拘煩惱故

合響 清涼鈔釋曰異生有煩惱不趣涅槃彼

趣寂者心樂趣寂爲此心拘馳流無相不起無上正等菩提如諸異生爲煩惱拘故文

○二簡道諦實感苦二　初問

如何道諦實能感苦

音義　謂集能感苦道唯趣滅無漏有分別業即道諦攝如何實能感生死苦

○次答

誰言實感不爾如何無漏定願資有漏業令所得果相續長時展轉增勝假說名感如是感時由所知障爲緣助力非獨能感然所知障不障解脫無能發業潤生用故

音義　誰言實感者直答不爾如何者重徵也無漏下清涼釋曰謂第四禪無漏勝定資色無色已感異熟諸有漏業令所得果相續增長無漏資勝假說能感非無漏業實能感苦又此能感由所知障助故所知障不感苦者不同煩惱障有發潤故文

○三簡資感有二益二　初問

何用資感生死苦爲

音義　意云生死是苦逼迫法應速令盡有何勝益翻資感耶

○次答

自證菩提利樂他故謂不定性獨覺聲聞及得自在大願菩薩已永斷伏煩惱障故無容復受當分段身恐廢長時修菩薩行遂以無漏勝定願力如延壽法資現身因令彼長時與果不絕數數如是定願資助乃至證得無上菩提

音義　答意謂所知障資感生死者爲有自他

二勝利故此總標也謂不下釋意謂有一類不定性二乘及八地已上菩薩於煩惱障已斷已伏則不發潤當分段身恐廢長時於生死中修菩薩行遂以無漏定願如世間延壽法資現有身轉令異本以此爲因令彼長時與果不絕數數資助乃至具諸相好證得無上菩提

合響 宗鏡第七十三卷云得自在大願菩薩已永斷伏煩惱障者謂八地已去菩薩雖藉煩惱生死受生不同凡夫及二乘說現及種潤由起煩惱利益有情業勢方能感生死果煩惱若伏業勢便盡故須法執助願受生故已永斷伏無容復受當分段果既有二利之益觀知分段報終恐廢長時修菩薩行遂入無漏勝定勝願之力如阿羅漢延壽之法資現身之因即資過去感今身業令業長時與果不絕 文

○四簡資感須所知二 初問

彼復何須所知障助

音義 問者意云既以無漏定願資現身因是則無漏定願足可資感彼復何須所知障助於身住耶

○次答二 初正明須所知所以

既未圓證無相大悲不執菩提有情實有無由發起猛利悲願又所知障障大菩提爲永斷除留身久住又所知障爲有漏依此障若無彼定非有故於身住有大助力

音義 此中答義有三一有不定性等既在因位未能圓滿實證佛地所有無求中求無度中度無相大悲若不假此所知障執菩

提可求有情可度則無因由發起猛利之悲願故二云所知能障菩提實難卒斷爲永斷除成無上覺留身久住三云所知爲有漏法所依旣變易身性是有漏此障若無彼何所依非離所依有能依故故於下結示有此三義故所知障於身住者非無助益

合響 宗鏡云旣未成佛圓證無相大悲一味平等之解若不執菩提可求有情可度爲實有者無有因由可能起猛利大悲及猛利願以所知障可求可度執爲先方能發起無漏業故說業爲因以是勝故無明爲緣以疎遠故非如煩惱資有漏業但緣義同少分相似又所知障障大菩提正障智故爲永斷除此所知障留身久住說之爲緣爲所斷緣故又此所知障能爲一切有漏之依由有此障俱諸行法不成無漏故此所依之障若無彼能依有漏決定非有今旣留身久住由有所知障爲緣故說此障爲於身住有大助力說爲緣也 文

○次簡判所留身不同二 初正判所留由資助異

若所留身有漏定願所資助者分段身攝二乘異生所知境故無漏定願所資助者變易身攝非彼境故

音義 先有問曰凡所留身皆變易耶變易身非三界攝耶故釋曰所留之身是諸世間有漏定願所資助者則屬分段二乘異生所知境故非不思議微妙用故若所留身是諸聖者出世無漏定願所資助者則屬

變易非諸凡小所知境故微妙勝用難測量故

○次別判變易是二果攝

由此應知變易生死性是有漏異熟果攝於無漏業是增上果有聖教中說爲無漏出三界者隨助因說

音義 由是而知變易生死異熟果攝是有漏業正所感故亦增上攝是無漏業所資助故亦三界攝唯有漏故有聖下會通他論有說變易生死名爲無漏出三界者隨無漏業資助因說

○次屬頌二 初結屬

頌中所言諸業習氣即前所說二業種子二取習氣即前所說二障種子俱執著故

音義 二業即有漏無漏二障即煩惱所知取是著義由此二障俱執著故故是二取

○次指同

俱等餘文義如前釋

○三釋疑二 初釋變易無前盡復生疑

變易生死雖無分段前後異熟別盡別生而數資助前後改轉亦有前盡餘復生義

音義 有疑問曰分段生死捨生趣生可言異熟前盡後續變易生死既無趣捨之義寧得前盡餘復生耶答曰變易雖無分段別盡別生之義而無漏業數數資助令後身命展轉勝前亦有前盡餘復生義

○次釋不說生死亦由現疑

雖亦由現生死相續而種定有須偏說之或爲顯示眞異熟因果皆不離本識故不說現現異熟因不即與果轉識間斷非異熟故

音義疑問曰亦容有現業及現二取故能令生死相續無窮云何但言由二習氣答曰雖亦由現生死相續而種定有現行不然以故頌中偏言習氣或爲顯示眞異熟因果皆不離本識因是本識所執持故果即本識自果位故若現異熟因果在未來不即與故古疏云以現異熟因非造業身即受果故酬前滿業無記轉識多間斷故是異熟生非眞異熟是則現異熟因及異熟生果皆非不離本識所以頌中偏言習氣不說現耳

○二例明純淨相續

前中後際生死輪迴不待外緣旣由內識淨法相續應知亦然謂無始來依附本識有無漏種由轉識等數數熏發漸漸增勝乃至究竟得成佛時轉捨本來雜染識種轉得始起清淨種識任持一切清淨種子由本願力盡未來際起諸妙用相續無窮

音義先結前總標謂無下釋義

合響宗鏡第七十四卷云生死輪迴不待外緣旣由內識此即有漏異生生死相續諸佛菩薩淨法相續爲復亦由內識爲復別有淨體答淨法相續應知亦然又釋云由法爾種新所熏發由本願力即佛世尊利他無盡清淨種識皆通現種皆唯第八識能持種故文

○次總結

由此應知唯有內識

合響宗鏡云由此上來所說染淨道理應知諸法相續唯有內識也文

成唯識論音響補遺卷第八之三

音釋

齊同劑　蔓莫還切音鏝　拘斤於切音居

成唯識論音響補遺卷第八之四

清武林蓮居紹覺大師音義
新伊大師合響
法嗣智素補遺

○四釋三性難二　初正釋三性皆不離唯識二　初外人申難

若唯有識何故世尊處處經中說有三性

○次論主答釋三　初略答徵起

應知三性亦不離識所以者何

○次舉本頌答

頌曰

由彼彼徧計　徧計種種物　此徧計所執
自性無所有　依他起自性　分別緣所生
圓成實於彼　常遠離前性　故此與依他
非異非不異　如無常等性　非不見此彼

○三末論釋成二　初正釋頌文二　初別釋頌文三　初釋徧計性二　初略釋

論曰周徧計度故名徧計品類衆多說爲彼彼謂能徧計虛妄分別即由彼彼虛妄分別徧計種種所徧計物謂所妄執蘊處界等若法若我自性差別此所妄執自性差別總名徧計所執自性如是自性都無所有理教推徵不可得故

音義　先解初句計度者籌慮忖量也計度之心品類不一故言彼彼徧計此即虛妄分別能計之心即由下牒上句釋次句謂即由此能徧計心徧計種種所徧計物其物是何即所妄執蘊處界等若法若我自性差別我自性謂橫計主宰我差別謂有情命等或二十句六十五等法自性謂橫計

執持法差別謂實德業等有無一異俱不俱等此所下第三四句即所徧計蘊等法上所有妄執若我若法自性差別總名徧計所執自性如是自性若以教理推徵多不可得云無所有也

合響 宗鏡第五十九卷云徧計所執性者謂愚夫周徧計度所執蘊等實我實法名爲徧計性有二一自性總執諸法實有自性二差別別執取常無常等實有自體或依名徧計義如未識牛聞牛名便推度因何道理名之爲牛或依義徧計名或見物體不知眞名便妄推度此物名何如未識牛共推度云爲鬼耶爲獸耶此諸徧計約體不出人法二體約執不出名義二種文

○次廣釋二 初總科分

或初句顯能徧計識第二句示所徧計境後半方申徧計所執若我若法自性非有已廣顯彼不可得故

○次別解釋三 初能徧計二 初標徵

初能徧計自性云何

○次釋相二 初安慧八識王所皆能徧計

有義八識及諸心所有漏攝者皆能徧計虛妄分別爲自性故皆似所取能取現故說阿賴耶以徧計所執自性妄執種爲所緣故

音義 此釋謂八種識及相應心所若有漏攝者皆爲能徧計心所以者何八識相應皆以虛妄分別爲自性故皆似能取所取現故似能所取謂能所緣即相見二分此二因通證八識皆爲能計心也說阿賴下別證第八妄執種者謂能徧計心種子即我

執習氣意明聖教既云賴耶以徧計種而爲所緣故知第八亦能徧計

○次護法唯六七心品能徧計 二 初正釋

有義第六第七心品執我法者是能徧計唯說意識能徧計故意及意識名意識故計度分別能徧計故執我法者必是慧故二執必與無明俱故不說無明有善性故癡無癡等不相應故不見有執導空智故執有執無不俱起故曾無有執非能熏故

音義 謂唯六七二識及能執我法染慧心所即能徧計非第八前五及餘心所也唯說下出意初三句證唯六七是能徧計兼簡前五無計度故不能徧計第四五句揀定我法二執必別境慧與無明俱亦遮第八無慧癡故非能徧計第六句明二執不通善性唯是染故第七句釋二執不與善心所俱亦斥前師謂諸心所皆能徧計第八句揀唯染慧若善慧者導空智故非有執故第九句舉斷常二見不竝例上有執非空智也意謂執有執無尚不容俱起而況有執能導空智耶第十句亦證能徧計唯六七二識亦遮前五無執八非能熏故非能徧計心兼簡前六異熟生無記心心所不能徧計亦非能熏

合響 宗鏡云一有徧非計如無漏諸心有漏善識能徧廣緣而非計執無漏諸心即諸聖人無漏智慧了諸法空無法不徧都無計執名爲非計唯後得智有漏善識即地前菩薩雖有漏心中能作無我觀故亦能觀一切皆無有我亦是徧而非計二有計

非徧如有漏第七識恒緣第八見分起我法二執從第六識入生空觀時第七識中猶尚緣第八見分起於法執故知計而非徧三亦徧亦計即衆生染心四非徧非計即有漏五識及第八賴耶各了自分境界不徧無計度隨念分别故非計也賴耶唯緣種子根身器世間三種境故尚不能緣前七現行故非徧非計有漏種子能持能緣無漏種子即持而不緣況餘境耶

補遺　會玄云能執我法即得徧計若不能執我法者即不能徧計八識之中前五第八不能執我法不能徧計六七二識俱執我法皆能徧計文

○次斥前

有漏心等不證實故一切皆名虚妄分别雖似所取能取相現而非一切能徧計攝勿無漏心亦有執故如來後得應有執故經説佛智現身土等種種影像如鏡等故若無緣用應非智等雖説藏識緣徧計種而不説唯故非誠證

音義　謂若有漏諸心心所未證實理皆名虚妄分别豈未證實之心皆能徧計所攝而遂言八識王所皆能徧計耶又諸心等雖有似能所取相現乃是相見二分豈凡是能所取皆徧計耶若謂似能所取便言徧計攝者勿如來後得無漏智心有似能所取義亦能徧計攝耶故須甄明無通漫失經説下引經釋後得智有似能所取義鏡等喻如來能緣智影像喻現身土等若無能所緣用何名佛智所現身土雖説下通

前引教

○三結示

由斯理趣唯於第六第七心品有能徧計識品雖二而有二三四五六七八九十等徧計不同故言彼彼

音義 先正結識品下通妨恐有問曰若唯六七二識心品名能徧計何得頌中名爲彼彼釋意云識品雖即二種或於二法三法乃至十法上起徧計者則有衆多故言彼彼

補遺 玄談卷第五云其能徧計正義唯六七識所計有多故云彼彼二謂一名二義三謂一分別戲論所依緣二見我慢三貪瞋癡四謂一自相二差別相三所取相四能取相五謂一依名徧計義二依義徧計名三依名徧計名四依義徧計義五依二徧計二六謂一自性二別三覺悟四隨眠五加行六名七者即前第六名徧計中所攝一有爲二無爲三常四無常五善六不善七無記八者一自性二差別三總持四我五我所六愛七不愛八愛不愛九者亦前第六名徧計中所攝一此爲何物二云何此物三此是何物四此物云何五或爲色蘊六或爲受蘊七或爲想蘊八或爲行蘊九或爲識蘊十者即前五加行徧計中復有五種一貪愛二瞋恚三合會四別種五隨捨通爲十也

○次所徧計二 初標徵

次所徧計自性云何

○次釋相

攝大乘說是依他起徧計心等所緣緣故圓成實性寧非彼境眞非妄執所緣境故依展轉說亦所徧計徧計所執雖是彼境而非所緣緣故非所徧計

音義 謂攝大乘論說依他起法名所徧計謂即徧計心等所緣緣故問圓成實性寧得非彼徧計心境答圓成唯眞非徧計心妄執境故依展轉說者謂徧計由依他故有依他實性即是圓成故云依展轉義亦所徧計問徧計所執既是徧計心等之境云何不名所徧計耶釋曰雖是彼境無所緣緣義故非所徧計應知所緣緣義須用實緣起法今徧計所執我法有無一異俱不俱等但是空華無別實性無實性故非所緣緣非所緣緣故非所徧計

合響 玄談第五卷云其所徧計正唯依他爲親所緣依展轉說亦通圓成爲疎所緣故此非凡境故非親緣文 宗鏡引慈恩云三性之中是依他起言所緣必是有法徧計心等以此爲緣親相分者必依他故不以圓成而爲境也謂不相似故文 依展轉說亦所徧計者會玄記第十卷云以圓成與依他爲所依故親緣依他時亦疎緣圓成也文

○三對依他明徧計所執二 初徵

徧計所執其相云何與依他起復有何別

○次釋二 初安慧立自證爲依他相見爲徧計所執

有義三界心及心所由無始來虛妄熏習雖各體一而似二生謂見相分即能所取如是

二分情有理無此相説爲徧計所執二所依體實託緣生此性非無名依他起虛妄分別緣所生故云何知然諸聖教説虛妄分別是依他起二取名爲徧計所執

音義 此師釋意謂三界攝有漏心及心所相見二分是爲徧計所執相見所依自證分體名依他起云何下引證如文

合響 會玄記云安慧立意以一切有漏心王心所各唯一自證分是依他起由無始熏習故各似見分相分生起但隨妄情而有道理實無皆徧計所執雖各體一者王所非一故曰各各唯立一自證分爲依他故曰體一也 文

○次護法立王所四分皆依他二四句爲徧計所執 二 初正釋 二 初雙釋依徧

有義一切心及心所由熏習力所變二分從緣生故亦依他起徧計依斯妄執定實有無一異俱不俱等此二方名徧計所執

音義 正義中先答依他謂不簡有漏無漏若染不染世出世間所有一切心及心所若所依體若相見分由熏習力從緣生故皆依他起徧計下次答徧計所執謂徧計心等依斯緣生相見分等妄執定實我法有無一異等方名徧計所執

合響 徧計依斯等者會玄記云依此見相二分虛妄堅執決定眞實是有是無亦有亦無非有非無是一是異亦一亦異非一非異此二種四句方名徧計所執

補遺 密嚴經云名爲徧計性相是依他起名相二俱遣是爲第一義

○次別證依他二　初引教證

諸聖教說唯量唯二種種皆名依他起故又相等四法十一識等論皆說爲依他起攝故

音義　唯量者梁攝論釋云唯有識量外塵無所有故唯二者謂相及見識所攝故種種者即諸識種種見相等分相等四法者等於後三分十一識者梁攝論云謂身識身者識受者識應受識正受識世識數識處識言說識自他差別識善惡兩道生死識此中身等九識從名言熏習種子生自他差別識者從我見熏習種子生後一是有支習氣種子生彼論釋云身識謂眼等五界身者識謂染污意受者識謂意界應受識謂色等六外界正受識謂六識界世識謂生生相續不斷數識謂算計一乃至無量處識謂器世間言說識謂見聞覺知四種言說自他差別識謂依身差別善惡兩道生死識謂生死趣無量種如是諸識論皆說爲虛妄分別所攝名依他起

合響　宗鏡第七十八卷問內外唯識心境皆空云何教中又立外相答因了相空方談唯識若執有相唯識義不成若執無相眞空理不顯以無相即相方達眞空相即無相始明唯識所以攝大乘論云唯識道理須明三相一通達唯量外塵實無所有故二通達唯二相及見唯識故三通達種種色生但有種種相貌而無體故文

○次立理證

不爾無漏後得智品二分應名徧計所執許應聖智不緣彼生緣彼智品應非道諦不許

應知有漏亦爾

音義 若言相見二分非依他起定屬徧計所執者是則無漏智品所有相見二分亦應名爲徧計所執許是所執應非聖智所緣以聖智非徧計心故緣彼智品應是集諦非道諦故不許無漏二分是徧計所執應知有漏二分亦非徧計

合響 量云無漏智品是有法應非道諦宗因云許緣徧計所執故喻如有漏心品不許下量云有漏心品二分非徧計所執是依他起故如無漏智品

○次斥前

又若二分是徧計所執應如兎角等非所緣緣徧計所執體非有故又應二分不熏成種後識等生應無二分又諸習氣是相分攝豈非有法能作因緣若緣所生内相見分非依他起二所依體例亦應然無異因故

音義 先舉喻破又應下以不熏種義破若謂二分是徧計執應不熏種前旣無種後現識生應無二分又諸習氣即第八識相分所攝是有體法若爲徧計所執則同無法不能作有爲法因緣故云豈非有法能作相見等因緣耶若緣下復舉所依例破無異因者謂相見與自證俱是分別緣所生若緣所生之相見非依他起則二分所依自證分體亦非依他起以相見自證俱是分別緣所生無異因故因安慧唯以自證分是依他起故將二分例破之也

○次釋依他起 二 初出依他體

由斯理趣衆緣所生心心所體及相見分有

漏無漏皆依他起依他衆緣而得起故

合響　宗鏡第五十九卷云依他起性者依他衆緣和合生起猶如幻事名依他性 文 開棠問幾法是依他性答除六無爲餘九十四藉因托緣皆依他攝問九十四法通其假實何皆依他答非無體假故皆依他問非無體假是何假也答分位假 文

補遺　由斯理趣者會玄云由破前之理趣也

○次簡釋緣生

頌言分別緣所生者應知且說染分依他淨分依他亦圓成故或諸染淨心心所法皆名分別能緣慮故是則一切染淨依他皆是此中依他起攝

音義　此中二釋初解唯染心等名分別緣生非諸淨法或諸下次釋通二以後得智中亦有分別故能緣慮故

合響　會玄記云頌言分別下彼疏云雜染諸法名爲分別依他因緣之所生故或染依他爲分別緣之所生故唯雜染故名染分依他無漏諸法名淨分依他亦名圓成實性屬無分別智不可言分別緣所生也故知唯約染分爲言或諸染淨下彼疏云或諸漏無漏心心所法俱能緣慮故皆名分別若爾染淨色不相應則非此中依他起攝不能緣慮非分別故答不離心故唯識門故若爾論文何故置能緣言答能緣心徧諸染淨皆名分別竝能慮故非緣慮者揀除色等不離心故亦此門攝 文

○三釋圓成實 三 初正釋圓成實體性 二

初釋圓成實三字

二空所顯圓滿成就諸法實性名圓成實顯此徧常體非虚謬簡自共相虚空我等無漏有爲離倒究竟勝用周徧亦得此名然今頌中説初非後

〔音義〕玄談第五卷釋曰徧釋圓滿常釋成就體非虚謬釋實性義此一體言貫通三處徧揀自相常揀共相非虚謬言揀於空我若爾淨分依他體非常徧如何亦是圓成實耶故釋云無漏有爲等此中離倒名實究竟爲成勝用周徧以釋圓義是則圓成有其二種一約理説二約果德故論簡云今此頌中説初非後以約二性通一切故

〔合響〕會玄釋云一體周徧故圓滿揀自相色心等一切諸法自相局法體不通於餘故不圓徧二體常住故成就揀共相共相若空無常等雖徧而非常住成就也三體無虚謬故云實性非虚非謬故揀妄我以小乘執虚空外道執實我亦體是常是徧等字等取自性冥諦等也亦皆計爲常徧今以實字揀之言此一體言貫通三處者謂一體徧二體常三體無虚謬如上可知若爾下揀別前淨分依他也先假難徵起意云若依上三義釋圓成實則淨分依他無上三義何以前云淨分依他亦圓成實耶彼疏云淨分亦具三義一離倒體非染故謂離虚妄顛倒故名實二能斷諸惑染是究竟故爲成三殊勝作用周徧名圓文

○次釋於彼等七字

此即於彼依他起上常遠離前徧計所執二空所顯真如爲性説於彼言顯圓成實與依

他起不即不離常遠離言顯妄所執能所取性理恒非有前言義顯不空依他性顯二空非圓成實眞如離有離無性故

音義 先總釋七字說於下分釋謂頌言於彼二字義顯二性體非即離若相即者不合言彼若相離者不合言於彼常遠下釋常遠離三字前言下釋前一字性顯下釋性一字眞如離有無者會玄釋云遠離前言已空徧計故是離有而言性者自屬眞如故能離無是故結云眞如離有離無性故

合響 會玄引古疏云於彼者顯此與依他不即不離依他是所於眞如是能於顯如與依他體非即故若是即者眞如應有滅依他應不生不離者即於依他上有眞如故非不依彼不可言離若全離者如應非彼依他之性應離依他別有如性云何言於彼故於彼言顯不即離理非恒有者謂虛妄徧計所執實爲能取所取於道理中恒非是有故言常遠離也性顯二空非圓成實者彼疏云此圓成實依他起上無徧計所執二我旣空依此空門所顯眞如爲其自性梵音瞬若此說爲空云瞬若多此名空性如名空性不名爲空故依空門而顯此性即圓成實是空所顯意言眞如是空之性非即是空眞如離有離無豈以空義爲眞如耶但以空爲能顯如爲所顯故此云性字也

〇次對依他明非一異三 初法

由前理故此圓成實與彼依他起非異非不異異應眞如非彼實性不異此性應是無常

彼此俱應淨非淨境則本後智用應無別

音義　彼此俱應淨非淨境則本後智用應無別者謂圓成唯根本淨智境依他是後得智境亦通非淨若不異者彼此應通二境二智照用亦應無別

○次例

云何二性非異非一如彼無常無我等法無常等性與行等法異應彼法非無常等不異此應非彼共相

音義　初句牒前徵起如無下舉頌標無常下釋謂如無常等性與諸行生滅之法非異非一若言異者諸行不應皆屬無常如不異者則此無常性應非彼法之共相

○三合

由斯喻顯此圓成實與彼依他非一非異法與法性理必應然勝義世俗相待有故

音義　法謂依他即世俗諦法性謂圓成即勝義諦二諦相待而有故非一異

○三明證此能了依他　三　初正釋

非不證見此圓成實而能見彼依他起性未達徧計所執性空不如實知依他有故無分別智證眞如已後得智中方能了達依他起性如幻事等

音義　先消文未達下出所以先反顯無分下順釋文竝易知

○次釋妨

雖無始來心心所法已能緣自相見分等而我法執恒俱行故不如實知衆緣所引自心心所虛妄變現猶如幻事陽燄夢境鏡像光影谷響水月變化所成非有似有

音義難曰一切異生無始巳來諸心心所各能緣自相見分等那言非不證見圓成則不實知依他有耶故釋曰雖無始等

合響無性攝論第五卷云論曰復次何緣如經所說於依他起自性說幻等喻於依他起自性爲除他虛妄疑故他復云何於依他起自性有虛妄疑由他於此有如是疑云何實無有義而成所行境界爲除此疑說幻事喻云何無義心心法轉爲除此疑說陽燄喻云何無義有愛非愛受用差別爲除此疑說所夢喻云何無義淨不淨業愛非愛果差別而生爲除此疑說影像喻云何無義種種識轉爲除此疑說光影喻云何無義種種戲論言說而轉爲除此疑說谷響喻云何無義而有實取諸三摩地所行境轉爲除此疑說水月喻云何無義有諸菩薩無顛倒心爲辦有情諸利樂事故思受生爲除此疑說變化喻文

○三引證

依如是義故有頌言非不見眞如而能了諸行皆如幻事等雖有而非眞

音義此中引頌證前正釋文雖似斷義實連綴當作一句讀之理自顯也

○次總申頌意

此中意說三種自性皆不遠離心心所法謂心心所及所變現衆緣生故如幻事等非有似有誑惑愚夫一切皆名依他起性愚夫於此橫執我法有無一異俱不俱等如空華等性相都無一切皆名徧計所執依他起上彼所妄執我法俱空此空所顯識等眞性名圓

成實是故此三不離心等

音義　先總標三性不離心等此中意說者謂前三頌中所說之意也謂心心所下別解三性先依他愚夫下次徧計依他起上下次圓成是故下次結示竝如文知

補遺　誑惑愚夫者清涼云由不達緣成不堅妄生徧計故云誑惑愚夫實則愚夫自誑如獼猴捉月

〇次義類相攝二　初正明相攝二十　二初與六無爲相攝二　初問

虛空擇滅非擇滅等何性攝耶

音義　等者等餘三無爲也

〇次答

三皆容攝心等變似虛空等相隨心生故依他起攝愚夫於中妄執實有此即徧計所執性攝若於眞如假施設有虛空等義圓成實攝有漏心等定屬依他無漏心等容二性攝衆緣生故攝屬依他無顛倒故圓成實攝

音義　隨心生者如前第二卷中云謂曾聞說虛空等名隨分別有虛空等相數習力故心等生時似虛空等無爲相現此所現相前後相似無有變易假說爲常是則虛空等六唯心所變故屬依他若執是實則名徧計若於眞如等者義亦如前第二卷中次云二依法性假施設有虛空等相故屬圓成有漏心下約漏無漏釋謂若有漏心等所變現者屬染依他若無漏心等所變現者容通二性從淨緣生故屬淨依他離顛倒故屬圓成性如前文云無漏有爲離倒究竟亦得此名故

○二與七眞如相攝二 初問

如是三性與七眞如云何相攝

○次答二 初列名體

七眞如者一流轉眞如謂有爲法流轉實性二實相眞如謂二無我所顯實性三唯識眞如謂染淨法唯識實性四安立眞如謂苦實性五邪行眞如謂集實性六清淨眞如謂滅實性七正行眞如謂道實性

音義 此七眞如出深密經初一依有爲法立次一依二空立次一依染淨立後四依四諦立安立者謂欲等三界以能安立三有衆生故或昇或沉備受輪轉故謂之苦雖歷輪迴而眞如體凝然不變故曰實性餘竝可思

合響 解深密經云流轉眞如作意者謂已見諦諸菩薩以增上法行善修治作意於染淨法時思惟諸行無始世來流轉實性既思惟已離無因見及不平等因見二實相眞如作意者謂如前說乃至於染淨法因思惟諸法衆生無我性及法無我性既思惟已一切身見及思惟分別衆相作意不復現行三唯識眞如作意者謂如前法乃至於染淨法所依思惟諸法唯識之性既思惟已如實了知唯心染故衆生染唯心淨故衆生淨四安立眞如作意者謂如前說乃至於染汚法體思惟苦諦既思惟已欲令知故爲有情說五邪行眞如作意謂如前說乃至於染汚法因思惟集諦欲令斷故爲有情說邪行者謂貪瞋二煩惱迷境界及見起邪行慢迷有情及見起邪行

薩迦耶見邊執見邪見迷所知境起邪行見取戒禁取迷諸見起邪行疑迷對治起邪行無明迷一切起邪行又十煩惱皆迷苦集起諸邪行是彼因緣所依處故又十煩惱皆迷滅道起諸邪行由此能生彼怖畏故六清淨眞如作意謂如前說乃至於清淨法體思惟滅諦旣思惟已欲令證故為有情說七正行眞如作意謂如前說乃至於清淨行思惟道諦旣思惟已欲令修故為有情說文

○次明相攝

此七實性圓成實攝根本後得二智境故隨相攝者流轉苦集三前二性攝妄執雜染故餘四皆是圓成實攝

音義 此七眞如以實性言皆屬圓成隨相而言流轉苦集此三眞如屬前二性餘四眞如屬圓成性

○三與六法相攝二 初問

三性六法相攝云何

○次答

彼六法中皆具三性色受想行識及無爲皆有妄執緣生理故

音義 皆有妄執等者謂如色中計有實我或計實法即徧計性色從緣生即依他起色性自空即圓成實如色蘊如是受等四蘊其義亦爾無爲義見前文

○四與五事相攝二 初問

三性五事相攝云何

合響 瑜伽第七十二卷云云何五事一相二名三分別四眞如五正智何等爲相謂若

略説所有言談安足處事何等爲名謂即於相所有增語何等爲分別謂三界行中所有心心所何等爲眞如謂法無我所顯聖智所行非一切言談安足處事何等爲正智謂略有二種一唯出世間正智二世間出世間正智何等名爲唯出世間正智謂由此故聲聞獨覺諸菩薩等通達眞如又由此故彼諸菩薩於五明處善修方便多住如是一切徧行眞如智故速證圓滿所知障淨何等名爲世出世間正智謂聲聞獨覺以初正智通達眞如已由此後所得世間出世間正智於諸安立諦中令心厭怖三界過患愛味三界寂靜又由多分安住此故速證圓滿煩惱障淨又即此智未曾得義名出世間緣言説相爲境界義亦名世間是故説爲世出世間 文

諸聖教説相攝不定

○次答 三 初總標

○次別釋 四 初二性攝五

謂或有處説依他起攝彼相名分別正智圓成實性攝彼眞如徧計所執不攝五事彼説有漏心心所法變似所詮説名爲相似能詮現施設爲名能變心等立爲分別無漏心等離戲論故但總名正智不説能所詮四從緣生皆依他攝

音義 先引文彼説下出意初顯染依他攝前三事變似所詮謂所説之義變似能詮謂種種語言無漏下明淨依他總明正智故總結云四從緣生皆依他攝徧計不攝五事者如空花故無實體故顯揚論云徧計

所執自相是無五事所不攝故

○二三性攝五

或復有處說依他起攝相分別徧計所執唯攝彼名正智眞如圓成實攝彼說有漏心及心所相分名相餘名分別徧計所執都無體故爲顯非有假說爲名二無倒故圓成實攝

音義 先引文彼說下出意

補遺 徧計所執唯攝彼名顯揚論云若徧計所執相無有自體云何能起徧計執耶答由名於義轉故謂隨彼假名於義流轉世間愚夫執有名義決定相稱眞實自性問云何應知此是邪執答以二更互爲客故所以者何以名於義非稱體故說之爲客義亦如名無所有故說之爲客頌曰非五事所攝此外更無有由名於義轉二更互爲客

○三三性攝五

或有處說依他起性唯攝分別徧計所執攝彼相名正智眞如圓成實攝彼說有漏心及心所相見分等總名分別虛妄分別爲自性故徧計所執能詮所詮隨情立爲名相二事

音義 先引文彼說下出意

○四二性攝二

復有處說名屬依他起性義屬徧計所執彼說有漏心心所法相見分等由名勢力成所徧計故說爲名徧計所執隨名橫計體實非有假立義名

音義 先引文彼說下出意顯依他起攝彼能詮之名徧計所執攝彼所詮之義義即相故

○三結示

諸聖教中所說五事文雖有異而義無違然初所說不相雜亂如瑜伽論廣說應知

音義 謂前所引四節聖教所說五事文雖有異義實無違故皆當理然於初說尤爲盡善如瑜伽者彼論問曰初自性五法中幾所攝答都非所攝第二自性幾所攝答四所攝第三自性幾所攝答一所攝廣如彼論七十二三四卷中說

○五與五相相攝二 初問

又聖教中說有五相與此三性相攝云何

音義 五相者一所詮相二能詮相三此二相屬相四執著相五不執著相義如顯揚論說

○次答

所詮能詮各具三性謂妄所計屬初性攝相名分別隨其所應所詮能詮屬依他起眞如正智隨其所應所詮能詮屬圓成實後得變似能詮相故二相屬相唯初性攝妄執義名定相屬故彼執著相唯依他起虛妄分別爲自性故不執著相唯圓成實無漏智等爲自性故

音義 先明能詮所詮二相初句標謂妄下釋通三性謂若妄執實有能所詮相屬徧計攝相名分別此三隨應所立能所詮相屬依他攝眞如爲所詮正智爲能詮故曰隨其所應如智二種隨應所立能所詮相屬圓成攝問正智眞如離心緣名字何得有能詮之名耶釋曰雖正智如如離於名字然後智爲他說法則施設如智之名故有

能詮也二相屬下次明第三相唯屬初性以妄所執能所詮相決定互相繫屬之故被執著下明第四相被執著者即心心所等被徧計心所執成所徧計故唯依他起攝不執著下明第五相不執著者即心心所離徧計執成無漏智等故但屬於圓成攝耳

〇六與四眞實相攝二　初問

又聖教中說四眞實與此三性相攝云何

音義　四眞實者顯揚論曰一世間眞實二道理眞實三煩惱障淨智所行眞實四所知障淨智所行眞實世間眞實者謂一切世間於諸事中由串習所得悟入知見共施設世俗性如於地謂唯是地非火等如是水火風色香味觸等自昔傳來名言決定自他分別共爲眞實非邪思搆觀察所取是名世間眞實道理眞實者謂諸正智者有道理義諸聰慧者具自辯才處異生位者隨觀察行者依證比至教三量極善思擇決定智所行所知事以如實因緣證成道理所建立故是名道理眞實煩惱障淨智所行眞實者謂一切聲聞獨覺無漏方便智無漏正智無漏後所得世間智等所行境界是名煩惱障淨智所行眞實所知障淨智所行眞實者謂諸菩薩佛薄伽梵爲入法無我及已入極清淨者依一切法離言說自性無分別智所行境界是名所知障淨智所行眞實廣如彼說

〇次答

世間道理所成眞實依他起攝三事攝故二

障淨智所行眞實圓成實攝二事攝故辯中邊論說初眞實唯初性攝共所執故第二眞實通屬三性理通執無執雜染清淨故後二眞實唯屬第三

音義 初二眞實依他起攝相名分別三事攝故後二眞實圓成實攝正智如如二事攝故辯中下引中邊論所攝不同之義理通執無執雜染清淨者有執雜染義通徧計依他無執清淨屬圓成故

○七與四諦相攝 二 初問

三性四諦相攝云何

○次答 三 初總標

四中一一皆具三性

○次別釋 四 初苦諦三性

且苦諦中無常等四各有三性無常三者一無性無常性常無故二起盡無常有生滅故三垢盡無常位轉變故苦有三者一所取苦我法二執所依取故二事相苦三苦相故三和合苦苦和合故空有三者一無性空性非有故二異性空與妄所執自性異故三自性空二空所顯爲自性故無我三者一無相無我我相無故二異相無我與妄所執我相異故三自相無我無我所顯爲自相故

音義 初句標列無常下別明四觀各三先無常三者一觀我法無常性故二觀緣起有生滅故三觀垢時無淨淨時無垢隨其位之所轉變故苦有下次苦觀三者一觀所取五蘊是苦是我法執所依取故二觀緣起事相是苦以是三苦之事相故三觀和合是苦謂眞實法與苦合故空有下次空

觀三者一觀無性空徧計所執性非有故二觀異性空謂緣起法與徧計所執自性異故三觀自性空謂圓成實以二空所顯眞如爲自性故無我下次無我觀三者一觀無相無我謂徧計所執我相本無故二觀緣起異相無我謂與徧計所執我相異故三觀自相無我謂圓成實以無我所顯爲自性故由此無常等四觀治彼常等四種顛倒學者應知

○二集諦三性

集諦三者一習氣集謂徧計所執自性執習氣執彼習氣假立彼名二等起集謂業煩惱三未離繫集謂未離障眞如

合響　徧計所執自性執習氣者謂我法一異俱不俱等名徧計所執自性執彼我法之見名執執彼習氣假立彼名者彼我法等雖無實體而能徧計心執五蘊等爲我爲法時熏成執種名執彼習氣是則所執雖無而依能計之心假立心得境名故名彼習氣也故前釋我執習氣云問我是徧計何得種也答因執蘊等爲我之時熏蘊等種名我執習氣業與煩惱名等起者謂由煩惱發業由業故煩惱增長此二相因而有同感苦報故名等起未離障者在纏眞如也

○三滅諦三性

滅諦三者一自性滅自性不生故二二取滅謂擇滅二取不生故三本性滅謂眞如故

音義　一自性滅者謂徧計自性不生故二二取滅者謂與擇滅智令能所取二不生故

三本性滅者謂眞如之體本寂滅故
○四道諦三性
道諦三者一徧知道能知徧計所執故二永斷道能斷依他起故三作證道能證圓成實故然徧知道亦通後二
音義 徧知道亦通後二者顯揚論曰應知此中於徧計所執唯有徧知於依他起有徧知及永斷於圓成實有徧知及證得是故此一亦通後二
○三結配
七三三性如次配釋今於此中所配三性或假或實如理應知
音義 七三者謂苦下有四三集滅道各有三故合有七三如次配釋者如初一三以無性無常攝屬徧計起盡無常攝屬依他垢盡無常圓成實攝餘六三者准例可知或假或實者七三之中唯集諦三實配三性餘但約義假配通三故云如理應知
○八與三解脫相攝二初問
三解脫門所行境界與此三性相攝云何
合響 清涼疏卷第三十七之二云三解脫門亦名三三昧三昧即當體受名解脫即依他受稱此三能通涅槃解脫故名爲門 文
瑜伽第四十五卷云云何菩薩空三摩地謂諸菩薩觀一切事遠離一切言說自性唯有諸法離言自性心正安住是名菩薩空三摩地云何菩薩無願三摩地謂諸菩薩即等隨觀離言自性所有諸事由邪分別所起煩惱及以衆苦所攝受故皆爲無量過失所汚於當來世不願爲先心正安

住是名菩薩無願三摩地云何菩薩無相三摩地謂諸菩薩即正思惟離言自性所有諸事一切分別戲論衆相永滅寂靜如實了知心正安住是名菩薩無相三摩地問何故唯立三三摩地無過無增答法有二種謂有非有有爲無爲名之爲有我及我所名爲非有於有爲中有無願故可厭逆故當知依此建立無相三摩地於無爲中願涅槃故正樂攝故當知依此建立無相三摩地於非有事菩薩不願亦無無願然於非有菩薩如實見爲非有依此見故當知建立空三摩地文

○次答

理實皆通隨相各一空無願相如次應知緣此復生三無生忍一本性無生忍二自然無生忍三感苦無生忍如次此三是彼境故

合響　理實而言三解脫門各通三性然隨事相且各對一瑜伽第七十四卷云復次三種解脫門亦由三自性而得建立謂由徧計所執自性故立空解脫門由依他起自性故立無願解脫門由圓成實自性故立無相解脫門問如經中説無生法忍云何建立答由三自性而得建立謂由徧計所執自性故立本性無生忍由依他起自性故立自然無生忍由圓成實自性故立煩惱苦垢無生忍當知此忍無有退轉文如次此三是彼境者此三種性如其次第是三忍所緣境故

○九與二諦相攝二　初問

此三云何攝彼二諦

合響 顯揚論第二卷云世俗諦者謂名句文身及依彼義一切言說及依言說所解了義又曾得世間心及心法及彼所行境義勝義諦者謂聖智及彼所行境義及彼相應心心法等 文

○次答

應知世俗具此三種勝義唯是圓成實性世俗有三一假世俗二行世俗三顯了世俗如次應知即此三性勝義有三一義勝義謂眞如勝之義故二得勝義謂涅槃勝即義故三行勝義謂聖道勝爲義故無變無倒隨其所應故皆攝在圓成實性

合響 先總標世俗有三下別釋假世俗者即假名無實諦謂軍林瓶車等二行世俗者即隨事差別諦謂蘊處界等三顯了世俗者即方便安立諦謂苦集等及法假名非安立諦謂二空眞理如次下配屬初一世俗心外境無依情立名徧計爲體故初性攝第二世俗心所變事依他爲體故次性攝後一世俗心所變理施設差別故第三性攝此准會玄第十卷中釋勝義有三等者應知義有二義一者義境二者義理此中眞如名義勝義者謂眞如乃勝智之境義勝之義故依主釋也涅槃名爲得勝義者廣百論釋第五卷云如是涅槃非無非有妙智所證名爲勝義又諸義中最爲勝故過此更無所求義故名爲勝也勝即義故持業釋也聖道名爲行勝義者謂聖位所有本後智等以勝法而爲所緣義故會玄第十卷云其無漏眞智隨在何諦亦以

勝爲義眞如爲境故文勝爲義故有財釋也前二約理後一約智即是無爲圓成離倒圓成隨應攝第三性

○十聖凡智境二初問

如是三性何智所行

○次答

徧計所執都非智所行以無自性非所緣緣故愚夫執有聖者達無亦得說爲凡聖智境依他起性二智所行圓成實性唯聖智境

合響瑜伽第七十四卷問徧計所執自性何等智所行爲凡智耶爲聖智耶都非所行以無相故問依他起自性何等智所行答是二智所行然非出世聖智所行問圓成實自性何等智所行答唯聖智所行文

○十一假實分別二初問

此三性中幾假幾實

○次答

徧計所執妄安立故可說爲假無體相故非假非實依他起性有實有假聚集相續分位性故說爲假有心心所色從緣生故說爲實有若無實法假法亦無假依實因而施設故圓成實性唯是實有不依他緣而施設故

合響宗鏡第五十九卷釋云徧計有名無體妄情安立可說爲假談其法體旣無有相非假非實非兎角等可說假實必依有體總別法上立爲假實故依他假有三種一聚集假者如瓶盆有情等是聚集法多法一時所集成故能成雖實所成是假二相續假者如過未等世唯有因果是相續性多法多時上立一假法如佛說言昔者鹿

王今我身是所依五蘊刹那滅者雖體是實於此多法相續假立一有情至今猶在故三分位假者如不相應行是分位性故皆是假一時一法上立如一色上色有漏可見有對亦名色等竝是於一法上假施設故若彼實者應有多體其忿恨等皆此假攝心心所色從因緣種生故説爲實文若無實法下問緣生之法體即虚幻何得言實故釋云若無實法等圓成下次明圓成唯是實有據文應有四句分别徧計所執唯假及非假實依他起性亦假亦實圓成實性唯是實有

補遺起信筆削記第一卷云謂徧計妄法一向生滅圓成實性一向不生滅依他假法相同徧計似生似滅性是圓成不生不滅若稱實言之三性皆無生滅雖然且無義不同何則謂徧計即無法可生無法可滅如繩上蛇依他乃即生無生即滅無滅如麻上繩圓成即中無前二生滅之法如麻上無繩無蛇文

○十二異不異分别二初問

此三爲異爲不異耶

○次答

應説俱非無别體故妄執緣起眞義别故

合響俱非者非異非不異也無别體者釋非異義謂徧計由於依他法上不了如幻而有於依他法上離前徧計即是圓成無别體故妄執等者釋非不異義謂徧計是妄執性依他是緣起性圓成是眞義性三性各别故宗鏡第六十卷中廣明非一異義

通法性宗故不繁引

○次結略指廣

如是三性義類無邊恐厭繁文略示綱要

成唯識論音響補遺卷第八之四

音釋

瞬舒閏切音舜目自動也　綴之瑞切音贅　捉竹角切莊入聲　串樞絹切音釧穿也貫也　麻莫遐切音蟆

成唯識論音響補遺卷第九之一

清武林蓮居紹覺大師音義

新伊大師合響

法嗣智素補遺

○次別釋無性亦不離識性三　初躡前申難

若有三性如何世尊說一切法皆無自性

○次舉本頌答

頌曰

即依此三性　立彼三無性　故佛密意說

一切法無性　初即相無性　次無自然性

後由遠離前　所執我法性　此諸法勝義

亦即是真如　常如其性故　即唯識實性

○三末論釋成二　初正釋頌文二　初釋三種無性二　初總明三無性是密意說

論曰即依此前所說三性立彼後說三種無性謂即相生勝義無性故佛密意說一切法皆無自性非性全無說密意言顯非了義謂後二性雖體非無而有愚夫於彼增益妄執實有我法自性此即名爲徧計所執爲除此執故佛世尊於有及無總說無性

音義　先釋初二句故佛下次釋後二句密意者謂若顯了說則雙明三性三無性方是不有不無之中謂後下轉釋意明依圓二性雖有實體愚夫於此依圓妄起我法實有之執此我法執即是徧計佛爲除此併說皆無

合響　玄談第五卷云第三時中就大乘正理具說三性三無性等方爲盡理鈔釋云具說三性三無性等者此有兩重一約三性

則初時約依他說有二約徧計說空三具說三性則徧計是空依圓是有以爲中道二者約三性皆有約三無性皆空第一時中說三性皆有第二時中總說諸法皆悉無性者約三無性密意說耳謂若顯了說則雙明三性三無性方是中道故爲盡理又疏云是故於彼三時初墮有邊次墮空邊俱非了義後時具說徧計性空餘二爲有契會中道方爲了義 文 據此則經中說三無性是佛密意若約時而論乃是第二時墮空邊教非爲了義今明大乘唯識正理必當於三自性依圓是有徧計是空方是中道了義耳

○次別釋三無性依三性立 二 初徵

云何依此而立彼三

○次釋 二 初正釋

謂依此初徧計所執立相無性由此體相畢竟非有如空華故依次依他立生無性此如幻事托衆緣生無如妄執自然性故假說無性非性全無依後圓成實立勝義無性謂即勝義由遠離前徧計所執我法性故假說無性非性全無如太虛空雖徧衆色而是衆色無性所顯

音義 先明徧計畢竟無性此非假說依次下釋依他無性謂依他起法從四緣生譬猶幻師所作幻事託衆緣起無如外道妄執自然生義假說無性非依他起性體全無依後下釋勝義無性謂勝義中無我法性故亦但假說非性全無如太虛下喻明太虛喻勝義衆色喻依他起謂此勝義是依

他起上無徧計所顯故名勝義無性

○次簡濫

雖依他起非勝義故亦得說爲勝義無性而濫第二故此不說

合響 謂有問曰雖依他起非第四廢詮談旨之勝義故不得正名爲勝義無性然淨分依他中四智菩提隨在何諦皆以勝法而爲所緣亦以勝爲義故即第八卷末所云行勝義也是則依他雖不得正名爲勝義無性據淨分邊亦得說爲勝義無性何不依依他立勝義無性耶釋曰而濫第二故此不說意謂淨分依他雖亦得名爲勝義然既依圓成實立爲勝義無性更若立依他爲勝義無性者則濫同第二依圓成實所立勝義無性故略而不說以依他若立爲勝義則依圓成所立之勝義無性是第二故問據何文義作如此釋答瑜伽第七十四卷云復次三種自性三種無自性性謂相無自性性生無自性性勝義無自性性由相無自性性故徧計所執自性說無自性由生無自性性故及勝義無自性性故依他起自性說無自性非自然有性故非清淨所緣性故唯由勝義無自性性故圓成實自性說無自性何以故由此自性亦是勝義亦一切法無自性性之所顯故文既云及勝義無自性又云唯由勝義無自性是知依他亦有勝義無性之義但不得正立爲勝義無性耳

○次釋唯識實性 二 初會圓成即勝義真如 二 初會歸勝義

此性即是諸法勝義是一切法勝義諦故然勝義諦略有四種一世間勝義謂蘊處界等二道理勝義謂苦等四諦三證得勝義謂二空真如四勝義勝義謂一真法界此中勝義依最後說是最勝道所行義故爲簡前三故作是說此諸法勝義

合響 此性者即上勝義非性全無之性然勝義下會玄第十卷釋云四種勝義等者准法苑云初釋名後出體初釋名復二初釋總名次釋別名釋總名者護法釋云勝義者勝謂殊勝義有二種一境界名義二道理名義第三勝義諸論多說即是勝義或四勝義皆勝之義論說依他圓成二性隨其所應根本後得二智境界故其無漏真智隨在何諦亦以勝爲義真如爲境故通其有財釋第四勝義多依於道理名義廢詮談旨非境界故前三勝義境界爲義諦者實義事如實事理如實理理事無謬名之爲諦勝義即諦勝義之諦二釋如次世俗者世謂隱覆空理有相顯現如結巾爲兎等物隱本之巾兎相顯現此亦如是今隨古名世俗諦又復性隨起盡名之爲世體相麤顯目之爲俗世即是俗名爲世俗或世之俗義亦相違諦者實義有如實有無如實無有無不虛名之爲諦世俗即諦世俗之諦二釋如前次釋別名者一世間勝義者事相麤顯猶可破壞名曰世間亦聖所知過第一俗名爲勝義二道理勝義者智斷證修因果差別名爲道理無漏智境過第二俗名爲勝義三證得勝義者聖

智依詮空門顯理名爲證得凡愚不測過第三俗名爲勝義四勝義勝義者體妙離言迥超衆法名爲勝義聖智内證過第四俗復名勝義此中世間即勝義諦乃至勝義即勝義諦皆持業釋或勝義之諦依士無失四世俗中一世間世俗者隱覆真理當世情有墮虛僞中名曰世間凡流皆謂爲有依情是名假言世俗二道理世俗者隨彼彼義立蘊等法名爲道理實相顯現差別易知名爲世俗三證得世俗者施設染淨因果差別令其趣入名爲證得有相可知名爲世俗四勝義世俗者妙出衆法聖者可知名爲勝義假相安立非體離言名爲世俗此中世間即世俗乃至勝義即世俗皆持業釋次出體者第一勝義體者

成唯識說謂蘊處等事涅槃亦云有名無實名第一義蘊處界等亦是勝義第二勝義體者成唯識云謂四諦等因果體事涅槃亦言苦集滅道名第一義諦第三勝義體者成唯識說依詮門顯二空真如涅槃亦言無八苦相名第一義總觀諸法爲二無我故無苦等八名勝義也第四勝義體者瑜伽論說謂非安立一真法界涅槃亦言實諦者即是如來虛空佛性又言無燒割等名第一義不依無我而顯真故前三勝義有相故安立第四勝義無相故非安立第一世俗體者顯揚論說謂所安立軍林瓶等等於衣飲食車乘嚴具城舍等一切物也我有情等或無實體或體實無但有假名都無實性然通有用無用二法瓶等有用我等無用涅

槃經云有名無實如我衆生乃至旋火之輪及名句等五種世法是名世諦衆生等無用火輪等體無第二世俗體者瑜伽論說所安立蘊處界等涅槃亦云諸陰界入名世俗即有爲諸法體事有別體用異於初俗第三世俗體者顯揚論說謂所安立預流果等及所依處即諸聖果四諦理等涅槃亦云有八苦相名世俗諦第四世俗體者瑜伽說即所安立勝義諦性涅槃說言若燒若割若死若壞名爲世俗由可燒割等無有常一我法等相即二無我名爲世俗諦也第一世俗體假安立後三世俗體有安立也 文 開棠問四俗諦名義相攝答一假名無實諦謂軍林瓶車二隨事差別諦蘊處界等三方便安立諦苦集等四法假名非安立諦二空真理問四真諦義答一體用顯現諦當第二俗蘊處等法二因果差別諦當第三俗苦等四諦三依真顯實諦當第四俗二空真如四廢詮談旨諦一實真如 文 文雖不說四種世俗爲對顯四種勝義故具引之此中下舉頌簡非謂頌所言諸法勝義者簡非前三唯取第四一真法界以是最勝道品所行之境義故

○次會歸真如 二 初正會歸

亦即是真如真謂真實顯非虛妄如謂如常表無變易謂此真實於一切位常如其性故曰真如即是湛然不虛妄義

○次釋亦言

亦言顯此復有多名謂名法界及實際等如

餘論中隨義廣釋
○次會圓成即唯識實性
此性即是唯識實性謂唯識性略有二種一者虛妄謂徧計所執二者真實謂圓成實性爲簡虛妄說實性言復有二性一者世俗謂依他起二者勝義謂圓成實爲簡世俗故說實性
補遺 先以虛妄簡復有下次以真俗簡宗鏡問唯識性與唯識有何同異答各有二義且唯識性二義者一者虛妄唯識性即徧計性所遣清淨二者真實唯識性即圓成實性所證清淨若言唯識者有二義一者世俗唯識即依他起所斷清淨二者勝義唯識即圓成實所得清淨
○次結示勸信

三頌總顯諸契經中說無性言非極了義諸有智者不應依之總撥諸法都無自性
音義 已上廣明唯識相性顯前頌意竟
○三後有五頌明修行之位次二初略明五種行位二初牒前問後
如是所成唯識相性誰於幾位如何悟入
音義 初句牒前二十五頌之義初二十四頌成唯識相次後一頌成唯識性次句正問謂是誰人於幾位次乃能悟入唯識相性
○次如次答釋二初標
謂具大乘二種性者略於五位漸次悟入
○次釋三初明二種種性
何謂大乘二種種性一本性住種性謂無始來依附本識法爾所得無漏法因二習所成種性謂聞法界等流法已聞所成等熏習所

成要具大乘此二種性方能漸次悟入唯識

音義初句徵一本下釋一本性住種性者宗鏡釋云未聞正法但無漏種無始自成不曾熏習令其增長名本種性性者體也類也謂本性成住此菩薩種子性類差別不由今有名本性住種性菩薩地說無始法爾六處殊勝（會玄記第八卷云無始法爾等者言總意別故意顯第六意處中有第八識內含藏無漏勝種子故不同自餘有漏諸法故名殊勝自無始來法爾而有展轉相續窮未來際相續不盡種子引種子故即性種性也以此種子在藏識中第八識體屬意處攝是故總名六處殊勝開蒙三科攝百法中十二處攝法第六意處收八王故八在六內）名本性住種性習所成種性者此聞正法已去令無漏舊種增長數習種性廣如彼說要具下結示（菩薩地說聞十二分教法界等流平等而流又法界性善順惡違具諸功德此亦如是故名等流）

合響開蒙云何謂大乘二種種性一本性住種性二習所成種性問本性住種性答謂無始來依附本識法爾所得無漏法因問何者名爲具本性人答外凡人是問何名外凡答雖具此性未發堅固大菩提心名外凡位問習所成性答謂聞法界等流法已聞所成等熏習所成問此何等人名習性答內凡人是問何名內凡答此性定在發心已後約初入劫名內凡位問云何入劫答謂發心後修十千劫方入十信言入劫者乃三僧祇之初首名爲入劫文

○次明五位悟入

何謂悟入唯識五位一資糧位謂修大乘順解脫分二加行位謂修大乘順決擇分三通達位謂諸菩薩所住見道四修習位謂諸菩薩所住修道五究竟位謂住無上正等菩提

音義初句徵一資下釋順解脫決擇義並見下文

○三明漸次悟入

云何漸次悟入唯識謂諸菩薩於識相性資糧位中能深信解在加行位能漸伏除所取能取引發真見在通達位如實通達修習位中如所見理數數修習伏斷餘障至究竟位出障圓明能盡未來化有情類復令悟入唯識相性

音義初句徵謂諸下釋於五位中後後勝於前前唯究竟位乃能圓滿唯識相性故云漸次悟入

○次廣明五種行位五　初資糧位三　初末論設問

初資糧位其相云何

○次舉本頌答

頌曰

乃至未起識　求住唯識性　於二取隨眠
猶未能伏滅

○三末論釋成三　初正釋頌文二　初明位即前二句

論曰從發深固大菩提心乃至未起順決擇識求住唯識真勝義性齊此皆是資糧位攝爲趣無上正等菩提修習種種勝資糧故爲有情故勤求解脫由此亦名順解脫分

音義清涼鈔第十六卷之三釋曰資糧位者即是三賢謂修福智二事資糧益巳身之糧用故涅槃名爲解脫行行不違故名爲順分者因義支義是解脫因之一分故

合響開蒙問又何名爲順解脫分答爲有情

故勤求究竟大解脱果由此亦名順解脱分資糧自利之名順分利他之號問此資糧位有幾行位答有四十心謂十信十住十行十回向 文

○次明惑即後二句 二 初略釋

此位菩薩依因善友作意資糧四勝力故於唯識義雖深信解而未能了能所取空多住外門修菩薩行故於二取所引隨眠猶未有能伏滅功力令彼不起二取現行

合響 宗鏡第八十七卷引攝論云能悟入中大乘多聞熏習相續此乃因力已得奉事無量諸佛出現於世即善友力已得一向決定勝解非諸惡友所能動揺名作意力已善積習諸善根等名資糧力 文 開蒙云由三力積集無間名資糧力 多住外門修菩薩行者謂由未了能所取空所修施等多依事相不能稱理而修行故開蒙問此位伏除何障染法答少能伏除取二取現問何故少能不多能也答多住外門修菩薩行所以少能問何名外門答散心名外問何知如此答本論頌云於二取隨眠猶未能伏滅故唯能伏取二取現 文

補遺 多住外門修菩薩行者謂未能伏六七識中俱生我執所修施等多著有相不能三輪體空故二取隨眠猶未伏滅唯少能伏二取麤現耳

○次廣釋 二 初釋二取隨眠 二 初正釋頌義

此二取言顯二取取執取能取所取性故二取習氣名彼隨眠隨逐有情眠伏藏識或隨

增過故名隨眠即是所知煩惱障種

音義 謂此頌中所言二取者顯是能執相見等二之執執取二取是故亦得二取之名即現煩惱所知二障二取習氣名彼隨眠隨逐下釋隨眠義隨眠即是二障種子

合響 宗鏡第八十七卷云隨眠義者隨逐有情常在生死眠伏藏識不現餘處故名隨眠或隨增過故名隨眠隨逐有情多增過失故名隨眠何故眠者乃是增義如人睡眠眠即滋多故過失增是隨眠義即二障種也文

補遺 二取取者二取即相見等是能所取故下取字是二取上取字執著義執取能所取故即二障現行取也

○次轉解二障 二 初正釋 二 初煩惱障

煩惱障者謂執徧計所執實我薩迦耶見而爲上首百二十八根本煩惱及彼等流諸隨煩惱此皆擾惱有情身心能障涅槃名煩惱障

音義 清涼釋曰欲界四諦各有十惑爲四十上二界各除瞋有七十二爲百一十二並是見道根本之惑（開蒙云我執爲根生諸煩惱法執爲根餘障得生）然疑及三見（謂見取戒取邪見也）唯是見斷修道之中欲界唯六（謂任運貪瞋癡慢身見邊見）上二界除瞋爲十故修有十六見修合辯有一百二十八

○次所知障 二 初正釋

所知障者謂執徧計所執實法薩迦耶見而爲上首見疑無明愛恚慢等覆所知境無顛倒性能障菩提名所知障

音義清涼釋云見疑巳下辯出頭數與煩惱障同煩惱障麤有多品類二乘所斷唯是不善有覆性故以數顯今所知障細無多品類唯菩薩斷亦是異熟無記所攝故不顯數（開蒙問二障頭數是同是別答同是根隨二十六惑問既同根隨何稱二障答由貪上有擾惱用名煩惱障有覆蓋用名所知障）又顯法執無明唯一住地煩惱即是四住地攝故不顯數慢等者亦等隨惑所知境者有爲無爲無顛倒性者謂真如理由覆此境令智不生前煩惱即障（持業釋）今所知之障（依主釋）

○次料簡（五）初分對諸識

此所知障決定不與異熟識俱彼微劣故不與無明慧相應故法空智品與俱起故七轉識內隨其所應或少或多如煩惱說眼等五識無分別故法見疑等定不相應餘由意力皆容引起

音義先對第八定不與俱何者此障強勝要與無明慧俱法空智心品俱起彼異熟微細故不與無明及慧俱故無法空智品故不相應七轉下對前七識或少或多如煩惱說者末那有四謂法見法癡法慢法愛意識具十眼等五識無計度分別故由稱量等起慢等故定不與法慢見疑俱餘法貪法恚法無明由意識力皆容引起

○二對三性心

此障但與不善無記二心相應論說無明唯通不善無記性故癡無癡等不相應故

音義唯通二性非善心俱論說下引證癡無癡等不相應者謂善心定與無癡俱此與癡俱如暗與明非定俱故

○三二障辯異

煩惱障中此障必有彼定用此爲所依故體雖無異而用有别故二隨眠隨聖道用有勝有劣斷惑前後

音義　彼定用此爲所依者此如株杌由迷杌故方謂人等二障亦爾由迷法故方起我執以我執必依法執而起故云彼定用此而爲所依問二障皆以見疑等爲體云何聖道斷二隨眠說有前後答由此二障執我執法作用有别隨聖道用有勝有劣故二隨眠斷有前後

○四對四無記

此於無覆無記性中是異熟生非餘三種彼威儀等勢用薄弱非覆所知障菩提故此名無覆望二乘說若望菩薩亦是有覆

音義　初對四無記簡非餘三謂此於四種無覆無記性中唯是異熟無記中異熟生無記所攝非餘三種何者威儀等三勢用微劣不能覆理及障智故此名下約大小乘簡覆無覆問前文云覆所知境名所知障今復云何名無覆耶釋意可知

○五問答釋妨二　初問

若所知障有見疑等如何此種契經說爲無明住地

音義　問云經說五住地煩惱此障種子名爲無明住地若言此障有見疑等豈不違經

○次答

無明增故總名無明非無見等如煩惱種立見一處欲色有愛四住地名豈彼更無慢無明等

音義　先直答如煩下例明契經亦説煩惱種子屬惡見者立爲見一切住地屬欲界色無色界攝者即立彼爲欲愛色愛有愛三住地名豈彼煩惱唯是見愛更無慢無明等耶故知契經説此爲無明住地者依增盛説非無見等

○次結判

如是二障分別起者見所斷攝任運起者修所斷攝二乘但能斷煩惱障菩薩俱斷永斷二種唯聖道能伏二現行通有漏道

音義　先明二障通見修斷謂依邪師邪教邪覺觀生者名分別起若不由邪師等生者名任運起二乘下約人説永斷下約道説永斷二障分別起種在初地無間聖道永斷任運二障種子在十地中無間聖道二障現起若分別若任運地前漸伏餘義見下第十卷初

○次釋未能伏滅

菩薩住此資糧位中二麤現行雖有伏者而於細者及二隨眠止觀力微未能伏滅

○次明地所攝

此位未證唯識真如依勝解力修諸勝行應知亦是解行地攝

音義　依勝解力者謂此位菩薩不著果報不破禁戒於苦不動修道無懈此等諸障礙因不生故心得專一故於唯識教中依聞思殊勝解力修福智殊勝諸行能於諸法決定了知唯識亦是解行地者應知解行地攝有二位一資糧二加行故言亦是

合響　清涼鈔卷第十六之三引瑜伽四十九

及顯揚第七於十三住建立七地第二即勝行解地彼疏釋云即以此住有漏種現及無漏種諸善爲體而猶未證真寂之理但印持決定而起諸行故名勝解行文

○三所修行相二　初正釋行相三　初標徵

所修勝行其相云何

○次別釋二　初福智行

略有二種謂福及智諸勝行中慧爲性者皆名爲智餘名爲福且依六種波羅蜜多通相皆二別相前五說爲福德第六智慧或復前三唯福德攝後一唯智餘通二種

音義　先以六度福智攝諸勝行餘通二種者若爲智慧而行精進是智慧資糧若爲福德而行精進是福德資糧若緣四無量而修靜慮是福德資糧餘是智慧資糧又復爲布施忍辱而行精進則屬福若爲聞思修慧而行精進則屬慧若依四無量起緣衆生爲境則屬福爲生盡智無生智及無分別智等則屬慧

○次二利行

復有二種謂利自他所修勝行隨意樂力一切皆通自他利行依別相說六到彼岸菩提分等自利行攝四種攝事四無量等一切皆是利他行攝

音義　菩提分等者謂四念處四正勤乃至八聖道等三十七品道法四攝事者謂布施愛語利行同事四無量者慈悲喜捨

○三結示

如是等行差別無邊皆是此中所修勝行

○次明退不退三　初標

此位二障雖未伏除修勝行時有三退屈而能三事練磨其心於所證修勇猛不退

音義 謂有問曰此位菩薩二障未除於所修行爲有退耶爲不退耶故釋曰此位等

○次釋三初菩提廣大屈引他況已練

一聞無上正等菩提廣大深遠心便退屈引他已證大菩提者練磨自心勇猛不退

音義 廣者無邊大者無上深者難測遠者長時由此退屈引他已證以況於我我同彼類何故退耶攝論頌云十方世界諸有情念念已證善逝果彼既丈夫我亦爾不應自輕而退屈

○次萬行難修屈省已增修練

二聞施等波羅蜜多甚難可修心便退屈省已意樂能修施等練磨自心勇猛不退

合響 謂六度行難可修故心生退屈於退屈時即便省察我已獲得如是意樂離諸弊惡謂此意樂遠離慳貪恚等我由此故少加功用修習施等當得圓滿攝論頌云汝昔惡道經多刼無益勤苦尚能超今行少善得菩提大利不應生退屈

○三轉依難證屈引麤況妙練

三聞諸佛圓滿轉依極難可證心便退屈引他麤善況已妙因練磨自心勇猛不退

音義 謂於退屈時引他微因小善況已勝大妙因如行施等尚感貴樂況我所修清淨妙善而無果耶攝論頌云博地一切諸凡夫尚擬遠證菩提果汝以勤苦經多刼不應退屈却況淪

○三結

由斯三事練磨其心堅固熾然修諸勝行
音義雖有三退屈之義由三事練磨其心所以不退
合響開蒙問此位中斷修之相答由三種練磨心除四處障問四處障答一離二乘作意障二諸疑離疑障三離聞思我我所執障四斷除分別緣似我法義境障文

成唯識論音響補遺卷第九之一

音釋

瓶與缾同　撥北末切般入聲　練磨上郎殿切連去聲下眉波切音摩

成唯識論音響補遺卷第九之二

清武林蓮居紹覺大師音義

新伊大師合響

法嗣智素補遺

○二加行位三　初末論設問

次加行位其相云何

○次舉本頌答

頌曰

現前立少物　謂是唯識性　以有所得故

非實住唯識

○二末論釋成三　初正釋頌文三　初結前

標列

論曰菩薩先於初無數劫善備福德智慧資糧順解脫分既圓滿已爲入見道住唯識性復修加行伏除二取謂煖頂忍世第一法

○次釋總別名二　初釋加行總名

此四總名順決擇分順趣眞實決擇分故近見道故立加行名非前資糧無加行義

音義　順趣眞實決擇分故者決以無疑爲義擇以分別法相爲義此二即是聖道由聖道能滅一切疑故能分別四聖諦相故謂此法是苦乃至此法是道是故一切聖道名爲決擇然加行位方將見道故有隨順趣入眞實決擇分義近見道等者意明煖等善根近見道故立加行名非前資糧無加行義

合響　清涼鈔卷第三十四之四釋曰決擇是智即擇法也決揀疑品擇揀見品疑品擇而不決以猶豫故見品決而不擇非正見故今此具二決擇即分文　開蒙問加行名

答加功用行名爲加行近見道故立加行名問此又何名順決擇分答欣遠之心不如始業且求見道名順決擇分見道之智名決擇故問不如始業答非屬力劣行合如此是知涅槃不越於此故且求近云不如始問始業答始初發心一至遠求大涅槃故問此位行業答即修大乘順決擇分便是行業難曰近見道故名加行者資糧遠見道無加行義答若加功用行而行資糧亦名加行若近見道加功四善獨名加行故對法說有資糧皆加行有加行非資糧問資益巳身之糧加行不名資糧加功用行求果資糧不名加行答資糧遠望大果最初獨名資糧加功萬行加功資糧亦名加行問加功而行萬行資糧得名加行加行亦望大果加行亦名資糧答初位發心最猛四善不名資糧萬行加力方行初位亦名加行問初位心猛獨名資糧四善近見獨名加行答曰可爾若加功行萬行初位名加行若近見名加行初位不得名問若果資糧四善亦得名資糧否答曰不爾若如爾難見道亦是果之資糧應名資糧恁麼則如何即得答從增立名但可名見道不得名資糧難曰從增立名見非資糧既是從增立名資糧亦是加行答固知如是所以五位立名不同互不相濫 文

○次釋煖等別名 三 初標

煖等四法依四尋思四如實智初後位立

音義 依四尋思四如實智初後立者初後即上下義依下尋思立爲煖法依上尋思立

爲頂法依下如實智立爲忍法依上如實智立世第一法

○次釋二　初總明

四尋思者尋思名義自性差別假有實無如實徧知此四離識及識非有名如實智名義相異故別尋求二二相同故合思察

音義　四尋思者一尋思名二尋思義三尋思名義自性四尋思名義差別名即能詮義爲所詮名中有句名詮自性句詮差別則名中有自性差別義中亦有自性差別假有實無者謂以方便智了此名等唯意言境依識假立非實有故若能如實徧知所取名等離識非有及能取識亦不可得名爲四如實智攝論曰謂推求名唯是假立實不可得說名尋思若即於此果智生時決定了知假有實無名如實智如是於義自性差別說亦應爾名義相異下謂有問曰何故名義各別尋求名義自性及與差別合觀察耶答曰名義相異故別尋求若名義自性名義差別此二種二其相是同故合思察

合響　顯揚論第六卷云四種尋思者一名尋思二事尋思三自性假立尋思四差別假立尋思名尋思者謂諸菩薩於名唯見名事尋思者謂諸菩薩於事唯見事自性假立尋思者謂諸菩薩於假立自性唯見假立自性差別假立尋思者謂諸菩薩於差別假立唯見差別假立是名差別假立尋思此諸菩薩於名事二種或離相觀或合相觀依名事合觀故通達自性假立差別

假立四種如實智者一名尋思所引如實智二事尋思所引如實智三自性假立尋思所引如實智四差別假立尋思所引如實智

補遺 開蒙問加行位所修之法答有四位四能發四所發四能觀四所觀四位謂煖頂忍世第一四能發謂明得定明增定印順定無間定四所發謂下四尋思觀上四尋思觀下如實智觀上如實智觀所觀四謂名空義空自性空名義差別空能觀四即前尋思如實四觀是也

○次別釋四 初煖位

依明得定發下尋思觀無所取立爲煖位謂此位中創觀所取名等四法皆自心變假施設有實不可得初獲慧日前行相故立明得名即此所獲道火前相故亦名煖

音義 先正釋煖位明得定者攝論云明謂能照無有義智所取果遂故名爲得此定創得無義智明故獲明得三摩地譬如最初求得火等發下尋思觀無所取者尋思即是明智謂以明智推求名等假立爲體實不可得故曰無所取謂此下轉解先釋發下等八字義如文初獲下釋明得二字義日前行相謂東方日未出時之精色喻慧前方便即此下釋煖字義謂如鑽木取火先有煖氣是引火之前相喻此位是實智火之前相故立煖名

補遺 開蒙問依何位入何定發何智觀何法答初依煖位入明得定發下尋思創觀所取名義自性差別皆空問何由得空答觀

所取四皆自心變皆假施設實不可得不空而何清涼云明得是定尋思是慧故云發也

○二頂位

依明增定發上尋思觀無所取立爲頂位謂此位中重觀所取名等四法皆自心變假施設有實不可得明相轉盛故名明增尋思位極故復名頂

音義 先正釋謂此下轉解煖位已觀故名重觀方便智增故名明增尋思至極位復名頂

合響 開蒙問何故頂位重觀四法答初伏難故所以重觀文

○三忍位

依印順定發下如實智於無所取決定印持無能取中亦順樂忍既無實境離能取識寧有實識離所取境所取能取相待立故印順忍時總立爲忍印前順後立印順名忍境識空故亦名忍

音義 先正釋印前所取順後能取名爲印順創得如實智果故名爲下忍即別境中勝解有二義故一者印持決定二者順樂忍可令則印前無所取順後無能取二義皆具故名曰忍又准下文忍有三品謂輭中上此中印順即輭中二品也既無下轉解先能所對辨謂既無所取名等寧有能取實識何者所取能取相待有故

合響 開蒙問此忍有幾答有下中上下忍印無所取中忍印無能取問第三位何義名忍答忍境識空故名爲忍文

○四世第一位

依無間定發上如實智印二取空立世第一法謂前上忍唯印能取空今世第一法二空雙印從此無間必入見道故立無間名異生法中此最勝故名世第一法

音義先正釋謂此位中重發如實智果方前爲優故名爲上謂前下次轉解謂前忍位下忍印所取空中忍順能取空上忍印能取空似屬次第故總立忍位此位雙印能所二空非屬次第故異於前立世第一名餘義如文

○三結

如是煖頂依能取識觀所取空下忍起時印境空相中忍轉位於能取識如境是空順樂忍可上忍起位印能取空世第一法雙印空相

音義謂前煖頂二位以下上品尋思觀名等四所取是空下忍於無所取決定印持中忍於無能取順樂忍可上忍印無能取世第一法能所雙印

○三結屬頌文二初正結

皆帶相故未能證實故說菩薩此四位中猶於現前安立少物謂是唯識真勝義性以彼空有二相未除帶相觀心有所得故非實安住真唯識理彼相滅已方實安住

合響清凉鈔卷三十四之二引古疏釋云心上變如名爲少物此非無相故名帶相若證真如彼相便滅者即是空所執相有依他相名空有相位謂有空相是彼唯識真勝義性由有此相未證真理滅空有相方

證真故文

○次引證

依如是義故有頌言菩薩於定位觀影唯是心義想既滅除審觀唯自想如是住内心知所取非有次能取亦無後觸無所得

音義 清涼鈔卷三十四之四釋曰此偈初二句煖位次二句頂位次二句下忍位第七句中忍合前三句為上忍位其世第一住時促故此偈略無末句見道位文 世親攝論釋此二頌云菩薩於定位觀影唯是心者謂觀似法似義影像唯是内心誰能觀謂菩薩在何位於定位義想至唯自想者謂此位中義想既遣審觀似義似法之相唯是自心如是住内心者能攝自心住於無義即是令心住於内心知所取非有者謂了所取義無所有次能取亦無者由所取義既是非有故能取心能取性亦不得成後觸等者謂從此後觸證真如無所得故名無所得

○次復申頌義三 初伏惑義別

此加行位未遣相縛於麤重縛亦未能斷唯能伏除分別二取違見道故於俱生者及二隨眠有漏觀心有所得故有分別故未全伏除全未能滅

音義 謂此位中由未遣除空有二相故於分別二障種子亦未能斷唯能伏除分別二障現行二取何者違見道故見道位中方能永斷分別二障麤重縛故然於俱生二障現起有少分伏未全伏除二障種子全未能滅何者帶相觀心有所得故 開蒙云帶相觀

心名有所得即前少物也此名相縛未得無分別無漏心故

○次所觀二諦

此位菩薩於安立諦非安立諦俱學觀察爲引當來二種見故及伏分別二種障故非安立諦是正所觀非如二乘唯觀安立

音義 安立諦者即方便安立諦謂於苦等諸法之中安立苦等四諦理也二空真如名非安立諦此諦通一切法無有差別即法假名非安立離顛倒無變異故名諦爲引當來二種見者謂安立諦唯引相見道非安立諦雙引真相二見道餘義如文

○三所依界地二　初明成滿定在第四靜慮

菩薩起此煖等善根雖方便時通諸靜慮而依第四方得成滿託最勝依入見道故

音義 善根者能引生通達位故諸靜慮者謂初二三禪定也而依第四方得成滿等者謂第四靜慮捨念清淨遠離喜樂覺觀之動諸佛於此證果一切功德一切佛法皆依此而生此爲最勝依煖等四善根託此勝依方得成滿入見道故

○次明初起唯依欲界善趣

唯依欲界善趣身起餘慧厭心非殊勝故

音義 問曰此四善根於三界中依何界起五趣之中何趣身起釋曰唯依欲界人中善趣身起以餘界趣中慧心及與厭離心非殊勝故

○三明地所攝

此位亦是解行地攝未證唯識真勝義故

音義 亦是解行地攝者由此位中未證真如

亦唯依勝解力修加行故清涼釋云即順
攝論唯四位義也
○三通達位 三 初末論設問
次通達位其相云何
○次舉本頌答
頌曰
若時於所緣　智都無所得　爾時住唯識
離二取相故
○三末論釋成 二 初略釋 二 初總釋頌文
論曰若時菩薩於所緣境無分別智都無所
得不取種種戲論相故爾時乃名實住唯識
真勝義性即證真如智與真如平等平等俱
離能取所取相故能所取相俱是分別有所
得心戲論現故
音義 不取者離於能取種種相者離於所取

智如平等平等者即無分別義菩薩入真
見時智是根本所證真如依十種平等俱
離能取所取二相無分別故所以皆得平
等之名勝鬘經云無有智外如為智所證
無有如外智能證於如
合響 無分別智者清涼鈔三十四之三引無
性攝論第九卷云此中無分別智離五種
相以為自性一離無作意故二離過有尋
有伺地故三離想受滅寂靜故四離色自
性故五離於真義異計度故離此五相應
知是無分別智 文 平等平等者宗鏡第五
十九卷云依二種平等謂能緣所緣即無
分別智以智無分別故稱平等所緣即真
如境境亦無分別故稱平等又此境智不
住能取所取義中譬如虛空故說平等平

等文

○次別解本智三初師相見俱無

有義此智二分俱無說無所取能取相故

音義此師意謂緣真如智無能所取是以相見二分皆無

○次師相見俱有

有義此智相見俱有帶彼相起名緣彼故若無彼相名緣彼者應色等智名聲等智若無見分應不能緣寧可說爲緣真如智勿真如性亦名能緣故應許此定有見分

音義先申已釋謂相見俱有若無下清涼釋云即破前師義先破無相分謂若如智之上不帶真如之相而能緣如則色等智上無聲等相應緣聲等若無下次破無見分勿真如性亦是能緣者同無見分而能緣故

○三師唯見無相

有義此智見有相無說無相取不取相故雖有見分而無分別說非能取非取全無雖無相分而可說此帶如相起不離如故如自證分緣見分時不變而緣此亦應爾變而緣者便非親證如後得智應有分別故應許此有見無相

音義先標正釋說無相取不取相故者即瑜伽第七十三卷文謂真如無相可取正智不取於相故雖有下釋有見分恐有難曰若有見分即有分別斯則本頌應言唯離所取不應言離二取故釋云雖有見等雖無下釋無相分復有難曰既無相分何名緣彼故釋云雖無相分等意謂此緣真智

挾帶真如之體相起故名緣彼非帶相分影像而起名緣於如不離如故如自下例明變而下責難前解

合響 宗鏡第七十卷引百法云護法明此所緣如見相無定相分以本智親證如體不取相故與如體冥合故即無相狀之相即但有體相之相即挾帶之義亦所緣緣難云若有見分即有分別相何名無分別相也又云無能取耶答雖有見分而無分別復無能取正智緣如親挾附體相緣故更無相狀之相說無相分無能取者即無分別妄執實能取故不無內分能緣見分又難若言無相分者所緣緣論云依彼生帶彼相故名所緣相若無真如相分者即無所緣護法云亦有所緣緣義雖無相分而可有帶如相起不離如故即本智見分親挾帶真如之體相起者名所緣緣如自證分親帶見分名所緣緣此亦應爾實無變帶之義唯有挾帶名所緣緣故與後得別也若變相分緣者便非親證即如後得智應有分別既異後得明知有見分無相分也 文

○次廣釋 二 初釋位名

加行無間此智生時體會真如名通達位初照理故亦名見道

音義 清涼釋云此智者即無分別智體者通也會者達也 開蒙云謂無漏智體會真如故名通達 照理名見見即是道而言初者此應有難若照理名見二地已上豈不照理故今釋云此最初故以此受名餘隨別義

合響 清涼鈔第三十四卷之三云應有竝云修道能斷惑斷惑名修道見道既斷惑亦應名修道又竝云見道能見理見理名見道修道既重觀亦應名見道釋云從增勝義各舉一名見理義增者初見理故即顯斷惑義微不斷俱生故修道除障義勝者能除難斷俱生惑故數數斷故前已見理故此爲微文

○次釋見道三　初總標

然此見道略說有二

○次別釋二　初釋二見道二　初釋二道義二　初真見道

一真見道謂即所說無分別智實證二空所顯真理實斷二障分別隨眠雖多刹那事方究竟而相等故總說一心有義此中二空二障漸證漸斷以有淺深麤細異故有義此中二空二障頓證頓斷由意樂力有堪能故

音義 清涼釋曰雖多刹那者此一心見道以無間解脫并一切勝進故中間有多刹那有義下釋斷證別有二師一云漸一云頓由意樂力等者謂加行意樂欲俱斷故

補遺 開蒙問一心真見道答雙空智起無間道中雙斷二障解脫道時雙證二空

○次相見道二　初正釋相見道二　初標

二相見道此復有二

○次釋二　初明緣非安立諦三心二　初正釋

一觀非安立諦有三品心一內遣有情假緣智能除輭品分別隨眠二內遣諸法假緣智能除中品分別隨眠三徧遣一切有情諸法

假緣智能除一切分別隨眠前二名法智各別緣故第三名類智總合緣故法眞見道二空見分自所斷障無間解脫別總建立名相見道

音義 清涼引古疏釋曰即三心見道非安立諦即眞如也内謂内身假者談其無體先計有情皆妄所計但有内心似有情現今能遣之緣智者謂能緣心即緣内身爲境遣有情假緣之智然此中人法二障各分上下麤者爲上細者爲下合爲四類然二麤者各別除之以智猶弱未雙斷故若上品智方能雙斷此即隨智說爲輭等輭者下也初智名輭次智名中勝前劣後後起名上能斷見惑此智最上然初二智未能殊勝別緣内身除我法假第三心時其智上品廣緣内外若我若法故三別也類智者前智類故法眞見道等者法者倣學爲義眞見道中雖有二空自證分而見分親緣眞如所以法之然見分中有無間解脫隨自所斷障有四見分無間道中斷惑別故人法二見分各別法之立初二心解脫道中證理同故人法二見總以法之有第三心故論云別總見立名相見道

合響 開蒙問三心相見道答内遣有情假緣智倣無間道見分斷我執内遣諸法假緣智倣無間道見分斷法執此二別緣名之爲法徧遣有情法假緣智倣解脫道二空見分證二空理此一總緣名之爲類問又如何理此三名眞答若三名眞不說倣法乃根本智別斷總證 文

補遺 開蒙問通達位分齊答於十地中地地有三謂入出住此通達位當其初地入心也出住二心屬修道故問何故見道時偏促也答明來暗謝智起惑亡一念尚無何怪時促問既無一心何當入心答約相見道多時排布事方究竟說當入心若真見道豈屬三際也

○次簡名

有義此三是真見道以相見道緣四諦故有義此三是相見道以真見道不別緣故

合響 開蒙云若一心真見道三心相見道若三心真見道十六心相見道文 又問何故此名相見道答以真見道不別緣故今者別緣是相見道問三心真見道答前三心說為真見問復約何理却說為真答以相見道緣四諦故今不緣彼為真見道

○次明緣安立諦十六心二 初正明二種十六心相見道二 初標

二緣安立諦有十六心此復有二

合響 開蒙問一種十六心皆小乘法菩薩何作答此約菩薩修作說之問何故修彼答降伏二乘故修成徧知故

○次釋二 初依能所取以立十六

一者依觀所取能取別立法類十六種心謂於苦諦有四種心一苦法智忍謂觀三界苦諦真如正斷三界見苦所斷二十八種分別隨眠二苦法智謂忍無間觀前真如證前所斷煩惱解脫三苦類智忍謂智無間無漏慧生於法忍智各別內證言後聖法皆是此類四苦類智謂此無間無漏智生審定印可苦

類智忍如於苦諦有四種心集滅道諦應知亦爾此十六心八觀真如八觀正智法真見道無間解脫見自證分差別建立名相見道

音義 先標謂於下次釋先苦諦下四心一苦法智忍者清涼釋云苦即苦諦法者即彼能詮之教智者所謂加行道中緣苦法智忍者無漏忍忍前苦法智也此苦法智忍觀苦下如能斷三界見道二十八種分別隨眠謂欲苦有十上二界苦各九以除瞋故三界合有二十八也二苦法智者法謂苦如能緣苦如之智名苦法智三苦類智忍者謂苦法智無間無漏慧生等意云此第三心於一刹那各別內證法忍法智謂二心後乃至無學一切聖法從此二心彼得生故故云皆是此類四苦類智者此智但緣第三苦類智忍故雜集云於苦類智忍內證印可故名苦類智如於下例餘三諦有十二心謂集法智忍集法智等此十六心八觀真如八觀正智者謂法忍法智觀如類忍類智觀智如苦下有四三諦亦然法真見道等者謂法忍法真無間道見分法智法真解脫道見分類忍法無間自證分類智法解脫道自證分印前智故差別立也

合響 開蒙問能所取十六心答法智法忍緣於真如其真如者是智所取類忍類智緣智見分其見分者是能取智名能所取十六心也問示能所取答且苦法智忍緣如做真見道中無間道見分斷苦諦惑苦法智緣真如做真見道中解脫道見分證苦

諦下理苦類智忍緣前能傚之心見分傚第一心無間道自證緣見苦類智緣前見傚第二心解脱道自證緣見集滅道三傚此作法文

補遺問論文第三類忍雙證前二第四類智唯印第三清涼開蒙兩釋乃以第三傚第一自證緣見第四傚第二自證緣見論文註釋不同如何消會答論中第三各别雙證前之二見第四緣第三者乃重印前之所證二見耳故第三云各别内證第四云審定印可勿得謬謂第四復以證自證分證第三自證也若爾則違八觀正智且前後文中並無證自證分之義但論文三四兩番雙證二見註中四心各别開説文雖不同義實無殊

○次依下上諦以立十六二者依觀下上諦境别立法類十六種心謂觀現前不現前界苦等四諦各有二心一現觀忍二現觀智如其所應法真見道無間解脱見分觀諦斷見所斷百一十二分别隨眠名相見道

音義清涼釋曰欲界名下是現前界色無色名上是不現前界十六心者謂觀欲界四諦别立法忍法智八種依觀上二界四諦别立類忍類智八種然論但舉欲界苦諦以爲法也一現觀忍是無間道二現觀智是解脱道餘可準知如其所應法真見道等者古疏云以於前十六心後而作此觀觀漸麤故今謂觀智即法自證既不觀智故不法耳百一十二者欲界四諦四十上

二界四諦各除嗔故八諦滅八故百一十二

合響 開棠問上下諦境十六心答法忍法智緣下界如類忍類智緣上界如名上下諦境十六心也問何故如此答下界入見現前名法上界名類問請示上下答苦法智忍緣欲界如做無間道見分斷欲界惑苦法智緣欲界如做解脫道見分證欲界理苦類智忍緣上二界如做無間道見分斷上界惑苦類智緣上界如做解脫道見分證上界理餘三諦准文

○次兼辯九心相見道

若依廣布聖教道理說相見道有九種心此即依前緣安立諦二十六種止觀別立謂法類品忍智合說各有四觀即爲八心八相應止總說爲一雖見道中止觀雙運而於見義觀順非止故此觀止開合不同由此九心名相見道

音義 二十六者即前二種十六也法類品忍智合說等者謂以前依觀能所取中苦諦下法忍法智類忍類智四種合爲一心如苦諦集等亦爾故總有四心以次依觀下上現前不現前二種苦諦下現觀忍智二種合爲一心餘三例此亦共有四心前四後四故言各有四觀即爲八心八觀相應之止總爲一心止觀合說故有九種問菩薩於此見道位中止觀雙運竝行不悖何得觀有八止爲一耶故釋云雖見道等云云

○次結示唯假立

諸相見道依真假說世第一法無間而生及

斷隨眠非實如是真見道後方得生故非安立後起安立故分别隨眠真已斷故

音義先正申諸相見道依真假立非實如是真見道下出其所以

○次簡二道别二初明證性相别

前真見道證唯識性後相見道證唯識相二中初勝故頌偏説

音義頌偏説者以本頌云智都無所得者謂真見道捨二取相故

○次明本後攝别二初正明二智攝二見道

前真見道根本智攝後相見道後得智攝

○次别簡後得智有二分二初徵

諸後得智有二分耶

○次釋三初師二分俱無

有義俱無離二取故

○次師有見無相

有義此智見有相無説此智品有分别故聖智皆能親照境故不執著故説離二取

合響此智有分别故有見親照境故無相下二句斥前無見

○三師二分俱有

有義此智二分俱有説此思惟似真如相不見真實真如性故又説此智分别諸法自共相等觀諸有情根性差别而爲説故又説此智現身土等爲諸有情説正法故若不變現似色聲等寧有現身説法等事轉色蘊依不現色者轉四蘊依應無受等又若此智不變似境離自體法應非所緣緣色等時應緣聲等又緣無法等應無所緣緣彼體非實無緣

用故由斯後得二分俱有

音義說此之此指後得言謂此智托真如爲質變似真如相而觀不能如實見真如體故所變真如即是相分思惟之心即是見分所以二分俱有又說下廣明聖教有相見義所現身土謂他受用身土等即變似色也所說正法即變似聲若不下反顯有聲色轉色蘊下恐有救曰轉依位中已轉色蘊故無現色之事釋中先牒救詞轉四蘊下例明意云既轉餘四蘊不無受等豈轉色蘊便不現色經云因滅是色獲得常色受想行識亦復如是即其義也又若下立理宗鏡第八十七卷釋曰又若此智不變似境離自體法應非所緣者既無相分自他之心他身土等離自巳體之法不帶影像應非所緣緣直親照彼不變爲相故不同真如真如即是智自體故問若爾真如應非所緣緣無似境相故答不然帶如之相起故離自體法既無影像不可言帶彼相起如何說有所緣緣彼皆離自體故既不帶相起名所緣緣色等恃應緣聲等緣色等智不帶聲等相故又緣無法等應無所緣緣者不變爲無相爲見所緣緣故如過未等法現在無體設不變相無所緣故以無相分直照於無無非有體所緣緣義如何得成由此故知佛亦不能親緣於無文由斯下結示

○次攝六現觀二 初徵

此二見道與六現觀相攝云何

○次釋二 初明現觀體

六現觀者一思現觀謂最上品喜受相應思

所成慧此能觀察諸法共相引生煖等加行道中觀察諸法此用最猛偏立現觀煖等不能廣分别法又未證理故非現觀二信現觀謂緣三寶世出世間決定淨信此助現觀令不退轉立現觀名三戒現觀謂無漏戒除破戒垢令觀增明亦名現觀四現觀智諦現觀謂一切種緣非安立根本後得無分别智五現觀邊智諦現觀謂現觀智諦現觀後諸緣安立世出世智六究竟現觀謂盡智等究竟位智

音義　清涼引古疏釋云一思現觀者思有三品上箇餘二劣故非也喜受相應簡於捨受此明利故共相即是無常苦等能引煖等者思生修故雖未證理而觀於法勝於煖等用最猛故偏立現觀煖等近見境界微略又未證理故非現觀二信現觀者信亦上品通漏無漏現觀是慧故信爲助三戒現觀者即道共戒四現觀智諦現觀者謂在何位但緣非安立即通二智皆是此攝故言一切種大論第七十五卷說三心見道是此現觀故知亦是後得智攝即見道修道之二智也不取無學之二智者與究竟現觀不殊别故五現觀邊智諦現觀者謂緣安立諦等後所得智然通有漏無漏一切見修道緣安立諦智大論七十一等說緣安立諦境慧是此自性故六究竟現觀者即無學道後無生智等而爲自性若欲廣明六種體性及現觀勝利益等如顯揚第十七卷文

合響　宗鏡第七十六卷云現謂現前觀謂觀

察即真理常現在前妙智恒能觀察不令間斷任運相應古釋前思現觀資糧加行所有智慧但能伏未能斷初地已上信戒智諦及邊現觀當地即斷後地即伏究竟一觀非伏非斷此斷有二一共相斷二自相斷若斷惑證理之時作空行相及無我行相即名共相爲空無我該通四諦故名共相斷若斷惑證理之時作真如寂滅行相不通諸諦唯在滅諦名自相斷文

補遺 顯揚第十六卷云知八苦後次正觀察四種諦理起十六行智前爲後後之所依止謂爲對治四顛倒故起苦諦四行一爲對治常顛倒起無常行二爲對治樂淨顛倒故起於苦行三爲對治我顛倒故起於空行四即爲治此起無我行所以者何離諸行外餘我空故即諸行體非我性故次於常樂淨我四愛集諦起因集生緣四行次於此斷滅諦起滅淨妙離四行次於此能證道諦起道如行出四行文空無我二行既即諸行體非我性故所以該通四諦名共相斷

○次明相攝義

此真見道攝彼第四現觀少分此相見道攝彼第四第五少分彼第二三雖此俱起而非自性故不相攝

音義 清涼釋曰第四觀緣非安立諦根本智即真見道攝緣非安立後得即三心相見道攝第五觀緣安立諦故十六心相見道攝並通修道故云少分

補遺 彼第二三雖此俱起而非自性故不相

攝者顯揚第十七卷云問思現觀以何爲體答以上品思所生慧爲體或此俱行菩提分法爲體信現觀以上品世出世緣三寶淨信爲體或此俱行菩提分法爲體戒現觀以聖所愛身語等業爲體或此俱行菩提分法爲體第四現觀以緣非安立諦聖慧爲體或此俱行菩提分法爲體第五現觀以緣安立諦聖慧爲體或此俱行菩提分法爲體第六現觀以盡智無生智等爲體或此俱行菩提分法爲體文凡觀必以慧爲體性令六現觀除第二三觀餘四俱以慧爲體性菩提分法是六種通體而上品淨信與聖所愛身語意業是第二第三兩觀别體但助令不退及令觀增明俱非慧之自性故不爲二道相攝第一不攝者以增明故第六不攝者尚未起故

○三結益

菩薩得此二見道時生如來家住極喜地善達法界得諸平等常生諸佛大集會中於多百門已得自在自知不久證大菩提能盡未來利樂一切

音義諸平等者攝論第六得三平等謂一切衆生一切菩薩一切如來於多百門已得自在者能於百世界中作佛得百法門百菩薩而爲眷屬等餘義如攝論中釋

合響此百法明門大乘菩薩初地方了乃至十方諸佛本後二智俱證俱緣若不證唯識之性不成根本智無成佛之期若不了唯識之相百法明門不成後得智闕化他之行此唯識百法者乃是有爲無爲真俗

一切法之性相根本所以經云若不證真如焉能了諸行若不證唯識真如之性焉能了唯識百法之行相故云根本智證百法性後得智緣百法相文

成唯識論音響補遺卷第九之二

音釋

鬘（莫官切音瞞）挾（胡頰切音愶持也）促（千玉切音蔟速也）悖（步昧切音佩乖也）

成唯識論音響補遺卷第九之三

清武林蓮居紹覺大師音義

新伊大師合響

法嗣智素補遺

○四修習位三初末論設問

次修習位其相云何

○次舉本頌答

頌曰

無得不思議　是出世間智　捨二麤重故

便證得轉依

○三末論釋成二初畧釋頌文四初釋第

一句

論曰菩薩從前見道起已爲斷餘障證得轉依復數修習無分別智此智遠離所取能取故說無得及不思議或離戲論說爲無得妙用難測名不思議

合響菩薩從前見道起已者應知初地有入住出三心此當住出已去修習之位非初照理時故云從見道起已開蒙云通達位當其初地入心住出二心是修道故文清涼鈔三十四之一釋曰此釋偈初句餘障者即俱生二障此上辯立修意斷俱生惑故從復數修下出所修法體離能所取下辯修之德即釋偈無得不思議言此有二釋初遠離所取名爲無得遠離能取名不思議上唯就體釋下約體用對明文

○二釋第二句

是出世間無分別智斷世間故名出世間二取隨眠是世間本唯此能斷獨得出名或出世名依二義立謂體無漏及證眞如此智具

斯二種義故獨名出世餘智不然即十地中無分別智

音義　謂前所云無得不思議者即是出世間無分別智斷世間下轉解餘智者清涼云後得智也

○三釋第三句

數修此故捨二麤重二障種子立麤重名性無堪任違細輕故令彼永滅故說爲捨

音義　此根本智即是俱生無分別智謂於十地中地地數數修習此無分別智方能捨彼二障麁重種子何爲麁重耶謂二障之種子性無堪任違彼細輕無分別智故言細輕者謂彼無漏之種子體相精細輕微有堪能用此無分別智能滅彼也故名之爲捨三種麁重中此中正屬第二種子麁重以其能障諸智故耳

○四釋第四句　二　初牒頌總標

此能捨彼二麤重故便能證得廣大轉依

○次釋成轉依　二　初轉持種依得二果

依謂所依即依他起與染淨法爲所依故染謂虛妄徧計所執淨謂眞實圓成實性轉謂二分轉捨轉得由數修習無分別智斷本識中二障麤重故能轉捨依他起上徧計所執及能轉得依他起中圓成實性由轉煩惱得大涅槃轉所知障證無上覺成立唯識意爲有情證得如斯二轉依果

音義　依他起者謂根本識此與染淨諸法爲所依止故名爲依染謂下轉釋染淨義轉謂二分等者二分謂依他起中染淨二分轉捨染分轉得淨分故名爲轉由數下出

轉依之所因成立下結示論意菩提涅槃
名爲二轉依果
○次轉迷悟依得涅槃三 初正釋
或依即是唯識眞如生死涅槃之所依故愚
夫顚倒迷此眞如故無始來受生死苦聖者
離倒悟此眞如便得涅槃畢究安樂由數修
習無分别智斷本識中二障麤重故能轉滅
依如生死及能轉證依如涅槃此即眞如離
雜染性
音義 依即眞如此爲生死涅槃之所依故愚
夫下轉解謂迷此眞如而有凡夫生死悟
此眞如而有聖者涅槃由數下出所以
○次通妨
如雖性淨而相雜染故離染時假說新淨即
此新淨說爲轉依修習位中斷障證得

音義 恐有謂云眞如之體猶淨明珠本來清
淨那言離染方證得耶釋意可知
○三簡示
雖於此位亦得菩提而非此中頌意所顯頌
意但顯轉唯識性二乘滿位名解脱身在大
牟尼名法身故
音義 疑云此位亦得菩提云何但說轉證依
如涅槃頌意但顯唯識性者以唯識性即
涅槃故此唯識性若在二乘究竟位中名
爲安樂解脱身於大乘究竟極果名曰法
身牟尼者此云寂默善寂空有二邊默契
中道理故
○次廣釋頌義三 初徵標
云何證得二種轉依
○次正釋二 初總標

謂十地中修十勝行斷十重障證十眞如二種轉依由斯證得

○次別釋二 初明十地因四 初釋十地名義三 初標

言十地者

音義 清涼疏三十四之二云此十得名畧有四對一約法喻燄慧法雲法喻合目餘皆就法二約體用歡喜善慧約體爲名餘皆就用三約自他離垢不動就他受稱餘皆自義立名四約當位相形難勝遠行形他受稱餘皆當位受名文

○次釋十 初極喜地

一極喜地初獲聖性具證二空能益自他生大喜故

音義 清涼釋云此有二義一二利創成故二聖位新得故遂本期心故生歡喜

合響 清涼疏云十地之中最初斷障證理得聖性故此有三義一得位二證理三成行由此三故名極歡喜一得位者謂既斷異生之位便獲聖人之性以成聖位下二揀異二乘二揀唯證生空三揀唯能自利對於二空故云具證又云說有三喜云多歡喜一心喜謂入觀之心適悅二體喜出觀喜受相應三根喜由前心體歡喜內克外及五根輕安調暢故此喜者亦名爲樂又內及觀心即無喜之喜不同二禪浮動之喜故梵本他經多名極喜喜之極故文

○二離垢地

二離垢地具淨尸羅遠離能起微細毀犯煩惱垢故

音義 清涼釋曰離能起誤心犯戒煩惱垢等清浄戒具足故名離垢地此有三義一即因離謂離能起誤犯煩惱二果行離謂離犯戒惡業三對治離謂浄戒具足然惑有二一麤二細犯亦有二由麤煩惱起於故犯由細煩惱起於誤犯今無細惑故不起誤何況故耶

合響 清涼云初地見道是出世間依此修於三學戒最在初前地雖證眞具戒未能無誤又以十度明義前施此戒故次明之離垢者慈氏云由極遠離犯戒垢故謂性戒成就非如初地思擇護戒不在作意而無誤故又云具浄尸羅乃有二意一云具足別解脫及定共道共故雖第三地始發定增能離過時此地已滿故有定共二云或唯別解脫亦能全離加行根本後起罪故

文

○三發光地

三發光地成就勝定大法總持能發無邊妙慧光故

音義 亦名明地清涼釋曰隨聞思修照法顯現故名明地謂三慧照當地所聞之法此名發光者定爲能發持爲能持後地慧光爲所發所持然三慧就初發光約後故受名不同

合響 清涼云前三地寄同世間施戒修法深密云前位能持微細戒品未得圓滿世間等持等至及圓滿聞法總持爲令得此因說此地令勤修學總有三義立發光名一以初住地十種浄心爲能發勝定聞持爲

所發以安住地竟方始聞法修得定故二以聞持爲能發勝定爲所發以聞法竟靜處修行方發定故三以勝定總持並爲能發彼四地證光明相以爲所發謂由得勝定發修慧光由得總持教法發聞思光就此慧中四地證法爲所照三慧光明爲能照三慧是彼證智光明之相文

○四燄慧地

四燄慧地安住最勝菩提分法燒煩惱薪慧燄增故

音義 清涼釋曰不忘煩惱薪智火能燒故名燄地燄即慧燄此亦兼二義一即根本智火能燒前地聞持不忘恃以成慢之煩惱故二就後智起用故論云彼證智法明摩尼寶光中放阿含光明入無量法門義光明智處普照示現以是義故此地釋名爲燄問約初義者前後諸地豈不燒惑有二義故此偏受名一就寄位言此地寄當出世間無漏故二以三學此地當慧初得慧故鈔云疏釋二義前約內證後約外用據能燒惑應名火地但火能燒未必有燄今取有燄故能普照

合響 清涼云瑜伽七十八引解深密明四種清淨能攝諸地前三即意樂戒定增上三清淨訖此下第四訖於佛地明慧增上又前地雖得世定總持而未能得菩提分法捨於定愛及與法愛今修證彼行故燄慧者法喻雙舉亦有三義一約初入地釋初入證智能燒前地解法慢薪故本分云不忘煩惱薪智火能燒故二約地中釋由住

第四地竟方修菩提分法明是地中若唯取此而爲慧者未修道品應非燄地以此地正明菩提分法中該初後諸論多依此釋攝論云由諸菩提分法焚燒一切障故障即二障莊嚴論云以菩提分慧爲燄自性以惑智二障爲薪自性此地菩薩能起燄慧燒二障薪名燄慧地三約地滿從證智摩尼放阿含光故名爲燄文

○五難勝地

五極難勝地眞俗兩智行相互違合令相應極難勝故

音義 清涼釋曰得出世間智方便善巧能度難度故名難勝謂眞俗無違極難勝故以三地同世未能得出四地雖出而不能隨俗多滯二邊難以越度今得出世又能隨俗巧達五明眞俗無違能度偏滯實爲難勝若爾六地已上豈不然耶此初得故偏受其名

合響 清涼云難勝者解深密云即由於彼菩提分法方修習艱難名極難勝故攝大乘云由眞諦智與世間智更互相違合此難合令相應故世親釋云由此地中知眞諦智是無分別知世間工巧等智是有分別此二相違應修令合能合難合令相應故名極難勝莊嚴論云於此五地有二種難一勸化無惱難二生不從心無惱難此地菩薩能退二難於難得勝

○六現前地

六現前地住緣起智引無分別最勝般若令現前故

音義 清涼釋曰般若波羅密行有間大智現前故名現前地謂玅達緣生引無分別名般若行親如目覩名曰現前對後彰劣名爲有間以第七地常在觀故

合響 清涼云已說諸諦相應慧次說緣起流轉止息相應慧寄緣覺地四地出世未能隨世五地能隨而不能破染淨之見此地觀察無染淨法界破彼見故名現前者莊嚴論云不住生死涅槃觀慧現前故以前五地雙觀故今得現前瑜伽引深密經云現前觀察諸行流轉又於無相多修作意方得現前者多修無相此約地初觀十平等故觀察流轉此約地中已入地竟方觀緣起故攝論云由緣起智能令般若波羅密多現在前故此約地中說無性釋云謂此地中住緣起智由此智力令無分別智而得現前悟一切法無染無淨 文

○七遠行地

七遠行地至無相住功用後邊出過世間二乘道故

音義 清涼釋曰善修無相行功用究竟能過世間二乘出世間道故名遠行此有三義一善修無相到無相邊故名遠行二功用至極故名遠行三望前超過故名遠行善修無相行釋行字功用下皆釋遠字然善修有二義一地前有間不名善修今常在觀故云善修二捨有之無非善修無今有無雙離故名善修云何雙離謂空中方便慧故離有有中殊勝行故離無下釋遠中功用究竟正明遠義如極一界之邊故遠

何所過望前三地相同世間過之已遠望四五六相同二乘今亦超過五地眞俗無違何異此中有無雙離畧有三異一彼猶未能過二乘故二雖以眞入俗猶於雙行未自在故三彼尚未得甚深般若故於雙行非深玅故

合響清涼引瑜伽云前地雖能多住無相作意而未能令無相作意無間無缺多修習住前功用未滿今令滿故遠行者通有二義立遠行名一從前遠來至功用邊二此功用行邊能遠去後位故十住論云去三界遠近法王位故名遠地文

○八不動地

八不動地無分別智任運相續相用煩惱不能動故

合響清涼引瑜伽云雖於無相作意無缺無間多修習住而未能於無相住中捨離功用又未能得於相同在修習得滿初之三地寄同世間次有四地寄三乘法第八已去寄顯一乘報行純熟無相無間故名不動地此亦三義一捨三界行生受變易果故云報行依此起行任運而成故功用不動二得無生忍無相玅慧則有相不動三此二無間煩惱不動謂前地無相已得無間相及煩惱亦不能動而爲功用所動無不動名今由無功用故令無相觀任運無間故三不能動文

○九善慧地

九善慧地成就微玅四無礙解能徧十方善說法故

音義清涼釋曰得無礙力說法成就利他行故名善慧地得無礙慧尚未稱善徧說徧益方名爲善

合響清涼云前雖於無相住中捨離功用亦能於相自在而未能於異名衆相訓詞差別一切品類宣說法中得大自在爲令此分得圓滿故莊嚴論云於九地中四無礙慧最爲殊勝云何勝耶於一剎那三千世界所有人天異類異音異義問此菩薩能以一音普荅衆問徧斷衆疑故文

○十法雲地

十法雲地大法智雲含衆德水蔭蔽一切如空麤重充滿法身故

音義大法智雲謂總緣一切諸法之智衆德謂陀羅尼門三昧門等喻如水者智能藏彼衆德如雲含水有能生彼勝功能故蔭蔽者隔斷之義如空麤重即所知障少分及煩惱障種謂此麤重廣大如空此智能蔭蔽之令不爲障礙故攝論云又如大雲覆隱如空廣大無邊惑智二障故又此智充滿所證所依法身猶如大雲充滿虛空故

合響清涼云雖於一切品類宣說法中得大自在而未能得圓滿法身現前證受今精勤修習已得圓滿又一乘中最居極故又云雲者是喻畧有三義一含水義二覆空義三注雨義攝大乘論云由得總緣一切法智含藏一切陀羅尼門三摩地門此喻含水義總緣一切法契經等智不離眞如如雲含空總持三昧即是水也又云譬如

大雲能覆如空廣大障故此喻覆空義即以前智能覆惑智二障又云於法身能圓滿故此有二義一喻霔雨義即上之智出生功德充滿所依法身故二喻徧滿義即前之智自滿法身耳又云不出三義謂以智慧含德徧斷諸障徧證法身故文

○三結

如是十地總攝有爲無爲功德以爲自性與所修行爲勝依持令得生長故名爲地

音義 先出體性有爲功德謂四智中妙觀察平等性之二智也非餘二智者此唯因位故無爲功德謂地地中所證眞如與所下釋地義地有依持生長之義故以爲喻

合響 清涼引本業云地名爲持持百萬阿僧祇功德亦名生成一切因果故名爲地唯識第九云與所修行爲勝依持令得生長者但語其因缺生果義鈔云本業有三義一持二生三成本論開爲四義住持爲二故一生者出生謂出生因果二成者成就亦通因果又以因望果始起名生終滿名成又爲因名生爲緣名住故第三名住住亦住處故

○二釋修十勝行三 初總標行名

十勝行者即是十種波羅密多

合響 清涼云隨緣順理造修名行梵語波羅密此云到彼岸亦云度無極即十勝行之通名

○次正釋行義十二 初明數門

施有三種謂財施無畏施法施戒有三種謂律儀戒攝善法戒饒益有情戒忍有三種謂

耐怨害忍安受苦忍諦察法忍精進有三種謂被甲精進攝善精進利樂精進靜慮有三種安住靜慮引發靜慮辦事靜慮般若有三種謂生空無分別慧法空無分別慧俱空無分別慧方便善巧有二種謂迴向方便善巧拔濟方便善巧願有二種謂求菩提願利樂他願力有二種謂思擇力修習力智有二種謂受用法樂智成熟有情智

音義 此十勝行前六各有三品後四各有二種顯示差別財施者攝論釋曰謂無染心捨資生具無畏施者謂止損害濟拔驚怖法施者謂無染心如實宣説契經等法律儀戒者謂於不善能遠離法防護受持由能防護諸惡不善身語等業故名律儀此即是戒此能建立後二尸羅由自防護能修供養佛等善根能令證得力無畏等一切佛法及能饒益一切有情令修一切善根法故耐怨害忍是成熟有情因安受苦忍是成佛因寒熱饑渴種種苦事皆能忍受無退轉故諦察法忍是前二忍所依止處堪忍甚深廣大法故被甲精進謂最初時自勵我當作如是事即經所説有勢句攝善精進即經所説有勤句利樂精進即經所説有勇句等安住靜慮爲得現法樂住離慢見愛得清淨故引發靜慮爲能引發六神通等殊勝功德辦事靜慮爲欲饒益諸有情類以能止息饑儉疾疫諸怖畏等苦惱事故已上皆依攝論所釋般若三品如文可知方便二者由大智故所作施等不爲自求迴向有情故不住生死有大

悲故爲欲拔濟諸有情類不專利已故不住涅槃二俱無住故稱善巧願爲要誓求菩提願者佛道無上誓願成故利樂他願者衆生無邊誓願度故力謂堪能由思擇力故有勝堪能正思決擇應作不應作故由修習力故所修靜慮有勝堪能無怯弱故智有二者由智助成般若令所修滿足故得受用覺法之樂復由此智成熟有情亦得受用覺法樂故

合響方便二者清涼疏第二十卷引無性釋云方便善巧者謂不捨生死而求涅槃是則說名方便善巧若以前六波羅蜜多所集善根共諸有情爲欲饒益諸有情故不捨有情當知即是不捨生死即拔濟方便若以此善迴求無上正等菩提爲證無上佛菩提故當知即是希求涅槃即迴向方便力有二者梁攝論云由思擇力能伏一切正行等所對治障令不起故由修習力能令一切善行堅固決定智有二者無性釋云由施等六成立此智復有此智成立六種謂相教等種種品類是則名爲受用法樂由此𢤱智能正了知此施此忍進等如所聞法饒益一切有情之類是則名爲饒益有情智文

〇二出體門

此十性者施以無貪及彼所起三業爲性戒以受學菩薩戒時三業爲性忍以無瞋精進審慧及彼所起三業爲性精進以勤及彼所起三業爲性靜慮但以等持爲性後五皆以擇法爲性說是根本後得智故有義第八以

欲勝解及信爲性願以此三爲自性故此說自性若并眷屬一一皆以一切俱行功德爲性

音義 謂施以無貪善根及行施時身口意三業而爲體性戒以受學戒時三業爲性者大論律儀以七衆別解脫戒在家出家戒爲體即唯二業謂表無表不說語故若攝善法戒者謂諸菩薩受律儀後一切所作爲大菩提由身語意積集諸善以爲其體今論通三聚及與受隨故云三業攝衆生戒居然通三忍以無瞋等爲性者清涼釋曰無瞋精進即善十一中二審慧即別境五中慧所以有此三者大論云自無憤教不報他怨亦不隨眠流注相續是名菩薩耐怨害忍即以無瞋及三業爲性若安受苦忍即精進三業爲性若諦察法忍即審慧三業爲性故此三業通於三忍於三各配其一故有三耳精進可知靜慮但以等持爲性者清涼釋曰等持即三摩地雖是別境心所之一今約定說不通散心故不說三業對法論云起三業自在用時所有一切種常安住即通三業以約用故後五以擇法爲性者謂般若乃至於智此五皆以七覺支中擇法覺支而爲自性何者論說第六是根本智後四皆是後得智本後二智皆擇法故有義下重解願性願以此三爲自性者謂若不假善欲善決定與深信者則無由發起弘誓願故是故願以此三而爲體也若并眷屬等者此說自性故約就實體性而論若并眷屬則一一皆以俱行功德爲性如行施時以無貪

等爲體與無貪俱行餘信慚等則是眷屬如施既爾如是乃至智波羅密以擇法爲性與擇法俱行心及心所皆名眷屬等

○三明相門

此十相者要七最勝之所攝受方可建立波羅密多一安住最勝謂要安住菩薩種性二依止最勝謂要依止大菩提心三意樂最勝謂要悲愍一切有情四事業最勝謂要具行一切事勝五巧便最勝謂要無相智所攝受六迴向最勝謂要迴向無上菩提七清淨最勝謂要不爲二障間雜若非此七所攝受者所行施等非到彼岸由斯施等十對波羅密多一一皆應四句分別

音義　要七最勝之所攝受者由諸世間及聲聞等亦有施等是故要說其相以彰決定到彼岸故一要安住菩薩種性者種性義見於前依五性而言則簡餘四性若非菩薩種性之人則所行施等但感人天有漏及二乘果而非無上極果之正因故二要依止大菩提心者如經云不發菩提心而行施等是爲魔業故三要悲憫一切有情者謂若不憫有情而行施等秖求自利非兼利故所以非波羅密多四要事業勝者若不具行一切善事則施等行寡不能滿足無上菩提果故五要無相智所攝受者即三輪體空也如經云不以色布施不以聲香味觸法布施不住於相名無相智六要迴向無上菩提者問既言迴向菩提何異依止釋曰彼有道心未必一切迴向菩提此乃迴向又依止者即行前心今迴向

者乃行後願七要不爲二障間雜者古疏云即三時無悔也悔即煩惱由不了故即是所知又即此悔心障於真智亦所知也一一皆應四句分別者清涼云有三四句一者一一自望種類而爲四句施中四句者一是施非度不與七勝相應施故二是度非施隨喜他施具七勝故三亦施亦度具七勝故四非施非度隨喜他施不與七勝共相應故二者不約種類次第修者以明四句唯施一種但有二句未成餘度鈌二句故謂是度非施及非施非度餘戒等五得有四句前有施度得爲是度非戒等故謂一是戒非度謂不與七勝共相應故二是度非戒即前施度具七勝故三亦戒亦度具七最勝而持戒故四非戒非度謂前布施不具七故忍度望戒進度望忍次第如戒三非次第修者諸度各得具施四句如施得望戒忍等度得有是度非施等句故可以思準

○四無增減門三初明十無增減

此但有十不增減者謂十地中對治十障證十真如無增減故

音義清涼云即建立十度之所以謂十障十如此能治證依所證治唯十故不增多而減少耳

○次明六無增減三初標

復次前六不增減者

○次釋六初對治六蔽門

爲除六種相違障故

音義清涼云立六度所以六種相違障者一

慳悋蔽二犯戒蔽三瞋恚蔽四懈怠蔽五散亂蔽六惡慧蔽施等六行如次對除此六蔽故

○二漸修佛法門

漸次修行諸佛法故

合響　清涼云諸佛法者謂十力等攝論云前之四度不散動因第五一種不散動成熟第六依是如實覺知此約自利

○三漸熟有情門

漸次成熟諸有情故此如餘論廣說應知

合響　清涼云漸熟有情者攝論云由施能攝受由戒能不害由忍雖遭苦能受由勤助彼所作由定心未定者令定由慧已定者令得解脫此約化他

○四二道之因門

又施等三增上生道感大財體及眷屬故精進等三決定勝道能伏煩惱成熟有情及佛法故諸菩薩道唯有此二

合響　清涼云施感大財謂多饒財寶戒感大體謂尊貴身忍感眷屬有情歸附由富勝形及多眷屬趣中增上名增上生道亦即因能伏煩惱者謂修善方便成熟有情者依此發通故慧成佛法佛法由慧故有此三德名決定勝諸菩薩道唯有此二若闕一種道不成故

○五利生斷惑門

又前三種饒益有情施彼資財不損惱彼堪忍彼惱而饒益故精進等三對治煩惱雖未伏滅而能精勤修對治彼諸善加行永伏永滅諸煩惱故

音義 准清涼釋曰布施捨彼資財持戒不損惱彼忍辱堪忍彼惱以此三種饒益有情精進等三對治煩惱者問曰定能伏惑智能斷惑對治煩惱此二可然若精進一那言亦能治煩惱耶答曰精進於煩惱雖無伏滅之義而能勤修對治煩惱諸善加行能令煩惱永伏滅故亦得對治煩惱之名廣如解深密經第四文前三利生後三斷惑諸菩薩道唯有此二是故但有六數不增不滅

補遺 瑜伽云精進雖未永斷煩惱永害隨眠而能勇猛修諸善品彼諸煩惱不能傾動善品加行由靜慮故永伏煩惱由般若故永斷隨眠

○六為無住涅槃因門

又由施等不住涅槃及由後三不住生死爲無住處涅槃資糧

音義 清涼釋曰前三是大悲饒益有情故後三是大智斷滅諸惑故故爲無住涅槃因也翻彼凡小之雙住

○三結

由此前六不增不滅

○三重顯十義

後唯四者爲助前六令修滿足不增減故方便善巧助施等三願助精進力助靜慮智助般若令修滿故如解深密廣說應知

音義 清涼釋曰問六度既爾後四云何答四屬六攝義隨六異於中分二先總明次方便下別顯如解深密廣說應知者彼經云觀自在菩薩復白佛言世尊何因緣故施

設所餘波羅蜜多但有四數佛告觀自在菩薩曰善男子與前六種波羅蜜多爲助伴故謂諸菩薩於前三種波羅蜜多所攝有情以諸攝事方便善巧而攝受之安置善品是故我說方便善巧波羅蜜多與前三種而爲助伴若諸菩薩於現法中煩惱多故於修無間無有堪能羸劣意樂故下界勝解故於內心住無有堪能於菩薩藏不能聞緣善修習故所有靜慮不能引發出世間慧彼便攝受少分狹劣福德資糧爲未來煩惱輕微心生正願如是名願波羅蜜多由此願故煩惱微薄能修精進是故我說願波羅蜜多與精進波羅蜜多而爲助伴若諸菩薩親近善士聽聞正法如理作意爲因緣故轉劣意樂成勝意樂亦能獲得上界勝解如是名力波羅蜜多與靜慮波羅蜜多而爲助伴若諸菩薩於菩薩藏已能聞緣善修習故能發靜慮如是名智波羅蜜多由此智故堪能引發出世間慧是故我說智波羅蜜多與慧波羅蜜多而爲助伴

○五次第門

十次第者謂由前前引發後後及由後後持淨前前又前前麤後後細故易難修習次第

如是釋總別名如餘處說

音義　唯清涼釋曰前前引發後後者謂諸菩薩若於身財無所顧恪便能受持清淨禁戒爲護禁戒便修忍辱修忍辱已能發精進發精進已能辦靜慮具靜慮已便能獲得出世間慧得出世慧故能行方便有慧

方便已能發大誓發大願已於諸善品有所堪能有堪能故便能獲得受用法樂成就有情之智由前引發於後義故次第如是後後持淨前前者謂由任持智波羅蜜多故能淨力波羅蜜多乃至由任持尸羅故令施波羅蜜多清淨此明後能淨前次第如是又前前下復以麤細易難顯次第義布施則麤持戒爲細戒望於忍戒則爲麤忍則爲細等故云前前麤後後細前九並爲前前從戒至智並名後後一一相望故致重言初一唯前後一唯後中間八度遍爲前後難易可知釋總别名如餘處者無性釋論云釋總名者施等善根最爲殊勝能到彼岸是故通名波羅蜜多到彼岸名是最勝義釋别名者清涼疏云輟已惠人名之爲施防非止惡名之爲戒防其未非止已起惡故忍者堪忍諸法未能忘懷名之爲忍此約生忍又忍即忍可忍即是慧雙忍事理練心於法名之爲精精心務達目之爲進梵云禪那此云静慮静揀散心慮揀無慧止觀均故般若此翻慧推求諦理名之爲慧方便者即善巧也方謂方法便謂便宜願者即希求要誓力者不可屈伏故隨思隨修任運成就攝論云由此二力令前六度無間現前決斷名智謂如實覺了

○六依止五修門

此十修者有五種修一依止任持修二依止作意修三依止意樂修四依止方便修五依止自在修依此五修修習十種波羅蜜多皆

得圓滿如集論等廣說其相

音義初總標一依下別釋任持修者謂住種性菩薩於自體中於所依中具足一切佛法悉能任持以此種性修行施等是名依止任持修作意修者謂以勝解決定願樂等心誓求菩提以此作意修行施等名曰依止作意修意樂修者謂以無厭足起大意樂起大慈悲憐愍一切有情志期度脫用此意樂修行施等是爲依止意樂修方便修者謂三輪清淨如一施中由無施物施者受者等三分別故自在修者謂地上菩薩分證法身而能隨類現種種身得自在故分得四辯而能宣說一切佛法得自在故以此自在修行施等謂之依止自在修也依此下結又此五修若會前七最勝義者於前七最勝中唯除第四事業及第六廻向其餘如次即此五修可以意得

〇七自類相攝門

此十攝者謂十一一皆攝一切波羅密多互相順故依修前行而引後者前攝於後必待前故後不攝前不待後故依修後行持淨前者後攝於前持淨前故前不攝後非持淨故若依純雜而修習者展轉相望應作四句

音義此十種行若通相攝者一一波羅密多皆攝一切何者行相無違互相順故若別相攝者依前前引發後後而言之則前定攝於後以後必待於前故後不攝前以前不待後故依後後持淨前前而言之則後必攝於前以後持淨前故前不攝後以前不能持淨後故若依下復約純雜義釋應

作四句者一是純非雜二是雜非純三亦純亦雜四非純非雜意云一行爲純諸行爲雜如於初地專修施行名純望修戒等名雜即是初句餘九地中專修戒等望初地施即第二句初地修施餘非不修但隨力隨分即第三句末句可知

合響 清涼疏第五之二引般若論云檀義攝於六資生無畏法等智論云有未莊嚴波羅蜜即不攝者有已莊嚴波羅蜜即相攝者鈔釋云資生無畏法等者等取下半云此中一二三名爲修行住謂施有三種一財二無畏三法施財即資生正是檀度故云此中一也無畏攝二謂尸不惱彼忍受彼惱皆無畏相故云二也法施攝三謂進定及慧決定勝道漸熟佛法是法施相故云三也即十八住中修行住也檀度既爾餘度亦然 文

○八六十互攝門

此實有十而說六者應知後四第六所攝開爲十者第六唯攝無分别智後四皆是後得智攝緣世俗故

音義 有處但說六種不言十者應知第六攝後四故本後二智合爲一故開爲十者第六攝根本智後得攝後四種以方便等皆緣世俗而生起故

○九感果門

此十果者有漏有四除離繫果無漏有四除異熟果而有處說具五果者或互相資或二合說

音義 有漏有四者謂資糧加行位中所修諸

行招果有四謂等流異熟增上士用果除離繫者此唯無漏故無漏有四者謂通達修習位中所修諸行感果亦四謂等流增上士用離繫果除異熟者唯有漏故而有處下通妨謂有處言有漏無漏皆具五果者或依互相資說或漏無漏二位合說

合響 或二合說者安慧云謂能永斷自所對治是諸波羅密多離繫果於現法中由此施等攝受自他是士用果於當來世後後增勝展轉生起是等流果大菩薩是增上果感大財富往生善趣無怨無壞多諸喜樂有情中尊身無損害廣大宗族隨其次第是施等波羅密多異熟果

成唯識論音響補遺卷第九之三

音釋

霔 陟慮切音註時雨也　耐 乃帶切音柰忍也　勵 力霽切音例勉力也　輟 朱劣切音拙止也

成唯識論音響補遺卷第九之四

清武林 蓮居紹覺大師音義
新伊大師合響
法嗣智素補遺

○十三學相攝門二 初標

十與三學互相攝者

○次釋二 初釋三學三 初戒學

戒學有三一律儀戒謂正遠離所應離法二攝善法戒謂正修證應修證法三饒益有情戒謂正利樂一切有情此與二乘有共不共甚深廣大如餘處說

合響 此卽攝論中四種殊勝論曰差別殊勝者謂菩薩戒有三品一律儀戒二攝善法戒三饒益有情戒此中律儀戒應知二戒建立義故攝善法戒應知修集一切佛法建立義故饒益有情戒應知成熟一切有情建立義故無性攝論第七卷釋云差別殊勝謂諸菩薩具三種戒卽律儀等聲聞乘等唯有一種律儀尸羅是故菩薩望彼殊勝律儀戒者謂正受遠離一切品類惡不善法攝善法戒者謂正修習力無畏等一切佛法饒益有情戒者謂不顧自樂隨所堪能令入三乘捨生死苦證涅槃樂律儀戒應知二戒建立義故者是二戒因故謂若防守身語意者便能無倒修習一切清淨佛法亦能成熟一切有情令入三乘餘則不爾論曰共不共學處殊勝者謂諸菩薩一切性罪不現行故與聲聞共相似遮罪有現行故與彼不共於此學處有聲聞犯菩薩不犯有菩薩犯聲聞不犯菩薩

具有身語心戒聲聞唯有身語二戒是故菩薩心亦有犯非諸聲聞以要言之一切饒益有情無罪身語意業菩薩一切皆應現行皆應修學如是應知說名爲共不共殊勝論曰甚深殊勝者謂諸菩薩由是品類方便善巧行殺生等十種作業而無有罪生無量福速證無上正等菩提又諸菩薩現行變化身語兩業應知亦是尸羅由此因緣或作國王示行種種惱有情事安立有情毘奈耶中又現種種諸本生事示行逼惱諸餘有情真實攝受諸餘有情先令他心深生淨信後轉成熟是名菩薩所學尸羅甚深殊勝論曰廣大殊勝者復由四種廣大故無性釋曰種種無量學處廣大者謂諸菩薩所學尸羅種種品類無量差別所以廣大攝受無量福德廣大者謂此尸羅能攝無量福德資糧所以廣大攝受一切有情利益安樂意樂廣大者謂此尸羅攝諸有情此世他世世出世間捨惡攝善若因若果饒益意樂所以廣大建立無上正等菩提廣大者謂此尸羅建大菩提所以廣大諸聲聞等無如是事是故殊勝文

○次定學

定學有四一大乘光明定謂此能發照了大乘理教行果智光明故二集福王定謂此自在集無邊福如王勢力無等雙故三賢守定謂此能守世出世間賢善法故四健行定謂佛菩薩大健有情之所行故此四所緣對治堪能引發作業如餘處說

音義大乘義如常釋光明乃從喻得名全喻即雙合體用能發照了理教行果智者理即二空真如教即聲名句文行謂諸波羅密果謂菩提涅槃集福王定者王者自在之義此定能集無邊之福猶如國王具大自在有大勢力能集多財無與等故賢守徤行此二如文此四所緣等如餘處說者攝大乘本論云所緣差別者謂大乘法爲所緣故對治差別者謂一切法總相緣智以楔出楔道理遣阿賴耶識中一切麤重障故堪能差別者謂住靜慮樂隨其所欲而受生故引發差別者謂能引發一切世界無障礙神通故作業差別者謂能振動熾然徧滿顯示轉變往來卷舒一切色像皆入身中所往同類或顯或隱所作自在伏他神通施辯念樂放大光明引發如是大神通故義如無性攝論廣解

合響定學有四有三釋英法師云初定除不善障二除著障三除煩惱障四除所知障賢首云初能除流雜染業障二能除味定著靜障三能除根本無明障四能除淨成果智障與前說大同清涼云謂以即事而真智治於地前成初地令得賢守定以此三昧能守世間出世間賢善法故前三地爲世第四地爲出世以既了即事而真能即散而定故二以即體之用智對治四地未能起用令得五地入俗成集福王定三以平等無相智對治五地雖能隨俗未得平等令得六七二地般若大光功用成大乘光明定四以平等無功用智對治七地

功用令入八地乃至佛果得首楞嚴定所作究竟以果旣具四因亦通修故此解爲正

○三慧學二初正明三慧相

慧學有三一加行無分別慧二根本無分別慧三後得無分別慧此三自性所依因緣所緣行等如餘處說

音義 加行無分別慧者世親攝論釋是尋思慧又云是希求慧由此能生無分別智是故亦得無分別名根本無分別慧者攝論釋是正證慧又云是內證慧又云加行是此智因後得是此知果後得無分別慧者攝論釋是起用慧又云是攝持慧是無分別智之後得是故亦是無分別名此三自性者無性釋云謂於眞義不異計度以爲自性此三所依者謂無分別智所依心非思議故亦非非心爲所依止心種類故以心爲因數習勢力引得此位名心種類此即顯示智所依心出過一切思量分別此三因緣者無性釋云謂以大乘言音熏習聽聞由此所引功德差別及如理作意等此三所緣者即是一切補特伽羅諸法無性所顯眞如解脫增益損減二邊斯是無分別智所緣境界此三行相者無性釋云於所緣境相似而行故名行相無分別智於眞如境相似而行離一切相作意行相以爲行相三智行相差別者攝論云譬如啞人求受境界而未能受亦不能說如是加行無分別智求證眞如而未能證寂無言說當知亦爾又如啞人正受境界無所

言說如是根本無分別智正證真如離諸戲論當知亦爾如不啞人受諸境界亦起言說如是後得無分別智返照真如現證境界能起言教當知亦爾言等者等於此三若任持若助伴若異熟等如彼攝論第八文中廣說茲不繁録

○次約位明具闕

如是三慧初二位中種具有三現唯加行於通達位現二種三見道位中無加行故於修習位七地已前若種若現俱通三種八地以去現二種三無功用道違加行故所有進趣皆用後得無漏觀中任運趣故究竟位中現種俱二加行現種俱已捨故

音義　初二謂資糧加行此二位中三智種子皆有以具法爾無漏種故現唯加行者未證真如無本後二智故通達位中現唯本後二智者以初見道十五心中乍證真如無加行故修習位中有二義別始從見道第十六心乃至七地位中種現皆三以七地已前位位之中皆有無間解脫及勝進道故八地已去現唯二者以無功用不假加行而勝進故若爾進趣後位以用何智釋云用後得智作無漏觀任運進趣入餘位故究竟位中現種俱二者金剛道後解脫道中并捨加行種故

○次明相攝

若自性攝戒唯攝戒定攝靜慮慧攝後五若并助伴皆具相攝若隨用攝戒攝前三資糧自體眷屬性故定攝靜慮慧攝後五精進三攝徧策三故若隨顯攝戒攝前四前三如前

及守護故定攝靜慮慧攝後五

合響此中相攝有四種義自性攝者不取俱行助伴之義但各舉其當體而言故云戒唯攝戒等若幷助伴而相攝者此三前十一一皆攝一切若隨作用而相攝者戒攝前三施即資糧戒即自體忍即戒之眷屬性故若隨相顯而相攝者戒攝前四前三如前及加攝精進者由精進力守護防非令戒淨故

〇十一五位具修門

此十位者五位皆具修習位中其相最顯然初二位頓悟菩薩種通二種現唯有漏漸悟菩薩若種若現俱通二種已得生空無漏觀故通達位中種通二種現唯無漏於修習位七地已前種現俱通有漏無漏八地以去種通二種現唯無漏究竟位中若現若種俱唯無漏

音義修習位中其相最顯者如經云初地菩薩於檀波羅蜜最爲增上乃至第十地云此位菩薩於智波羅密最爲增上等即最顯義然初下復約五位顯此十行通漏無漏頓悟菩薩種通二種現唯有漏者應知有一類菩薩於前二位中煩惱所知二障種現俱未伏滅直階初地頓斷分別二障種現名爲頓悟故於初二位中所修勝行若現若種俱唯有漏種亦通於無漏者此指法爾無漏種也漸悟菩薩於初二位種現俱通漏無漏者謂於地前巳伏分別煩惱現起與生空觀俱十行通無漏故然於俱生現起煩惱猶未永滅是故亦通有漏

攝耳通達位中現唯無漏者已斷分別二障種故修習位中復分二者七地已前生空法空或出或入所修勝行應通二故八地已去現唯無漏者生空智果純無漏故佛位可知

○十二因位名異門

此十因位有三種名一名波羅密多謂初無數劫爾時施等勢力尚微被煩惱伏未能伏彼由斯煩惱不覺現行二名近波羅密多謂第二無數劫爾時施等勢力漸增非煩惱伏而能伏彼由斯煩惱故意方行三名大波羅密多謂第三無數劫爾時施等勢力轉增能畢竟伏一切煩惱由斯煩惱永不現行猶有所知微細現種及煩惱種故未究竟

音義 梵言阿僧祇此云無數即九大數中之一數也謂菩薩於初阿僧祇劫中經無量時所修施等勢力尚微但名波羅密多未見其理依勝解力修諸勝行但有到彼岸之名字故約位則屬資糧加行位也第二阿僧祇名爲近者爾時施等勢力漸增然由作意方起施等未得無功用任運轉故但名曰近約位即是通達及修習位中七地已前也第三無數劫中所修施等名曰大者以能永伏一切煩惱所修施等純無漏故約位則八地已去至十地也廣如解深密經猶有下簡異究竟義可思准

合響 清涼鈔第五卷之二云初但名波羅密多者以一行中修一行故二名近者一行之中修一切行近菩提故三廣大者一切行中修一切行體包博故然未入劫同於

第一已成佛竟同於第三文
○三結要簡修
此十義類差別無邊恐厭繁文略示綱要十
於十地雖實皆修而隨相增地地修一雖十
地行有無量門而皆攝在十到彼岸
音義文中先正結十於下簡定雖十下攝廣
並可意知
○三釋斷十重障二初標
○次釋二初正明十障十初異生性障三
十重障者
初正釋二初略釋障
一異生性障謂二障中分別起者依彼種立
異生性故
○次正明斷三初對小明斷二種二初正
釋

二乘見道現在前時唯斷一種名得聖性菩
薩見道現在前時具斷二種名得聖性
合響謂此異生性障依分別所起二障種立
斷此二種即得聖性然於二乘見道位中
唯斷分別煩惱一種大乘見道雙斷二種
所以大小乘斷惑有廣狹别
○次釋妨
二眞見道現在前時彼二障種必不成就猶
明與暗定不俱生如秤兩頭低昂時等諸相
違法理必應然是故二性無俱成失
音義清涼釋云然此論意爲異薩婆多宗彼
宗所立見道之前斷異生性無間道起與
惑得俱說言斷耳故爲伏難云若異生性
見道前捨無漏果起無有凡聖俱成就失
今既依於見斷種立即無間道有惑種俱

異生未斷如何凡聖無俱成失故云見道起時彼種不成猶如明生不與暗並故凡聖二性無俱成失若無間道與惑得俱卻有凡聖俱成之失雜集第七亦顯此義

合響 二眞見道者清涼鈔云應是大小二乘爲二以次前云二乘見道等故大小俱是真見斷故文

○次簡明二道用別二初問

無間道時已無惑種何用復起解脫道爲斷惑證滅期心別故爲捨彼品麤重性故無間道時雖無惑種而未捨彼無堪任性爲捨此故起解脫道及證此品擇滅無爲

音義 由二義故起無間已復起解脫一者無間期於斷惑解脫期於證理所期之心有別二者爲捨彼惑品麤重性故此中麤重謂無堪任解脫道起方捨此故無間下轉釋上義證此品擇滅無爲者意明無間道起雖斷惑種然所顯理由解脫道能證得故

○三釋不說業果疑

雖見道生亦斷惡趣諸業果等而今且說能起煩惱是根本故

音義 應有問曰經說菩薩見道亦斷惡趣諸果及感惡趣諸業云何但說斷異生性耶釋意云煩惱是業果二種根本以本攝末故略不言業與果爾

○次引證

由斯初地說斷二愚及彼麤重一執著我法愚即是此中異生性障二惡趣雜染愚即是

惡趣諸業果等應知愚品總說爲愚後准此釋或彼唯說利鈍障品俱起二愚彼麤重言顯彼二種或二所起無堪任性如入二定說斷苦根所斷苦根雖非現種而名麤重此亦應然後麤重言例此應釋

音義 即深密經文先引次釋一即異生性障二即惡趣業果問曰執著我法可名曰愚惡趣業果何亦名愚答曰應知惡趣業果由愚而起是愚品類故總說爲愚後九地中如誤犯三業等皆即愚品故云後准此釋或彼唯說下又一解或彼初地說斷二愚者謂利鈍障相應二無明也利即五見鈍即貪等彼麤重言即彼二愚種子或麤重言即彼二愚無堪任性云何知然例如入第二靜慮時說斷苦根然此苦根雖非現種而名麤重此中麤重名無堪任其義亦爾一解麤重即是種子一解麤重謂無堪任性後地地中所斷麤重皆有此二義也

合響 集論云若善品所攝有堪任性及無記品所攝染法品所攝皆名種子若染污品所攝及無記品所攝名爲麤重無堪任故若染污品所攝唯名隨眠瑜伽第二卷云又於諸自體中所有種子若煩惱品所攝名爲麤重亦名隨眠若異熟品所攝及餘無記品所攝唯名麤重不名隨眠若信等善法品所攝種子不名麤重亦非隨眠何以故由此法生持所依自體唯有堪能非不堪能文

○三料簡二　初簡異二乘所斷

雖初地所斷實通二障而異生性障意取所知說十無明非染汚故無明即是十障品愚二乘亦能斷煩惱障彼是共故非此所說又十無明不染汚者唯依十地修所斷說雖此位中亦伏煩惱斷彼麤重而非正意不斷隨眠故此不說

音義謂初地中見道所斷之惑實通二障其意唯取所知爲正何者經說十地斷十障品即是無明意顯是有覆性不言煩惱染汚性故何以不言二乘亦能斷故是與二乘共故非此菩薩斷障中說略而不取又十無明非染汚者唯依十地修所斷說非謂見道所斷亦名不染汚以初地住出二心即屬修道故問此修習位亦伏煩惱及彼麤重云何不說釋意云非正意者地上菩薩直趣菩提本意唯在斷所知故煩惱隨眠金剛喻定方斷此故由此二義故略不言此中麤重謂現起麤重意指無堪任性而言

○次簡初地亦斷俱生

理實初地修道位中亦斷俱生所知一分然今且說最初斷者後九地斷准此應知住滿地中時既淹久理應進斷所應斷障不爾三時道應無別故說菩薩得現觀已復於十地修道位中唯修永滅所知障道留煩惱障助願受生非如二乘速趣圓寂故修道位不斷煩惱將成佛時方頓斷故

音義問曰既十無明依十地中修所斷說是則初地亦有斷俱生一分義何前但云初地斷分別起異生性耶故釋云理實等後

九准知者良以地地皆有三心（初地三心入心當見道位住心出心屬修道位異生性障見道初心已斷住出二心既屬修道理實亦斷俱生一分今且依最初斷者說斷異生性障耳）初心即入心中心即住心後心即出心進斷次地中惑初地既爾餘九皆然故云准此應知住滿地下出初地斷俱生之所以住即住心滿心即出心也所應斷障即俱生所知一分三時道者即入住出也意明初地住滿心中若不進斷所應斷障則初中後三道應無差別既分差別故知亦斷俱生一分障耳故說下引證得現觀已者六現觀中四五兩觀見道已明故云得已

補遺　理應進斷所應斷障者觀其文意通指十地滿心中皆應爾也故今初地滿心自應進斷俱生所知一分此正釋明初地修道位中理實亦斷俱生所知一分之意

○二邪行障二初正釋

二邪行障謂所知障中俱生一分及彼所起誤犯三業彼障二地極淨尸羅入二地時便能永斷

合響　攝論云謂於諸有身等邪行障由前地生大歡喜故有誤犯三業名爲邪行清涼鈔云身等三業有十惡行名邪行障謂所知下出體所知揀異煩惱俱生揀於分別分別初地已斷盡故一分唯屬此地斷者

○次引證

由斯二地說斷二愚及彼麤重一微細誤犯愚即是此中俱生一分二種種業趣愚即彼所起誤犯三業或唯起業不了業愚

合響　清涼云開上二障而爲二愚愚即現行

麤重是種子二種種業趣愚者毀責爲名不取惡果豈名種種業中不一即爲種種種種非一即是毀責論更釋云或唯起業不了業愚謂前一是起業之愚後一即是不了業愚非所發業此二非必能起於業則其二愚一向是愚若依釋後之一愚亦愚品類問所知障不能發潤如何此中能發三業答唯識第一卷云續生煩惱發犯戒業通所知障此約誤犯故不相違

○三暗鈍障二初正釋

三暗鈍障謂所知障中俱生一分令所聞思修法忘失彼障三地勝定總持及彼所發殊勝三慧入三地時便能永斷

音義清涼釋云忘失三慧故名闇鈍三慧別障如下愚中今但總說

○次引證

由斯三地說斷二愚及彼麤重一欲貪愚即是此中能障勝定及修慧者彼昔多與欲貪俱故名欲貪愚今得勝定及修所成彼既永斷欲貪隨伏此無始來依彼轉故二圓滿聞持陀羅尼愚即是此中能障總持聞思慧者

音義清涼釋云一欲貪愚但略舉愚應有問曰上標所知今何得舉欲貪煩惱故次釋云彼昔多與欲貪俱等意云以欲貪故多住散亂故障定修慧以此欲貪依障而轉障盡欲亡二圓滿下此持通四一法持二義持三咒持四能得忍持以聞思與彼聞持極相近故所以偏說非不障修

○四微細煩惱現行障二初正釋三初略釋障

四微細煩惱現行障謂所知障中俱生一分第六識俱身見等攝最下品故不作意緣故遠隨現行故説名微細

合響 清涼釋云第六識言揀第七識第七識俱以微細故此地未斷今言微細望前地説有三義故立微細名一第六識中分別身見名爲上品唯不善故獨頭貪等名爲中品通善不善此唯無記故名下品二不作意緣故即任運生義三遠隨現行故自無始來隨逐於身故有上三義故名微細

○次正明斷

彼障四地菩提分法入四地時便能永斷彼昔多與第六識中任運而生執我見等同體起故説煩惱名今四地中既得無漏菩提分法彼便永滅此我見等亦永不行初二三地行施戒修相同世間四地修得菩提分法方名出世故能永害此身見等

音義 清涼釋云彼障四地等者以有身見不能觀身爲不淨等問上言所知障中俱生一分那名煩惱答此所知障昔時多分與煩惱障同一體起立煩惱名由菩提分正斷所知彼之身見亦不行故前之三地可不爾耶以相同世間今此出世方能離之

○三復料揀二　初揀第六識俱　二初問

寧知此與第六識俱

音義 問意云六七二識皆有俱生身見何理定知此身見等唯第六識俱耶

○次釋

第七識俱執我見等與無漏道性相違故八地以去方永不行七地已來猶得現起與餘

煩惱爲依持故此麤彼細伏有前後故此但與第六相應

合響謂第七識俱身見煩惱與生空純無漏道性相違故七地已前未獲純無漏故猶得現起八地已去方乃不行何者此之身見與餘我愛等三種煩惱爲依持故此四煩惱要至七地滿心與第六識俱下下煩惱同頓伏故第六俱麤第七俱細由麤細異伏有前後故此地中所伏煩惱唯第六俱

○次揀身見等言

身見等言亦攝無始所知障攝定愛法愛彼定法愛三地尚增入四地時方能永斷菩提分法特違彼故

音義前云第六識俱身見等言此等字義亦攝所知障攝定愛法愛所知障攝者定法二愛本是煩惱由與二愚俱起所以攝入所知故下即云所知障攝二愚斷故煩惱二愛亦永不行愛者躭玩不忘之義躭玩聞思修法名爲法愛躭玩諸禪三昧名爲定愛玩定法愛三地不無故曰尚增

○次引證

由斯四地說斷二愚及彼麤重一等至愛愚即是此中定愛俱者二法愛愚即是此中法愛俱者所知障攝二愚斷故煩惱二愛亦永不行

音義等至者攝論釋曰正受現前名爲等至餘並如文

○五於下乘般涅槃障二初正釋

五於下乘般涅槃障謂所知障中俱生一分

令厭生死樂趣涅槃同下二乘厭苦欣滅彼
障五地無差別道入五地時便能永斷
音義即前四地住出世心厭生死苦樂取涅
槃義同二乘厭苦欣寂欣厭未忘則取捨
角立是故能障真俗並觀無差別道無差
別者清涼云此地真如名類無別故緣彼
道名無差別令入真俗無差別道便能斷
之
○次引證
由斯五地說斷二愚及彼麤重一純作意背
生死愚即是此中厭生死者二純作意向涅
槃愚即是此中樂涅槃者
音義釋斷二愚即是欣厭
○六麤相現行障二初正釋
六麤相現行障謂所知障中俱生一分執有
染淨麤相現行彼障六地無染淨道入六地
時便能永斷
音義形於後地名為麤相揀非種子故名現
行無染淨道者謂由無明緣故諸行起乃
至由生緣故老死起則有染法無明滅故
行滅乃至生滅故老死滅是有淨法第六
地中最勝般若現前都無所得即證無染
淨真如故能證道亦得無染淨之名
○次引證
由斯六地說斷二愚及彼麤重一現觀察行
流轉愚即是此中執有染者諸行流轉染分
攝故二相多現行愚即是此中執有淨者取
淨相故相觀多行未能多時住無相觀
音義執有染者執有順生因緣流轉門故執
有淨者執有逆觀因緣還滅門故相觀多

行者意顯非無少時不取相故

○七細相現行障二初正釋

七細相現行障謂所知障中俱生一分執有生滅細相現行彼障七地妙無相道入七地時便能永斷

音義 形於前地故說爲細此與前異者前執流轉還滅之染淨相此執流轉還滅之生滅相又相有二一有二無有者麤無者細故異前耳

○次引證

由斯七地說斷二愚及彼麤重一細相現行愚即是此中執有生者猶取流轉細生相故二純作意求無相愚即是此中執有滅者尚取還滅細滅相故純於無相作意勤求未能空中起有勝行

音義 細相現行者由執流轉故有生相作意求無相者由執還滅故求無相未能空中起有勝行者謂由有此作意勤求無相之愚故未能於無相空中巧施方便有爲之事也

○八無相作加行障二初正釋

八無相中作加行障謂所知障中俱生一分令無相觀不任運起前之五地有相觀多無相觀少於第六地有相觀少無相觀多第七地中純無相觀雖恒相續而有加行由無相中有加行故未能任運現相及土如是加行障八地中無功用道故若得入第八地時便能永斷彼永斷故得二自在

音義 清涼釋云令無相觀不任運起名曰如行五地觀心劣故無相觀少六地觀染淨

平等故無相觀多七地作加行故然准護法於無相中有加行智體非是障以善住故只由所斷障令作加行故說名爲加行障也由此第七有加行故雖現金等諸相及土非任運現故以爲障

○次引證

由斯八地說斷二愚及彼麤重一於無相作功用愚二於相中不自在愚令於相中不自在故此亦攝土相一分故八地以上純無漏道任運起故三界煩惱永不現行第七識中細所知障猶可現起生空智果不違彼故

合響 一無相作用愚即念念加行入無相觀故二相中不自在愚現身現土不能任運故八地以上純無漏道方任運故此地方能捨賴耶名三界煩惱永不現起離分段生出三界故唯第七識微細俱生猶可現起以但證生空法空未純無間故問何故生空智起法執猶存答以生空智不違第七法我執故生空智果者謂生空智所引後得智及滅盡定也

○九利他不欲行障二 初正釋

九利他中不欲行障謂所知障中俱生一分令於利樂有情事中不欲勤行樂修巳利彼障九地四無礙解入九地時便能永斷

音義 利他不欲行障者如經云第八不動地菩薩入無生法忍三際平等寂滅現前若諸佛不與此菩薩無量起智門者彼時即入究竟涅槃棄捨一切利衆生事即此障也

合響 清涼疏三十八云此用能障四無礙解

所知障種以爲體性以八地已上六識中所知障無現行故

○次引證

由斯九地說斷二愚及彼麤重一於無量所說法無量名句字後後慧辯陀羅尼自在愚於無量所說法陀羅尼自在者謂義無礙解即於所詮總持自在於一義中現一切義故於無量名句字陀羅尼自在者謂法無礙解即於能詮總持自在於一名句字中現一切名句字故於後後慧辯陀羅尼自在者謂詞無礙解即於言音展轉訓釋總持自在於一音聲中現一切音聲故二辯才自在愚辯才自在者謂辯無礙解善達機宜巧爲說故愚能障此四種自在皆是此中第九障攝

音義　先明四無礙相陀羅尼此云總持義即所詮之理法即能詮名等一中現多故稱無礙於一言音中訓詁解釋無量言音名辭無礙上三皆以能持立名辯無礙者亦名樂說此約能說立名即說上三耳次愚能下釋愚義此愚之用能障四無礙解即第七識中細所知障也

補遺　後後慧者謂根本智後後得慧中流出詞無礙解故

○十於諸法中未得自在障二初本地所斷未自在障二初正釋

十於諸法中未得自在障謂所知障中俱生一分令於諸法不得自在彼障十地大法智雲及所含藏所起事業入十地時便能永斷

○次引證

由斯十地說斷二愚及彼麤重一大神通愚

即是此中障所起事業者二悟入微細秘密愚即是此中障大法智雲及所含藏者

音義所起事業謂化他神通玅用難測曰神自在無壅曰通如華嚴經云佛子此地菩薩智慧明達神通自在隨其心念能以狹世界作廣世界廣世界作狹世界或隨心念於一毛孔示現一切佛境莊嚴事等廣如彼說大法智雲謂能含之智所含藏者謂力無畏諸功德微細秘密亦如華嚴十通品說愚能障此二種斷此障故便能證得業自在等所依真如謂神通作業總持定門皆自在故

○次十地滿心所斷餘障二初正釋

此地於法雖得自在而有餘障未名最極謂有俱生微所知障及有任運煩惱障種金剛喻定現在前時彼皆頓斷入如來地

音義先結前起後以明餘障如瑜伽云雖於一切品類宣說法中得大自在而未能得圓滿法身現前證受亦餘障義文

補遺金剛喻定者集論云謂居修道位中最後斷結道位所有三摩地或加行道攝或無間道攝文此中無間道攝者大乘分別二執初地初心一時頓斷俱生二執於地地中各斷一分乃至等覺尚有二愚金剛後心一時頓盡故曰分別我法極喜無六七俱生地地除第七修道除種現金剛道後等皆無

○次引證

由斯佛地說斷二愚及彼麤重一於一切所知境極微細著愚即是此中微所知障二極

微細礙愚即是此中一切任運煩惱障種故集論說得菩提時頓斷煩惱及所知障成阿羅漢及成如來證大涅槃大菩提故

合響 清涼疏第四十卷云諸教開合不同仁王等合此勝進入於十地是以不立等覺故教化品中約五忍分位於寂滅忍唯有上下下忍中行名爲菩薩即第十地上忍中行爲薩婆若此謂如來若依纓珞開此勝進爲無垢地即是等覺然等覺照寂妙覺寂照又賢聖覺觀品中說六種性及六賢六忍等瑜伽具有二義七十八引深密經說十一地第十法雲十一說名佛地唯有二十二愚得佛地時云云更不別說等覺斷證論復有文亦立等覺又菩薩地云此菩薩雖已修行功德海滿由未能捨三種法故不名妙覺一由未捨劣無漏法二由未捨白淨無記法三由未捨有漏善法至妙覺位方捨此三如後第十卷中明鈔云論復有下即第五十論明百四十不共佛法約因果位辯差別中云若時菩薩坐道場住最後身於菩薩道菩提資糧極善圓滿爾時無師修三十七菩提分法得一刹那名無障礙智三摩地是其菩薩學道所攝金剛喻定彼疏云此明因滿菩薩位中最後位也此位亦名等覺菩薩謂從此無間第二刹那頓得其餘不共佛法謂如來十力爲初一切種妙智爲後皆極清淨悉得無上彼疏云此障得果釋曰准此論文於十地後金剛喻定一刹那中名爲等覺第二刹那爲妙覺也

成唯識論音響補遺卷第九之四

音釋

楔先結切 啞於加切音 詁公土切音古詁訓通古今之言
音屑 鴉聲也
而明其故也

成唯識論音響補遺卷第十之一

清武林蓮居紹覺大師音義

新伊大師合響

法嗣智素補遺

○次結屬二障二　初正結二障攝

此十一障二障所攝

○次明二障斷義二　初斷種現位二　初正釋二　初煩惱障

煩惱障中見所斷種於極喜地見道初斷彼障現起地前已伏修所斷種金剛喻定現在前時一切頓斷彼障現起地前漸伏初地以上能頓伏盡令永不行如阿羅漢由故意力前七地中雖暫現起而不爲失八地以上畢竟不行

音義　先明見斷極喜地初心斷者即異生性中一分彼障現起地前已伏者謂資糧加行位也修所斷下次明修斷清涼釋曰直觀論文初地已上能頓伏盡修惑現行如阿羅漢諸漏已盡無復煩惱次云由故意力七地之中雖暫現起而不爲失自是一段通於妨難謂有問曰既如阿羅漢令永不行如何前曰猶起我見七地已前猶起貪瞋等耶答云由故意力起謂六地之前容有出觀尚有誤起七地之中常在無相爲化衆生故意現起而不爲失八地已上畢竟不行者道力勝故

○次所知障

所知障中見所斷種於極喜地見道初斷彼障現起地前已伏修所斷種於十地中漸次斷滅金剛喻定現在前時方永斷盡彼障現

起地前漸伏乃至十地方永斷盡八地以上六識俱者不復現行無漏觀心及果相續能違彼故第七俱者猶可現行法空智果起位方伏前五轉識設未轉依無漏伏故障不現起

音義 先明見斷若種若現義同煩惱修所斷下次明修斷若種若現亦即前說十一障中所明俱生一分八地以上下復約後三地以明諸識相應所知有現不現無漏觀心者第六識心果相續者生空智果能違彼者謂八地已去生空智果及所依心王以皆轉成無漏與同聚所知障相違所以不復現行第七識法我見等四種現起以微細故八地已上猶復現行至第十地位中法空智果起方乃伏盡前五識俱法貪瞋癡三種所知八地已上雖未轉依爲第六無漏觀心之所伏故亦不現起

○次釋妨

雖於修道十地位中皆不斷滅煩惱障種而彼麤重亦漸斷滅由斯故說二障麤重一一皆有三位斷義雖諸位中皆斷麤重而三位顯是故偏說

音義 問曰十地位中於煩惱障但伏不斷何故前三修習位中俱斷二障及彼麤重答云雖於修道等此中麤重唯指無堪任性三位者一見道位二不動地三佛地問諸位皆斷何獨三位答三位顯故偏說

合響 清凉鈔第二之一云解深密經說三麤重一者在皮初地即斷二者在膚八地方斷三者在骨唯佛地斷雖則餘位亦斷麤

重而三位顯是故偏說初地捨凡入聖位故八地無漏常相續故佛地果滿頓得捨故文

○次斷種漸頓二 初徵

斷二障種漸頓云何

○次釋二 初釋所斷障二 初第七識俱二障種

第七識俱煩惱障種三乘將得無學果時一剎那中三界頓斷所知障種將成佛時一剎那中一切頓斷任運內起無麤細故

音義 無學者謂阿羅漢獨覺如來不言八地已上者未斷此種故任運內起無麤細者釋俱頓斷義謂此識俱見等唯執第八以爲自內實我實法不緣於外故無麤細無麤細故所以頓斷

○次餘六識俱二障種二 初煩惱障種

餘六識俱煩惱障種見所斷者三乘見位真見道中一切頓斷修所斷者隨其所應一類二乘三界九地一一漸次九品別斷一類二乘三界九地合爲一聚九品別斷菩薩要起金剛喻定一剎那中三界頓斷

音義 先明見斷謂第六識中分別起種三乘見位一切頓斷修所下次明修斷三乘斷有漸頓故曰隨應一一漸次九品別斷者謂有一類鈍根二乘約七生斷將三界九地每地分九品預流果人斷欲界思惑至第五品名一來向斷第六品名一來果以有三品餘惑還來人間故若斷至八品名不還向斷盡九品名不還果以欲界惑盡不生人間故不還果寄生淨居復斷上八

地各九品惑至七十一品名阿羅漢向斷盡後品證羅漢果復有一類利根二乘於九地惑合爲一聚共爲九品雖有九品一生別斷不待七生故若上根者頓斷九品若中根者先斷上三品次斷中三品次斷後三品若輭根者九品一一別斷先斷上上品次斷上中品乃至最後斷下下品等其類不一廣如他處故經云預流果人有一生得阿羅漢者有二生五生乃至七生得阿羅漢道者即其義也菩薩下次菩薩可知

○次所知障種

所知障種初地初心頓斷一切見所斷者修所斷者後於十地修道位中漸次而斷乃至正起金剛喻定一刹那中方皆斷盡通緣內外麤細境生品類差別有衆多故

音義　先明見斷謂六識俱分別而起所知障種非關二乘唯在菩薩初地初心見道中斷若修斷者不同煩惱三界頓斷要於修道十地位中漸次而斷斷盡此種在金剛定何以漸斷謂六識俱者通緣內外麤細境生品類差別有衆多故

○次明能斷道

二乘鈍根漸斷障時必各別起無間解脫加行勝進或別或總菩薩利根漸斷障位非要別起無間解脫刹那刹那能斷證故加行等四刹那刹那前後相望皆容具有

音義　准古通釋加行等四道別義云加行道者謂引無間道前之加行也無間道者謂斷惑也解脫道者無間道後名解脫道謂

已解脫所應斷障最初所生勝進道者除前三外所餘諸道漸勝進故即解脫道後所起諸道也是涅槃路故名爲道文中言二乘漸斷障者唯依斷七轉識中俱生煩惱障說加行勝進或總或别者總則俱時别分前後或前位勝進即後位無間之加行故名爲總望前前之加行優劣實殊故目曰别或前之勝進不能引起後之無間復修後位加行故名爲别菩薩漸斷障者唯約斷七識中俱生所知障說不同二乘剎那剎那四道皆有即有問曰經無量劫佛果乃成時既淹久云何言剎那剎那能斷證耶古師答曰此義不然時經長遠唯分别故如有頌曰處夢謂經年覺乃須臾頃過時雖無量攝在一剎那又曰菩薩精進極熾盛故雖經久劫而謂少時如有頌云愚修雖少時怠心疑已久佛於無量劫勤勇謂須臾

合響集論第五卷云云何加行道謂由此道能捨煩惱是名修道中加行道云何無間道謂由此道無間永斷煩惱令無所餘云何解脫道謂由此道證斷煩惱所得解脫云何勝進道謂爲斷餘品煩惱所有加行無間解脫道是名勝進道又復棄捨斷煩惱加行或勤方便思惟諸法或勤方便安住諸法或進修餘三摩鉢底諸所有道名勝進道又爲引發勝品功德或復安住諸所有道名勝進道文

○四釋證十眞如二　初標

十眞如者

○次釋二　初正釋義十　初徧行眞如

一徧行眞如謂此眞如二空所顯無有一法而不在故

音義 謂初地中所證法界名徧行義即是斷異生性障所顯一分之眞理也

合響 清凉鈔三十四之四云由斷前障證徧行眞如謂此眞如二空所顯無有一法而不在故梁攝論中名爲徧滿徧滿一切有爲行故意明無有一法非二空故此地最初徧證徧滿鈔云謂有難言下之九如豈不徧耶豈復非是二空所顯故爲此通意明徧行之如是如總相下之九如隨德别立今當初得得於總相以受别名文

○二最勝眞如

二最勝眞如謂此眞如具無邊德於一切法最爲勝故

音義 第二地中所證法界名最勝義無能測量不可比對遠離邪行犯戒垢故如智論云大惡病中戒爲良藥大怖畏中戒爲守護死愚闇中戒爲明燈於惡道中戒爲猛將死海水中戒爲大船即最勝義

合響 清凉疏三十五之一云此亦由翻破戒之失爲無邊德鈔云由具戒故證最勝如謂此如理最爲勝故如説離欲名爲最勝

○三勝流眞如

三勝流眞如謂此眞如所流教法於餘教法極爲勝故

音義 第三地中所證法界名勝流義謂第三地斷闇鈍障於法無礙爲衆法眼由得三慧照大乘故眞如所流教法於餘勝者梁攝論釋曰從眞如流出正體智正智流出

後得智後得流出大悲心大悲流出十二部經名爲勝流眞如若餘教法非證眞如之所流出所以非勝

合響玄談第七卷引古疏云由此地中得於三慧照大乘法觀此法教根本眞如名勝流眞如或證此如說法勝故文會玄第十三卷云彼釋有二意初約所流教釋由此地中者即第三地名發光地也論云成就勝定大法總持能發無邊妙慧光故云三慧照大乘法也觀此教法根本名勝流眞如者約三慧觀教法根本名爲勝流眞如此逆推本也或證此如下二約所說法釋以此地菩薩證此眞如得說法勝由本勝故末亦勝也勝流之眞如皆依主釋初約所流教法以彰名後約所說勝法以彰名也又云謂有問言彼宗眞如凝然何有流義故疏云彼宗雖不立眞如隨緣而說佛正體智證最清淨法界而於後得安立教法名爲如流

○四無攝受眞如

四無攝受眞如謂此眞如無所繫屬非我執等所依取故

音義第四地中所證法界名無攝義謂第四地斷微細煩惱障所證眞如非色心有無等法所繫屬故亦非我執我慢我愛無明邊見我所等所依所取故

○五類無別眞如

五類無別眞如謂此眞如類無差別非如眼等類有異故

音義第五地中所證法界名類無別謂第五

地斷下乘般涅槃障所證眞如畢竟無盡無有變易故生死涅槃二皆平等故無差別

合響 清涼鈔三十六之二引攝論云名爲相續無差別法世親釋云謂於此中體無有異非如眼等隨諸有情相續差別各各有異無性意同而梁論云由此法界能令三世諸佛相續身不異者衆生迷此萬類之異諸佛證此居然不變 文

○六無染淨眞如

六無染淨眞如謂此眞如本性無染亦不可說後方淨故

音義 第六地中所證法界名無染淨謂第六地斷麤相現行障故證得眞如觀十二因緣知緣起法無染無淨非謂如也由眞如故法無染淨名此眞如爲無染淨

合響 會玄第十一卷云依辯中邊論菩薩因證此眞如於諸法上得無染淨所證眞如從此彰名若唯識論即當體彰名眞如隨障不染隨智不淨如玉性潔泥不能染也 文

○七法無別眞如

七法無別眞如謂此眞如雖多教法種種安立而無異故

音義 第七地中所證法界名法無別謂第七地斷細相現行障所證眞如古疏云雖諸教法依如建立如無異故又於教中立種種名法界實相等而如無異

合響 會玄云依唯識說法即能詮教法無別即所詮眞如眞如不隨能詮教法而有差

別故若辯中邊論菩薩證此眞如已得妙無相道能達諸教法體差別故立其名文

○八不增減眞如

八不增減眞如謂此眞如離增減執不隨淨染有增減故即此亦名相土自在所依眞如謂若證得此眞如已現相現土俱自在故

音義　第八地中所證法界名不增減謂第八地斷無相中作加行障所證眞如離染減時而無有減清淨增時而無有增故曰離增減執如中邊論云由通達此圓滿證得無生法忍於諸清淨雜染法中不見一法有增有減即此亦名相土自在所依眞如者攝論釋曰謂此法界是相自在之所依止於諸相中而得自在名相自在隨所欲相即現前故土自在者謂此法界是土自在之所依止於所現土而得自在名土自在如欲令土成金寶等隨意成故釋曰相約現身土約現界

○九智自在所依眞如

九智自在所依眞如謂若證得此眞如已於無礙解得自在故

音義　第九地中所證法界名智自在謂第九地斷利他不欲行障所證眞如是智自在之所依止故能於人天衆中以四種無礙辯才任運自在善説法故

合響　清涼鈔三十八之二引無性釋云謂此地中得無礙解所依止故分證得智波羅密多於一切法不隨其言善能了知諸意趣義如實成就一切有情受勝法樂文

補遺　會玄云智即能依眞如即所依能依之

智證此所依眞如已便於四無礙解而得自在

○十業自在所依眞如

十業自在等所依眞如謂若證得此眞如已普於一切神通作業總持定門皆自在故

音義第十地中所證法界名業自在謂第十地斷諸法中未得自在障所證眞如爲神通等之所依止所依既勝故神通作業等皆得自在如清涼云住一切地成就一切佛菩薩等即業自在義若廣說者如淨名不思議品及攝論等所明

補遺會玄云業即菩薩事業謂神通陀羅尼及三摩地幷身等三業謂此菩薩化作種種利樂有情之事皆悉無滯名爲自在也

○次明立意

雖眞如性實無差別而隨勝德假立十種雖初地中已達一切而能證行猶未圓滿爲令圓滿後後建立

音義問曰眞如之理唯一法界體無異殊那有十耶釋曰隨德立名假說十種又問初地見理已知一切何必依後後位立此十耶釋云初地雖達而能證行猶未圓滿爲令滿行依後後立能證行者即十種波羅密多

合響雖眞如下清涼疏三十四之三云此約所證德異故有十地親證鈔引古疏釋云眞如實無別隨其所證所生能證勝德假立十種釋曰既云所生能證勝德假立十種蚤有智明眛義矣又疏問地地正證者如初地中正智親證眞如則後九地中不

應更證以如無二無異故古德釋云如雖一味約智明昧有十親證此亦順理鈔云應知親證之言但望當地加行後得故名爲親不望後地說爲親證故不相違也雖初地下清涼疏云此則亦約能證明昧義也鈔云此一段文自明廢立應有問言初地之內不達十如應無發趣之果能達後後相及得果若已通達何不齊證眞如十德故今答云達即齊達證行未圓故行位有十故有十種圓滿眞如乃至如來十皆能了如辯中邊論廣有分別又疏云如人觀空小時不遠大則漸增空雖無差眼有明昧文

○次明轉依果二　初承前起後

如是菩薩於十地中勇猛修行十種勝行斷十重障證十眞如於二轉依便能證得

○次正釋轉依二　初釋轉依位別三　初總標

轉依位別略有六種

○次別釋六　初損益轉

一損力益能轉謂初二位由習勝解及慚愧故損本識中染種勢力益本識內淨種功能雖未斷障種實證轉依而漸伏現行亦名爲轉

音義　謂資糧加行二位名損力益能轉依損力者由此二位依殊勝解及聞熏習損減依附異熟識中煩惱熏習又由勝解聞熏習故羞恥過惡令諸煩惱少分現行或不現行故云損力益能者即由勝解等力故增益依附異熟識中所習淨法功能故云

益能若爾未斷障種何名轉依故答曰雖未斷障等

補遺 損謂減損力謂勢力益謂增益能謂功能謂資糧位具四種力修六種行發三種練磨心信解唯識故云習勝解謂加行位起四尋伺發四實智觀二取空欲界人中修此厭心殊勝具有慚愧由此二位熏習勝解慚愧之力便能損染益淨云云

○二通達轉

二通達轉謂通達位由見道力通達眞如斷分別生二障麤重證得一分眞實轉依

音義 謂見道位名通達轉依以斷異生性障證得一分眞實理故

○三修習轉

三修習轉謂修習位由數修習十地行故漸斷俱生二障麤重漸次證得眞實轉依攝大乘中說通達轉在前六地有無相觀通達眞俗間雜現前令眞非眞現不現故說修習轉在後四地純無相觀長時現前勇猛修習斷餘麤重多令非眞不顯現故

音義 先正釋攝大乘下會通攝論通達眞俗者清涼釋曰以有相觀通俗無相觀達眞令眞非眞現不現者入無相觀眞現非眞不現出觀眞不現入有相故非眞現後四地多令非眞不顯現者常在無相觀故多不現由雜煩惱未名清淨則非眞猶現故有多言

○四圓滿轉

四果圓滿轉謂究竟位由三大劫阿僧企耶修習無邊難行勝行金剛喻定現在前時永

斷本來一切麤重頓證佛果圓滿轉依窮未來際利樂無盡

音義 謂究竟名圓滿轉依以三僧祇修行圓滿金剛喻定斷盡麤重從此自利畢功唯是度生盡未來際故名圓滿轉依

○五下劣轉

五下劣轉謂二乘位專求自利厭苦欣寂唯能通達生空眞如斷煩惱種證眞擇滅無勝堪能名下劣轉

音義 清涼釋曰此有六義名下劣轉一專求自利趣小菩提二厭生死苦欣樂涅槃三唯達生空眞如四唯斷煩惱障種五唯證眞擇滅眞擇滅者有餘無餘二種涅槃六無勝堪能此句通該上五句義

○六廣大轉

六廣大轉謂大乘位爲利他故趣大菩提生死涅槃俱無欣厭具能通達二空眞如雙斷所知煩惱障種頓證無上菩提涅槃有勝堪能名廣大轉

音義 翻上六句名廣大轉其義如文

○三簡示

此中意說廣大轉依捨二麤重而證得故

音義 頌中言捨二麤重故便證得轉依者意說六中廣大轉依非餘五種問何以不取果圓滿轉答對因位說所以不取又約位言不出後二大乘小乘今不取小乘故唯取第六

○次釋轉依義別三 初總標

轉依義別略有四種

○次別釋四 初能轉道二 初標

一能轉道此復有二

○次釋二初能伏道

一能伏道謂伏二障隨眠勢力令不引起二障現行此通有漏無漏二道加行根本後得三智隨其所應漸頓伏彼

音義清凉釋曰六行伏惑是曰有漏加行漸伏根本後得能頓伏故

補遺有漏加行唯能漸伏前云彼障現起地前漸伏無漏根本後得俱能頓伏前云初地以上能頓伏盡

○二能斷道二初正釋

二能斷道謂能永斷二障隨眠此道定非有漏加行有漏曾習相執所引未泯相故加行趣求所證所引未成辦故

音義此道定非有漏加行者二道除有漏三智除加行有漏曾習等者釋非有漏有二義故非有漏道一曾習相執所引二未泯相故如前文云謂異生類三性心時雖外起諸業而内恒執我由執我故令六識中所起施等不能忘相所以有漏非能斷道加行趣求等者釋非加行所證謂眞如所引謂本智以加行智未能成辦此理智故非能斷道

○次料簡二初師有斷無斷者

有義根本無分別智親證二空所顯眞理無境相故能斷隨眠後得不然故非斷道

音義此師意取根本智爲能斷道非後得者不能親證眞如變相觀故

○次師二智俱有斷

有義後得無分別智雖不親證二空眞理無

力能斷迷理隨眠而於安立非安立相明了現前無倒證故亦能永斷迷事隨眠故瑜伽說修道位中有出世斷道世出世斷道無純世間道能永害隨眠是曾習故相執引故由斯理趣諸見所斷及修所斷迷理隨眠唯有根本無分別智親證理故能正斷彼餘修所斷迷事隨眠根本後得俱能正斷

音義　先正釋後得亦名能斷故瑜伽下引證出世斷道謂根本智世出世斷道謂本後二智純世間道者即有漏加行也由斯下結示

合響　會玄第十卷云後得智不斷者不能斷迷理隨眠不親證理故而於安立四諦之理無顛倒證知體是依他故但斷迷事隨眠彼疏云迷理隨眠行相深遠要證彼理方能斷之迷事隨眠行相淺近雖有相觀亦能斷之准百法鈔問後得智能斷惑者未審能斷何惑答慈恩有二解一云但約二乘後得智能斷俱生中迷事隨眠不約菩薩說也即顯煩惱通本後二智能斷若所知障唯根本智斷二云菩薩後得智亦能斷所知障所知障中有迷理迷事迷理執故難斷唯根本斷若迷事非執易斷後得亦能斷故瑜伽下會玄釋曰此護法引瑜伽出世斷道證根本智斷迷理隨眠引世出世斷道雙證根本後得斷迷事隨眠世出世者揀純世間故意言是世之出世故云世出世此約修道位中云迷事惑目之曰世揀純世間復云出世此斷道既通二智故引爲證或可此迷事是後得所斷

道曰世亦是根本所斷道故復云出世也

補遺 開蒙云能斷道謂無分別根後二智斷迷理事根隨惑故名能斷道迷理迷事隨眠者清涼云眠伏藏識隨緣纒繞迷事理境故立二名體即二障種子

○二所轉依二初標

二所轉依此復有二

○次釋二初持種依

一持種依謂根本識由此能持染淨法種與染淨法俱爲所依聖道轉令捨染得淨餘依他起性雖亦是依而不能持種故此不說

音義 聖道轉令捨染得淨者謂地上菩薩修聖道時轉捨依止本識染分依他轉得依附本識淨分依他故持種識有轉依義問前七識等竝依他起亦聖所依法何非轉依釋意如文

補遺 清涼曰謂在因中雙持染淨令得聖道捨染得淨即名轉依

○二迷悟依

二迷悟依謂眞如由此能作迷悟根本諸染淨法依之得生聖道轉令捨染得淨餘雖亦作迷悟法依而非根本故此不說

音義 眞如謂迷悟依者眞如即是諸法實性在纒爲迷出纒爲悟迷時則染法依之而起悟時則淨法由是而生聖道起時捨染得淨是以眞如有轉依義問餘依他起亦迷悟依此何不說故答云云

補遺 宗鏡云雖說迷悟依非即心境持種以眞如不變不隨於心變萬境故但是所迷耳後還淨時非即攝相即眞如故但是所

悟耳

○三所轉捨二 初標

三所轉捨此復有二

○次釋二 初所斷捨

一所斷捨謂二障種真無間道現在前時障治相違彼便斷滅永不成就說之爲捨彼種斷故不復現行妄執我法所執我法不對妄情亦說爲捨由此名捨徧計所執

音義 障治相違者真無間道是能治智二障種子是所治惑猶明與闇勢不竝生故曰彼便斷滅上明斷種名捨彼種斷故下次顯伏現名捨清涼釋曰實我實法自性本無但對妄情妄似於有今妄情斷無境對心假說此境亦名爲斷由此道理名捨所執諸有處言斷徧計者義在於此

補遺 開蒙云所斷捨謂二障種毋遇地地無間道時彼便滅故

○二所棄捨二 初正釋

二所棄捨謂餘有漏劣無漏種金剛喻定現在前時引極圓明純淨本識非彼依故皆永棄捨彼種捨已現有漏法及劣無漏畢竟不生既永不生亦說爲捨由此名捨生死劣法

音義 先明棄種名捨清涼鈔釋曰餘有漏者即二障餘有漏善法劣無漏種者即十地中所生現行圓謂圓滿明謂行相分明異於菩薩未圓明故此淨八識非餘有漏劣無漏依故皆棄捨又鈔云劣無漏者即第十地中所生現行金剛道中方能捨故二由未捨白淨無記者即異熟識第八地中捨賴耶名第十地中猶名異熟識至如來

位方捨異熟名無垢識三由未捨有漏善
法者即與二障種俱其二障種是所斷捨
文 彼種捨已下次明現不生名捨開蒙問
所棄捨答爲有漏善異熟無記劣無漏變
易身 生死劣法即變易生死劣無漏法也 取要只是有漏種
現劣無漏種現至此最後解脫道時盡棄
捨之名四事也文
補遺 由此名捨生死劣法一句總結上有漏
種現劣無漏種現四事
○次料簡二 初師無間道捨
有義所餘有漏法種及劣無漏金剛喻定現
在前時皆已棄捨與二障種俱時捨故
合響 清凉釋曰此之有漏及劣無漏與二障
種一時而捨由二障種有此二故文
補遺 開蒙云前念金剛心時名無間道斷盡
一切微細二障至第二念棄捨四事
○次師解脫道捨
有義爾時猶未捨彼與無間道不相違故菩
薩應無生死法故此位應無所熏識故住無
間道應名佛故後解脫道應無用故由此應
知餘有漏等解脫道起方棄捨之第八淨識
非彼依故
音義 先申正解謂金剛喻定起時但捨障種
未能捨彼有漏等種何者斷二障時當無
間道此有漏等與無間道不相違故菩薩
應無下以理斥前菩薩應無生死法者謂
無間道時猶是菩薩若言兼捨有漏等種
則此菩薩應無一分變易生死法故此位
應無所熏識者所熏謂異熟識意云有漏
等種亦異熟持要須金剛道後解脫道起

此識方空若謂無間道時已捨所持則能持異熟亦捨則此位中應無所熏識故若無間道已捨異熟是則因位菩薩應名佛故既已名佛起解脱道應無用故言無用者良以解脱道起有二種用一棄有漏等種二證極果眞理若謂無間道時已捨諸種則解脱道應無捨種之用故由此下結示正釋

成唯識論音響補遺卷第十之一

音釋　淹（衣炎切音閹滯也久留也）企（去冀切音器）

成唯識論音響補遺卷第十之二

清武林蓮居紹覺大師音義

新伊大師合響

法嗣智素補遺

○四所轉得 三 初總標

四所轉得此復有二

○次別釋 二 初所顯得 二 初總釋所顯得

一所顯得謂大涅槃此雖本來自性清淨而由客障覆令不顯真聖道生斷彼障故令其相顯名得涅槃此依真如離障施設故體即是清淨法界

音義 涅槃此云圓寂亦云滅度秦言無爲亦名安隱義如常釋總之即一真法界也謂有問曰涅槃自性清淨本然徧周法界聖凡咸具那言所顯及與得耶故釋云此雖本來等又問旣有障覆令不顯現何名本淨故答云此依真如等

合響 會玄第四卷云其涅槃性體是無爲本來而有自性清淨後逢善友斷障所顯雖一真如逢緣證別名四涅槃文

○次別明四涅槃 三 初總標

涅槃義別略有四種

音義 涅槃之理殊無二致但以凡聖優劣言之略分四別

○次別釋 二 初正釋 四 初本來自性清淨涅槃

一本來自性清淨涅槃謂一切法相真如理雖有客染而本性淨具無數量微妙功德無生無滅湛若虛空一切有情平等共有與一切法不一不異離一切相一切分別尋思路

絕名言道斷唯真聖者自內所證其性本寂故名涅槃

音義 謂一切下釋本性淨義謂即蘊處界等一切諸法所依之理雖爲客塵煩惱所覆如淨明珠處於淤泥其體本淨如經云染而不染難可了知此理不簡聖凡有情平等共有與一切下釋涅槃義此與諸法不一異者異應真如非彼實性一則此性應是無常離一切相一切分別者謂不可以有無等四句言之尋思路絕者顯境名言所不能至名言道斷者表義名言所不能到

補遺 開蒙云本性無染謂之清淨本性寂然故曰涅槃佛地論云無始時來自性清淨具足種種過十方界極微塵數性相功德一切名言皆不能得唯是清淨聖智所證二空所顯真如爲其自性諸聖分證諸佛圓證

〇二有餘依涅槃

二有餘依涅槃謂即真如出煩惱障雖有微苦所依未滅而障永寂故名涅槃

合響 有餘依涅槃者謂即真如出煩惱障尚有分段生死苦所依故以諸聖者最後苦身未曾滅故瑜伽云住有餘依墮在衆數猶有衆苦所得轉依猶與六處而共相應衆數者謂五蘊身以有此身有衆苦故問既有衆苦何名涅槃答雖有微苦相應而障永滅亦名涅槃以果縛雖存子縛已盡故既有所依不無遷滅何名涅槃開蒙云能招染盡故名涅槃

○三無餘依涅槃

三無餘依涅槃謂即真如出生死苦煩惱既盡餘依亦滅衆苦永寂故名涅槃

音義 并滅身智則苦依亦無名無餘依大患永滅諸苦永寂即涅槃義瑜伽云住無餘依不墮衆數永無衆苦而於六處永不相應

補遺 清涼云此有餘無餘通大小乘而説真如爲體即異小乘

○四無住處涅槃

四無住處涅槃謂即真如出所知障大悲般若常所輔翼由斯不住生死涅槃利樂有情窮未來際用而常寂故名涅槃

音義 即真如出所知障者意顯煩惱同於二乘故略不説大悲下釋無住義由大悲心常輔翼故觀諸有情爲三苦所迷沉淪生死以四攝法拔濟含識是故不住涅槃由般若智常輔翼故於念念中斷一切障安住無爲所以不住生死涅槃生死二俱不住故名無住問窮未來際利樂有情即利他之妙用那名涅槃故答曰用而常寂

○次料簡二　初約凡聖通簡

一切有情皆有初一二乘無學容有前三唯我世尊可言具四

○次申問答别簡五　初簡善逝有有餘依二　初問

如何善逝有有餘依

音義 此躡上句唯我世尊可言具四意爲問善逝者佛十號中之一問者意云二死已離諸苦永寂名之曰佛寧有微苦所依未

盡之涅槃耶

○次答

雖無實依而現似有或苦依盡説無餘依非苦依在說有餘依是故世尊可言具四

音義 答意有二先明示有同於二乘如乳光經説世尊有疾命阿難索乳療渴即其一事復有金鏘背痛等報諸如是等皆現似有之義或苦下後明以無漏蘊爲有餘依故曰非苦依在如涅槃經云我今此身即是常身法身等

合響 開蒙云如來之身有餘樂依無漏之身非苦依故名有餘依不同二乘有餘苦依身有屬故問何知無苦答捨無常色獲得常色受想行識亦復如是故知無苦有餘樂依問蘊雖無漏不無遷滅何名涅槃非寂靜故答能招染盡故名涅槃

○二箇二乘容有前三 二 初問

若聲聞等有無餘依如何有處説彼非有有處説彼都無涅槃豈有餘依彼亦非有

合響 此躡上文二乘無學容有前三意問也此有二問初謂聲聞等既有無餘依如何有處云但有有餘依無無餘依此以他處無無餘難此中有也次謂有處云一向都無豈有餘依彼二乘無學亦非有耶此以他處都無難此中有有餘依也

○次答 有兩番 初一番 二 初約圓寂義隱答

次問

然聲聞等身智在時有所知障苦依未盡圓寂義隱説無涅槃非彼實無煩惱障盡所顯真理有餘涅槃

音義 謂有處言都無涅槃者依聲聞等身智未滅時說爲有所知障所依苦身未盡故言都無非彼實無煩惱障盡有餘涅槃

補遺 苦依即果縛也二乘身心正屬所知障

○次約未證無餘答初問

爾時未證無餘圓寂故亦說彼無無餘依非彼後時滅身智已無苦依盡無餘涅槃

音義 謂有處言彼無無餘依者即彼聲聞等身智在時猶未證得無餘依故是以言無然彼後時非無生緣已畢化火自焚身智俱泯餘依滅盡之無餘依也

○次一番 二 初依無住處答次問

或說二乘無涅槃者依無住處不依前三

音義 謂有處說都無涅槃者或依第四無住處涅槃而說非謂前三亦說無也

○次約不定性答初問 二 初正釋不定無無餘依

又說彼無無餘依者依不定性二乘而說彼纔證得有餘涅槃決定回心求無上覺由定願力留身久住非如一類入無餘依

音義 或說二乘無無餘依者依不定性聲聞等說彼纔證得小果即發大心留身久住行菩薩道非如一類定性二乘唯取小果永入無餘故說二乘無無餘依

○次轉釋一類有無餘依 二 初正釋有無餘

謂有二乘深樂圓寂得生空觀親證真如永滅感生煩惱障盡顯依真理有餘涅槃彼能感生煩惱盡故後有異熟無由更生現苦所依任運滅位餘有爲法既無所依與彼苦依

同時頓捨顯依真理無餘涅槃爾時雖無二乘身智而由彼證可說彼有

音義 問曰上言一類入無餘依者意復云何釋云謂有二乘等深樂圓寂者畏生死苦但念空無相無作故現苦所依任運滅者謂現在身是過業所感業既漸盡則果報身亦任運滅故餘有為法謂二乘觀智及相應心品此等既無所依與彼苦依同時頓捨便證無餘問苦依與智既同時捨無餘真理誰為能證答入無餘時雖無身智然先由彼身智證得故可假說彼有耳

○次對佛辯同異

此位唯有清淨真如離相湛然寂滅安樂依斯說彼與佛無差但無菩提利樂他業故復說彼與佛有異

合響 問既證無餘便與佛等何故二乘與佛有異答此位既斷煩惱證得清淨真如離分別想得寂滅樂依斯義故與佛無差然上不求菩提下不度衆生因乖萬行果缺圓常故復說彼有異於佛如有經云法性真常離心念二乘於此亦能得不以此故為世尊但以甚深無礙智即斯義也

○三簡斷所知得無住處二 初問

諸所知障既不感生如何斷彼得無住處

音義 躡上問起意云感後有生由煩惱障故斷彼障得二涅槃然所知障既非感生如何斷彼亦得無住處涅槃耶

○次答

彼能隱覆法空真如令不發生大悲般若窮未來際利樂有情故斷彼時顯法空理此理

即是無住涅槃令於二邊俱不住故

音義答意云所知雖不感生然能障於法空真理亦能障於利樂他業斷此障故顯法空理此所顯者即是不住二邊之妙涅槃理所以斷彼時得無住處

○四簡斷所知不得擇滅二　初正簡二　初問

若所知障亦障涅槃如何斷彼不得擇滅

音義此亦躡前意問謂若所知既障無住涅槃真理是則斷彼應得擇滅無為以擇滅智斷一分障顯一分理故

○次答

擇滅離縛彼非縛故

音義答曰擇滅無為是離煩惱障縛所顯彼所知障既不感生非同煩惱能縛有情住於生死故斷彼時不得擇滅但證真如無為耳

○次釋難二　初難

既爾斷彼寧得涅槃

音義謂所知障既非縛故如何斷彼亦得無住涅槃

○次釋二　初明無住非滅縛得故非擇滅攝二　初正釋

非諸涅槃皆擇滅攝不爾性淨應非涅槃能縛有情住生死者斷此說得擇滅無為諸所知障不感生死非如煩惱能縛有情故斷彼時不得擇滅然斷彼故法空理顯此理相寂說為涅槃非此涅槃擇滅為性故四圓寂諸無為中初後即真如中二擇滅攝

音義先泛明所攝義別謂前所明四種涅槃

有是擇滅有非擇滅非彼四種皆擇滅攝若謂皆屬擇滅攝者是則四中初一應非涅槃以性淨理原非斷障之所得故能縛下正明無住非擇滅攝煩惱是縛擇滅離縛故斷彼時證真擇滅所知非縛但障大悲及法空理故斷彼時不得擇滅問既斷所知不得擇滅何名涅槃答然由斷彼所知得顯法空真理此法空理本來寂滅故說涅槃非此涅槃以擇滅爲性也故四下結示可知

○次釋難二　初約不動等二難唯斷縛得擇滅

若唯斷縛得擇滅者不動等二四中誰攝

音義　上句牒定前義下句正問不動等二者等於想受滅謂不動想受滅二種無爲望餘四無爲中誰所攝耶

○次約暫離釋不動等二非擇滅攝

非擇滅攝說暫離故擇滅無爲唯究竟滅有非擇滅非永滅故

補遺　入第四禪名爲不動入滅盡定名受想滅此二說是暫離有似緣闕不生之非擇滅義故曰說暫離故非擇滅攝何以不屬擇滅以擇滅無爲唯究竟滅故有非擇滅非永滅者釋上暫離義謂擇滅有二種一如第二卷中釋擇滅無爲云不由擇力本性清淨或緣闕所顯故名非擇滅苦樂受滅故名不動想受不行名想受滅故不動等二乃是緣闕所顯之非擇滅以非永滅故非是本性清淨之非擇滅以本性清淨是永滅故不動等緣闕所顯之義應檢開蒙

六無爲章

○次明無住是滅障得故亦擇滅攝 三 初

正立

或無住處亦擇滅攝由真擇力滅障得故

音義 或無住處亦擇滅攝者由法空觀智真擇滅力斷所知障而證得故

○次釋成

擇滅有二一滅縛得謂斷感生煩惱得者二滅障得謂斷餘障而證得者

音義 又恐難云前言無住非擇滅攝此云亦擇滅攝前後二說其旨云何故釋云擇滅有二等意明前約離縛所得擇滅故說擇滅不攝無住此依滅障所得擇滅故說擇滅亦攝無住

○三結示

故四圓寂諸無爲中初一即真如後三皆擇滅不動等二暫伏滅者非擇滅攝究竟滅者擇滅所攝

音義 先正結初一即真如者由性淨涅槃不依決擇而證得故不屬擇滅次不動下例前釋難義結不動等二暫伏滅者成實論曰二乘那含果及菩薩遠行地前所入捨念清淨三昧及滅盡定由俱生煩惱未永斷伏故名暫伏滅究竟滅者即是三乘無學果所入二定由永斷伏俱生煩惱障故名究竟滅

○五簡所知障亦障涅槃 二 初問

既所知障亦障涅槃如何但說是菩提障

音義 意云所知障既障無住涅槃如何聖教但說是智障不言障涅槃耶

○次答

說煩惱障但障涅槃豈彼不能為菩提障應知聖教依勝用說理實俱能通障二果

音義 理實俱能通障二果然諸聖教依勝用說各別障一是故於此不應為難

○三簡示

如是所說四涅槃中唯後三種名所顯得

音義 初一非所顯得者以自性清淨涅槃不由斷障所顯得故

○次所生得 二 初正釋 二 初總明所生得

二所生得謂大菩提此雖本來有能生種而所知障礙故不生由聖道力斷彼障故令從種起名得菩提起已相續窮未來際此即四智相應心品

音義 簡非二乘所證名大菩提從無漏種生因所生名所生得問曰無漏種子法爾而有自種而生那名得耶釋意可知

合響 會玄第四卷云菩提體是有為本有種子多聞熏習因修增長體即四智 文 開蒙云轉滅有漏八識之時從無漏種生起四智名所生得

○次別釋四智品 二 初徵

云何四智相應心品

音義 相應心品者異類合成一聚名品即八淨識及餘信善心所也

○次釋 二 初正釋智品 二 初別釋體相 四

初大圓鏡智相應心品

一大圓鏡智相應心品謂此心品離諸分別所緣行相微細難知不妄不愚一切境相性相清淨離諸雜染純淨圓德現種依持能現

能生身土智影無間無斷窮未來際如大圓鏡現衆色像

音義 謂此心品離諸分別者由因中無計度故所緣行相微細難知者由因中行相窮極微細難可了知及此所緣内外境亦微細難測故不妄不愚一切境相者由因中能緣三類性境不差謬故性相清淨者因中相染而性淨今智光發明性相俱淨故純淨圓德者純者無雜淨即離染圓者滿義現種依持者現行功德之依種子功德之持自性明善名爲清淨有漏永亾云離諸雜染此能現生自受用等三身三土及後三智如大圓鏡現衆色之影像

補遺 會玄云鏡智離分別故依持平等所緣行相亦不可知於真俗境如實了知不妄不愚云云

○二平等性智相應心品

二平等性智相應心品謂此心品觀一切法自他有情悉皆平等大慈悲等恒共相應隨諸有情所樂示現受用身土影像差別玅觀察智不共所依無住涅槃之所建立一味相續窮未來際

音義 自他有情悉平等者由昔因中執有我故自他不等今我執既無故皆平等諸有情者謂十地菩薩也玅觀察智不共所依者因中第七識爲第六識不共所依果上平智亦爲玅觀察智之所依故無住涅槃之所建立者由悲與智恒相應故一味者一無漏味也餘義可知

○三玅觀察智相應心品

三玅觀察智相應心品謂此心品善觀諸法自相共相無礙而轉攝觀無量總持之門及所發生功德珍寶於大衆會能現無邊作用差別皆得自在雨大法雨斷一切疑令諸有情皆獲利樂

音義清涼釋曰神用無方稱之曰玅緣自共相名爲察智自即色心等別共即同無常等又攝論云圓成實性爲共相依他起性爲自相攝觀者攝即攝藏觀即觀察六度道品爲功德實諸神通等爲作用差別謂以現相或放光等

○四成所作智相應心品

四成所作智相應心品謂此心品爲欲利樂諸有情故普於十方示現種種變化三業成本願力所應作事

音義示現種種變化三業者准佛地經釋曰由是如來勤身化業示現種種工巧等處摧伏諸技傲慢衆生以是善巧方便力故引諸衆生令入聖教成熟解脱由是如來憂語化業宣揚種種隨所樂法文義巧玅小智衆生初聞尚信以是善巧方便力故引諸衆生令入聖教成熟解脱由是如來決意化業決擇衆生八萬四千心行差別以是善巧方便力故引諸衆生令入聖教成熟解脱廣如彼經

○次總示立名

如是四智相應心品雖各定有二十二法能變所變種現俱生而智用增以智名顯故此四品總攝佛地一切有爲功德皆盡

音義有疑問曰四智心品每品定有二十二

法能所變等云何但以智得名耶故釋云如是四智等二十二法者五徧行五别境信等十一并所依淨識各有二十二法能徧謂內二分所變謂相見分故此四品總攝一切有爲功德盡者謂即由智品定有二十二法故所以四品總攝一切善法以無漏位中智用增盛以智名顯故云四智相應心品佛地論云大覺地中無邊功德略有二種一者有爲二者無爲無爲功德淨法界攝有爲功德四智所攝

○次諸門分別二 初正釋四 初轉得門三

初師轉識成智

此轉有漏八七六五識相應品如次而得

補遺 開蒙問轉何識生何智答轉前五得成所作六玅觀察七平等性八大圓鏡 文

○次師智依識轉

智雖非識而依識轉識爲主故說轉識得

音義 問曰智是心所識是心王巳轉未轉其體原異那言轉識而得四智耶釋云智依識轉非轉識體然識是心王有主義故說轉識得

合響 開蒙問轉識成智智者別境中慧豈不轉王成心所耶答稱實轉王得王轉所得所 文

○三師轉强得强

又有漏位智劣識强無漏位中智强識劣爲勸有情依智捨識故說轉八識而得此四智

音義 清凉釋曰言識劣者以二分中但有淨故不同衆生分别强故言智强者無惡慧故決斷勝故

合響會玄第十三卷引百法鈔云有漏位中智劣識强無漏位中智强識劣問何因如是耶答因中識强者爲境强故以識爲了别境而生故問因何境强答爲煩惱强煩惱强者爲智慧劣因此生死輪廻果中智强識劣者爲境劣故境劣者爲煩惱無故煩惱無者爲智强故因此智强能捨生死得涅槃等

○二初起門 二 初别明 四 初大圓鏡智 二

初師無間道時起

大圓鏡智相應心品有義菩薩金剛喻定現在前時即初現起異熟識種與極微細所知障種俱時捨故若圓鏡智爾時未起便無能持淨種識故

○次師解脱道時起

有義此品解脱道時初成佛故乃得初起異熟識種金剛喻定現在前時猶未頓捨與無間道不相違故非障有漏劣無漏法但與佛果定相違故金剛喻定無所熏識無漏不增應成佛故由斯此品從初成佛盡未來際相續不斷持無漏種令不失故

音義二釋之中此釋爲正義竝見前所棄捨中

○二平等性智

平等性智相應心品菩薩見道初現前位違二執故方得初起後十地中執未斷故有漏等位或有間斷法雲地後與淨第八相依相續盡未來際

音義第七因中轉故云見道初起有漏等位或有間斷者謂十地中未能斷盡俱生二

執若第六識入生法觀時觀我法空伏二執故此智現前若出二觀時與漏心俱則不現起故言或有至十地後心乃成究竟無漏以淨第八而爲所依相續無間盡未來際

合響宗鏡第五十七卷問第六能斷惑斷惑成無漏第七不能斷惑何故亦成無漏答謂第七識是第六所依根第六是能依識能依識既成無漏第七所依根亦成無漏謂第六入生法二空觀時第七識中俱生我法二執伏令不起故第七成無漏文

○三玅觀察智

玅觀察智相應心品生空觀品二乘見位亦得初起此後展轉至無學位或至菩薩解行地終或至上位若非有漏或無心時皆容現起法空觀品菩薩見位方得初起此後展轉乃至上位若非有漏生空智果或無心時皆容現起

音義此智亦因中轉通大小乘若生空玅觀察智於二乘位見道初起至無學位方得究竟若在菩薩漸悟之者解行地終頓悟之者要至上位若非有漏或無心時皆容現起解行地終即加行位上位即初見道至第八地若非有漏謂非有漏心時或無心時謂滅盡定意云無漏心時及有心時方容現起若法空玅觀察智菩薩見道方得初起展轉乃至上位若非有漏等三時皆容現起此上位謂十地後心若非有漏等者有漏與彼相違生空不違法執無心則無六識故此三時皆不現起

○四成所作智二初師修道位亦起

成所作智相應心品有義菩薩修道位中後得引故亦得初起

【合響】清涼釋曰謂第六意識後得引故於淨土中起五識故

○次師成佛時初起

有義成佛方得初起以十地中依異熟識所變眼等非無漏故有漏不共必俱同境根發無漏識理不相應故此二於境明昧異故由斯此品要得成佛依無漏根方容現起而數間斷作意起故

【音義】以十地下明所依根非無漏故顯非因中轉義眼等下清涼釋曰言不共者謂眼根唯爲眼識依故言必俱者是俱有依根識同時故言同境者即同境依根識共同緣一境故此三名異俱是五根皆三依中俱有依攝所依眼等既是有漏故不能發無漏識智此二於境有明昧者二即是漏及與無漏無漏識取境明有漏識取境昧十地五識既是有漏故至佛果方成所依由斯下結申正釋而數間斷作意起者謂雖於佛果已成無漏然數間斷必假作意緣力方得生起非如餘智相續無間

○次總簡

此四種性雖皆本有而要熏發方得現行因位漸增佛果圓滿不增不減盡未來際但從種生不熏成種勿前佛德勝後佛故

【音義】問曰此四智品皆從本有無漏種生若起現行應一切時均成無漏云何得有前後因果轉依之不一耶釋云此四種等意

明雖皆本有要熏乃發熏有勝劣故因位漸增果位圓滿既圓滿已不增不減盡未來際又問何以佛位不增減耶答云但從種生不熏成種故若更熏種則前佛熏多似優後佛熏少似劣故云勿前佛德勝後佛故

○三緣境門四 初大圓鏡智二 初師但緣真如

大圓鏡智相應心品有義但緣真如爲境是無分別非後得智行相所緣不可知故

○次師緣一切法

有義此品緣一切法莊嚴論說大圓鏡智於一切境不愚迷故佛地經說如來鏡智諸處境識衆像現故又此決定緣無漏種及身土等諸影像故行緣微細說不可知如何賴耶亦緣俗故緣真如故是無分別緣餘境故後得智攝其體是一隨用分二了俗由證真故說爲後得餘一分二準此應知

音義 先標通緣一切諸法莊嚴下引證先引聖教又此下次引正理謂昔因中既緣種及身器於今果位亦應緣無漏種及身土等故行緣下通前所因謂賴耶緣俗名不可知此亦應爾名不可知緣真如下釋通本後二攝了俗由證真故說爲後得者謂能了俗之智是根本智證真如之後而得者故說了俗名後得智意顯此智能證真如必有了俗之後得故餘一分二準此應知者例後平竗二智一體分二意亦均此

補遺 問二智既是一體起無前後何名後得答由證真故有根本由了俗故有後得了

俗必由證真故假立前後

○二平等性智三初師但緣第八

平等性智相應心品有義但緣第八淨識如染第七緣藏識故

○次師但緣真如

有義但緣真如爲境緣一切法平等性故

○三師徧緣真俗

有義徧緣真俗爲境佛地經說平等性智證得十種平等性故莊嚴論說緣諸有情自他平等隨他勝解示現無邊佛影像故由斯此品通緣真俗二智所攝於理無違

音義　通緣真俗乃爲盡理佛地下證成十種平等性者文見第四卷中由斯下結示

○三玅觀察智

玅觀察智相應心品緣一切法自相共相皆無障礙二智所攝

○四成所作智二初師但緣五種現境

成所作智相應心品有義但緣五種現境莊嚴論說如來五根一一皆於五境轉故

補遺　前三依心根故二智俱通此智但依色根而數間斷作意起故故唯後得所謂變相觀空唯後得問謂之後得者根本而後生前五旣無根本何有後得答是彼類故同達彼故

○次師徧緣三世諸法

有義此品亦能徧緣三世諸法不違正理佛地經說成所作智起作三業諸變化事決擇有情心行差别領受去來現在等義若不徧緣無此能故然此心品隨意樂力或緣一法或二或多且說五根於五境轉不言唯爾故

不相違隨作意生緣事相境起化業故後得
智攝
音義 先明徧緣三世佛地下引經釋成然此
下通前引論竝可意知隨作意下釋唯後
得不同前三通二智攝
○四作用門 二 初承前標後
此四心品雖皆徧能緣一切法而用有異
○次釋四用別
謂鏡智品現自受用身淨土相持無漏種平
等智品現他受用身淨土相成事智品能現
變化身及土相觀察智品觀察自他功能過
失雨大法雨破諸疑網利樂有情
補遺 會玄引百法鈔云大圓鏡智攝自受用
身以含持種子親變根身爲衆色心總所
依故平等性智攝他受用身反因立號觀
自他平等現十平等身行相勝故鈔觀察
智能觀諸法自共相故於淨穢二土說法
斷疑最爲殊勝二身皆攝若成所作智攝
變化身謂即此智徧能成就昔時所作利
他願故現三種化身義爲勝故
○次結廣
如是等門差別多種
○次結示
此四心品名所生得
合響 謂四智總名菩提此結所生得也
○三結示
此所生得總名菩提及前涅槃名所轉得
合響 此以所生菩提所顯涅槃總結所轉得
也
補遺 大乘法師云理凝本有出縛而號涅槃

智照新生果圓而稱正覺乃四德之鴻源
三明之玅本也
○三簡示
雖轉依義總有四種而今但取二所轉得頌
說證得轉依言故
合響此約頌所簡四轉依義中唯是後一即
所轉得以所轉得中具菩提涅槃故言二
即轉依義別中之結章也
○三簡示
此修習位說能證得非已證得因位攝故
補遺謂此中明轉依果正說修習位能證得
非已證得是因位攝故此廣釋頌義之第
三科簡示也

成唯識論音響補遺卷第十之二

音釋
瓌丑林切音瞅　傲五到切慢也　穢於廢切惡也汚也

成唯識論音響補遺卷第十之三

清武林蓮居紹覺大師音義

新伊大師合響

法嗣智素補遺

○五究竟位三初末論設問

後究竟位其相云何

○次舉本頌答

頌曰

此即無漏界不思議善常　安樂解脫身

大牟尼名法

○三末論釋成三初指前標相

論曰前修習位所得轉依應知即是究竟位相

○次正釋頌文三初釋第一句二初正釋

此謂此前二轉依果即是究竟無漏界攝諸漏永盡非漏隨增性淨圓明故名無漏界是藏義此中含容無邊希有大功德故或是因義能生五乘世出世間利樂事故

音義 清涼釋曰諸漏永盡者此即離彼相應縛義煩惱是心所起必托於心王心所染心名相應縛非漏隨增者此即顯離所緣縛義宗鏡云心心所法皆能緣境境不離繫名所緣縛性淨簡異二乘無學有所知障不名淨故圓明簡彼十地菩薩未圓滿故具此諸義名無漏界餘義可知

○次釋妨二初釋四智唯無漏妨二初問

清淨法界可唯無漏攝四智心品如何唯無漏

音義 問意云清淨法界有佛無佛性相常住可言唯無漏攝四智菩提從種生故有為無漏何得亦唯無漏攝耶

○次答

道諦攝故唯無漏攝謂佛功德及身土等皆是無漏種性所生有漏法種已永捨故雖有示現作生死身業煩惱等似苦集諦而實無漏道諦所攝

音義 云道諦攝者應知苦等四諦前二屬有漏後二無漏攝謂佛所有四智身土等自無漏種生屬道諦攝故唯無漏聖說道諦唯無漏故恐又問曰佛變化身示同衆生有生老死及業煩惱何唯道諦故釋曰雖有示現等

○次釋佛應無五根等妨 二 初問

集論等說十五界等唯是有漏如來豈無五根五識五外界等

音義 躡前問曰若佛功德身土等皆唯無漏攝者如何集論等說除後三界餘十五界唯是有漏豈如來無五根等耶

○次答 二 初有二師明如來根識等非蘊處界攝 二 初初師

有義如來功德身土甚深微玅非有非無離諸分別絶諸戲論非界處等法門所攝故與彼說理不相違

音義 初解可知然非正義

○次次師 二 初釋義

有義如來五根五境妙定生故法界色攝非佛五識雖依此變然麤細異非五境攝如來五識非五識界經說佛心恒在定故論說五識性散亂故

音義 謂如來五根五境屬法界攝以從首楞嚴等諸三昧生故此明根境二五非界處

等攝也非佛下復通妨難問曰如來五塵言法界攝此或可然降佛已還有情五識必藉如來法界五塵爲質變相而緣此所託質寧非五外界所攝耶釋曰非佛五識雖依此變而所變者麤可言界處等攝爲質者細豈五境攝如來下明佛五識非識界攝

○次料簡

成所作智何識相應第六相應起化用故與觀察智性有何別彼觀諸法自共相等此唯起化故有差別此二智品應不竝生一類二識不俱起故許不竝起於理無違同體用分俱亦非失或與第七淨識相應依眼等根緣色等境是平等智作用差別謂淨第七起他受用身土相者平等品攝起變化者成事品

攝豈不此品攝五識得非轉彼得體即是彼如轉生死言得涅槃不可涅槃同生死攝是故於此不應爲難

音義 前後問答共有五番成所作智何識相應者問也意謂如來五識若非五識界攝者則所轉成智謂與何淨識俱起耶答曰第六識相應者意云由第六識觀機能起三類分身之化用故若爾與觀察智體有何別答云彼觀諸法自共相此唯起化用即差別義旣爾觀察成智應不竝生若竝生者於一類識同時起二不應理故許不下答意可知或與第七下又作一意答前問謂成所作智或可與第七淨識俱依根五識緣色等境是平等智作用差別故謂平等智起他受用身有成事智品亦緣色

等故若爾與平等智性有何別謂平等智起他受用身土成智起變化身土故有差別豈不下復設問曰成事智品如應攝在五識之中豈不得耶非轉下答非謂轉彼五識得此智品其體即是彼所攝復舉例云如轉生死等此解亦未盡理

○次第三師明如來身土等亦蘊處界攝四

初正立義

有義如來功德身土如應攝在蘊處界中彼三皆通有漏無漏

音義 謂如來四智功德等法屬蘊處界攝者如其所應攝在三科之中何以故爾彼三皆通漏無漏故異生蘊等純有漏菩薩蘊等通漏無漏佛果蘊等純無漏謂餘所成者通漏無漏佛所成者純無漏故

○二會相違二 初會集論

集論等說十五界等唯有漏者彼依二乘麤淺境說非說一切謂餘成就十八界中唯有後三通無漏攝佛成就者雖皆無漏而非二乘所知境攝

音義 初句牒前引論彼依下次會通謂彼集論依二乘麤淺境說境既粗淺能緣根識亦粗淺故說唯有漏不依如來微玅境說故云非說一切謂餘下轉釋餘謂九界有情後三即意根法境及意識

○次會餘處

然餘處說佛功德等非界等者不同二乘劣智所知界等相故理必應爾所以者何說有爲法皆蘊攝故說一切法界處攝故十九界等聖所遮故

音義 有聖教云佛功德等非界等攝者謂此勝境而非二乘劣智所知境故所以言非界等所攝以理而言如應攝在蘊處界中所以者何佛功德等屬有爲故經說有爲皆蘊攝故又說諸法界處攝故若謂非十八界等攝者應是十九界十三處六蘊攝故十九界等聖所遮故

○三斥前師

若絕戲論便非界等亦不應說即無漏界善常安樂解脫身等又處處說轉無常蘊獲得常蘊界處亦然寧說如來非蘊處界故言非者是密意說又說五識性散亂者說餘成者非佛所成

音義 先以本頌斥初解非又處處下復引他處通斥前二家解如經云憍陳如因滅無常色而獲常色受想行識亦復如是又論說五識性散亂者說餘九界非佛所成故不相違

○四結正釋

故佛身中十八界等皆悉具足而純無漏

○次釋第二句 三 初釋不思議

此轉依果又不思議超過尋思言議道故微妙甚深自內證故非諸世間喻所喻故

音義 此以三義釋不思議三字意可思准

○次釋善字 二 初正釋

此又是善白法性故清淨法界遠離生滅極安隱故四智心品妙用無方極巧便故二種皆有順益相故違不善故俱說爲善

音義 善者白淨義謂二轉依是純淨故離染黑故名之曰善善者順益義清淨法界遠

離生滅解脱諸苦極安隱故四智心品玅用無方澤彼羣生極巧便故二種皆有順益義故違不善法違損義故俱説爲善

○次釋妨二　初問

論説處等不唯無記如來豈無五根三境

音義　難者意謂論説十二處中五根與香味觸性唯無記餘通三性故云不唯無記而上章言佛四智等唯是善攝豈如來身無五色根及香味觸之八處耶

○次答

此中三釋廣説如前一切如來身土等法皆滅道攝故唯是善聖説滅道唯善性故説佛土等非苦集故佛識所變有漏不善無記相等皆從無漏善種所生無漏善攝

音義　謂此中亦同前有絶戲論故玅定生故非根境攝及如應有根境等三師解釋若申第三師正義者應云論説五根三境唯無記者彼依餘成就者説非佛所成故佛身中十二處等皆悉具足而純善性一切下復明唯善竝可如文准知

○三釋常字

此又是常無盡期故清淨法界無生無滅性無變易故説爲常四智心品所依常故無斷盡故亦説爲常非自性常從因生故生者歸滅一向説故不見色心非無常故然四智品由本願力所化有情無盡期故窮未來際無斷無盡

音義　此以無盡期釋二果常義先標清淨下別明涅槃自性無生滅無變易故有常義四智雖非自性無生滅以所依法界是常

而能依四智亦説爲常非自性下釋四智非自性常義然四智下釋四智自性亦有常義

○三釋後二句二初釋安樂二字

此又安樂無逼惱故清淨法界衆相寂靜故名安樂四智心品永離體害故名安樂此二自性皆無逼惱及能安樂一切有情故二轉依俱名安樂

音義 斯以無逼惱釋二果安樂義先標清淨下别明永離體害者謂所知障是智體害今既圓明故言永離此二下結可知

○次釋解脱等八字二初釋解脱身三字

二乘所得二轉依果唯永遠離煩惱障縛無殊勝法故恒名解脱身

音義 解脱身者攝論曰唯永遠離煩惱障縛

如邨邑人離械鎖等所有禁繫息除衆苦而無殊勝增上自在富樂相應

○次釋大牟尼名法二初略明頌義

大覺世尊成就無上寂默法故名大牟尼此牟尼尊所得二果永離二障亦名法身無量無邊力無畏等大功德法所莊嚴故體依聚義總説名身故此法身五法爲性非淨法界獨名法身二轉依果皆此攝故

音義 梵音牟尼此云寂默永寂二邊默契中道二果亦名法身者法謂諸功德等身者體義依義聚義此法身五法爲性者此以聚義釋法身也佛地經云清淨真如及四智品名爲五法以清淨法界名爲涅槃四智心品名爲菩提合此二種名爲法身不獨一種清淨法界名法身也以二轉依攝

此五法五法皆是法身攝故

(補遺)起信筆削記卷第五云身具三義一者體義真如自體任持不失故二者依義爲彼報應之所依故三者聚義一切功德之所集故

○次廣解法身(三)初明能依身(四)初正釋三身(二)初總標

如是法身有三相别

(合響)攝大乘論第一卷云若無自性身應無法身譬如眼根若無法身應無受用身譬如眼識應知此中所依能依爲同法喻若無受用身已入大地諸菩薩衆應無受用法樂菩提資糧應不圓滿譬如見色若無化身勝解行地諸菩薩衆諸聲聞等劣勝解者最初發趣皆不應有是故決定應有三身文

○次别釋(三)初自性身

一自性身謂諸如來真淨法界受用變化平等所依離相寂然絶諸戲論具無邊際真常功德是一切法平等實性即此自性亦名法身大功德法所依止故

(音義)受用變化平等所依者此以能依顯所依勝也(前文約聚義名身故以五法名法身此中以能依顯所依約依義名身又真淨法界離相寂然絶諸戲論是以體義名法身也)前章通立二果亦名法身此中唯以法界自性名法身者以後二身即菩提果故應知前後但是開合立名所以標中言如是法身有三相别即開意也然此自性於三身中又得法身之通稱故云亦名法身大功德法所依止者此以依義釋法身也

合響 開掌引普潤大師云軌持爲法依止名身憑何以知光明疏云法名可軌諸佛軌之而得成佛摩訶衍云湛湛絕慮寂寂名斷能爲色相作所依止憑此而知問寂寂名斷安曰法身答法實無名爲機詮辯召寂寂體強稱法身問湛湛之體當同虛空荅凡所有相皆是非相覺五音如谷響如實無聲了萬物如夢形見皆非色空有不二中道昭然不可聞無謂空斷絕文

○次受用身三初標

二受用身此有二種

○次釋二初自受用

一自受用謂諸如來三無數刦修習無量福慧資糧所起無邊眞實功德及極圓淨常徧色身相續湛然盡未來際恒自受用廣大法樂

音義 謂諸如來於三阿僧祇刦中修習福智之所引生本有無漏種子所起現行四智功德及鏡智所起圓滿清淨常徧色身總名自受用身

合響 開掌問何義故名爲報身答三無數刦修所得故名爲報身唯此是實後皆應身普潤云報謂果報三祇修因所得果故身者依止相續二義名身問依止義答有爲功德所依止故問相續義答盡未來際無斷盡故問其果報者何教所明答摩訶衍云具勝妙因受極樂果遠離苦相故名爲報問依止相續義何所出答唯識論云所起無邊眞實功德相續湛然盡未來際此其出也

○次他受用

二他受用謂諸如來由平等智示現微妙淨功德身居純淨土爲住十地諸菩薩衆現大神通轉正法輪決衆疑網令彼受用大乘法樂

音義 此由證自受用故爲欲利他十地菩薩於平等智中之所現者名他受用如華嚴之舍那身是也

○三結

合此二種名受用身

○三變化身

三變化身謂諸如來由成事智變現無量隨類化身居淨穢土爲未登地諸菩薩衆二乘異生稱彼機宜現通說法令各獲得諸利樂事

音義 變化身者亦由證自受用故爲欲利他賢位菩薩及二乘與六道異生於成事智中現隨類身隨彼機宜演說三乘及人天因果令彼各得世出世間諸利樂事名變化身攝論曰變化身者從覩史多天宮現歿受生受欲踰城出家往外道所修諸苦行證大菩提轉大法輪入大涅槃故

合響 開蒙問變化身答無而欻有謂之變化聚化五蘊名之爲身問化身數類答有三類一大化身二小化身三隨類化問大化身答千丈大化王大千界被地前機問小化身答丈六金身王一四天下二乘凡夫是所被機問隨類化答猿中現猿鹿中現鹿名隨類化問拘尸羅現三尺身城東老母指掌所現此當何類答據被人類屬小

化身據非文六屬隨類化文

○二五法相攝 二初標

以五法性攝三身者

○次釋 二初初師

有義初二攝自性身經說眞如是法身故論說轉去阿賴耶識得自性身圓鏡智品轉去藏識而證得故中二智品攝受用身說平等智於純淨土爲諸菩薩現佛身故說觀察智大集會中說法斷疑現自在故說轉諸轉識得受用身故後一智品攝變化身說成事智於十方土現無量種難思化故又智殊勝具攝三身故知三身皆有實智

音義 初二攝自性身者謂五法中一眞法界及圓鏡智攝三身中自性身經說下引證經說眞如是法身者此證一眞法界攝自性身論說轉去阿賴耶等二句者此證圓智攝自性身中二智品攝受用身者謂五法中平玅二智攝三身中受用身說平下引證如文後一智品攝變化身者謂五法中成事智品攝三身中變化身說成下引證又智下復以四智總攝三身故結云三身皆有實智言智殊勝者佛地經云又佛三身皆十義中智殊勝攝

○次次師 二初明一眞如攝自性身 二初

正釋

有義初一攝自性身說自性身本性常故說佛法身無生滅故說證因得非生因故又說法身諸佛共有徧一切法猶若虛空無相無爲非色心故

音義 謂五法中一眞法界攝三身中自性身

何以鏡智不攝自性謂鏡智品非本性常故有生滅故是生因之所生故是有相有爲色心法故自性反是故不相攝
○次通論
然說轉去藏識得者謂由轉滅第八識中二障麤重顯法身故智殊勝中說法身者是彼依止彼實性故自性法身雖有眞實無邊功德而無爲故不可說爲色心等物
音義　初句牒前引論謂由下次通論意云由轉本識中二障種子顯法性身非同鏡智轉去彼識而證得者故不可以鏡智亦攝自性身也智殊下次通前釋先牒是彼下次通謂法身是彼四智之依止是彼四智之實性故言具攝三身理實不攝法身唯攝後二身故自性下出不攝法身之意謂自性雖具無邊功德而是無爲法故不可爲鏡智色心所攝
○次明後四法攝餘二身二　初正釋二　初通明智攝二身
四智品中眞實功德鏡智所起常徧色身攝自受用平等智品所現佛身攝他受用成事智品所現隨類種種身相攝變化身
音義　謂通以四智及鏡智所現色身攝自受用平等成事二智所現如應攝餘二身
○次轉釋自受用身
說圓鏡智是受用佛轉諸轉識得受用故雖轉藏識亦得受用然說轉彼顯法身故於得受用略不說之又說法身無生無滅唯證因得非色心等圓鏡智品與此相違若非受用屬何身攝又受用身攝佛不共有爲實德故

四智品實有色心皆受用攝
音義問曰何由而知四智功德攝自受用耶
釋曰說圓鏡智等又問轉去藏識亦得自
受用身何以不言釋云雖轉藏識等應知
轉藏識有二義別一者轉滅識中二障種
子顯現法身二者轉染識體成大圓鏡得
自受用今此但說顯法身義而於轉染成
淨一義略不言之又說下以理推明圓智
定屬自受用攝唯證因得者唯是清淨聖
智之所證故又受用身通攝佛地不共有
爲功德故自受用攝彼四智故四下結示
〇次斥前二　初正斥
又他受用及變化身皆爲化他方便示現故
不可說實智爲體雖說化身智殊勝攝而似
智現或智所起假說智名體實非智但說平
等成所作智能現受用三業化身不說二身
即是二智故此二智自受用攝
音義前師云三身皆有實智此中斥云他受
用及變化等復有問曰聖教說變化身智
殊勝攝何非實智故今釋云雖說化身等
又問聖說二身即是二智所現何得體非
實智故復釋云但說平等
〇次釋疑
然變化身及他受用雖無眞實心及心所而
有化現心心所法無上覺者神力難思故能
化現無形質法若不爾者云何如來起貪瞋
等久已斷故云何聲聞及傍生等知如來心
如來實心等覺菩薩尚不知故由此經說化
無量類皆令有心又說如來成所作智化作
三業又說變化有依他心依他實心相分現

故雖說變化無根心等而依餘說不依如來又化色根心心所法無根等用故不說有音義問曰若他受用及與變化而非實智爲體者大似土偶人無異何能說法利生耶釋曰然變化等復問身等有質可言化現心等無形豈能化現耶釋云無上覺等若不爾下反釋能現謂若如來不能化現心及心所無形質法則如來貪瞋等久已斷故云何能現如來實心等覺菩薩尚不能知云何聲聞及傍生等能知佛心故知聲聞等能知者即化現故如有經云諸天亦知佛心如佛一時深擯衆僧還念欲取梵王悉知又於一時心念爲王如法化世魔王即知而來勸請又諸比丘亦知佛心如佛將泥洹時阿那律陀次第知佛所入諸禪三昧其類實繁不能枚舉由此下引證化無量類皆令有心者涅槃經說人天百萬設最後供唯純陀供是佛親受餘悉化人此化人者皆似有心令彼人天各各自謂佛受我供故餘文可思雖說下通妨問既變化身有根心云何他處說無根心答雖說變化無根心等此依二乘劣定所起根心是聲聞等所現化人不依如來實智所起根心又彼劣定所化根心無眞實受用故論不說有化根心

○三三身德別

如是三身雖皆具足無邊功德而各有異謂自性身唯有眞實常樂我淨離諸雜染衆善所依無爲功德無色心等差別相用自受用身具無量種妙色心等眞實功德若他受用

及變化身唯具無邊似色心等利樂他用化相功德

合響 先標謂自性下別釋謂本性常故有常德白法善故有淨德寂靜安隱故有樂德解脱離縛故有我德性淨圓明故名離諸雜染含容衆德故名衆善所依自受用身等者即圓鏡智所起常徧色身及四智品眞常功德餘二身可知

○四自他利殊

又自性身正自利攝寂靜安樂無動作故亦兼利他爲增上緣令諸有情得利樂故又與受用及變化身爲所依止故俱利攝自受用身唯屬自利若他受用及變化身唯屬利他爲他現故

音義 爲增上緣者謂諸佛自性身即法界理此理徧一切法及有情心以故有情發心修行皆藉此而爲內因令其所作咸悉成就故云爲增上緣令諸有情得利樂故

○次明所依土 四 初法性土

又自性身依法性土雖此身土體無差別而屬佛法相性異故此佛身土俱非色攝雖不可説形量小大然隨事相其量無邊譬如虛空徧一切處

音義 准古疏云佛義是相爲功德法所依止故衆德聚故二身自體故法是性義功德自性故能持自性故諸法自性故體爲土義相義爲身意云屬佛是相屬法是性直語所依名土故云體爲土義以能依名所依爲法性身故云相義爲身言隨事相其量無邊者以變化等三身三土事既無邊

與之爲性豈有邊耶

合響　開棠問唯一法性寧分身土答能依義邊名之爲身所依義邊名之爲土文宗鏡第八十九卷云此即於自心性相分身土之名以自心相義名身自心性義名土文

○二自受用土

自受用身還依自土謂圓鏡智相應淨識由昔所修自利無漏純淨佛土因緣成熟從初成佛盡未來際相續變爲純淨佛土周圓無際衆寶莊嚴自受用身常依而住如淨土量身量亦爾諸根相好一一無邊無限善根所引生故功德智慧既非色法雖不可說形量大小而依所證及所依身亦可說言徧一切處

音義　先明土量純淨佛土因緣者即菩提分法等謂淨第八所變自受用土由昔所修自利無漏淨土因緣之所出生衆寶莊嚴周徧圓滿無有涯際如淨土下次例身量如起信論云身有無量色色有無量相相有無量好所住依果亦有無量種種莊嚴隨所示現即有無邊不可窮盡皆是無量劫來無量善根所引生故功德下例同功德智慧所證謂二空眞如所依謂自性法身也清涼云功德隨所依身智慧隨所依土

合響　開棠問報身體答四智菩提無漏五蘊問報土體答無漏色蘊問能所依答根根塵塵徧周沙界情器有異情爲能依屬報身器爲所依屬報土此實報土

○三他受用土

他受用身亦依自土謂平等智大慈悲力由

昔所修利他無漏純淨佛土因緣成熟隨住十地菩薩所宜變爲淨土或小或大或劣或勝前後改轉他受用身依之而住能依身量亦無定限

音義 利他無漏純淨佛土因緣者如淨名經云直心是道場菩薩成佛時不諂衆生來生其國等或小大勝劣等者謂初地所見淨土望於二地爲小爲劣展轉乃至第九地望於法雲爲小爲劣等爲大爲勝反是可知

○四變化土

若變化身依變化土謂成事智大慈悲力由昔所修利他無漏淨穢佛土因緣成熟隨未登地有情所宜變爲佛土或淨或穢或小或大前後改轉佛變化身依之而住能依身量亦無定限

音義 利他無漏淨穢因緣者應知佛所修因無非淨行寧有穢土成熟之理良以衆生根性有殊或宜順導者則現淨土而攝受之應逆化者則現穢土而折伏之以故彌陀現居淨土釋迦示生堪忍如有經云菩薩隨所化衆生而取佛土即斯義也淨穢大小前後改轉者淨如螺髻梵王見此佛土無非七寶穢如身子所見唯瓦礫荆棘等大小例知能依身量亦無定限者由機不一故或見千丈或唯丈六乃至或有見佛只三尺等

○三身土合簡二 初別約諸佛分簡身土有同不同三 初自性身土

自性身土一切如來同所證故體無差別

合響清涼疏云自性身土一向體同鈔云既同所證明是體同如一室之空文

○次自受用身土

自受用身及所依土雖一切佛各變不同而皆無邊不相障礙

合響清涼疏云自受用者平等無二相似名同鈔云如千燈光同照室内文

○三餘二身土二初標

餘二身土隨諸如來所化有情有共不共

合響清涼疏云餘二身土亦相似名同而隨機見異鈔云有共不共者共爲異故名共非是同義不共隨化別故上二皆異然共不共亦相似名同令其各見共不共差即隨機見異文

○次釋

所化共者同處同時諸佛各變爲身爲土形狀相似不相障礙展轉相雜爲增上緣令所化生自識變現謂於一土有一佛身爲現神通說法饒益於不共者唯一佛變諸有情類無始時來種性法爾更相繫屬或多屬一或一屬多故所化生有共不共不爾多佛久住世間各事劬勞實爲無益一佛能益一切生故

音義清涼釋曰於中三初釋共義佛各變者如今釋迦化身若一類衆生昔與阿閦彌陀藥師寶集皆悉有緣應受其化所化之者身不可分在賢劫時閻浮之處則阿閦如來化一佛身爲釋迦文阿彌陀佛亦化一身爲釋迦文藥師琉璃光亦化一身爲釋迦文寶集如來亦化一身爲釋迦文同

在迦毘菩提樹下一時成佛令諸衆生但謂一釋迦文佛如五盞燈同照一物共發一影實有多光名發一影而相雜故謂之爲一如其一人屬於五佛如上所明若百千人同屬五佛亦如是見五佛爲一於不共下二釋不共設見十方百千化佛亦是一佛化現諸身耳諸有情類下第三雙結釋成就上來共不共義或多屬一或一屬多者然應更有或多屬多或一屬一文無者略不爾下彈餘師義然攝論中有三師義一云共一一皆度一切等故一云不共以類本來相屬別故如慈氏釋迦同事底沙佛佛見釋迦所化先熟爲之入定令其七日忘下一足一偈讚佛超於彌勒九劫先成豈非別耶三云有共不共若一向共何用多佛若一向不共不應歷事多佛願度一切不應以已所化衆生付囑後佛令唯識論即第三正義略彈共家不彈不共

○次通約生佛合簡身土所變不同二初約漏等判屬四諦二 初明無漏識變者道諦攝

此諸身土若淨若穢無漏識上所變現者同能變識俱善無漏純善無漏因緣所生是道諦攝非苦集故蘊等識相不必皆同三法因緣雜引生故

音義 謂上四種身土約佛無漏識上所變現者同乎能變俱純無漏何者是善無漏共不共等種子生故蘊等下通伏疑疑云謂如能變是無漏故所變身土亦無漏則能變是識所變亦應唯是識相無蘊等之別

耶故釋云蘊等識相等意云能變雖是識所變蘊等從能變識起總皆識相不必皆同以從蘊處界三種引生故

補遺　宗鏡云所變身土若第八識中從種子變生四塵五塵現行者名因緣變佛唯無漏若六七識變名分別變佛唯無漏

○次明有漏識變者苦集攝

有漏識上所變現者同能變識皆是有漏純從有漏因緣所生是苦集攝非滅道故善等識相不必皆同三性因緣雜引生故蘊等同異類此應知不爾應無五十二等

音義　此諸身土若約九界有情有漏第八識上託佛身土爲質所變親相分者同能變識皆是有漏何者純從有漏種所生故善等下問曰若能變是有漏所變亦是有漏則能變識性是無記則所變亦應唯是無記性耶故釋云善等識相等意云能變雖是無記所變善等不必皆同無記識相以從識中三性種子雜引生故蘊等同異類此應知者應云蘊等識相不必皆同三性因緣雜引生故若言不爾應無五蘊十二處等

○次約三性别示五觀 五 初示遣虚存實觀 二 初安慧立相見爲虚自證爲實

然相分等依識變現非如識性依他中實不爾唯識理應不成許識内境俱實有故

音義　此師意以相見二分爲徧計所執自證分識性爲依他起依他起法從因緣生固是唯識徧計所執是虚妄起故云非如識性依他中實不爾下謂若相分等亦是依

他中實則許實有内境唯識之理何由成耶此安慧所立非正義

○次以護法立徧計爲虚四分俱實

或識相見等從緣生俱依他起虚實如識唯言遣外不遮内境不爾眞如亦應非實

音義　此師正義謂相等四分俱依他起虚實如識者依眞勝義言識如幻夢則所變相分亦虚約世俗諦言依他不無則相見分亦是實有若爾則有實境耶故釋云唯言遣外不遮内境如不然者本智所緣眞如内境亦應非實

○二示捨濫留純觀二　初問

内境與識既竝非虚如何但言唯識非境

音義　意云境識既竝非虚是則論家應云唯識唯境如何但言唯識而非境耶

○次答

唯識内有境亦通外恐濫外故但言唯識或諸愚夫迷執於境起煩惱業生死沉淪不解觀心勤求出離哀愍彼故説唯識言令自觀心解脱生死非謂内境如外都無

音義　謂識唯内有境通内外謂境雖是内識所變外人妄計心外有法若言唯境恐濫外計所以但言唯有識耳或諸下又一義釋謂諸愚夫迷執外境起三雜染不解觀心解脱生死哀愍彼故但言唯識非謂亦無内境

○三示攝末歸本觀

或相分等皆識爲性由熏習力似多分生

音義　謂相見分亦識爲體由熏習力似二分生若攝末歸本唯一自證分耳

○四示遣相證性觀

眞如亦是識之實性故除識性無別有法

音義 問八識四分是妙俗諦可言唯識眞如乃麼詮談旨豈亦唯識耶故釋云眞如亦即識之實性故除識外無別有法

○五示隱劣顯勝觀

此中識言亦說心所心與心所定相應故

音義 問既言唯識何故又有五十一心所法故釋曰此中識言等

補遺 宗鏡第三十五卷云唯識二觀者一唯心識觀二眞如實觀進趣大乘方便經云若依一實境界修信解者應當學習二種觀道一唯心識觀二眞如實觀學唯心識觀者所謂於一切時一切處隨身口意所有作業悉當觀察知唯是心乃至一切境界若心往念皆當察知勿令使心無記攀緣不自覺知於念念間悉應觀察隨心所有緣念當使心隨逐彼念令心自知知已內心自生想念非一切境界有念有分別也所謂內心自生長短好惡是非得失衰利有無等見無量諸想而一切境界未嘗有想起於分別當知一切境界自無分別想故即自非長非短非好非惡乃至非有非無離一切相如是觀察一切法唯心想生若使離心則無一法一相而能自見有差別也眞如實觀者思唯心性無生無滅不自見聞覺知永離一切分別之想又三十六卷云言觀之一字理有二種一觀矚二觀察初觀矚者如前五識緣五塵境矚對前境顯現分明無推度故現量性境之

所攝故次觀察者向自識上安模建立伺察推尋境分劑故今立觀門即當第二觀察義約能觀之心出體有四一尅性出體唯別境慧此慧能揀去散亂染無記等擇留善淨所變境故二能所引體定引慧故三相應體五蘊除色四眷屬體井色五蘊問相應四蘊心王心所取其何者爲能觀察答先辯心王次明心所若八識心王唯取第六問前五七八俱能緣慮何以不取答且前五識有漏位中唯現量緣實五塵境第八唯現量緣三境故種子根身器世間境性唯無記第七有漏位中常緣第八見分爲境非量所收今能觀心因教比知變起相分比量善性獨影境攝故唯第六有此功能問第六心王有其幾種答義説

有四一明了意識與前五識同緣五塵分明顯了二定中意識引得上定定中所起三獨散意識不與前五同緣爲簡明了故立獨名又非定中所起故名爲散獨於散位而生起故四夢中意識於睡眠位起此識故問四中何者爲能觀心答得上定者定中意識現量觀故未得定者獨散意識能爲觀體次明心所者有五十一法今明能觀心但唯善性第六識其相應心所隨心王說定中心所唯二十一謂徧行五別境五善十一或尋伺中隨取一法即二十二尋麤伺細不俱起故淺深推度思慧爲體若與散位心王相應即二十法於前善中除輕安故輕安一法是定引故有定資身方得調暢有輕安義或二十一於尋伺

中隨取一故問能觀心於三境之中此何境答定散二位皆獨影境變假相故此假相分從能緣見分種生自無其種故名獨影言獨影自有二類一有質即此觀心托彼爲質二無質緣龜毛等問定散二位托彼質緣熏得何種答唯熏能觀心心所見分種子相分是假不熏有漏觀心不熏無漏質種問三量之中此是何量答定位現量收散位比量攝不通非量非正觀故問三性何性答唯善性故

○第三釋結施願分二 初結示題名

此論三分成立唯識是故說爲成唯識論亦說此論名淨唯識顯唯識理極明淨故此本論名唯識三十由三十頌顯唯識理乃得圓滿非增減故

音義 先結末論名曰成唯識者謂以宗因喻等三支成立唯識理故復說此名淨唯識者顯理究竟極明淨故次出本論名曰唯識三十頌者由三十頌顯唯識理自因至果乃得圓滿義無增減故

○次結歸施願

已依聖教及正理　分別唯識性相義
所獲功德施羣生　願共速登無上覺

音義 初二句結歸次二句施願

成唯識論音響補遺卷十之三

音釋

削息約切刮削也 欻許物切忽也 螺髻上盧戈切下古詣切 礫郎狄切 矚朱欲切視也